À

DIEU

SOIT LA

GLOIRE

L'image de Dieu dans la Bible :
une analyse

Joel W. Hemphill

Trumpet Call Books
P.O. Box 656
Joelton, Tennessee 37080

Trumpet Call Books
P.O. Box 656
Joelton, TN 37080

www.thehemphills.com

À Dieu Soit La Gloire
(L'image de Dieu dans la Bible : une analyse)

ISBN: 0-9671756-2-3

Imprimé aux États-Unis d'Amérique

Photo de Couverture des Images de John Foxx

Photos de Joel et de LaBreeska Hemphill par
Photographie de Bloodworth – Goodlettsville, TN

Sauf indication contraire, toutes les Écritures sont tirées de
la Sainte Bible : Version Louis Segond 1910.

À propos de l'Arc-en-ciel :

« Tel est l'aspect de l'arc qui est dans la nue en un jour de pluie… C'était une image de la gloire de l'Éternel » (Ézéchiel 1 : 28).

« Celui qui était assis avait l'aspect d'une pierre de jaspe et de sardoine ; et le trône (de Dieu) était environné d'un arc-en-ciel semblable à de l'émeraude » (Apocalypse 4 : 3).

Table de Matières

Remerciements

En ce qui concerne ce livre, je suis principalement redevable à mon épouse bien-aimée LaBreeska, une des plus grandes dames que je n'ai jamais connues. Elle a une faim remarquable de toute la vie de connaître qui est le Dieu de la Bible. Ses prières, sa foi et sa sagesse ont toujours été sans prix et je suis éternellement reconnaissant.

Merci à tous et à chacun des membres de ma famille pour votre amour et vos prières. Remerciement spécial à notre secrétaire, Dawn Mansfield pour son diligent labeur dans la saisie et le perfectionnement du manuscrit. Merci également pour votre aperçu et encouragement. Merci à Lou Crowder pour son assistance technique de faire briller les écrits. Lynsae Harkins de Lynsae Design a fait un excellent travail avec la couverture et je vous remercie.

Merci à quelques douze serviteurs (pasteurs et évangélistes), avec qui j'ai partagé des chapitres de ce livre, et qui les ont examinés de près et avaient eu le courage de dire, « voici la vérité ». Vous connaissez qui vous êtes et à vous je suis extrêmement reconnaissant. Beaucoup de remerciements à plusieurs de ceux qui ont donné aide et encouragement spéciaux. Remerciements aussi à ce petit nombre avec qui j'ai partagé des portions, qui n'étaient pas d'accord avec la prémisse. Votre contribution m'a aussi aidé.

Un remerciement très spécial à Elbert et Allison Lumley et à Nancy Carter de Digital Imaging pour leur aide pour l'impression.

Remerciements particuliers et « que Dieu vous bénisse » à Ivelisse Carlo pour son travail d'amour dans la traduction et l'édition de ce livre pour l'impression dans la langue française.

Nous sommes reconnaissants envers Kael Samuel Kamantadidiko Lulekamu de sa participation initiale à la traduction en Français.

Que vous soyez tous bénis !

Dédicace

À mes parents, Madame Béatrice Hemphill et le défunt Ancien W.T. Hemphill qui m'ont enseigné beaucoup de choses, de plusieurs manières, mais principalement avec amour et exemple de piété.

Introduction

Au printemps de l'an 1986, j'ai eu une rencontre impressionnante avec le Dieu d'Abraham, d'Isaac et de Jacob. Parmi les choses qu'Il m'a dites *(voir l'Appendice A)*, Il a voulu que je puisse étudier les Écritures, et Il allait se révéler à moi dans Sa Parole. Ceci a semblé étrange car j'avais quarante six ans ; j'avais été sauvé depuis l'âge de dix ans, j'avais été un ministre de l'Évangile depuis l'âge de dix-neuf, et je pensais avoir une très bonne connaissance sur qui Il était. J'ai été confondu ! Il a également dit que j'aurai un jour à écrire « un livre ou des livres » à propos de Sa gloire. J'ai su à cet effet que ma compréhension faisait défaut, car la gloire de Dieu n'était pas une chose sur laquelle je m'étais vraiment concentré. Je savais la gloire du Shekinah avait été vue sur le mont Sinaï, dans le Tabernacle et dans le Temple, et par les bergers lorsque l'ange avait annoncé la naissance de Jésus, ce que je pourrais peut-être avoir écrit sur une page.

J'ai dû commencer à fouiller dans la Bible, toujours concentré la plupart du temps sur le Shekinah (le rayonnement de Sa présence rarement observé), et j'ai vite réalisé que si je devais écrire un livre concernant la gloire de Dieu, Il devrait "se révéler" à moi beaucoup plus. J'ai également compris que cela dépendait aussi de Son chronométrage, ainsi je suis resté averti mais j'ai cessé de lutter avec cela.

Au cours des années j'ai dit à mes amis intimes, « Un jour, j'écrirai un livre au sujet de la gloire de Dieu. » Autour du premier novembre 2005, je me suis senti remué pour mettre quelques pensées sur papier, pensant qu'il pourrait s'avérer être un tract d'évangile pour notre ministère, comme j'ai eu à le faire de temps en temps. Mon épouse

LaBreeska, voyant l'ardeur avec laquelle je m'étais donné pour écrire, m'avait dit un jour, « Chéri, je pense que ceci peut être le livre dont t'a parlé le Seigneur, » mais à ce moment-là je ne pouvais pas voir la connexion. Cela s'est produit environ une semaine plus tard. Maintenant, après plus de 500 pages rédigées à la main, je pense que j'ai livré mon cœur. Je n'ai pas rendu justice à ce thème impressionnant, mais j'ai fait de mon mieux.

Quoique ce livre soit complètement basé sur la Bible, il n'est pas pour tout le monde, particulièrement pour deux genres des personnes. Ceux qui sont disposés à prendre les paroles des théologiens, des enseignants de l'école biblique, et des crédos de l'église au-dessus d'« ainsi parle l'Éternel ». De même ceux qui disent dans leurs cœurs, « Je sais ce que je crois concernant Dieu, ainsi ne me troublez pas avec ce que dit la Bible à propos de Lui. » Heureusement, ceux-ci seront peu nombreux. Je n'ai pas traité chaque Écriture qui pouvait apporter la lumière sur le thème de ce livre. Cela serait impossible. Évidemment, je ne connais pas toutes les Écritures qui peuvent s'y appliquer. Cela aussi ne serait pas nécessaire. J'ai essayé de donner des preuves accablantes à partir de la Bible pour tout point de doctrine que j'ai fait, et toute autre Écriture doit être en accord avec celles citées ci-incluses. Paul ne contredit pas Paul. Il ne contredit pas non plus Pierre, Jean, Moïse ou Jésus. Ils sont tous d'accord.

Parlons maintenant concernant mon style d'écriture. J'ai écrit et publié plusieurs centaines de chansons de la Bonne Nouvelle, une cinquantaine d'articles pour des magazines et quelques tracts de la Bonne Nouvelle, mais je n'ai jamais écrit un livre auparavant. Cela a bien été une expérience d'apprentissage pour moi. J'ai employé à dessein certaines répétitions comme je pense que cela est nécessaire pour une bonne compréhension. Le roi David a dit 26 fois dans le *Psaume 136*, « *Car sa miséricorde dure à toujours* » ! Qu'est-ce qu'il voulait que nous voyions? Que « ***Sa miséricorde dure à toujours*** ». J'ai mis **en caractère gras** quelques mots et phrases pour un impact. Cette emphase est mienne dans l'ensemble de l'ouvrage. Comme le Dieu Suprême est le sujet focal et absolu de ce livre, j'ai décidé de capitaliser tous les noms et pronoms qui se réfèrent à Lui, excepté lorsque nous citons la Sainte Bible. Par souci de clarté, même lorsque les citations des Écritures sont mises en alinéa, j'ai choisi de les mettre en italique entre guillemets.

Certaines choses traitées dans ce livre sont de nature historique, principalement aux chapitres 2, 13, 14 et 15. Je ne suis pas historien ainsi je me suis basé sur les meilleures sources que j'ai pu trouver, et sur ce qui est communément compris comme fait historique. Paul dit en *I Co. 5 : 1*, « *On entend dire généralement qu'il y a parmi vous de l'impudicité,* » et ainsi il procède à traiter cela sur cette base.

Ce livre ne cherche pas à diminuer Jésus d'aucune manière. Dieu nous en garde! Il ne devrait jamais être utilisé pour essayer de faire ainsi. Il est tout ce que la Sainte Bible dit qu'il est, né d'une vierge, juste, oint, désigné, approuvé Fils de Dieu, le Messie d'Israël. Il est notre Sauveur aimable, Rédempteur et le Roi bientôt à venir. Mais voici le problème, il n'est pas tout ce que certains chrétiens disent qu'il est, et j'ai été appelé pour aider à le régler. Ceci n'a rien à avoir avec les dénominations. J'ai servi comme pasteur des églises baptistes méridionales et pentecôtistes mais je ne suis pas en train de faire des disciples baptistes ou pentecôtistes, cependant je suis extrêmement concerné que les gens aient une rencontre divine avec Dieu notre Père, à travers notre Seigneur Jésus-Christ. « *Or, la vie éternelle, c'est...* » *(Jean 17 : 3)*.

Maintenant, une note aux serviteurs et aux enseignants de la Bible. Si vous voyez et embrassez des vérités rencontrées dans ce livre vous devez vous exprimer. Mais s'il vous plaît priez et demandez à Dieu de vous accorder la sagesse concernant quand et comment présenter cela. *(Considérez à offrir une copie de ce livre).* Voici le message de Dieu, et il n'y a rien d'aussi puissante que la vérité dont le moment est venu. Ceci fait appel à des ajustements fondamentaux dans notre manière de penser, mais ceci doit être traité sur le plan émotionnel aussi. Ceci demande beaucoup plus de temps pour les uns et pour les autres. Le meilleur enseignant est un bon exemple, ainsi donc commencez à marcher dans la lumière dorénavant, comme vous voyez la lumière, et faites confiance à l'œuvre du Saint-Esprit.

> *« Quand le consolateur sera venu, l'Esprit de vérité, il vous conduira **dans toute la vérité** ; car il ne parlera pas de lui-même mais il dira tout ce qu'il aura entendu, et il vous annoncera les choses à venir. »* (C'est Jésus qui parle) (Jean 16 : 13).

Finalement, j'ai approché le sujet de cet ouvrage soigneusement et avec des prières comme son importance est trop grande pour ne pas la rater. J'ai aussi gardé à l'esprit les paroles de Jésus à Pierre, *« Pais mes brebis »* et *« pais mes agneaux. »* Ceux-ci sont d'un niveau de maturité différent et ont besoin de nourritures différentes. Peut-être il y a même un peu de boucs. Le défi est d'éveiller les boucs sans nuire aux brebis et aux agneaux. C'est uniquement le temps qui dira si j'ai réussi. Je vous aime tous.*

À Dieu Soit La Gloire !

* Note : L'emploi du nom de n'importe quelle personne dans ce livre ne signifie pas qu'elle soit d'accord avec les conclusions du livre. « *À Dieu Soit La Gloire* » représente les croyances sincères de l'auteur, et il est entièrement responsable de son contenu.

La Gloire de Dieu Le Créateur

« *Ainsi parle l'Éternel, le Saint d'Israël, et son créateur :* **C'est moi qui ai fait la terre**, *Et qui sur elle* **ai créé l'homme** ; *C'est moi, ce sont* **mes mains** *qui ont déployé les cieux, Et c'est moi qui ai disposé toute leur armée...* **Il n'y a point d'autre Dieu que moi**, *Je suis le seul Dieu juste et qui sauve. Tournez-vous vers moi, et vous serez sauvés, Vous tous qui êtes aux extrémités de la terre !* **Car je suis Dieu, et il n'y en a point d'autre** » *(Ésaïe 45 : 11-12, 21-22).*

« *Je suis l'Éternel, c'est là mon nom ; Et je ne donnerai pas ma gloire à un autre* » *(Ésaïe 42 : 8).*

« **Je ne donnerai pas ma gloire à un autre** » *(Ésaïe 48 : 11).*

« *Je vis un autre ange qui volait par le milieu du ciel, ayant un Évangile éternel, pour l'annoncer aux habitants de la terre, à toute nation, à toute tribu, à toute langue, et à tout peuple. Il disait d'une voix forte :* **Craignez Dieu**, *et* **donnez-lui gloire**, *car l'heure de son jugement est venue ; et* **adorez celui** *qui a fait le ciel, et la terre, et la mer, et les sources d'eaux* » *(Apocalypse 14 : 6-7).*

La Gloire de Jésus

« *Le Fils de l'homme... viendra dans* **sa gloire** » *(c'est Jésus qui parle) (Luc 9 : 26).*

« *Le Fils de l'homme... sera assis sur le trône de* **sa gloire** » *(c'est Jésus qui parle) (Mt. 19 : 28)*

« *Père... la* **gloire que tu m'as donnée**... *afin qu'ils voient* **ma gloire, la gloire que tu m'as donnée** » *(Jean 17 : 21, 22, 24).*

(Christ) « **prédestiné** *avant la fondation du monde, et manifesté à la fin des temps, à cause de vous, qui par lui croyez en* **Dieu**, *lequel l'a ressuscité des morts et* **lui a donné la gloire**, *en sorte que votre foi et votre espérance reposent sur* **Dieu** » *(I Pierre 1 : 20-21).*

Chapitre 1

« Vous Connaîtrez La Vérité »

*« Dieu est Esprit ; et il faut que ceux qui l'adorent, **l'adorent** en esprit et **en vérité** »* (C'est Jésus qui parle) *Jean 4 : 24.*

«Vous Connaîtrez la vérité, et la vérité vous affranchira » (C'est Jésus qui parle) *Jean 8 : 32.*

Jésus, né d'une vierge, Fils de Dieu sans péché, enseignait au Temple à Jérusalem, lorsque les scribes et les pharisiens l'ont interrompu, emmenant une femme attrapée en délit d'adultère. Après leur avoir donné une leçon sur le pardon, il continua son puissant enseignement concernant sa lumière, sa vérité, sa mission, son Père et le danger qu'ils couraient en mourant dans leurs péchés. *Jean 8 : 30-31* déclare, *« Comme Jésus parlait ainsi, plusieurs crurent en lui »* puis il dit aux croyants, *« Si vous demeurez dans ma parole, vous êtes vraiment mes disciples »*. Jésus donna aux nouveaux croyants une merveilleuse promesse selon laquelle, s'ils continuaient à le suivre, ils « **connaîtront la vérité** » et seront affranchis par elle. Cette promesse était et est d'une importance extrême, car ils ont vécu comme nous, dans un monde où de nombreuses personnes croyaient et enseignaient que la vérité était inconnaissable. Ils croyaient qu'il n'y avait pas de vérité absolue établie par un Créateur, mais que la connaissance pouvait uniquement parvenir par l'*expérience*. Jésus avait fait face à quelqu'un qui soutenait cette philosophie quelques mois plus tard, Ponce Pilate, et avait dit, « … *Je suis né et je suis venu dans le monde pour rendre témoignage à la vérité*. *Quiconque est de la vérité écoute ma voix* ». La réponse de Pilate semble avoir une note de sarcasme, « ***Qu'est-ce que la vérité ?*** » *(Jean 18 : 37-38).* Bien sûr, Jésus avait répondu à cette question pour tout le temps et pour l'éternité un chapitre auparavant, dans sa prière à son Père céleste disant, « *Sanctifie-les par ta vérité* : ***ta parole est la vérité*** ». La Parole de Dieu est ***la vérité***, éternelle, pure, puissante, inébranlable, la vérité donnant la vie !

De. 32 : 4 déclare :

> « *Il est le rocher ; ses œuvres sont parfaites, Car toutes ses voies sont justes ; C'est **un Dieu fidèle** et sans iniquité, Il est juste et droit.* »

Psaume 100 : 5 déclare :

> « *Car l'Éternel est bon ; sa bonté dure toujours, Et **sa fidélité** de génération en génération.* »

Le grand apôtre Paul le déclare si fortement en *Romains 3 : 3-4*

> « *Eh quoi ! si quelques-uns n'ont pas cru, leur incrédulité anéantira-t-elle la fidélité de Dieu ? Loin de là ! Que **Dieu**, au contraire, **soit reconnu pour vrai, et tout homme pour menteur**.* »

La parole écrite de Dieu, la Sainte Bible est vraie. Voyons quelques exemples de son exactitude.

Il y a environ 513 ans, Christophe Colombe et ses compagnons avaient pris la mer de Palos en Espagne dans trois bateaux à voiles cherchant une nouvelle route de commerce vers l'Orient. Beaucoup de gens s'inquiétaient pour leur sécurité, alors que les meilleurs scientifiques du moment croyaient que le monde était plat, et pensaient qu'il était possible de naviguer « jusqu'au bout de la terre » et d'en tomber. Mais la Bible de Dieu avait proclamé quelque 2200 ans avant que Colombe ne puisse naviguer que « *C'est lui qui est assis au-dessus du cercle de la terre, Et ceux qui l'habitent sont comme des sauterelles* » *(Ésaïe 40 : 22)*. Christophe Colombe a prouvé ce que la Bible avait dit, la terre est **un cercle** *!*

Vers l'an 1799, George Washington, le père vieillissant de notre nation, était devenu malade et on fit appel aux meilleurs médecins pour le soigner. Étant donné qu'il était communément cru par l'élite de la profession médicale de cette époque-là que la maladie était causée par « du mauvais sang, » on lui vidait à plusieurs reprises de quantités considérables de son précieux sang de la vie. Cela fut, tel que nous le connaissons maintenant, un traitement mal indiqué et il a sans doute aidé à précipiter sa mort. Si ces médecins sincères avaient seulement lu et cru les Écritures, il aurait vécu plus longtemps, car Dieu avait dit quelque 3300 ans auparavant :

> « *Car l'âme de la chair est dans le sang*. *Je vous l'ai donné sur l'autel, afin qu'il servît d'expiation pour vos âmes, car c'est par l'âme que le sang fait l'expiation.*
>
> *Car l'âme de toute chair, c'est son sang, qui est en elle*. *C'est pourquoi j'ai dit aux enfants d'Israël : vous ne mangerez le sang d'aucune*

chair ; car l'âme de toute chair, c'est son sang :
quiconque en mangera sera retranché ». *(Lé.*
17 : 11, 14). Aujourd'hui, les médecins donnent
du sang aux patients.

Il est largement accepté parmi les scientifiques d'aujourd'hui que les continents de la terre furent une fois ensemble comme une seule masse de terre et se séparèrent à un certain moment dans le passé. Naturellement la terre en tant qu'une seule masse, et les mers ensemble comme un tout c'est exactement ce qu'avait décrit Moïse, l'auteur de la Genèse environ il y a **3500** ans *(Ge. 1 : 9-10).* Aucun scientifique ne peut vous dire quand les continents se sont séparés mais la Sainte Bible vous le dit, dans la *Genèse 10 : 25* et *I Chroniques 1 : 19.* Ces versets disent qu'un homme du nom d'Héber nomma son premier fils Péleg, ce qui signifie *division, « parce que de son temps la terre fut partagée ».* Un exemple de plus de l'exactitude absolue de la Sainte Parole de Dieu.

Dieu avait dit à Job, tel qu'enregistré dans le livre de *Job 38 : 7* écrit il y a quelque 3520 ans qu'à l'époque de la création *« Alors que les étoiles du matin éclataient en chants d'allégresse ».* Les scientifiques modernes disent qu'au moment de la « grande détonation », les planètes avaient vibré et sonnèrent comme des cloches. Elles « éclataient en chants ». Récemment, un volcan a produit un tsunami qui a frappé l'Asie et a tué plus de 200.000 personnes. Les scientifiques disent que le choc de ce volcan a déplacé la terre de son axe normal environ 2,5 centimètres et a causé à la terre de « vibrer comme une cloche » toutes les 17 minutes pendant des semaines qui suivirent. La Parole de Dieu est vraie !

Pourquoi connaître la vérité est si important ? Jésus a dit à la femme à la source dans *Jean 4 : 24, « Dieu est esprit : et il faut que ceux* qui l'adorent *l'adorent en esprit et **en vérité** ».* **Notre adoration de Dieu n'est pas acceptée par Lui à moins qu'elle soit faite conformément à Sa vérité.** Sa vérité à propos de ce qu'Il est, Sa nature divine, Sa miséricorde, Sa grâce, son empressement à recevoir et à pardonner les pécheurs. Dans *Marc 7 : 7* Jésus cite à partir d'Ésaïe là où Dieu dit, « ***C'est en vain qu'ils m'honorent,** En donnant des préceptes qui sont des commandements d'hommes ».* La vérité de Dieu est révélée par le Saint-Esprit, *« l'Esprit de vérité » (Jean 14 : 17, 15 : 26, 16 : 13)* en Son Fils Jésus, qui a dit in *Jean 14 : 6 « Je suis le chemin, **la vérité** et la vie. Nul ne vient au Père **que par moi** ».*

Quelle est la vérité concernant le Dieu Tout-Puissant et Son fils Jésus-Christ ? *I Timothée 2 : 3-5* déclare :

> *« Cela est bon et agréable devant Dieu notre Sauveur, qui veut que tous les hommes **soient sauvés** et parviennent à **la connaissance** de la vérité. Car il y a **un seul Dieu**, et aussi **un seul médiateur** entre Dieu et les hommes, **Jésus-Christ homme.** »*

Comprenez-vous cette vérité ? Ou que disait Jésus dans *Apocalypse 3 : 14* :

> *« Écris à l'ange de l'Église de Laodicée : Voici ce que dit l'Amen, **le témoin fidèle et véritable, le commencement de la création de Dieu.** »*

Comprenez-vous cette vérité fondamentale ? Croyez-vous à cette vérité et la recevez-vous ? Et aussi lorsque Jésus déclare en *Jean 8 : 17-18* :

> *« Il est écrit dans votre loi que le témoignage de deux hommes est vrai ; je rends témoignage de*

> moi-même, et le Père qui m'a envoyé rend
> témoignage de moi. »

Jésus dit « Moi et mon Père sommes deux ; deux témoins ». Comprenez-vous cette vérité ? Aimez-vous cela ? Je veux attirer votre attention sur le fait que nous nous sommes appuyés sur nos croyances, dogmes, et sur les doctrines de nos dénominations pour si longtemps que nous semblons quelques fois les aimer beaucoup plus que nous aimons *« ainsi déclare la Parole de Dieu »*. Cela importe peu ce que les traditions, l'orthodoxie, les théologiens, les pères de l'église du premier siècle ou les conciles disent, **la Bible est juste !** L'unique autorité sur laquelle se base toute doctrine que nous retenons et déclarons c'est la parole inhérente et infaillible de Dieu, la Sainte Bible. David a dit en *Psaume 119 : 128 :*

> *« C'est pourquoi je trouve **justes toutes les
> ordonnances, Je hais toute voie de mensonge** »*

La Bible

Dieu est le gardien de Sa parole. Elle n'a pas été écrite **par** des théologiens ni **pour** des théologiens mais pour être lue et comprise par l'homme ordinaire, «un voyageur quoique insensé. » Par une série d'actes merveilleux, Il nous l'a donnée en français, afin que nous puissions la comprendre comme nous pouvons comprendre n'importe quel livre écrit dans cette langue. Quelques parties sont des paraboles, d'autres sont des allégories, mais la majorité écrasante de la Parole de Dieu doit être prise littéralement. Dieu n'essaie pas de cacher la vérité. Un lecteur peut déterminer avec certitude quand c'est une parabole ou une allégorie, et quand Il dit « c'était, » c'était ! *(Même cette partie qui est une parabole ou une allégorie, se réfère à une chose qui est littérale).*

Nous devons aimer la vérité. Permettez-moi de vous rappeler que jouer d'une manière imprudente avec la vérité est à la fois immoral et dangereux. Nous devons aimer la vérité pour être sauvés. Ceux qui ne reçoivent pas de l'**amour pour la vérité** recevront bientôt un jour de la part de Dieu une forte illusion et seront condamnés. Paul déclare en *II Th. 2 : 9-12* concernant l'antéchrist :

> « *L'apparition de cet impie se fera, par la puissance de Satan, avec toutes sortes de miracles, de signes et de prodiges mensongers, et avec toutes les séductions de l'iniquité pour ceux qui périssent* **parce qu'ils n'ont pas reçu l'amour de la vérité** *pour être sauvés. Aussi Dieu leur envoie une puissance d'égarement, pour qu'ils croient au mensonge, afin que tous ceux qui* **n'ont pas cru à la vérité**, *mais qui ont pris plaisir à l'injustice, soient condamnés.* »

J'étais attristé comme je lisais récemment les paroles d'un célèbre rabbin juif tel que reportées dans les médias, « Je ne croirais pas que Jésus est le Messie même si Moïse me le disait, » Bien sûr, Moïse le lui a dit en *De. 18 : 15* :

> « *L'Éternel, ton Dieu, te suscitera* **du milieu de toi, d'entre tes frères, un prophète** *comme moi : vous l'écouterez !* »

Puis Dieu a dit à Moïse *:*

> « *Je leur susciterai* **du milieu de leurs frères un prophète comme toi**, *je mettrai* **mes paroles dans sa bouche**, *et* **il leur dira tout ce que je lui commanderai.** *Et si quelqu'un n'écoute pas mes paroles* **qu'il dira en mon nom**, *c'est moi qui lui*

en demanderai compte » *(De. 18 : 18-19).*

Je sais que le rabbin et la plupart des Juifs ne comprennent pas ces versets, mais les comprenez-vous ? Celui-ci n'est pas un autre « Dieu » que l'Éternel Dieu a promis à Israël, mais un « *Prophète* », « *du milieu de toi,*» « *du milieu de leurs frères, comme toi* » (Moïse). Celui-ci n'est personne d'autre que Jésus-Christ le Messie *(Jean 1 : 45 ; Actes 3 : 22 et 7 : 37).* Il devait agir comme l'agent exclusif de Dieu dans la vérité, le salut, et le jugement ; mais il n'y avait pas de promesse qu'il serait Dieu. Jésus disait à Dieu le Père. « *Or, la vie éternelle, c'est qu'ils te connaissent, toi, le seul vrai Dieu* », et **voilà** la vérité.

Comprenez aussi cette vérité. Dieu a dit à propos de ce Messie Prophète, «*Mes paroles qu'il dira en mon nom* ». Jésus a dit en *Jean 5 : 43*, « *Je suis venu au nom de mon Père* ». Et encore en *Jean 10 : 25*, « *Les œuvres que je fais au nom de mon Père* ». Le nom du Père n'est pas « Jésus ». **Le nom de Dieu est Son autorité.** Dieu avait dit à Moïse concernant l'**ange** qui conduisait Israël vers la terre promise :

> « *Tiens-toi sur tes gardes... ne lui résiste*
>
> *point : ... car mon nom est en*
>
> *lui* » *(Exode 23 : 21).*

Remarquez que Dieu avait dit à Moïse, ce Prophète (*Jésus*) serait suscité « *du milieu de leurs frères* » (*De. 18 : 18*). *Hébreux 2 : 17* déclare à propos de Jésus, « *En conséquence, il a dû être rendu semblable en toutes choses à ses frères* ». Jésus n'est pas venu dans « la famille de Dieu », il est venu dans « la famille des hommes ». Il est notre frère, « Jésus-Christ **homme** ».

Le rabbin incrédule a une très petite chance d'être sauvé, sauf une expérience à la route de Damas comme l'apôtre Paul, et cela est peu probable qu'arrive. Lui et nous devons recevoir et croire la Parole de

Dieu autrement nous serons perdus. Dieu a donné à Sa parole écrite une importance suprême. Pierre a dit de Jésus, le Prophète promis, en *Actes 3 : 23*, « *et quiconque n'écoutera pas ce prophète sera exterminé du milieu du peuple* ». Comment savons-nous ce que Jésus a dit ? **Des hommes fidèles l'ont écrit !**

Écoutez David en *Psaume 138 : 2* tiré de la Bible Darby : « *Car tu as **exalté ta parole au-dessus de tout ton nom*** ». (Louis Segond a traduit ce passage autrement : « *Car ta renommée s'est accrue par l'accomplissement de tes promesses* »). Dieu a magnifié Sa parole au-dessus de Son nom ; pour cette raison, nous savons avec certitude qu'Il l'a exaltée au-dessus de nos **confessions de foi** et **doctrines de dénominations**. Remarquez ce que déclare Pierre en *II Pierre 1 : 17-21 :*

> « *Car il a reçu de Dieu le Père honneur et gloire, quand **la gloire magnifique lui fit entendre une voix qui disait : Celui-ci est mon Fils bien-aimé, en qui j'ai mis toute mon affection.** Et **nous avons entendu cette voix** venant du ciel, lorsque nous étions avec lui **sur la sainte montagne.** Et nous tenons pour d'autant plus certaine la parole prophétique, à laquelle vous faites bien de prêter attention, comme à une lampe qui brille dans un lieu obscur, jusqu'à ce que le jour vienne à paraître et que l'étoile du matin s'élève dans vos cœurs ; sachant tout d'abord vous-mêmes qu'**aucune prophétie de l'Écriture** ne peut être un objet d'interprétation particulière, **car ce n'est pas par une volonté d'homme qu'une prophétie a***

> **jamais été apportée,** *mais c'est poussés* **par le Saint-Esprit** *que* **des hommes ont parlé** *de la part de Dieu.* »

Vous pouvez avoir besoin de lire et relire ces versets plusieurs fois pour recevoir ce que Pierre dit. « Nous avons entendu la voix de Dieu venant du ciel concernant Jésus, mais nous avons **la parole prophétique plus certaine** qu'une voix venant du ciel. » Nous avons « la prophétie de l'Écriture » à laquelle nous faisons bien « de prêter attention ». Je n'ai pas écrit ceci, mais **je suis appelé à le déclarer.**

Même nous, qui nous qualifions des chrétiens fondamentalistes et nous enorgueillissons dans notre position de : « *solo scriptura* » (les Écritures uniquement), avons permis à la tradition d'obscurcir notre compréhension de ce que la Bible dit à propos de Dieu et de la divinité.

En *Jean 16 : 13* Jésus se réfère au Saint-Esprit comme « *l'Esprit de vérité* » et promet qu'« *il vous conduira dans toute la vérité* ». Sûrement avec son assistance, des chercheurs sincères peuvent trouver la vérité au sujet de qui est Dieu. Ceci est fondamental. Des enseignements et des doctrines erronés ne sont pas **la vérité.** La vérité est pure ! C'est la vérité qui nous rend libres, Jésus a dit au Père en *Jean 17 : 17*, « *ta parole est la vérité* ». **Lorsque la vérité est mélangée avec l'erreur, la vérité est détruite !**

Les croyants de la Bible seront tous d'accord que la Bible ne se contredit pas. Elle a un seul auteur, Dieu le Père, bien qu'il ait employé quelque 40 écrivains pour la rédiger sous l'inspiration du Saint-Esprit *(II Pierre 1 : 21 ; II Timothée 3 : 16)*. Étant donné que Dieu ne Se contredit pas, chaque fois qu'une Écriture **semble** contredire une autre, cela signifie simplement que notre compréhension est défectueuse ; par conséquent, nous devons étudier et prier que notre compréhension devienne plus claire à ce point. Dans *Luc 24 : 45*, Jésus « *leur ouvrit l'esprit, afin qu'ils comprissent les Écritures* ». Voici ce que nous devons chercher.

Paul a écrit au jeune serviteur Timothée quelques bons conseils :

> « **Efforce-toi** *de te présenter devant Dieu comme un homme* **éprouvé**, *un ouvrier* **qui n'a point à rougir, qui dispense droitement** *la parole de la vérité* » (II Timothée 2 : 15).

La Bible est le meilleur commentaire de soi-même. Le contexte explique souvent le texte. Je regrette de devoir le dire que nous avons aujourd'hui beaucoup trop d'hommes et de femmes devant la chaire, à la radio et à la télévision qui « dispensent maladroitement » la parole de vérité. Un homme a dit à mon grand-père il y a plusieurs années avec dérision « vous pouvez tout prouver par la Bible. La Bible déclare, Judas alla se pendre, va et fais de même, et ce que tu fais, fais-le promptement. » Ceci est « dispensé faussement. » Nous devons abandonner de prendre des versets particuliers hors de contexte et quelques éléments des versets pour établir des vérités fondamentales profondes. Nous devrions nous poser cette question, nos croyances s'ajustent-elles avec l'**ensemble** des Écritures ? Jean chapitres 6 et 7 donnent le récit de l'époque où dans le début du ministère de Jésus, la région de Galilée fut le théâtre de tumulte à cause de la question, « *Qui est-il ?* » Certains croyaient en lui, tandis que d'autres ne croyaient pas. Puisqu'il parlait avec autorité et faisait des miracles, plusieurs disaient il doit être le Prophète ou le Messie. Les pharisiens incrédules disaient qu'il n'était l'un ni l'autre. Des multitudes le suivaient d'un lieu à un autre, même par barque (*6 : 24*), et quelques-uns l'auraient pris de force et fait de lui un roi, s'il ne s'était retiré sur la montagne pour se cacher

(6 : 15). Ils ont finalement résumé tout cela par la question suivante :

> *« Est-ce bien de la Galilée que doit venir le Christ ?* (Jésus est né à Bethléhem mais a grandi à Nazareth en Galilée). *L'Écriture ne dit-elle pas que c'est de la postérité de David, et du village de Bethléhem, où était David, que le Christ doit venir ? Il y eut donc, à cause de lui, division parmi la foule » (Jean 7 : 41-43).*

Quand Nicodème parla en faveur de Jésus, ils lui répondirent :

> *« Es-tu aussi Galiléen ? Examine, et tu verras que de la Galilée il ne sort point de prophète. Et* **chacun** *s'en retourna dans sa maison » (Jean 7 : 52, 53).*

Suivez bien ce qui était arrivé : au beau milieu du désarroi et de la discussion quelqu'un a cité un verset des Écritures, *Michée 5 : 2 (5 : 1)* *« Et toi, Bethléhem Ephrata... »* et cela a réglé la question ! Le Messie devait venir de Bethléhem mais Jésus était de Galilée ; par conséquent, ils ont raisonné qu'il ne pouvait pas être le Messie. Ainsi avec leur verset chéri de la Bible fermement ancré dans l'intelligence, ils ont rejeté Jésus et sont allés chez eux pour dormir cette nuit-là dans leurs propres lits et ne lui ont plus accordé une autre pensée sérieuse. Chaque fois que l'on faisait allusion à lui par la suite, l'hypothèse était d'office écartée puisqu'ils l'avaient balayée par un seul verset de la Bible.

Mais Jésus disait :

> *« Vous* **sondez les Écritures***, parce que vous pensez avoir en elles la vie éternelle : ce sont elles qui* **rendent témoignage de moi** *» (Jean 5 : 39).*

Il a encore dit en *Matthieu 22 : 29*

> « *Vous êtes dans l'erreur, parce que vous ne comprenez ni les Écritures, ni la puissance de Dieu* ».

Quand l'apôtre Paul a prêché aux Juifs de Bérée, en *Actes 17 : 11*, une autre doctrine qu'ils n'avaient pas apprise auparavant :

> « *Ces Juifs avaient des* **sentiments plus nobles** *que ceux de Thessalonique ; ils reçurent la parole avec beaucoup d'empressement, et* **ils examinaient chaque jour les Écritures,** *pour voir si ce qu'on leur disait était exact* ».

Dire, « *Voici ce que j'ai toujours cru* » n'est pas un bon argument pour la doctrine. Vous pouvez être sincère mais en erreur. Ceux qui avaient crucifié le Christ et persécuté les apôtres furent sincères, mais « sans intelligence ». La Bible est un livre spirituel et elle doit être spirituellement discernée. Ceux qui vivent selon la chair ne reçoivent pas les choses de l'Esprit de Dieu. Quelle est la signification de ce verset ? Qu'est-ce que l'Esprit dit? Est-ce que votre interprétation fait violence au texte ?

Jésus savait que la multitude avait « entendu » ce qu'il disait, mais ils n'ont pas vraiment « écouté ».

> « *Il* (Jésus) *dit à ses disciples : Pour vous, écoutez bien ceci* » *(Luc 9 : 43, 44).*

Entendre était un problème à l'époque de Jésus

> « *Ils ont endurci leurs oreilles* » *(Matthieu 13 : 15)*
> « *... Ayant des oreilles, n'entendez-vous pas ?* » *(Marc 8 : 18).*

Huit fois dans les Évangiles Jésus dit, « Que celui qui a des **oreilles** pour **entendre entende !** »

Quand à moi, écrire ce livre est un effort sincère de me soumettre et d'embrasser la vérité concernant ce que disent les Saintes Écritures à propos de la divinité. Je vois que cette vérité va à l'encontre de ce que j'ai cru et enseigné précédemment. J'ai grandi dans ce qui est connu comme une Église Pentecôtiste de l'Unicité. J'ai servi comme Pasteur dans une église de la même foi pendant dix ans et je l'ai fortement défendue. Je vois et admet maintenant que je me suis trompé. Jésus avait dit au Père en *Jean 17 : 3, « Or, la **vie éternelle**, c'est qu'ils te connaissent, toi, **le seul vrai Dieu**, et* (en plus de cela) *celui que tu as envoyé Jésus-Christ »*.

Je voudrais aussi dire à mes frères trinitaires, Dieu n'est pas trois personnes, **Dieu est un seul**. Paul dit en *I Corinthiens 8 : 4 et 6*, *« … qu'il n'y a point d'idole dans le monde, et qu'il n'y a qu'un seul Dieu… néanmoins pour nous **il n'y a qu'un seul Dieu, le Père**, de qui viennent toutes choses et pour qui nous sommes, et un seul Seigneur, Jésus-Christ »*.

L'Ancien et le Nouveau Testaments contiennent plus de 10 mille pronoms et verbes au **singulier** qui se réfèrent au seul Dieu *(Je, Moi, Il, Lui, Son – **pas** « ils », « eux » ou « nous »)*. [1] Si ce grand nombre de pronoms au singulier employés pour Dieu, ne convainc pas quelqu'un qu'**Il est une personne**, c'est invraisemblable qu'il y ait quelque chose d'autre **dans l'usage de la langue** qui le fera.

La vérité n'est pas déterminée par un vote majoritaire. Plusieurs gens qui n'ont jamais pris la peine de faire des recherches de la vérité de la Bible eux-mêmes, se consolent du fait qu'ils font partie d'un grand groupe ou d'une grande dénomination, et que des millions d'autres croient comme eux. Ceci est appelé « la mentalité de troupeau » et dans la religion, cela est dangereux. Considérez s'il vous plaît ce fait : la vérité n'est pas diminuée si le monde entier la renie, et l'erreur n'est pas fortifiée quoique des millions de personnes la proclament ! Combien de gens avaient cru qu'un déluge allait avoir lieu à l'époque de Noé ? Combien de gens ont compris et cru que Jésus était le Messie promis d'Israël en 32 apr. J-C ? Combien de gens ont cru que Dieu allait répandre l'Esprit Saint sur les païens environ l'an 41 apr. J-C ? Osez être différent pour l'amour de la vérité !

Permettez-moi de dire en ce qui concerne la question de la divinité que plusieurs hommes de bien, plus intelligents et plus instruits que moi, ont lutté avec cet extraordinaire sujet mais ils ont échoué, ayant ceci en esprit, je l'approche avec crainte et tremblement. Mais je l'ai étudié et j'estime que j'ai quelque chose à dire. « Mais que dit l'Écriture » *(Galates 4 : 30)* ?

Mon ami, si vous n'aimez pas la vérité plus que toute autre chose, vous ne voudrez pas aller plus loin avec ce livre. Je suis d'accord avec le feu Dr. J. Vernon McGee que la raison vraisemblable pour laquelle Jésus parla en paraboles aux scribes et aux pharisiens, au lieu de plus franchement, était qu'il connaissait qu'**en tout cas**, ils allaient le **rejeter** et le **crucifier** ; et qu'ils seraient uniquement jugés par Dieu pour leur rejet de la vérité **additionnelle. Nous sommes responsables de ce que nous entendons** ; et nous devons dire dans nos cœurs oui ou non, et puis l'exprimer. **Aimer la vérité c'est haïr l'erreur !** Certaines personnes ont posé la question, « Si vous croyez cela, pourquoi simplement ne pas le garder pour vous-même ? » Il y a une bonne réponse à ce sujet dans les Écritures.

« Et, comme nous avons le même esprit de foi qui
est exprimé dans cette parole de l'Écriture : J'ai

cru, c'est pourquoi j'ai parlé ! ***nous aussi nous croyons, et c'est pour cela que nous parlons*** » *(II Corinthiens 4 : 13).*

Pour un chrétien et spécialement un serviteur de Jésus-Christ, voir une vérité c'est la proclamer. **Je crois, c'est pourquoi je parle ! Ce livre est une recherche de la vérité.** Ceux qui sont dans la recherche de la **vérité** ne devraient jamais craindre les faits. S'il y a un verset dans les Écritures qui fait mal à votre doctrine, ne l'évitez pas, mais approchez-le de front, et demandez à Dieu de vous ouvrir l'intelligence.

« *Alors il leur ouvrit l'esprit, afin qu'ils comprissent les Écritures* » *(Luc 24 : 45).*

Tout comme l'a dit aussi Frère McGee, il y a plus qu'une sorte d'orgueil. Il y a l'orgueil de la « **race** », l'orgueil de la « **figure** », l'orgueil de « **lieu** », et l'orgueil de la « **foi** ». Ce fut de l'**orgueil de la « foi** » qui causa aux pharisiens de manquer leur Messie. Approchez humblement la Parole de Dieu de peur que l'orgueil de la *« foi »*, les crédos passés et les doctrines des dénominations ne vous poussent à manquer le **vrai Jésus**.

Chapitre 2

La Divinité 101

« *... Toi seul, Tu es Dieu* » *(Psaumes 86 : 10)*
« *Or, la vie éternelle, c'est qu'ils te connaissent,
toi, **le seul vrai Dieu**, et celui que tu as envoyé
Jésus-Christ* » (c'est Jésus qui parle) *(Jean 17 : 3)*.
« *... nous savons qu'il n'y a point d'idole dans le
monde et **qu'il n'y a qu'un seul Dieu...** pour
nous **il n'y a qu'un seul Dieu, le Père**, de qui
viennent toutes choses et pour qui nous sommes,
et un seul Seigneur, Jésus-Christ... Mais cette
connaissance n'est pas chez tous...* » (L'Apôtre
Paul) *(I Co. 8 : 4, 6-7)*.

*P*ourquoi avons-nous rendu la compréhension de qui est Dieu par
rapport à Son fils Jésus si difficile lorsque la Bible l'a si clairement
déclaré ? Le prophète Daniel et Jean le Révélateur furent instruits par
Dieu de sceller certaines choses concernant des prophéties qui seraient
révélées à la fin des temps, mais je n'ai jamais trouvé une seule Écriture
où Dieu a scellé la compréhension de la divinité. En fait, Il a plutôt dit
l'exact opposé en *Ésaïe 43 : 10, 11* :

> *« Vous êtes mes témoins, dit l'Éternel, Vous, et mon serviteur que j'ai choisi, Afin que vous **le sachiez,** Que vous **me croyiez et compreniez** que c'est moi : **Avant moi il n'y a point été formé de Dieu, Et après moi il n'y en aura point.** C'est moi, moi qui suis l'Éternel, Et **hors de moi il n'y a point de sauveur.** »*

Le Dieu Tout-Puissant a dit à travers le prophète Jérémie :

> *« Ainsi parle l'Éternel : Que le sage ne se glorifie pas de sa sagesse, Que le fort ne se glorifie pas de sa force, Que le riche ne se glorifie pas de sa richesse. Mais que celui qui veut se glorifier se glorifie **D'avoir de l'intelligence et de me connaître,** De savoir que je suis l'Éternel, Qui exerce la bonté, le droit et la justice sur la terre »* (Jé. 9 : 23, 24).

L'apôtre Paul dit en *Romains 1 : 19-20 :*

> *« Car ce qu'on peut connaître de Dieu est manifeste pour eux, Dieu **le leur ayant fait connaître.** En effet, **les perfections invisibles de Dieu, sa puissance éternelle et sa divinité, se voient comme à l'œil,** depuis la création du monde, **quand on les considère** dans ses ouvrages. Ils sont donc inexcusables »*

Avons-nous besoin de preuves supplémentaires que Dieu peut être connu et que la divinité est compréhensible plus que ce qui est trouvé dans ces déclarations par le Saint d'Israël et Son grand apôtre Paul ? Regardez encore une fois les mots employés, « **sachiez** », « **croyiez** et compreniez, » « avoir de l'intelligence et connaître,» « connaître, manifeste, fait connaître, sa puissance éternelle et sa divinité, se voient comme à l'œil, quand on les considère. » Pourquoi alors un si grand nombre des serviteurs chrétiens prêchent et enseignent que la divinité est trop difficile à comprendre ? Puis-je dire que je crois que les trinitaires de même que ceux de l'Unicité, nous avons longtemps quitté le point de vue biblique de qui Dieu est, et avons essayé de faire rentrer les Saintes Écritures dans le moule de nos idées préconçues.

Il y a des raisons qui expliquent notre manque de compréhension. Une, lorsque nous nous retournons sur ce que la Bible dit concernant ce sujet très important, nous le regardons à travers les vitres tintées par des enseignements erronés des quelques pères de l'église postapostolique et les conclusions non bibliques des crédos des conciles de l'église, de Nicée *(325 apr. J-C),* et Chalcédoine *(451 apr. J-C).* En ce qui concerne les pères de l'église primitive, ceci devrait être dit que l'évidence ne peut pas être trouvée montrant que même l'un d'eux a enseigné la doctrine d'un Dieu en trois, comme déclaré par les conciles avant 200 apr. J-C.[1] C'était longtemps après la mort des apôtres du Christ et de tous ces hommes qui les ont connus personnellement. Il est bien connu que beaucoup d'enseignements apostoliques sont allés de travers après la mort de ces hommes choisis. En réalité, Jude, le demi-frère de Jésus, pouvait le voir venir lorsqu'il a écrit sa petite mais puissante épître vers les années 66 apr. J-C, et a lancé un appel sincère *« ... afin de vous exhorter à combattre pour la foi qui a été transmise aux saints une fois pour toutes » (Jude 1 : 3).*

En ce qui concerne le concile de 325 apr. J-C, il fut convoqué par l'Empereur Constantin, qui était supposément converti au christianisme. Une division sérieuse s'était développée dans son empire entre les théologiens chrétiens de deux villes très importantes, Antioche et Alexandrie, concernant la personne de Jésus-Christ et son rapport avec Dieu le Père. Ceux d'Alexandrie croyaient que Jésus a éternellement préexisté comme un être divin et seulement **semblait être** un être humain réel, « **homme** » mais pas « **un homme** ». Ceux d'Antioche, une cité mentionnée plusieurs fois dans le N.T. et déclarée en *Actes 11 : 26* d'être le lieu où les croyants en Christ furent « appelés chrétiens pour la première fois, » gardaient un point de vue plus traditionnel. Leurs vues se basaient sur le monothéisme juif d'un Dieu Un et de Jésus, quoique fils de Dieu, n'étant ni coégal ni coéternel avec le Père. Dans un effort de résoudre cette dispute perturbante et d'assujettir son empire, Constantin a écrit des lettres à chaque faction conseillant vivement qu'ils réconcilient leurs différences. Les lettres identiques se lisent en partie comme suit :

> « Comme profonde est-elle, la plaie que non seulement mes oreilles, mais aussi mon cœur, ont reçue grâce au rapport dont des divisions existent entre vous. M'ayant informé soigneusement de l'origine et la base de ces différences, je trouve que leur cause est **d'une nature réellement insignifiante**, tout à fait démérité d'une contention si amère. » [2]

Lorsque cet effort a échoué, Constantin a convoqué un concile de 300 évêques à sa résidence de Nicée, une ville de la Turquie. Ces différences dans la compréhension de qui Jésus est **ne sont pas** « insignifiantes », et il ne pouvait savoir quel effet profond allait avoir ce concile de Nicée, qu'il a présidé, sur les enseignements et croyances fondamentaux des centaines de millions de chrétiens pratiquants dans les siècles à venir. Constantin, un soldat professionnel, était un homme de violence et avait beaucoup de meurtres, d'exécutions, et beaucoup de massacres sur son compte. Il avait tué ses proches parents pour s'assurer que ses trois fils allaient être ses successeurs. [3] Quoiqu'il professe une conversion au christianisme, c'est douteux qu'il ait réellement voulu devenir un chrétien au fond. Jésus a dit « *C'était donc à leurs fruits que vous les reconnaîtrez* » *(Mt. 7 : 20)*. Paul Johnson dit dans son ouvrage, « *Une histoire du christianisme* » que « Constantin semble avoir été un adorateur du soleil, l'un d'un certain nombre de derniers cultes païens qui avaient des observances en commun avec des chrétiens. L'adoration de tels dieux n'était pas une nouvelle idée. Tout Grec ou Romain s'attendait à ce que du succès politique suivît de la piété religieuse. Le christianisme était la religion du père de Constantin. Bien que Constantin prétende être le treizième apôtre, la sienne ne fut pas une conversion soudaine comme celle sur le chemin de Damas. En effet, c'est très douteux qu'il ait véritablement abandonné l'adoration du soleil. Après son acceptation déclarée du christianisme, il construisit un arc de triomphe au dieu du soleil et érigea à Constantinople une statue au même dieu du soleil portant sa propre physionomie. Il fut finalement déifié après sa mort par un édit officiel dans l'empire, comme le furent plusieurs dirigeants romains. » [4]

Constantin, qui a présidé les débats de son emplacement sur sa chaise en or forgé, n'avait pas entièrement compris les questions en jeu, mais a favorisé la vue minoritaire des délégués d'Alexandrie. Son entrée est décrite ainsi par l'historien Schaff, citant Eusèbe de Césarée :

> « Le moment où l'approche de l'empereur fut annoncée par un signal donné, ils se sont tous levés de leurs sièges, et l'empereur apparut

comme un messager céleste de Dieu, couvert d'or et de pierres précieuses, une présence glorieuse, de très grande taille et svelte, plein de beauté, de force et de majesté. » [5]

Ce fut dans ce cadre que l'église de Jésus-Christ a pris un virage serré du monothéisme de la Bible vers la doctrine non biblique de la trinité, avec la décision que Jésus est coégal et coéternel avec Dieu, « Vrai Dieu né du Vrai Dieu » « de même nature que le Père ». Voici la croyance soutenue par la majorité des chrétiens jusqu'à ce jour, près de dix-sept siècles après. L'église a été prise par les pensées des théologiens d'Alexandrie, pensées fortement influencées par la philosophie grecque. Des millions de chrétiens sincères aujourd'hui se prosternent sans le savoir devant le trône en or forgé de Constantin dans leur compréhension de qui Dieu est. Le Dieu de la Bible est **Un** !

Le *Crédo de Nicée* lit en partie :

« Nous croyons en un seul Dieu, le Père Tout-Puissant, Créateur de toutes choses visibles et invisibles et en un seul Seigneur Jésus-Christ, le Fils de Dieu, engendré éternellement du Père et Fils unique engendré. C'est-à-dire, de même nature que le Père, Dieu provenant de Dieu, Lumière provenant de la Lumière, Vrai Dieu du Vrai Dieu. Engendré, pas façonné, de même nature que le Père. »

Ceux qui s'opposaient à ce crédo enseignaient que le Fils n'est pas Dieu de la même manière que le Père est Dieu. Être divin signifie surtout sans origine, ou n'ayant pas d'origine. Étant donné qu'il n'y a qu'un seul Dieu, le Fils et le Père ne peuvent tous les deux n'avoir pas d'origine. Ainsi, c'est uniquement le Père qui n'a pas d'origine et qui est réellement Dieu ; le Fils est né du Père. Bien que le Fils dépasse toutes les autres créatures en perfection, néanmoins, le Fils a la position d'une créature en rapport avec le Père.

Le Concile en disant que le Fils était « de même nature que le Père *(grec, homoousios)*, attribue **divinité** au Fils. En d'autres termes, « Le Fils est vraiment Dieu, tout comme le Père est vraiment Dieu ». [6]

À la fin du crédo, le Concile a attaché une condamnation écrite contre tout celui qui reniera sa conclusion, spécialement ceux qui croyaient que Christ n'existait pas dans toute l'éternité. Athanase, père de l'Église du quatrième siècle, le résuma en ces mots, **« *Dieu s'est fait homme afin que nous puissions devenir des dieux* ».** [7] Celle-ci n'est pas une doctrine de la Bible, mais une pensée grecque et romaine.

Avec l'approbation de Constantin, le crédo fut accepté et un décret de bannissement a été émis contre tous les dissidents. Les chrétiens qui ont été des victimes de la puissance romaine quelques années auparavant, commençaient à utiliser dès lors la puissance romaine pour se persécuter les uns les autres. Nous ne devrions pas le considérer étrange que Constantin ait présidé un concile qui accepta une divinité se composant de deux personnes, car le monde romain et grec était saturé de plusieurs dieux *(Actes 17 : 16 – 23)*. Non plus qu'**un homme** *(Jésus est appelé un « homme » quelque 20 fois dans le N. T)*. pouvait être proclamé en tant que Dieu. Constantin a ordonné que son propre père soit déifié et lui-même serait accordé ce même honneur après sa mort. À sa mort, il était proclamé le 13e Apôtre. D'après Eusèbe de Nicomédie, quelques-uns des délégués d'Antioche qui avaient signé le parchemin avaient plus tard protesté en écrivant à Constantin qu'ils avaient « **commis un acte impie, Oh Prince, en souscrivant à un blasphème par crainte de votre**

personne ». [8]

Dans leur œuvre, « *Un résumé de l'histoire chrétienne* », Robert Baker et John Roberts déclarent:

> « Chacun connaissait que la décision du concile avait été **arbitraire**. Constantin avait déterminé ce que le concile devait décider, pourtant les décrets du concile ont été reconnus en tant que **des déclarations chrétiennes impérieuses**. Les dirigeants sensés ont réfléchi à ce nouveau développement. Ils ont commencé à estimer que **les intentions et la conduite** chrétiennes **étaient secondaires**; leur but était de parvenir à prendre des décisions autorisées. Plusieurs des derniers conciles universels ont pris leurs décisions par la **coercition physique** et par des tactiques de chahuts et mêlés. Il est difficile de voir quelle part le véritable christianisme a eue dans certains de ces conciles. » [9] Ils disent également que « le développement qui a commencé avec le premier concile universel à Nicée en 325 **a directement mené à l'Église Catholique Romaine**. Un tel progrès aurait été impossible sans l'attitude amicale et **le bras fort de la puissance séculaire**. » (L'emphase est mienne partout).

Constantin a réussi à apporter l'harmonie dans son empire, mais cela a été au prix d'un coup dévastateur à la vérité !

La doctrine de la trinité telle que nous la connaissons aujourd'hui a été encore poussée au Concile de Constantinople en l'an 381 apr. J-C., qui a ajouté le Saint-Esprit comme troisième personne par ce décret :

> « Je crois en un Dieu, le Père Tout-Puissant, créateur du ciel et de la terre, et de toutes les choses visibles et invisibles. Et en un seul Seigneur Jésus-Christ, le Fils unique de Dieu, Lumière, né de la Lumière, Vrai Dieu né du Vrai Dieu... **et en l'Esprit Saint**, qui est Seigneur et qui donne la Vie. »

Ceci est devenu le dogme de l'église chrétienne ; et par la suite durant des siècles, s'opposer à son enseignement était un crime punissable de mort. Et de nombreuses personnes sont mortes plutôt qu'adopter cette erreur. En fait, l'histoire raconte que durant les deux siècles qui suivirent son commencement, des milliers et des milliers de « chrétiens » ont abattu d'autres chrétiens à cause de la doctrine de la trinité.

L'Encyclopédie du Catholicisme appelle la doctrine de la trinité « une doctrine chrétienne à la fin du quatrième siècle: »

> « Aujourd'hui, des érudits conviennent généralement **qu'il n'y a pas de doctrine de la Trinité** en tant que telle ni dans l'A. T. ni le N. T. Cela irait bien au-delà de l'intention et le mode de pensée de l'A. T. de supposer qu'**une doctrine chrétienne de la fin du quatrième siècle** peut être trouvée là. Également, le N. T. ne contient pas une doctrine explicite de la Trinité. » [10]

Concernant les croyances des « premiers pères de l'Église » *(après l'an 100 apr. J-C),* un mot d'avertissement est certainement de mise. Les déclarations de ces hommes sont citées à la chaire et dans des livres chrétiens comme s'ils étaient des apôtres cadets dont les paroles devaient être considérées comme doctrines de la Bible quand, en fait, le récit historique montre que beaucoup d'entre eux, bien que peut-être bien intentionnés, étaient sérieusement en erreur sur deux points principaux.

Le premier, leur antisémitisme enragé (*haine des Juifs*), est adressé par John Hagee dans son livre, « *Compte à rebours à Jérusalem* », où il dit:

> « L'antisémitisme dans le christianisme a commencé par les déclarations des premiers pères de l'Église, y compris Eusèbe, Cyril, Chrysostome, Augustin, Origène, Justin et Jérôme. » Il dit, « Ils ont catalogué les Juifs comme les assassins du Christ, des porteurs de la peste, des démons, des enfants du diable, des païens sanguinaires… des Shylock assoiffés d'argent, qui étaient aussi fourbes que Judas était implacable. » [11]

Les attitudes de ces hommes, **et d'autres** qui devraient être ajoutés à la liste, prises par l'Église Catholique Romaine sous forme de la « théologie du remplacement, » ont aidé à provoquer l'abattage dévergondé des centaines de milliers de Juifs innocents pendant les croisades, l'Inquisition espagnole et d'autres événements violents pendant l'Âge Noir. Dès la Réforme, Martin Luther, Jean Calvin et d'autres Protestants ont continué à parler de cette hérésie « sans une analyse sérieuse. »

Chaque doctrine porte ses fruits et celle-ci porte un fruit amer. Il est de notoriété publique qu'Adolf Hitler a cité certaines des déclarations viles faites par Luther comme justification pour sa haine des Juifs, qui a mené au massacre de six millions dans l'Holocauste.

La deuxième doctrine erronée que ces pères de l'Église postapostolique ont léguée au christianisme est la doctrine de la trinité. Le même concile de Nicée qui a décidé que Jésus est « de même nature que le Père, » (que le Fils est Dieu, juste comme le Père est Dieu) a décidé que les chrétiens devaient célébrer le jour de Pâques le dimanche au lieu de la date du 14e jour de Nisan quand les Juifs célèbrent la fête de Pâques. Ils ont écrit une lettre à cet effet qui a énoncé en partie :

> « Il a semblé à chacun une chose très indigne que nous suivions la coutume des Juifs dans la célébration de cette très sainte solennité, qui, **misérables pollués!** Ayant souillés leurs mains avec un **crime infâme**, ils sont aveuglés avec raison dans leurs intelligences. N'ayons alors rien en commun avec cette **foule la plus hostile** des Juifs... retirons-nous... de cette **communion la plus odieuse** (« *méritant la haine* ») ...emportée par une impulsion non restreinte partout où leur **folie innée** peut les pousser » [12] (*l'emphase est mienne*).

Avec cette hostilité envers les Juifs, ils étaient plus que volontiers d'abandonner **la vue juive de Dieu** comme un seul.

Et quel était « le crime infâme » dont ce concile a inculpé les Juifs? **Déicide**, le meurtre de Dieu. Comme Chrysostome devait écrire plus tard :

« Pour **le meurtre de Dieu**, il n'y a aucune expiation
(*rédemption*) possible, aucune indulgence ou
pardon. Les chrétiens peuvent ne jamais cesser la
vengeance, et les Juifs doivent vivre dans la
servitude pour toujours. Dieu a toujours détesté les
Juifs. Il revient à tous les chrétiens de détester les
Juifs » [13] (*fin de citation*).

Plusieurs Juifs, eux, avaient exigé que Rome crucifie Jésus, le Fils
de Dieu, mais ils n'avaient pas certainement « tué Dieu, » comme **cela
est impossible** ! Aucun écrivain du N. T. n'a jamais laissé entendre que
les Juifs « ont tué Dieu, » ou qu'ils devaient être méprisés ou maltraités
pour leur participation dans la crucifixion de Jésus. Écoutez Paul qui a
beaucoup souffert de l'opposition des Juifs à son message de l'Évangile :

« *Car je voudrais moi-même être anathème et séparé
de Christ pour* (si cela sauverait) *mes frères, mes
parents selon la chair* » *(Ro. 9 : 3)*.

« *Je dis donc : Dieu a-t-il rejeté son peuple* (Israël) *?
Loin de là!* » *(Ro. 11 : 1)*.

Les « premiers pères de l'Église » étaient **sérieusement en erreur**
sur les deux points !

Si Jésus le Messie était « coégal » ou « coéternel » avec le Dieu
Tout-Puissant,

Pierre ne l'a pas su.

« *Jésus de Nazareth, cet* **homme** *à qui Dieu a rendu
témoignage* » *(Actes 2 : 22)*.

« **Dieu l'a élevé** *par sa droite comme* **Prince et**

Sauveur » *(Actes 5 : 31).*

Paul ne l'a pas su.

> « *Il* (Jésus) *est l'image du Dieu invisible, le premier-né de toute la* **création** » *(Colossiens 1: 15).*

> « *et que Dieu est le chef de Christ* » *(I Co. 11 : 3).*

> « *et vous êtes à Christ,* **et Christ est à** **Dieu** » *(I Co. 3 : 23).*

Et Jésus ne l'a pas su.

> « *Car le Père est* **plus grand que moi** » *(John 14 : 28).*

> « *Voici ce que dit l'Amen, le témoin fidèle et véritable, le commencement de la* **création de Dieu** » *(Ap. 3 : 14).*

Si la Sainte Bible de Dieu, l'Ancien ni le Nouveau Testament, n'enseigne pas une doctrine de la trinité, **qu'enseigne-t-elle alors** à propos de Dieu? **Nous devons le savoir avec exactitude** ! Constantin, avec sa lourde main d'autorité, a déterminé les conclusions du concile de Nicée, mais ceci ne satisfait pas les cœurs affamés de connaître notre Dieu. Nous devons avoir la vérité. **La Bible de Dieu a la réponse** !

DIEU EST UN SEUL DANS L'ANCIEN TESTAMENT

Deutéronome 6 : 4-5:

À Dieu Soit La Gloire

« Écoute, Israël ! L'Éternel, notre Dieu, est **le seul Éternel**. Tu aimeras l'Éternel, ton Dieu, de tout ton cœur, de toute ton âme et de toute ta force. »

Deutéronome 4 : 39

« Sache donc en ce jour, et retiens dans ton cœur que **l'Éternel est Dieu**, en haut dans le ciel et en bas sur la terre, et qu'**il n'y en a point d'autre**. »

Deutéronome 5 : 4-7, 9 :

« L'Éternel vous parla face à face sur la montagne, **du milieu du feu**. ... Il dit : **Je suis l'Éternel, ton Dieu**, qui t'ai fait sortir du pays d'Égypte, de la maison de servitude. Tu n'auras **point d'autres Dieu** devant ma face. ... car moi, l'Éternel, ton Dieu, je suis **un Dieu jaloux**... »

Deutéronome 32 : 39 :

« Sachez donc que c'est moi qui suis Dieu, **Et qu'il n'y a point de dieu près de moi**; »

Néhémie 9 : 5-6 :

« ... Levez-vous, bénissez l'Éternel, votre Dieu... **C'est toi, Éternel, toi seul**, qui as fait les cieux, les cieux des cieux et toute leur armée... et l'armée des cieux **se prosterne devant toi**. »

I Samuel 2 : 2 :

« Nul n'est saint comme l'Éternel ; **Il n'y a point d'autre Dieu que toi** ; Il n'y a point de rocher

~ 46 ~

comme notre Dieu ».

Psaume 86 : 10 :

> *« ... **Toi seul, tu es Dieu**. »* Veuillez vous poser cette question, Que signifie **« seul »** ?

Ésaïe 37 : 15-16 :

> *« à qui il adressa cette prière : Éternel des armées, Dieu d'Israël, assis sur les chérubins ! **C'est toi qui es le seul Dieu** de tous les royaumes de la terre, c'est toi qui as fait les cieux et la terre. »*

Ésaïe 37 : 23 : (Dieu dit)

> *« Qui as-tu insulté et outragé ? Contre qui as-tu élevé la voix ? Tu as porté tes yeux en haut Sur le **Saint** d'Israël. »*

Ésaïe 43 : 10-11 :

> *« Vous êtes mes témoins, dit l'Éternel, Vous, et mon serviteur que j'ai choisi, Afin que vous le sachiez, Que vous me croyiez et compreniez que c'est moi : **Avant moi il n'a point été formé de Dieu, Et après moi il n'y en aura point.** C'est moi, moi qui suis l'Éternel, Et **hors de moi il n'y a point de sauveur**. »*

Ésaïe 44 : 6 :

> *« Ainsi parle l'Éternel, roi d'Israël et son rédempteur, L'Éternel des armées : Je suis le premier et je suis le dernier, Et **hors moi il n'y a point de Dieu**. »*

Ésaïe 44 : 8 :

« *N'ayez pas peur, et ne tremblez pas ; Ne te l'ai-je pas dès longtemps annoncé et déclaré ? Vous êtes mes témoins :* **Y a-t-il un autre Dieu que moi ? Il n'y a pas d'autre rocher, je n'en connais point.** »

Ésaïe 44 : 24 :

« *Ainsi parle l'Éternel, ton rédempteur, Celui qui t'a formé dès ta naissance :* **Moi, l'Éternel,** *j'ai fait toutes choses,* **Seul j'ai déployé les cieux, Seul j'ai étendu la terre.** »

Ésaïe 45 : 5- 6 :

« **Je suis l'Éternel, et il n'y en a point d'autre, Hors moi il n'y a point de Dieu**... *C'est afin que l'on sache, du soleil levant au soleil couchant,* **Que hors moi il n'y a point de Dieu : Je suis l'Éternel, et il n'y en a point d'autre.** »

Ésaïe 45 : 11-12 :

« *Ainsi parle l'Éternel,* **le Saint d'Israël, et son créateur**... **C'est moi qui ai fait la terre,** *Et qui sur elle ai créé l'homme ; C'est moi,* **ce sont mes mains qui ont déployé les cieux,** *Et c'est moi qui ai disposé toute leur armée.* »

Ésaïe 45 : 18 :

« **Car ainsi parle l'Éternel, Le créateur des cieux, le seul Dieu, Qui a formé la terre, qui l'a faite et qui l'a affermie,** *Qui l'a créée pour qu'elle ne fût pas déserte, Qui l'a formée pour* qu'elle fût habitée : **Je suis l'Éternel, et il n'y en a point d'autre.** »

Ésaïe 45 : 21-22 :

« *Déclarez-le, et faites-les venir ! Qu'ils prennent conseil les uns des autres ! Qui a prédit ces choses dès le commencement, Et depuis longtemps les a annoncées ? N'est-ce pas moi, l'Éternel ?* **Il n'y a point d'autre Dieu que moi, Je suis le seul Dieu** *juste et qui sauve. Tournez-vous vers moi, et vous serez sauvés, Vous tous qui êtes aux extrémités de la terre !* **Car je suis Dieu, et il n'y en a point d'autre.** »

Ésaïe 46 : 9 :

« *Souvenez-vous de ce qui s'est passé dès les temps anciens ;* **Car je suis Dieu, et il n'y en a point d'autre,** *Je suis Dieu, et* **nul n'est semblable à moi.** »

Ésaïe 47 : 4

« *Notre rédempteur, c'est celui qui s'appelle l'Éternel des armées, C'est* **le Saint** *d'Israël.* »

Jérémie 10 : 10, 12, 16 :

« **Mais l'Éternel est Dieu en vérité,** *Il est un Dieu vivant et un roi éternel ; La terre tremble devant sa colère, Et les nations ne supportent pas sa fureur. Il a créé la terre par sa puissance, Il a fondé le monde par sa sagesse, Il a étendu les cieux par son intelligence.* **L'Éternel des armées est son nom.** »

Osée 13 : 4 :

« *Et moi, je suis l'Éternel, ton Dieu, dès le pays d'Égypte.* **Tu ne connais d'autre Dieu que moi, Et il n'y a de sauveur que moi.** »

Joël 2 : 27 :

« *Et vous saurez que je suis au milieu d'Israël, Que* **je suis l'Éternel, votre Dieu, et qu'il n'y en a point d'autre.** »

Malachie 2 : 10 :

« *N'avons-nous pas tous* **un seul père** *? N'est-ce pas* **un seul Dieu qui nous a créés** *?*

Y a-t-il quelque chose de plus clair ? Dieu aurait-Il pu le dire plus clairement ? Laissez-moi vous poser une question. Quelle partie de « un », « seul », « il n'y a point de Dieu près de moi », « hors moi il n'y a point de Dieu », ou « il n'y en a point d'autre » ne comprenons-nous pas ? « **Je suis l'Éternel le Créateur, Je suis un seul, Je suis tout seul.** » Cette vérité a été inculquée dans chaque petit enfant juif depuis le temps de Moïse jusqu'ici. *Deutéronome 6 : 4*, répété par Jésus dans *Marc 12 : 29*, c'est le **Chémâ** (le crédo ou la profession de foi) d'Israël, « *Écoute, Israël ! L'Éternel, notre Dieu, est le seul Éternel* ». Ils le chantent dans leurs chansons, ils le disent au moment du danger et de la détresse, et le répètent à l'heure du décès. Voilà pourquoi il est si difficile de convaincre un Juif que Dieu est trois personnes, ou trois de n'importe quoi. Le mot hébreu pour un est « **echad** » et c'est exactement ce qu'il signifie, « **un** ». Pas un *un* composé, un *un* pluriel, ou un *un* multiple. **Il n'y a aucune chose de la sorte** ! (*Il n'y a pas non plus d'* « *un* » *trin ni d'* « *une* » *triade*). C'est un seul, singulier, non pas deux ou trois et il n'emporte aucune connotation du pluriel. Il est employé comme adjectif numérique, tout comme notre mot français « un(e) » qui peut être employé avec des noms tels qu'une bande, un groupe, une troupe, ou une famille, mais ceci ne change pas le sens du mot « *echad,* » **c'est toujours un.** Si vous divisez « un » vous le perdez, vous aurez des fractions. Si vous multipliez « un » vous le perdez ; **il cesse d'être un. Un est un** dans toutes les lois de la grammaire et la logique, et vous ne pouvez pas en faire autre chose.

Israël a appris à partir de leurs prophètes que **Dieu est un seul,** capable d'être approché et d'être aimé. *Exode 33 : 11* indique, « *L'Éternel parlait avec Moïse face à face, comme un homme parle à son ami* ». À l'époque de l'Exode, le peuple juif en tant que nation a été amené dans un contact d'intimité avec son seul vrai Dieu créateur, impressionnant dans la puissance, et pourtant personnel. Cette expérience a été imprimée pour toujours dans leur conscience nationale, et c'est ce qu'ils ont donné au monde, le **monothéisme,** la croyance en un seul Dieu et de cela **ils n'ont pas hésité.**

> « *Fut-il jamais un peuple qui entendît la voix de Dieu parlant du milieu du feu, comme tu l'as entendue, et qui soit demeuré vivant ?* **Tu as été rendu témoin de ces choses, afin que tu reconnusses** *que l'Éternel est Dieu,* **qu'il n'y en a point d'autre. Du ciel, il t'a fait entendre sa voix** *pour t'instruire ; et,* **sur la terre, il t'a fait voir son grand feu, et tu as entendu ses paroles du milieu du feu** » *(De. 4 : 33, 35-36).*

Aujourd'hui, le peuple juif est très divisé, principalement en trois groupes, Orthodoxe, Conservateur, et Réformé ; mais le fil conducteur qui traverse l'ensemble de leurs enseignements et la colle qui les maintient ensemble comme un seul peuple est cette croyance en un seul Dieu, indiquée si clairement dans *Deutéronome 6 : 4, « Écoute, Israël ! L'Éternel, notre Dieu, est le **seul** Éternel ».* Nous regardons les Juifs avec consternation parce qu'ils ne peuvent pas voir que Jésus est leur Messie, et ils nous regardent avec désarroi parce que nous avons pris « un homme » et lui avons fait « Dieu ».

UN SEUL DIEU DANS LE NOUVEAU TESTAMENT

Dans le N. T. aussi bien que dans l'Ancien, il y a de nombreuses déclarations très claires qui disent que Dieu est un seul *(entité, être, personne)*. En voici quelques- unes :

Matthieu 19 : 17

> *« Il lui répondit : Pourquoi m'interroges-tu sur ce qui est bon ? **Un seul** est le bon »* (Jésus en parlant de **Dieu**).

Matthieu 23 : 9-10

> *« Et n'appelez personne sur la terre votre père ; car **un seul est votre Père, celui qui est dans les cieux.** Ne vous faites pas appeler directeurs ; car un seul est votre **Directeur**, le Christ. »*

Marc 12 : 29-32 et 34

> *« Jésus répondit : **Voici le premier** : Écoute, Israël, **le Seigneur, notre Dieu, est l'unique Seigneur ;** et : Tu aimeras le Seigneur, ton Dieu, de tout ton cœur, de toute ton âme, de toute ta pensée, et de toute ta force. Voici le second : Tu aimeras ton prochain comme toi-même. Il n'y a pas d'autre*

*commandement plus grand que ceux-là. Le scribe lui dit : Bien, maître; tu as dit avec vérité, **que Dieu est unique, et qu'il n'y en a point d'autre que lui, ... Jésus, voyant qu'il avait répondu avec intelligence, lui dit : Tu n'es pas loin du royaume de Dieu**. »* (Où va cela mettre ceux qui ne croient pas que **Dieu est « un »** ?)

En Jean 5 : 44, Jésus dit à ses critiques :

> *« Comment pouvez-vous croire, vous qui tirez votre gloire les uns des autres, et qui ne cherchez point la gloire qui vient de **Dieu seul** ? »* Qui est celui dont Jésus dit qui est « Dieu seul » (le seul et l'unique Dieu) ? Verset 45 *« Le Père. »*

En Jean 17 : 3, Jésus dit dans sa grande prière au Père :

> *« Or, la vie éternelle, c'est qu'ils te connaissent, **toi, le seul vrai Dieu**, et celui que tu as envoyé, Jésus-Christ »*

En Romains 3 : 29 - 30, Paul dit:

> *« Ou bien Dieu est-il seulement le Dieu des Juifs ? Ne l'est-il pas aussi des païens ? Oui, il l'est aussi des païens, **puisqu'il y a un seul Dieu**, qui justifiera par la foi les circoncis, et par la foi les incirconcis. »*

En I Corinthiens 8 : 4-7, Paul dit:

> *« ... **qu'il n'y a qu'un seul Dieu**. Car, s'il est des êtres qui sont appelés dieux, soit dans le ciel, soit sur la terre, comme il existe réellement plusieurs dieux et plusieurs seigneurs, néanmoins pour nous*

il n'y a qu'**un seul Dieu, le Père**, *de qui viennent toutes choses et pour qui nous sommes, et* **un seul Seigneur, Jésus-Christ**, *par qui sont toutes choses et par qui nous sommes.* **Mais cette connaissance n'est pas chez tous.** »

En Galates 3 : 20, Paul dit :

« *Or, le médiateur n'est pas médiateur d'un seul,* **tandis que Dieu est un seul.**»

En Éphésiens 4 : 5-6, Paul dit :

« *Il y a un seul Seigneur, une seule foi, un seul baptême,* **un seul Dieu et Père de tous, qui est au-dessus de tous**, *et parmi tous, et en tous.* »

En I Timothée 1 : 17, Paul dit:

« *Au roi* **des siècles, immortel, invisible, seul Dieu**, *soient honneur et gloire, aux siècles des siècles ! Amen !* » (Le Dieu qui est invisible est le seul Dieu).

En I Timothée 2 : 3-5, Paul dit :

« *Cela est bon et agréable devant Dieu notre Sauveur, qui veut que tous les hommes soient sauvés et parviennent à la connaissance de la vérité.* **Car il y a un seul Dieu, et aussi un seul médiateur entre Dieu et les hommes, Jésus-Christ homme.** »

En Jacques 2 : 19, Jacques le demi-frère de Jésus fait cette déclaration forte :

« *Tu crois qu'il y a* **un seul Dieu**, *tu fais bien ; les démons le croient aussi, et ils tremblent.* »

En *Apocalypse 4 : 2, 8*, Jean a vu Dieu le Créateur sur Son trône et a ainsi décrit la scène :

> « ... *Et voici, il y avait **un trône** dans le ciel, et **sur ce trône quelqu'un était assis**... Ils (les êtres vivants) ne cessent de dire jour et nuit : Saint, saint, saint est **le Seigneur Dieu, le Tout-Puissant**, qui était, qui est, et qui vient !* »

Reconsidérons, maintenant, *I Corinthiens 8 : 6*. S'il n'y a qu'**un seul** qui est Dieu, « **le Père** », alors qui est la personne que Paul appelle « Seigneur Jésus-Christ ? » Allez s'il vous plaît avec moi au chapitre suivant à voir la réponse que la Parole de Dieu donne à cette question si importante.

« Sachez alors, mon ami, que la Trinité était née plus de trois cents ans après la déclaration de l'ancien Évangile ; elle fut conçue dans l'ignorance, introduite et maintenue par cruauté. »

William Penn (1644 – 1718)
Prédicateur chrétien et homme d'État anglais,
Fondateur de la Pennsylvanie. [14]

(Il fut emprisonné dans la Tour de Londres pour ses croyances antitrinitaires. Étant informé qu'il serait libéré s'il abjurait, il répondit : « Ma prison sera ma tombe plutôt que changer d'avis, car je ne dois ma conscience à aucun homme mortel »). [15]

Chapitre 3

Dieu A Un Fils

*« Simon Pierre répondit : Tu es **le Christ, le Fils du Dieu vivant.** Jésus, reprenant la parole, lui dit : Tu es heureux, Simon, fils de Jonas ; car ce ne sont pas la chair et le sang qui t'ont révélé cela, mais c'est **mon Père** qui est dans les cieux »* (Mt. 16 : 16-17).

S elon la compréhension appropriée des Écritures, avant la fondation du monde, la première pensée créatrice dans l'intelligence du Dieu le Créateur était quelque chose comme ceci, « Je vais avoir un fils. » Il a émis cette pensée, et à partir de cet événement, Jésus a existé comme réalité dans le plan et le but de Dieu. La Parole de Dieu **est réalité** ; en fait, c'est l'unique réalité. Aucune puissance ne peut la changer ou l'annuler – **c'est la réalité** ! Tout autre chose est temporelle ; Sa parole est éternelle. C'est pourquoi l'apôtre Jean dit en Jean 1 : 1:

« Au commencement était la Parole et la Parole était avec Dieu et la Parole était Dieu. » (C'est bien le commencement de la création ; Dieu n'a pas de « commencement »).

La « Parole » (*grec-logos*) n'est pas une autre personne, mais elle signifie « pensée, intention ou motif ». Le traducteur Louis Segond a donné au mot « Parole » un « P » majuscule comme s'il s'agissait d'une personne ; mais plusieurs traducteurs, Tyndale, Coverdale et d'autres, n'ont pas fait ceci. Nous avons déjà appris dans le chapitre précédent que Dieu est un seul, et Il créa toutes les choses Lui-même. D'après *Job 38 : 7* les anges étaient là et « poussaient des cris de joie », ainsi l'usage de « **nous** » en *Genèse 1 : 26.*

Jésus déclare en *Apocalypse 3 : 14*, « *Voici ce que dit l'Amen... **le commencement de la création de Dieu** ». Paul dit dans *Colossiens 1 : 15* que Jésus est « *le **premier-né de toute la création** ». Puisque Jésus est l'expression de la première pensée créatrice de Dieu (le logos), *Apocalypse 19 : 13* déclare, « *... Son nom est la Parole de Dieu* ». Dieu le Père a parlé Jésus **avant le temps**, mais il est apparu **à temps**. *Galates 4 : 4* indique, « *mais, lorsque **les temps ont été accomplis**, Dieu a envoyé son Fils, **né d'une femme**, né sous la loi* ». *I Pierre 1 : 20* dit, « *(le Christ) **prédestiné** avant la fondation du monde, et **manifesté à la fin des temps**, à cause de vous* ». Non pas préexistant mais « prédestiné » avant le temps, pour un certain jour à Bethléhem.

Le rédacteur de l'épître aux Hébreux est d'accord lorsqu'il dit au chapitre 9 verset 26 :

> « *... **tandis que maintenant, à la fin des siècles**, il a paru une seule fois pour abolir le péché par son sacrifice.* »

Regardez ce que l'ange a dit à Marie en *Luc 1 : 35*
> « *Le Saint-Esprit viendra sur toi, et la puissance*

du Très-Haut te couvrira de son ombre. C'est
pourquoi **(pour cette raison)** *le saint enfant qui*
naîtra de toi sera appelé Fils de Dieu. »

Étudiez soigneusement ce verset, comme il est très important pour comprendre qui est Jésus. **L'ange n'a pas dit** Jésus « devait être appelé le Fils de Dieu » puisqu'il est « Dieu le Fils », « le Fils éternel », « en fait le Seigneur Dieu », ou puisqu'il est « Dieu incarné, » mais **parce que** « *le Saint-Esprit viendra sur toi, et la puissance du Très-Haut te couvrira de son ombre* ». Jésus a été produit par le Saint-Esprit dans le ventre de Marie. (***Ce que Dieu a dit a été fait chair***, Jean 1 : 14). Ni Dieu, ni Dieu le Fils ne sont pas entrés dans son ventre pour en sortir **semblant seulement d'être un homme**, Dieu Incarné. L'incarnation telle qu'enseignée par la théologie moderne est une invention des hommes, une fable, et n'est pas une doctrine enseignée dans la Sainte Bible de Dieu. Jésus en tant qu'une personne n'a pas préexisté à sa mère et il n'est pas aussi vieux que son Père. Une telle chose ne s'est jamais produite dans l'histoire de la création et ne s'est pas produite en Jésus. Paul a dit que les choses de Dieu « *sa puissance éternelle et sa divinité, se voient comme à l'œil... quand on les considère dans ses ouvrages* (la nature*) »* (Ro. 1 : 20). Voici ce que la nature et les Écritures nous enseignent à propos de la naissance de Jésus, qui « est né d'une femme ». (« *Né* » grec ginomai « *devenir – venir dans l'existence, commencer à être* »).

QUI EST JÉSUS ?
Pas qui pensez-vous qu'il est, mais qui la Bible dit qu'il est ? Les idées préconçues peuvent vous faire manquer le **vrai Jésus**. Les Juifs ont

rejeté leur vrai Messie parce qu'il n'a pas correspondu à leur notion de qui il devait être. Ils s'attendaient à un roi puissant qui les délivrerait de Rome, et qui restaurerait l'Israël comme une nation puissante. Mais il est venu comme « *un homme de douleur et habitué à la souffrance* », le serviteur souffrant d'Ésaïe 53 et du Psaume 22.

- Jésus est la postérité (descendance) promise « de la femme », Abraham et David *(Genèse 3 : 15, Jean 7 : 42, Ro. 1 : 3, Ga. 3 : 16)*.

- Jésus est le Messie promis *(en grec Christus – l'oint)* de l'Israël *(Da. 9 : 25-26, Jean 1 : 41, 4 : 25-26)*.

- Jésus est le Fils de Dieu né d'une vierge *(Ésaïe 7 : 14, Mt. 1 : 23, Luc 1 : 27)*.

- Jésus est le Fils de Dieu sans péché et juste *(II Co. 5 : 21, I Pierre 2 : 22, I Jean 3 : 5)*.

Jésus a été certainement promis, décrit, et prévu dans l'Ancien Testament; mais il a été engendré *(sa genèse, Mt. 1 : 18 « naissance » – en grec «gennesis»)* par le Saint-Esprit dans le Nouveau Testament, le Fils de Dieu.

QUE SIGNIFIE D'ÊTRE APPELÉ LE FILS DE DIEU ?

Nous avons déjà appris à partir de beaucoup d'Écritures que **Dieu est un seul**, donc **unique** *(un et un seul ; unique; « un spécimen unique » exclusif, n'ayant ni semblable ni égal ; inégalé)* et l'unique dans la famille de Dieu. En tant que seul dans la famille de Dieu, Il n'a aucun parent ; **personne n'est parenté à Dieu**. Chaque Écriture dans la Bible **sera d'accord**, et toute doctrine enseignée à partir de la Bible **doit être d'accord**, avec cela. La vérité n'est pas négociable, et elle ne changera pas.

Mais l'unique Dieu, le Dieu Très-haut, l'Éternel Dieu, **le Saint** d'Israël a appelé des anges, quelques hommes, l'Israël pris collectivement comme une nation, et nous en tant que chrétiens, des « fils » de Dieu. Que signifie la locution « fils de Dieu » ? Puisque Dieu n'a aucun parent, ce n'est pas une parenté ; c'est une « **position** ». C'est une position de relation. Dieu créa les anges et ils sont appelés « les fils de Dieu » *(Genèse 6 : 2, Job 1 : 6, 2 : 1, 38 : 7)*. Veuillez noter que lorsque vous verrez dans votre Bible le mot « Fils » avec un « F » majuscule en faisant allusion à Jésus, ceci ne veut pas dire que cela était ainsi écrit dans les manuscrits originaux. C'est un choix fait par l'éditeur ou le rédacteur et cela n'affecte pas la signification du mot « fils ». Dieu créa Adam et souffla en lui, ainsi il est appelé *« fils de Dieu » (Luc 3 : 38)*. Dieu a dit du fils de David, Salomon, que Dieu a adopté comme Son propre enfant, « *et il **sera pour moi un fils** » (II S. 7 : 14)*. Israël pris collectivement, comme une nation, est appelé fils de Dieu.

> *« Tu diras à Pharaon : **Ainsi parle l'Éternel :***
> ***Israël est mon fils, mon premier-né.** Je te dis :*
> ***Laisse aller mon fils**, pour qu'il me serve ; si tu*
> *refuses de le laisser aller, voici, **je ferai périr ton***
> ***fils**, ton premier-né » (Exode 4 : 22-23).*

Dieu dit au Pharaon, « J'ai un fils (*Israël*), et tu as un fils. Si tu ne laisses pas aller mon fils, « mon premier-né », Je vais faire mourir ton premier-né. » Dieu a appelé Israël « Éphraïm » en *Jérémie 31 : 9* et a dit, *« Je suis un père pour Israël, et **Éphraïm est mon premier-né**. »* En fait, Dieu a vu la création de la nation d'Israël, avec Jérusalem en tant que capitale, comme une naissance.

> *« ... Par ton origine et ta naissance, tu es du pays*
> *de Canaan... Á ta naissance, au jour où tu*
> *naquis, ton nombril n'a pas été coupé... Je passai*

> *près de toi, je t'aperçus baignée dans ton sang, et*
> *je te dis : Vis dans ton sang ! » (Ézéchiel 16 : 3-*
> *4, 6).*

Regardez *Osée 11 : 1 :*

> *« Quand* **Israël** *était jeune, je l'aimais, Et*
> **j'appelai mon fils** *hors d'Égypte. »*

Ceci se rapporte à Israël, le fils de Dieu. Mais *Matthieu 2 : 15* le dit prophétiquement de Jésus, le fils de Dieu aussi.

> *« Il y resta jusqu'à la mort d'Hérode, afin que*
> *s'accomplît ce que le Seigneur avait annoncé par*
> *le prophète :* **J'ai appelé mon fils hors**
> **d'Égypte.** *»*

C'est très révélateur ! Matthieu nous dit que Jésus est fils de Dieu, semblable à la manière dont Israël est fils de Dieu. La terminologie est la même. Dieu **donna naissance à Israël** « mon fils » en Exode, et **donna naissance à Jésus**, « mon fils » à partir du ventre de la vierge Marie.

Oui, Jésus est le Fils de Dieu sans péché, né d'une vierge, l'« unique venu du Père » (*Jean 1 : 14*). Ce n'a été qu'une seule fois que Dieu « **a donné naissance** » *(produit)* du ventre d'une femme, sans l'aide d'un homme, un enfant qu'Il appelle le Fils de Dieu. Donc Jésus est unique, l'unique de son genre, l'« *unique venu du Père* », mais il est néanmoins **un homme**, de l'espèce « humaine ». Il est appelé « fils de Dieu » 28 fois dans les quatre Évangiles, ce qui est un tiers d'autant de fois qu'il est appelé « fils de l'homme » (84), **un être humain**. De ces 28 références à « fils de Dieu » seulement cinq d'elles sont parlées par Jésus lui-même, en Jean, et aucune en Matthieu, Marc, ou Luc. Naturellement, s'il ne l'avait dit qu'une seule fois, cela serait établi comme vérité, mais nous devons mettre en perspective son titre de « Fils de Dieu ». Nous ne devons pas le faire moins que la Bible dit qu'il est, **souverainement élevé, établi, oint, prouvé, Fils de Dieu.** Il est le **chemin,** la **vérité,** la **vie,** la **porte,** le **prince de la vie,** notre **sauveur, rédempteur,** notre **Seigneur** (*maître*) le *« seul médiateur entre Dieu et les hommes **Jésus-Christ homme**. »* Nous **n'osons pas** lui faire plus que la Bible dit qu'il est, en utilisant des termes non bibliques tels que « Dieu le fils, » « le Fils éternel, » « le Fils préexistent, » « Dieu » (*comme dans Seigneur Dieu - Jéhovah Élohim*), « Roi du Ciel » et « la deuxième personne du Dieu trin ». La Bible n'applique pas ces termes au Fils et pour nous de le faire frôle l'idolâtrie. Il y a un seul Seigneur Dieu dans l'Ancien et le Nouveau Testaments et Il n'est pas Jésus-Christ (*Messie*), le Fils de Dieu. Dieu a été patient avec notre manque de compréhension et notre obstination à ce sujet. Ceci est **important pour Dieu** et Il est prêt pour que cela soit **compris.** Le jugement qui viendra bientôt sur le monde commencera à la maison de Dieu. Si nous nous rebellons contre la vérité, nous serons jugés !

> *« Car c'est le moment où **le jugement va commencer par la maison de Dieu**. Or, si c'est par **nous** qu'il commence, quelle sera la fin de ceux qui n'obéissent pas à l'**Évangile de Dieu »** (I Pierre 4 : 17)* ?

Presque deux milliards de personnes dans le monde aujourd'hui qui s'appellent « chrétiennes » n'ont pas une compréhension claire quant à qui leur Dieu est. Nous ne pouvons plus permettre à l'empereur païen du quatrième siècle Constantin de déterminer la réponse pour nous. *La Nouvelle Encyclopédie Internationale*, sous la rubrique « La Doctrine de la Trinité » indique :

> « *La foi Catholique est la suivante : Nous adorons un seul dans la trinité, mais il y a une personne du Père, une autre du Fils et une autre du Saint-Esprit. La Gloire égale; la Majesté coéternelle. La doctrine n'est pas trouvée sous sa forme complètement développée dans les Écritures. La théologie moderne **ne cherche pas à la trouver** dans l'Ancien Testament. À l'époque de la Réforme, l'Église Protestante s'est appropriée la doctrine de la Trinité sans examen sérieux.* » [1]

L'Encyclopédie du Catholicisme indique :

> « Aujourd'hui, cependant, des érudits conviennent généralement qu'il n'y a pas de doctrine de la Trinité en tant que telle ni dans l'A. T. ni dans le N. T. » *Elle continue à dire*, « Cela irait bien au-delà de l'intention et le mode de pensée de l'A. T. de supposer qu'une doctrine chrétienne de la fin du quatrième siècle peut être trouvée là. » *Et encore*, « Également, le N. T. ne contient pas une doctrine explicite de la Trinité. » [2]

L'Encyclopédie Internationale indique :

> « La doctrine de la Trinité n'a pas fait partie de la

prédication des apôtres, comme celle-ci
(*prédication*) est déclarée dans le Nouveau
Testament. » [3]

Comprenez-vous ceci ? Dieu nous parle non seulement dans la
Bible mais également par ces encyclopédies ! Cherchez-Le pour qu'Il
vous guide et illumine votre entendement, et revenez à la Bible pour voir
qui est Dieu, **qui est votre Dieu** ! *(Dieu n'est pas un comité, Il est un
seul).* Que veut dire la Bible lorsqu'elle indique que Jésus est le « Fils de
Dieu ? »

LA RÉVÉLATION DE PIERRE

Simon Pierre avait été avec Jésus pendant peut-être deux années lorsque
Jésus lui a demandé, à lui et aux autres disciples, « *Qui dit-on que je suis,
moi, le Fils de l'homme » (Mt. 16 : 13)* ? Leurs réponses ont varié de
Jean-Baptiste à Élie, à Jérémie, ou à « l'un des prophètes ». Ensuite il
demanda « *Qui dites-vous que je suis ? »* Et Pierre répondit et dit, « *Tu
es **le Christ**, le Fils du Dieu vivant ».* Jésus a-t-il fait plaisir à Pierre, se
retenant dans sa propre intelligence et pensée, « Sa compréhension est
incomplète, mais plus tard il se rendra compte qui je suis réellement,
Dieu Incarné, le Fils éternel préexistant, la deuxième personne du Dieu
trin ? » **Non** ! Jésus s'est réjoui de la compréhension perspicace de
Pierre et a dit, « *Tu es heureux, Simon, fils de Jonas ; car ce ne sont pas
la chair et le sang qui t'ont révélé cela, mais c'est mon Père qui est dans
les cieux. »* Et quelle a été la révélation divine de Pierre ? Que Jésus
était le Messie d'Israël promis, **pas Dieu**, mais **celui que Dieu a oint**.
Remarquez le verset 20:

> « *Alors il recommanda aux disciples de ne dire à*

*personne qu'il était **le Christ** » (Mt. 16 : 20).*

Il ne les a pas avertis, *« **Ne dis à personne que je suis Dieu,** »* car ils n'auraient jamais pensé à une telle chose. Ils étaient des Israélites et savaient que lorsque Dieu parlait, cela secouait le monde (*voir le chapitre 2*). Quand Marc a relaté la confession de Pierre, il le cite comme disant simplement, *« Tu es **le Christ** » (Marc 8 : 29)*. C'était la **partie importante** de la révélation de Pierre, **que Jésus était le Messie**, non pas Dieu. Le récit de cet événement d'après Luc a Pierre disant, *« Tu es le **Christ de Dieu**. »* Il y a une très grande différence entre « Dieu » et le « Messie de Dieu. » Comment sommes-nous arrivés dans le christianisme au lieu où le « Christ » est égal à « Dieu, » ou le « Fils de Dieu » est égal à « Dieu » ? Ces choses ne sont pas enseignées dans les Écritures ! Quelques mois plus tard à la Pentecôte, en Actes chapitre 2, l'opinion de Pierre n'avait pas changé. Jésus était toujours l'« *homme à qui Dieu a rendu témoignage* » (v. 22), que « *Dieu l'a ressuscité* » (v. 24), dont *l' « âme »* Dieu ne l'avait pas abandonnée « *dans le séjour des morts* » (v. 27), ressuscité pour s'asseoir sur le trône de David (v. 30), « *élevé par la droite de Dieu* » et assis à Sa droite (v. 33-34), et toujours Christ le Messie.

Environ 25 ans plus tard lorsque Pierre a écrit sa Première épître de Pierre, sa perception quant à qui est Jésus a-t-elle changée ?

> « *Béni soit **Dieu, le Père** de notre Seigneur Jésus-Christ* » *(I Pierre 1 : 3)*. (L'Éternel Dieu était toujours le **Dieu** et **Père** de Jésus).

> « *... mais par le sang précieux de Christ, comme d'**un agneau** sans défaut et sans tache* » *(1 : 19)*

« ... *Dieu, lequel l'a ressuscité des morts et **lui a
donné la gloire**, » (1 : 21).*

Pierre savait que la gloire de Jésus **provenait** de Dieu le Père.
Dieu est cohérent, le « **Je suis** » ; et n'est pas dérivé de qui que ce soit
d'autre. La gloire de Dieu est non dérivée et elle est donc beaucoup plus
grande que celle de Christ, qui est une gloire « donnée ».

« *qui est à la droite de Dieu, depuis qu'il est allé
au ciel, et que les anges, les autorités et les
puissances, **lui ont été soumis**. » (I Pierre 3 : 22)*

« *... afin qu'en toutes choses **Dieu soit glorifié**
par Jésus-Christ... » (I Pierre 4 : 11).*

Ce n'est pas Jésus qui a pris la gloire du Père à lui, mais nous qui
avons donné la gloire (*honneur - estime*) de Dieu dans nos cœurs et notre
adoration, à Son Fils, un être humain, à notre honte. Dieu le Père dit en
Malachie chapitre un :

« *Un fils honore son père, et un serviteur son
maître. **Si je suis père, où est l'honneur qui
m'est dû ?**...Car je suis un **grand roi**, dit l'Éternel
des armées, Et mon nom est redoutable parmi les
nations » (versets 6 et 14).*

LA RÉVÉLATION DE NATHANAËL

Jésus marchait en Galilée et a choisi Philippe pour être l'un des douze.
Puis :

« *Philippe rencontra Nathanaël, et lui dit : **Nous***

avons trouvé celui de qui Moïse a écrit dans la loi et dont les prophètes ont parlé, Jésus de Nazareth, fils de Joseph » (Jean 1 : 45).

Philippe savait que Jésus était le « Prophète comme Moïse » que Dieu avait promis de susciter « du milieu de leurs frères, » avec les paroles de Dieu dans sa bouche et disant tout ce que Dieu lui commanderait *(De. 18 : 18).*

« Jésus, voyant venir à lui Nathanaël, dit de lui : Voici vraiment un Israélite, dans lequel il n'y a point de fraude. D'où me connais-tu ? lui dit Nathanaël. Jésus lui répondit : Avant que Philippe t'appelât, quand tu étais sous le figuier, je t'ai vu. Nathanaël répondit et lui dit : Rabbi, tu es le Fils de Dieu, tu es le roi d'Israël » (Jean 1 : 47-49).

Nathanaël, étant « un vrai Israélite » connaissait les prophéties concernant le Messie qui vient, le **prophète - roi d'Israël**. Quand Philippe a témoigné à Nathanaël au verset 45, la foi a commencé à agrandir dans son cœur. Alors la connaissance de Jésus de leur entretien sous le figuier a complété sa compréhension que celui-ci était le Christ, le Roi d'Israël, **et par conséquent le Fils de Dieu**. « Fils de Dieu » était **un titre messianique**. Voyez Psaume chapitre 2, où David a prophétisé sur le Messie qui venait. Rappelez-vous que Pierre a appelé David un prophète en *Actes 2 : 29-31*, et a dit qu'il a vu la résurrection du Christ quelque 1000 ans avant que cela n'arrive, et qu'il savait que Dieu ferait

« asseoir un de ses descendants *(Christ)* sur son trône ».

> *« Pourquoi ce tumulte parmi les nations, Ces vaines pensées parmi les peuples ? Pourquoi les rois de la terre se soulèvent-ils Et les princes se liguent-ils avec eux Contre l'Éternel et **contre son oint** ? Brisons leurs liens, Délivrons-nous de leurs chaînes ! Celui qui siège dans les cieux rit, Le Seigneur se moque d'eux... C'est moi qui ai oint mon roi Sur Sion, ma montagne sainte ! Je publierai le décret ; L'Éternel m'a dit : **Tu es mon fils ! Je t'ai engendré aujourd'hui... Baisez le fils**, de peur qu'il ne s'irrite, Et que vous ne périssiez dans votre voie, Car sa colère est prompte à s'enflammer. Heureux tous ceux qui se confient en lui ! » (Ps. 2 : 1- 4, 6, 7, 12).*

David a eu un « grand » fils, Salomon, qui a été appelé fils de Dieu, mais celui-ci préfigurait le « plus grand » fils de David, Jésus, appelé aussi Fils de Dieu. Veuillez noter que le fils de Dieu « *le Messie* » de *Ps. 2 : 7*, est « **engendré** » en un certain « **jour** », dans le ventre d'une vierge. « *Je t'ai engendré aujourd'hui* ». En tant que Messie, le Roi d'Israël, Jésus est le Fils de Dieu. Notez que lorsque le Roi Messie était intronisé « sur Sion, ma montagne sainte » à Jérusalem, l'Éternel Dieu était assis dans les cieux et se riait de Ses ennemis *(Lorsque Dieu rit, ce n'est pas amusant)*. Veuillez considérer une autre chose. Quoique Jésus ait vu Nathanaël à plusieurs kilomètres de lui, en dessous du figuier, ceci ne veut pas dire qu'il était omniscient *(connaissant toutes les choses)* et par conséquent Dieu. À ce moment-là, il ne connaissait pas quand il allait revenir sur terre *(Marc 13 : 32)*, ni les événements futurs du livre d'Apocalypse (*Ap. 1 : 1*). La connaissance surnaturelle que Jésus a démontrée en cette occasion est un don prophétique de l'Esprit, qui était aussi utilisé par Samuel, Élisée et d'autres (*I Samuel 10 : 2- 6 ; II Rois 6 : 8-12 et 32 ; 7 : 1-2*).

CE QUE JÉSUS CONNAISAIT À PROPOS DE QUI IL ÉTAIT

Jésus connaissait la vérité au sujet de qui il était et jamais il n'avait changé cela en parole ou en acte :

> « ... le Fils ne peut rien faire de lui-même... Je ne puis rien faire de moi-même... Si c'est moi qui rends témoignage de moi-même, mon témoignage n'est pas vrai (Jean 5 : 19, 30-31).
>
> « Car je n'ai point parlé de moi-même : mais le Père, qui m'a envoyé, m'a prescrit lui-même ce que je dois dire et annoncer Et je sais que son commandement est la vie éternelle. C'est pourquoi les choses que je dis, je les dis comme le Père me les a dites » (Jean 12 : 49-50).

Jésus savait qu'il n'était pas Dieu. Il n'a jamais employé ces termes, « Dieu », « Fils éternel », ou « Dieu le Fils » en parlant de lui-même. Encore et encore, lorsque quelqu'un lit les écrits de ceux qui enseignent la doctrine de la trinité, ils admettent que Jésus n'est pas « explicitement » appelé « Dieu », mais que c'est « inféré ». Jésus a dit à Pilate « *Je suis né et je suis venu dans le monde pour rendre témoignage à la vérité* ». (*Jean 18 : 37*). En fait, si Jésus avait été « Dieu », il nous aime assez qu'il nous l'aurait dit **clairement**. Cela n'aurait pas été par

déduction. Si Jésus, le « témoignage à la vérité. » n'a jamais dit qu'il était Dieu, nous devons abandonner de le dire ! C'est très sérieux d'être en erreur à ce sujet !

Jésus refusa d'être Dieu. En Matthieu 19 : 16-17 Et voici, **un homme** s'approcha, et dit à Jésus : Maître, que dois-je faire de bon pour avoir la vie éternelle ? Il lui répondit : Pourquoi m'interroges-tu sur ce qui est bon ? **Un seul** est le bon (Dieu). » Jésus ne joue pas de jeux de mots ici. Il dit, « Je ne suis pas Dieu.» Comme l'homme était « un seul », Dieu était « un seul », et Jésus n'était pas Lui.

Tout au début du même chapitre, concernant la question de divorce, Jésus avait dit, « *N'avez-vous pas lu que le créateur, au commencement, fit l'homme et la femme* » (*Mt. 19 : 4*). Il n'a pas pensé et n'a pas dit, « Je les ai vraiment faits ». Il dit au verset six que c'était « Dieu ». Comme la Parole (*logos*), Jésus était le motif de tout ce que Dieu a fait, mais il n'était pas le Créateur. Il y a des versets dans les écrits de l'apôtre Paul qui sembleraient indiquer que Jésus avait part à la création originale, notamment *Colossiens 1 : 13-18*, mais ceux-ci doivent être placés dans le contexte et compris comme il faut. Paul ne connaissait rien de la trinité, et les conciles qui formulèrent une telle idée survinrent des siècles après sa mort.

> « *Qui nous a délivrés de la puissance des ténèbres et nous a transportés **dans le royaume du Fils de son amour**, en qui nous avons la rédemption, la rémission des péchés. Il est l'image du Dieu invisible, **le premier-né de toute la création**. Car en lui ont été créées toutes les choses qui sont dans les cieux et sur la terre, les visibles et les*

invisibles, trônes, dignités, dominations, autorités. Tout a été créé par lui et pour lui. Il est avant toutes choses, et toutes choses subsistent en lui. Il est la tête du corps de l'Église ; il est commencement, le premier-né d'entre les morts, afin d'être en tout le premier. » (Col. 1 : 13-18)

Remarquons trois choses à propos de ces versets : (1) Jésus est l'instrument de la Création ; (2) Il soutient tout ; (3) Tout avance vers lui comme but. Les paroles de Paul « *Car en lui ont été créées toutes les choses* » doivent être prises par rapport à ses déclarations, « *toutes choses subsistent en lui* » et « *il est la tête du corps, l'Église* ». Quand prises ensemble, nous voyons que Paul considérait Jésus **créateur** dans sa capacité comme **rédempteur** de tout. Dieu le Père n'aurait pas créé toutes choses, visibles et invisibles, sans un futur rédempteur planifié, qui est le Christ. Sa fonction de créateur est vue **sous condition** de Son œuvre ultérieure en tant que rédempteur. Autrement dit, le statut de créateur du Christ ne se considère pas seul, **mais toujours** en relation avec son état de sauveur. Voyez *I Corinthiens 8 : 6* pour plus de compréhension de ce concept de la part de Paul.

« Néanmoins pour nous il n'y a qu'un seul Dieu, le Père, de qui viennent toutes choses et pour qui nous sommes, et un seul Seigneur, Jésus-Christ, par qui sont toutes choses et par qui nous sommes. »

Dieu... a créé toutes choses, *(Ép. 3 : 9)*

Ainsi la part de Jésus dans la création fut de racheter toutes choses à partir de la chute, par sa mort sur la croix. Regardez cette déclaration par James Hastings, un remarquable théologien et une autorité reconnue de la Bible, et lui-même un trinitaire :

> « Nous devons éviter tout genre de langage qui suggère que dans l'esprit de St Paul, l'ascension du Christ a été une **déification.** Pour **un Juif,** l'idée selon laquelle **un homme pourrait devenir Dieu** aurait été **un blasphème intolérable.** Il convient de noter que la gloire accrue que St Paul et tous les écrivains du N. T. observent comme appartenant au Christ après sa résurrection, doit uniquement avoir un rapport avec Sa dignité, Sa « **position** théocratique », non pas avec Sa personnalité essentielle. » [4]

L'ÉTERNEL DIEU CREA LE MONDE TOUT SEUL.

> *« Ainsi parle l'Éternel, le Saint d'Israël, et son créateur... **C'est moi** qui ai fait la terre... **ce sont mes mains** qui ont déployé les cieux » (Ésaïe 45 : 11-12). Ainsi parle l'Éternel, ton rédempteur, Celui qui t'a formé dès ta naissance : **Moi, l'Éternel,** j'ai fait toutes choses, **Seul j'ai déployé les cieux, Seul j'ai étendu la terre** » (Ésaïe 44 : 24).*

> *« Sachez donc que c'est moi qui suis Dieu, Et qu'il n'y a point de dieu près de moi » (De. 32 : 39).*

> *« N'avons-nous pas tous **un seul père** ? N'est-ce pas **un seul Dieu qui** nous a créés » (Mal. 2 : 10) ?*

Le Créateur, l'Éternel Dieu, n'a pas eu besoin d'aide dans le département de Dieu, mais Il a eu besoin qu'**un homme sans péché**, un agneau, meure pour **des hommes** déchus : un homme dont le sang juste n'était pas contaminé par le péché originel d'Adam.

JÉSUS REFUSA D'ÊTRE APPELÉ DIEU

Jésus a dit en *Jean 6 : 46*, *« C'est que nul n'a vu le Père »*.

Maintenant voyons le chapitre 10.

> *« Et Jésus se promenait dans le temple, sous le portique de Salomon. Les Juifs l'entourèrent, et lui dirent : Jusques à quand tiendras-tu notre esprit en suspens ? **Si tu es le Christ, dis-le nous franchement** » (versets 23-24).*

La question posée ici, de la part de ces Juifs cherchant l'occasion d'accuser Jésus **ne fut pas**, « Es-tu Dieu ? » car lui et ils savaient qu'aucun homme ne pouvait être Dieu. La question fut « Es-tu le Messie ? »

> *« Jésus leur répondit : **Je vous l'ai dit**, et vous ne croyez pas. Les œuvres que je fais au nom de mon Père rendent témoignage de moi. Mais vous ne croyez pas, parce que vous n'êtes pas de mes brebis... **Mon Père**, qui me les a données, **est plus grand que tous** ; et personne ne peut les ravir de la main de mon Père. Moi et le Père nous sommes un. » (versets 25-26, 29-30).*

Jésus n'a jamais revendiqué d'être Dieu ou Dieu le Père ou que lui et le Père étaient **une personne. Ils sont un,** tout comme il désire que **les chrétiens soient un :** en amour, en unité, en but, et en communion, *« afin qu'ils soient un comme nous »* (Jean 17 : 11).

> *« Alors les Juifs prirent de nouveau des pierres pour le lapider. Jésus leur dit : Je vous ai fait voir plusieurs bonnes œuvres venant de mon Père : pour laquelle me lapidez-vous ? Les Juifs lui répondirent : Ce n'est point pour une bonne œuvre que nous te lapidons, **mais pour un blasphème**, et parce que toi, **qui es un homme, tu te fais Dieu** » (Jean 10 : 31-33).*

Auquel Jésus répondit :

> *« Celui que le Père a sanctifié et envoyé dans le monde, vous lui dites : Tu blasphèmes ! Et cela parce que j'ai dit : Je suis le Fils de Dieu » (Jean 10 : 36).*

Les Juifs ont essayé de tordre les paroles de Jésus en disant qu'il se faisait Dieu, ce qu'il n'était pas, mais il les a rectifiés avec ces paroles, « ***j'ai dit***, *Je suis le Fils de Dieu* », **et il l'est.** Jésus ne corrigerait-il pas aujourd'hui ceux qui tordent ses paroles, lui faisant dire qu'il est Dieu?

La réfutation de Jésus à ses ennemis concernant ce sujet a été si forte qu'il n'y a aucun récit dans la Bible indiquant qu'ils aient de nouveau soulevé cette question. Même au moment de son procès et sa crucifixion, il n'a pas été chargé de dire qu'il était Dieu (*ce qu'il n'a pas fait*), mais il a été plutôt accusé de dire qu'il était le Messie (*le Christ*), Fils de Dieu (*ce qu'il a fait*).

> *« Jésus garda le silence. Et le souverain sacrificateur, prenant la parole, lui dit : Je t'adjure, par le Dieu vivant, de nous dire si tu es **le Christ, le Fils de Dieu**. Jésus lui répondit : Tu l'as dit... Alors le souverain sacrificateur déchira*

ses vêtements, disant : Il a blasphémé ! ... Que vous en semble ? Ils répondirent : Il mérite la mort » (Mt. 26 : 63 – 65).

*« Lorsque les principaux sacrificateurs et les huissiers le virent, ils s'écrièrent : Crucifie ! crucifie ! Pilate leur dit : Prenez-le vous-mêmes, et crucifiez-le ; car moi, je ne trouve point de crime en lui. Les Juifs lui répondirent : Nous avons une loi ; et selon notre loi, il doit mourir, parce qu'il s'est fait **Fils de Dieu** (pas Dieu) » (Jean 19 : 6-7).* Messie ou Christ ne sont pas de synonymes pour Dieu mais signifient « l'oint », le libérateur promis d'Israël et notre Sauveur, « Fils de Dieu ».

« Je publierai le décret ; l'Éternel m'a dit : Tu es mon fils ! Je t'ai engendré aujourd'hui » (Ps. 2 : 7).

« Je serai pour lui un père, et il sera pour moi un fils » (II S. 7 : 14).

QUAND JÉSUS EST APPELÉ DIEU.

Dans cette discussion avec les Juifs, Jésus évoque un sujet que nous devrions explorer plus dans le but de mieux comprendre qui il est. C'est que d'autres, en dehors de l'Éternel Dieu, sont parfois dans les Écritures appelés « dieu » ou « des dieux ». Voyez l'argument de Jésus aux versets 34-36, qu'il n'a pas blasphémé lorsqu'il a dit Dieu était son « Père», qu'ils étaient « un » dans l'unité, ou qu'il était le « Fils de Dieu ».

« Jésus leur répondit : N'est-il pas écrit dans

*votre loi : J'ai dit ; Vous êtes **des dieux** ? **Si elle** (loi) **a appelé dieux** ceux à qui la Parole de Dieu a été adressée, et si l'Écriture ne peut être anéantie, celui que le Père a sanctifié (séparé) et envoyé dans le monde, vous lui dites : Tu blasphèmes ! Et cela parce que j'ai dit : Je suis le Fils de Dieu » (Jean 10 : 34-36).*

Jésus se réfère au Psaume 82, où Dieu appelle « dieux » les anciens d'Israël.

*« J'avais dit : **Vous êtes des dieux**, Vous êtes tous des fils du Très- Haut » (v. 6).*

Le lecteur occasionnel de la Bible peut ne pas se rendre compte de ce fait, et il peut sembler blessant à nos pensées occidentales; mais dans les Écritures, les anges, les anciens, les gouverneurs, les rois, le Messie et ceux agissant sous l'autorité de Dieu sont légitimement appelés « des dieux ». Ceci est même dit par l'Éternel Dieu Lui-même et signifie généralement les « puissants ».

« L'Éternel dit à Moïse : Vois, je te fais Dieu pour Pharaon : et Aaron, ton frère, sera ton prophète. Toi, tu diras tout ce que je t'ordonnerai » (Ex. 7 : 1-2).

Moïse a été ordonné, autorisé et envoyé par Dieu vers Pharaon avec l'autorité de Dieu pour changer l'eau en sang, la poussière en poux, et était pendant un certain temps le « dieu » de l'Égypte. Moïse a été le « dieu » de **cette délivrance**, et tous ceux qui ont été sauvés devaient entendre **sa** voix et en prendre garde. Certains Égyptiens ont cru à Moïse et sont venus se prosterner devant lui, et quelques-uns sont sortis du pays avec Israël. (*Ex. 9 : 20 ; 11 : 8 ; 12 : 38 ; No. 11 : 4*). Il est un prototype de Jésus, le « dieu » de **notre délivrance**, qui sauve le Juif ainsi que le païen. Moïse a agi à la place de Dieu, comme l'agent de Dieu et a même eu pour lui-même un prophète, son frère Aaron. Dieu a dit à Moïse concernant son frère :

> *« Tu lui parleras, et tu mettras les paroles dans sa bouche ; et moi, je serai avec ta bouche et avec sa bouche, et je vous enseignerai ce que vous aurez à faire. Il parlera pour toi au peuple ; il te servira de bouche, et tu tiendras pour lui la place de* **Dieu** *» (Ex. 4 : 15-16).*

S'il vous plaît comprenez ce fait. L'usage du mot « dieu » dans la Bible est semblable à notre usage du mot « président ». Si vous disiez, « J'ai vu le président aujourd'hui », vous signifierez vraisemblablement l'homme qui s'assoit dans le Bureau Ovale *(J'ai effectivement vu le président Bush aujourd'hui à Nashville le premier février 2006 lorsqu'il faisait un discours).* Mais vous pourriez vouloir dire le président de la Chambre de Commerce, que j'ai également vu aujourd'hui, ou un autre président. Le contexte de votre déclaration aiderait à déterminer votre signification. Il est ainsi avec le mot « Dieu » dans la Bible. C'est le mot hébreu « Élohim », et environ 2700 fois dans les Écritures, il se rapporte à l'Éternel Dieu ; mais occasionnellement il est employé pour d'autres.

> *« Tu ne maudiras point Dieu, et tu ne maudiras point le prince de ton peuple » (Ex. 22 : 28).*
> *« Tous les dieux se prosternent devant lui » (Ps. 97 : 7).* Ce sont les « puissants ». Les images ne peuvent ni entendre ni adorer.

> « *Dieu se tient dans l'assemblée de Dieu ; **Il juge au milieu des dieux.** Jusques à quand jugerez-vous avec iniquité, Et aurez-vous égard à la personne des méchants* » *(Ps. 82 : 1, 2)* ?

> « *Car l'Éternel, votre Dieu, est le Dieu des dieux, le Seigneur des seigneurs* » *(De. 10 : 17).*

Ayant ceci à l'esprit, regardons le *Psaume 45* concernant les rois d'Israël et finalement accompli dans le Roi Messie à venir.

> « *Des paroles pleines de charme bouillonnent dans mon cœur. Je dis : Mon œuvre est **pour le roi** ! Que ma langue soit comme la plume d'un habile écrivain ! Tu es le plus beau des fils de l'homme, La grâce est répandue sur tes lèvres : C'est pourquoi **Dieu t'a béni** pour toujours. Vaillant guerrier, ceins ton épée, -Ta parure et ta gloire,* » *(Ps. 45 : 2-4).*

Les rois davidiques et le Messie sont des vaillants guerriers.

> « *Ton trône, ô **Dieu**, est à toujours ; Le sceptre de ton règne est un sceptre d'équité. **Tu aimes la justice**, et **tu hais la méchanceté : C'est pourquoi, ô Dieu, ton Dieu** t'a oint D'une huile de joie, par privilège sur tes collègues* » *(Ps. 45 : 7, 8).*

Veuillez noter que le trône d'Israël à Jérusalem est appelé « le trône de l'Éternel ».

> « *Salomon s'assit sur le trône de l'Éternel, comme roi à la place de David, son père. Il prospéra, et tout Israël lui obéi* » *(I Ch. 29 : 23).*

Les rois furent des régents désignés par Dieu. Le gouverneur davidique était « l'oint de l'Éternel» (*II S. 19 : 21*), et du fait de sa relation spéciale avec Dieu, il était appelé « fils » de Dieu lors de son intronisation (*Ps. 2 : 7 ; II S. 7 : 14 ; I Ch. 28 : 6*). Il était appelé « dieu » comme un titre d'honneur. Nous voyons que Psaume 45, bien que Messianique, fut adressé premièrement à un roi davidique. Notez aux versets 10 et 13 qu'il a des filles ; au verset 16 qu'il a « des enfants que tu établiras princes » ; et un nom dont on se souviendra dans tous les âges *(v. 17)*.

Notez **qui** a appelé le roi, « Dieu ». « **Ton Dieu** » qui « t'a oint d'une huile de joie, **par privilège sur tes collègues.**

Il n'y a aucun doute que ce Psaume sera finalement accompli en Christ. Regardez *Hébreux 1 : 8-9*

> « **Mais il a dit au Fils** : *Ton trône, ô Dieu, est éternel ; Le sceptre de ton règne est un sceptre d'équité ; Tu as aimé la justice, et tu as haï l'iniquité ; **c'est pourquoi, ô Dieu, ton Dieu** t'a oint D'une huile de joie au-dessus de tes égaux.* »

L'écrivain de l'épître aux Hébreux n'a pas eu l'intention de nous faire comprendre que Jésus était une divinité, une partie de la divinité. Notez dans le verset 9, *« au-dessus de tes égaux »*. Nous sommes les égaux du Christ, ses frères. Il dit dans le verset 17 du chapitre 2, *« En conséquence, il* (Christ) *a dû **être rendu semblable en toutes choses à ses frères** »*. Nous ne sommes pas **divins***, et il « a été fait en toutes choses comme » nous. Dans la Bible King James Française (KJF), l'écrivain d'Hébreux, avec la compréhension claire, continue à appeler Jésus « **cet homme** » quatre fois dans son épître *(Hé. 3 : 3 ; 7 : 24 ; 8 : 3 ; 10 : 12)*. **Veuillez voir NB à la page 74.*

Avec plus de 2700 usages du mot « Dieu » (*Élohim)* dans la Bible il se réfère à Jésus à coup sûr seulement quatre fois, une fois de plus dans l'A. T. et une fois de plus dans le Nouveau. On parle de Dieu plus de 1300 fois dans le N. T. où **l'on ne se rapporte pas à Jésus**, et 500 fois dans les écrits de Paul, où il fait **toujours** une séparation entre le Seigneur Jésus et le Seigneur Dieu. James Hastings, un trinitaire, dans son œuvre *Le Dictionnaire de la Bible de Hastings*, indique quant au point de vue de Paul concernant Jésus :

> « Il semble que **nulle part St Paul appelle le Christ** « **Dieu** », et que les versets qui lui semblent (à Hastings) l'inférer « doivent tous être expliqués d'une autre manière ». Hastings appelle ceci « un des **problèmes les plus déroutants** de la théologie du N. T. » Il déclare qu'« aucun exégète franc (« *un expert en matière d'expliquer les Écritures* ») ne niera qu'à plusieurs reprises on a donné à Christ d'une manière ou une autre une **position inférieure à celle de Dieu**, Son œuvre rédemptrice entière et Sa position étant remontées directement au Père. Nous avons des expressions telles que « Dieu a envoyé son Fils » (*Ga.4⁴*), « Lui qui n'a point épargné son propre Fils » (Rom 8 ³²), « Dieu l'a souverainement élevé » (Ph. 2⁹) dans lesquelles soit le don du Christ au monde, soit l'octroi de la gloire exaltée sur Christ Lui-même, **est déclaré être l'acte de Dieu. Tout est accepté, enduré et réalisé 'à la gloire de Dieu, le Père.'** » Hastings continue, « Toujours

plus explicite est I Co. 11 [3] '... que **l'homme** est le chef de la femme, et que **Dieu est le chef de Christ'** ; et dans I Co. 15 [28] Christ est décrit comme **remettant le Royaume à Dieu**, et se soumettant finalement **Lui-même au plus haut**, 'afin que Dieu soit tout en tous.' **St Paul ne nous donne pas assez d'aide, peut-être, en résolvant cette antinomie** (*inconsistance*). » [5] (Paul n'est pas **inconsistant**, c'est nous qui avons été inconsistants dans notre interprétation de Paul, dans notre effort de faire de Jésus « Dieu ! ».

Regardez *Ésaïe 9 : 5* :

> « *Car **un enfant** nous est né, **un fils** nous est donné, Et la domination reposera sur son épaule ; On l'appellera Admirable, Conseiller, Dieu puissant, Père éternel, Prince de la paix.*»

Voici une grande prophétie concernant Jésus, « un enfant », « un fils ». Nous devons y voir **tout** ce qu'Ésaïe dit, mais nous ne devons pas y accorder une signification particulière, **plus** que ce que dit Ésaïe. Oui, il est « le Dieu puissant » au-dessus de tout ce que **son Dieu**, le Dieu Tout-Puissant a placé en dessous de lui. Il est « puissant » mais pas **Tout-Puissant**. Oui, il est le Père éternel de toute chose que **son Père** lui a donnée. **Le fils n'est certainement pas son propre père.** Le mot « éternel » dans ce verset est le mot hébreu « *Ad* » (*No. 5703 Concordance Strongs*) et signifie « terminus » ou «durée ». Il est tiré du mot-racine principal « *Adah* » (*No. 5710 Strongs*) qui signifie « **avancer ou continuer** ». (*Partant de ce point*). L'unique autre fois que ce mot « *Ad* » est utilisé dans l'A. T. c'est en *Habacuc 3 : 6 « Les montagnes* *éternelles se brisent »*. Ni le « fils » ni les montagnes n'étaient dans le passé éternel, mais ils « **continueront** ». Lorsque Ésaïe, Habacuc, et tous les écrivains de l'A. T. parlent du « Dieu **de l'éternité,** » c'est le mot hébreu « *Olam* » (*No. 5769 Strongs*) ; et il signifie « le point de fuite », « temps hors de l'esprit **passé ou futur** », « **éternité** » (*Ge. 21 : 33 ; Ps. 90 : 2 ; És. 40 : 28 ; Jé. 10 : 10 ; Ha. 3 : 6*).

Voyez-vous la différence ? Rappelez-vous les paroles de Paul :

> « *... pour nous, il n'y a qu'un seul Dieu, le Père... Mais cette connaissance n'est pas chez tous »* (I Co. 8 : 6-7). Une note d'avertissement. Certaines personnes essayeront d'appliquer le mot « *éternel (Olam)* » au Messie en Michée 5 : 1, mais c'est une erreur.

> « *Et toi, Bethléhem... de toi **sortira** pour **moi** Celui qui dominera sur Israël, Et dont l'**origine** remonte aux temps anciens, Aux jours de l'éternité.* »

Le mot « éternité » dans ce verset est *Olam,* mais il ne se réfère pas au Messie mais à « **moi** » l'Éternel Dieu. Remarquez la locution « *De toi sortira **pour moi**.* » Le Messie « sortirait » de Bethléhem, mais « *l'origine* » de l'Éternel Dieu remonte « *aux temps anciens* », depuis l'éternité. Pour s'assurer que « *aux temps anciens* » parle de Dieu et non du Messie à venir, regardez le chapitre 7, verset 20.

> « *Tu témoigneras de la fidélité à Jacob, De la bonté à Abraham, Comme tu l'as juré à nos pères aux jours d'autrefois.* » (C'est la même terminologie et Michée se réfère à l'Éternel Dieu).

La déclaration de Jésus à Marie de Magdala à la tombe

> *« Jésus lui dit : Ne me touche pas ; car je ne suis pas encore monté vers mon Père. Mais va trouver **mes frères**, et dis-leur que je monte vers **mon Père et votre Père**, vers **mon Dieu** et **votre Dieu** »*
> *(Jean 20 : 17).*

Ce fut le Christ ressuscité parlant à Marie ; et s'il était le Dieu Tout-Puissant, Dieu le Fils, ou le Père **éternel**, ceci aurait été le moment idéal à le dire.

> *« Car, s'il est des êtres qui sont appelés dieux, **soit dans le ciel, soit sur la terre**, comme il existe réellement plusieurs dieux et plusieurs seigneurs, néanmoins pour nous, il n'y a qu'**un seul Dieu, le Père** » (C'est Paul qui parle) (I Co. 8 : 5-6).*

Maintenant à l'unique autre occasion dans le N. T. où nous pouvons être sûrs que Jésus est appelé « Dieu ».

> *« Thomas lui répondit : mon Seigneur et mon Dieu ! » (Jean 20 : 28).*

Le Jésus ressuscité a apparu aux disciples pour la première fois dans une chambre à Jérusalem et Thomas n'était pas là. Jésus leur a montré ses mains et son côté et dit, « La paix soit avec vous ! Comme le Père m'a envoyé, **moi aussi je vous envoie** » (Jean 20 : 20-21). Les disciples étaient joyeux et ont dit à Thomas qu'ils avaient vu le Seigneur, mais il n'a pas cru et a persisté dans un doute sérieux pendant huit jours. De quoi doutait-il ? **Que Jésus est ressuscité**, et par conséquent il ne doit pas être le Messie, Fils de Dieu. Paul a dit en Romains 1 : 4 que Jésus a été « *déclaré Fils de Dieu... par sa résurrection d'entre les morts* », **et Thomas n'a pas cru cela !**

*« Les autres disciples lui dirent donc : Nous avons vu le Seigneur. Mais il leur dit : Si je ne vois dans ses mains la marque des clous, et si je ne mets mon doigt dans la marque des clous, et si je ne mets ma main dans son côté, **je ne croirai point**. Huit jours après, les disciples de Jésus étaient de nouveau dans la maison, et Thomas se trouvait avec eux. Jésus vint, les portes étant fermées, se présenta au milieu d'eux, et dit : La paix soit avec vous! Puis il dit à Thomas : Avance ici ton doigt, et regarde mes mains ; avance aussi ta main, et mets-la dans mon côté ; et ne sois pas **incrédule**, mais crois »* (Jean 20 : 25 – 27).*

Ensuite la déclaration de Thomas, « *Mon Seigneur et mon Dieu !* » Est-il parti du « **manque de foi** », de ne pas croire que Jésus était le Messie d'Israël, à la réalisation qu'il était non seulement le Christ de Dieu, mais était en fait le Dieu Tout-Puissant ou le Fils éternel ? **Non !** Thomas a utilisé le mot « theos » (grec) (*No. 2316 Strongs*) qui signifie « une divinité », un « magistrat », « dieu ». C'est uniquement avec le mot grec « ho » (*No. 3588 Strongs*) l'article défini « le » que cela indique de sûr « **la divinité suprême** ». Thomas n'a pas voulu dire, et **nous ne devons pas prendre sa déclaration pour signifier,** que ce Jésus, qu'il a pensé quelques instants auparavant **n'était même pas le Messie**, est maintenant le Dieu suprême, le Dieu Très-Haut. **Cela n'est pas arrivé !** Jésus est « Dieu » (*hébreu Élohim*) en tant qu'agent de Dieu à délivrer tous ceux (*ses frères*) qui le reçoivent, du péché, de la mort, et de l'enfer, comme Moïse fut « Dieu », l'agent du Dieu d'Israël pour délivrer les Hébreux (*ses frères*) de l'esclavage de l'Égypte.

> « *Tu tiendras pour lui la place de* **Dieu** » *(Ex. 4 : 16)*
>
> « *L'Éternel, ton Dieu, te suscitera du milieu de toi,*
> *d'entre tes frères, un prophète comme moi : vous*
> *l'écouterez !* » *(C'est Moïse qui parle) (De. 18 : 15).*

Faire de Jésus plus que les Écritures font de lui, spécialement le mettre à la place de son « Dieu et Père » ou égal en gloire (*honneur– estime*) avec l'Éternel Dieu est de flirter avec l'idolâtrie. (« *Tu n'auras pas d'autres dieux devant ma face* », c'est l'Éternel, est **le** Saint d'Israël qui parle ; Ex. 20 : 3). Oui, il est le Messie (*l'oint*) de Dieu, un **homme** « souverainement élevé », maintenant assis à la droite de Dieu, second en autorité par rapport à Dieu Lui-même, mais il n'est pas l'unique Seigneur Dieu Tout-Puissant !

Veuillez considérer avec moi ce fait des Écritures. Aucun écrivain de l'A. T. n'a jamais déclaré que le Messie d'Israël qui devait venir, serait en effet « le Dieu Tout-Puissant » (*El Shaddai*), l'Éternel Dieu, le Très-Haut (*El Elyon*), ou le Saint d'Israël. Aucun prophète de l'A. T. n'a prophétisé à cet égard. Aucun écrivain du N. T. n'émeut l'argument nulle part que Jésus-Christ est vraiment le Dieu Très-Haut. Jésus lui-même n'est enregistré nulle part comme disant qu'il est Dieu, le Créateur. Si une telle idée révolutionnaire avait été présentée à ceux qui étaient imprégnés du monothéisme juif du Torah, il n'y aurait eu aucune limite aux **discussions** qu'une telle pensée aurait pu causer, et aucune fin aux **conciles** que cela aurait pu provoquer. Cela fut déclaré à maintes reprises et avec force qu'il doit être et est le Fils de Dieu, le fils de David, le **Messie** (*le Christ*) d'Israël, le **libérateur**, le **rédempteur,** mais **pas le Dieu Tout-Puissant**.

Pensez simplement à l'opposition que Jésus et ses apôtres ont reçue à leur revendication qu'il est le Fils de Dieu, le Messie, et imaginez la réaction qui aurait été survenue si lui ou eux avaient proclamé qu'il était en fait le Dieu Tout-Puissant. Les conciles furent tenus pour discuter la circoncision, le fait de manger des viandes interdites auparavant, et l'inclusion des païens dans leurs efforts missionnaires ; **mais aucun** pour discuter et débattre de l'idée révolutionnaire qui dit que « Jésus-Christ homme » était le Dieu Tout-Puissant, ou Dieu le Fils, membre préexistant de la Sainte Trinité. Ceci n'a pas été cité nulle part et aucun concile n'a été organisé dans les temps de la Bible pour le débattre. Ce silence dans les Écritures parle bien haut ! [6]

JÉSUS EST LE FILS DE DIEU, MAIS IL N'EST PAS DANS LA DIVINITÉ.

Ceux qui adhèrent à la doctrine de la trinité disent que le mot Abba (*père*) définit la relation intime entre Jésus et son Père, et il le fait. Mais il définit aussi **notre** relation intime avec Dieu notre Père. Des trois fois qu'il est utilisé dans les Écritures, l'une d'elles est Jésus parlant à Dieu :

> *« Il disait : Abba, Père, toutes choses te sont possibles, éloigne de moi cette coupe ! Toutefois, non pas ce que je veux, mais ce que tu veux »*
> *(Marc 14 : 36).*

Et deux fois se rapportent à nous en tant que chrétiens :

> *« … par lequel nous crions : Abba ! Père »* *(Ro. 8 : 15).*

> *« … dans nos cœurs l'Esprit de son Fils, lequel crie : Abba ! Père ! »* *(Ga. 4 : 6).* Nous aussi, nous sommes enfants de Dieu.

> *« Voyez quel amour le Père **nous a témoigné**, pour que **nous** soyons appelés **enfants de Dieu**... Bien-aimés, nous sommes maintenant*

enfants de Dieu » *(I Jean 3 : 1-2).*

La prochaine fois que vous lisez dans l'évangile de Jean des choses qui semblent « inférer » que « Fils de Dieu » signifie « Dieu », rappelez-vous simplement que Jean a écrit son **évangile entier** « *afin que vous croyiez que Jésus est le Christ (le Messie), le Fils de Dieu* » (*Jean 20 : 31).* Christ est un synonyme de « Fils de Dieu. » Regardez la déclaration de Marthe dans *Jean 11 : 27,* « *Je crois que tu es le Christ, le Fils de Dieu* ». Jean déclare qu'en Christ **nous aussi**, nous sommes « enfants de Dieu ».

Avec cette compréhension, veuillez aller avec moi dans le prochain chapitre pour en apprendre davantage à propos de celui qui est Jésus, notre Sauveur.

*N. B. – Le mot « divin » peut signifier « divinité – Dieu », ou « donné ou inspiré par Dieu ; saint ; sacré ». Jésus est divin comme il est donné par Dieu, saint, sacré ; mail il n'est pas divin en tant que partie de la divinité. (Voyez II Pierre 1 : 3-4 et Hé. 9 : 1).

Jésus-Christ Homme

« Mais maintenant vous cherchez à me faire mourir, moi qui vous ai dit la vérité... » (c'est Jésus qui parle) *(Jean 8 : 40).*

« Cela est bon et agréable devant Dieu notre Sauveur, qui veut que tous les hommes soient sauvés et parviennent à la connaissance de la vérité. ***Car il y a un seul Dieu, et aussi un seul médiateur*** *entre Dieu et les hommes,* ***Jésus-Christ homme****, qui s'est donné lui-même en rançon pour tous. C'est là le témoignage rendu en son propre temps »* (I Timothée 2 : 3-6).

*N*ous devons adapter notre pensée concernant la personne de Jésus-Christ. Pendant plus de 1700 ans, des théologiens, sous l'influence de la pensée grecque et romaine, nous ont raconté que **Jésus n'était pas un homme** mais, en fait, « Dieu le Fils », « le Fils éternel », la seconde personne de la divinité, « Vrai Dieu, né du Vrai Dieu », et « coéternel avec le Père ». Pendant presque 100 ans les croyants de l'Unicité (*Jésus uniquement*) ont enseigné que Jésus était en fait le Dieu-homme, le Dieu Tout-Puissant, le Père dans la chair. Ils enseignent qu'il a une double nature, « la partie Dieu de lui-même était tout Dieu, et la partie homme de lui-même était tout homme ». En citant certains de leurs ouvrages que j'ai en ma possession, « En Jésus-Christ, deux volontés ou natures sont représentées : une volonté humaine et une volonté divine. Il était homme (*la chair*) et il était Dieu (*l'Esprit*). Ainsi en tant qu'homme, Jésus-Christ priait dans Sa **nature humaine** à Sa **nature divine**. » [1]

Le problème avec ces deux points de vue de Jésus est qu'ils ne correspondent pas à ce qui est dit de lui dans la Sainte Bible de Dieu. Aucun de ces points de vue n'est la saine doctrine ! Qu'est-ce que la Bible enseigne en ce qui concerne la vraie nature et la vraie personne du Fils de Dieu, Jésus-Christ notre Sauveur ?

QUI EST-CE QUE LES PROPHÈTES DE L'ANCIEN TESTAMENT ONT DIT QU'IL SERAIT ?

Ésaïe Chapitre 53 est une des plus grandes prophéties de l'A. T. en ce qui concerne la vie et la mort de Jésus, et le but de sa première venue. Cela a été écrit quelque 700 ans avant le Christ et sans aucun doute a été inspiré en même temps que toutes les Écritures par le Saint-Esprit. Les versets 5 et 6 ne pourraient pas être plus significatifs.

> « *Mais il était blessé pour nos péchés, Brisé pour nos iniquités ; Le châtiment qui nous donne la paix est tombé sur lui, Et c'est par ses meurtrissures que nous sommes guéris. Nous étions tous errants comme des brebis, Chacun suivait sa propre voie; Et l'Éternel a fait retomber sur lui l'iniquité de nous tous.* »

Regardons maintenant le verset 3 :

> « *Méprisé et abandonné des hommes,* **Homme de**
> **douleur** *et habitué à la souffrance, Semblable à*
> *celui dont on détourne le visage, Nous l'avons*
> *dédaigné, nous n'avons fait de lui aucun cas.* »

Ésaïe, a-t-il dit qu'il serait un homme, vivrait comme un homme, souffrirait comme un homme, et mourrait comme un homme ? Oui, celle-ci est la merveilleuse vérité telle que déclarée dans la Parole de Dieu.

Voyez *Jérémie 33 : 15 – 17* :

> « *En ces jours et en ce temps-là, Je ferai éclore à*
> *David un* **germe** *de justice ; Il pratiquera la*
> *justice et l'équité dans le pays. En ces jours-là,*
> *Juda sera sauvé, Jérusalem aura la sécurité dans*
> *sa demeure ; Et voici comment on l'appellera :*
> *L'Éternel notre justice. Car ainsi parle l'Éternel :*
> **David ne manquera jamais d'un successeur**
> [hébreu – homme] *Assis sur le trône de la maison*
> *d'Israël ;* »

Ainsi Dieu a dit à travers le prophète Jérémie que ce serait « **un homme** » qui s'assoirait sur le trône d'Israël comme héritier de David. Le Messie, **un homme** !

Le prophète Zacharie a dit au chapitre 13, aux versets 6 et 7, que le « pasteur » d'Israël serait un « homme ».

> « *Et si on lui demande : D'où viennent ces*
> *blessures que tu as aux mains ? Il répondra :*
> *C'est dans la maison de ceux qui m'aimaient que*
> *je les ai reçues. Épée, lève-toi sur mon* **pasteur** *Et*

sur l'homme qui est mon compagnon ! Dit l'Éternel des armées. Frappe le pasteur, et que les brebis se dispersent ! Et je tournerai ma main vers les faibles.» Jésus a confirmé qu'il parlait de lui (Mt. 26 : 31 ; *Marc 14 : 27).*

Le prophète Michée s'accorde avec ses collègues prophètes lorsqu'il parle de la naissance de Jésus à venir et son ministère dans *Michée Chapitre 5.* Le verset 1 déclare que sa naissance serait à *« Bethléhem Ephrata »,* et le verset 4 dit *« C'est lui qui ramènera la paix. Lorsque l'Assyrien viendra dans notre pays... ».* Je ne peux trouver aucun prophète de l'A. T. qui ait dit que Jésus serait « l'Éternel Dieu » ou « Dieu le Fils, » mais ces choses-ci mentionnées clairement disent qu'il serait un **« homme »**. La doctrine de la trinité aurait pu se développer uniquement que pendant les siècles après que l'A. T. avait perdu sa pertinence pour l'Église chrétienne.

JEAN LE BAPTISTE CROYAIT QUE JÉSUS ÉTAIT UN HOMME.

Le prophète du N. T. et précurseur de Jésus, Jean le Baptiste, croyait et enseignait que Jésus était **un homme**. L'évangile de Jean, chapitre 1, versets 29 et 30 disent, *« Le lendemain, il vit Jésus venant à lui, et il dit : Voici l'Agneau de Dieu, qui ôte le péché du monde. C'est celui dont j'ai dit : Après moi vient **un homme** qui m'a précédé, car il était avant moi ».* Que la déclaration de Jean ne vous trouble pas quand il dit que Jésus « était avant moi », ce qui signifie simplement que, bien que dans la chair Jean était 6 mois plus âgé que son cousin Jésus, dans la prédestination de Dieu, Jésus était *« le commencement de la création de Dieu »* (Ap. 3 : 14) et *« le premier-né de toute la création »* (Col. 1 : 15). Jean a enseigné clairement sur **l'humanité** de Jésus ; car beaucoup plus tard lorsque les disciples de Jean ont vu les miracles de Jésus et ont entendu ses enseignements, ils ont dit, « *Mais tout ce que Jean a dit de* **cet homme** *était vrai. Et dans ce lieu-là, plusieurs crurent en lui* » *(Jean 10 : 41-42)*.

LES CONTEMPORAINS DE JÉSUS LE CONSIDÉRAIENT COMME UN HOMME.

Quoique leurs opinions ne portent pas assez de poids comme le font les déclarations des saints prophètes et apôtres de Dieu concernant la personne de Jésus, il est néanmoins instructif de voir comment ils le considéraient.

La femme au puits à qui Jésus a dévoilé les secrets du cœur a dit :

> « *Venez voir* **un homme** *qui m'a dit tout ce que*
> *j'ai fait ; Ne serait-ce point le Christ* » *(Messie)*
> *(Jean 4 : 29)* ?

Un aveugle qui a été guéri par Jésus a dit :

> « **L'homme** *qu'on appelle Jésus a fait de la boue,*
> *a oint mes yeux, et m'a dit : Va au réservoir de*
> *Siloé, et lave-toi. J'y suis allé, je me suis lavé, et*
> *j'ai recouvré la vue* » *(Jean 9 : 11)*.

Les officiers qui ont été envoyés par les principaux sacrificateurs et les pharisiens pour arrêter Jésus sont revenus sans lui et ont expliqué le pourquoi, « *Jamais homme n'a parlé comme* **cet homme** » *(Jean 7 : 46)*.

Ponce Pilate a dit de Jésus :

> « *Pilate sortit de nouveau, et dit aux Juifs : Voici,*
> *je vous l'amène dehors, afin que vous sachiez que*
> **je ne trouve en lui aucun crime**. *Jésus sortit*
> *donc, portant la couronne d'épines et le manteau*
> *de pourpre. Et Pilate leur dit :* **Voici l'homme** »

(Jean 19 : 4 ; 5).

Le centenier romain, qui surveillait la crucifixion de Jésus et qui a témoigné la puissance de Dieu démontrée à cet événement, a dit « *Assurément, **cet homme** était Fils de Dieu* » (*Marc 15 : 39*).

Les disciples qui voyageaient avec Jésus, ont mangé et dormi avec lui, ont vu qu'il se fatiguait, s'épuisait, avait faim, et avait des fonctions corporelles comme eux en avaient, **savaient qu'il était un homme.** Mais sur la mer de Galilée lorsque Jésus a calmé la tempête avec les paroles de sa bouche, ils ont posé une question avec laquelle vous et moi sommes encore confrontés aujourd'hui. « *Ces **hommes** furent saisis d'étonnement. Quel est celui-ci* [homme]*, disaient-ils, à qui obéissent même les vents et la mer* » *(Mt. 8 : 27, Marc 4 : 41, Luc 8 : 25)* ? Les écrivains du N. T. inspiré peuvent nous aider avec la réponse.

L'APÔTRE PIERRE, UN PROCHE COMPAGNON DE JÉSUS, LE VOYAIT COMME UN HOMME.

Dans le **grand sermon** de Pierre au jour de la Pentecôte, il dit :

> « *Hommes Israélites, écoutez ces paroles ! Jésus de Nazareth, **cet homme à qui Dieu a rendu témoignage** devant vous par les miracles, les prodiges et les signes qu'il a opérés par lui au milieu de vous, comme vous le savez vous-mêmes ; **cet homme**, livré selon le dessein arrêté et **selon la prescience de Dieu, vous l'avez crucifié, vous l'avez fait mourir** par la main des impies. **Dieu l'a ressuscité**, en le délivrant des **liens de la mort**, parce qu'il n'était **pas possible** qu'il fût retenu par elle. Car **David dit de lui** : Je voyais constamment le Seigneur devant moi, Parce qu'il*

*est à ma droite, afin que je ne sois point ébranlé. Aussi mon cœur est dans la joie, et ma langue dans l'allégresse ; Et même **ma chair reposera avec espérance**, Car **tu n'abandonneras pas mon âme dans le séjour des morts**, Et **tu ne permettras pas que ton Saint** voie **la corruption** »* (Actes 2 : 22-27).

Pierre continue de parler à propos de Jésus, qu'ils avaient récemment tué, et du Roi David de la lignée par laquelle il est venu.

*« Comme **il était prophète**, et qu'il savait que Dieu lui* (David) *avait promis avec serment de faire asseoir un de ses descendants sur son* (David) *trône, c'est **la résurrection du Christ*** (Messie) *qu'il* (David) ***a prévue et annoncée**, en disant qu'il* (Jésus) *ne serait pas abandonné dans le séjour des morts et que sa chair ne verrait pas la corruption »* (Décomposition dans la tombe) *(versets 30 et 31).*

David est un des plus grands prophètes dans l'A. T., et Pierre le cite abondamment dans son sermon à propos de Jésus. Voyons ce que nous pouvons apprendre de Pierre *(et de David).*

Jésus était un homme (v. 22) Un « homme à qui Dieu a rendu témoignage ».

Jésus a été jugé, crucifié et tué « selon la prescience de Dieu » (v. 23) : « dès la fondation du monde dans le livre de vie de l'agneau qui a été immolé » (Ap. 13 : 8). Ceci n'est **pas la préexistence** ; c'est plutôt « la prescience de Dieu ». **S'il vous plaît, saisissez cette vérité.**

Pour une meilleure compréhension de la *« prescience de Dieu »*, regardez Actes 2 : 31. Pierre dit, « *c'est la résurrection du Christ qu'il (David) a prévue et annoncée* ». Comment David pouvait-il prévoir la résurrection du Christ et écrire à ce sujet en *Psaume 16*, **quelque 1000 ans avant que cela n'arrive ?** Puisque cela était bien réel dans le but et plan immuables de Dieu. Dans la pensée de Dieu, cela a été accompli, bien que dans l'histoire cela n'ait eu lieu que vers l'an 32 apr. J-C.

Jésus a été ressuscité par Dieu, « *en le délivrant des liens de la mort* » *(verset 24).* Jésus a relevé lui-même son corps *(« ce temple » Jean 2 : 19),* mais il l'a fait en agissant comme **agent de Dieu dans la résurrection**. « ***J'ai le pouvoir*** *de la donner, et* ***j'ai le pouvoir*** *de la reprendre : tel est* ***l'ordre que j'ai reçu*** *de mon Père* » *(Jean 10 : 18).* S'il vous plaît, comprenez ce pouvoir de l'« **agence** » de Jésus, **agissant en tant qu'agent désigné et autorisé par Dieu** « *Un homme à qui Dieu a rendu témoignage* » *(Actes 2 : 22).* La résurrection ne prouve pas qu'il fût la seconde personne du « Dieu trin » ; cela a prouvé qu'il était le Fils de Dieu, le Messie, le Fils de David.

> « *et déclaré Fils de Dieu... par sa résurrection*
> *d'entre les morts* » *(Ro. 1 : 4).*

Prophétiquement, David sous l'onction du Saint-Esprit cite Jésus parlant dans Actes 2 : 25 – 27, et le décrit comme **étant consolé, dans la joie, dans l'allégresse,** et **se reposant** dans la connaissance que Dieu, le Père, était avec lui et n'abandonnerait pas son « ***âme dans le séjour des morts*** ». Ceci ne décrit pas un « Dieu-homme » mais « **un homme** » confiant dans l'amour de **son Dieu**, le Père, *(voir Jean 20 : 17).* « *Car tu n'abandonneras pas mon âme dans le séjour des morts* » *(*Jésus à Dieu*) (Actes 2 : 27).*

Jésus avait une âme *(versets 27 ; 31) !* Un homme a-t-il une âme ? Oui. Jésus avait-il une âme ? Oui ! « ***Mon âme*** *est triste jusqu'à* *la mort ; restez ici, et veillez avec moi »* (Il avait besoin de ses amis) *(Mt. 26 : 38, Marc 14 : 34).* Le jour avant son arrestation Jésus a dit, **«** *Maintenant mon âme est troublée. Et que dirai-je ?... Père, délivre– moi de cette heure ?... Mais c'est pour cela que je suis venu jusqu'à cette heure »* (Jean 12 : 27). Écoutez ce qu'Ésaïe a à dire à propos de l'âme de Jésus dans *Ésaïe 53 : 10 – 12* :

> *« Il a plu à l'Éternel (Dieu) de le briser par la souffrance... Après avoir livré **sa vie** [son âme] en sacrifice pour le péché, Il (Dieu) verra une postérité... Et l'œuvre de l'Éternel prospérera entre ses mains. À cause du travail de **son âme**, il rassasiera ses regards... C'est pourquoi je [Dieu] lui [Jésus] donnerai sa part avec les grands... Parce qu'il s'est livré lui-même [son âme] à la mort... Parce qu'il a porté les péchés de beaucoup d'hommes, Et qu'il a intercédé pour les coupables ».* (Et *« étant toujours vivant pour intercéder en leur faveur »* Hé. 7 : 25).

L'âme de Jésus alla au séjour des morts! **Pierre l'a dit, David l'a dit, la Parole de Dieu l'a dit** (v. *27, 31*). À Dieu Merci, Jésus est y allé à ma place afin que je ne sois pas obligé d'y aller !

Ce fait était encore dans l'intelligence de Pierre plusieurs années plus tard quand il a écrit sa première épître *(I Pierre 3 : 18 – 22)* :

> *« **Christ aussi a souffert une fois pour les péchés**, lui juste pour des injustes, afin de nous amener à Dieu, **ayant été mis à mort quant à la chair**, mais ayant été rendu vivant quant à l'Esprit, **dans lequel aussi il est allé prêcher aux esprits en**

prison, qui autrefois avaient été incrédules, lorsque la patience de Dieu se prolongeait, aux jours de Noé, pendant la construction de l'arche, dans laquelle un petit nombre de personnes, c'est-à-dire, huit, furent sauvées à travers l'eau. Cette eau était une figure du baptême, qui n'est pas la purification des souillures du corps, mais l'engagement d'une bonne conscience envers Dieu, et qui maintenant vous sauve, vous aussi, **par la résurrection de Jésus-Christ, qui est à la droite de Dieu, depuis qu'il est allé au ciel, et que les anges, les autorités et les puissances, lui ont été soumis. »**

Cher lecteur, Dieu ne joue pas aux jeux de mots dans la Bible. Jésus était « **un homme** » qui mourut et qui alla au séjour des morts *(hébreu – sheol)*, et prêcha aux « esprits » en prison. Il ressuscita trois jours plus tard victorieux, « *... je tiens les clefs de la mort et du séjour des morts* » *(Ap. 1 : 18)*. Nous ne sommes pas des « dieux » mais des hommes, ainsi nous n'avions pas besoin que « Dieu le Fils » puisse mourir pour nous mais « un homme», « *Jésus-Christ homme* » *(I Ti. 2 : 5)*. Il est notre **héros**, notre **champion,** notre **avocat, et puisqu'il vit, nous vivrons pour toujours !**

LE GRAND APÔTRE PAUL CROYAIT QUE JÉSUS ÉTAIT UN HOMME.

Dans 13 épîtres écrites par Paul, il mentionne « Dieu » plus de 500 fois et pas une seule fois peut-on prouver qu'il parlait de Jésus. Si Jésus est « Dieu », Paul ne l'a pas su. Il a dit que le seul et l'unique Dieu c'est le

Père. « *Néanmoins pour nous il n'y a qu'un seul Dieu, le Père.* » (Vous pouvez vous disputer avec Paul).

> « *Si c'est dans cette vie seulement que nous espérons en Christ, nous sommes les plus malheureux de tous les hommes. Mais maintenant, Christ est ressuscité des morts, il est les prémices de ceux qui sont morts. Car, puisque la mort est venue par un homme* (Adam), *c'est aussi par un homme qu'est venue la résurrection des morts. Et comme tous meurent en Adam, de même aussi tous revivront en Christ, mais chacun* [homme] *en son rang. Christ comme prémices, puis ceux qui appartiennent à Christ, lors de son avènement* » *(I Co. 15 : 19 – 23)*

Écoutez l'apôtre Paul, « *c'est aussi par un homme qu'est venue la résurrection des morts. Et comme tous meurent en Adam* (un homme)*, de même aussi tous revivront en Christ* (un homme)*, mais* « *chacun* » [chaque homme] *en son rang, Christ* (un homme) *comme prémices, puis ceux qui appartiennent à Christ, lors de son avènement* ». Jésus a vécu comme un homme, est mort comme un homme, et a ressuscité des morts comme un homme.

Voyez Luc 24 : 36-43.

> « *Tandis qu'ils parlaient de la sorte, lui-même se présenta au milieu d'eux, et leur dit : La paix soit avec vous ! Saisis de frayeur et d'épouvante, ils croyaient voir un esprit. Mais il leur dit : Pourquoi êtes-vous troublés, et pourquoi pareilles pensées s'élèvent-elles dans vos cœurs ? Voyez*

mes mains et mes pieds, c'est bien moi ; touchez-moi et voyez : un esprit n'a ni chair ni os, comme vous voyez que j'ai. Et en disant cela, il leur montra ses mains et ses pieds. Comme, dans leur joie, ils ne croyaient point encore, et qu'ils étaient dans l'étonnement, il leur dit : Avez-vous ici quelque chose à manger ? Ils lui présentèrent du poisson rôti et un rayon de miel. Il en prit, et il mangea devant eux » (Luc 24 : 36-43).

Mon ami, Jésus n'élabore pas une charade ici. Voici un homme, ressuscité des morts avec un corps glorifié, qui n'est pas un esprit mais « chair et os », qui peut être touché et qui mange de la nourriture. Ceci ne répond pas à toutes nos questions, **mais nous dit tout ce que nous avons besoin de connaître.** Avait-il faim ? Nous ne savons pas, mais il a mangé, ce qui nous laisse croire que la nourriture qui a été mangée s'est digérée dans le corps d'un homme. Paul dit en *Philippiens 3 : 20 – 21 :*

« Mais notre cité à nous est dans les cieux, d'où nous attendons aussi comme Sauveur le Seigneur Jésus-Christ, qui transformera le corps de notre humiliation, en le rendant semblable au corps de sa gloire. »

Après notre résurrection ou changement à sa venue nous serons semblables à lui, des hommes et des femmes avec des corps glorifiés, et **nous fêterons avec lui** au festin de noces de l'agneau *(Ap. 19 : 9 ; Luc 14 : 17, 22 : 16).*

Paul dit en *Actes 13 : 38*

« C'est par lui que le pardon des péchés vous est

annoncé. »

Paul dit en *Actes 17 : 31.*

> « *Parce qu'il* (Dieu) *a fixé un jour où il jugera le monde selon la justice,* **par l'homme** *qu'il a désigné* (nommé ou spécifié), *ce dont il a donné* **à tous** *une preuve certaine en le ressuscitant des morts* ».

Paul dit en *Romains 5 : 15*

> « *Car, si par* **l'offense d'un seul** (Adam) *il en est beaucoup qui sont morts, à plus forte raison la grâce de Dieu et le don de la grâce venant d'un seul homme, Jésus-Christ, ont-ils été abondamment répandus sur beaucoup.* »

Paul dit en *Philippiens 2 : 7b, 8.*

> « *Et ayant paru comme un simple* **homme,** *il s'est humilié lui-même, se rendant obéissant jusqu'à la mort, même jusqu'à la mort de la croix.* »

Regardez ce que Paul nous dit dans Colossiens. Chapitre 1, verset 15 dit :

> « *Il* (Jésus) *est* **l'image** *du* **Dieu invisible,** *le premier né de toute la* **création.** »

Regardez maintenant le chapitre 3, verset 3 :

> « *Car vous êtes morts, et votre vie est cachée* **avec Christ en Dieu.** »

Regardez maintenant les versets 9 et 10.

> « *Ne mentez pas les uns aux autres, vous étant dépouillés du vieil homme* (la nature d'Adam) *et de ses œuvres, et ayant revêtu* **l'homme nouveau**

> **(Christ)**, *qui se renouvelle, dans la connaissance,*
> *selon l'**image de celui** (Dieu) **qui l'a créé***
> **(Jésus).** »

Ceux-ci sont des merveilleux versets pour comprendre la place de notre Seigneur Jésus en Dieu et notre place en lui. Regardez le contexte pour voir avec précision ce que dit Paul.

> « *Ainsi donc, comme vous avez reçu le Seigneur* ***Jésus-Christ,*** *marchez **en lui*** » *(2 : 6).*
>
> « *... mais de la circoncision de Christ,* ***qui consiste dans le dépouillement du corps de la chair*** » *(2 : 11).*
>
> « ***Ayant été ensevelis avec lui*** (Christ) *par le baptême, vous êtes aussi **ressuscités en lui** et avec lui, par la foi en la puissance de Dieu, qui l'a ressuscité des morts* » *(2 : 12).*
>
> « *Si donc vous êtes **ressuscités avec Christ**, cherchez les choses d'en haut, où Christ est assis à la droite de Dieu* » *(3 : 1).*

Veuillez maintenant regarder encore le verset 10, « *Ayant revêtu l'homme nouveau* ». Jésus-Christ est **l'homme nouveau**. Et **Dieu l'a créé !** *(Jésus est un être créé)* « *Ayant revêtu **l'homme nouveau*** (Christ) » s'accorde avec les autres écrits de Paul.

> « *Mais **revêtez-vous** du Seigneur Jésus-Christ* » *(Ro. 13 : 14).*
>
> « *Vous tous, qui avez été baptisés en Christ, vous avez **revêtu Christ*** » *(Ga. 3 : 27).*
>
> « *... Faites tout au nom du Seigneur Jésus, en*

rendant par lui des actions de grâces à Dieu le Père » (Col. 3 : 17).

L'ÉCRIVAIN INSPIRÉ DE L'ÉPÎTRE AUX HÉBREUX NOUS ENSEIGNE QUE JÉSUS EST UN HOMME. *(N.D.T. [homme]

d'après la Bible King James Française (KJF) Révision 2009).

Hébreux 2 : 9 dit :

> *« ... afin que, par la grâce de Dieu, il souffrit la mort pour tous* [chaque **homme**]. *»*

Hébreux 3 : 3 dit :

> *« Car il* [cet **homme**] *(Jésus) a été jugé digne d'une gloire d'autant supérieure à celle de Moïse. »*

Hébreux 7 : 24 dit :

> *« Mais lui* [cet **homme**] *(Jésus) ... possède un sacerdoce qui n'est pas transmissible. »*

Hébreux 8 : 3 dit :

> *« ... d'où il est nécessaire que celui-ci* [cet **homme**] *(Jésus) ait aussi quelque chose à présenter. »*

Hébreux 10 : 12 dit :

> *« Lui* [cet **homme**], *après avoir offert un seul sacrifice pour les péchés, s'est assis pour toujours à la droite de Dieu ».*

Jacques 1 : 13-14 dit :

> *«Que personne, lorsqu'il est tenté, ne dise: C'est Dieu qui me tente. Car **Dieu ne peut être tenté par le mal**, et il ne tente lui-même personne. **Mais chacun est tenté** quand il est attiré et amorcé par*

sa propre convoitise. »

Jésus, **étant un homme**, a été tenté, mais il n'a pas cédé et péché.

Hébreux 2 : 18 dit :

« Car, ayant été tenté lui-même dans ce qu'il a **souffert** *».*

Hébreux 4 : 15 dit :

« ... au contraire, il (Jésus) **a été tenté** *comme nous en toutes choses, sans commettre de péché ».*

Pourquoi plusieurs Écritures nous disent-elles que Jésus était **un homme** ? Dieu le Père voudrait que nous puissions connaître avec certitude que toutes les richesses éternelles dans la gloire que Jésus le Messie a obtenues pour nous à travers sa vie sans péché, sa mort sacrificielle et sa glorieuse résurrection, il les a gagnées pour nous non pas comme **un Dieu**, mais comme **un homme** ! **Et nous avons encore eu tort !** Nous l'avons fait « Dieu » dans nos intelligences, cœurs, et dans notre adoration. Ainsi que devons-nous faire ? Repentez-vous et commencez à reprogrammer votre intelligence comme je l'ai fait. Dieu le Père est aimant, patient et miséricordieux. Nous connaissons en étudiant Sa Parole et en regardant Son fils Jésus, qui est « l'image » du Père *(II Co. 3 : 18),* et *« l'empreinte de sa personne »* (Hé. 1 : 3).

PLUS SUR L'HUMANITÉ DE JÉSUS

Comme nous avons été complètement dans l'erreur dans le passé, regardons un peu plus ce que dit la Bible au sujet de l'humanité de Jésus. Les Écritures enseignent que Jésus avait un **esprit humain**, comme tous les « hommes » l'ont. Regardez brièvement ce que la Bible déclare à propos de l'esprit humain. *« L'Éternel Dieu forma l'homme de la* *poussière de la terre, il **souffla dans ses narines un souffle de vie** et l'homme devint un **être vivant** » (Ge. 2 : 7). Job 34 : 14-15 dit :* « *S'il ne pensait qu'à lui-même, S'il retirait à lui son esprit et son souffle, **Toute chair périrait soudain, Et l'homme rentrerait dans la poussière** ».* Ainsi l'esprit de l'homme est le souffle de vie venant de Dieu. (*Le mot « esprit » signifie « souffle » en hébreu*). La mort est la séparation du corps de l'esprit. *Genèse 49 : 33* dit que lorsque Jacob mourut « *il expira* (il rendit son esprit humain), *et fut recueilli auprès de son peuple* ». Actes 5 : 10 dit « *elle* (Saphira) *tomba aux pieds de l'apôtre, et expira...* » Ainsi nous comprenons *Matthieu 27 : 50* lorsqu'il dit « *Jésus poussa de nouveau un grand cri, et rendu l'esprit* ». Son esprit humain est sorti de lui.

L'esprit perdure après avoir quitté le corps. « *L'**esprit** retourne à Dieu qui l'a donné » (Ec. 12 : 9)* « *Et ils lapidèrent Étienne, qui priait et disait : Seigneur Jésus, reçois **mon esprit** !* » *(Actes 7 : 59).* Il a prié Dieu et confié **son esprit** à Jésus.

> « *Celui qui est lent à la colère vaut mieux qu'un héros, Et celui qui est maître de lui-même* [**son esprit** – KJF], *que celui qui prend des villes » (Pr. 16 : 32).*
>
> « ***Le souffle** de l'homme est une lampe de l'Éternel ;*
> *Il pénètre jusqu'au fond des entrailles » (Pr. 20 : 27).*

Marc 8 : 11-12 dit :

> « *Les pharisiens survinrent, se mirent à discuter avec Jésus, et, pour l'éprouver, lui demandèrent un signe venant du ciel. Jésus, soupirant*

*profondément en **son esprit,** dit: Pourquoi cette génération demande-t-elle un signe ? Je vous le dis en vérité, il ne sera point donné de signe à cette génération. »*

Ceci dit clairement que Jésus soupira en « **son esprit** ». *Luc 2 : 40 dit, « Or l'enfant* (Jésus) *croisait, et **se fortifiait** [en esprit - KJF]. Il était rempli de **sagesse,** et la **grâce** de Dieu était sur lui ».* La sagesse dont il était rempli provenait de Dieu le Père, la « grâce sur lui » était de Dieu, mais **l'esprit** dans lequel il « se fortifiait » semble être son esprit humain. Au verset 80 du chapitre précédent, il est aussi dit de Jean Baptiste que *« l'enfant croissait et se fortifiait en **esprit** ».* *Luc 4 : 1 dit, « Jésus, rempli du Saint-Esprit, revint du Jourdain, et il fut conduit par l'Esprit dans le désert ».* Ceci parle maintenant de Jésus *« étant rempli de l'Esprit Saint »* qui l'avait **engendré** *(« ... car l'enfant qu'elle a conçu vient du Saint-Esprit » Mt. 1 : 20),* et conduit par « l'Esprit » *(le même Esprit - remarquez le E majuscule).* Ne soyez pas confus par le fait que Jésus a été **engendré** dans le ventre de Marie « par le Saint-Esprit », cependant Dieu est son Père. Dieu est Esprit, il est « l'Esprit Saint ». Ils sont **un** et **le même.** Le Saint-Esprit a été manifeste à la Pentecôte dans une autre forme et a rempli les croyants ; mais c'est le même Esprit. J'examinerai ceci plus tard.

REVENONS À L'ESPRIT HUMAIN DE JÉSUS.

Luc 10 : 21 dit :

*« En ce moment même, Jésus tressaillit de joie par **le Saint-Esprit**, et il dit: Je te loue, **Père, Seigneur du ciel et de la terre**, de ce que tu as caché ces choses aux sages et aux intelligents, et*

> *de ce que tu les as révélées aux enfants. Oui, Père,*
>
> *je te loue de ce que tu l'as voulu ainsi. »*

Jésus se réjouit dans son esprit (*remarquez le e minuscule*) à cause de la sagesse et de la bonté de son Père). Notez également les paroles de Jésus « *Seigneur du ciel et de la terre* ». Nous avons donné cet honneur et cette position à Jésus, mais il a dit que cela appartient à son **Père**).

Jean 11 : 33 – 35 dit que lorsque Jésus rencontra Marie à la tombe de son frère Lazare, elle pleurait et elle était tombée à ses pieds.

> *« Jésus, la voyant pleurer, elle et les Juifs qui*
>
> *étaient venus avec elle, **frémit en son esprit**, et fut*
>
> *tout ému. Et il dit: Où l'avez-vous mis? Seigneur,*
>
> *lui répondirent-ils, viens et vois. **Jésus pleura**. »*

Celles-ci sont clairement des réactions humaines de l'esprit humain de Jésus.

Jean chapitre 13 parle des événements du dernier souper, de Jésus lavant les pieds des disciples et leur parlant de sa mort prochaine. Le verset 21 déclare :

> *« Ayant ainsi parlé, Jésus fut troublé en son*
>
> *esprit, et il dit expressément: En vérité, en vérité,*
>
> *je vous le dis, l'un de vous me livrera. »*

Jésus semble être troublé, pas dans le Saint-Esprit, mais dans son « esprit » humain.

LE SAINT-ESPRIT EST L'ESPRIT DE DIEU (ET NON UNE AUTRE PERSONNE)

Établissons à ce moment à partir des Écritures que le Saint-Esprit n'est aucun autre que l'Esprit de Dieu, l'Esprit Saint. Regardez dans Matthieu 1 : 18, « *Voici de quelle manière arriva la naissance de Jésus-Christ. Marie sa mère, ayant été fiancée à Joseph, se trouva enceinte par **la***

vertu du Saint-Esprit, *avant qu'ils eussent habité ensemble. »* Le verset 20 dit que l'ange du Seigneur a dit à Joseph, *«… ne crains pas de prendre avec toi Marie, ta femme, car l'enfant qu'elle a conçu vient du Saint-Esprit ».* Alors, c'est sûr que celui **par qui** une femme conçoit, *il est le père de l'enfant.* Le Saint-Esprit n'est pas quelqu'un d'autre que l'Esprit Saint de l'Éternel Dieu, qui est le Père de Jésus. Il est aussi appelé le consolateur de qui Jésus a dit qu'il se manifesterait après qu'il serait allé au Père *(Jean 14 : 16, 26 ; 16 : 7).* Le Saint-Esprit était dans l'A. T., quoique **pas** appelé **par ce nom.** *« Comme ils se retiraient en désaccord, Paul n'ajouta que ces mots : C'est avec raison que le **Saint-Esprit,** parlant à vos pères par le prophète Ésaïe »* (Actes 28 : 25). *« Car ce n'est pas par une volonté d'homme qu'une prophétie a jamais été apportée, mais c'est poussés par le **Saint-Esprit** que des hommes ont parlé de la part de Dieu »* (II Pierre 1 : 21). *Actes 1 : 16* dit, *« Le Saint-Esprit… a annoncé… par la bouche de David, au sujet de Judas »* 1000 ans auparavant.

Regardez les récits des Évangiles sur le baptême d'eau de Jésus ; *Marc 1 : 10* dit qu'à ce moment, *« il* (Jean) *vit les cieux s'ouvrir, et l'Esprit descendre sur lui* (Jésus) *comme une colombe ».* *Matthieu 3 : 16* dit : *« il vit **l'Esprit de Dieu** descendre comme une colombe et venir sur lui »,* et *Luc 3 : 22* dit, *« et **le Saint- Esprit** descendit sur lui sous une forme corporelle, comme une colombe. »* Maintenant, voici une question pour ceux qui soutiennent la doctrine de la trinité. Était-il **« l'Esprit de Dieu »** *(la **première** personne de la trinité)* ou **l'Esprit- Saint** *(la **troisième** personne de la trinité)* qui est descendu comme une colombe sur Jésus ? Évidemment, ils sont un et le même non pas deux esprits séparés ! Dieu est Esprit et Il est le Saint-Esprit.

« Nous avons tous, en effet, été baptisés dans un

seul Esprit, pour former un seul corps... et nous avons été abreuvés d'un seul Esprit » (I Co. 12 : 13).

« L'Esprit de Dieu habite en vous » (I Co. 3 : 16).

Jésus nous enseigne en *Mt. 12 : 32* que **lui** et le Saint-Esprit ne sont pas la même personne. *« Quiconque parlera contre le Fils de l'homme, il lui sera pardonné ; mais quiconque parlera contre le Saint-Esprit, il ne lui sera pardonné ni dans ce siècle ni dans le siècle à venir... »* (Un avertissement sérieux !) Il était certainement **rempli de l'Esprit Saint**. *« Jésus, **rempli du Saint-Esprit**, revint du Jourdain, et il fut conduit par l'Esprit dans le désert... »* (Luc 4 : 1). D'autres avaient été remplis du Saint-Esprit avant cela. Élisabeth fut rempli du Saint-Esprit *(Luc. 1 : 41)*. Son mari *« Zacharie fut rempli du Saint-Esprit »* (verset 67).

Jésus a été rempli du Saint-Esprit sans mesure. Jean Baptiste, qui lui-même a été rempli du Saint-Esprit à partir du ventre de sa mère Élisabeth, a dit à propos de Jésus, *« car celui que Dieu a envoyé dit les paroles de Dieu, parce que Dieu ne lui donne pas l'Esprit avec mesure... »* (pas une portion limitée) *(Jean 3 : 34)*.

Jésus fut oint par le Saint-Esprit.

*« L'Esprit du Seigneur est sur moi, **Parce qu'il m'a oint** pour annoncer une bonne nouvelle aux pauvres ; Il m'a envoyé pour guérir ceux qui ont le cœur brisé, Pour proclamer aux captifs la délivrance, Et aux aveugles le recouvrement de la vue, Pour renvoyer libres les opprimés »* (Luc 4 : 18-19).

Pierre dit en *Actes 10 : 38.*

> « ***Vous savez comment Dieu a oint du Saint-Esprit** et de force **Jésus** de Nazareth, qui allait de lieu en lieu faisant du bien et guérissant tous ceux qui étaient sous l'empire du diable, car **Dieu était avec lui**.* »

Remarquez que Pierre n'a pas dit qu'« il était Dieu », mais plutôt que « **Dieu était avec lui** ». Nous avons déjà vu à partir des Écritures, lorsque Jésus est mort sur la croix, il est allé au séjour des morts, il a ressuscité et prêché aux esprits captifs en prison. Paul déclare en *Éphésiens 4 : 8 – 10* que Jésus prit « captifs » avec lui au ciel quand il ressuscitait de la tombe et ascensionna.

> « *C'est pourquoi il est dit : Étant monté en haut, il a emmené des captifs* (une multitude des captifs*), Et il a fait des dons aux hommes. Or, que signifie : Il est monté, sinon qu'**il est aussi descendu dans les régions inférieures de la terre** ? Celui qui est descendu, c'est le même qui est monté au-dessus de tous les cieux, afin de remplir toutes choses.* (Son âme était descendue à l'Hadès. La tombe où son corps était couché n'était pas dans « les régions inférieures de la terre »).

Jésus était toujours un homme, « le Fils de l'homme » (*un être humain*) lorsqu'il ressuscita de la tombe avec son corps glorifié.

« *Comme ils descendaient de la montagne, Jésus leur donna cet ordre : Ne parlez à personne de cette vision, **jusqu'à ce que le Fils de l'homme soit ressuscité des morts**.* » *(Mt. 17 : 9).* « Fils de l'homme » est un titre messianique tiré du Psaume 8, un Psaume de David lorsqu'il était dans l'émerveillement sur le **nom** de Dieu, Sa **gloire**, et Ses **œuvres comme perçues dans la création.**

> « ... *Éternel, notre Seigneur ! Que **ton nom** est magnifique sur toute la terre ! **Ta majesté** s'élève au-dessus des cieux.   Quand je contemple les cieux, ouvrage de tes mains, La lune et les étoiles que tu as créées : **Qu'est-ce que l'homme, pour que tu te souviennes de lui ? Et le fils de l'homme**, pour que tu prennes garde à lui ? Tu l'as fait **de peu inférieur à Dieu**, Et tu l'as couronné de gloire et de magnificence. Tu lui as donné la domination sur les œuvres de tes mains, **Tu as tout mis sous ses pieds**, Les brebis comme les bœufs, Et les animaux des champs, Les oiseaux du ciel et les poissons de la mer, Tout ce qui parcourt les sentiers des mers.   Éternel, notre Seigneur ! Que **ton nom** est magnifique sur toute la terre !* » (Ps. 8 : 2 ; 4 – 10).*

COMPRENDRE L'HUMANITÉ DE JÉSUS À PARTIR D'HÉBREUX CHAPITRE 2.

Hébreux chapitre 2 place très clairement Jésus dans ce Psaume, et il est étonnant et révélateur de voir **où**. Il n'est pas dans les trois premiers versets, **c'est l'Éternel Dieu**, avec **un nom** qui est excellent sur toute la terre, avec gloire, qui est placé au-dessus des cieux, et qui est **le Créateur de toute chose**. Alors, l'écrivain de Hébreux cite le verset 4 du psaume, « ***Qu'est-ce que l'homme*, pour que tu te souviennes de lui** » (*Hébreux 2 : 6*). Pourquoi un Dieu si merveilleux penserait-Il même **à**

l'homme modeste et pécheur ? Lorsque Dieu avait dit aux anges en *Genèse 1 : 26,* « Faisons **l'homme** », évidemment il parlait en hébreu, car c'est la langue de l'Ancien Testament du peuple hébreu, et la langue par laquelle le Seigneur parla à Saul (*Paul*) du ciel à l'époque de sa rencontre sur la route de Damas. Le mot « homme » en hébreu est « **adam** » se rapportant à montrer du sang au visage (*rouge - rougeaud*) et qui signifie « **un être humain** » un individu ou l'espèce, « **le genre humain** ». Une signification secondaire est « **de rang inférieur** ». Le Roi David et l'écrivain de l'épître aux Hébreux se sont demandés du fait que le Dieu Tout-Puissant, Créateur de toute chose se souciait de l'homme (*adam*).

La deuxième chose que David et l'écrivain de l'épître aux Hébreux se sont demandés a été, qu'est-ce que « **le fils de l'homme, pour que tu prennes soin de lui** » (Ps. 8 : 4, Hé. 2 : 6). Veuillez observer attentivement, Dieu se souvient de l'**homme** (*adam*), la première génération, et prend soin du « **fils de l'homme**, la génération suivante ou la seconde génération de l'homme (*adam*). Le mot « **fils** » en hébreu est « ben » et signifie « **enfant, celui qui est né** ». La signification secondaire de l'homme (*adam*), « **de rang inférieur** » se trouve en *Ps. 8 : 6* et en *Hé. 2 : 7* « *Tu l'as fait un peu inférieur aux anges ; tu l'as couronné de gloire et d'honneur, et **tu l'as établi sur les œuvres de tes mains ;*** » [KJF]

Regardez maintenant *Hébreux 2 : 8.*

« *Tu* (Dieu) *as mis toutes choses sous ses pieds* (de l'homme). *En effet, en lui (à l'homme) soumettant toutes choses, Dieu n'a rien laissé qui ne lui* (à l'homme) *fût soumis...* »

Ceci parle de la domination que Dieu donna à Adam et Ève telle qu'observée en *Genèse 1 : 26 – 31.*

> « *Puis Dieu dit: Faisons l'homme à notre image,*
> *selon notre ressemblance, **et qu'il domine sur** les*
> *poissons de la mer, sur les oiseaux du ciel, sur le*
> *bétail, sur toute la terre, et sur tous les reptiles*
> *qui rampent sur la terre. **Dieu créa l'homme à***
> ***son image,** il le créa à l'image de Dieu, il créa*
> *l'homme et la femme. **Dieu les bénit,** et Dieu leur*
> *dit : **Soyez féconds, multipliez, remplissez la***
> ***terre, et l'assujettissez ; et dominez sur les***
> ***poissons de la mer, sur les oiseaux du ciel, et sur***
> ***tout animal qui se meut sur la terre.** Et Dieu dit:*
> ***Voici, je vous donne toute herbe portant** de la*
> *semence et qui est à la surface de toute la terre, et*
> ***tout arbre** ayant en lui du fruit d'arbre et portant*
> *de la **semence** : ce sera votre nourriture. Et à **tout***
> ***animal** de la terre, à **tout oiseau** du ciel, et à **tout***
> ***ce qui se meut sur la terre,** ayant en soi un souffle*
> *de vie, je donne **toute herbe verte** pour nourriture.*
> *Et cela fut ainsi. **Dieu vit tout ce qu'il avait fait** et*
> *voici, cela était très bon. Ainsi, il y eut un soir, et*
> *il y eut un matin : ce fut le sixième jour.* »

Dieu ne dit tout simplement pas de paroles. Dieu a vu tout ce qu'Il avait fait se rapportant à la « terre » (verset 28), et a donné à l'homme et à la femme qui était prise de l'homme (*adam*), la **domination** sur tout cela, pour y **gouverner, se multiplier** et **l'assujettir** ! Mais tristement l'homme et la femme ont péché dans le jardin d'Éden, et le serpent, Satan, le Diable, usurpa (*prit*) leur autorité donnée par Dieu et devint le « **dieu de ce siècle** » (*II Co. 4 : 4*). Comme preuve ultérieure de la domination usurpée de Satan voir *Luc 4 : 5-7* :

> « *Le diable, **l'ayant élevé**, lui montra **en un instant tous les royaumes de la terre**, et lui dit : Je te donnerai toute cette **puissance**, et la **gloire** de ces royaumes; **car elle m'a été donnée**, et je la donne à qui je veux. Si donc tu te prosternes devant moi, elle sera toute à toi.* »

Jésus n'a pas contesté la revendication de Satan que toute cette domination était sienne, mais a dit simplement, « *Il est écrit : **Tu adoreras le Seigneur, ton Dieu**, et tu le serviras **lui seul*** » (*v. 8*). Un jour très bientôt Satan conférera cette autorité usurpée à l'antéchrist. « *... Le dragon **lui** donna sa puissance, et son trône, et une grande autorité* » (*Ap. 13 : 2d, 12 : 9*).

Pour comprendre les limites actuelles de la « grande autorité » de Satan, reportez-vous à *Job. 1 : 6 ; « Or, **les fils de Dieu** vinrent un jour* (dans le temps) *se présenter devant l'Éternel, et Satan vint aussi au milieu d'eux* ». Ces « fils de Dieu » sont des anges, **des fils créés de Dieu.**

Maintenant allons à *Job 1 : 7* :

> « *L'Éternel dit à **Satan : D'où viens-tu**? Et Satan répondit à l'Éternel : **De parcourir la terre** et de **m'y promener**.* »

Dieu attire l'attention de Satan sur un homme craignant Dieu appelé Job, et lui donne pouvoir sur tout ce que Job possédait, avec **une seule** limitation.

> « *L'Éternel dit à Satan: Voici, **tout ce qui lui appartient, je te le livre; seulement, ne porte pas***

la main sur lui. Et Satan se retira de devant la
face de l'Éternel » (Job 1 : 12).

Ainsi, avec la permission de Dieu, Satan partit et fit des ravages dans la famille de Job et ses possessions (*v. 13-19*). Mais Job, avec foi en son Dieu, affronta les mauvaises nouvelles avec adoration et louange (*v. 20 – 21*) et « *ne pécha point et n'attribua rien d'injuste à Dieu* » (*v. 22*).

> « ***Or, les fils de Dieu*** *vinrent* ***un jour*** *se présenter*
> *devant l'Éternel, et Satan vint aussi au milieu*
> *d'eux se présenter devant l'Éternel. L'Éternel dit*
> *à Satan : D'où viens-tu ? Et Satan répondit à*
> *l'Éternel : De parcourir la terre et de m'y*
> *promener » (Job 2 : 1-2).*

Rappelez-vous que ces anges, avec qui Satan est venu se présenter devant Dieu, sont des « fils de Dieu » créés, **qui n'ont pas de parenté avec Dieu**. **Ils n'ont pas l'essence de Dieu**, mais avec tout le reste de la création, ils ont été créés « *par le souffle de sa bouche* » (*Ps. 33 : 6*). À ce moment Dieu donne à Satan la permission d'aller plus loin.

> « *L'Éternel dit à Satan :* ***Voici, je te le livre :***
> ***seulement, épargne sa vie.*** *Et Satan se retira de*
> *devant la face de l'Éternel. Puis il frappa Job d'un*
> *ulcère malin, depuis la plante du pied jusqu'au*
> *sommet de la tête » (Job. 2 : 6-7).*

Quand l'homme a péché dans le jardin d'Éden et a perdu **son** autorité donnée par **Dieu, Dieu n'a perdu ni Son pouvoir, ni Son autorité !** Il est toujours le Tout-Puissant et Il agira comme Il Lui plaira. **Il est Dieu** ! Nebucadnetsar a bien appris cette leçon.

> « *Après le temps marqué, moi, Nebucadnetsar, je*

*levai les yeux vers le ciel, et la raison me revint.
J'ai béni **le Très-Haut**, j'ai loué et glorifié celui
qui vit éternellement, celui dont la domination est
une domination éternelle, et dont le règne subsiste
de génération en génération. **Tous les habitants
de la terre ne sont à ses yeux que néant : il agit
comme il lui plaît** avec l'armée des cieux et avec
les habitants de la terre, **et il n'y a personne qui
résiste à sa main et qui lui dise : Que fais-tu ?** »
(Da. 4 : 34-35).*

Daniel 5 : 21 déclare :

« *... Son corps fut trempé de la rosée du ciel,
jusqu'à ce qu'il reconnût que le **Dieu suprême**
domine sur le règne des hommes et qu'il le **donne
à qui il lui plaît**.* »

Comparez ceci à ce que Jésus a dit en Luc 22 : 29 :

« *... Je dispose **du royaume en votre faveur,
comme mon Père en a disposé en ma faveur**.* »

L'écrivain de l'épître aux Hébreux déclare :

« *... Jésus, qui a été fidèle à celui qui l'**a établi*** »
(Hé. 3 : 2).   (Jésus est un **homme** que Dieu
a « établi »).

Job tenait fermement à son intégrité et à son Dieu, et Dieu l'a guéri
et restauré glorieusement.   *(Job 42 : 10-16) « Et Job mourut âgé et
rassasié de jours » (v. 17)*, mais il mourut avec l'espérance de la
résurrection et de voir Dieu.

« *Mais je sais que mon rédempteur est vivant, Et
qu'il (Dieu) se lèvera le dernier sur la terre.*

*Quand ma peau sera détruite, il se lèvera ; Quand
je n'aurai plus de chair, **je verrai Dieu** » (Job 19 :
25 - 26).*

Ceci est l'espérance que Jésus **nous donna** de voir **Dieu le Père**, bien qu'il ait dit en Jean 5 : 37 : « *... Vous n'avez jamais entendu sa voix, vous n'avez point vu sa face.* » « ***Heureux ceux qui ont le cœur pur, car ils verront Dieu*** » *(Mt. 5 : 8).* Si vous voulez courir devant comme je le fais parfois, tournez à Ap. 22 : 3-4 et voir que **le trône de Dieu** est dans la nouvelle Jérusalem, « ***Et ils verront sa*** (Dieu) *face* ».

PLUS À PROPOS DE JÉSUS DANS HÉBREUX CHAPITRE DEUX.

Maintenant, avec cette compréhension des Écritures, retournons à Hébreux chapitre 2 et voyons **où Dieu a placé Jésus dans ce tableau**. L'écrivain de l'épître aux Hébreux a commencé ce chapitre par un avertissement sévère (v. 1).

*« C'est pourquoi nous devons d'autant plus **nous
attacher aux choses** que nous avons entendues,
de peur que nous **ne soyons emportés loin
d'elles**. »*

Nous devons saisir ceci !

*« Mais **celui** qui **a été abaissé pour un peu de
temps au-dessous des anges, Jésus**, nous le
voyons couronné de gloire et d'honneur **à cause
de la mort qu'il a soufferte**, afin que, par la grâce
de Dieu, il souffrît la mort **pour tous** » (v. 9).*

Comment Jésus fut-il fait ? Un peu au-dessous des anges, **un homme** « *... à cause de la mort qu'il a soufferte.* » **Dieu ne peut pas**

mourir, un « **Dieu-homme** » **ne peut pas mourir**, un « **Fils Éternel** » ne pouvait pas mourir, mais Jésus-Christ *(un homme)* le fils de Dieu sans péché **est mort**. Regardez la prophétie de Caïphe.

> « *L'un d'eux, Caïphe, qui était souverain sacrificateur cette année-là, leur dit :* **Vous n'y entendez rien; vous ne réfléchissez pas qu'il est dans votre intérêt qu'un seul homme meure pour le peuple**, *et que la nation entière ne périsse pas. Or, il ne dit pas cela de lui-même; mais étant souverain sacrificateur cette année-là,* **il prophétisa que Jésus devait mourir pour la nation**. *Et ce n'était pas pour la nation seulement ;* **c'était aussi afin de réunir en un seul corps les enfants de Dieu** *dispersés* » (Jean 11 : 49-52).

Paul est d'accord.

> « *... car, si par l'offense d'*\ **un seul** *(Adam) il en est beaucoup qui sont morts, à plus forte raison* **la grâce de Dieu** *et le don de la grâce venant* **d'un seul homme**, *Jésus-Christ, ont-ils été abondamment répandus* **sur beaucoup** » (Ro. 5 : 15).

« *Couronné de gloire et d'honneur* » *(v. 9)*. Jésus a reçu la « gloire ». L'Évangile de Jean dit, « *... et nous avons contemplé* **sa gloire**, *une gloire comme la gloire du Fils unique venu du Père* » (Jean 1 : 14). Nous n'osons pas donner à Jésus **la gloire de son Père ! Dieux le Père a dit quelque 700 ans avant que Jésus ne vienne** *(Ésaïe 42 : 8)* « *Je suis l'Éternel* (Dieu), *c'est là mon nom :* **Et je ne donnerai pas ma gloire** *à un autre ».* Dieu dit en Ésaïe 43 : 10 - 11 :

> *« Vous êtes mes témoins, dit l'Éternel, Vous, et*
> *mon serviteur que j'ai choisi, Afin que vous le*
> *sachiez, Que vous me croyiez **et compreniez que***
> ***c'est moi** : Avant moi il n'a point été formé de*
> *Dieu**, Et après moi il n'y en aura point.** C'est*
> *moi, moi qui suis l'Éternel* (Dieu)*, Et hors moi **il***
> ***n'y a point de sauveur.** »*

Ensuite Il l'a encore dit, « ... *Je ne donnerai pas ma gloire à*
un autre » (Ésaïe 48 : 11). Dieu donna à Jésus sa **propre** gloire, **non pas**
celle du Père ! C'est nous qui l'avons fait, **pour notre honte.**

> *« Jésus leur répondit: Je vous le dis en vérité,*
> *quand le Fils de l'homme, au renouvellement de*
> *toutes choses, sera assis sur le trône de **sa***
> ***gloire**, vous qui m'avez suivi, vous serez de*
> *même assis sur douze trônes, et vous jugerez les*
> *douze tribus d'Israël »* (Mt. 19 : 28) *« Car*
> *quiconque aura honte de moi et de mes paroles,*
> *le Fils de l'homme aura honte de lui, quand il*
> *viendra dans **sa gloire**, et dans celle du Père et*
> *des saints anges »* (Luc 9 : 26).

Jésus vient « **dans sa gloire** » qui lui a été donné par le Père (*Jean*
17 : 22) ; et c'est une réflexion de la gloire de Dieu le Père, comme la
lune reflète le soleil *(I Co. 15 : 41).* *« ... pour faire resplendir la*
*connaissance **de la gloire de Dieu** sur la face de Christ »* (II Co. 4 : 6).
À la naissance de Jésus, les anges louaient **Dieu** et disaient, *« **Gloire à***
***Dieu dans les lieux très haut »** (Luc 2 : 13-14).*

S'il vous plaît, ne me comprenez pas mal, Jésus notre Seigneur et

Sauveur a une **grande gloire**.

> *« Alors le signe du Fils de l'homme paraîtra dans le ciel, toutes les tribus de la terre se lamenteront, et elles verront le **Fils de l'homme** venant sur les nuées du ciel avec puissance et une **grande gloire** » (Mt. 24 : 30, Marc 13 : 26, Luc 21 : 27).*

Ce n'est pas la faute de notre précieux Sauveur que pendant 1700 ans l'Église chrétienne a essayé de conférer à lui (Jésus) la gloire qui revient uniquement au **Créateur, Dieu le Père. Jésus nous indiquait toujours le Père !**

- *« Mon Père... est plus grand que tous » (Jean 10 : 29).*
- *« Le Père est plus grand que moi » (Jean 14 : 28).*
- *« Jésus répliqua: Je n'ai point de démon ; mais **j'honore mon Père**, et vous m'outragez. Je ne cherche **point ma gloire** ; il en est **un** qui la cherche et qui juge » (Jean 8 : 49-50).*

DIEU ET JÉSUS EN APOCALYPSE CHAPITRE QUATRE ET CINQ.

Oh, cher lecteur, obtenez, s'il vous plaît, une vision dans votre intelligence de ce que l'apôtre Jean a vu en Apocalypse chapitre 4 et 5 :

> *« Aussitôt je fus ravi en esprit. Et voici, il y avait **un trône** dans le ciel, et **sur ce trône quelqu'un était assis**. » (4 : 2)*
>
> *« Les quatre êtres vivants ont chacun six ailes, et ils sont remplis d'yeux tout autour et au dedans. Ils ne cessent de dire jour et nuit : **Saint, saint, saint est le Seigneur Dieu, le Tout-Puissant**, qui était, qui est, et qui vient ! Quand les êtres vivants*

*rendent **gloire** et **honneur** et **actions de grâces** à celui qui est assis sur le trône... **et ils adorent celui qui vit aux siècles des siècles**, et ils jettent leurs couronnes devant le trône, en disant : Tu es digne, **notre Seigneur et notre Dieu**, de recevoir la **gloire** et l'**honneur** et la **puissance** ; car tu as créé toutes choses, et c'est par ta volonté qu'elles existent et qu'elles ont été créées »* (Ap. 4 : 8-11).

C'est l'adoration devant le trône de Dieu, « **l'Éternel Dieu, le Tout-Puissant** », comme ils jettent leurs couronnes devant Lui en disant, « *Tu es digne, notre Seigneur et notre Dieu, de recevoir la **gloire** et l'**honneur** et la **puissance*** ». Maintenant le tableau change.

« Il (l'Agneau) *vint, et il prit le livre de la main droite de celui* (Dieu) *qui était assis sur le trône. Quand il eut pris le livre, les quatre êtres vivants et les vingt-quatre vieillards se prosternèrent devant l'agneau, tenant chacun une harpe et des coupes d'or remplies de parfums, qui sont les prières des saints. Et ils chantaient un cantique nouveau, en disant : Tu es digne de prendre le livre, et d'en ouvrir les sceaux; **car tu as été immolé, et tu as racheté pour Dieu par ton sang** des hommes de toute tribu, de toute langue, de tout peuple, et de toute nation ; tu as fait d'eux **un royaume et des sacrificateurs pour notre Dieu**, et **ils régneront sur la terre**. Je regardai, et j'entendis la voix de beaucoup d'anges autour du trône et des êtres vivants et des vieillards, et leur*

nombre était **des myriades de myriades** et **des milliers de milliers.** *Ils disaient d'une voix forte :* **L'agneau qui a été immolé est digne de recevoir la puissance, la richesse, la sagesse, la force, l'honneur, la gloire, et la louange** » *(Ap. 5 : 7– 12).*

C'est Jésus, l'Agneau de Dieu, qui fut tué pour notre salut, qui « **était là** » (v. 6) et prit le livre scellé de sept sceaux de la main de Dieu le Père qui *était* **assis** *sur le trône* ». Lorsqu'il prit le livre, les quatre êtres vivants et les vingt-quatre vieillards se prosternèrent, devant l'Agneau et jouèrent de la harpe et chantèrent. Alors, des myriades de myriades et des milliers de milliers d'anges disaient, « *L'agneau qui a été immolé est digne de recevoir la* **puissance**, *la* **richesse**, *la* **sagesse**, *la* **force**, *l'***honneur**, *la* **gloire** *et la* **louange** ». Ceci est merveilleux et la louange méritée à notre Seigneur Jésus-Christ, mais dans toute cette description un seul mot manque. Il **n'est pas dit** qu'ils **adoraient l'Agneau,** comme ils l'ont fait à Dieu le Père au chapitre 4, verset 10. C'est vraiment significatif. Maintenant le verset 13 nous dit :

> « *Et toutes les créatures qui sont dans le ciel, sur la terre, sous la terre, sur la mer, et tout ce qui s'y trouve, je les entendis qui disaient :* **A celui qui est assis sur le trône** (Dieu), *et à l'agneau* (Jésus), *soient la louange, l'honneur, la gloire, et la force, aux siècles des siècles !* » *(Ap. 5 : 13)*

Encore, « **la louange, l'honneur, la gloire** *et* **la force**, à Dieu le Père et à Son Fils Jésus. Le verset 14 maintenant « *Et les quatre êtres vivants disaient : Amen ! Et les vieillards se prosternèrent et* **adorèrent** *[celui* (**Dieu le Père**) *qui vit pour toujours et toujours]* » *[KJF]. (voir 4 :*

8-10).

Pourquoi ce récit ne dit pas qu'ils adoraient l'Agneau ? Probablement, la réponse peut être trouvée dans ces versets :

> *(C'est Jésus qui parle)* « *Il est écrit, **tu adoreras le Seigneur, ton Dieu**, et tu le serviras lui seul* » *(Luc 4 : 8).*
>
> *(C'est Jésus qui parle)* « ***Nous** adorons ce que nous connaissons* » *(Le Père) (Jean 4 : 22).*
>
> *(C'est Jésus qui parle)* « *Les vrais adorateurs adoreront le Père... car ce sont là les adorateurs que le Père demande* » *(Jean 4 : 23).*
>
> « *Qui ne craindrait, **Seigneur** (Éternel Dieu Tout-Puissant), et ne glorifierait ton nom ? Car seul tu es saint. Et toutes les nations viendront, et se prosterneront devant toi, parce que tes jugements ont été manifestés* » *(Ap. 15 : 4).*
>
> « *Et je* (Jean) *tombai à ses pieds* (de l'ange) *pour l'adorer ; mais il me dit : Garde-toi de le faire ! Je suis ton compagnon de service, et celui de tes frères qui ont le témoignage de Jésus. Adore Dieu...* » *(Ap. 19 : 10).*
>
> « *... Adore Dieu* » *(Ap. 22 : 9).*

REVENONS MAINTENANT À L'ÉPÎTRE AUX HÉBREUX CHAPITRE DEUX.

Verset 9 : « Mais celui... Jésus, nous le voyons couronné de gloire et d'honneur... afin que, par la grâce de Dieu, il souffrît la mort pour tous. » Regardons **l'honneur** dont il est couronné. **L'Éternel Dieu Tout-Puissant** *(pas Jésus)* est le souverain Suprême, **le grand Roi des**

cieux.

> « **Dieu est mon roi** dès les temps anciens, Lui qui opère des délivrances au milieu de la terre » (Ps. 74 : 12) .
>
> « Ils voient ta marche, ô Dieu! La marche de **mon Dieu, de mon roi,** dans le sanctuaire » (Ps. 68 : 25).
>
> « Le roi adressa la parole à Daniel et dit : En vérité, votre Dieu est le **Dieu des dieux** et le **Seigneur des rois**, et il révèle les secrets, puisque tu as pu découvrir ce secret » (Da. 2 : 47). **Dieu est le Roi de l'univers !**
>
> « Maintenant, moi, Nebucadnetsar, je loue, j'exalte et je glorifie le **roi des cieux**, dont toutes les œuvres sont vraies et les voies justes, et qui peut abaisser ceux qui marchent avec orgueil » (Da. 4 : 37). **Dieu, le Roi** des cieux !

Dieu, le Père a fait de Son Fils Jésus un **Prince** *(un Prince est sous l'autorité d'un roi).*

- « Le Messie, *le Prince* » *(Da. 9 : 25) [KJF]*
- « Le *Prince* de la paix » *(Ésaïe 9 : 5)*
- « Le *Prince* de la vie » *(Actes 3 : 15)*
- « *Prince* et Sauveur » *(Actes 5 : 31)*
- « Et de la part de Jésus Christ… *le prince des rois de la terre !* » *(Ap. 1 : 5).* **Jésus le Prince est sous l'autorité de Dieu le Roi.**

Mais qu'est-ce qu'on dirait d'Apocalypse 17 : 14, qui déclare, *« Ils combattront contre l'agneau, et l'agneau les vaincra, parce qu'il est le*

***Seigneur des seigneurs et le Roi des rois »* ?** Celle-ci est une position très élevée et très exaltée, au-dessus de tous les souverains de la terre, mais **ceci ne signifie pas** que l'agneau (*Jésus*) est **le Roi des cieux.**

Le prophète Daniel a dit à Nebucadnetsar, « *O roi,* ***tu es le roi des rois****, car le Dieu des cieux t'a donné l'empire, la puissance, la force et la gloire » (Da. 2 : 37).* Ce titre indique l'autorité donnée par Dieu à **un roi sur la terre au-dessus des autres rois de la terre.**

Oui, notre Seigneur Jésus est hautement exalté par le Père, il est **le Fils unique de Dieu.**

> « *C'est pourquoi aussi Dieu **l'a souverainement élevé**, et lui a donné **le nom** qui est **au-dessus de tout** nom, afin qu'au nom de Jésus tout genou fléchisse dans les cieux, sur la terre et sous la terre, et que toute langue confesse que Jésus-Christ est Seigneur, **à la gloire de Dieu le Père**. Ainsi, mes bien-aimés, comme vous avez toujours obéi, travaillez à votre salut avec crainte et tremblement, non seulement comme en ma présence, mais bien plus encore maintenant que je suis absent » (Ph. 2 : 9 - 12).*

Il est « *...* ***l'apôtre*** *et le **souverain sacrificateur** de la foi que nous professons, Jésus »* (Hé. 3 : 1, 2). *« Tout souverain sacrificateur est établi pour présenter des offrandes et des sacrifices ; d'où il est nécessaire que **celui-ci** [cet homme (KJF)]* (Jésus) *ait aussi quelque chose à présenter »* (son sang sans péché) *(Hé. 8 : 3).*

> *« **Nul ne s'attribue cette dignité**, s'il n'est appelé de Dieu, comme le fut Aaron. Et Christ **ne s'est pas non plus attribué la gloire** de devenir*

souverain sacrificateur, mais il la tient de celui
(Dieu) *qui lui* (Jésus) *a dit : Tu es mon Fils, Je t'ai
engendré aujourd'hui !* » (Hé. 5 : 4 – 5)

Pourquoi Dieu le Père a-t-Il donné cette **gloire** et cet **honneur** à Jésus ? « .... *Afin que, par la grâce de Dieu, il* (Jésus) *souffrît la mort pour tous* » (Hé. 2 : 9).

Dieu a fait **un grand dépôt de grâce**, « la grâce de Dieu » en Son Fils Jésus, à laquelle nous sommes participants.

« *Il convenait* (à Dieu), *en effet, que celui pour qui
et par qui sont toutes choses, et qui voulait
conduire à la gloire beaucoup de fils, élevât à la
perfection par les souffrances, le Prince de leur
salut* » (Hé. 2 : 10).

LE PLAN DE DIEU INCLUAIT BEAUCOUP DE FILS

Lorsque Dieu, le Père parla Son Fils au début de la création, pour être « engendré » avec le temps, il était le (logos - « pensée - motif »), le **motif** pour toute la création future de Dieu. Mais Hébreux 2 : 10 nous aide à comprendre que Dieu avait un motif additionnel, « *conduire à la gloire beaucoup de fils* ».

Pourquoi Dieu a-t-Il amené la mort de Son Fils unique ? C'est pour conduire « **beaucoup de fils à la gloire** ».

« *Il* (Jésus) *est venu chez les siens ; et les siens ne
l'ont pas reçu. Mais à tous ceux qui l'ont reçu, il
leur a donné le pouvoir de devenir les fils de
Dieu...* » (Jean 1 : 11- 12 KJF).

« *Voyez quel amour le Père nous a témoigné, pour
que nous soyons appelés enfants de Dieu !* » (I
Jean 3 : 1- 2)

« ***Car tous ceux*** *qui sont conduits par l'Esprit de Dieu* ***sont fils de Dieu.*** *Et vous n'avez point reçu un esprit de servitude, pour être encore dans la crainte : mais* ***vous avez reçu un Esprit d'adoption, par lequel nous crions :*** *Abba !* ***Père !*** *L'Esprit lui-même rend témoignage à* ***notre esprit*** *que nous sommes* ***enfants de Dieu.*** ***Or, si nous sommes enfants, nous sommes aussi héritiers : héritiers de Dieu, et cohéritiers de Christ*** (**cohéritiers de Christ** – il est notre frère et nous sommes **'cohéritiers de Christ'. 'Héritiers de Dieu'**)*, si toutefois nous souffrons avec lui,* ***afin d'être glorifiés avec lui.*** *J'estime que* ***les souffrances du temps présent*** *ne sauraient être comparées à* ***la gloire à venir qui sera révélée pour nous.*** *Aussi* ***la création attend-elle avec un ardent désir la révélation des fils de Dieu* »** *(Ro. 8 : 14- 19).*

Nous sommes les fils de Dieu, et Dieu désire **nous utiliser puissamment** dans ces temps de la fin pour amener la santé et la délivrance à un monde qui souffre, **comme Il a utilisé Son Fils Jésus.**

« *En vérité, en vérité, je vous le dis, celui qui croit en moi fera aussi les œuvres que je fais, et* ***il en fera de plus grandes,*** *parce que je m'en vais au Père* » *(Jean 14 : 12).*

« *... il* (l'antéchrist) *sera dans son cœur hostile à l'alliance sainte, il agira contre elle... Il* (l'antéchrist) *séduira par des flatteries les traîtres* de l'alliance. Mais ceux du peuple **qui connaîtront leur Dieu agiront avec fermeté** » (Ils feront des œuvres remarquables et audacieuses). *(Da. 11 : 28, 32).*

« *Avec l'espérance qu'elle* (la création) *aussi* **sera affranchie de la servitude de la corruption, pour avoir part à la liberté de la gloire des enfants de Dieu**. *Or, nous savons que, jusqu'à ce jour,* **la création tout entière soupire et souffre les douleurs de l'enfantement** » *(Ro. 8 : 21 -22).*

La création entière soupire et souffre. Nos amis et nos bien-aimés soupirent, nous soupirons nous-mêmes, attendant « **la révélation des fils de Dieu** ». « Les fils de Dieu », nous qui sommes engendrés par Dieu, en Christ.

La création entière soupire et souffre. Nos amis et nos bien-aimés soupirent, nous soupirons nous-mêmes, attendant « **la révélation des fils de Dieu** ». « Les fils de Dieu », nous qui sommes engendrés par Dieu, en Christ.

Cher lecteur, Dieu le Père veut nous rendre capables avec Son Esprit et onction « *pour porter de bonnes nouvelles* », « *guérir ceux qui ont le cœur brisé* », « *proclamer aux captifs la liberté* » et « *aux prisonniers la délivrance* », « *pour consoler tous les affligés* ». « *Afin qu'on les appelle des térébinthes de la justice, Une plantation de l'Éternel,* **pour servir à sa gloire**. *Ils rebâtiront sur d'anciennes ruines, Ils relèveront d'antiques décombres, Ils renouvelleront des villes ravagées, Dévastées depuis longtemps* » *(Ésaïe 61 : 1- 4).*

LA PUISSANCE SANS CONNAISANCE ET ENTENDEMENT EST DANGEREUSE.

Quand les Samaritains n'avaient pas reçu Jésus, les disciples sans le bon entendement ont dit *: « ... Seigneur, veux-tu que nous commandions que le feu descende du ciel et les consume ? »* **Dangereux !**

> *« Jésus se tourna vers eux, et les réprimanda, disant : Vous ne savez de quel esprit vous êtes animés. Car le Fils de l'homme est venu, non pour perdre les âmes des hommes, mais pour les sauver. » (Luc 9 : 55-56). Les « Galates dépourvus de sens » devenaient dangereux.*
>
> *« **O Galates, dépourvus de sens** ! Qui vous a fascinés »* (Paul) *(Ga. 3 : 1).*
>
> *« **Je crains** d'avoir inutilement travaillé pour vous »* (Paul) Ga. 4 : 11)
>
> *« Mais si vous vous mordez et vous dévorez les uns les autres, prenez garde que vous ne soyez détruits les uns par les autres »* (Paul) *(Ga. 5 : 15)*
> **Dangereux !**
>
> *« Afin que vous soyez irréprochables et purs, des enfants de Dieu »* (Paul) *(Ph. 2 : 15).*

Même Jésus, le Fils unique engendré ne fut pas revêtu de puissance **jusqu'à ce qu'il ait appris l'obéissance.**

> *« **a appris**, bien qu'il (Jésus) fût Fils, **l'obéissance par les choses qu'il a souffertes, et qui, après avoir été élevé à la perfection**, est devenu pour tous ceux qui lui obéissent l'auteur d'un salut éternel »* (Hé. 5 : 8-9).
>
> *« moi ancien comme eux, témoin des **souffrances de Christ** »* (Pierre) *(I Pierre 5 : 1).*

« *car,* **ayant été tenté** *lui-même dans ce qu'il a* **souffert** » *(Hé. 2 : 18).*

« *Et* **Jésus croissait** *en sagesse, en stature, et* **en grâce, devant Dieu** *et devant les hommes* » *(Luc 2 : 52)* **Les enfants obéissants croissent effectivement en grâce.**

« *Jean* (le Baptiste*) rendit ce témoignage:* **J'ai vu l'Esprit descendre du ciel comme une colombe et s'arrêter sur lui** » *(Jean 1 : 32).*

« *Tout le peuple se faisant baptiser,* **Jésus fut** *aussi* **baptisé** *; et, pendant qu'il* **priait,** *le ciel s'ouvrit, et le Saint-Esprit descendit sur lui* **sous une forme corporelle, comme une colombe.** *Et une voix fit entendre du ciel ces paroles :* **Tu es mon Fils bien-aimé** *; en toi* **j'ai mis toute mon affection** » *(Luc. 3 : 21-22).*

« **Jésus, rempli du Saint-Esprit, revint du Jourdain,** *et il* **fut** *conduit par l'Esprit dans le désert, où il* **fut** **tenté** *par le diable pendant quarante jours* » *(Luc 4 : 1, 2).*

Si Jésus a été « rempli de l'Esprit-Saint, dès le sein de sa mère », comme Luc dit très clairement que son cousin Jean-Baptiste l'a été, *(Luc 1 : 15),* la Bible est silencieuse sur ce fait. Jésus n'était pas l'Esprit-Saint, l'Esprit de Dieu, car le Saint-Esprit couvrit de son ombre sa mère Marie pour l'engendrer dans son ventre. Après que le Saint-Esprit est venu à son service comme Consolateur, il est appelé l'esprit de Christ deux fois *(Ro. 8 : 9 ; I Pierre 1 : 11).* C'est puisque le Consolateur *(le Saint-Esprit)* fut envoyé par les prières de Jésus au Père *(Jean 14 : 16),* fut envoyé au nom de Jésus *(Jean 14 : 26)*, « qui vient du Père », mais fut envoyé par Jésus « de la part du Père » (Jean 15 : 26), et fut acheté à travers la mort de Jésus sur la croix *(Actes 2 : 31-32)*.

> *« Élevé par la droite de Dieu, il a reçu du Père le Saint-Esprit qui avait été promis, et il* (Jésus) *l'a* **répandu**, *comme vous le voyez et l'entendez »* (le Saint-Esprit au moyen du parler en langues). *(Actes 2 : 33)*

Il est dit de Jésus d'être « *rempli du Saint-Esprit* » en Luc chapitre 4, verset 1. Mais c'est après son temps de tentation sévère et de triomphe qu'il est dit de lui « *Jésus revêtu de la **puissance de l'Esprit**, retourna en Galilée, et **sa renommée se répandit** dans tout le pays d'alentour* » (Luc 4 : 14).

Frères, nous ne serons pas revêtus de l'Esprit et ne serons pas manifestés dans le monde comme **fils de Dieu**, jusqu'à ce que nous devenions **des vainqueurs obéissants, craignant Dieu !**

IL Y A AU MOINS UNE AUTRE EXIGENCE POUR AVOIR LA PUISSANCE DE DIEU.

Nous devons savoir avec certitude qui est notre Dieu ! Regardez encore Daniel 11 : 32, « *Mais **ceux du peuple qui connaîtront leur Dieu** agiront avec fermeté [seront forts et feront des exploits]* ». Dieu dans Sa sagesse ne va pas accorder le pouvoir à une église qui ne connaît pas **qui Il est.** **Dieu n'est pas une trinité** comme pensent quelque deux milliards de « chrétiens ». **« Jésus-Christ n'est pas le Dieu Tout-Puissant** comme pense une autre, plus petite portion du christianisme. Le Dieu Très-haut n'est pas **un homme**, et **un homme ne peut être** et **ne deviendra jamais l'Éternel Dieu.** L'homme meurt. **Dieu ne peut mourir !** Tout homme est tenté. Dieu ne peut être tenté *(Jacques 1 : 13 – 14)*. « *Dieu n'est* point un homme » *(Nombres 23 : 19 ; I Samuel 15 : 29)*, « ni fils d'un homme » *(Nombres 23 : 19)*.

Dans notre esprit, nous avons fait de Jésus, Dieu. Cette pensée est dangereuse ! Lorsqu'un homme, l'antéchrist monte sur la scène du monde avec des signes, des prodiges et des miracles mensongers, et une formule astucieusement imaginée pour la paix, et déclare qu'il est Dieu, **ces gens**, même chrétiens, **qui croient qu'un homme peut être Dieu, n'ont aucune chance** !

> « *Et je vis l'une de ses têtes comme blessée à mort ; mais sa blessure mortelle fut guérie. Et* ***toute la terre*** *était dans l'admiration derrière la bête. Et* ***ils adorèrent le dragon*** *(Satan), parce qu'il avait donné l'autorité à la bête ;* ***ils adorèrent la bête****, en disant : Qui est semblable à la bête, et qui peut combattre contre elle ? Et tous les habitants de la terre* ***l'adoreront****, ceux dont le nom n'a pas été écrit dès la fondation du monde dans le livre de vie de l'agneau qui a été immolé* » *(Ap. 13 : 3- 4, 8)*.
>
> « *... Au point de* ***séduire****, s'il était possible,* ***même les élus*** » (C'est Jésus qui parle) *(Mt. 24 : 24)*.

Pendant plus de 14 siècles une longue série de papes *(signifiant papa)* se sont déclarés eux mêmes d'être « le Vicaire de Christ », « Dieu », et « Dieu Tout- puissant » ici sur terre, et plus d'un milliard d'adeptes aiment l'avoir ainsi. Ils l'appellent « Saint Père » sachant, ou ne sachant peut-être pas que Jésus a dit, « *Et* ***n'appelez personne*** *sur la terre* ***votre père*** *; car* ***un seul est votre Père****, celui qui est dans les cieux* » *(Mt. 23 : 9)*.

Pendant quelque 500 ans depuis la réformation, la seconde plus large portion du christianisme, les Protestants, ont accepté la doctrine catholique concernant Dieu. La « Trinité, Dieu en trois personnes, Père, Fils, et le Saint-Esprit - la gloire égale ; la Majesté coéternelle ». *« Lors de la Réformation, l'Église protestante s'empara de la doctrine de la Trinité sans un examen sérieux ».* [2] Qu'est-ce qui mérite « **un examen sérieux** », plus que qui est notre Dieu ?

UN HOMME NE PEUT ÊTRE DIEU !

Les pentecôtistes de l'unicité ont embrassé une doctrine considérée également comme non biblique et ont eu ceux qui étaient « *à la place du Christ* ». Il y a plusieurs années (*aux environs de 1940*), un prédicateur baptiste commença à avoir des visions et à expérimenter des miracles apparents de guérisons et rassembla de nombreux adeptes. Il organisa des campagnes de guérisons, attira de larges foules et se convertit à la foi de l'unicité. J'ai été un témoin direct de sa capacité d'appeler les gens de l'audience et leur dire des choses qu'on ne pouvait normalement connaître. Il a dit lors de cet office qu'il a expliqué cette capacité à son médecin personnel de la manière suivante: « Le subconscient d'un homme connaît des choses que son intelligence consciente ne connaît pas ». Il a dit que certaines personnes telles que lui-même étaient nées avec un « empiètement », l'intelligence consciente empiète l'intelligence subconsciente, afin qu'elles soient « conscientes du subconscient ». *(Je connais seulement ce qu'il a dit)*. Peut-être les morts ont été ressuscités, peut-être les malades ont été guéris, mais son message est allé sérieusement de travers (*j'ai écouté des diverses cassettes et lu de ses livres et c'est ce que j'ai compris*). Il commença à s'aventurer dans des doctrines étranges telles que la « semence du serpent », qu'Ève avait eu des relations sexuelles avec le serpent, et produit un lignage « la Postérité du Serpent » *(cela est une grosse hérésie !)*. Insistant sur les similarités dans les noms Abra**ham**, Gra**ham,** et Bran**ham**, il décida que lui et Billy Graham (*que je respecte*) étaient les deux anges à l'église de Laodicée, semblables aux deux anges qui sont allés détruire Sodome : Graham étant l'ange pour le monde et Branham, l'ange pour l'Église. Son ministère était terminé tragiquement en 1965 lorsqu'il était tué dans un accident de voiture à Texas. Chaque message et doctrine porte des fruits, et l'**erreur porte des fruits amers**. On m'a dit que ses adeptes après sa mort ont attendu assez longtemps avant de l'enterrer, attendant qu'il ressuscite après 3 jours, 10 jours, 40 jours, et ensuite au jour de Pâques ; il ne ressuscita pas naturellement, mais ceci ne les empêcha pas de continuer à l'adorer. Ils s'appellent des branhamistes, et peuvent être trouvés à travers le monde d'après certaines informations. Il est dit que la quatrième plus grande église à la République Démocratique du Congo est branhamiste. Quelques-uns baptisent en son nom, écrivent et chantent des refrains de louange à lui, et ont des autels à lui dans leurs maisons, voitures et églises en affichant sa photo en noir et blanc de 20 x 25 (cm) avec une « auréole de lumière » vers l'arrière de sa tête. Ils tiennent des conventions « Branham », où ils l'adorent, écoutent ses cassettes et commercialisent son matériel. Ceci est l'idolâtrie ! Lorsque défiés pour ce blasphème une réponse classique est, « Vous ne connaissez donc pas qui il est ». Qui est-il ? **Un homme,** qu'ils ont fait « un dieu ! » Honte à lui et à eux et qu'ils puissent recevoir la miséricorde de Dieu.

DIEU LE PÈRE EST JALOUX EN CE QUI CONCERNE SON ADORATION.

> « *Tu ne te prosterneras point devant elles, et tu ne*
> *les serviras point ; car moi, l'Éternel, ton Dieu, je*

suis un Dieu jaloux... » (Ex. 20 : 5).

« Tu ne te prosterneras point devant un autre dieu ; **car l'Éternel porte le nom de jaloux,** *il est un Dieu jaloux » (Ex. 34 : 14).*

« Car l'Éternel, ton Dieu, est un feu dévorant, un Dieu jaloux » (De. 4 : 24).

« Tu ne te prosterneras point devant elles, et tu ne les serviras point ; car moi, l'Éternel, ton Dieu, je suis un Dieu jaloux... » (De. 5 : 9).

« car l'Éternel, ton Dieu, est un Dieu jaloux au milieu de toi. La colère de l'Éternel, ton Dieu, s'enflammerait contre toi, et t'exterminerait de dessus la terre » (De. 6 : 15).

« Josué dit au peuple : Vous n'aurez pas la force de servir l'Éternel, car c'est un Dieu saint, c'est un Dieu jaloux ; il ne pardonnera point vos transgressions et vos péchés. Lorsque vous abandonnerez l'Éternel et que vous servirez des dieux étrangers, il reviendra vous faire du mal, et il vous consumera après vous avoir fait du bien » (Jos. 24 : 19 - 20).

« L'Éternel est un Dieu jaloux, il se venge ; *L'Éternel se venge, il est plein de fureur ; L'Éternel se venge de ses adversaires, Il garde rancune à ses ennemis. L'Éternel est lent à la colère, il est grand par sa force ; Il ne laisse pas impuni. L'Éternel marche dans la tempête, dans le tourbillon ; Les nuées sont la poussière de ses* *pieds. Il menace la mer et la dessèche, Il fait tarir tous les fleuves ; le Basan et le Carmel languissent, La fleur du Liban se flétrit.* **Les montagnes s'ébranlent devant lui, Et les collines se fondent ; La terre se soulève devant sa face, Le monde et tous ses habitants.** *Qui résistera devant sa fureur ? Qui tiendra contre son ardente colère ? Sa fureur se répand comme le feu, Et les rochers se brisent devant lui.* **L'Éternel est bon, Il est un refuge au jour de la détresse ; Il connaît ceux qui se confient en lui** *» (Nahum 1 : 2 - 7).*

« Ni leur argent ni leur or ne pourront les délivrer, Au jour de la fureur de l'Éternel ; Par le feu de sa jalousie tout le pays sera consumé ; Car il détruira soudain tous les habitants du pays. Attendez-moi donc, dit l'Éternel, Au jour où je me lèverai pour le butin, Car j'ai résolu de rassembler les nations, De rassembler les royaumes, Pour répandre sur eux ma fureur, Toute l'ardeur de ma colère ; **Car par le feu de ma jalousie tout le pays sera consumé** *» (Sophonie 1 : 18 ; 3 : 8).*

« Car je suis l'Éternel, je ne change pas… » (Mal. 3: 6).

« Voilà ce que tu as fait, et je me suis tu. Tu t'es imaginé que je te ressemblais ; Mais je vais te reprendre, et tout mettre sous tes yeux. Prenez-y donc garde, vous qui oubliez Dieu, De peur que

je ne déchire, sans que personne délivre. **Celui
qui offre pour sacrifice des actions de grâces me
glorifie,** *Et à celui qui veille sur sa voie Je ferai
voir* **le salut de Dieu** *» (Psaume 50 : 21–23).*

Remarquez le verset 21, « Tu t'es imaginé que je te
ressemblais ».

Connaissez-vous ce Dieu, que Jésus appela, « **mon Dieu et votre
Dieu** » (Jean 20 : 17) et « **le seul vrai Dieu** » (Jean 17 : 3) ? Jésus a dit
aimez-Le de tout votre cœur, de toute votre âme, et de toute votre pensée
(*Mt. 22 : 37*). **Et il est aimable !** Jésus a dit craignez-Le :

*« Je vous montrerai qui vous devez craindre.
Craignez celui qui, après avoir tué, a le pouvoir
de jeter dans la géhenne ; oui, je vous le dis,* **c'est
lui que vous devez craindre** *»* (Dieu) *(Luc 12 : 5).*

COMMENT AVONS-NOUS PERDU NOTRE CRAINTE DE DIEU ?

Qu'est-ce qui est arrivé à notre crainte de Dieu, une saine, révérencielle
crainte de l'Éternel Dieu dans nos églises et sociétés qui produisait des
hommes craignant Dieu, et un comportement moral irréprochable ?
D'une part, un prédicateur apostat au nom de Charles Darwin a
commencé à enseigner la théorie de l'évolution autour de 1859 et a
implanté, du moins à l'arrière des intelligences de gens, un doute que
Dieu n'existe même pas. **La revue** *Newsweek*, **dans son numéro du 28
novembre 2005,** avait un article en couverture appelé « Le vrai Darwin »
qui disait, « Il avait prévu d'entrer dans le ministère *(en fait il avait suivi
des études pour cela)* mais ses découvertes tout au long d'un voyage
fatidique il y a 170 ans ont bouleversé sa foi et ont changé notre
conception de l'origine de la vie » (p. 50). Il est nommé comme l'un des

quatre « penseurs révolutionnaires qui ont le plus contribué à modeler l'histoire intellectuelle du siècle passé » (p. 42). « À une société habituée **à rechercher la vérité à travers les pages de la Bible,** Darwin a introduit la notion de l'évolution » (p. 54). À « un monde instruit à voir la main de Dieu dans chaque partie de la nature, il a suggéré une force créative totalement différente » (p. 55). « Ses idées menées à leur conclusion logique, semblaient saper le fondement du christianisme » (p. 56). Le biologiste anglais Richard Dawkins, un défenseur franc de Darwin, a écrit que l'évolution « a rendu possible d'être un **athée intellectuellement accompli** » (p. 56). Darwin s'est décrit lui-même en fin de compte comme un « agnostique » (p. 56). Il a semblé à plusieurs, y compris sa propre femme, que « **la destination de Darwin était carrément l'enfer** ». « **Emma... était tourmentée** de penser qu'ils allaient **passer séparément l'éternité** » (p. 54). Ces enseignements démoniaques ont trouvé leur chemin dans nos intelligences, théologies, églises et institutions d'enseignement supérieur. *Newsweek* demande, « Où est Dieu ? » Puis ajoute, « Malgré tous ses filets, fusils et lunettes, **Darwin n'a jamais trouvé Dieu** » (p. 58). *(Quelle honte pour Darwin et le monde).* Il est enterré à l'Abbaye de Westminster, une vieille église de 1000 ans à Londres, Angleterre, avec des rois, des reines, et d'autres notables. Comme je visitais sa tombe cette semaine et j'ai été assuré par les guides que celle-ci était la place où reposait son corps, je me suis demandé où ira son âme à un moment donné. **À Charles Darwin** et **tous ses adeptes,** et à **tous ceux dont il a semé des doutes dans leurs intelligences**, Dieu a une réponse :

> « *L'insensé dit en son cœur :* (pas seulement à voix haute) *Il n'y a point de Dieu !* » *(Ps 14 : 1).*

JÉSUS EST LE « TÉMOIN » DE DIEU LE PÈRE !

Si nous manquons Dieu le Père dans la vie et les enseignements de Jésus, cela n'est certainement pas la faute de notre précieux Seigneur et Sauveur. Ceux qui enseignent la doctrine de l'unicité ont un dicton, « L'Éternel Dieu de l'A. T. est Jésus-Christ du N. T. » Ce n'est pas ainsi ! Jésus a dit dans Apocalypse 1: 5, « *et de la part de Jésus-Christ, le témoin fidèle...* » Et encore dans Apocalypse 3 : 14 il dit : « *... Voici ce que dit l'Amen, le témoin fidèle et véritable, le commencement de la création de Dieu* ». Ainsi Jésus est venu comme « témoin » de Dieu. Tout comme Jean le Baptiste est venu comme témoin (avant-coureur) de Jésus, ainsi Jésus est venu comme un témoin pour Dieu le Père. Jésus est venu, et il revient bientôt pour « **régner sur le trône de David, son père** » à Jérusalem, sur toute la terre pendant 1000 ans (Luc 1 : 32, Ap. 3 : 21, 20 : 4 - 6). Voici Jésus-Christ et ses saints rachetés dans Apocalypse chapitre 20, ils régneront sur la terre. Mais regardez en Ap. 21, **Dieu Lui-même vient !**

> « *Et je vis **descendre du ciel, d'auprès de Dieu**, la **ville sainte**, la nouvelle Jérusalem, préparée comme une épouse qui s'est parée pour son époux. **Et j'entendis du trône une forte voix qui disait : Voici le tabernacle de Dieu avec les hommes ! Il habitera avec eux, et ils seront son peuple, et Dieu lui-même sera avec eux. Il** (Dieu) essuiera toute larme de leurs yeux, et la mort ne sera plus, et il n'y aura plus ni deuil, ni cri, ni douleur, car les premières choses ont disparu. **Et celui qui était assis sur le trône dit** : Voici, je fais toutes choses nouvelles. Et il dit :*

Écris ; car ces paroles sont certaines et véritables. Et il me dit : C'est fait! Je suis l'alpha et l'oméga, le commencement et la fin. À celui qui a soif je donnerai de la source de l'eau de la vie, gratuitement. Celui qui vaincra héritera ces choses ; je serai son Dieu, et il sera mon fils. Mais pour les lâches, les incrédules, les abominables, les meurtriers, les impudiques, les enchanteurs, les idolâtres, et tous les menteurs, leur part sera dans l'étang ardent de feu et de soufre, ce qui est la seconde mort » (Ap. 21 : 2 - 8).

Dieu vient pour régner sur la terre et vivre avec nous, et Il a envoyé Jésus-Christ Son Prince, comme Son avant-coureur pour nous dire et nous préparer. Comparez le verset 5 au-dessus, *« ces paroles sont **certaines** et **véritables** »* avec ce que Jésus dit dans Apocalypse 3 : 14 *« ... Voici ce que dit **l'Amen**, le témoin **fidèle** et **véritable** ».* Jésus est le « témoin » de Dieu le Père, « l'Amen ». Tout ce que Dieu dit dans l'A. T., Jésus dit « Amen » (ainsi soit-il) dans le N. T.

- *Dieu dit qu'**Il a tout créé** dans Genèse chapitre un et Jésus dit, « Amen » (Marc 13 : 19).*
- *Dieu dit « l'Éternel notre Dieu est le seul Éternel » (De. 6 : 4) – Jésus dit, « Amen » (Marc 12 : 29).*
- *Dieu dit « Tu aimeras l'Éternel, ton Dieu, de tout ton cœur » (De. 6 : 5, 10 : 12) – Jésus a dit, « Amen » (Marc 12 : 30).*
- *Dieu a donné 10 commandements (Ex. 20 : 1-17) – Jésus à dit, « Amen » (Marc 10 : 19, Jean 7 : 3).*

- *Dieu a dit, « ... hors moi il n'y a point de Dieu » (Ésaïe 44 : 6)*

  – Jésus a dit, « Amen » (Marc 10 : 18, Jean 17 : 3)

  « ... que Christ a été serviteur des circoncis, pour prouver la véracité de Dieu en confirmant les promesses faites aux pères » (c'est Paul qui parle) (Ro. 15 : 8)

Les Écritures enseignent clairement que Jésus connaissait depuis sa petite enfance que Dieu était son Père. En effet, la semence de Dieu qui était en Jésus était sa conscience que Dieu était son Père.

Dans le récit donné par Luc sur la naissance de Jésus à Bethléhem et sur les événements qui suivirent peu après il dit:

> *« Et, quand les jours de leur purification furent accomplis, selon la loi de Moïse, Joseph et Marie le portèrent à Jérusalem* (environ 8 kilomètres), ***pour le présenter au Seigneur »*** **(Dieu)** *(Luc 2 : 22).*

Ils l'ont amené au temple où il a été circoncis et des sacrifices ont été offerts. Versets 25-34 :

> *« Et voici, il y avait à Jérusalem un homme appelé Siméon... il attendait la consolation d'Israël* (la délivrance de ses ennemis)*, et l'Esprit-Saint était sur lui* (Siméon)*. Il avait été divinement averti par le Saint-Esprit qu'il ne mourrait point avant d'avoir vu le Christ du Seigneur* (le Messie de l'Éternel)*. Il vint au temple, poussé par l'Esprit. Et, comme les parents* (sa mère et son beau-père) *apportaient le petit enfant Jésus... il le reçut dans ses bras,* ***bénit Dieu, et dit:*** *Maintenant,* ***Seigneur,***

tu laisses ton serviteur S'en aller en paix, selon ta parole. Car mes yeux ont vu ton salut, (Dieu est notre Sauveur, mais Il allait se servir de Jésus comme l'agent de notre salut) **Salut que tu as préparé** devant tous les peuples, **Lumière** pour éclairer les nations, Et gloire d'Israël, ton peuple. Son **père** (Joseph) et sa **mère** étaient **dans l'admiration** des choses qu'on disait de lui (Jésus). Siméon les bénit, et dit à Marie, sa mère : Voici, cet enfant est destiné à amener la chute et le relèvement de plusieurs en Israël, et à **devenir un signe** qui provoquera la contradiction » (voir Actes 28 : 22 et Ésaïe 7 : 14).

Jésus dans cette occasion était aussi reconnu pour qui il était par une veuve pieuse appelée Anne (v. 38) « *Étant survenue, elle aussi à cette même heure, elle louait **Dieu**, et elle parlait de **Jésus** à tous ceux qui attendaient la délivrance de Jérusalem* ». Aucune personne dans le récit de Luc sur la naissance de Jésus dans les chapitres un et deux, **Zacharie, Élisabeth, Marie, Joseph, les bergers, Siméon, Anne ou l'ange Gabriel** ne croyaient pas que le bébé Jésus était « Dieu le fils », « le Fils éternel », « la deuxième personne d'un Dieu trin », ou Dieu Tout-Puissant, mais ils connaissaient qu'il était le Messie d'Israël, celui qui l'Éternel Dieu avait promis par les bouches de Ses saints prophètes.

« *Lorsqu'ils eurent accompli tout ce qu'ordonnait la loi du Seigneur, Joseph et Marie retournèrent en Galilée, à Nazareth, leur ville* (environ 113 kilomètres). *Or, l'enfant croissait et se fortifiait. Il était rempli de sagesse, et la grâce de Dieu était sur lui. Les parents de Jésus allaient chaque année à Jérusalem, à la fête de Pâques. Lorsqu'il fut âgé de douze ans, ils y montèrent, selon la coutume de la fête* (veuillez noter que Jésus ne faisait pas de miracles, mais il était ce qu'à Marie et Joseph a semblé un garçon normal). *Puis, quand les jours furent écoulés, et qu'ils s'en retournèrent, **l'enfant Jésus resta à Jérusalem**. Son père et sa mère ne s'en aperçurent pas. Croyant qu'il était avec leurs compagnons de voyage, ils firent une journée de chemin, et le cherchèrent parmi leurs parents et leurs connaissances. Mais, ne l'ayant pas trouvé, ils retournèrent à Jérusalem pour le chercher. **Au bout de trois jours**, ils le trouvèrent dans le temple, assis au milieu des docteurs* (des enseignants juifs), ***les écoutant** et **les interrogeant**. Tous ceux qui l'entendaient étaient frappés de son intelligence et de ses réponses* » (Luc 2 : 39-47).

Celui-ci n'était pas Dieu, mais un garçon de 12 ans instruit dans l'A. T., comme l'étaient tous les garçons juifs, qui étaient enseignés tôt dans la vie le Chémâ (crédo) d'Israël *(Écoute, Israël ! L'Éternel, notre Dieu, est le seul Éternel)*, mais avec cette exception : Dieu s'était fait connu à Jésus et il commençait à voir sa mission. *(Aussi, sans aucun doute, la mère de Jésus lui aurait raconté les merveilleux événements concernant sa naissance)*.

« *Quand ses parents le virent, **ils furent saisis***

*d'étonnement, et sa mère lui dit : Mon enfant, pourquoi as-tu agi de la sorte avec nous ? Voici, **ton père et moi, nous te cherchions avec angoisse.** Il leur dit : Pourquoi me cherchiez-vous ? Ne saviez-vous pas qu'il faut que je m'occupe des affaires de mon Père ? **Mais ils ne comprirent pas ce qu'il leur disait.** Puis il descendit avec eux pour aller à Nazareth, **et il leur était soumis. Sa mère gardait toutes ces choses dans son cœur.** Et Jésus croissait en **sagesse,** en **stature,** et en **grâce, devant Dieu et devant les hommes** » (Luc 2 : 48-52).*

Parlons là où la Bible parle et gardons silence là où la Bible est silencieuse, mais nous apprenons beaucoup à partir de ces versets. Sans la connaissance de Marie et Joseph, il semble que Dieu avait parlé à Jésus : peut-être à travers les Écritures, peut-être dans ses rêves, ou peut-être comme Il l'avait fait avec le jeune garçon Samuel, par une voix audible.

> *« Alors l'Éternel appela Samuel. Il répondit : Me voici ! Samuel ne connaissait pas encore l'Éternel, et la parole de l'Éternel ne lui avait pas encore été révélée. L'Éternel vint et se présenta, et il appela comme les autres fois : Samuel, Samuel ! Et Samuel répondit : Parle, car ton serviteur écoute » I S. 3 : 4, 7, 10).*

Cette expérience sur le voyage à Jérusalem semble avoir augmenté la compréhension de Jésus, comme reflétée dans la déclaration de Luc dans le verset 51, « *Puis il descendit avec eux pour aller à Nazareth, et il leur était soumis »*. Que l'intelligence de Jésus était une intelligence humaine **totalement distincte de l'intelligence du Père**, c'est clair dans les Écritures.

> *« Pour ce qui est du jour et de l'heure, **personne ne le sait**, ni les anges des cieux, ni le Fils, mais le Père seul » (Mt. 24 : 36).* Remarquez que Jésus se met lui-même dans la catégorie d' « **homme** », qu'**il était**.
>
> *« Et il leur répondit : Il est vrai que vous boirez ma coupe ; mais pour ce qui est d'être assis à ma droite et à ma gauche, **cela ne dépend pas de moi**, et ne sera donné qu'à ceux à qui mon Père l'a réservé » (Mt. 20 : 23).* Notez, « **cela ne dépend pas de moi** ».
>
> *« **Révélation de Jésus-Christ**, que **Dieu lui a donnée pour montrer à ses serviteurs**... et qu'il a fait connaître, par l'envoi de son ange, à son serviteur Jean » (Ap. 1 : 1).*

Le livre d'Apocalypse a été révélé à Jean comme quelque chose qu'il ne connaissait pas. Il a été révélé à Jésus parce qu'**il ne le connaissait pas !** Nous ne savons pas quand cela a été révélé par Dieu le Père à Jésus, mais il avait été dans les cieux à la droite de Dieu approximativement 60 ans lorsque Jean a écrit le livre d'Apocalypse.

Cher lecteur, vous devez connaitre que j'ai versé beaucoup de larmes pendant la rédaction de ce livre, parce que je croyais et enseignais auparavant que Jésus était Dieu. Maintenant, je suis joyeusement d'accord avec Jésus lorsqu'il dit :

> « Mon Père est plus grand que tous ».

« Mon Père est plus grand que moi ».

Et l'apôtre Paul quand il dit :

> « *... alors le Fils lui-même sera soumis à celui qui lui a soumis toutes choses, afin que Dieu* (le Père) ***soit tout en tous*** » *(I Co. 15 : 28).*

Toutes les choses merveilleuses que nous voyons en Jésus : sa compassion, son amour, sa miséricorde, son accessibilité, et son salut, sont dérivées de Dieu son Père et le nôtre ; Qui est **plus grand** dans toutes ces choses, elles sont l'essence de Sa nature Divine.

JÉSUS AIME GRANDEMENT MAIS « DIEU EST AMOUR » (I JEAN 4 : 8).

Ceci signifie que Dieu est incapable de faire quoi **que ce soit hors du caractère de l'amour. Nous voyons l'amour même lorsqu'Il juge les méchants.**

Lorsque Dieu envoya le déluge dans le temps de Noé, l'humanité était devenue si méchante et si violente que la course ne pouvait plus continuer. Le déluge a été **l'acte de miséricorde de Dieu** sur toutes les générations à venir.

Lorsque Dieu envoya du feu et du soufre pour détruire Sodome et Gomorrhe, l'homosexualité et l'immoralité sexuelle s'étaient répandues à un degré choquant. Si Dieu n'avait pas anéanti ces gens immoraux, le virus du **SIDA** dont plus de 25 millions de personnes sont mortes dans les 25 ans précédents sur la planète Terre et dont 40 millions meurent actuellement, se serait probablement développé beaucoup de siècles auparavant.

Lorsque Jésus a fait un fouet avec des cordes et a chassé les changeurs du temple de Dieu à Jérusalem, il a montré **l'amour de Dieu.**

Ils étaient sous le jugement de Dieu pour souiller Sa maison, donc Jésus leur a fait **une grande faveur !**

MAINTENANT RETOURNONS À HÉBREUX CHAPITRE DEUX.

Le verset 11 donne plus de compréhension concernant « **l'homme Jésus-Christ** ».

« *Car celui* (Jésus) *qui sanctifie et ceux qui sont sanctifiés (ceux de nous qui sommes en Christ)* ***sont tous issus d'un seul.*** » La déclaration ci-dessus signifie que nous et Jésus sommes d'**une substance**, Jésus est **l'un seul en humanité** avec nous. Le mot substance signifie, 1. « *la partie vraie ou essentielle ou l'élément de n'importe quoi ; l'essence ; la réalité, ou la matière fondamentale* » ou 2. « *la matière physique de laquelle quelque chose consiste; toute matière dont une chose est formée* ».

Le Crédo de Nicée de 325 apr. J-C; auquel l'église catholique et la plupart des églises protestantes s'attachent, déclare la croyance dans « un seul Seigneur Jésus-Christ, le Fils unique de Dieu ; né du Père avant tout les siècles… lumière, né de la lumière, vrai Dieu, né du vrai Dieu ; engendré, et non pas créé ; **de même nature que le Père** ». Dans ce crédo, il y a beaucoup d'erreurs que nous avons traitées, et traiterons plus tard, mais la partie que nous allons considérer à ce point est la dernière déclaration « de même nature que le Père ». Si Jésus était et est de même nature que le Père, l'écrivain inspiré de l'épître aux Hébreux ne le connaissait pas. Il dit dans le verset 11 que Jésus (« celui qui sanctifie ») et ceux qui sont sanctifiés par lui « **sont tous issus d'un seul** ». Ce qui veut dire est **une seule** substance. Comme preuve, regardez sa déclaration suivante, « *C'est pourquoi il* (Jésus) *n'a pas honte de* ***les appeler frères* ». Il est un **frère dans la chair** (*la famille humaine*) à ceux qu'il sauve. Ensuite, comme preuve supplémentaire, l'écrivain de l'épître des Hébreux cite à partir des prophéties de l'Ancien Testament se rapportant à Jésus. Du Psaume 22 : 2 qui commence, **« Mon Dieu ! mon Dieu ! pourquoi m'as-tu abandonné »** il cite le verset 23, « *Je publierai ton nom* (de Dieu), *parmi* **mes frères** (**nous ses frères**), *Je te célébrerai* (Dieu) *au milieu de l'assemblée* ». Et encore, « *Mon Dieu, mon rocher, où je trouve un abri !* » (Ps. 18 : 2, Ésaïe 12 : 2) et encore, « *Voici, moi* (Jésus) *et les enfants que l'Éternel m'a donnés* » (Ésaïe 8 : 18) C'est Jésus et ses « frères ».

Verset 14 maintenant, « *Ainsi donc, puisque les enfants participent (les enfants ont) au* **sang et** *à la* **chair**, *il* (Jésus) **y a également participé** *lui-même* (au sang et à la chair) ». Jésus n'était pas venu dans la famille de Dieu *(« Il n'y a qu'un seul Dieu, le Père » I Co. 8 : 6)*, ni dans la famille des anges (KJVF, v. 16 « *Car assurément il n'a pas pris la nature des anges* »), mais il est venu dans la **famille humaine** *(chair et sang)*. Comparez ceci avec la déclaration de l'apôtre Jean dans I Jean 4 : 3, KJVF « *Et tout esprit qui ne confesse pas que Jésus-Christ est venu en chair* (comme un être humain), *n'est pas de Dieu : et c'est cet esprit de l'antéchrist, duquel vous avez entendu dire qu'il doit venir, et même il est déjà dans le monde* ». **L'Éternel Dieu n'avait pas besoin d'aide dans la divinité : Il est Tout-Puissant, Tout-suffisant, Auto-existant, le Dieu d'abondance !** Il n'avait pas besoin d'un autre ange ! Hébreux 12 : 22 parle « des myriades qui forment le chœur des anges ». Jean a vu « *des myriades de myriades et des milliers de milliers* » *(Ap. 5 : 11)* ; et Jésus a dit à Pierre en *Mt. 26 : 53*, « *Penses-tu que je ne puisse pas invoquer mon Père, qui me donnerait à l'instant plus de douze légions (72.000 ?) d'anges ?* »

Ce dont Dieu avait besoin pour racheter l'homme déchu (Adam) était un homme **juste** sans péché. (*Hé. 2 : 17*) « *En conséquence, il*

(Jésus) *a dû être rendu semblable en toutes choses à ses frères, afin qu'il fût un souverain sacrificateur **miséricordieux** et **fidèle** dans le service de Dieu, pour faire l'expiation des péchés du peuple* ». Étudiez ce verset pour quelques instants. Il était nécessaire (« il a dû ») pour Jésus d'être rendu semblable à nous **en toutes choses**. **« En toutes choses ! »** Nous ne sommes pas d'hommes-Dieu, **lui non plus**. Nous ne sommes pas d'Enfants éternels, **lui non plus**. Nous ne sommes pas de la même substance que Dieu, **lui non plus**. Regardez le verset 16, *« Car assurément, ce n'est pas à des anges qu'il vient en aide, mais c'est à la **postérité d'Abraham** »* [KJVF « *Car assurément il n'a pas pris la nature des anges, mais il a pris sur lui la semence d'Abraham* »]. Tous de la postérité d'Abraham sont **des êtres humains de chair et de sang**. Dieu avait besoin d'un homme (*un adam*) pour faire l'expiation pour les péchés du peuple. Pourquoi ? Parce que le premier « adam », Adam, pécha dans le jardin et amena la mort sur lui et sur toute sa lignée. *(La mort physique et la séparation spirituelle* que Dieu lui avait averties).

> *« Car, puisque **la mort est venue par un homme**, c'est aussi par un homme qu'est venue la résurrection des morts. Et comme tous meurent en **Adam**, de même aussi tous revivront en **Christ** »* (I Co. 15: 21 - 22).
>
> *« **Par un homme** est venue la mort, c'est aussi par un homme qu'est venue la résurrection des morts. »* **Par un homme !**
>
> *« C'est pourquoi il est écrit : Le **premier homme, Adam**, devint une âme vivante. **Le dernier Adam** est devenu un esprit vivifiant ».* (I Co. 15 : 45).

REGARDONS LE PREMIER ADAM

> « *Voici le livre de la postérité d'Adam.* **Lorsque Dieu créa l'homme, il le fit à la ressemblance de Dieu**. *Il créa l'homme et la femme, il les bénit, et* **il les appela du nom d'homme, lorsqu'ils furent créés**. *Adam, âgé de cent trente ans,* **engendra un fils à sa ressemblance, selon son image**, *et il lui donna le nom de* **Seth** » *(Genèse 5 : 1 – 3).*

Dieu est un esprit, mais Il a une forme, une « ressemblance ». Lorsque le prophète L'a vu sur Son trône en Ézéchiel chapitre un, Son apparence était « *comme une figure d'homme* » *(v. 26)*. C'était « *une image de la gloire de l'Éternel* » *(v. 28).*

Le premier Adam a été créé par Dieu, **à la ressemblance et à l'image propre de Dieu**, et lorsque son fils Seth, de la deuxième génération est né, il est dit qu'Adam *engendra* (Seth) « ***un fils à sa ressemblance, selon son image* ».** Ainsi Adam et toutes les générations par la suite furent à l'image et à la ressemblance de Dieu. Regardez la création d'Adam :

> « *L'Éternel Dieu forma l'***homme** *de la* **poussière de la terre**, *il souffla dans ses narines un souffle de vie et l'homme devint un être vivant* » *(Ge. 2 : 7).* **Ceci a été un acte de création.**

Regardez maintenant le récit de Luc sur **le baptême de Jésus** :

> « *et le Saint-Esprit descendit sur lui sous une forme corporelle, comme une colombe. Et une voix fit entendre du ciel ces paroles :* **Tu es mon Fils bien-aimé** ; *en toi j'ai mis toute mon affection* » *(Luc 3 : 22).*

Verset 23 « *Jésus avait environ trente ans lorsqu'il commença son ministère, étant, comme on le croyait, fils de Joseph, fils d'Héli ».* Ensuite commence une série de **14 versets** qui tracent la lignée de Jésus à travers le Roi David (ce qui a établi son droit légal au trône d'Israël) et se termine par le **verset 38** qui déclare, *« fils d'Énos, fils de Seth, fils d'Adam, fils de Dieu »*. Luc veut s'assurer que nous comprenions que l'**Adam créé**, dont le corps a été modelé à partir de la poussière de la terre, dans lequel il n'y avait aucun ADN de Dieu, **était aussi fils de Dieu**. C'est **très significatif**, venant tout de suite après ce récit du baptême de Jésus, où Dieu parla du ciel disant, « *Tu es mon Fils bien aimé ; en toi j'ai mis toute mon affection* » (v. 22). Luc déclare **qu'Adam** aussi était le **« Fils de Dieu »**.

VOYONS MAINTENANT LA CRÉATION DE JÉSUS.

> *« Écris à l'ange de l'Église de Laodicée: Voici ce que dit l'Amen* (Jésus), *le témoin fidèle et véritable, **le commencement de la création** de Dieu : » (Ap. 3 : 14).*

> *« En qui nous avons la rédemption, la rémission des péchés. Il est l'**image** du Dieu invisible, le **premier-né de toute la création** » (Col. 1 : 14 – 15).*

> *« Et ayant revêtu l'homme nouveau, qui se renouvelle, dans la connaissance, selon l'image de celui* (Dieu) ***qui l'a créé** » (Col. 3 : 10).*

> *« Et moi, je ferai de lui le **premier-né*** (Jésus), *Le plus élevé des rois de la terre » (Ps. 89 : 28).*

> *« Je publierai le décret ; L'Éternel m'a dit : Tu es mon fils ! Je t'ai* engendré *(Jésus) **aujourd'hui** »* (Ps. 2 : 7).

Le terme *image* en Col. 1 : 15 fait allusion à la création de Jésus en Adam, pas d'avoir l'ADN de Dieu en lui. Jésus a dit, « *Dieu est Esprit* » *(Jean 4 : 24)*. Jésus a dit « *un esprit n'a ni chair ni os, comme vous voyez que j'ai* » *(Luc. 24 : 39)*. Sans chair et sang, **un esprit n'a pas de semence** ni d'ADN. Ainsi, quel que soit ce que le Saint-Esprit a fait dans le ventre de Marie, cela a été un acte de création. Rappelez-vous, lorsque les saints seront « ***changés, en un instant,*** *en un clin d'œil, à la dernière trompette* » *(I Co. 15 : 51 – 52)*, **cela aussi sera un acte de création**, car « *Lorsque ce corps corruptible aura revêtu l'incorruptibilité, et que ce corps mortel aura revêtu l'immortalité* » *(I Co. 15 : 54)*. Le corps de notre humiliation sera transformé « *en le rendant semblable au corps de sa* (Jésus) *gloire* (glorifié) » *(Ph. 3 : 21)*. **Ceux-ci sont des actes de création de Dieu, le Créateur.** Adam a été formé à l'image de Dieu. Le mot hébreu pour « **image** » est « **tselem** » et signifié **« ressemblance ; une figure représentative ».** Adam a été fait à la ressemblance, une figure représentative de Dieu. **Seth**, le fils d'Adam a été né à la « **ressemblance, une figure représentative** » d'**Adam** et de **Dieu**. Le mot « image » en grec, la langue dans laquelle le Nouveau Testament nous a été donné, est « eikon » et veut dire « une similitude, une ressemblance représentative ». Donc, le mot « image » signifie la même chose dans l'usage biblique quand on parle **d'Adam, de Seth et de Jésus**. Ils sont tous les trois **à l'image de Dieu**.

Regardez ce que dit Paul concernant **tout descendant masculin** du premier Adam (adam, homme) dans I Co. 11 : 7 : « *L'homme ne doit pas se couvrir la tête,* (pendant la prière), *puisqu'il est l'image et la gloire de Dieu* ». Ceci parle de notre création en Adam. Paul dit encore en Actes 17 : 28 - 29.

> « *De lui* (Dieu) *nous sommes* ***la race****... Ainsi*

*donc, étant **la race** de Dieu... »*

Ceci n'est pas une parenté, **c'est la relation à travers la création**. Regardez la déclaration de Jésus en Ap. 22 : 16 *« ... Je suis le rejeton et la **postérité** de David ».* Ce mot *«* **postérité** *»* signifie **parenté,** comme **Jésus était par la lignée**, *«* le Fils de David *». « Hosanna au Fils de David » (Mt. 21 : 9).*

Jésus est le Fils de Dieu par un acte de création dans le ventre de Marie :

> *« Marie dit à l'ange : Comment cela se fera-t-il, puisque je ne connais point d'homme ? L'ange lui répondit : Le Saint-Esprit viendra sur toi, et la puissance du Très-Haut te couvrira de son ombre. **C'est pourquoi** le saint enfant qui naîtra de toi **sera appelé Fils de Dieu »** (Luc. 1: 34, 35).*

Salomon, le fils de David, a été aussi appelé par Dieu **« mon fils »**. Dieu a dit à David en II S. 7 : 12 - 14.

> *« Quand tes jours seront accomplis et que tu seras couché avec tes pères, **j'élèverai ta postérité après toi**, celui qui sera sorti de tes entrailles, et j'affermirai son règne. Ce sera lui qui bâtira une maison à mon nom, et j'affermirai pour toujours le trône de son royaume. **Je serai pour lui un père**, et il sera pour moi un fils. **S'il fait le mal**, je le châtierai avec la verge des hommes et avec les coups des enfants des hommes »*

C'est le *«* **grand** *»* fils de David, Salomon, appelé le fils de Dieu **par adoption**, et dans le récit de Luc 2 c'est **Jésus, le Messie, « le plus grand » fils de David, appelé le fils de Dieu à cause d'un acte de**

création dans le ventre de Marie.

Nous ne pourrons peut-être jamais complètement comprendre comment ceci a été accompli par le Saint-Esprit. Par exemple comment est-ce que les mots parlés de la bouche d'une personne, entrent par les oreilles dans l'intelligence d'une autre personne et **causent que cette intelligence conçoive une pensée.** Ceci s'observe dans les Écritures où David déclare à propos du méchant en Psaume 7 : 15, « *Voici, le méchant prépare le mal, Il conçoit l'iniquité, et il enfante le néant* ». Ésaïe 59 : 13 déclare « *... Nous avons proféré la violence et la révolte, Conçu et médité dans le cœur des paroles de mensonges* ». En Actes 5 : 4, Pierre dit « *... Comment as-tu pu mettre en ton cœur un pareil dessein ?* » Ainsi, l'esprit **conçoit de pensées** qui selon les scientistes peuvent avoir et ont un effet physique sur le cerveau, changeant même sa forme. Nous ne comprenons pas comment cela arrive, mais nous l'acceptons comme quelque chose réalisé en nous par notre Créateur. À l'époque actuelle où des hommes chétifs sont en train de cloner des mammifères dans des laboratoires, ne pouvons-nous pas croire que Dieu, l'Esprit Saint ait couvert de Son ombre une vierge et **créé une semence** qui produisît un enfant, **un second Adam** dans le corps **duquel coulait un sang juste, sans péché,** non corrompu par le péché et la mort du père de Marie dans la chair, **le premier Adam.**

Veuillez remarquer les paroles de Jean le Baptiste adressées à la multitude impénitente, « *... et ne vous mettez pas à dire en vous-mêmes : Nous avons Abraham pour père ! Car je vous déclare que de ces pierres Dieu peut susciter des enfants à Abraham* ». **De pierres,** de pierres froides et mortes, sans vie, sans sang, mais « *Dieu peut...* ». Ce grand prophète a certainement connu la **puissance créatrice** de Celui qui l'a envoyé.

Veuillez voir Mt. 1 : 18.

> « *Voici de quelle manière arriva la naissance de*
> *Jésus-Christ* ».

Le mot français « naissance » dans ce verset est « **gennesis** » en grecque, et signifie « engendrer, être né, donner le jour, naissance ». Matthieu dit voici le **commencement** de Jésus : Tout comme le premier Adam qui a eu son commencement (« *gennesis* ») dans **le livre de la Genèse chapitre un**, le deuxième Adam Jésus, a eu son commencement au sens littéral (« *gennesis* ») dans le ventre de Marie **en Matthieu chapitre un**. Il a été la première pensée créatrice (*logos*) de Dieu, parlée avant le temps, avant toute chose, « mais, lorsque les temps ont été accomplis », causée par l'Esprit Saint pour être reçue et conçue dans le ventre d'une vierge. « *Et la parole a été faite chair, et elle a habité parmi nous, pleine de grâce et de vérité ; et nous avons contemplé sa gloire, une gloire comme la gloire du* **Fils unique venu du Père**. » Dieu **avait créé** auparavant un fils (*Adam*), Il **avait adopté** un fils (*Salomon*), mais cette fois-ci est l'unique fois qu'Il a « **engendré** » et **enfanté** un fils du ventre d'une femme « *le Fils unique venu du Père* ».

Dieu parla de lui à travers les siècles.

En Genèse 3 : 15, il est « la postérité (semence) de la femme ».

En Genèse 15 : 5, il est « la postérité d'Abraham » (Ro. 4 : 18).

En Ps. 89 : 5, il est « la postérité de David. »

Nous savons que **c'était une semence humaine sans péché** que Dieu a créée dans le ventre de Marie par ce qu'elle a produit. **Chaque semence doit produire du fruit** selon sa **propre espèce**. Dieu **commanda ceci** en Genèse avant qu'Il n'ait créé l'homme.

> « *Puis Dieu dit: Que la terre produise de la*
> *verdure, de l'herbe portant de la* **semence**, *des*

arbres fruitiers donnant du fruit selon leur espèce et ayant en eux leur semence sur la terre. Et cela fut ainsi. La terre produisit de la verdure, de l'herbe portant de la semence selon son espèce, et des arbres donnant du fruit et ayant en eux leur semence selon leur espèce. Dieu vit que cela était bon. Dieu dit: Que la terre produise des animaux vivants selon leur espèce, du bétail, des reptiles et des animaux terrestres, selon leur espèce. Et cela fut ainsi. Dieu fit les animaux de la terre selon leur espèce, le bétail selon son espèce, et tous les reptiles de la terre selon leur espèce. Dieu vit que cela était bon » (Ge. 1 : 11-12, 24-25)*

C'est une loi immuable de Dieu énoncée à la création, qui **n'a jamais et ne sera jamais brisée**. Jésus a dit en Jean 10 : 35, « l'Écriture **ne peut être anéantie** ». Ainsi, le Saint-Esprit créa **la semence de l'homme** dans le ventre de Marie et elle produisit **un homme**, non pas un Dieu !

REVOYONS CES ÉCRITURES AYANT TRAIT À L'HUMANITE DE JÉSUS.

- « *Un homme de douleur et habitué à la souffrance* » *(Ésaïe 53 : 3).*

- « *David ne manquera jamais d'un successeur* **(un homme - KJF)** *Assis sur le trône de la maison d'Israël* » *(Jé. 33 : 17).*

- « *Epée, lève-toi sur mon pasteur, Et sur l'homme qui est mon compagnon !* » *(Za. 13: 7, Mt. 26: 31).*

- «*C'est lui (cet homme - **KJF**) qui ramènera la paix* » *(Michée*

5 : 4).

- « *c'est celui dont j'ai dit* (Jean le Baptiste) *: Après moi vient **un homme** qui m'a précédé* » *(Jean 1: 30).*

- « *Venez voir **un homme*** » *(Jean 4 : 29).*

- « *... jamais homme n'a parlé comme **cet homme*** » *(Jean 7 : 46).*

- « *... tout ce que Jean a dit de **cet homme** était vrai* » *(Jean 10 : 41).*

- « *Jésus de Nazareth, **cet homme** à qui Dieu a rendu témoignage* »
  (Pierre à la Pentecôte) *(Actes 2 : 22).*

- « *Mais chacun [**chaque homme**] en son rang : Christ comme prémices* » *(I Co. 15 : 23).*

- « *... qui c'est par lui (**cet homme** - KJF) que le pardon des péchés vous est annoncé* » (Paul) *(Actes 13 : 38).*

- « *... il (Dieu) jugera le monde selon la justice, **par l'homme** qu'il a désigné* » (Paul) *(Actes 17 : 31).*

- « *... la grâce de Dieu, venant d'un **seul homme**, Jésus-Christ* » (Paul)
  (Ro. 5 : 15).

- « *... et ayant paru comme un **simple homme*** » (Paul) *(Ph. 2 : 7).*

- « *... ayant revêtu **l'homme nouveau*** » (Christ) (Paul) *(Col. 3 : 10).*

- « *Car il (**cet homme** - KJF) a été jugé digne d'une gloire d'autant*
  supérieure à celle de Moïse » *(Hé. 3 : 3).*

- « *Mais lui (**cet homme** - KJF),... possède un sacerdoce qui n'est pas transmissible* » *(Hé. 7 : 24).*

- « ... *d'où il est nécessaire que celui-ci (**cet homme** - **KJF**) ait aussi quelque chose à présenter* » *(Hé. 8 : 3).*

- « *Lui (**cet homme** – **KJF**),... s'est assis pour toujours à la droite de Dieu* » *(Hé. 10 : 12).*

- « ... ***Jésus-Christ homme*** » *(I Ti. 2 : 5).*

Il n'y a aucune Écriture dans la Bible qui appelle Jésus « **ce Dieu** », « **Notre Dieu** » ou « **Seigneur Éternel** ». Ainsi avec ces 20 Écritures précédentes, et plusieurs de plus l'appelant un « **homme** », établissons une fois pour toutes que Jésus-Christ est un **homme** juste, né d'une vierge, et sans péché ! Jésus est **l'homme parfait, un homme glorifié**, mais il est néanmoins un homme ! Réfléchissez encore une fois comment il est dépeint dans les Évangiles. Il pose des questions pour obtenir des informations ; il éprouve et exprime la surprise ; il cherche des fruits sur le figuier, et il n'y en a pas. Ses miracles sont accomplis par la foi dans la puissance de Dieu. Il demande ces miracles par la prière et les reçoit avec actions de grâces (*Mt. 14 : 19 ; Marc 7 : 34 ; Jn. 6 : 11 ; 11 : 40-42*). Il est le **révélateur parfait de Dieu** et le **chef désigné du monde** ; mais sa vie était une vie **dans la chair**, une **existence humaine** sans équivoque, dans les lignes normales d'intelligence et volonté humaines.[3] Voyez deux exemples. Marc 9 : 16-17, *21 :*

> « *Il leur demanda: Sur quoi discutez-vous avec eux ? Et un homme de la foule lui répondit : Maître, j'ai amené auprès de toi mon fils, qui est possédé d'un esprit muet. Jésus demanda au père : Combien y a-t-il de temps que cela lui arrive ? Depuis son enfance, répondit-il.* » (Il posait des questions pour avoir l'information).

Marc 11 : 12 – 13 :

> « *Le lendemain, après qu'ils furent sortis de Béthanie, Jésus eut faim. Apercevant de loin un figuier qui avait des feuilles, il alla voir s'il y trouverait quelque chose ; et, s'en étant approché, il ne trouva que des feuilles, car ce n'était pas la saison des figues* » (S'il était Dieu, ne l'aurait-il pas su ? Lorsqu'il a maudit le figuier et que celui-ci a séché, il l'a expliqué à ses disciples comme étant un acte de foi en Dieu, versets 21- 23).

Son intelligence et ses miracles, plutôt que de prouver son omniscience et omnipotence, prouvaient qu'il était oint, désigné, investi et envoyé par Dieu son Père. Il a prié à la tombe de Lazare, « *Père, je te rends grâces de ce que tu m'as exaucé. Pour moi, je savais que tu m'exauces toujours : mais j'ai parlé à cause de la foule qui m'entoure, afin qu'ils croient que c'est toi qui m'as envoyé* » *(Jn. 11 : 41-42)*. Regardez Marc 6 : 3–6 et voyez comment **il était limité par l'incrédulité** des gens de sa ville natale.

> « *Il **ne put faire** là **aucun miracle*** » *(Marc 6 : 5 ;*
> *9 : 23).*

COMMENT JÉSUS S'ENVISAGEAIT COMME IL CONNAISSAIT CERTAINEMENT LA VÉRITÉ.

Jésus parlait de lui-même comme un **homme** sur plus d'une occasion. Aux pharisiens, il disait :

> « *Mais maintenant vous cherchez à me tuer, [moi], **un homme** qui vous ai dit la vérité, que j'ai entendue de Dieu...* ; *(Jean 8 : 40* KJF)*. **Écoutez Jésus** ! « **Un homme** qui vous a dit la vérité ! »

« **Un homme !** » « **Un homme !** »

Il a parlé de sa mort prochaine en Jean 15 : 13-14 et a dit :

> « Il n'y a pas de plus grand amour que de donner
> sa vie pour ses amis. Vous êtes mes amis… »

Il a dit encore au verset 24 :

> « Si je n'avais pas fait parmi eux des œuvres que
> nul autre n'a faites, ils n'auraient pas de péché ».

LE FILS DE L'HOMME.

Bien que Jésus soit le Fils de Dieu par la vertu d'être engendré du ventre de Marie, son titre favori pour lui-même était **« Fils de l'homme »**. C'est un titre qui signifie **« un être humain »** et a été employé par Dieu pour s'adresser au prophète Ézéchiel quelque 90 fois dans le livre qui porte son nom. *« Il me dit : Fils de l'homme, tiens-toi sur tes pieds, et je te parlerai » (Éz. 2 : 1).* C'est aussi un titre messianique tiré du Psaume 8 : 5 qui se réfère à Jésus comme aussi vu en Daniel 7 : 13. Le prophète Daniel décrit dans ce chapitre des visions qui correspondent à celles vues par l'apôtre Jean en Apocalypse 4 et 5. Dans Daniel chapitre sept, **celui** qui est sur le trône, le Seigneur Dieu, est appelé « l'ancien des jours ». « Mille milliers le servaient, et dix mille millions se tenaient en sa présence » (verset 10), comme ils disaient dans le récit de Jean. Alors Daniel 7 : 13 déclare :

> *« Je regardais pendant mes visions nocturnes, et*
> *voici, sur les nuées des cieux arriva **quelqu'un de***
> ***semblable à un fils de l'homme** ; il s'avança vers*
> *l'ancien des jours, et on le fit approcher de lui ».*

C'est un tableau de notre Seigneur Jésus amené au trône de notre Seigneur Dieu, un événement d'au moins 500 ans dans le futur pour Daniel, tandis que fixé fermement déjà dans la prescience et le plan immuable de Dieu. Jésus en tant que Messie de Dieu *adopta ce titre,* « *fils de l'homme* » et se référait ainsi à lui-même, comme indiqué quelque *84 fois* dans les récits des Évangiles. *(Jésus est « Fils de l'homme » 32 fois en Mt., 14 fois en Marc, 26 fois en Luc et 12 fois en Jean).* Le fait qu'il est mentionné comme **« Fils de Dieu » 28 fois** dans les Évangiles, cela nous aide à comprendre qui il est. (Il a été appelé « Fils de l'homme » exactement 3 fois de plus qu'il a été appelé « Fils de Dieu »). Il disait je suis un enfant d'homme (*adam*) « **un être humain** ». Comment avons-nous raté cela ? Étienne a dit à ses persécuteurs dans Actes 7 : 56, « Voici, je vois les cieux ouverts, et **le Fils de l'homme** debout à la droite de Dieu ». Au ciel il est **encore le** « **Fils de l'homme** ». Plusieurs Écritures déclarent qu'il reviendra comme le « Fils de l'homme ».

> « *Alors on verra* **le Fils de l'homme** *venant sur les nuées* **avec une grande puissance et avec gloire** » *(Marc 13 : 26, Mt. 24 : 30, Luc 21 : 27).*
>
> « *Je vous le dis, il leur fera promptement justice. Mais,* **quand le Fils de l'homme viendra,** *trouvera-t-il la foi sur la terre ?* » *(Luc 18 : 8).*

LA COMPRÉHENSION DE L'EXPRESSION « DESCENDU DU CIEL »

Ne comprenez pas de travers la déclaration de Jésus dans Jean 3 : 13 que, « *Personne n'est monté au ciel, si ce n'est celui qui est descendu du ciel, le Fils de l'homme qui est dans le ciel* ». Jésus parlait à Nicodème, un pharisien, et il a dit dans le verset précédent (v. 12), « *Si vous ne croyez pas quand je vous ai parlé des choses terrestres, comment croirez-vous quand je vous parlerai des choses célestes ?* ». Les pharisiens aimaient défier l'affirmation de Jésus d'être le Messie, ainsi il leur parlait en paraboles, lesquelles il savait qu'ils ne comprendraient pas. Ses paroles « le fils de l'homme qui est dans le ciel » ne sont pas à prendre pour signifier que Jésus était en effet dans le ciel » pendant qu'il était debout sur la terre. Ceci signifie que Daniel 7 qui se réfère au « Fils de l'homme », **décrit** Jésus dans le ciel ; cependant **cela a été déjà accompli dans la réalité de Dieu** ; quoique cela ne fût pas encore arrivé dans la vie de Jésus. De même, Jésus pouvait dire au Père dans Jean 17 : 11, « *Je ne suis plus dans le monde, et ils sont dans le monde* », parce que ceci était prédestiné dans le plan immuable de Dieu.

Lorsque Jésus parla de « descendre du ciel » ceci n'implique d'aucune manière qu'il a préexisté dans le ciel comme une personne avant sa naissance à Bethléhem. Ceci ne s'accorderait pas avec beaucoup d'autres Écritures. Regardez Jean 6 : 31 où les incrédules ont demandé à Jésus un signe qu'il était de Dieu. « *Nos pères ont mangé la manne dans le désert, selon ce qui est écrit: Il leur donna le pain du ciel à manger.* » Eux et Jésus savaient que le pain (*la manne*) que Dieu avait donné à leurs pères dans le désert, n'était pas tombé sur eux tout droit du trône de Dieu, **mais ce fut un don envoyé de Dieu** ; cependant il était dit, « *Il leur donna du pain **du ciel*** ». L'expression « descendu du ciel » signifie, « envoyé de Dieu ». Jacques 1 : 17 dit, « *Toute grâce excellente et tout don parfait descendent d'en haut, **du Père des lumières**, chez lequel il n'y a ni changement ni ombre de variation* ». Regardez II Rois 1 : 10 où le prophète Élie appela du feu sur ses ennemies, « *Élie répondit au chef de cinquante: Si je suis un homme de Dieu, **que le feu descende du ciel... Et le feu descendit du ciel*** ». En Jean 6 : 33 Jésus dit, « *car le pain de Dieu, c'est celui qui descend du ciel et qui donne la vie au monde (lui-même)* ». Verset 35, « Je suis le pain de vie ». Verset 38, « *car je suis descendu du ciel pour faire, non ma volonté, mais la volonté* *de celui qui m'a envoyé* ». Comparez ces Écritures avec ce que le Jésus ressuscité a dit à Marie à la tombe, « *Ne me touche pas ; car je ne suis pas encore monté vers mon Père…* » *(Jean 20 : 17).*

J'ai trouvé 17 références bibliques où Jésus parla de son imminente ascension de cette manière !

> « *Je m'en vais vers celui qui m'a envoyé* » *(Jean 7 : 33).*
>
> « *Vous ne pouvez venir où je vais* » *(Jean 8 : 21).*
>
> « *Je vais vous préparer une place* » *(Jean 14 : 2).*
>
> « *Parce que je m'en vais au Père* » *(Jean 14 : 12).*
>
> « *Je vais au Père* » *(Jean 16 : 10).*

Je n'ai trouvé **aucune** référence où Jésus a dit « **Je rentre** au ciel » «**de retour** à mon Père, » ou « **Je retourne** au ciel » qui est une grande indication qu'il n'était pas là auparavant. Jésus était né sur la terre, il est **maintenant au ciel** avec son Père, il « **revient** » bientôt pour « *recevoir un royaume* » *(Luc 19 : 12* KJF*).*

MAINTENANT DIEU A PLUSIEURS FILS.

Une note finale avant de clore ce chapitre. S'il vous plaît recevez et acceptez cette vérité de la Bible. Dans un sens large Jésus **n'est pas maintenant** le fils unique engendré de Dieu, mais il est le « **premier-né** », notre **frère** ainé.

> « *Et lorsqu'il introduit de nouveau dans le monde le **premier-né**, il dit : Que tous les anges de Dieu l'adorent !* » *(Hébreux 1 : 6).*
>
> « *Et de la part de Jésus-Christ, le témoin fidèle, le **premier-né** des morts* » *(Ap. 1 : 5).*
>
> « *Béni soit **Dieu, le Père** de notre Seigneur Jésus-Christ, qui, selon sa grande miséricorde, **nous a***

régénérés, pour une espérance vivante, par la résurrection de Jésus-Christ d'entre les morts » (I Pierre 1 : 3).

*« Nous savons que quiconque **est né de Dieu** ne pèche point ; mais celui qui est né de Dieu se garde lui-même, et le malin ne le touche pas »* (I Jean 5 : 18).

*« Il **nous a engendrés** selon sa volonté* (du Père), *par la parole de vérité, afin que nous soyons en quelque sorte les prémices de ses créatures »* (Jacques 1: 18).

*«... c'est moi qui **vous ai engendrés** en Jésus-Christ par l'Évangile »* (I Co. 4 : 15).

*« ... à être semblables à l'image de son Fils, afin que son Fils fût le **premier-né entre plusieurs frères** »* (Ro. 8: 29).

*« Or, si nous sommes enfants, nous sommes aussi héritiers : **héritiers de Dieu, et cohéritiers** de Christ »* (Ro. 8 : 17). *« Héritiers de Dieu et cohéritiers de Christ. »* **Cohéritiers de Christ** ! Souvenez-vous que sous les **lois** que Dieu a ordonnées dans l'A. T., le fils premier-né recevait le droit d'ainesse, **une double portion** de l'héritage. Ainsi en est-il de Jésus.

*« ... mais vous avez reçu un Esprit d'adoption, par lequel **nous crions** : **Abba ! Père !** »* (Ro. 8 : 15). « Abba » vient de l'araméen et veut dire Père et c'est le terme que Jésus a utilisé dans le

jardin de Gethsémani.

« Il disait : **Abba, Père***, toutes choses te sont possibles; éloigne de moi cette coupe ! Toutefois, non pas ce que je veux, mais ce que tu veux » (Marc 14 : 36).*

Souvenez-vous que le terme « Fils de Dieu » **ne dénote pas la parenté, mais la position,** l'œuvre du Saint-Esprit qui engendra Jésus, et nous **engendra en lui, nous ses frères.**

« Et parce que **vous êtes fils***, Dieu a envoyé dans nos cœurs l'***Esprit*** de son Fils (l'Esprit Saint), lequel crie :* **Abba ! Père !** *Ainsi tu n'es plus esclave,* **mais fils** *; et si* **tu es fils, tu es aussi héritier par la grâce de Dieu** *» (Ga. 4 : 6-7).*

Nous appelons Dieu par l'Esprit de Son fils, exactement ce que Jésus fit, **Abba Père**. *(Voir aussi Ro. 8 : 15).*

« **De l'assemblée des premiers-nés** *inscrits dans les cieux, du juge qui est le Dieu de tous, des esprits des justes parvenus à la perfection » (Hé. 12 : 23).* Jésus bâtit son église mais il la bâtit selon le **plan de Dieu** et sur **l'autorité de Dieu.**

« Toutes ses œuvres sont connues à Dieu **depuis le commencement du monde** *» (Actes 15 : 18 KJF).*

« Ainsi donc, vous n'êtes plus des étrangers, ni des gens du dehors ; mais vous êtes concitoyens des saints, **gens de la maison de Dieu***. Vous avez été édifiés sur le fondement des apôtres et des*

*prophètes, Jésus-Christ lui-même étant la pierre angulaire. **En lui tout l'édifice,** bien coordonné, s'élève pour être un **temple saint** dans le Seigneur. En lui vous êtes aussi édifiés pour être une **habitation de Dieu** en Esprit »* (Ép. 2 : 19 – 22).

Notez que « **vous êtes aussi édifiés pour être une habitation de Dieu ».**

Jésus fait partie de cet édifice comme nous le sommes.

« ***Tel il est,*** *tels nous sommes aussi dans ce monde »* (I Jean 4 : 17).

« *... Vous êtes le champ de Dieu, l'édifice de Dieu »* (I Co. 3 : 9).

« *... mais celui qui a construit toutes choses, c'est Dieu »* (Hé. 3: 4).

« *... ses œuvres **eussent été achevées** depuis **la création du monde** »* (Hé.4 : 3).

« *Voyez quel amour le **Père nous a témoigné,** pour que nous soyons appelés **enfants de Dieu** !* (« *... C'est pourquoi le saint enfant qui naîtra de toi sera **appelé Fils de Dieu** » Luc 1 : 35) Et nous le sommes. Si le monde ne nous connaît pas, c'est qu'il ne l'a pas connu. Bien-aimés, **nous sommes maintenant enfants de Dieu,** et ce que nous serons n'a pas encore été manifesté ; mais nous savons que, lorsque cela (Jésus) sera manifesté, **nous serons semblables à lui,** parce que nous le* verrons tel qu'il est. » *(I Jean 3 : 1-2).*

« *Nous serons semblables à lui* », pas des « **Dieux** », mais des hommes et des femmes glorifiés. (Avant que Jésus ne meurt et ne soit ressuscité, Jean 7 : 39 dit : « ***Jésus n'était pas encore glorifié*** »).

JÉSUS EST MERVEILLEUX !

➤ Jésus est « *le chemin, la vérité, et la vie* » *(Jean 14 : 6).*

➤ Jésus est « *la porte* », l'unique chemin au Père *(Jean 10 : 9).*

➤ Jésus a « *les clés de la mort et du séjour des morts* » *(Ap. 1 : 18).*

➤ Jésus et son nom : « il n'y a sous le ciel aucun autre nom qui ait été donné parmi les hommes, par lequel nous devions être sauvés » (Actes 4 : 12).

➤ Jésus est un homme « *établi* » par Dieu *(Hé. 3 : 2).*

➤ Un homme « oint » de Dieu *(Actes 10 : 38).*

➤ Un homme « désigné » par Dieu *(Actes 17 : 31).*

➤ Un homme « à qui Dieu a rendu témoignage » *(Actes 2 : 22).*

➤ Un homme « choisi » par Dieu *(I Pierre 2 : 4).*

Et il est beaucoup plus, **mais il n'est pas Dieu. Il est Jésus-Christ homme !**

(La doctrine de la Trinité est) « une proposition inintelligible des mysticismes platoniques (*Platon*) que trois sont un et un est trois, et pourtant un n'est pas trois, et les trois ne sont pas un. Je n'ai jamais eu assez de sens pour comprendre la Trinité, et il m'a toujours apparu que la compréhension doit être précédée d'un assentiment (*un accord*) »... (*C'est une rechute de la vérité*) « **la religion de Jésus**, fondée dans l'unité de Dieu, dans un polythéisme inintelligible »... (*Les chrétiens trinitaires*) « se sont engagés à faire de cette articulation un second être préexistant, et ils ont attribué à lui, et non à Dieu, la création de l'univers. Le monde a été créé par le Suprême, être intelligent... L'idée trinitaire triompha dans les crédos de l'Église, non par la force de la raison, mais par la parole de... Athanase, et grandie dans le sang de milliers et des milliers de martyrs ». (*Je souhaite*) « qu'on se débarrasse du jargon incompréhensible de l'arithmétique trinitaire, que trois sont un et un est trois, et fasse tomber l'échafaudage artificiel dressé pour masquer la vue de la structure de la **doctrine de Jésus** », *(afin que les gens puissent être)* « **Ses disciples véritablement et dignement** ». [4]

Thomas Jefferson
3e Président des États-Unis et
Auteur de la Déclaration d'Indépendance

Chapitre 5

Quel Est Le Nom De Dieu ?

*« C'est pourquoi voici, je leur fais connaître, cette fois, Je leur fais connaître ma puissance et ma force ; Et ils sauront que **mon nom est l'Éternel** »* *(Jérémie 16 : 21).*

*« Qui est monté aux cieux, et qui en est descendu? Qui a recueilli le vent dans ses mains ? Qui a serré les eaux dans son vêtement ? Qui a fait paraître les extrémités de la terre ? **Quel est son nom, et quel est le nom de son fils ? Le sais-tu ?** »* *(Proverbes 30 : 4).*

Cher lecteur, je commence ce chapitre en admettant devant vous je ne connais pas toutes les réponses relatives à la divinité. J'écris comme quelqu'un qui a été élevé dans la foi de l'Unicité (*Jésus seul*). Dans le début de mon âge adulte, j'ai été appelé à prêcher, et pendant plusieurs années j'ai évangélisé et servi comme pasteur de cette persuasion. J'aime chèrement les gens qui tiennent fermement à cette doctrine, ils sont mes frères ; mais maintenant je vois que celle-ci ne peut être soutenue par les Écritures. Cependant, je crois toujours que les convertis doivent être baptisés au nom de Jésus,

« *car il n'y a* **sous le ciel aucun autre nom** *qui ait été donné parmi les hommes, par lequel nous devions être sauvés* » *(Actes 4 : 12)*. Et dans tous les récits de la Bible sur les baptêmes d'eau après la Pentecôte, ils étaient baptisés « **au nom de Jésus-Christ** » *(Actes 2 : 38)*, « **au nom du Seigneur Jésus** » *(Actes 8 : 16)*, « **au nom du Seigneur** » *(Actes 10 : 48)*, « **au nom du Seigneur Jésus** » *(Actes 19 : 5)*. Le récit historique dit la même chose. *L'Encyclopédie Britannica* déclare, « La formule trine et trinitaire n'a pas été utilisée dès le début jusqu'au troisième siècle, le baptême au nom de Christ seulement était répandu... » (*La formule baptismale a été changée par l'Église catholique romaine*). « Maintenant la formule de Rome est « Je te baptise au nom du Père et du Fils et du Saint-Esprit ». [1] Ainsi lorsque nous sommes sur notre recherche de la vérité, **s'il vous plaît embrassez celle-ci** : à cause de ce que je comprends de la Bible, je ne baptiserai pas un converti dans l'eau sans prononcer le nom de Jésus sur lui ou sur elle.

Cependant, la doctrine de Jésus comme le Seigneur Dieu, le Tout-Puissant, l'unique vrai Dieu, n'est pas soutenue par les Écritures. Il est celui dont tous les écrivains du N. T. disent qu'il est, le Fils de Dieu sans péché, né d'une vierge. Je ne sers pas comme pasteur dans une église en ce moment, ni je fais partie d'une certaine dénomination, ainsi je n'ai pas de position doctrinale à soutenir ni de déclaration de foi à défendre. Je veux seulement la vérité comme déclarée clairement dans la Parole de Dieu. J'ai commencé sur la voie de ma présente compréhension de la divinité un jour lorsque je lisais Actes chapitre 4. Les gens de l'Unicité se penchent largement sur le livre des Actes, mais un regard plus rapproché à ce chapitre m'a secoué.

Les frères de l'Unicité ont une compréhension propre d'une chose : il n'y a pas trois personnes coégales, coéternelles dans la divinité ; **Dieu n'est pas une Trinité.** Il y a absolument beaucoup trop d'Écritures qui ne s'ajustent pas à cette croyance.

De. 6 : 4 dit :

> « *Écoute, Israël! L'Éternel, notre Dieu, est le seul Éternel* ».

Ésaïe 44 : 6 dit :

> « *Ainsi parle l'Éternel, roi d'Israël et son rédempteur, L'Éternel des armées: Je suis le premier et je suis le dernier, Et hors moi il n'y a point de Dieu.* »

Ésaïe 45 : 11, 12 déclare :

> « *Ainsi parle l'Éternel, le Saint d'Israël, et son créateur : Veut-on me questionner sur l'avenir, Me donner des ordres sur mes enfants et sur l'œuvre de mes mains ? C'est moi qui ai fait la terre, Et qui sur elle ai créé l'homme ; C'est moi, ce sont mes mains qui ont déployé les cieux, Et c'est moi qui ai disposé toute leur armée.* »

Jésus a dit en Mt. 19 : 17

> « *Il lui répondit: Pourquoi m'interroges-tu sur ce qui est bon ?* **Un seul est le bon.** »

Il dit dans sa prière au Père dans Jean 17: 3

> « *Or, la vie éternelle, c'est qu'ils te connaissent, toi,* **le seul vrai Dieu***, et celui que tu as envoyé, Jésus-Christ.* »

Il y en a beaucoup plus, mais celles-ci peuvent suffire. Il y a une autre évidence solide non biblique contre se tenir à la doctrine de la trinité. *La Nouvelle Encyclopédie Internationale* dit de la trinité, « La foi catholique est celle-ci : Nous adorons un dans la Trinité, mais il y a une personne du Père, une autre du Fils et une autre du Saint-Esprit. **La Gloire égale ; la Majesté coéternelle**. La doctrine n'est pas trouvée dans sa forme complètement développée dans les Écritures. La théologie moderne ne cherche pas à la trouver dans l'A.T. Au moment de la Reforme, **l'Église protestante a usurpé la doctrine de la Trinité sans un examen sérieux. »** [2]

Lorsqu'un « examen sérieux » lui **fut** donné après les derniers jours de l'effusion du Saint-Esprit au début des années 1900, ceux des frères qui ont rejeté la « doctrine de la trinité », ont pris l'autre extrême, une position non biblique, que Jésus est tout, « Jésus seul », la croyance non biblique de « l'Unicité ». Cette division persiste jusqu'à présent dans deux différents camps Pentecôtistes, les Assemblées de Dieu étant la plus grande organisation trinitaire et l'Église Pentecôtiste Unie, la plus grande de l'Unicité. Nous servons avec et parmi les gens de deux croyances, et les comptons comme nos chers amis. Ils sont précieux, et mon objectif dans ce livre est de montrer aux deux côtés, et à tous les chrétiens qu'il y a une autre voie, la façon que la Bible considère Dieu et son Fils Jésus-Christ. Maintenant rentrons dans le début de mon départ de la foi de l'Unicité (*Jésus seul*). Dans Actes chapitre 3, un homme boiteux était assis à la porte du temple appelée la Belle, lorsque Pierre et Jean y étaient allés pour prier, et Pierre le fit lever au nom de Jésus-Christ. Sa guérison a causé un grand soulèvement dans Jérusalem et 5.000 nouveaux croyants étaient ajoutés à l'Église. Pierre prêcha un message puissant à la multitude sur la crucifixion et la résurrection de Jésus, le concluant avec le verset 26 :

> « *C'est à vous premièrement que **Dieu, ayant suscité son serviteur**, l'a envoyé pour vous bénir,*

en détournant chacun de vous de ses iniquités ».

Ce sermon les a fait arrêter et mis en prison durant toute la nuit, et le lendemain ils furent amenés devant le conseil constitué de Caïphe, le souverain sacrificateur, et plusieurs de sa famille. Pierre donna un autre message puissant *(Actes 4 : 8-12)*. Et après que le conseil eut délibéré et renvoyé Pierre et Jean avec des menaces, ils leur ont défendu de ne plus prêcher au nom de Jésus. Les versets 23-26 déclarent :

> *« Après avoir été relâchés, ils allèrent vers les leurs, et racontèrent tout ce que les principaux sacrificateurs et les anciens leur avaient dit. Lorsqu'ils l'eurent entendu, ils élevèrent à **Dieu la voix** tous ensemble, et dirent : **Seigneur, toi** [**Seigneur, tu es Dieu** - KJF] qui as fait le ciel, la terre, la mer, et tout ce qui s'y trouve, c'est toi qui as dit par le Saint-Esprit, par la bouche de notre père, ton serviteur David : Pourquoi ce tumulte parmi les nations, Et ces vaines pensées parmi les peuples ? Les rois de la terre se sont soulevés, Et les princes se sont ligués **Contre le Seigneur et contre son Oint.** »*

J'ai vu d'abord que ces apôtres qui venaient de voir Jésus monter au ciel et qui sont restés à Jérusalem jusqu'à l'effusion du Saint-Esprit à la Pentecôte (Actes chapitre 2), sont maintenant en train d'adresser cette très urgente prière dans le chapitre 4 à « Dieu, le Seigneur Dieu, **qui a fait le ciel et la terre** ». Et ils se referaient dans cette prière au Psaume 2, que je savais était un des psaumes prophétiques de David, écrit environ 1000 ans av. J-C, qui parle de Dieu exaltant Son Fils, Son Messie oint, « Son Christ ». Il ne semblait pas que dans leurs intelligences Jésus fût « **Dieu** » ou le « **Seigneur Dieu** », ainsi ils ne doivent pas être tels que j'étais, « Jésus seul ». Tout ceci m'a fait rester dans les cordes mais les versets 27-30 ont produit le coup du K.O. ».

> *« En effet, contre **ton saint serviteur** [enfant – KJF] **Jésus**, que tu as oint, Hérode et Ponce Pilate se sont ligués dans cette ville avec les nations et avec les peuples d'Israël, pour faire tout ce que ta main et ton conseil avaient arrêté d'avance. **Et maintenant, Seigneur**, vois leurs menaces, et donne à tes serviteurs d'annoncer ta parole avec une pleine assurance, en étendant ta main, pour qu'il se fasse des guérisons, des miracles et des prodiges, **par le nom de ton saint serviteur** [enfant – KJF] **Jésus**. »*

En ce moment Jésus était évidemment au ciel, mais ils priaient au « Seigneur » *(Dieu)* concernant « **ton saint enfant Jésus** », et « **par le nom de ton saint enfant Jésus** ». Ceci ne sonnait pas comme quelque chose que j'avais prêché ou entendu prêcher dans toutes mes années dans des églises pentecôtistes de l'Unicité. En fait en utilisant une terminologie telle vous auriez pu avoir jeté hors de certaines, ou au moins avoir gardé d'être invité à revenir. On nous a enseigné que Jésus **était** le « Seigneur Dieu ». Étant donné que Jésus était Dieu, nous devrions nous adresser à Lui par Son nom « Jésus », et l'emploi du nom « Dieu » devait être limité. Dieu n'aurait jamais dû être prié au « nom de ton saint enfant Jésus ». Il y avait évidemment quelque chose de faux avec ma doctrine et ma compréhension de **qui est Dieu**. Pourquoi n'avais-je pas vu ceci auparavant ? Et la réponse de Dieu à cette prière est enregistrée au verset 31 :

> « *Quand ils eurent prié, **le lieu** où ils étaient assemblés **trembla ;** ils furent **tous remplis du Saint-Esprit**, et ils annonçaient la parole de Dieu avec assurance.* »

Dieu était sans doute content avec leur prière et leur compréhension de Lui et Sa relation avec Son fils Jésus ; et Il le prouva en faisant trembler la maison et en les remplissant du Saint-Esprit. Peu de temps après que je sois arrivé à cette réalisation, j'ai réexaminé le message **trinitaire,** mais cela n'allait plus avec ce que je connaissais de la Parole de Dieu. C'était nettement contraire aux Écritures. Par conséquent, j'ai fait pour quelque temps ce que je sens que beaucoup d'autres ont fait, j'ai mis la doctrine de la divinité dans ma boîte mentale « je ne comprends pas», et j'ai continué à aimer et à essayer de travailler pour le Seigneur. C'est vraiment une place où l'on se sent mal à l'aise ; car comment pouvons-nous adorer Dieu « en esprit et **en vérité »,** ce qui est la façon dont Jésus a dit que nous **devons** « adorer le Père » (*Jean 4 : 23-24*), si nous ne connaissons pas **la vérité** quant à qui Il est ? Je sais que l'apôtre Paul avait dit en Romains 1 : 19-20 :

> « car ce qu'on peut **connaître de Dieu** est manifeste pour eux, Dieu **le leur ayant fait connaître.** En effet, les perfections invisibles de Dieu, sa puissance éternelle et sa **divinité, se voient comme à l'œil**, depuis la création du monde, **quand on les considère** dans ses ouvrages. Ils sont donc inexcusables »

La question suivante était, avais-je dans mon désir sincère d'exalter Jésus le Fils de Dieu, donné à lui une place dans mon **cœur, intelligence** et **adoration** qui devrait être réservée uniquement au

Seigneur Dieu, le Père de Jésus et le mien *(Jean 20 : 17)* ? J'ai continué à prier tant Dieu que Jésus, ce que je pensais était correct, en terminant mes prières au nom de Jésus, ce que je savais est juste.

En 1986, j'ai fait une dépression spirituelle, qui aurait été fatale, excepté le fait que le Seigneur a envoyé à moi un homme, qu'Il a utilisé comme prophète au cours d'une période de quelques semaines et m'a sauvé de ma défaillance. Le renouveau qui est survenu dans ma famille et dans mon ministère fut reporté dans la revue *Charisme* dans son numéro de juillet 1988 dans un article intitulé *« Une Famille en renouveau »*. Mon épouse LaBreeska l'a aussi merveilleusement couvert dans son livre *« Partenaires dans l'émotion »*, publié par Trumpet Call Books.

Quand Dieu m'a parlé à travers ce prophète, Il s'est identifié Lui-même comme « le Dieu d'Abraham, d'Isaac, et de Jacob, le Dieu de vos pères, et aussi votre Dieu ». Il s'est appelé Lui-même le « Seigneur Dieu des Armées ». Il a dit que je devais connaître « qu'Élohim avait tourné Sa vision vers mon sentier ». Il a dit par ce prophète, dont la base chrétienne fut aussi l'Unicité et qui était tout aussi stupéfait et impressionné comme je l'étais par ce qui était dit, « Vous m'appelez Seigneur, et je Le suis, vous, vous me dites Jésus **et je vous écoute** ». S'il vous plaît notez qu'Il n'a pas dit « Je suis Jésus ». Dieu m'a dit, « Lorsque vous m'appelez Père et me reconnaissez comme Père, Moi à mon tour, je vous reconnais, et vous appelle Fils ». Celui-ci était évidemment le Dieu de l'A.T.

J'étais profondément touché et reconnaissant à Dieu de Son intervention dans ma vie et de m'avoir sauvé, et je me suis accroché à chaque mot qu'Il avait dit. J'avais aussi réalisé que Dieu parlait en de termes que je considérais être de l'A.T., en employant des noms que je connaissais étaient de l'A.T. Nous devons comprendre que la division dans nos Bibles, nommée Ancien Testament et Nouveau Testament, est une division artificielle placée là par les traducteurs de la Bible, et peut ou peut ne pas être utile dans la compréhension de ce que Dieu nous dit aujourd'hui. Certaines personnes ont des murs construits dans leurs intelligences quant à ce qu'est « l'Ancien Testament » et ils n'y vont pas simplement. Un prédicateur très en vue disait il y a plusieurs années dans mes oreilles, « je ne sais pas pourquoi nous avons l'A.T. dans la Bible. Ce n'est pas pour nous aujourd'hui et je ne le lis pas ». Oui, il y a dans l'A.T. une '*alliance*' donnée à Moïse qui contient le « sang des taureaux et des boucs », mais il y a **beaucoup plus que cela** ; et une '*alliance*' dans le N.T. que Jésus a appelée « *la nouvelle alliance en mon sang, qui est répandu pour vous* » *(Luc 22 : 20 ; I Cor 11 : 25)*. Hébreux nous raconte que l'alliance de Jésus est « *une alliance plus excellente* » *(Hé. 7 : 22)*, mais dans la Bible, il y a certainement un chevauchement, et vous ne pouvez pas comprendre l'un sans l'autre. Nous ne comprendrons certainement pas la divinité à moins que nous n'étudiions et aimions les deux, puisque c'est le même Dieu et Il n'a pas changé. Comme quelqu'un a correctement dit, « L'A.T. est le N.T. caché, et le N.T. est bien l'A.T. révélé ».

Paul a dit à Timothée :

> « *Toute Écriture est inspirée de Dieu, et utile pour enseigner, pour convaincre, pour corriger, pour instruire dans la justice, afin que l'homme de Dieu soit accompli et propre à toute bonne œuvre* » *(II Ti. 3 : 16-17)*.

J'ai passé beaucoup de temps les jours et les mois suivants me nourrissant des paroles de vie que Dieu m'avait adressées et aussi en réfléchissant aux noms par lesquels Il s'était Lui-même identifié.

Comme nous nous adressons d'habitude aux gens, en employant les noms par lesquels ils s'identifient eux-mêmes à nous, j'ai commencé à étudier ces noms de Dieu dans les Écritures et à les employer dans mes moments de prière, en L'approchant toujours à travers le sang de Jésus et en priant dans le nom de Jésus. Autrement dit, j'ai invoqué la justice de Jésus pour mon compte, et réclamé par Jésus ce que je savais qu'il avait acheté pour moi par sa mort sur la croix. J'ai trouvé quelque chose de très intéressant en Exode chapitre 3. Lorsque Dieu a apparu à Moïse dans le buisson ardent dans la partie arrière du désert, Il a dit :

> *« Et il ajouta : Je suis le Dieu de ton père, le Dieu d'Abraham, le Dieu d'Isaac et le Dieu de Jacob. Moïse se cacha le visage, car il craignait de regarder Dieu » (v. 6).*

Le verset 15 déclare :

> *« Dieu dit encore à Moïse : Tu parleras ainsi aux enfants d'Israël :* **L'Éternel, le Dieu** *de vos pères, le Dieu d'Abraham, le Dieu d'Isaac et le Dieu de Jacob, m'envoie vers vous.* **Voilà mon nom pour l'éternité, voilà mon nom de génération en génération.** *»*

Dieu dit, « Voilà mon nom pour l'éternité ». Cela fut il y a quelque 4000 ans, mais si aujourd'hui est encore une partie de « l'éternité », le nom de Dieu est encore, *« L'Éternel, le Dieu de vos pères, le Dieu d'Abraham, le Dieu d'Isaac et le Dieu de Jacob ».* C'est merveilleux de lire en Genèse comment Dieu a appelé ces trois hommes à Le servir et a choisi d'être identifié avec eux « pour l'éternité ». Quand

Abraham avait 90 ans, Dieu lui a apparu de nouveau et a changé son nom d'Abram à Abraham (*le Père des nations*), en disant en Genèse 17 : 1, « *Je suis le Dieu Tout-Puissant. Marche devant ma face, et sois intègre* ». Il s'est fait connaître à Isaac, fils d'Abraham en Genèse 26 : 24 en disant :

> « *L'Éternel lui apparut dans la nuit, et dit : Je suis le **Dieu d'Abraham, ton père** ; ne crains point, car je suis avec toi ; je te bénirai, et je multiplierai ta postérité, à cause d'Abraham, mon serviteur.* »

Dieu a apparu à Jacob dans un songe à propos d'anges, et une échelle touchant le ciel en Genèse 28 : 13

> « *Et voici, **l'Éternel se tenait au-dessus d'elle** ; et il dit : **Je suis l'Éternel, le Dieu d'Abraham**, ton père, et le **Dieu d'Isaac**. La terre sur laquelle tu es couché, je la donnerai à toi et à ta postérité.* »

Voyez comment cela a progressé ? Dieu est appelé par ce nom plusieurs fois de plus dans les Écritures, incluant au moins trois fois par Jésus, tel que cité par les écrivains de l'Évangile. Ce n'est pas étonnant, car il a dit à Moïse, « *voilà mon nom **de génération en génération*** ». En De. 7 : 9, Dieu dit qu'Il garde Son alliance et Sa miséricorde envers ceux qui L'aiment jusqu'à la millième génération. Cela signifie que pour au moins 30.000 ans au-delà du moment où Dieu l'a dit à Moïse, le nom de Dieu sera toujours « l'Éternel, le Dieu de vos pères, le Dieu d'Abraham, le Dieu d'Isaac et le Dieu de Jacob ».

Concernant le nom par lequel Dieu m'a parlé en 1986, « l'Éternel Dieu des Armées » : ni moi, ni l'homme par lequel Il (Dieu) a parlé ne connaissions combien de fois Dieu est appelé par ce nom dans la Bible.

Il est appelé « Dieu des Armées » 11 fois y compris Amos 5 : 27

> *« Et je vous emmènerai captifs au-delà de*
> *Damas, Dit **l'Éternel, dont le nom est le Dieu des***
> ***armées**. »*

Dieu est appelé « **l'Éternel, le Dieu** des armées », plusieurs fois dans l'A.T. J'ai trouvé pas moins de 247 fois où Il est appelé « L'**Éternel** des armées », y compris 2 fois où il est dit spécifiquement que Son **nom** est « le Seigneur des Armées ». Autant que je puisse le déterminer, cela signifie « l'Éternel, le Dieu des armées célestes des anges ».

> *« Qui donc est ce roi de gloire ? -**L'Éternel des***
> ***armées** : Voilà le roi de gloire ! –Pause »* (Ps. 24 :
> 10).

Quant à « Élohim », c'est le nom hébreu pour Dieu et Il est si appelé 2700 fois dans la Bible. C'est toujours traduit par notre mot français « Dieu ». Ce n'est pas au **pluriel**, comme quelques-uns essayent de dire, mais au **singulier** puisque notre Élohim, Dieu *« est le seul Éternel »* (De. 6 : 4). Chaque fois qu'il est utilisé du seul Dieu, il prend **toujours** un **verbe au singulier.**

Avons-nous jeté l'A.T. loin de nos cœurs et intelligences et en même temps ces puissants noms de notre Dieu ? Les noms par lesquels les héros d'autrefois :

> *« qui, par la foi, vainquirent des royaumes,*
> *exercèrent la justice, obtinrent des promesses,*
> *fermèrent la gueule des lions, éteignirent la*
> *puissance du feu, échappèrent au tranchant de*
> *l'épée, guérirent de leurs maladies, furent*
> *vaillants à la guerre, mirent en fuite des armées*
> *étrangères. Des femmes recouvrèrent leurs morts*

> *par la résurrection ; d'autres furent livrés aux*
> *tourments, et n'acceptèrent point de délivrance,*
> *afin d'obtenir une meilleure résurrection »* *(Hé.*
> *11 : 33-35).*

Les pentecôtistes de l'Unicité croient et enseignent que le nom de Dieu dans le N.T. est Jésus. Voyons à partir de la Sainte Bible de Dieu si cela est ainsi !

Permettez que je puisse prendre une pause pour dire que j'aime le nom de Jésus. C'est un nom merveilleux, un nom aimable, un nom puissant. C'est le nom par lequel je suis sauvé, dans lequel j'étais baptisé dans l'eau à l'âge de 10 ans, au sujet duquel j'ai écrit des chansons et le nom devant lequel je me prosterne humblement. Avec joie, je donne honneur, louange et gloire au nom de Jésus-Christ, mon Seigneur et Sauveur. Mais celui-ci n'est pas le nom de l'Éternel Dieu, le Dieu Très-Haut ! Voyez Luc 1 : 30-35 :

> *« L'ange lui dit : Ne crains point, Marie ; car tu*
> *as trouvé* **grâce devant Dieu**. *Et voici, tu*
> *deviendras enceinte, et tu enfanteras un fils, et tu*
> *lui donneras le nom de Jésus. Il sera grand et*
> *sera appelé Fils du Très-Haut, et* **le Seigneur**
> **Dieu** *lui donnera* **le trône de David, son père**. *Il*
> *règnera sur la maison de Jacob éternellement, et*
> *son règne n'aura point de fin. Marie dit à*
> *l'ange : Comment cela se fera-t-il, puisque je ne*
> *connais point d'homme ? L'ange lui répondit : Le*
> *Saint-Esprit viendra sur toi, et la puissance du*
> *Très-Haut te couvrira de son ombre.* **C'est**
> **pourquoi le saint enfant qui naîtra de toi sera**

appelé Fils de Dieu. »

L'ange Gabriel a parlé à la Vierge Marie à propos de **Dieu**, **l'Éternel Dieu** et de **Jésus** qui doit être appelé le **Fils de Dieu**, mais ne lui a pas donné aucune indication qu'ils étaient un et la même personne. Regardez ce que l'ange a dit au verset 35, « *L'ange lui répondit : Le Saint-Esprit viendra sur toi, et la puissance du Très-Haut te couvrira de son ombre. C'est pourquoi* (**qui signifie pour cette raison**) *le saint enfant qui naîtra de toi sera appelé Fils de Dieu* ». Notez, le « **l'Éternel, le Seigneur Dieu** » de l'A.T. est encore le « **Seigneur Dieu** » du N.T.

La réponse de Marie est enregistrée dans les versets 46-47 :

> « *Et Marie dit : Mon âme exalte le **Seigneur**, Et*
> *mon esprit se réjouit en **Dieu, mon Sauveur**,* »

Elle magnifie l'Éternel Dieu et se réjouit en « Dieu mon Sauveur ». En aucun cas cette gentille jeune fille juive a été poussée à croire, *ni n'a jamais cru*, que Dieu, le Saint d'Israël, était entré dans son ventre, ou qu'elle donnerait naissance à Dieu le Fils, la seconde personne de la divinité trine, un être préexistant.

L'ange de l'Éternel est venu à Joseph tel que noté en Matthieu 1 : 20-21 et a dit :

> « *... Joseph, fils de David, ne crains pas de prendre avec toi Marie, ta femme, **car l'enfant qu'elle a conçu vient du Saint-Esprit** ; elle enfantera un fils, et **tu lui donneras le nom de Jésus** ; c'est lui qui sauvera son peuple de ses péchés.* »

L'ange n'a pas prononcé le nom français « Jésus » à Joseph, mais « Yeshua » qui est son nom hébreu. *(Il n'y avait pas de lettre « J » en hébreu)*. Le nom « Yeshua » signifie « Jéhovah est devenu notre salut, » et c'est **le même nom que Josué dans l'A.T.** Il est à noter ici que le nom « Jéhovah » n'est pas reconnu par les érudits juifs et que ce nom est venu en usage chez les chrétiens vers l'an 1520. C'est une translittération du « Tétragramme », les quatre consonnes du nom sacré, « YHWH », et les voyelles empruntées d'« Adonaï » (*le Seigneur*). Je l'ai utilisé dans ce livre à cause de son usage commun par les francophones. Dans nos Bibles, il est traduit « l'Éternel ». [N.D.T. Dans la Bible, chaque fois que vous voyez « Jéhovah » ou « l'Éternel », ils sont toujours utilisés au lieu du nom sacré de Dieu « YHWH » qui apparaît dans le texte hébreu original.]

Regardez l'annonce que l'ange de l'Éternel a faite aux bergers dans le champ, Luc 2 : 11 :

> « *c'est qu'aujourd'hui, dans la ville de David, il vous est né un **Sauveur**, qui est le Christ, le Seigneur.* »

Ils ont immédiatement quitté pour Bethléhem s'attendant à voir, et ils ont vraiment vu, non pas Dieu mais un « Sauveur, le Messie de l'Éternel. »

> « *Et soudain il se joignit à l'ange une multitude de l'armée céleste, **louant Dieu** et disant: **Gloire à Dieu dans les lieux très hauts**, Et paix sur la terre parmi les hommes qu'il agrée !* » (Luc 2 : 13-14).

Dieu était encore « dans les lieux très hauts », mais il y avait de la joie parmi les anges et de la joie parmi les hommes parce que Jésus, le fils unique engendré de l'Éternel Dieu, le Seigneur Messie était né à Bethléhem. Et à l'étable où Marie tenait ce précieux bébé et baisait ses joues, elle savait bien sans l'ombre d'un doute qu'elle **n'avait pas** en fait « **baisé la face de Dieu** », comme déclare un chant de Noël traditionnel.

Elle était une fille juive, fortement enseignée toute sa vie le « Chémâ » d'Israël, le plus grand commandement de Dieu, qui commence par, « Écoute, Israël ! L'Éternel, notre Dieu, est le seul Éternel » (De. 6 : 4). Elle aurait été horrifiée de savoir qu'un jour dans l'avenir des millions de catholiques adresseraient leurs prières à elle et la proclameraient « la Mère de Dieu ». *(Ces choses doivent être clairement déclarées parce qu'elles ont été si brouillées dans nos pensées).*

Qui était cet enfant ? Examinons qui les prophètes ont dit qu'il serait. Psaume 2, ce grand psaume messianique referme une clé très importante. Le verset 2 déclare que les rois et les princes de la terre « *se soulèvent et se liguent contre l'Éternel* (Dieu)*, et **contre son oint*** (le Messie) ». Rappelez-vous la prière des disciples en Actes 4 : 27, qui disaient ceci fut « *contre ton saint enfant Jésus, **que tu as oint*** » [KJF]. Regardez maintenant Psaume 2 : 7 :

> « Je publierai le décret ; L'Éternel m'a dit : **Tu es mon fils ! Je t'ai engendré aujourd'hui** ».

Donc **Jésus était engendré à un jour donné**, et non pas dans une éternité passée. **Dieu n'a pas de commencement ; Il est éternel.** Jésus a eu un commencement ! Jésus le déclare lui-même en Apocalypse 3 : 14, « *Voici ce que dit l'Amen, le témoin fidèle et véritable, le commencement de la création de Dieu* ». S'il vous plaît, recevez ceci tel qu'il l'a dit, « je suis le commencement de la création de Dieu ». Paul le confirme en Colossiens 1 : 15 lorsqu'il parle de Jésus et dit, « *Il est l'image du Dieu invisible, le premier-né de toute la création* » et en Col. 3 : 10 lorsqu'il dit « *celui* (Dieu) *qui l'a créé* ». Dieu parla Son fils Jésus **avant le temps** comme nous le connaissons, pour être engendré et mis au monde **à temps**, généré par le Saint-Esprit dans le ventre de Marie. Les mots « engendré » ou « donné naissance » signifient « engendrer ou amener en existence ». Jésus fut « engendré » par son Père Dieu dans le ventre de la vierge Marie, lorsqu'elle fut couverte de l'ombre « par le Saint-Esprit. » C'est pourquoi Paul dit en Galates 4 : 4 :

> « *mais, **lorsque les temps ont été accomplis**, Dieu a envoyé son Fils, **né d'une femme**, né sous la loi.* »

Hé. 9 : 26 dit :

> « *... maintenant, **à la fin des siècles**, il* (Jésus) ***a paru une seule fois** pour abolir le péché par son sacrifice.* »

Hé. 1 : 1-2 déclare :

> « *Après avoir autrefois, à plusieurs reprises et de plusieurs manières, parlé à nos **pères par les prophètes, Dieu, dans ces derniers temps, nous a parlé par le Fils**... »

Comprenez s'il vous plaît pourquoi Dieu n'a pas parlé aux « pères » autrefois par Jésus mais plutôt par les prophètes. **Jésus n'était pas là** dans notre réalité. Il a paru « dans ces derniers temps » à Bethléhem. Hébreux 1 : 6 déclare, « *Et lorsqu'il* (Dieu) *introduit de nouveau dans le monde le premier-né, il dit : Que tous les anges de Dieu l'adorent !* » Quand est-ce que Dieu a décrété que Jésus devait être adoré par les anges de Dieu ? Non pas dans l'éternité passée, **il n'était pas là**, mais « le premier engendré » a été certainement adoré par les anges et les hommes lorsque Dieu l'a introduit « dans le monde ». Jésus a été le commencement de la pensée créative de Dieu, et dans l'intelligence et le plan de Dieu il avait existé comme le *logos (« parole »)* de Jean 1 : 1 selon la réalité de Dieu, **avant toute la création**. Mais dans notre réalité, il est venu « à temps », engendré et né du ventre d'une vierge vers l'an 2 ou 3 av. J-C. Notez, Jean **n'a pas dit**,

« Au commencement était le Fils, et le Fils était avec Dieu ». En Ro. 4 : 17 Paul nous montre la différence entre la réalité de Dieu et la nôtre quand il dit, *« Dieu... appelle **les choses qui ne sont point comme si elles étaient** ».* Quand **nous** exprimons une intention, cela peut ou peut ne pas arriver, mais lorsque Dieu exprime une intention **cela est fait**. C'est pourquoi Ap. 13 : 8 peut appeler Jésus, *« l'Agneau qui a été tué* (immolé) *dès la fondation du monde »* [KJF]. Comme cela a été fait à l'époque dans le plan et la résolution de Dieu (*Sa réalité*), mais cela est survenu autour de l'an 32 ap. J-C. dans notre réalité. (*Plus sur ce sujet important dans le chapitre suivant*).

Regardez la prière de Jésus au Père en Jean chapitre 17 :

> *« ... la gloire que j'avais auprès de toi **avant que le monde fût »** (v. 5).*

> *« ... parce que tu m'as aimé **avant la fondation du monde »** (v. 24).*

Aucun de ces versets ne dit, « depuis l'éternité passée », étant donné que Jésus n'était pas là dans l'éternité passée, mais sa gloire a été parlée et il a été aimé avant la « *fondation du monde* ».

Pour clore ce chapitre, répondons à une question ultérieure. Lorsque Jésus a dit dans Jean 5 : 43 *« Je suis venu au nom de mon Père »*, voulait-il dire comme ceux de la conviction de « l'Unicité » que le nom de Dieu le Père est Jésus-Christ *(le Messie)* ? Pas du tout ! Jésus a dit en Jean 10 : 25, *« ... Les œuvres que je fais au nom de mon Père... »* Voyez I S. 17 : 45 où David avait dit au géant, *« ... et moi, je marche contre toi au nom de l'Éternel des armées »,* et posez-vous la question, est-ce que ceci signifie que le nom de l'Éternel était David ? Bien sûr que non ! Cela signifie que **David est venu** avec la **puissance et l'autorité de l'Éternel**, de la même manière que **Jésus est venu** sur la terre **avec la puissance et l'autorité du Père**. Si Jésus avait voulu que nous croyions une telle vérité troublante comme « le nom de Dieu le Père est Jésus », il nous l'aurait clairement dit et dans plus qu'un verset. Jésus a dit en Jean 17 : 11, *« Père saint, **garde en ton nom** ceux que tu m'as donnés »*. Dieu, le Père a Son **propre nom**, et ce n'est pas Jésus-Christ.

Voyez I Chroniques, chapitre 16, où David apporte l'arche de l'alliance à Jérusalem. Le verset 4 déclare :

> *« Il remit à des Lévites la charge de faire le service... d'invoquer, de louer et de célébrer **l'Éternel**, le **Dieu** (YHWH Élohim) d'**Israël**. »*

Le verset 29 déclare :

> *« Rendez à l'Éternel **gloire pour son nom** ! »*

Quel nom ? **L'Éternel Dieu d'Israël !** Jésus n'est pas l'Éternel Dieu d'Israël, mais il est leur Messie (*l'oint*), envoyé à eux par leur « Éternel Dieu ». Voyez maintenant les versets 35 et 36 :

> *« Dites : Sauve-nous, Dieu de notre salut... Afin que nous célébrions **ton saint nom** Et que nous mettions notre gloire à te louer ! Béni soit **l'Éternel, le Dieu d'Israël**, D'éternité en éternité ! »*

Regardez encore Ex. 34 : 5-6 où Dieu a proclamé Son nom à Moïse :

> *« L'Éternel descendit dans une nuée, se tint là auprès de lui, et **proclama le nom de l'Éternel**. Et l'Éternel passa devant lui, et s'écria : **L'Éternel, l'Éternel, Dieu**... »*

Quel est le nom de Dieu ? « **L'Éternel** », L'Éternel Dieu ». Cela pourrait être L'Éternel des Armées, L'Éternel Dieu d'Israël, ou L'Éternel

Dieu d'Abraham, d'Isaac et de Jacob, mais c'est pour toujours, « **L'Éternel Dieu** ».

David dit deux fois de plus, « Rendez à l'Éternel **gloire** pour **son nom** ! *(Ps. 29 : 2 ; 96 : 8)*. Ceci montre son importance. Nous devons cesser de donner à Jésus la gloire qui est due uniquement à Dieu son Père. L'Éternel Dieu de l'A.T. est toujours l'Éternel Dieu du N.T. Pierre a dit en Actes 3 : 13 :

> « *Le Dieu d'Abraham, d'Isaac et de Jacob, **le Dieu de nos pères**, a glorifié son serviteur* [Fils – KJF] *Jésus.* »

Il dit encore en Actes 5: 30 et 31

> « ***Le Dieu de nos pères*** *a ressuscité Jésus, que vous avez tué, en le pendant au bois. Dieu l'a élevé par sa droite comme **Prince et Sauveur**.* »

Après l'expérience de Paul sur la route à Damas, il a cité Ananias comme il lui a dit :

> « *Il dit : **Le Dieu de nos pères** t'a destiné à connaître sa volonté, à voir le Juste* (Jésus)*, et à entendre les paroles de sa bouche* » *(Actes 22 : 14).* « *... N'ai-je pas vu Jésus notre Seigneur* » (Paul) *(I Co. 9 : 1)* ?

> (Remarquez, il n'a pas dit qu'il avait vu Dieu).

S'il vous plaît, gardez à l'esprit ces faits pendant que vous étudiez la Divinité dans les Écritures. Plus de 1300 fois dans le N.T., le terme « Dieu » se réfère clairement à Dieu le Père. Dans les écrits de Paul, le terme « theos » *(mot grec pour Dieu)* apparaît plus de 500 fois et il n'y a pas un exemple palpable où ce mot s'applique à Jésus. Paul a toujours fait la distinction entre les deux. Ceci dit tout !

Béni soit l'Éternel, le Dieu d'Israël !

Jean 5 : 44-45 (C'est Jésus qui parle) :

« ... *vous qui tirez votre gloire les uns les autres, et qui ne cherchez point la gloire qui vient de **Dieu seul**... le **Père**...* » *(Louis Segond 1910).*

« ... *vous qui recevez l'honneur les uns des autres, et vous ne cherchez pas l'honneur qui vient de **Dieu seul**... le **Père**...* » *(King James Française).*

« *Vous aimez recevoir des éloges les uns des autres et vous ne recherchez pas l'éloge qui vient du **seul Dieu**... **mon Père**...* » *(Bible Français Courant).*

« ... *vous qui recevez votre gloire les uns des autres, et ne cherchez pas la gloire qui vient du **Dieu unique**... **du Père**...* » *(Bible de Jérusalem).*

« ... *vous qui recevez de la gloire l'un de l'autre et qui ne cherchez pas la gloire qui vient de **Dieu seul**... le **Père**...* » *(Darby).*

« ... *vous qui tirez votre gloire les uns des autres, et qui ne cherchez point la gloire qui vient de **Dieu seul**... le **Père**...* » *(Nouvelle Edition de Genève).*

« *Vous aimez vous faire des compliments les uns aux autres, mais vous ne cherchez pas la gloire qui vient de **Dieu seul**... **mon Père**...* » *(Parole de Vie).*

« ... *vous qui tenez votre gloire les uns des autres et qui ne cherchez pas la gloire qui vient de **Dieu seul**... le **Père**...* » *(TOB)*

Chapitre 6

Où Se Trouve Jésus Maintenant ?

« Parole de l'Éternel à mon Seigneur : Assieds-toi à ma droite, Jusqu'à ce que je fasse de tes ennemis ton marchepied » (Roi David d'Israël) (Psaume 110 : 1).

« Le Seigneur, après leur avoir parlé, fut enlevé au ciel, et il s'assit à la droite de Dieu » (Marc, écrivain de l'Évangile) (Marc 16 : 19).

*I*l est dit qu'il n'y a pas moins de trente-trois citations et allusions faites au Psaume 110 éparpillées à travers le N.T., faisant de ce verset de l'A.T. **le verset le plus cité dans le Nouveau Testament.** [1] Ceci nous donne une grande indication de son importance, si nous voulons avoir une compréhension claire de qui est Jésus, en relation avec Dieu son Père, qu'il appelle « mon Dieu » plusieurs fois dans le N.T. *(Mt. 27 : 46, Jean 20 : 17, Ap. 3 : 12).* Jésus cite ce Psaume dans Matthieu 22 : 42-45 en réponse à ses détracteurs qui n'ont pas cru sa revendication d'être le Christ (*Messie*), fils de David. Dans le verset 45 il leur a posé la question « *Si donc David l'appelle Seigneur, comment est-il son fils ?* » Jésus n'a laissé aucun doute qu'il était le fils de David, mais aussi le Seigneur de David, le Seigneur mentionné dans Psaume 110 : 1. Notez encore, « *Parole de l'Éternel à mon Seigneur* ». Il est très important de noter que quelquefois lorsque les Écritures utilisent le terme « Seigneur », cela peut être *Adonaï*, employé uniquement à propos du Seigneur Dieu et jamais à propos des hommes, ou *Adoni* « maître » qui est utilisé au moins 195 fois dans la Bible en faisant référence à des hommes d'honneur, et qui signifie maître, possesseur, ou supérieur. Le verset compris proprement de l'hébreu se lit, « *Parole de l'Éternel* (YHWH-Adonaï - Dieu Tout-Puissant) *à mon Seigneur* (Adoni – Maître - Messie) : *Assieds-toi à ma droite, jusqu'à ce que je fasse de tes ennemis ton marchepied* ».

Voici la question suivante, cela, est-il arrivé ? Jésus, le Fils de Dieu, est-il assis aujourd'hui à la droite de Dieu, son Père, le Dieu suprême ? Déterminons d'abord certaines choses concernant Dieu le Père. Il est esprit. Jésus a dit, « *Dieu est Esprit* » *(Jean 4 : 24).* Un esprit n'a ni chair, ni os (*Luc 24 : 39*). Mais Dieu a une forme, une image. Ge. 1 : 27 dit, « *Dieu créa l'homme à son image, il le créa à l'image de Dieu, il créa l'homme et la femme* ». Ge. 9 : 6 dit, « *Si quelqu'un verse le sang de l'homme, par l'homme son sang sera versé ; car Dieu a fait l'homme à son image* ». Ge. 5 : 1 dit, « *Voici le livre de la postérité d'Adam. Lorsque Dieu créa l'homme, il le fit à la ressemblance de Dieu* ». Pour être sûrs que nous connaissions ce que signifie « à l'image de Dieu » et « à la ressemblance de Dieu », le verset 3 déclare « *Adam, âgé de cent trente ans, engendra un fils à sa ressemblance, selon son image, et il lui donna le nom de Seth* ». Ainsi comme Seth ressembla à Adam, Adam ressembla à Dieu. Voici une simple vérité de la Bible et nous ne devrions pas essayer de faire quelque chose d'autre de ces versets. Personne n'a jamais vu Dieu dans **Sa gloire complète et merveilleuse.** « *Personne n'a jamais vu Dieu...* » *(Jean 1 : 18 ; I Jean 4 : 12).* Jésus a dit aux Juifs qui étaient debout et qui l'écoutaient, comme preuve supplémentaire de qu'il n'était pas Dieu le Père, « *Et **le Père** qui m'a envoyé a rendu **lui-même** témoignage de moi. **Vous n'avez jamais entendu sa voix, vous n'avez point vu sa face** ».* Évidemment Dieu s'est manifesté à l'homme de façons différentes à travers les âges, et comme Dieu, Il est libre de faire ainsi comme Il Lui plaise. Dieu apparaissait à Adam et Ève dans le jardin d'Éden pour communier et parler avec eux *(Ge. chapitres 2 et 3).* Dieu, représenté par trois anges, a visité Abraham et Sara à leur tente à Mamré, sur la route pour détruire Sodome, et Abraham a vu les anges du Seigneur sous une forme humaine *(Ge. 18 : 2).* Il a préparé un repas et s'est assis avec eux, pendant que les anges mangeaient. *(Ceci peut vous défier un tout petit peu mais considérez la Parole de Dieu pour ce qu'elle dit).* Étienne dit dans Actes 7 : 2 que c'était le « *Dieu de gloire* » *(évidemment représenté par des anges)* qui a apparu à Abraham. Dieu a parlé à Moïse d'un buisson ardent *(Ex. 3 : 4).* La présence de Dieu était vue par les enfants d'Israël dans « *une colonne de feu* » *(Ex. 13 : 21).* Nombres 11 : 25 déclare que « *L'Éternel est descendu dans une nuée* ». Exode 24 : 6-11 donne un récit merveilleux de Dieu se manifestant devant les hommes de telle sorte qu'ils pouvaient voir. Après l'aspersion du sang et la lecture de l'alliance, les versets 9-11 déclarent :

> « *Moïse monta avec Aaron, Nadab et Abihu, **et soixante-dix anciens d'Israël. Ils virent le Dieu d'Israël ;** sous ses pieds, c'était comme un*

> *ouvrage de saphir transparent, comme le ciel lui-*
> *même dans sa pureté. Il n'étendit point sa main*
> *sur l'élite des enfants d'Israël.* **Ils virent Dieu, et**
> **ils mangèrent et burent. »**

Le prophète Ésaïe a vu le Seigneur Dieu d'une manière extraordinaire, comme décrite dans Ésaïe 6 : 1 et 5. Même s'il n'a pas dit qu'il a vu une vision.

> « *L'année de la mort du roi Ozias,* **je vis le**
> **Seigneur** *assis sur un trône très élevé, et les pans*
> *de sa robe remplissaient le temple. Alors je dis :*
> *Malheur à moi ! je suis perdu, car je suis un*
> *homme dont les lèvres sont impures, j'habite au*
> *milieu d'un peuple dont les lèvres sont impures, et*
> **mes yeux ont vu le Roi, l'Éternel des armées.** *»*

Il y a plusieurs d'autres exemples, mais ceux-ci et un de plus devraient suffire. Luc 3: 21-22 déclare :

> « *Tout le peuple se faisant baptiser, Jésus fut*
> *aussi baptisé ; et,* **pendant qu'il priait, le ciel**
> **s'ouvrit,** *et le Saint-Esprit descendit sur lui sous*
> **une forme corporelle, comme une colombe.** *Et*
> *une* **voix fit entendre du ciel** *ces paroles : Tu es*
> *mon Fils bien-aimé ; en toi j'ai mis toute mon*
> *affection* ».

Ceci **ne fut pas** le Saint-Esprit dans sa fonction de baptiser, « la promesse du Père », à propos de laquelle Jésus avait parlé :

> « *Il dit cela de l'Esprit que devaient recevoir ceux*
> *qui croiraient en lui ; car l'Esprit n'était pas*
> *encore, parce que Jésus n'avait pas encore été*

glorifié » (Jean 7: 39).

Évidemment le Saint-Esprit et l'Esprit de Dieu sont la même chose, car il y a « un seul esprit » *(I Co. 12: 4-11 ; II Co. 3: 17 ; Ép. 2: 18, 4: 4)*, que l'écrivain de l'épître aux Hébreux appelle *« un esprit éternel » (Hé. 9: 14).* Matthieu 3 : 16 le dit que c'était « ***l'Esprit de Dieu*** *descendant sur Jésus comme une colombe »*. Ceci bien sûr ne signifie pas que Dieu soit une colombe, mais Il a utilisé « **une forme corporelle comme une colombe** » pour apparaître dans cette occasion très spéciale, le baptême d'eau sur Son Fils unique.

En Esprit, Dieu est partout dans l'univers, *omniprésent*, à tous endroits, à tout moment. **Mais Dieu a une présence** !

* Adam et Ève « *se cachèrent loin de la face* [présence - KJF] *de l'Éternel Dieu » (Ge. 3 : 8)* .

* « *Caïn s'éloigna de la face* [présence - BFC] *de l'Éternel »* *(Ge. 4 : 16)*.

* David pria l'Éternel « *Ne me rejette pas loin de ta face* [présence - KJF] » *(Ps. 51 : 13)*.

* « *Le Sinaï s'ébranla devant Dieu* [à la présence de Dieu - KJF], *le Dieu d'Israël »* *(Ps. 68 : 9)*.

* Dieu dit, « ... *et tous les hommes qui sont à la surface de la terre, trembleront en ma présence* » [KJF] *(Ézéchiel 38 : 20)*.

* La *présence* de Dieu a été vue (dans le temple) *(II Ch. 5 : 13-14)*.

* La *présence* de Dieu a été ressentie *(Job 4 : 14-17)*.

* La *présence* de Dieu a été entendue *(Actes 2 : 2)*.

* La *présence* de Dieu apporte la guérison : « *la puissance du Seigneur se manifestait par des guérisons* ». *(Luc 5 : 17)*.

* La *présence* de Dieu apporte la joie. « *Il y a d'abondantes joies*

devant ta face » *(Ps. 16 : 11)*.

Oui, le Dieu Très-haut, le Seigneur Dieu des Armées (l'armée des anges du ciel) l'Esprit Éternel, remplit tous les cieux et la terre et est si merveilleux qu'aucun mot ne peut Le décrire. Mais n'oublions pas qu'Il a une personnalité, des sentiments, des émotions et une tendre et divine nature. Ceux qui ne tiennent pas compte de et n'étudient pas l'A.T. ne peuvent probablement pas comprendre Sa miséricorde, tolérance, patience et Son pardon dans Ses tendres relations avec l'homme. Par exemple :

- Imaginez Dieu seul dans le Jardin d'Éden, le jour après qu'Il avait été forcé par Sa justice absolue d'expulser Ses enfants, Adam et Ève, parce qu'**Il ne peut pas communier avec le péché**.

- Imaginez Dieu tuant des précieux animaux qu'Il créa et aima, répandant le premier sang sur la planète terre pour avoir des peaux afin d'habiller ce couple de pécheurs nus *(Ge. 3 : 21)*.

- Imaginez Dieu s'affligeant contre l'humanité déchue aux jours juste avant le déluge de Noé, puisque l'homme est devenu « violent » et « méchant » « *... et que toutes les pensées de leur cœur se portaient chaque jour uniquement vers le mal. L'Éternel se repentit d'avoir fait l'homme sur la terre, et il fut **affligé en son cœur*** » *(Ge. 6 : 5-6)*. Cette dernière ligne signifie littéralement « et Son cœur était **rempli de peine** ».

- Écoutez Dieu en parlant à Israël, avec qui Il demeurait, « *Tu ne feras point cuire un chevreau dans le lait de sa mère* » parce que cela serait impropre et Dieu a un cœur tendre et ne voulait pas voir cela. *(Ex. 23 : 19, 34 : 26, De. 14 : 21)*.

- Écoutez les paroles d'avertissement de Dieu concernant le dérangement d'une mère d'oiseaux dans son nid avec ses bébés, et percevez la compassion de Son cœur *(De. 22 : 6-7).* Lisez encore maintenant le texte d'or de la Bible entière, **Jean 3 : 16.**

Un seul homme uniquement, autre que Son Fils unique, s'est rapproché de voir le Dieu Tout-Puissant sur la terre **dans Sa Gloire.** Moïse, le grand prophète de l'Éternel, que No. 12 : 3 appelle *un homme fort patient* [humble – BFC] *plus qu'aucun sur la face de la terre »,* et qui est un prototype de Jésus, avait des difficultés en conduisant les Israélites à la terre promise. Dieu le rassura en Ex. 33 : 14 avec ces paroles, *« Je marcherai moi-même avec toi, et je te donnerai du repos ».* Mais Moïse voulait plus, et a dit au verset 18, **« Fais-moi voir ta gloire ! »** et l'Éternel a répondu :

> *« Je ferai passer devant toi **toute ma bonté**, et je proclamerai devant toi **le nom de l'Éternel** ; je fais grâce à qui je fais grâce, et miséricorde à qui je fais miséricorde. L'Éternel dit : **Tu ne pourras pas voir ma face, car l'homme ne peut me voir et vivre.** L'Éternel dit : Voici un lieu près de moi ; tu te tiendras sur le rocher. **Quand ma gloire passera, je te mettrai dans un creux du rocher, et je te couvrirai de ma main jusqu'à ce que j'aie passé.** Et lorsque je retournerai ma main, **tu me verras par derrière**, mais ma face ne pourra pas être vue »* (Ex. 33 : 19-23).

Nous voyons à partir de ces versets que le Dieu de l'A.T. a une « face », une « main », et « des parties de derrière ». Dieu a instruit Moïse de tailler deux tables de pierre sur lesquelles Il écrirait les dix commandements, et de monter la montagne de Sinaï le matin suivant, ce qu'il a fait.

> *« L'Éternel descendit dans une nuée, se tint là*

*auprès de lui, et proclama **le nom de l'Éternel**. Et l'Éternel passa devant lui, et s'écria : **L'Éternel, l'Éternel, Dieu** miséricordieux et compatissant, lent à la colère, riche en bonté et en fidélité, qui conserve son amour jusqu'à mille générations, qui pardonne l'iniquité, la rébellion et le péché, mais qui ne tient point le coupable pour innocent, et qui punit l'iniquité des pères sur les enfants et sur les enfants des enfants jusqu'à la troisième et à la quatrième génération ! Aussitôt Moïse s'inclina à terre et se prosterna » (Ex. 34 : 5-8).*

Lorsque Moïse est descendu de la montagne avec les deux tables, après avoir entrevu Dieu « par derrière », il ne savait pas que la peau de sa figure brillait si fortement au point que, « *les fils d'Israël ne pouvaient fixer les regards sur le visage de Moïse, à cause de la gloire de son visage* » *(II Co. 3: 7)*.

Voyez Ex. 34, versets 30, 31, 33 et 35 :

*« Aaron et tous les enfants d'Israël regardèrent Moïse, et voici **la peau de son visage rayonnait ; et ils craignaient** de s'approcher de lui. Moïse les appela ; Aaron et tous les principaux de l'assemblée vinrent auprès de lui, et il leur parla. Lorsque Moïse eut achevé de leur parler, **il mit un voile sur son visage**. Les enfants d'Israël regardaient le visage de Moïse, et voyaient que la peau de son visage rayonnait ; et Moïse remettait le voile sur son visage jusqu'à ce qu'il entrât,*

pour parler avec l'Éternel. »

Moïse et les enfants d'Israël avaient des rencontres avec Élohim qui les a laissés connaître sans aucun doute qu'Il était **le seul et l'unique Éternel Dieu** de l'univers, **et Dieu s'est assuré que cela était ainsi.** Considérez cette rencontre décrite en Exode chapitres 19 et 20 :

« *Le troisième jour au matin, il y eut **des tonnerres, des éclairs**, et une **épaisse nuée** sur la montagne ; **le son de la trompette retentit fortement** ; et tout le peuple qui était dans le camp fut **saisi d'épouvante**. **Moïse fit sortir le peuple du camp, à la rencontre de Dieu** ; et ils se placèrent au bas de la montagne. La montagne de Sinaï était toute en fumée, parce que **l'Éternel y était descendu au milieu du feu** ; cette fumée s'élevait comme la fumée d'une fournaise, et **toute la montagne tremblait avec violence. Le son de la trompette retentissait de plus en plus fortement.** Moïse parlait, et **Dieu lui répondait à haute voix** » (Ex. 19 : 16-19).*

« *Tout le peuple entendait les **tonnerres** et le son de la **trompette** ; il voyait **les flammes de la montagne fumante**. À ce spectacle, le peuple tremblait, et se tenait dans l'éloignement. Ils dirent à Moïse : Parle-nous toi-même, et nous écouterons ; **mais que Dieu ne nous parle point, de peur que nous ne mourions.** Moïse dit au peuple : Ne vous effrayez pas ; car c'est pour vous mettre à l'épreuve que Dieu est venu, **et c'est pour***

> *que vous ayez sa crainte devant les yeux, afin que vous ne péchiez point. Le peuple restait dans l'éloignement ; mais Moïse s'approcha de la nuée où était Dieu. L'Éternel dit à Moïse : Tu parleras ainsi aux enfants d'Israël : **Vous avez vu que je vous ai parlé depuis les cieux.** Vous ne ferez point des dieux d'argent et des dieux d'or, pour me les associer ; vous ne vous en ferez point »* (Ex. 20 : 18-23).

Dieu savait que ce peuple spécial qu'Il avait choisi pour être Son peuple et avec qui Il avait fait une alliance éternelle au Sinaï, un peuple à travers lequel Il donnerait à toute l'humanité les Dix Commandements et le Messie, a été et serait exposé devant plusieurs faux dieux, **et Il voulait qu'ils n'oublient jamais ce jour** ! Dans leurs intelligences étaient les mémoires fraîches de plusieurs dieux des Égyptiens. De plus, ils rencontreraient bientôt des nations cananéennes idolâtres dont les dieux innombrables exigeraient des si abominables sacrifices tels que la prostitution du temple et le sacrifice des enfants, et Il voulait leur enseigner une leçon. **« Je suis le seul**, et il n'y en a **pas d'autre, hors moi il n'y a pas de Dieu.** Je suis Tout-Puissant. Je ne suis pas une force divine impersonnelle, Je suis le Dieu qui **connaît tout et qui parle depuis les cieux** avec **une voix puissante qui fait trembler le monde** ! » Et ceci a produit une crainte de Dieu saine, à tel point que tous ceux d'Israël, et même l'homme de Dieu, Moïse étaient *« épouvantés et tout tremblants »* (Hé. 12 : 21). Qu'est-ce qui est arrivé à la crainte de Dieu aujourd'hui parmi les chrétiens, même certains ministres de Dieu (*les prédicateurs à la télé et à la radio*), qui agissent comme si Dieu était leur copain, quelqu'un qu'ils peuvent approcher pour parvenir à ceci ou à cela ? Une partie de la réponse réside en ceci : Nous avons réduit Dieu dans nos intelligences à un homme de six pieds (1,83 m), l'humble Nazaréen, et ce que nous voyons, nous ne le craignons pas ! Jésus n'avait jamais dit « craignez-moi », mais il nous donna un sérieux avertissement concernant le Dieu Suprême, qui « *après avoir tué, a le pouvoir de jeter dans la géhenne ; oui, je vous le dis, c'est lui que vous devez craindre* » *(Luc 12 : 5).*

Si Dieu règne sur tout, où se trouve Son trône ? Si nous pouvons répondre à cette question à partir des Écritures, alors nous saurons répondre à la question au début de ce chapitre, **Où se trouve Jésus maintenant** ?

Dans l'omniprésence de Dieu, « Le ciel est Son trône, et la terre est Son marchepied » *(Ésaïe 66 : 1),* mais les Écritures enseignent clairement que dans un sens vraiment réel, il y a un endroit spirituel appelé « les cieux » où se trouve le vrai temple de Dieu et où le Dieu Tout-Puissant s'assoit intronisé au plus haut des cieux. Lorsque Jésus a nourri la multitude, la Bible déclare :

> « *Jésus prit les cinq pains et les deux poissons, et,*
> *levant les yeux vers le ciel, il les bénit.* » *(Luc 9 :*
> *16 ; Matt 14 : 19).*

Le Roi David dit dans le Ps. 11 : 4, « *L'Éternel est dans son saint temple,* **L'Éternel a son trône dans les cieux.** » Le prophète de Dieu, Michée a décrit ainsi une scène sur le trône de Dieu :

> « *Et Michée dit : Écoute donc la parole de l'Éternel ! **J'ai vu l'Éternel assis sur son trône**, et toute l'armée des cieux se tenant auprès de lui, **à sa droite et à sa gauche**. Et l'Éternel dit : Qui séduira Achab, pour qu'il monte à Ramoth en*

> *Galaad et qu'il y périsse ? Ils répondirent l'un d'une manière, l'autre d'une autre. Et un esprit vint se présenter devant l'Éternel, et dit : Moi, je le séduirai. L'Éternel lui dit : Comment ? Je sortirai, répondit-il, et je serai un esprit de mensonge dans la bouche de tous ses prophètes. L'Éternel dit : Tu le séduiras, et tu en viendras à bout ; sors, et fais ainsi ! (I Rois 22 : 19-22)*

Le trône de Dieu est l'endroit où Il est fréquenté par une armée d'anges, reçoit et expédie Ses messagers et où Satan vient accuser les croyants. *(Voir aussi Mt. 5 : 34 ; 18 : 10 ; Marc 13 : 32, Job 1 : 6-7 ; 2 : 1, Ap. 12 : 5, 7-10)*. Jésus dit ceci en Matthieu 18 :10 concernant les petits enfants :

> *« Gardez-vous de mépriser un seul de ces petits ; car je vous dis que **leurs anges dans les cieux voient continuellement la face de mon Père qui est dans les cieux**. »*

Lorsque l'ange Gabriel a été envoyé à Zacharie pour annoncer la naissance prochaine de son fils Jean, qui serait le précurseur de Jésus, il a dit, « L'ange lui répondit : Je suis Gabriel, je me tiens devant Dieu ; j'ai été envoyé pour te parler, et pour t'annoncer cette bonne nouvelle » (Luc 1 : 19). Six mois après lorsque Gabriel fut envoyé chez la vierge Marie pour annoncer la conception de Jésus dans son ventre, Gabriel savait qu'il *ne parlait pas à Marie concernant la prochaine naissance de Dieu,* dont la présence au ciel il a laissé et dont la face il a toujours contemplé dans les cieux *(Mt. 18 : 10)*, mais celle du **fils** de Dieu. *« L'ange lui répondit : Le Saint-Esprit viendra sur toi, et la puissance du Très-Haut te couvrira de son ombre. C'est pourquoi* (pour cette raison) *le saint enfant qui naîtra de toi sera appelé Fils de Dieu. »* (Luc 1 : 35).

Gabriel annonçait Jésus, le **Messie**, qui plus tard serait entré *« **dans le ciel même**, afin de comparaître maintenant **pour nous devant la face de Dieu** »* (comme notre souverain sacrificateur) (Hé. 9 : 24).

Le trône de Dieu est un endroit d'une splendeur inexprimable où Dieu est assis et reçoit l'adoration et où Jésus dit dans Ap. 3 : 21 qu'il y est aussi assis.

> *« Celui qui vaincra, je le ferai asseoir **avec moi***
> *** sur mon trône**, comme moi j'ai vaincu et me*
> *suis assis **avec mon Père sur son trône**. »*

L'écrivain de l'Évangile de Marc a décrit ainsi le départ de Jésus de la terre et son arrivée dans le ciel :

> *« Le Seigneur, après leur avoir parlé, fut enlevé*
> *au ciel, et **il s'assit à la droite de Dieu** » (Marc*
> *16 : 19).*

C'est exactement là où David avait prophétisé quelque 1000 ans auparavant qu'il y irait, dans Ps. 110 : 1. Ceci peut-il être pris littéralement ? Ceux qui enseignent le soi-disant message de « Unicité de la Divinité » déclarent que cette phrase, « assis à la droite de Dieu » ne doit pas être prise dans un sens littéral mais symbolique ; comme si l'on voulait parler d'un conseiller de haut niveau à la Maison-Blanche, « Il est le bras droit du Président. » J'ai un tract de l'Unicité, qui a été largement distribué par ce mouvement, intitulé « La Vérité à propos de Dieu » et à la page 5 il est dit, « l'expression main droite ne constitue pas une partie d'**une autre personne** ou Divinité. Elle est **symbolique** du **pouvoir et de l'autorité** de Dieu. » [2] Évidemment ils doivent dire ceci parce qu'ils enseignent que Jésus est venu sur la terre comme Dieu et homme, « le Dieu homme » dans une « nature double » et que le Fils de Dieu est, en effet, le Dieu Tout-Puissant, le Père. Pour soutenir cela, ils affirment que Jésus est effectivement celui qui est assis sur le trône de Dieu en haut et que « main droite » exprime seulement une bienveillance de l'Esprit. Est-ce la doctrine de la Bible ? Celle-ci peut-elle être soutenue par les Écritures ? Voyons.

Hébreux 1 : 3 déclare:

> *« Et qui, étant le reflet de sa **gloire** et l'empreinte de **sa personne**, et soutenant toutes choses par sa parole puissante, a fait la purification des péchés et **s'est assis à la droite de la majesté divine dans les lieux très hauts**, »*

Le premier « sa » dans ce verset, « le reflet de sa gloire » a été ajouté par les traducteurs et ne figure pas dans le texte original.

Hébreux 8 : 1 dit :

> *« Le point capital de ce qui vient d'être dit, c'est que nous avons un tel souverain sacrificateur, qui **s'est assis à la droite du trône de la majesté divine dans les cieux** »*

Hébreux 10 : 12 -13 déclare :

> *« **Lui**, après avoir offert un seul sacrifice pour les péchés, **s'est assis pour toujours à la droite de Dieu, attendant** désormais que ses ennemis soient devenus son marchepied. »*

Voici Jésus, le Fils unique engendré de Dieu, le Messie et l'Adoni *(Seigneur)* de David en attendant ce qu'il l'a été promis prophétiquement dans Psaume 110 : 1. Puis-je humblement dire que Dieu le Père « n'attend » rien, mais qu'Il parle simplement et cela s'accomplit. Jésus Son Fils a le droit d'**attendre** ce que le Père lui a promis.

Hébreux 12 : 2 déclare :

> « *Ayant les regards sur Jésus, le chef et le consommateur de la foi, qui, en vue de la joie qui lui était réservée, a souffert la croix, méprisé l'ignominie, et **s'est assis à la droite du trône de Dieu**.* »

Actes 2 : 32-36 dit : (C'est Pierre qui parle à la Pentecôte). Ceci est très important !

> « *C'est ce Jésus que Dieu a ressuscité ; nous en sommes tous témoins. **Élevé par la droite de Dieu, il a reçu du Père le Saint-Esprit qui avait été promis, et il l'a répandu, comme vous le voyez et l'entendez. Car David n'est point monté au ciel, mais il dit lui-même : Le Seigneur a dit à mon Seigneur** : Assieds-toi à ma droite, Jusqu'à ce que je fasse de tes ennemis ton marchepied. Que toute la maison d'Israël sache donc avec certitude que **Dieu** a fait **Seigneur** et **Christ** (Seigneur, Adoni, Maître et Messie) ce **Jésus** que vous avez crucifié.* »

Dans Actes chapitre 6, la Bible déclare d'Étienne, l'un des sept diacres de l'église à Jérusalem qui « *plein de grâce et de puissance, faisait des prodiges et de grands miracles parmi le peuple* » (Actes 6 : 8). Il y avait des Juifs incrédules qui discutèrent avec Étienne concernant le message chrétien :

> « *Mais ils ne pouvaient résister à sa sagesse et à l'Esprit par lequel il parlait. Alors ils subornèrent*

> *des hommes qui dirent : Nous l'avons entendu*
> *proférer des paroles blasphématoires contre*
> *Moïse et contre Dieu. Ils émurent le peuple, les*
> *anciens et les scribes, et, se jetant sur lui, ils le*
> *saisirent, et l'emmenèrent au sanhédrin » (Actes*
> *6 : 10-12).*

Lorsque Étienne a eu la permission de parler, il prêcha l'un des plus grands sermons enregistrés dans les pages des Écritures. Il a commencé avec Abraham et a raconté l'histoire des œuvres de Dieu avec Israël jusqu'à la récente crucifixion de Jésus.

> *« En entendant ces paroles, ils étaient furieux*
> *dans leur cœur, et ils grinçaient des dents contre*
> *lui. Mais Étienne, **rempli du Saint-Esprit**, et*
> *fixant les regards vers le ciel, **vit la gloire de Dieu***
> ***et Jésus debout à la droite de Dieu**. Et il dit :*
> *Voici, je vois les cieux ouverts, et le Fils de*
> *l'homme **debout à la droite de Dieu** » (Actes 7 :*
> *54-56).*

Celles-ci sont les paroles d'un homme en jugement pour sa vie, un homme mourant. Les paroles des hommes mourants sont admissibles dans un procès dans la loi aujourd'hui, parce qu'on pense que si un homme va jamais dire la vérité cela serait dans ses heures devant la mort. Combien de plus un homme « plein du Saint-Esprit ». Étienne a eu cette vision et il a exprimé ce qu'il a vu. Ceci est réel et n'est pas certainement comme plusieurs enseignent, « symbolique ». Notez, Étienne a vu Jésus « debout », peut-être en souhaitant la bienvenue à son serviteur fidèle qui devenait le premier de plusieurs martyrs pour la vérité.

Il y a quelque chose d'autre que nous devrions noter concernant ce récit afin d'établir plus de vérité. Le verset 59 est utilisé par ceux qui enseignent que Jésus est le Dieu Tout-Puissant. Il dit :

> « *Et ils lapidaient Étienne, qui priait et disait :*
> *Seigneur Jésus, reçois mon esprit !* »

Leur revendication est que lorsque Étienne a dit « *Seigneur Jésus, reçois mon esprit* », il faisait « appel à Dieu », et ils sont donc un et le même. Il y a beaucoup de choses fausses avec cet argument. Primo, le mot « Dieu » n'apparaît pas dans la version de la Bible Louis Segond 1910 (et dans la version KJF, le mot « Dieu » est en italique), ceci signifie qu'il a été ajouté par les traducteurs. Ceci rend très faible l'argument pour démontrer que Jésus et Dieu soient une personne. Il pourrait certainement avoir fait appel à tous les deux, parce qu'il avait dit qu'il voyait Dieu et Jésus et il semblerait justifié de faire appel à tous les deux en ce moment si difficile. Il a probablement prié Dieu et recommandé son esprit au Seigneur Jésus.

Ceci devrait suffire pour prouver où Jésus se trouve-t-il maintenant, mais il y en a plus.

Romains 8 : 34 dit :

> « *Qui les condamnera ? Christ est mort ; bien*
> *plus, il est ressuscité, il est à la droite de Dieu, et*
> *il intercède pour nous !* »

Ainsi l'apôtre Paul nous dit dans ce verset, non seulement où Jésus est, mais quelle est la raison pour lui d'être là. Il est là en tant qu'**intercesseur**, notre **avocat**, notre intermédiaire. Le mot intercesseur parle de trois parties : Celui qui intercède, celui à qui l'on intercède, et celui pour lequel on intercède. C'est pourquoi Hébreux 7 : 25 déclare:

> « *C'est aussi pour cela qu'il peut **sauver***

> *parfaitement ceux qui s'approchent de Dieu par*
> *lui, étant toujours vivant pour intercéder en leur*
> *faveur.* »

Ésaïe 59 : 16 nous dit quelque 700 ans avant Christ, que Dieu « voit qu'il n'y a **pas un homme**, Il s'étonne de ce que **personne n'intercède** ». Ainsi, grâces soient rendues à Dieu ; Il engendra un, depuis le ventre de la vierge Marie, Son Fils juste « **Jésus-Christ homme** ».

I Jean 2 : 1 déclare :

> « *Mes petits enfants, je vous écris ces choses, afin*
> *que vous ne péchiez point.* ***Et si quelqu'un a***
> ***péché, nous avons un avocat auprès du Père,***
> ***Jésus-Christ le juste.*** »

L'épître aux Hébreux va dans de grands détails dans les dix premiers chapitres pour expliquer le ministère de Jésus de notre part. Dans le chapitre 3 verset 1, il appelle Jésus-Christ, « *l'apôtre et le souverain sacrificateur de la foi que nous professons* ». Le souverain sacrificateur sous la loi de Moïse entrait dans le lieu très saint du tabernacle ou du Temple pour présenter à Dieu, pour lui-même et pour le peuple, un sacrifice du sang pour le pardon des péchés. Ceci pointait vers Jésus qui devait présenter à Dieu dans le vrai tabernacle au ciel « une fois pour toutes », **son sang** répandu sur la croix **pour les péchés de l'humanité**. S'il vous plaît, comprenez ce fait de la Bible. Le ministère de Jésus de notre part n'a pas pris fin lorsqu'il est allé au ciel. Regardez Hébreux 8 : 1 – 2

> « ... ***nous avons*** *un tel souverain sacrificateur,*
> *qui s'est assis à la droite du trône de la majesté*
> *divine dans les cieux, comme* ***ministre du***

sanctuaire et du véritable tabernacle, qui a été dressé par le Seigneur (Dieu) *et non par un homme »* (au ciel).

Le livre des Hébreux est écrit environ 32 ans après l'ascension de Jésus, mais à l'auteur inspiré, Jésus est toujours « un ministre ». Le verset 6 déclare :

« ***Mais maintenant*** *il a obtenu un* **ministère** *d'autant supérieur* **qu'il est** *le médiateur d'une alliance plus excellente, qui a été établie sur de meilleures promesses. »*

Jésus, qui en tant que sacrificateur rend service **à Dieu, ne peut pas être Dieu**, et son ministère comme sacrificateur durera pour toujours.

« *... Tu es sacrificateur* **pour toujours***... »* *(Hébreux 5 : 6).*

« *là où Jésus est entré... ayant été fait souverain sacrificateur* **pour toujours***... » (Hébreux 6 : 20).*

« *Car ce témoignage lui est rendu: Tu es sacrificateur* **pour toujours***... Tu es sacrificateur* **pour toujours***... » (Hébreux 7 : 17, 21).*

« *... mais la parole du serment établit le Fils* (souverain sacrificateur) *qui est parfait* **pour l'éternité** *» (Hébreux 7 : 28).*

« *Mais lui* (Christ)*, parce qu'il demeure éternellement,* **possède** *un sacerdoce qui n'est pas transmissible » (Hébreux 7 : 24).*

Paul parle de l'infinie puissance de Dieu dans Éphésiens 1 : 19 et dit dans le verset 20 :

> *« Il l'a déployée en Christ, en le ressuscitant des morts, et en le faisant asseoir à sa droite dans les lieux célestes. »*

Ici encore, le mot « *lieux* » dans la version KJF n'apparaît pas dans les textes originaux, mais a été ajouté par les traducteurs, et il peut ou ne peut pas ajouter un sens à ce que Paul voulait dire. Nous, en tant que chrétiens, sommes assis dans « les lieux célestes » *(Ép. 2 : 6),* mais Dieu et Jésus sont assis dans **le lieu céleste.** Voyez Ésaïe 57 : 15 quand Dieu dit « *... J'habite dans les lieux élevés et dans la sainteté* ».

Colossiens 3 : 1 déclare :

> *« Si donc vous êtes ressuscités avec Christ, cherchez les choses d'en haut, où Christ est assis à la droite de Dieu. »*

> *« ... Jésus-Christ, qui est à la droite de Dieu, depuis qu'il est allé au ciel » (1 Pierre 3 : 21-22).*

> *« ... vous verrez désormais le Fils de l'homme assis à la droite de la puissance de Dieu, et venant sur les nuées du ciel » (C'est Jésus qui parle) (Mt. 26 : 64).*

Pourquoi un si grand nombre d'Écritures sur ce sujet ? Évidemment Dieu le Père ne voulait pas que nous ayons des doutes concernant la réponse à cette question importante, Où se trouve Jésus maintenant ? Et où a-t-il été pendant presque 2000 ans avant son second retour ? **Assis au ciel à la droite de Dieu.**

Deux personnes, l'un le Dieu Tout-Puissant et l'autre Son Fils sans péché, né d'une vierge, parlé depuis la fondation du monde (*la « parole »*), et engendré et mis au monde avec le ***temps***.

(*Incarnation*) se réfère à la doctrine chrétienne que le Fils préexistant de Dieu s'est fait homme en Jésus. Aucun de ces écrivains (Matthieu, Marc, Luc) ne traitent la question de la préexistence de Jésus. Paul ne traite pas directement la question de l'incarnation... **C'est seulement avec les pères de l'Église dans les 3ᵉ et 4ᵉ siècles, qu'une théorie à part entière de l'incarnation se développe.**

L'utilisation du mot « *déclaré* » dans Romains 1 : 4 indique que, à ce stade dans l'histoire de la pensée chrétienne **le titre de « Fils de Dieu » dénotait un rôle ou une fonction** dans l'histoire du salut, plutôt qu'une qualité métaphysique comme dans la dogmatique ultérieure. Cette utilisation est en accord avec **la pensée juive de l'A. T.** (*Les récits de la naissance de Matthieu et de Luc*) « **ne signifient pas une christologie de préexistence - incarnation** ou une filiation divine dans le sens métaphysique. Au contraire, elle implique la **prédestination** de Jésus du ventre pour un rôle messianique dans l'histoire du salut. La signification fonctionnelle de la filiation divine est clairement indiquée dans Luc 1 : 32-33.

Il est généralement admis que le père de l'Église Tertullien (145-22 apr. J-C) soit a inventé le terme (*la trinité*), ou a été le premier à l'utiliser avec la référence à Dieu. La **doctrine** explicite a donc été formulée dans la **période postbiblique**... Tentatives de retracer les origines encore avant la littérature de l'A. T. ne peuvent pas être prises en charge par l'érudition historico-critique. La doctrine formelle de la Trinité telle qu'elle est définie par les grands Conciles de l'Église des 4ᵉ et 5ᵉ siècles ne se trouve pas dans le N. T.

Dictionnaire Biblique Harper-Collins
Paul J. Achtemeier, Éditeur, Édition 1996
p. 452-453, 1052-1053, 1178-1179

Chapitre 7

Moi et Mon Père Sommes Deux

« *Et si je juge, mon jugement est vrai, car **je ne
suis pas seul ; mais le Père qui m'a envoyé est
avec moi**. Il est écrit dans votre loi que **le
témoignage de deux hommes** est vrai ; **je rends
témoignage de moi-même**, et **le Père** qui m'a
envoyé **rend témoignage de moi** » (Jean 8 : 16-
18).*

« *Tout est à vous ; et **vous êtes à Christ**, et **Christ
est à Dieu** » (I Co. 3 : 23).*

J e vais poser une question qui paraîtra pour quelques-uns d'entre
vous une question étrange, mais pour moi c'est une question triste.
Comment avons-nous perdu Dieu ? En vivant dans un monde qu'Il a
fait, en lisant Son livre, la Sainte Bible, dans laquelle Ses prophètes, Ses
apôtres et le plus important de tout Son Fils Jésus ont parlé beaucoup à
Son sujet, comment avons-nous perdu *l'Éternel Dieu, le Saint d'Israël ?*
La majorité écrasante des chrétiens dans le monde aujourd'hui n'ont pas

un vrai concept biblique de **qui Il est**. La plus grande partie du christianisme L'a séparé en trois personnes, « une trinité, la Gloire égale, la majesté coéternelle ». Une autre partie, l'Unicité, a pris la place dans leurs **intelligences**, **cœurs** et **adoration** qui devait être reversée à **l'Éternel Dieu seul**, « *le seul vrai Dieu* » *(Jean 17 : 3)*, et l'a donnée à Son Fils, « *.... celui que tu as envoyé, Jésus-Christ* » *(Jean 17 : 3)*.

Dieu est-Il « trois personnes », un comité ? La réponse de la Bible est non ! Plus de 10.000 fois dans les Écritures, des pronoms et des verbes au **singulier** sont employés en référence à Dieu. Plus de 1.300 fois dans le N.T., le terme « Dieu » clairement se réfère à Dieu le Père. Dans les écrits de Paul, il se réfère à « Dieu » (en grec *theos*) 500 fois et pas une seule fois peut-il être prouvé qu'il parle de Jésus.

Dieu est une **seule personne** ! Jésus, est-il cette **seule** personne ? La réponse de la Bible est encore **non**. L'écrivain de l'épître aux Hébreux ne déclare-t-il pas que le « *Fils (Jésus) est le reflet de Sa gloire et l'empreinte de Sa personne (Dieu) ?* » *(Hé. 1 : 2-3)*. Ainsi dans la Bible, Dieu est déclaré être « Sa personne ». Cela fait une personne, Dieu. Pilate a dit en Matthieu 27 : 24 « *... Je suis innocent du sang de ce juste* » (une **personne**). Ainsi Jésus est aussi une « personne ». Cela fait **deux personnes**, **un seul** Éternel Dieu, « le seul vrai Dieu », et **un seul** Seigneur le Messie, « *... celui que tu as envoyé, Jésus-Christ* » *(Jean 17 : 3)*.

Lorsque l'on parle de Dieu dans la Bible comme « Sa personne », Il ne doit en aucune manière être considéré comme un « humain ». Cela veut dire qu'Il n'est pas simplement une force, « la force-Dieu », mais Il est une entité, L'Être Divin, ayant une existence et une intelligence, une personnalité, ayant des émotions et une volonté. Est-ce que Dieu, tel qu'Il est décrit dans la Bible, possède-t-Il ces qualités qui font que l'on puisse penser de Lui d'une manière spéciale comme une « personne » ? Rentrez en Genèse, au chapitre un et voyez ce que nous pouvons apprendre à propos de Dieu. Le verset 1 nous enseigne qu'Il crée, Il est **le** Créateur, et qu'Il est « **un seul Dieu** », singulier. Le verset 2 nous enseigne **qu'Il se meut**, « *L'esprit de Dieu se mouvait* ». Le verset 3 nous enseigne que **Dieu parle**, « *Dieu dit* ». Le verset 4 nous enseigne que **Dieu a des sentiments**, « *Dieu vit que la lumière était bonne* ». Dieu était satisfait de la lumière qu'Il avait créée au verset 3. Le verset 26 nous enseigne que **Dieu a une forme**, « *à notre image, selon notre ressemblance* ». Ne permettez pas aux « nous et notre » de ce verset de vous embrouiller et vous faire oublier ce que nous avons appris dans le premier verset, **que Dieu est un seul**. À qui Dieu parlait-Il, si pas à un autre dieu ou à un autre membre de la divinité ? En Job 38 : 4-7, Dieu dit à Job que lorsqu'Il « *fondait la terre* », **les anges** (les fils de Dieu) *étaient là, et* « *poussaient des cris de joie* ». Donc les anges étaient là et **nous** étions créés à **leur image** aussi bien qu'à **l'image de Dieu**. C'est pourquoi la plupart des anges qui apparaissent dans les Écritures ressemblent bien aux hommes. Ceux qui sont venus à la tente d'Abraham pour le visiter en Genèse 18 ressemblaient aux hommes. Les deux qui sont allés à Sodome au chapitre 19 ont ressemblé tellement aux hommes que ces gens pervertis ont tenté de les molester. Les anges ressemblent fort bien aux hommes qu'Hébreux 13 : 2 déclare que certaines personnes, « *ont logé des anges, sans le savoir* ».

Le verset 27 nous enseigne que **nous** aussi **nous ressemblons à Dieu**, « *Dieu créa l'homme* **à Son image**, (voir aussi I Co. 11 : 7). Genèse 5 : 1 déclare, « *à la* ***ressemblance de Dieu*** ».

Le verset 28 nous enseigne que Dieu **bénit**, « *Dieu les bénit* ». **Il donne des ordres**, « *Soyez féconds, multipliez* ». **Il délègue** aussi

l'autorité, « *et dominez sur les poissons de la mer, sur les oiseaux du ciel, et sur tout animal qui se meut sur la terre* ».

Le chapitre 2, verset 17 nous enseigne que **Dieu a des règles**, « *Mais tu ne mangeras pas de l'arbre de la connaissance du bien et du mal* ». Et aussi que **le fait d'enfreindre Ses règles amène des conséquences**, « *car le jour où tu en mangeras, tu mourras* ». Donc **Dieu peut retirer** la **vie** qu'Il a donnée. Le verset 23 nous enseigne que **Dieu n'est pas le seul qui parle**, « *Et Adam dit* ». Le chapitre 3 verset 2, « *La femme répondit* ». Le verset 4, « *Alors le serpent dit* », et il contredit Dieu, « *Vous ne mourrez point* ». Ils ont considéré la mauvaise voix, ont péché contre Dieu, ont été jetés et sont morts spirituellement ce jour, et physiquement en ce jour-là de 1000 ans. « *... devant le Seigneur, un jour est comme mille ans, et mille ans sont comme un jour* » *(II Pierre 3 : 8)*. « *C'est pourquoi, comme par un seul homme le péché est entré dans le monde, et* **par le péché la mort**, *et qu'ainsi la mort s'est étendue sur tous les hommes, parce que tous ont péché... Cependant* **la mort a régné depuis Adam...** » *(Ro. 5 : 12, 14)*.

Mais Dieu avait un plan ! Quoique Jésus ne fût pas là en Genèse un, deux et trois en réalité, *(comme nous connaissons la réalité)*, nous comprenons à partir des Écritures que Dieu avait déjà, avant qu'Il n'ait créé quelque chose d'autre, formulé Son intention d'avoir un Fils. Il parla Son Fils avant tout ! Parla **avant le temps**, d'être engendré et mis au monde **avec le temps** par une vierge. **Jésus**, « *le commencement de la création de Dieu* » *(Ap. 3 : 14)*. **Jésus**, « *le premier-né de toute la création* » *(Col. 1 : 15)*. Il n'était pas à la création selon notre réalité ; **Dieu n'avait pas besoin de l'aide**.

> « *Ainsi parle l'Éternel, ton rédempteur, Celui qui*
> ***t'a formé*** *dès ta naissance : Moi, l'Éternel, j'ai*

*fait toutes choses, **Seul j'ai déployé les cieux,
Seul** j'ai étendu la terre » (Ésaïe 44 : 24).*

*« Ainsi parle l'Éternel, **le** Saint d'Israël, et son
créateur : Veut-on me questionner sur l'avenir,
Me donner des ordres sur mes enfants et sur
l'œuvre de mes mains ? C'est **moi** qui ai fait la
terre, Et qui sur elle ai créé l'homme ; C'est **moi**,
ce sont **mes** mains qui ont déployé les cieux, Et
c'est **moi** qui ai disposé toute leur armée » (Ésaïe
45 : 11-12).*

*« Les cieux ont été faits par la parole de l'Éternel,
Et toute leur armée par le **souffle de sa bouche** »
(Ps. 33 : 6).*

*« N'avons-nous pas tous **un seul père** ? N'est-ce
pas **un seul Dieu** qui nous a créés ? » (Mal 2 :
10).*

Qui créa tout ? Dieu le Père seul !

*« O profondeur de la richesse, de la sagesse et de
la science de **Dieu** !... C'est **de lui**, **par lui**, et
pour lui que sont toutes choses. À **lui** la gloire
dans tous les siècles ! Amen ! » (Ro. 11 : 33, 36).*

Qu'est-ce qui a été la force motrice derrière toutes les œuvres
créatrices de Dieu le Père, après qu'Il a parlé Son Fils ? La réponse se
trouve en Ro. 8 : 38-39 :

*« Car j'ai l'assurance que ni la mort ni la vie, ni
les anges ni les dominations, ni les choses
présentes ni les choses à venir, ni les puissances,
ni la hauteur, ni la profondeur, ni aucune autre*

*créature ne pourra nous séparer de **l'amour de Dieu manifesté en Jésus-Christ notre Seigneur**. »*

Il le verbalisa **avant le temps** et le mit au monde **avec le temps**.

« Mais, lorsque les temps ont été accomplis, Dieu a envoyé son Fils, né d'une femme... » (Gal 4 : 4).

*« ... Mais souffre avec moi pour l'Évangile, par la puissance de **Dieu qui nous a sauvés**, et nous a adressé une sainte vocation, non à cause de nos œuvres, mais **selon son propre dessein, et selon la grâce** qui nous a été **donnée en Jésus-Christ avant les temps éternels, et qui a été manifestée maintenant** par l'apparition de notre Sauveur Jésus-Christ... » (II Ti. 1 : 8-10).*

Oui, Dieu avait Lui-même promit un Fils. Tout comme des centaines d'années plus tard, Il promit à son ami Abram un fils, lorsque Abram avait 75 ans d'âge et sa femme Saraï était stérile. Abram était très riche en troupeau, en argent et en or, et son neveu Lot vivait avec lui, mais toutes ces richesses ne signifient pas grand-chose sans un fils. Et occasionnellement à travers les années, Dieu lui apparut et lui rappela son fils *(sa postérité)* et le nomma Isaac. Mais Abram et sa femme Saraï devinrent impatients et essayèrent des choses de leur manière. Des choses telles qu'adopter leur serviteur favori comme leur fils, ou Abram ayant un fils Ismaël par leur esclave Agar. *(Les descendants d'Ismaël causent beaucoup de peine dans le monde aujourd'hui).* Dans l'entretemps, Nachor, le frère d'Abram mettait au monde ses **12 fils**, 8 par sa femme et 4 par sa concubine, ce qui doit avoir ajouté de la peine à Abram. Ensuite Dieu apparut à Abram en Genèse 17 : 5 et dit :

« On ne t'appellera plus Abram ; mais ton nom

*sera Abraham, **car je te rends père d'une
multitude de nations** ».*

Pourquoi Dieu avait-Il changé son nom à Abraham *(le père des
nations)* et dit « car je te rends **père d'une multitude des nations** »,
quand le fils promis n'était pas encore né ? Puisque Dieu « ***appelle les
choses qui ne sont point comme si elles étaient*** » *(Ro. 4 : 17)*. Dans la
pensée de Dieu, cela a été **fait** ! Dans l'intelligence d'Abraham, cela était
encore dans le **processus.**

> *« L'Éternel se souvint de ce qu'il avait dit à Sara,
> et l'Éternel accomplit pour Sara ce qu'il avait
> promis. Sara devint enceinte, et elle enfanta un
> fils à Abraham dans sa vieillesse, au temps fixé
> dont Dieu lui avait parlé. Abraham donna le nom
> d'Isaac au fils qui lui était né, que Sara lui avait
> enfanté. Abraham était âgé de cent ans, à la
> naissance d'Isaac, son fils. Et Sara dit : **Dieu m'a
> fait un sujet de rire** ; quiconque l'apprendra rira
> de moi. »* [Le verset 6 à la version KJF dit *: Et
> Sarah dit : Dieu **m'a donné de quoi** rire ; ainsi
> tous ceux qui l'entendront, riront **avec moi**.*] *(Ge.
> 21: 1-3,5-6).*

Combien Abraham et Sara ont-ils aimé ce garçon !

> *« L'enfant grandit, et fut sevré ; et Abraham fit un
> grand festin le jour où Isaac fut sevré » (Ge. 21:
> 8).*

Cependant, à travers ce fils bien-aimé, ce fils de la promesse, de
qui il a parlé, rêvé et planifié pour longtemps avant sa naissance,
Abraham fut mis à une épreuve sévère. Quand le jeune garçon avait plus

ou moins 17 ans, Dieu parla à son père et dit :

« *Dieu dit : Prends ton fils, ton **unique, celui que tu aimes, Isaac** ; va-t'en au pays de Morija, et là **offre-le** en holocauste sur l'une des montagnes que je te dirai. Abraham se leva de bon matin, sella son âne, et prit avec lui deux serviteurs et **son fils Isaac.** Il fendit du bois pour l'holocauste, et partit pour aller au lieu que Dieu lui avait dit. Alors Isaac, parlant à Abraham, son père, dit : Mon père ! Et il répondit: Me voici, mon fils ! Isaac reprit : Voici le feu et le bois ; mais où est l'agneau pour l'holocauste ? Abraham répondit : Mon fils, **Dieu se pourvoira lui-même de l'agneau** pour l'holocauste. Et ils marchèrent tous deux ensemble. Lorsqu'ils **furent arrivés au lieu que Dieu** lui avait dit, Abraham y éleva un autel, et rangea le bois. Il lia son fils Isaac, et le mit sur l'autel, par-dessus le bois. Puis Abraham **étendit la main, et prit le couteau, pour égorger son fils.** Alors l'ange de l'Éternel l'appela des cieux, et dit : Abraham ! Abraham ! Et il répondit : Me voici ! L'ange dit : N'avance pas ta main sur l'enfant, et ne lui fais rien ; car je sais maintenant que tu crains Dieu, **et que tu ne m'as pas refusé ton fils, ton unique.** Abraham leva les yeux, et vit derrière lui un bélier retenu dans un* *buisson par les cornes ; et Abraham alla prendre le bélier, et l'offrit en holocauste à la place de son fils. **Abraham donna à ce lieu le nom de Jehova-Jiré.** C'est pourquoi l'on dit aujourd'hui : **À la montagne de l'Éternel il sera pourvu** » (Ge. 22 : 2-3 ; 7-14).*

Jéhovah-Jireh, « L'Éternel pourvoira ». Abraham prophétisa au moment où Dieu épargna son fils Isaac. « À la montagne de l'Éternel il sera pourvu ». Mais Abraham ne connaissait pas ce que Dieu connaissait, que 1900 ans plus tard le fils de Dieu de la promesse pour qui Il avait attendu patiemment, dont Il (*Dieu*) avait souvent parlé *(à Moïse, à David, à Ésaïe, et par des mots voilés à Abraham lui-même)*, serait né d'une mère (*Marie*), qui allait aussi se réjouir. Et Dieu son Père enverrait des anges du ciel pour annoncer **sa naissance** et aurait même accroché une étoile brillante à-dire: **C'est un garçon !** Et puis à l'âge de 33 ans, le fils unique de Dieu monterait cette même montagne de Morija, comme le fils unique d'Abraham l'avait accompli très longtemps auparavant, à un lieu appelé Calvaire, **pour mourir**. Mais à ce moment il n'y aurait aucun agneau dans la brousse. **Il était l'Agneau, il fut tué !** *« Car Dieu a tant aimé le monde qu'il a donné son Fils unique, afin que quiconque croit en lui ne périsse point, mais qu'il ait la vie éternelle »* (*Jean 3 : 16*). Non, il n'a pas préexisté, mais il fut certainement pré ordonné ! Tellement que Pierre et Jean le Révélateur pouvaient appeler Jésus « *l'agneau qui a été immolé* », « *Dans le livre de vie de l'agneau qui a été immolé* » (*Apo 13 : 8*).

« Sachant que ce n'est pas par des choses périssables, par de l'argent ou de l'or, que vous

> *avez été rachetés de la vaine manière de vivre que vous aviez héritée de vos pères, mais par le sang précieux de **Christ, comme d'un agneau** sans défaut et sans tache, **prédestiné avant la fondation du monde**, et **manifesté à la fin des temps**, à cause de vous » (I Pierre 1 : 18-20).*

D'après notre réalité, cela ne s'était pas produit à ce temps-là, mais dans la réalité de Dieu, cela fut accompli ! Même lorsque Jésus enseignait par des paraboles, Matthieu a dit qu'il a accompli les paroles prononcées par le prophète il y a longtemps, qui disait « *J'ouvrirai ma bouche en paraboles, Je publierai des choses cachées depuis la création du monde* ». *(Mt. 13 : 35).* Ne confondez pas les termes « **pré ordonné** » et « **préexisté** ».

Jésus certainement se voyait lui-même comme un « être » ou une « personne » séparée du Père. Mes frères de l'Unicité exagèrent ce que Jésus a dit en Jean 10 : 30 « *Moi et le Père nous sommes un* ». Jésus est-il en train de nous dire dans ce seul verset ce qui aurait été une si troublante révélation telle que « Moi et mon Père nous sommes une seule personne, une seule entité, **Dieu** » ou plutôt qu'ils sont un en esprit, unité, amour, communion, etc. La clé pour comprendre la manière dont ils sont **un** se trouve dans ce même livre de Jean *(17 : 11)*, lorsque Jésus prie, « *Père saint, garde **en ton nom** ceux que tu m'as donnés, **afin qu'ils soient un comme nous*** ». Non pas **une seule personne** ! Il le dit encore au verset 22 :

> « *... afin qu'ils soient un comme nous sommes un.* »

JÉSUS A DIT QUE LUI ET LE PÈRE FONT DEUX TÉMOINS

(Jean 8 : 18).

À cette occasion, ses détracteurs, les scribes et les pharisiens, essayaient de le mettre à l'épreuve et cherchaient quelque chose pour l'accuser. Les pharisiens avaient dit au verset 13, « *Tu rends témoignage de toi-même ; ton témoignage n'est pas vrai* ». Sa réponse fut, « *... je ne suis pas seul ; mais le Père qui m'a envoyé est avec moi* » *(v. 16)*. Ensuite, il les rappelle que dans leur loi (la loi de Moïse) « *... un fait ne pourra s'établir que sur la déposition de deux ou de trois témoins* » *(voir De. 19 : 15)*. Si Jésus et son Père sont **une seule** personne alors lui dans sa sagesse n'aurait pas utilisé cet argument. Le verset 18 : « *Je rends témoignage de moi-même, et le Père qui m'a envoyé rend témoignage de moi* ». Jésus dit clairement, « Moi et mon Père sommes deux, deux témoins ».

L'écrivain de l'épître aux Hébreux montre clairement la distinction entre Dieu et Jésus sur la liste des choses auxquelles il dit que les croyants sont parvenus :

> « *Mais vous vous êtes approchés de la montagne de Sion, de la cité du Dieu vivant, la Jérusalem céleste, des myriades qui forment le chœur des anges* » *(Hé. 12 : 22)*.
>
> « *... du juge qui est le Dieu de tous* *(verset 23)*.
>
> « *... de Jésus qui est le médiateur de la nouvelle alliance* » *(v. 24)*.

D'après lui, ils ne sont pas la même personne.

Lorsque Jésus dit en Jean 14 : 9 « *... Philippe ! Celui qui m'a vu a vu le Père* » est-ce qu'il dit à Philippe et à nous que lui et Dieu le Père sont la même personne ? Pas du tout, car l'écrivain de cet Évangile, Jean le disciple bien-aimé a dit deux fois dans ses écrits, « *Personne n'a* *jamais vu Dieu » (Jean 1 : 18, I Jean 4 : 12).* Jésus avait dit précisément en Jean 5 : 37, *« Et le Père qui m'a envoyé a rendu lui-même témoignage de moi. Vous n'avez **jamais entendu sa voix**, vous n'avez point vu sa face ».* Ils cherchaient et écoutaient Jésus, mais ils **n'avaient jamais entendu ni vu** le Père. La Bible ne se contredit pas elle-même, mais elle doit être *« dispensée droitement » (II Timothée 2 : 15).*

Jésus et Dieu le Père sont deux « Seigneurs ». Je sais que cela ne correspond pas à la doctrine de plusieurs dont l'esprit va immédiatement à Éphésiens 4 : 5 qui déclare, *« Un seul Seigneur, une seule foi, un seul baptême »*, mais dans nos intelligences, nous avons placé un point après le mot « baptême » pendant que dans la Sainte Bible de Dieu il y a une virgule. *(Rappelez-vous que nous sommes à la recherche de la vérité).* Voilà ce qui est mal avec beaucoup de notre théologie et ce qui provoque une telle division parmi les chrétiens. Nous avons pris des fragments d'Écritures, des versets incomplets, et avons bâti de très grandes doctrines qui sont sans fondement. Il n'y a pas de **point** après le mot « baptême », ce qui signifierait que la pensée était complète, mais il y a une **virgule**, ce qui veut dire que la déclaration inclut cette pensée, et qu'**en plus** d'*« un seul Seigneur, une seule foi, un seul baptême »*, il y a *« **un seul Dieu et Père** de tous »*. Ceci s'accorde avec la déclaration de Jésus que, *« Mon Père... est plus grand que tous »* (Jean 10 : 29) et *« ... le Père est **plus grand que moi** »* (Jean 14 : 28). Une question, si Jésus est réellement Dieu le Père, comment peut-il être plus grand que lui-même ? Ne tombez pas dans le piège dans lequel beaucoup de gens de « l'Unicité » sont tombés, qui est, lorsqu'ils lisent « Dieu » ou « Père » dans la Bible, leurs pensées enregistrent automatiquement « Esprit » et lorsqu'ils lisent Jésus, ils enregistrent « corps ». Dieu est Esprit, le Saint-Esprit, mais Il est une « personne », et Jésus n'était pas seulement un « corps », **il est une personne,** Jésus-Christ homme » (I Tim 2 : 5). Nous voyons maintenant ce que Paul voulait dire lorsqu'il a dit en I Co. 8 : 6, « *Néanmoins pour nous il n'y a qu'un seul Dieu, le Père* (l'**Éternel Dieu** de l'Ancien et du Nouveau Testaments) **de qui** viennent toutes choses et pour qui nous sommes ». L'apôtre Paul n'était pas de la conviction « Jésus seul », car il a proclamé **un seul Seigneur Dieu** le Père et **un seul Seigneur Jésus-Christ.** S'il vous plaît, notez que l'apôtre Paul parle de Dieu (en grec *theos*) 500 fois dans ses écrits et aucune fois peut-il être prouvé qu'il parlait du Seigneur Jésus. **Il y a clairement dans les Écritures deux Seigneurs, l'Éternel Dieu** et Son fils, le **Seigneur Jésus.** Pour plus de preuves que la Bible enseigne qu'il y a deux Seigneurs, tournez au Psaume 110 : 1 où David parlait prophétiquement lorsqu'il disait, « *Parole de l'Éternel à mon Seigneur :* [*Le SEIGNEUR a dit à mon Seigneur :* KJF] *Assieds-toi à ma droite, Jusqu'à ce que je fasse de tes ennemis ton marchepied.* » David le rend plus clairement au verset 4 où le premier Seigneur est, « *L'Éternel l'a juré, et il ne s'en repentira point : Tu es sacrificateur pour toujours À la manière de Melchisédek* ». C'était le Seigneur Dieu, l'Éternel, parlant à Son fils notre Souverain Sacrificateur. Regardez Hé. 5 : 8 et 10 où il est dit, « *... bien qu'il (Jésus) fût Fils... Dieu l'ayant déclaré souverain sacrificateur selon l'ordre de Melchisédek* ». En Matt 22 : 42-44, Jésus confirme qu'il est le fils de David, le second Seigneur dont on parle en Ps. 110 : 1. Donc (l'Éternel) le Seigneur Dieu de David a dit à son fils (fils de David) le Seigneur Jésus « *... Assieds-toi à ma droite, jusqu'à ce que je fasse de tes ennemis ton marchepied* ». Regardez maintenant avec moi Mal. 3 : 1 et voyez les deux Seigneurs ».

> « *Voici, j'enverrai **mon messager** ; Il préparera le chemin devant moi. Et soudain entrera dans son*

> ***temple le Seigneur que vous cherchez*** *; Et* ***le***
> ***messager de l'alliance*** *que vous désirez, voici, il*
> *vient, Dit* ***l'Éternel des armées****. »*

Voici une promesse de Jean Baptiste (« *mon messager* ») et Jésus le Messie, « *le messager de l'alliance* ». « *le Seigneur que vous cherchez* » est le Seigneur Jésus, et « l'Éternel [*Le Seigneur* – KJF] *des armées* » est le Seigneur Dieu qui les a envoyés. En Mt. 11 : 10 Jésus parlant de Jean déclare :

> *« Car c'est celui dont il est écrit : Voici, j'envoie* ***mon messager*** *devant* ***ta face****, Pour préparer* ***ton*** ***chemin*** *devant toi. »*

Ainsi **le Seigneur Dieu** (l'Éternel) envoya Jean pour préparer le chemin pour **le Seigneur Jésus**. Et Pierre dit que **le Seigneur Dieu** enverra encore le Seigneur Jésus.

> *« Repentez-vous... pour que vos péchés soient effacés, afin que des temps de rafraîchissement viennent de la part* ***du Seigneur****, et qu'il envoie celui qui vous a été destiné, Jésus-Christ, que le ciel doit recevoir jusqu'aux temps du rétablissement de toutes choses... » (Actes 3 : 19-21).*

S'il vous plaît, soyez d'accord avec moi que la Bible parle clairement de deux Seigneurs, **un seul** Seigneur Dieu Tout-Puissant et **un seul** Seigneur Jésus-Christ, Son fils. À partir de maintenant et dans la suite lorsque vous voyez « Seigneur » dans les prophéties de l'A.T. et spécialement dans le N.T., demandez-vous si l'on parle du Seigneur Dieu ou du Seigneur Jésus. Par exemple en Luc 1 : 43, Jean-Baptiste tressaillit dans le ventre d'Élisabeth sa mère, et elle dit à Marie,

« *Comment m'est-il accordé que la mère de mon Seigneur* (**pas son Seigneur Dieu mais son Seigneur le Messie**) *vienne auprès de moi* ». Marie n'était pas la mère du Seigneur Dieu d'Élisabeth ! Elle dit au verset 45, « *Heureuse celle qui a cru* (Marie), *parce que les choses qui lui ont été dites de la part du Seigneur* (Dieu) *auront leur accomplissement* ». Après la naissance de Jean, « *Zacharie, son père, fut rempli du Saint-Esprit, et il prophétisa, en ces mots: Béni soit le Seigneur, le Dieu d'Israël, De ce qu'il a visité et racheté son peuple* » *(Luc 1 : 67-68)*. Il parle du Seigneur, le Dieu d'Israël. En Luc 2 : 11 l'ange a dit aux bergers, « *c'est qu'aujourd'hui, dans la ville de David, il vous est né un Sauveur, qui est le Christ, le Seigneur* » (**Le Seigneur Jésus**).

Ce verset en Luc nous amène à notre point suivant, que dans les Écritures, il y a clairement deux Sauveurs. L'ange parla d'un « **Sauveur** qui est **Christ**, le Seigneur ». En Luc 1 : 46-47, la vierge Marie déclare « *Mon âme exalte le Seigneur, Et mon Esprit se réjouit en **Dieu, mon Sauveur*** ». Celui-ci est le « **Dieu mon Sauveur** ». En Ésaïe 43 : 3, Dieu dit « *je suis l'Éternel, ton Dieu, Le Saint d'Israël, **ton sauveur**.* » Au verset 11, Il dit, « *C'est moi qui suis l'Éternel, **et hors moi il n'y a point de sauveur*** ». Ceci ne contredit pas II Rois 13 : 4-5 qui dit « *Joachaz implora l'Éternel. L'Éternel l'exauça, car il vit l'oppression sous laquelle le roi de Syrie tenait Israël, et l'Éternel donna un libérateur* [**un sauveur** – KJF] *à Israël. Les enfants d'Israël échappèrent aux mains des Syriens…* ». Ceci signifie que Dieu, **l'unique vrai Sauveur d'Israël**, envoya un homme pour les sauver des Syriens, « **un sauveur** ». Néhémie 9 : 27 nous dit que Dieu avait envoyé à Israël beaucoup de « **libérateurs** » [sauveurs – KJF] « *qui **les sauvèrent** de la main de leurs ennemis* ». **Dieu les sauva,** mais Il utilisa **un homme**, « **un sauveur** ».

(« *Des libérateurs* [sauveurs – KJF] *monteront sur la montagne de Sion* » Abdias 1 : 21). Ainsi nous comprenons pourquoi Jésus est appelé **notre sauveur**. Le Dieu Tout-Puissant, notre vrai Sauveur, envoya Son Fils Jésus, dont le nom, *Yeshua* en hébreu veut dire, « Dieu est devenu mon salut » **pour nous sauver**, et l'ange de Dieu Gabriel a dit, « *... et tu lui donneras le nom de Jésus* (Sauveur) *: c'est lui qui sauvera son peuple de ses péchés* » (Mt. 1 : 21). Ainsi Dieu notre Sauveur envoya Son fils Jésus dans le monde pour agir comme Son **agent exclusif** dans le salut. II Pierre 1 : 1 parle de tous les deux lorsqu'il dit, « de notre *Dieu et du Sauveur Jésus-Christ* ». C'est pourquoi à travers le N.T. Dieu et Son fils Jésus, les deux sont appelés « Sauveur » *(Voir Tite 1 : 4 ; 2 : 10 ; II Pierre 2 : 20 ; Jude 25).*

    Ceci ne devrait pas être difficile. Il suffit de regarder dans le contexte pour voir duquel il parle, et le Saint-Esprit vous aidera. Gardez une chose à l'esprit, Dieu est le « Je suis celui qui suis ». Il est *« non dérivé »*. Il est celui *qui existe de lui-même.* Tout ce que notre Seigneur et Sauveur Jésus-Christ a donné ou pourra nous donner, est « dérivé » de Dieu son Père et le nôtre.

CE QUE DIEU A DONNÉ À JÉSUS.

* ✳ Œuvres à accomplir « *... les œuvres que le Père m'a donné d'accomplir* » *(Jean 5 : 36).*

* ✳ Pouvoir de pardonner les péchés (Mt. 9 : 1-8) « *... elle fut saisie de crainte, et elle **glorifia Dieu**, qui a donné aux hommes un tel pouvoir* » *(v. 8).*

* ✳ Pouvoir de ressusciter les morts (Jean 5 : 19-28). *« Or la volonté de **celui qui m'a envoyé**... mais que je le ressuscite au dernier jour »* (les croyants*) (Jean 6 : 39).*

✴ Un trône, « …. *le Seigneur Dieu lui donnera le trône de David, son Père » (Luc 1: 32).*

✴ Pouvoir pour exécuter le jugement. Le Père « *lui* (Jésus) *a donné le pouvoir de juger, parce qu'il est Fils de l'homme » (Jean 5 : 27).*

Pensez au soleil et à la lune. Paul dit en I Co. 15 : 41, « *Autre est l'éclat du soleil, autre l'éclat de la lune, et autre l'éclat des étoiles* ». Quand vous voyez la lune dans une nuit merveilleuse, sa gloire est réellement une réflexion de la gloire du soleil, sa lumière une réflexion de la lumière du soleil. Dieu le Père est la lumière. C'est la lumière dont parle I Jean 1 : 7, « *Mais si nous marchons dans la lumière, comme il est lui-même dans la lumière, nous sommes mutuellement en communion, et le sang de **Jésus son Fils** nous purifie de tout péché. »* À Dieu soit la Gloire !

La doctrine de la Trinité est une **tentative post scripturale** d'apporter à l'expression cohérente diverses affirmations à propos de Dieu... Pour les chrétiens, l'unique Dieu a apparu dans ce qu'ils appellent une « économie » triple, en, pour ainsi dire, trois formes ou modes. Des difficultés émergèrent très tôt dans la formulation et la compréhension de « l'économie » triple. La théologie catholique et protestante a cherché par des voies variées à **rendre compréhensible la doctrine établie à Nicée**. Dans la pensée religieuse des Lumières (17e et 18e siècles), il y a eu une réaction forte contre le trinitarisme comme un mystère « orthodoxe » sans base ni dans l'expérience ni dans la raison.

Encyclopédie Académique Internationale.
Publications Lexicon, l'Édition de 1992
p. 300 – 301

Chapitre 8

Jésus A-t-il Un Dieu ?

« Mon Dieu, mon Dieu, pourquoi m'as-tu abandonné ? » (C'est Jésus qui parle) *(Matthieu 27 : 46).*

*« Et toi, Bethléhem Ephrata, Petite entre les milliers de Juda, De toi **sortira pour moi** Celui qui dominera sur Israël... Il se présentera, et il gouvernera avec la force de l'Éternel, Avec la majesté du nom de **l'Éternel, son Dieu**... »* *(Michée 5 : 1, 3).*

S'il vous plaît comprenez deux choses au sujet du verset ci-dessus. Dieu dit à travers le prophète Michée dans la petite cité de Bethléhem, *« De toi **sortira pour moi**... »* Remarquez combien de fois le terme « enfanter » est employé concernant la naissance de Jésus. Matthieu 1 : 25 déclare, *« Mais il (Joseph) ne la connut point jusqu'à ce qu'elle eût enfanté un fils. »* L'ange de Dieu avait dit à Joseph dans un songe, *« elle enfantera un fils, et tu lui donneras le nom de Jésus ».* Ainsi lorsque Jésus est venu à Bethléhem, il ne fut pas seulement né, il **fut enfanté** par Dieu, son Père. Il avait été parlé avant le temps par Dieu en tant que sa première pensée créative (le logos), mais maintenant comme le prophète avait dit, « *Il sortira de moi* ». Il n'avait pas été avec Dieu au ciel comme une personne séparée mais **fut « enfanté »** par Dieu dans le temps, conçu dans le ventre d'une vierge, par le Saint-Esprit. « *Mais, lorsque les temps on été accomplis, Dieu a envoyé son Fils, né d'une femme, né sous la loi* » (Gal 4 : 4). Le « envoyé » et « enfanté » de Jésus sont la même chose. « *Et lorsqu'il introduit de nouveau dans le monde le premier-né, il dit : Que tous les anges de Dieu l'adorent !* » *(Hé. 1 : 6).* Pour s'assurer que nous comprenons ce que la Bible veut dire lorsqu'elle dit Dieu envoya Jésus dans le monde, regardez Jean 17.

> « *.... Et ils ont vraiment connu que je suis sorti de toi, et ils ont cru que tu m'as envoyé* » *(v .8).*
>
> « *Comme tu m'as envoyé dans le monde, je les ai aussi envoyés dans le monde* » *(v.18).*

Jésus a envoyé ses disciples dans le monde, tout comme Dieu envoya Jésus dans le monde, choisi, oint, et investi du pouvoir.

> « *Il y eut un homme envoyé de Dieu : son nom était Jean* » (le Baptiste) *(Jean 1 : 6).*

Le jour où Jésus était né fut un des plus grands jours dans l'histoire du monde, un jour que le Dieu de l'éternité avait patiemment attendu, la naissance de Son Fils, « Son Fils unique ». Ce n'est pas étonnant qu'Il ait commandé aux anges de l'adorer et a accroché une étoile pour dire, « **c'est un garçon** ». « *... tandis que maintenant, à la fin des siècles, il a paru une seule fois pour abolir le péché par son sacrifice* » *(Hé. 9 : 26).* Concernant le mot « enfanté », s'il vous plaît comprenez que c'est l'acte de « donner naissance » et il signifie « **engendrer** ». S'il vous est arrivé de vous demander pourquoi tous ces « engendré » et « engendra » sont dans la Bible, Dieu les a placés là afin que nous puissions comprendre pour tout le temps et toute l'éternité que lorsqu'Il

« engendra » Jésus, et l'appela Son « fils unique » Il voulait dire qu'il était l'unique enfant « **engendré** » par Lui dans le ventre d'une mère, la vierge Marie. Ceci donne une signification ajoutée à la crucifixion, car quoique Dieu ait plusieurs **Fils créés**, Il envoya Son Fils unique « engendré » à la croix pour mourir pour nos péchés.

La seconde chose que nous devons voir à partir de Michée 5 : 3 c'est la locution, *« avec la majesté du nom de l'Éternel, son Dieu »*. **Jésus a-t-il un Dieu** ?

La réponse de la Bible à cette question devrait faire beaucoup pour éclaircir la confusion parmi les croyants quant à la relation entre le Dieu Éternel et Son Fils Jésus. Écoutez encore le cri de Jésus à partir de la croix comme enregistré en Mathieu 27 : 46 et Marc 15 : 34.

> *« Et vers la neuvième heure, Jésus s'écria d'une voix forte : Éli, Éli, lama sabachthani ? c'est-à-dire : Mon Dieu, mon Dieu, pourquoi m'as-tu abandonné ? »*

Le Jésus ressuscité a dit à Marie tout près de la tombe dans le jardin en Jean 20 : 17.

> *« ... Mais va trouver mes frères, et dis-leur que je monte vers* **mon Père** *et* **votre Père** *, vers* **mon Dieu** *et* **votre Dieu** *. »*

Paul dit en Éphésiens 1 : 3 *« Béni soit Dieu, le Père de notre Seigneur Jésus-Christ »* et encore au verset 17 :

> *« Afin que le* **Dieu de notre Seigneur Jésus-Christ,** *le* **Père de gloire** *, vous donne un esprit de sagesse et de révélation,* **dans sa connaissance** *. »*

L'écrivain de l'épître aux Hébreux déclare à propos du Fils en Hébreux 1 : 9

*« Tu as aimé la justice, et tu as haï l'iniquité ;
C'est pourquoi, ô Dieu, **ton Dieu** t'a oint D'une
huile de joie au-dessus de tes égaux. »* Ceci est
une citation d'un psaume messianique de David
(Ps. 45 : 8).

Pierre commence sa première épître en disant :

*« Béni soit **le Dieu et Père** de notre Seigneur
Jésus-Christ »* *(I Pierre 1 : 3 - KJF).* Pierre et
Paul croyaient la même chose ! Notez que **Jésus
était** ascensionné et **au ciel** avec le Père lorsque
Paul, Pierre, et l'écrivain de l'épître aux Hébreux
écrivaient, mais à eux **Jésus avait toujours un
Dieu !**

Le Jésus ascensionné déclare en Apocalypse 3 : 12

*« Celui qui vaincra, je ferai de lui une colonne
dans le **temple de mon Dieu**, et il n'en sortira
plus ; j'écrirai sur lui le **nom de mon Dieu**, et le
nom de **la ville de mon Dieu**, de la nouvelle
Jérusalem qui **descend du ciel d'auprès de mon
Dieu**... »* (Personne ne peut être le Dieu Suprême
et **avoir en même temps un Dieu**).

Ainsi donc la réponse de la Bible à la question, **Jésus a-t-il un
Dieu,** est un « **oui** » retentissant. Pour reconnaître le Très-Haut, le
Créateur comme votre « Dieu » c'est de dire qu'Il est votre « autorité »,
que vous adorez, craignez, obéissez, aimez et à qui vous vous soumettez.

Jésus, adorait-il Dieu ? Oui, voyez Jean 4 : 21-23 où Jésus dit à
la femme près de la source

« Femme, lui dit Jésus, crois-moi, l'heure vient où

*ce ne sera ni sur cette montagne ni à Jérusalem que vous **adorerez le Père**. Vous adorez ce que vous ne connaissez pas ; nous, **nous adorons ce que nous connaissons**, car le salut vient des Juifs. Mais l'heure vient, et elle est déjà venue, où les **vrais adorateurs adoreront le Père** en esprit et en vérité ; car ce sont là **les adorateurs que le Père demande**. »* Notez s'il vous plaît que Jésus n'a pas dit que le Père recherche des adorateurs pour adorer le Fils mais *« les vrais adorateurs »* pour *« adorer le Père »* (Dieu).

Ainsi Jésus dit *« **Nous** adorons le Père »* (son Dieu et notre Dieu). La dernière chose que Jésus fit avec ses disciples au « dernier souper », avant d'aller au jardin de Gethsémani, est notée en Mt. 26 : 30 et Marc 14 : 26.

> *« Après avoir **chanté les cantiques**, ils se rendirent à la montagne des oliviers. »*

Un hymne est un cantique *d'adoration* et de louange à Dieu. Jean le Révélateur a vu les saints vainqueurs se tenant sur « une mer de verre mêlée de feu » tenant à la main des harpes et chantant à Dieu le cantique de Moïse et de **l'Agneau** *(Jésus)*, et que dit le cantique d'adoration de l'Agneau à son Père ?

> *« ... Tes œuvres sont grandes et admirables, **Seigneur Dieu Tout-Puissant** ! Tes voies sont justes et véritables, **roi des nations** ! Qui ne craindrait, Seigneur, et ne glorifierait ton nom ? Car seul tu es saint. Et toutes les nations viendront, et **se prosterneront devant toi**, parce*

que tes jugements ont été manifestés » (Ap. 15 : 3-4).

En Romains 15 : 9 Paul cite le Psaume 18 : 50, un grand psaume messianique, et représente Jésus comme disant à Dieu son Père, *« C'est pourquoi je te louerai parmi les nations, **Et je chanterai à la gloire de ton nom** ».*

L'écrivain de l'épître aux Hébreux au chapitre 2, verset 12 cite le Psaume 22, et présente Jésus disant à Dieu *« **Je te célébrerai au milieu de l'assemblée** ».* Jésus se joint à nous en chantant des louanges à Dieu.

Jésus craint-il son Dieu ? Oui. Ésaïe, sous l'inspiration du Saint-Esprit, rédigea une des plus grandes prophéties de l'Ancien Testament concernant le Messie d'Israël qui vient *(Jésus)*, en Ésaïe 11 : 1-5 :

> *« Puis **un rameau sortira du tronc d'Isaï**, Et un rejeton naîtra de ses racines. L'Esprit de l'Éternel reposera sur lui: Esprit de sagesse et d'intelligence, Esprit de conseil et de force, Esprit de connaissance et de **crainte de l'Éternel**. Il respirera la **crainte de l'Éternel** ; Il ne jugera point sur l'apparence, Il ne prononcera point sur un ouï-dire. Mais il jugera les pauvres avec équité, Et il prononcera avec droiture sur les malheureux de la terre ; Il frappera la terre de sa parole comme d'une verge, Et du souffle de ses lèvres il fera mourir le méchant. La **justice** sera la ceinture de ses flancs, Et la **fidélité** la ceinture de ses reins. »*

Regardez Hébreux 5 : 7 et voyez comment priait Jésus.

> « *C'est lui qui, dans les jours de sa chair, ayant*
> *présenté avec de grands cris et avec larmes des*
> *prières et des supplications à celui qui pouvait le*
> *sauver de la mort, et* **ayant été exaucé à cause de**
> **sa piété.** »

Comparez ceci avec Marc 1 : 12-13 et vous comprendrez la crainte que Jésus avait pour son Père céleste :

> « *Aussitôt,* **l'Esprit poussa Jésus dans le désert,**
> *où il passa quarante jours, tenté par Satan. Il était*
> *avec les bêtes sauvages, et les anges le servaient.*»

La crainte de Jésus pour Dieu, « L'Éternel » (*Ésaïe 11 : 2-3*) n'était pas une crainte de trembler devant Dieu, mais une crainte respectueuse, révérencielle que le Roi David comparait au respect d'un enfant obéissant envers un père compatissant (Ps. 103 : 13). C'est ça la crainte que **nous aussi devrions avoir** pour Dieu, une crainte que produit l'obéissance. Il est tout à fait approprié que Jésus devait marcher « dans la crainte de l'Éternel » tel que prophétisé de lui, car « *Voici, la crainte du Seigneur, c'est la sagesse* » *(Job 28 : 28)* et « *la crainte de l'Éternel est le commencement de la science* » *(Pr. 1 : 7)*. Pendant qu'il était en présence du Dieu Tout-Puissant, Moïse, un prototype de Jésus (De. 18 : 18 ; Actes 3 : 22) a dit, « **Je suis épouvanté et tout tremblant !** » *(Hé. 12 : 21)*.

Rentrons maintenant en Hébreux où son auteur, probablement Paul, fait cette merveilleuse déclaration concernant Jésus :

> « **a appris,** *bien qu'il fût Fils,* **l'obéissance par les**
> **choses qu'il a souffertes, et qui,** *après avoir été*
> **élevé à la perfection,** *est devenu pour tous ceux*
> *qui lui obéissent l'auteur d'un salut éternel* » *(Hé.*

5 : 8-9).

Dieu n'a pas besoin d'apprendre quoi que ce soit, beaucoup moins l'obéissance, mais Jésus « a appris l'obéissance ».

Hébreux 2 : 18 déclare :

> « ... *car, ayant été **tenté lui-même dans ce qu'il a souffert**, il peut secourir* (« aider et soulager lorsqu'en difficulté ou en détresse ») *ceux qui sont tentés.* »

Hébreux évidement ne parle pas concernant la souffrance de Jésus sur la croix, par laquelle il « a appris l'obéissance », car ce fut cette obéissance « **apprise** » qui **l'amena à la croix**. Car Paul dit en Ph. 2 : 8-9 :

> « *il s'est humilié lui-même, se rendant **obéissant jusqu'à la mort, même jusqu'à la mort de la croix. C'est pourquoi** aussi Dieu l'a souverainement élevé, et lui a donné le nom qui est au-dessus de tout nom.* »

Par conséquent, la souffrance dont parle Hé. 5 : 8 doit avoir été les expériences de la vie que le Père lui a soumises qui l'amenèrent à ce point final de sacrifice obéissant et de victoire. Je sais que ceci n'est pas le message que plusieurs enseignent, mais c'est le message de la Bible !

Jésus, a-t-il aimé son Dieu et Père ? Oui. En Jean 14 : 15 Jésus dit à ses disciples de prouver leur amour pour lui en gardant ses commandements. Il dit ceci concernant l'amour qu'il a pour son Père :

> « *mais afin que le monde sache que **j'aime le Père**, et que **j'agis selon l'ordre** que le Père m'a donné... (v. 31).*

En dernier lieu, Jésus s'est-il soumis à la volonté de « son

Dieu » ? Oui. Voici quelques Écritures puissantes qui le prouvent. En Ésaïe 52 : 13 ; 53 : 11 et Zacharie 3 : 8 le Seigneur Dieu appelle le Messie qui vient *(Jésus)* « **mon serviteur** » et Matthieu 12 : 18 déclare :

> « *Voici **mon serviteur** que j'ai choisi, Mon bien-aimé en qui mon âme a pris plaisir. **Je mettrai mon Esprit sur lui**, Et il annoncera la justice aux nations.* »

De même Abraham, Moïse, Paul, Jacques et Jean sont appelés « serviteurs » de Dieu. Jésus ne peut pas être le Dieu Très-Haut et en même temps être le **serviteur** du Dieu Très-Haut ! Jean 5 : 19, 30 déclare :

> « *Jésus reprit donc la parole, et leur dit : En vérité, en vérité, je vous le dis, le Fils ne peut rien faire de lui-même, il ne fait que ce qu'il voit faire au Père ; et tout ce que le Père fait, le Fils aussi le fait pareillement. **Je ne puis rien faire de moi-même** : selon que j'entends, je juge ; et mon jugement est juste, parce que **je ne cherche pas ma volonté, mais la volonté de celui** [le Père] qui m'a envoyé.* »

En Hébreux 10 : 7 Christ est cité à partir d'une prophétie de l'A.T. parlant de lui disant :

> « *Alors j'ai dit : Voici, je viens Dans le rouleau du livre il est question de moi **Pour faire, ô Dieu, ta volonté.*** »

Jésus, en tant qu'une personne, avait une volonté propre à lui, mais il la soumettait toujours à la volonté de son Père. Le plus grand combat que Jésus a expérimenté avec sa volonté étant sur terre, comme divergent de la volonté de Dieu, se trouve en Mt. chapitre 26 ; Marc chapitre 14 et Luc chapitre 22. Matthieu dit aux versets 39, 42-44 :

> « *Puis, ayant fait quelques pas en avant, il se jeta sur sa face, et pria ainsi : **Mon Père**, s'il est possible, que cette coupe s'éloigne de moi ! Toutefois, **non pas ce que je veux**, mais ce **que tu veux**. Il s'éloigna **une seconde fois**, et pria ainsi : Mon Père, s'il n'est pas possible que cette coupe s'éloigne sans que je la boive, **que ta volonté soit faite** ! Il revint, et les trouva encore endormis ; car leurs yeux étaient appesantis. Il les quitta, et, s'éloignant, **il pria pour la troisième fois**, répétant **les mêmes paroles**.* »

Marc 14 : 36 éclaire également :

> « *Il disait : Abba, Père, toutes choses te sont possibles, **éloigne de moi cette coupe** ! Toutefois, **non pas ce que je veux**, mais ce que tu veux.* »
> (Leurs volontés n'étaient définitivement pas les mêmes à ce point dans le temps).

Jésus avait connu pendant une grande partie de sa vie et l'ensemble de son ministère, que c'était la volonté de son Père pour lui de mourir sur la croix pour les péchés de l'humanité. Comme le temps approchait, la lutte au sein de Jésus commença à s'intensifier au point que, quelques jours avant sa mort quand Pierre prononça des paroles de découragement et réprimanda Jésus pour avoir dit qu'il allait mourir, Jésus le considéra comme si c'était Satan qui utilisait Pierre. *(Notez que si Satan ne peut pas vous atteindre, il va essayer d'utiliser un de vos proches)*. Jésus a dit à Pierre, « *Arrière de moi, Satan ! tu m'es en scandale ; car tes pensées ne sont pas les pensées de Dieu, mais celles des hommes »* (Mt. 16 : 23).

Environ 24 heures avant son arrestation, la peine intérieure de Jésus est évidente dans une prière à son Père *(Jean 12 : 27)*.

> *« Maintenant mon âme est troublée. Et que dirai-je ? ...* **Père, délivre-moi de cette heure** *? ... Mais c'est pour cela que je suis venu jusqu'à cette heure. »*

Mais encore plus dans les derniers instants, il se retira de la douleur, la honte, et la séparation d'avec son Père. Ceci produisit une lutte au-dedans de Jésus qui est exprimée trois fois en prière, lorsqu'il pria : *« ... Mon Père, s'il est possible, que cette coupe s'éloigne de moi ! Toutefois, **non pas ce que je veux**, mais **ce que tu veux** »* (Mt. 26 : 39). La lutte de deux volontés… et soumission, une lutte si intense que cela lui fit transpirer profusément comme des grumeaux de sang.

> *« **Étant en agonie, il priait plus instamment**, et sa sueur devint comme des grumeaux de sang, qui tombaient à terre »* (Luc 22 : 44).

Ces versets sont très pénibles à lire, mais nous voyons ainsi comment Jésus-Christ, notre Seigneur, « l'agneau qui a été immolé » (Ap. 13 : 8) depuis la fondation du monde dans la réalité de Dieu, mais en fait immolé à peu près 32 apr. J-C dans notre réalité, **racheta notre salut éternel**. Non pas comme Dieu mais comme **l'homme parfait**, « l'agneau de Dieu » sans défaut. Le prophète Ésaïe avait écrit quelque 700 ans avant ce temps *(Ésaïe 53 : 11)*, *« À cause du travail de son âme* (Jésus)*, il* (Dieu le Père) *rassasiera ses regards ; Par sa connaissance **mon serviteur juste*** (Jésus) *justifiera beaucoup d'hommes, Et il se chargera de leurs iniquités ».*

Dieu merci, notre dette de péché est payée !

Regardons de nouveau les mots de Jésus dans Jean 20 : 17 :

« *... je monte vers mon Père et votre Père, **vers mon Dieu et votre Dieu**.* »

Jésus a-t-il un Dieu ? **Oui !** Maintenant, puis-je demander, **Jésus** est-il votre Dieu, ou est-ce que le **Dieu** de Jésus est votre Dieu ? **Dieu attend votre réponse !**

Chapitre 9

Quand est-ce que Jésus a reçu l'adoration ?

« Alors la mère des fils de Zébédée s'approcha de Jésus avec ses fils, et se prosterna, pour lui faire une demande » (Mt. 20 : 20).

*L*a mère de Jacques et de Jean amena ses fils à Jésus et se prosterna devant lui, ensuite, elle fit sa demande

« ... Ordonne, lui dit-elle, que mes deux fils, que voici, soient assis, dans ton royaume, l'un à ta droite et l'autre à ta gauche » (v. 21).

En tant qu'hébraïque, cette mère connaissait ce que tous les Hébreux savaient, qu'aucun homme ne pouvait être Dieu, mais dans son cœur, elle croyait que celui devant qui elle s'était prosternée et fit sa demande, celui-là était le Messie promis de Dieu. En tant que tel, il aurait bientôt un royaume, et elle voulait une place spéciale pour ses fils. La réponse de Jésus est révélatrice :

> « ... mais pour ce qui est d'être assis à ma droite
> et à ma gauche, **cela ne dépend pas de moi**, et ne
> sera donné qu'à ceux **à qui mon Père l'a**
> **réservé** » (v. 23).

Sa réponse à elle nous enseigne plusieurs choses à propos de Jésus. Numéro un, il y a quelqu'un au-dessus de lui avec une plus grande autorité, qui ne lui a pas dit tout de Son plan *(Marc 13 : 32 ; Ap. 1 : 1)*. Numéro deux, Dieu n'avait pas remis toute chose entre ses mains. Regardez encore ses paroles, « ***cela ne dépend pas de moi***, *et ne sera donné qu'à ceux à qui mon Père **l'a réservé*** ».

Ceci s'accorde avec ce que Jésus a dit en Actes 1 : 7 en réponse à la question de ses disciples, « .... *Seigneur, est-ce en ce temps que tu rétabliras le royaume d'Israël ? Il leur répondit : Ce n'est pas à vous de connaître les temps ou les moments que le Père a fixés **de sa propre autorité** ».*

Néanmoins, il a reçu l'adoration (les hommages) de cette mère. La déclaration est faite puisque Jésus reçoit l'adoration, il doit en effet être Dieu. Ce chapitre va prouver à partir des Écritures que cette déclaration n'est pas vraie.

Pendant que Jésus était sur terre au nom de Dieu, il recevait l'adoration, et à juste titre. Matthieu 2 : 11 déclare à propos des mages qui sont venus de l'orient, suivant une étoile :

> « *Ils entrèrent dans la maison, virent le petit*
> *enfant avec Marie, sa mère, se prosternèrent et*
> *l'adorèrent ; ils ouvrirent ensuite leurs trésors, et*
> *lui offrirent en présent de l'or, de l'encens et de la*
> *myrrhe* » (Mt. 2 : 11).

Plusieurs autres événements de la sorte sont enregistrés dans la

Bible.

* Un lépreux cherchant la guérison est venu et se prosterna (l'adora) devant lui et il fut guéri. *(Mt. 8 : 2)*

* Un certain chef cherchant la résurrection de sa fille, est venu et se prosterna devant lui et sa fille fut ressuscitée. *(Mt. 9 : 18)*

* Après que Jésus a marché sur les eaux et a calmé la tempête, ceux qui étaient dans la barque sont venus se prosterner devant lui. *(Mt. 14 : 33)*

* Marie de Magdala et l'autre Marie, lorsqu'elles virent le Seigneur ressuscité, s'approchèrent pour saisir ses pieds et elles se prosternèrent devant lui. *(Mt. 28 : 9)*

* L'homme possédé par une légion de démons à Gadara, ayant vu Jésus de loin, il accourut et se prosterna devant lui. *(Marc 5 : 6)*

* L'homme aveugle qui était guéri quand il a lavé la boue de ses yeux dans le pool de Siloé, a trouvé Jésus et s'est prosterné devant lui. *(Jean 9 : 38)*

Mais vous pouvez demander, si Jésus n'est pas le Dieu Tout-Puissant ou « Dieu le Fils », la seconde personne du Dieu trin, pourquoi a-t-il reçu l'adoration (les hommages) ? Voilà une très bonne question et la réponse se trouve en Hébreux 1 : 6 :

> « *Et lorsqu'il introduit de nouveau dans le monde*
> *le premier-né, il dit : Que tous les anges de Dieu*
> *l'adorent !* »

Dieu a décrété l'adoration pour Jésus, Son fils, même de la part des anges. Jésus est venu comme un homme *(Mt. 8 : 20 ; Luc 9 : 58 ; I Ti. 2 : 5)* et en tant que tel **il fut fait**, comme tous les hommes, de peu inférieur aux anges *(Ps. 8 : 5 ; Hé. 2 : 7)*. Hébreux 2 : 9 déclare :

> « *Mais celui **qui a été abaissé** pour un peu de*

> *temps au-dessous des anges, Jésus, nous le voyons couronné de gloire et d'honneur à cause de la mort qu'il a soufferte, afin que, par la grâce de Dieu, il souffrît la mort pour tous. »*

Mais par la naissance, il est le Fils de Dieu *(Luc 1 : 35)* et a été exalté par son Père au-dessus des anges. Voyez Hébreux 1 : 4-5 :

> *« devenu d'autant supérieur aux anges **qu'il a hérité** d'un nom plus excellent que le leur. Car auquel des anges Dieu a-t-il jamais dit : Tu es mon Fils, Je t'ai engendré aujourd'hui ? Et encore : Je serai pour lui un père, et il sera pour moi un fils ? »*

Oui ils l'ont adoré (se sont prosternés devant lui). Dieu l'a commandé, disant : « *Que tous les anges de Dieu l'adorent !* » (le Fils). Pas comme le Dieu Tout-Puissant, **à Qui appartiennent ces anges**, mais comme Fils de Dieu né d'une vierge sans péché, **sous l'autorité duquel Il** (Dieu) a « *soumis le monde à venir* » *(Hé. 2 : 5)*.

Pour comprendre cette merveilleuse vérité, nous devons savoir que dans les Écritures, d'autres en dehors du Très-Haut, ont été adorés avec Sa faveur. Lorsque le Roi David, le psalmiste adorable d'Israël commençait à vieillir, il était assis dans son palais de cèdre un jour et s'est rendu compte que l'arche du Grand Dieu d'Israël restait dans une tente non loin de là *(I Ch. 17 : 1 ; II Samuel 7 : 1-3)*. Il a fait venir Nathan, le prophète de Dieu et lui a dit de son intention de bâtir une belle maison, un temple, pour abriter l'arche de Dieu. La réaction initiale de Nathan a été « *... Fais tout ce que tu as dans le cœur, car Dieu est avec toi* » *(I Ch. 17 : 2)*. Cependant, cette nuit Dieu a parlé à Nathan dans une vision avec un message pour David qui disait en essence, « Pas trop vite ! Oui, je suis honoré que tu désires me bâtir une maison et c'est ton fils après toi qui la bâtira sûrement. Mais je connais quelque chose que tu ne connais pas. Je vais te bâtir une maison » (c'est-à-dire une dynastie) (*II S. 7 : 4-11 ; I Ch. 17 : 11-15*). Et il y a plus !

> *« Quand tes jours seront accomplis et que tu iras auprès de tes pères, **j'élèverai ta postérité après toi, l'un de tes fils, et j'affermirai son règne.** Ce sera lui qui me bâtira une maison, et **j'affermirai pour toujours son trône. Je serai pour lui un père**, et **il sera pour moi un fils** ; et je ne lui retirerai point ma grâce, comme je l'ai retirée à celui qui t'a précédé. Je l'établirai pour toujours dans ma maison et dans mon royaume, et **son trône sera pour toujours affermi**. Nathan rapporta à David toutes ces paroles et toute cette vision »* (*I Ch. 17 : 11 – 15*).

Ainsi, Dieu a établi son alliance avec son serviteur David, « **pour toujours** ».

> *« Ta maison et ton règne seront pour toujours assurés, ton trône sera **pour toujours** affermi »* (*II S. 7 : 16*).

Regardez les quatre choses que l'Éternel Dieu a promises à David dans cette alliance qui est appelée « l'Alliance davidique ». Dieu a promis à David **une maison**, une dynastie, « une lignée », **pour toujours**. Par conséquent on parle de la « maison de David » à travers le reste de l'A.T., pour des centaines d'années après que David est mort et parti. Nous devons nous rappeler que la « maison de David » dans les Écritures est uniquement une partie de la tribu de Juda, et est par conséquent différente et distincte de la « maison d'Israël » *(Jacob)*, que forment toutes les douze tribus. Ceci est ce que Luc 2 : 4 traite lorsqu'il est dit que Joseph est allé à Bethléhem, *« la ville de David »* pour être recensé avec Marie, fiancée à être son épouse, *« parce qu'il était de la maison et de la famille de David »*. Cette dynastie, maison, tabernacle est-ce à quoi Amos et l'apôtre Jacques ont fait allusion que Dieu relèverait dans les derniers jours *(Amos 9 : 11 ; Actes 15 : 16)*.

Ensuite, Dieu a promis à David **un royaume** et un *« trône pour toujours »* *(I Ch. 17 : 11-12, 14)*. Remarquez le verset 14 où Dieu appelle ce trône *« mon trône »*. C'est pourquoi *I Ch. 29 : 23* déclare : « Salomon s'assit sur **le trône de l'Éternel** » à Jérusalem. Voilà le trône dont l'ange Gabriel a parlé à Marie :

> *« Il sera grand et sera appelé Fils du Très-Haut,*
> *et le Seigneur Dieu lui donnera **le trône de David,***
> ***son père**. Il règnera sur la maison de Jacob*
> *éternellement, et son règne n'aura point de fin »*
> *(Luc 1 : 32-33)*.

Notez qu'il n'a pas été promis à Jésus **le trône de Dieu au ciel**, mais « le trône de son Père David » à Jérusalem. **C'est important !**

La troisième chose que Dieu a promise à David a été la **miséricorde** disposée pour ses descendants.

> *« ... et je ne lui retirerai point ma grâce, comme*
> *je l'ai retirée à celui qui t'a précédé »* *(I Ch. 17 :*
> *13)*.

C'est bien la miséricorde que Dieu a démontrée en ne détruisant pas Salomon, même après qu'il est entré en idolâtrie. C'est la miséricorde qui a été observée quelque 106 années après la mort de David durant le règne violent et méchant du roi Joram.

> « *Mais l'Éternel ne voulut point détruire la maison de David, à cause de l'alliance qu'il avait traitée avec David...* » (II Ch. 21 : 7)

Et environ 305 ans après la mort de David dans les jours d'Ézéchias, Dieu a juré de défendre Jérusalem contre l'armée de l'Assyrie approchante par ces mots :

> « *Je protégerai cette ville pour la sauver, À cause de moi, et à cause de David, mon serviteur* » *(És. 37 : 35).*

Et finalement, Dieu a promis à David une « **postérité** » ou des enfants.

> « *Quand tes jours seront accomplis et que tu iras auprès de tes pères, j'élèverai ta postérité après toi, l'un de tes fils, et j'affermirai son règne* » *(I Ch. 17 : 11).*

Ces enfants de David, la lignée davidique des rois, seraient aussi appelés « fils de Dieu ».

> « *Je serai pour lui un père, et il sera pour moi un fils...* » *(v. 13)*

Constatez que ceci ne s'est pas **uniquement** appliqué à Jésus, regardez le récit de ceci dans II Samuel 7 : 14 :

> « *... S'il fait le mal, je le châtierai avec la verge des hommes...* »

Ces mots « son Père - mon fils » expriment la relation spéciale que Dieu promet de maintenir avec les descendants de David qu'Il établira sur le trône de David. Cela les désigne comme étant ceux que Dieu a choisis pour gouverner en Son nom, comme les représentants officiels de l'autorité de Dieu. En Jésus (*le Messie*), cette promesse arrive à l'accomplissement ultime.

> « *Généalogie de Jésus-Christ, fils de David, fils d'Abraham* » *(Mt. 1 : 1).*
>
> « *Et une voix fit entendre des cieux ces paroles : Tu es mon Fils bien-aimé, en toi j'ai mis toute mon affection* » *(Marc 1 : 11).*

Voyons maintenant le couronnement du Roi Salomon, le fils de David, « fils » de Dieu, à s'asseoir « sur le trône de l'Éternel » à Jérusalem.

> « *David dit à toute l'assemblée : Bénissez l'Éternel, votre Dieu ! Et toute l'assemblée bénit l'Éternel, le Dieu de leurs pères. Ils s'inclinèrent **et se prosternèrent devant l'Éternel et devant le roi*** » *(I Ch. 29 : 20).*

Oui, c'est ce qu'il dit, ils se prosternèrent devant l'Éternel, **et le roi** ». Ils ont adoré l'Éternel comme Dieu (« *... Toi seul, tu es Dieu* » *Ps. 86 : 10*) et ils ont adoré le roi comme l'envoyé de Dieu, le régent oint, le fils de Dieu, et ils ont fait ceci avec la faveur et l'approbation de Dieu.

> « *Ils mangèrent et burent ce jour-là **devant l'Éternel** avec une **grande joie**, ils proclamèrent roi pour la seconde fois Salomon, fils de David, **ils l'oignirent devant l'Éternel** comme chef, et ils oignirent Tsadok comme sacrificateur. **Salomon s'assit sur le trône de l'Éternel**, comme roi à la place de David, son père. Il prospéra, et tout Israël lui obéit. Tous les chefs et les héros, et même tous les fils du roi David **se soumirent au roi Salomon. L'Éternel éleva au plus haut degré***

> ***Salomon*** *sous les yeux de tout Israël, et il rendit*
> *son **règne plus éclatant** que ne fut celui d'aucun*
> *roi d'Israël avant lui. David, fils d'Isaï, régna sur*
> *tout Israël » (I Ch. 29 : 22-26).*

Supposons maintenant que Salomon ou Israël après être **excessivement magnifié** avec une telle **puissance et majesté royales**, avait décidé qu'il était en fait Dieu, ou une partie de la divinité. Pensez-vous que la faveur de Dieu serait restée ? Pas du tout ! Regardez le Roi Hérode qui a pris pour lui-même la gloire de Dieu.

> *« À un jour fixé, Hérode, revêtu de ses habits*
> *royaux, et assis sur son trône, les harangua*
> *publiquement. Le peuple s'écria : **Voix d'un dieu,***
> *et non d'un homme ! Au même instant, un ange du*
> *Seigneur le frappa, **parce qu'il n'avait pas donné***
> ***gloire à Dieu.** Et il expira, rongé des vers » (Actes*
> *12 : 21-23).*

Contrairement à Hérode, Salomon donna la gloire à Dieu et fut adoré comme le roi oint de Dieu, Son « fils » **avec l'approbation de Dieu.**

Nous devons être prudents avec « l'adoration » puisque Dieu est jaloux de Sa gloire (honneur-estime) et ne le donnera pas à un autre, mais, à des rares occasions, **Il a ordonné l'adoration pour d'autres.** Regardez ce que le Seigneur dit aux **saints qui vaincront** en Apocalypse 3 : 9 :

> *« Voici, je te donne de ceux de la synagogue de*
> *Satan, qui se disent Juifs et ne le sont pas, mais*
> *qui mentent ; voici, **je les ferai venir, se***
> ***prosterner à tes pieds,** et connaître que je t'ai*

aimé. »

Ces saints seront-ils adorés ? Oui ! Seront-ils adorés comme Dieu ? **Absolument pas !** En tant que divinité ? **Absolument pas !** Mais ils seront adorés en tant que saints qui ont vaincu, **car c'est Dieu qui l'a ordonné.** Avec cette compréhension, voyons comment Jésus le Messie a été adoré. Est-ce que les anges de Dieu qui l'ont adoré à sa naissance *(pas avant sa naissance)*, pensaient-ils qu'ils adoraient Dieu ? Non ! Ils voyaient continuellement la face de Dieu au ciel et connaissaient que ce bébé n'était pas Dieu, mais le Messie, le fils de David, le Fils de Dieu *(Mt. 18 : 10 ; Ap. 5 : 11-13).*

> *« Et lorsqu'il* (Dieu) *introduit de nouveau **dans le monde*** (pas avant) *le premier-né* (Jésus)*, il* (Dieu) *dit : Que tous les anges de Dieu l'adorent* (Jésus) *! » (Hé. 1 : 6).*

Est-ce que les mages qui avaient trouvé le bébé à Bethléhem *« et qui se prosternèrent pour l'adorer »* pensaient-ils qu'ils regardaient Dieu ? Non, ils étaient venus à Jérusalem demandant, *« Où est **le Roi des Juifs** qui vient de naître ?* (Mt. 2 : 2).* Quand Hérode avait demandé à ses scribes de chercher dans les Écritures pour savoir où devait naître le Christ, ils dirent :

> *« ... À Bethléhem en Judée ; car voici ce qui a été écrit par le prophète: Et toi, Bethléhem, terre de Juda, Tu n'es certes pas la moindre entre les principales villes de Juda, Car de toi **sortira un chef** Qui **paîtra Israël, mon peuple** » (Mt. 2 : 5-6).*

Ils ne cherchaient pas Dieu, mais « un chef » (un gouverneur) envoyé par Dieu. Et comment savaient-ils qu'il serait « le Roi des

Juifs » ? Ils avaient « vu son étoile » mais ce n'est pas possible qu'ils aient pu lire tout ceci sur les étoiles. Ils devaient sans doute avoir lu cela dans les chroniques de Babylon, car des siècles avant, Daniel, un sage et prophète à Babylon, avait vu des visions et prédit la venue du Messie, Prince d'Israël.

> « ... *Depuis le moment où la parole a annoncé que Jérusalem sera rebâtie jusqu'à l'Oint, au Conducteur, il y a sept semaines ; dans soixante-deux semaines...* » *(69 semaines - 483 ans) (Dan 9 : 25).* **Et il était juste à l'heure**!

Les disciples qui ont adoré Jésus dans la barque, après qu'il a calmé la mer en Matthieu 14 : 32-33, pensaient-ils qu'ils l'adoraient en tant que Dieu ? Voyons. Au chapitre 13 : 37-41, il avait enseigné de grandes leçons pendant lesquelles il s'est appelé lui-même deux fois « le Fils de l'homme », un être humain. Il termine l'enseignement en faisant allusion à lui-même comme « un prophète » *(Mt. 13 : 57).* Au chapitre 14, Jésus vient vers les disciples marchant sur la mer et calme la mer.

> « *Ceux qui étaient dans la barque vinrent se prosterner devant Jésus, et dirent: Tu es véritablement le Fils de Dieu.* » *(Mt. 14 : 33).*

Pensaient-ils qu'ils adoraient quelqu'un avec eux dans la barque qui était en fait « Dieu » ou « Dieu le Fils » ? Non ! Ils ont mangé avec lui, ont dormi avec lui, ont vu qu'il devenait fatigué, fatigué et affamé et qu'il avait des fonctions corporelles comme ils en avaient, et ils savaient qu'il était un homme. Ils se sont demandé entre eux lors d'une occasion précédente similaire « Quel est celui-ci (quelle sorte d'homme est-ce – KJF), disaient-ils, à qui obéissent même les vents et la mer ? » (Mt. 8 : 27). Il est l'homme parfait, mais néanmoins un « homme ». Cet incident avait aidé à leur compréhension que cet homme est vraiment le Messie, le Fils de Dieu, prouvé aussi par sa résurrection *(Ro. 1 : 4)*. Écoutez encore leurs paroles ; *« Tu es véritablement le Fils de Dieu »*. Aucune personne dans les récits scripturaux n'a adoré Jésus en tant que l'Éternel Dieu, et **nous ne devons pas le faire** ! Il y a plusieurs mots grecs dans le N.T. qui sont traduits par « adorer », et sont perçus comme étant offerts à Dieu, à Jésus, aux saints de l'Apocalypse, et **improprement** aux anges et aux idoles. Mais il y a un mot « latreuo » (*No. 3.000 Strongs*) qui signifie « rendre service à Dieu – rendre un hommage religieux » et qui **n'est pas** dans les Écritures **donné à Jésus** ou à quelqu'un d'autre **excepté à Dieu** *(Actes 24 : 14 ; Ph. 3 : 3 ; Hé. 10 : 2)*. Donner à Jésus le Fils, la place de Dieu le Père dans nos cœurs et dans notre adoration c'est flirter avec l'idolâtrie. *« Tu n'auras pas d'autres dieux* (pluriel) *devant ma face* (singulier*) » (Ex. 20 : 3)*. Jésus appelait son Père *« le seul vrai Dieu »* en Jean 17 : 3, et **Lui seul doit être adoré comme Dieu.** Il est important de noter qu'aucun endroit ne peut être trouvé dans les Écritures du N.T. où quelqu'un « ait adoré » Jésus après son ascension au ciel, ni où un écrivain quelconque du N.T. ne nous ait dit « d'adorer » Jésus. Il est actuellement devant la présence de Dieu, assis à la droite de Dieu le Père, et notre « adoration » doit être dirigée à Dieu.

> *« ... afin de comparaître maintenant pour nous devant la face de Dieu » (Hé. 9 : 24).*

Deux fois en Apocalypse une scène est décrite où Dieu et l'Agneau sont présents et les deux reçoivent la louange, mais Dieu seul est « adoré » *(Ap. 5 : 12-14 ; 7 : 9-11)*.

Jésus n'a jamais dit qu'il était Dieu. En fait il a nié qu'il l'était *(Mt. 19 : 17 ; Jean 5 : 19 ; 30-31)*. S'il était Dieu, il nous l'aurait dit. Il ne nous laisserait pas perplexes à propos d'une question si sérieuse que celle-ci.

Le « merveilleux fils » de David et le « fils » de Dieu, Salomon a reçu l'adoration avec l'approbation de Dieu. Jésus-Christ, le « plus merveilleux fils » de David (« *... et voici, il y a ici plus que Salomon »* *Mt. 12 : 42*) a reçu l'adoration telle qu'ordonnée par Dieu, son Père. Jésus a été adoré comme Sauveur, Rédempteur, Messie, Fils de Dieu.

> « *Ils disaient d'une voix forte* **: L'agneau** *qui a été* immolé **est digne** *de recevoir la puissance, la richesse, la sagesse, la force, l'honneur, la gloire, et la louange »* *(Ap. 5 : 12)*. *S'il vous plaît notez que le mot* « **adorer** » **n'est pas inclus.**

Mais Jésus nous rejoint **dans l'adoration** du « seul vrai Dieu », **son Dieu et notre Dieu.**

> « *... Nous, nous adorons ce que* (qui) *nous connaissons »* (C'est Jésus qui parle) *(Jean 4 : 22)*.
>
> « *... Tu adoreras le Seigneur, ton Dieu, et tu le serviras lui seul »* (C'est Jésus qui parle) *(Luc 4 : 8)*.
>
> « *Mais l'heure vient, et elle est déjà venue, où les* **vrais** *adorateurs* **adoreront le Père** *en esprit et en vérité ; car ce sont là* **les adorateurs que le Père demande.** *Dieu est Esprit**, et il faut que ceux qui* **l'adorent l'adorent** *en esprit et en vérité »* (C'est Jésus qui parle) *(Jean 4 : 23-24)*. Notez, **Jésus dit que** « *les vrais adorateurs* » ... « *adoreront le Père* » *qui est* « *Esprit* ». Jésus n'est pas un esprit ni est-il pas Dieu le Père, il est un homme *(Luc*

24 : 39 ; Jean 8 : 40).

« L'une d'elles, nommée Lydie... était une femme **craignant** *(qui adorait – KJF)* **Dieu** *» (Actes 16 : 14).*

« ... Il entra chez un nommé Justus, **homme craignant** *(qui adorait – KJF)* **Dieu** *(Actes 18 : 7).*

*« ... Cet homme (*Paul*) excite les gens à* **servir** *(adorer – KJF)* **Dieu** *» (Actes 18 : 13).*

« ... bien que je **sers** *(j'adore - KJF) le* **Dieu** *de mes pères... et ayant en Dieu cette espérance* (c'est Paul qui parle) *(Actes 24 : 14-15).*

« ... et qu'il survienne quelque non-croyant ou un homme du peuple... tombant sur sa face, il **adorera Dieu** *» (I Co. 14 : 24-25).*

« Car les circoncis, c'est nous, qui **rendons à Dieu notre culte** *(qui adorons Dieu – KJF) par l'Esprit de Dieu, qui nous glorifions en Jésus-Christ » (Ph. 3 : 3). Paul, c'est quoi encore cela ?* *«* **Nous rendons à Dieu notre culte** *(nous adorons Dieu)* **et nous nous glorifions en Jésus-Christ.** *»*

« Levez-vous, bénissez **l'Éternel, votre Dieu,** *d'éternité en éternité ! Que l'on bénisse ton nom glorieux, qui est au-dessus de toute bénédiction et de toute louange !* **C'est toi, Éternel, toi seul, qui as fait les cieux, les cieux des cieux et toute leur armée, la terre et tout ce qui est sur elle, les mers et tout ce qu'elles renferment.** *Tu donnes la vie à*

*toutes ces choses, et **l'armée des cieux se prosterne devant toi**. Tu descendis sur la montagne de Sinaï, **tu leur parlas du haut des cieux**, et tu leur donnas des ordonnances justes... et, dans ta grande miséricorde, tu leur donnas des **libérateurs** qui les sauvèrent de la main de leurs ennemis » (Néhémie 9 : 5-6, 13, 27).*

(Un ange) *Il disait d'une voix forte : **Craignez Dieu**, et **donnez-lui gloire**, car l'heure de son jugement est venue ; et **adorez celui** qui a fait le ciel, et la terre, et la mer, et les sources d'eaux. (Ap. 14 :7)*

« ***Adore Dieu*** » (Ap. 19 : 10).
« ***Adore Dieu*** » (Ap. 22 : 9).

(Le système solaire pouvait uniquement provenir) « du conseil et de la domination d'un être intelligent et puissant » (et l'univers des étoiles) « doit être soumis à la domination d'un Seul… Cet Être gouverne toutes choses, pas comme l'âme du monde mais comme le Seigneur au-dessus de tout : Et à cause de sa domination, il a l'habitude d'être appelé l'Éternel Dieu… Le père est l'ancien des jours et a la vie en lui-même originalement, essentiellement et indépendamment depuis toute l'éternité, et a donné au fils d'avoir la vie en lui-même (Jean 5 : 26). Le Père a de la connaissance et de la prescience en lui-même et communique cette connaissance et cette prescience au fils… Nous pouvons donner les noms de Dieux aux autres Êtres comme cela se fait fréquemment dans les Écritures. Des Anges et des Princes qui ont le pouvoir et la domination sur nous, nous pouvons les appeler des Dieux, mais **nous ne devons pas avoir d'autres dieux dans notre adoration à l'exception de celui qui dans le quatrième commandement déclare avoir fait les cieux et la terre ; ce qui est le caractère de Dieu le père**… La raison pour laquelle le *Fils* dans le Nouveau Testament est quelquefois appelé *Dieu*, ce n'est pas tellement à cause de sa *Substance métaphysique*, comment Divine qu'elle soit ; comme ses *Attributs relatifs* et son *Autorité* divine sur nous. » [1]

Sir Isaac Newton (1642 – 1727)

Chapitre 10

Comment Paul Priait

*« Je vous exhorte, frères, par notre Seigneur Jésus-Christ et par l'amour de l'Esprit, à combattre avec moi, **en adressant à Dieu des prières** en ma faveur » (Ro. 15 : 30).*

*« À cause de cela, je fléchis les genoux devant le **Père de notre Seigneur Jésus-Christ)** » (Ép. 3 : 14).*

D ans notre effort de comprendre Dieu le Père et Sa relation avec notre Seigneur Jésus-Christ et pour connaître à qui nos prières doivent être adressées, il serait utile d'étudier les prières du grand apôtre Paul. Il fut un homme puissamment utilisé par Dieu, *« un apôtre de Jésus »* (II Co. 1 : 1), *« l'apôtre des Païens »* (Ro. 11 : 13), *« en rien inférieur à ces apôtres par excellence »* (II Co. 11 : 5), et *« fut enlevé* dans le paradis, et qu'il entendit des paroles ineffables qu'il n'est pas permis à un homme d'exprimer » (II Co. 12 : 4). Il est un homme certainement qualifié pour écrire sur le sujet de la prière, et l'un dont nous pouvons suivre l'exemple.

QUE DIT PAUL À PROPOS DE LA MANIÈRE DONT IL PRIAIT.

Premièrement, regardons les écrits de Paul et voyons à qui adressait-il ses prières :

> « À cause de cela, je fléchis les genoux devant **le Père** » (Ép. 3 : 14).
>
> « Je rends grâces **à mon Dieu** de tout le souvenir que je garde de vous, ne cessant, **dans toutes mes prières** pour vous tous. » (Ph. 1 : 3 – 4)
>
> « Nous **rendons grâces à Dieu, le Père** de notre Seigneur Jésus-Christ, et nous ne cessons de prier pour vous » (Col. 1 : 3).
>
> « Quelles actions de grâces, en effet, nous pouvons rendre **à Dieu** à votre sujet, pour toute la joie que nous éprouvons à cause de vous, **devant notre Dieu !** » (I Th. 3 : 9).
>
> « Vous serez de la sorte enrichis à tous égards pour toute espèce de libéralités qui, par notre moyen, feront offrir **à Dieu** des actions de grâces » (II. Co. 9 : 11).
>
> « Je rends continuellement grâces **à mon Dieu**, faisant mention de toi **dans mes prières** » (Phm. 1 : 4).

Ainsi Paul dit dans les six précédents versets qu'il priait **Dieu le Père** : Nous savons pour sûr c'est ce qu'il a dit, alors c'est ce qu'il a pratiqué. J'ai trouvé 34 exemples de Paul en prière dans le livre des Actes et dans ses épîtres, et nous allons les examiner dans le but d'apprendre par son exemple.

En Actes chapitre 9, Paul (*Saul*) était en route vers Damas pour persécuter l'Église et il a eu une rencontre avec Jésus, qui l'a laissé aveuglé. Il a été conduit par ses amis à Damas et a demeuré sans vision, sans manger, sans boire pendant trois jours. Le Seigneur Jésus parla à un disciple de cette cité du nom d'Ananias, lui disant où trouver Paul et de prier pour lui afin qu'il recouvre la vue. Le Seigneur a dit à Ananias « *car il prie* ». Il n'y a dans ce récit aucune indication relative à qui il adressait ses prières, mais dans la narration de sa conversion dans Actes 22, il donne cette citation d'Ananias lui concernant.

> « *Il dit:* **Le Dieu de nos pères** *t'a destiné à connaître* **sa volonté**, *à voir le Juste, et à entendre les paroles de sa bouche* » (Actes 22 : 14).

« Le Dieu de nos pères » est le Dieu des Hébreux de l'A.T. à qui il prie probablement, mais puisqu'il n'est pas spécifiquement dit à qui Saul priait, nous mettrons un point d'interrogation à côté des prières au moment de sa conversion, jusqu'à ce que nous voyions beaucoup plus clairement à qui il priait par la suite.

Nous connaissons ce qu'était **le premier sermon** de Paul après sa conversion, parce que Actes 9 : 20 déclare que « *Et aussitôt il prêcha dans les synagogues que* **Jésus est le Fils de Dieu** ». Notez, **ce n'est pas qu'il est Dieu**, ou la deuxième personne du Dieu trin, mais « le Fils de Dieu ». Voici le message qu'il a continué à prêcher tout au long de son ministère.

Maintenant, pour le deuxième récit de Paul en prière dans la Bible, regardez Actes 16 où Paul et Silas ont été frappés et enchaînés à

Philippes, et jetés en prison.

> « *Vers le milieu de la nuit,* **Paul et Silas priaient**
> **et chantaient les louanges de Dieu**, *et les*
> *prisonniers les entendaient* » *(Actes 16 : 25).*

Ainsi ils chantaient et priaient **Dieu**.

Plus tard dans Actes chapitre 27, Paul était dans un bateau lié pour Rome comme prisonnier, lorsqu'ils ont rencontré une tempête sévère et personne à bord n'a pas mangé de la nourriture pendant 14 jours. Paul eut une visite de l'ange du Seigneur et il lui fut dit qu'il n'y aurait pas de perte en vies humaines. Paul prononça des paroles d'encouragement à tous ses compagnons du bateau et le verset 35 déclare :

> « *Ayant ainsi parlé, il prit du pain, et, après* **avoir**
> **rendu grâces à Dieu** *devant tous, il le rompit, et*
> *se mit à manger* » *(Actes 27 : 35).* Encore, « **à**
> **Dieu** ».

Lorsque Paul et ses compagnons furent de retour sur terre en toute sécurité, ils continuèrent leur voyage à Rome ; Actes 28 : 15 déclare :

> « *De Rome vinrent à notre rencontre, jusqu'au*
> *Forum d'Appius et aux Trois Tavernes, les frères*
> *qui avaient entendu parler de nous. Paul, en les*
> *voyant,* **rendit grâces à Dieu, et prit courage** »
> *(Actes 28 : 15).*

Maintenant nous regarderons les récits de Paul priant, tels qu'enregistrés dans ses épîtres, de Romains à Philémon. *(Étant donné que l'identification de l'auteur de l'épître aux Hébreux est mise en question par quelques-uns, nous discuterons cela dans un autre chapitre).* Puisqu'elles sont au nombre de 30, nous donnerons simplement la liste de l'emplacement de chaque prière et une citation de l'Écriture indiquant à qui elle fut adressée. [1]

Localisation de la prière dans les Écritures	À qui fut-elle adressée
Romains 1 : 9 – 10	« Dieu »
Romains 10 : 1	« Dieu »
Romains 15 : 5 – 6	« Dieu »
Romains 15 : 13	« Dieu »
Romains 15 : 30	« Dieu »
Romains 16 : 25 - 27	« Dieu »
I Corinthiens 1 : 4 - 9	« Dieu »
II Corinthiens 1 : 3 – 5	« Dieu le Père »
II Corinthiens 2 : 14	« Dieu »
II Corinthiens 9 : 12 – 15	« Dieu »
II Corinthiens 13 : 7 – 9	« Dieu »
Éphésiens 1 : 15 – 23	« Dieu »
Éphésiens 3 : 14 – 21	« le Père de notre Seigneur Jésus-Christ »
Philippiens 1 : 9 – 11	« Dieu »
Philippiens 4 : 20	« Dieu notre Père »
Colossiens 1 : 9 –12	« le Père » (Dieu)
I Thessaloniciens 1 : 2 – 4	« Dieu »
I Thessaloniciens 2 : 13	« Dieu »
I Thessaloniciens 3 : 11-13	« Dieu »
I Thessaloniciens 5 : 23 – 24	« Dieu »
II Thessaloniciens 1 : 11 – 12	« Dieu »
II Thessaloniciens 2 : 13 – 17	« Dieu »
II Thessaloniciens 3 : 5	« le Seigneur… Dieu »
II Thessaloniciens 3 : 16	« le Seigneur de paix »
I Timothée 1 : 17	« Dieu »
I Timothée 6 : 13 – 17	« le Dieu » « que nul homme n'a vu »

II Timothée 1 : 3	« Dieu »
II Timothée 1 : 16 – 18	« le Seigneur » (Dieu)
II Timothée 4 : 14 – 18	« Dieu »
Philémon 4 – 6	« Dieu »

C'est très révélateur de regarder ces 30 prières et voir que chacune d'elles fut adressée à **Dieu le Père**. Je ne peux pas trouver où Paul ait clairement faite une prière au Seigneur Jésus, c'est toujours à Dieu. Je n'ai pas non plus trouvé l'endroit où un autre apôtre ait prié Jésus après son ascension, ni là où un écrivain du N.T. nous ait dit d'adresser nos prières à Jésus. La chose la plus proche que j'ai trouvée des écrits de Paul, en rapport avec une prière faite à Jésus est dans I Ti. 1 : 11 - 12 :

> « *Conformément à l'Évangile de la gloire du Dieu bienheureux, Évangile qui m'a été confié.* **Je rends grâces à** *celui qui m'a fortifié, à* **Jésus-Christ notre Seigneur**, *de ce qu'il m'a jugé fidèle, en m'établissant dans le ministère.* »

Est-ce une prière ou une attitude du cœur ? Soyez-en vous-même le juge. Regardez le verset 17 **du même chapitre** :

> « *Au* **roi des siècles, immortel, invisible, seul Dieu**, *soient honneur et gloire, aux siècles des siècles ! Amen !* »

Le « **roi des siècles immortel, invisible** » ce n'est pas un autre que l'Éternel Dieu, le Père, que Paul appelait « **le seul Dieu sage (KJF)** »

Maintenant regardons comment Paul parla au sujet de nos prières, les saints du Seigneur :

> « *Ne vous inquiétez de rien ; mais en toute chose* **faites connaître vos besoins à Dieu** *par des prières et des supplications, avec des actions de*

grâces. Et la paix de Dieu, qui surpasse toute intelligence, gardera vos cœurs et vos pensées en Jésus-Christ » (Ph. 4 : 6 – 7).

*« J'exhorte donc, avant toutes choses, à faire **des prières, des supplications, des requêtes, des actions de grâce**s, pour tous les hommes, pour les rois et pour tous ceux qui sont élevés en dignité, afin que nous menions une vie paisible et tranquille, en toute piété et honnêteté. Cela est bon et agréable **devant Dieu notre Sauveur, Car il y a un seul Dieu, et aussi un seul médiateur entre Dieu et les hommes, Jésus-Christ homme** » (I Ti. 2 : 1- 3, 5).*

*« Annonçant aux Juifs et aux Grecs **la repentance envers Dieu** et la foi en notre Seigneur Jésus-Christ » (Actes 20 : 21).*

S'il vous plaît notez, notre foi est en notre Seigneur Jésus-Christ *(pour le travail qu'il accomplit sur la croix)*, mais notre **repentance est envers Dieu**.

*« Jugez-en vous-mêmes : est-il convenable qu'une femme **prie Dieu** sans être voilée ? (Sans cheveux) (I Co. 11 : 13) ?*

*« **Priez en même temps** pour nous**, afin que Dieu** nous ouvre une porte pour la parole, en sorte que je puisse annoncer le mystère de Christ, pour Lequel je suis dans les chaînes » (Col. 4 : 3).*

« Je vous exhorte, frères, par notre Seigneur Jésus-Christ et par l'amour de l'Esprit, à

*combattre avec moi, **en adressant à Dieu des** **prières** en ma faveur » (Ro. 15 : 30).*

*« Celui qui mange, c'est pour le Seigneur qu'il mange, car **il rend grâces à Dieu** ; celui qui ne mange pas, c'est pour le Seigneur qu'il ne mange pas, et **il rend grâces à Dieu** » (Ro. 14 : 6).*

*« Car il est écrit : Je suis vivant, dit le Seigneur, **Tout genou fléchira devant moi**, Et toute langue **donnera gloire à Dieu**. Ainsi chacun de nous rendra compte **à Dieu** pour lui-même » (Ro. 14 : 11 – 12).*

Le Seigneur devant qui « tout genou fléchira » dans le verset 11 précédent est l'**Éternel Dieu**. Paul fait une citation de Ésaïe 45 : 23, mais regardez le verset 22 et 23 pour voir qui parle :

*« **Tournez-vous vers moi**, et vous serez sauvés, Vous tous qui êtes aux extrémités de la terre ! **Car je suis Dieu, et il n'y en a point d'autre**. Je le jure par moi-même, La vérité sort de ma bouche et ma parole ne sera point révoquée : **Tout genou fléchira devant moi, Toute langue jurera par moi**. »*

Et oui, un jour tout genou fléchira devant le fils de Dieu, Jésus.

*« C'est pourquoi aussi Dieu l'a souverainement élevé, et lui a donné le nom qui est au-dessus de tout nom, afin qu'au nom de Jésus tout genou fléchisse dans les cieux, sur la terre et sous la terre, et que toute langue confesse que Jésus-Christ est Seigneur, **à la gloire de Dieu le***

Père » *(Ph. 2 : 9 – 11)*.

« À la gloire de Dieu le Père », car Il est celui qui ordonne cette honneur pour Son Fils.

Regardez I Co. 14 et voyez que parler en langues est une prière ou louange à Dieu.

> « *En effet, celui qui parle en langue ne parle pas aux hommes, **mais à Dieu**, car personne ne le comprend, et c'est en esprit qu'il dit des mystères* » *(v. 2)*.

> « *Car **si je prie en langue**, mon esprit est en prière, mais mon intelligence demeure stérile* » *(v. 14)*.

> « *Que faire donc? **Je prierai** par l'esprit, mais **je prierai** aussi avec l'intelligence…* » *(v. 15)*.

> « *Tu rends, il est vrai, **d'excellentes actions de grâces**, mais l'autre n'est pas édifié* » *(v. 17)*.

> « *S'il n'y a point d'interprète, qu'on se taise dans l'Église, et qu'on parle à soi-même **et à Dieu** » (v.28)*.

Luc l'auteur des Actes est d'accord :

> « *Car ils les entendaient parler en langues et **glorifier Dieu*** » *(Actes 10 : 46)*.

Je dois avouer que je n'ai pas vu ces vérités concernant à qui nous devons prier que dans les dernières semaines. Il y a quelques mois je priais encore à Dieu le Père, et à Jésus. Jusqu'à ces dernières années j'avais prié à Jésus, croyant qu'il était en fait Dieu le Père. Ma croyance était appelée « Unicité » ou « Jésus seul ». Dans un autre chapitre, j'ai mentionné comment j'ai trouvé la prière des apôtres en Actes chapitre 4

à Dieu le Père, au « nom de **ton saint serviteur Jésus** » *(v. 27, 30)*. Cela a été le début de mon réveil.

Je dois dire cependant que ma famille et moi, nous avons eu beaucoup de prières exaucées à travers des années en priant à Jésus. Nous les avons faites avec sincérité et Dieu a été miséricordieux. Dans notre ministère depuis 1959, à travers la prière, nous avons vu s'opérer miraculeusement des guérisons de cancer, d'asthme, de la maladie de Crohn, d'aveuglement, de zona et d'autres afflictions et maladies variées. Dans notre famille, nous avons vu des morts revenir de nouveau à la vie en invoquant le nom de Jésus. Nous avons vu des mariages guéris et des vies restaurées en priant Jésus. Mais peut-être que nous pouvions être beaucoup plus efficaces si nous avions approché Dieu de la manière qu'Il a prescrite dans Sa parole. Dans les dernières semaines, comme j'ai commencé à voir comment Paul et les autres apôtres priaient, je suis devenu plus conscient des prières publiques de mes compagnons ministres de Dieu. Lors d'un service, le ministre qui l'a ouvert par un mot prière adressa sa prière entière à Jésus. Trois nuits plus tard un autre ministre adressa sa prière à Dieu et clôtura au nom de Jésus. Lors d'un merveilleux service dans une autre église cette semaine, un excellent frère commença à prier « notre Seigneur Dieu » ; plus tard dans la prière il l'appela Jésus et le remercia d'avoir mort sur la croix. Il termina au nom de Jésus. Bien sûr notre Seigneur Dieu n'est pas mort sur la croix, mais notre Seigneur Jésus, le Messie le fut surement.

Mais nous sommes en train d'apprendre. Et comme nous le faisons, je crois que Dieu le Père nous exigera de L'approcher correctement, afin de voir nos prières exaucées. Il y a un protocole pour approcher Dieu. Il est le **Grand Roi**. Nous **entrons dans Ses portes avec reconnaissance et dans Ses cours avec la louange ;** ensuite nous

nous approchons avec assurance de **Son trône de la grâce, au nom de Son fils Jésus.** *(Dans la digne justice de Jésus, revendiquant ce qu'il a acquis pour nous sur le calvaire) (Ésaïe 53 : 5).*

Si vous avez déjà eu une prière exaucée, c'est **Dieu qui l'a exaucée** !

> *« Et mon **Dieu** pourvoira à tous vos besoins selon **sa richesse**, avec gloire, en Jésus-Christ » (Paul) (Ph. 4 : 19).*
>
> *« toute grâce excellente et tout don parfait descendent d'en haut, du **Père** des lumières, chez lequel il n'y a ni changement ni ombre de variation » (Jacques 1 : 17).*

Jésus priait toujours Dieu le Père et ceci n'était tout simplement pas une formalité ou pour donner un bon exemple.

> *« Vers le matin, pendant qu'il faisait encore très sombre, il se leva, et sortit pour aller dans un lieu désert, **où il pria** » (Marc 1 : 35).*
>
> *« Et lui, il se retirait dans les déserts, **et priait** » (Luc. 5 : 16).*
>
> *« En ce temps-là, Jésus se rendit sur **la montagne pour prier**, et **il passa toute la nuit à prier Dieu** » (Luc. 6 : 12)* (Jésus priait « **Dieu** »).
>
> *« Environ huit jours après qu'il eut dit ces paroles, Jésus prit avec lui Pierre, Jean et Jacques, et il monta sur la montagne **pour prier. Pendant qu'il priait**, l'aspect de son visage changea, et son vêtement devint d'une éclatante blancheur » (Luc. 9 : 28 – 29).*

> « *Quand il l'eut renvoyée, il monta sur la montagne, **pour prier** à l'écart* » *(Mt. 14 : 23).*

> « *Alors on lui amena des petits enfants, afin qu'**il leur imposât les mains et priât pour eux** » (Mt. 19 : 13).*

> « *Là-dessus, Jésus alla avec eux dans un lieu appelé Gethsémané, et il dit aux disciples : Asseyez-vous ici, pendant que **je m'éloignerai pour prier** » (Mt. 26 : 36).*

> « ***Étant en agonie, il priait plus instamment**, et sa sueur devint comme des grumeaux de sang, qui tombaient à terre » (Luc. 22 : 44).*

> « *C'est lui qui, dans les jours de sa chair, ayant présenté avec **de grands cris et avec larmes des prières et des supplications** à celui qui pouvait le sauver de la mort, et ayant été exaucé à cause de sa piété » (Hé. 5 : 7).*

Jésus était un homme de prière et il priait celui qu'il appelait dans Jean 20 : 17, « *vers mon Père et votre Père et vers mon Dieu, et votre Dieu* ». La prière est une déclaration de la dépendance à Dieu, et Jésus priait toujours.

Regardez ce qu'il enseigna à ses disciples concernant la prière dans les derniers jours de son ministère terrestre.

> « *Je vous dis encore que, si deux d'entre vous s'accordent sur la terre pour demander une chose quelconque, elle leur sera accordée **par mon Père** qui est dans les cieux » (Mt. 18 : 19).*

> « *Si donc, méchants comme vous l'êtes, vous*

savez donner de bonnes choses à vos enfants, à combien plus forte raison **le Père céleste donnera-t-il le Saint-Esprit à ceux qui le lui demandent** » (Luc. 11 : 13). Notez, « *à ceux qui le* **lui** *demandent... votre Père céleste* ».

« **et tout ce que vous demanderez en mon nom**, *je le ferai, afin que* **le Père soit glorifié** *dans le Fils.* **Si vous demandez quelque chose en mon nom**, *je le ferai. Si vous m'aimez, gardez mes commandements.* **Et moi, je prierai le Père**, *et il vous donnera un autre consolateur, afin qu'il demeure éternellement avec vous* » (Jean 14 : 13 – 16).

Notez, Jésus n'a pas dit « **demandez à moi** », il a dit « **demandez en mon nom** ». Ici, « **Je le ferai** » signifie, lui, Jésus, agira en tant qu'agent du Père en répondant aux prières. Dans Matthieu chapitre 9, Jésus voyait les multitudes comme des brebis sans berger et il fut ému de compassion. Il a dit à ses disciples :

« *Priez donc le maître de la moisson* (pas lui-même) *d'envoyer des ouvriers dans* **sa** *moisson* » (Mt. 9 : 38).

Il dit en substance :

« *Priez Dieu à propos de ce problème* » (« *Mon père est le vigneron* » Jean 15 : 1).

« **En ce jour-là, vous ne m'interrogerez plus sur rien.** *En vérité, en vérité, je vous le dis,* **ce que vous demanderez au Père, il vous le donnera en mon nom** » (Jean 16 : 23).

> *« Jusqu'à présent **vous n'avez rien demandé en mon nom. Demandez, et vous recevrez,** afin que votre joie soit parfaite »* (Jean 16 : 24). Jésus n'a pas inclus son nom dans la prière qu'il leur avait enseignée auparavant appelée « la prière du Seigneur » ou « Le Notre Père » *(Mt. 6 : 9 – 13).*

> *« Je vous ai dit ces choses en paraboles... mais où je vous parlerai **ouvertement du Père** »* (Jean 16 : 25). Jésus leur enseigne quelque chose de neuf.

> *« **En ce jour, vous demanderez en mon nom**, et je ne vous dis pas que **je prierai le Père** pour vous »* (Jean 16 : 26)

Notez les paroles de Jésus « en ce jour » et rendez-vous compte **que ceci devait être après que Jésus est allé au Père.** Jésus prie (*« pour intercéder, implorer, demander »*) pour nous au ciel. « ***Je prierai pour vous.*** » Regardez en Hébreux 7 : 25 :

> *« C'est aussi pour cela qu'il peut sauver parfaitement ceux qui s'approchent de Dieu par lui, étant toujours vivant **pour intercéder** (implorer) en leur faveur.*

> *« ... il est à la droite de Dieu, et **il intercède** pour nous ! »* (Ro. 8 : 34).

Les amis les plus proches de Jésus savaient que pendant qu'il était sur la terre, il priait Dieu pour leurs besoins. Regardez ce que Marthe dit devant la tombe de son défunt frère Lazare :

> *« Marthe dit à Jésus : Seigneur, si tu eusses été ici, mon frère ne serait pas mort. Mais,*

maintenant même, je sais que tout ce que tu demanderas à Dieu, Dieu te l'accordera » (Jean 11 : 21 – 22).

Frères, nous devons apprendre la leçon que Jésus a enseignée dans Jean 16. Dieu désire répondre à nos prières, mais **nous devons prier Dieu le Père, au nom de Jésus.** Encore, « en ce jour là **vous ne m'interrogerez plus sur rien** ». C'est **demander en prière.** Nous avons tous perdu des êtres chers, des amis malades, nous vivons dans un monde qui se meurt, et Israël est encore aveuglé sur qui est leur Messie. **Nous avons besoin de prières exaucées !**

« ... mais, si quelqu'un l'honore et fait sa volonté, c'est celui là qu'il exauce » (en prière) *(Jean 9 : 31).* Nous devons faire notre adoration correctement !

« ... ce sont là les adorateurs que le Père demande » (Jean 4 : 23).

« Si quelqu'un d'entre vous manque de sagesse, qu'il la demande à Dieu, qui donne à tous simplement et sans reproche, et elle lui sera donnée » (Jacques 1 : 5).

Jacques dit encore *(en ce qui concerne l'usage de la langue) :*

« Par elle nous bénissons le Seigneur notre Père » (Jacques 3 : 9).

« Et si vous invoquez comme Père... » (I Pierre 1 : 17).

« et vous-mêmes... afin d'offrir des victimes spirituelles, agréables à Dieu par Jésus-Christ » (I Pierre 2 : 5).

> « *rendez continuellement grâces pour toutes choses* **à Dieu le Père**, *au* **nom de notre Seigneur Jésus-Christ** » (Paul) *(Ép. 5 : 20).*

QUE DIRE DE NOTRE PRATIQUE DE DEMANDER À JÉSUS DE VENIR DANS NOS CŒURS ?

Voyons ce que Paul dit :

> « *Et parce que vous êtes fils, Dieu a envoyé* **dans nos cœurs** *l'Esprit de son Fils, lequel crie : Abba ! Père !* » *(Ga. 4 : 6).*

> « *À cause de cela,* **je fléchis les genoux devant le Père**... *en sorte que Christ habite* **dans vos cœurs** *par la foi ; afin qu'étant enracinés et fondés dans l'amour* » *(Ép. 3 : 14, 17).*

> « *Et celui qui nous affermit avec vous en Christ, et qui nous a oints,* **c'est Dieu**, *lequel nous a aussi marqués d'un sceau et a mis* **dans nos cœurs** *les arrhes de l'Esprit* » *(II Co. 1 : 21 – 22).*

Comme nous terminons ce chapitre, voyons de nouveau ce que Paul dit dans Philippiens 4 : 19 :

> « **Et mon Dieu** *pourvoira à tous vos besoins selon* **sa richesse**, *avec gloire,* **en Jésus-Christ**. »

QUI ÉTAIT LE <u>DIEU</u> DE PAUL QUI POURVOIT À TOUS NOS BESOINS <u>EN</u> JÉSUS-CHRIST ?

Le verset 20 dit :

> « *À notre* **Dieu** *et* **Père** *soit la gloire aux siècles des siècles ! Amen ! («* **un seul** *est votre* **Père**,

celui qui est dans les cieux » - *« C'est que nul n'a vu **le Père** »* - *« je monte vers **mon Père** et **votre Père**, vers **mon Dieu** et **votre Dieu** »* (C'est Jésus qui parle) *(Mt. 23 :9 ; Jean 6 : 46 ; 20 :17).*

*« Et quoi que vous fassiez, en parole ou en œuvre, faites tout au nom du Seigneur Jésus, en rendant **par lui** des actions de grâces **à Dieu le Père** »* *(Col. 3 :17).*

Prions **Dieu le Père**, au nom de Jésus. Paul le faisait !

À Dieu Soit La Gloire

Chapitre 11

Un Autre Jésus

*« Toutefois, de même que le serpent séduisit Ève par sa ruse, **je crains** que vos pensées ne se corrompent et ne se détournent de la simplicité à l'égard de Christ. Car, si quelqu'un vient vous prêcher **un autre Jésus que celui que nous avons prêché**, ou si vous recevez un autre Esprit que celui que vous avez reçu, ou un autre Évangile que celui que vous avez embrassé, vous le supportez fort bien » (II Co. 11: 3- 4).*

R ecevons, croyons et comprenons clairement ce que la Bible dit concernant Jésus. Il est **un homme**. À Pierre dans Actes 2 : 22, il est *« Jésus de Nazareth, **cet homme** à qui **Dieu a rendu témoignage** »*. À Jean le Baptiste il est *« l'Agneau de Dieu... **un homme** qui m'a précédé »*. À Jésus lui-même, il est ***un homme*** *« qui vous ai dit* *la vérité ».* Son titre favori pour lui-même était, « Fils de l'homme » *(un être humain)* tiré de Psaume 8 : 4 est attribué à Jésus en Hébreux 2 : 6 – 9 ; Paul dit dans I Ti. 2 : 3-6 :

> « *Cela est bon et agréable devant* **Dieu notre Sauveur***, qui veut que tous les hommes soient sauvés et parviennent à la connaissance de la vérité »* (Quelle vérité ?) *Car il y a* **un seul Dieu***, et aussi* **un seul médiateur** *entre Dieu et les hommes,* **Jésus-Christ homme***, qui s'est donné lui-même en rançon pour tous. C'est là le témoignage rendu en son propre temps, »*

Et Jésus sera toujours **un homme glorifié.**

> « *Jésus-Christ est le même hier, aujourd'hui, et éternellement » (Hé. 13 : 8).*

S'il vous plaît, acceptez et comprenez cette vérité : Le salut éternel que Jésus le Messie a acheté pour nous par sa mort sur la croix, il l'a acheté en tant qu'**homme** sans péché, pas comme un « Dieu-homme » qui pouvait échapper dans la divinité lorsqu'il était tenté et les choses allaient mal. **Dieu ne peut pas être tenté** *(Jacques 1 : 13).* Jésus a été « *tenté par le diable* » *(Mt. 4 : 1),* « *ayant été tenté lui-même dans ce qu'il a souffert* » *(Hé. 2 : 18),* « *il a été tenté comme nous en toutes choses sans commettre de péché* » *(Hé. 4 : 15).* **Dieu ne peut pas mourir** *!* *Il est* « *le Roi des siècles,* **immortel***, invisible, seul Dieu (I Ti. 1 : 17).* Lui « *qui* **seul possède l'immortalité***, qui habite une lumière inaccessible, que nul homme* **n'a vu ni ne peut voir** *(I Ti. 6 : 16).* Jésus était **mortel** ; **il mourut !** Mais voici la bonne nouvelle, **l'Évangile,** que Jésus **un homme,** **l'homme** parfait, l'image de Dieu *(II Co. 3: 18 ; 4: 4),* le reflet et l'empreinte de la personne de Dieu, fut crucifié mais en trois jours il ressuscita vainqueur devant la mort, l'enfer et la tombe. Il l'a fait en tant qu' **homme**, investi du pouvoir par Dieu. Il dit dans Jean 10 : 17-18.

> « *Le Père m'aime, parce que je donne ma vie, afin de la reprendre. Personne ne me l'ôte, mais je la donne de moi-même ; j'ai le pouvoir de la donner, et j'ai le pouvoir de la reprendre : tel est l'ordre que j'ai reçu de mon Père.* »

Il souffrît la mort ***pour tous*** (chaque homme) *(Hé. 2 : 9)*. Il « *... a détruit la mort et a mis en évidence la vie et l'immortalité par l'Évangile* » *(II Tim 1 : 10)*. Parce qu'il vit à jamais, nous vivrons aussi à jamais ! Il est sorti du tombeau et tient «*... les clefs de la mort et du séjour des morts* » *(Ap. 1 : 18)*. Il l'a fait en tant qu'homme (un être humain*)* dans « sa chair » *(Ép. 2 : 15)*. Paul a dit qu'il l'a fait dans I Co. 15 : 20 – 23 :

> « *Mais maintenant, Christ est ressuscité des morts, il est les* ***prémices*** *de ceux qui* ***sont morts.*** *Car, puisque* ***la mort est venue par un homme,*** *c'est aussi par un homme qu'est venue la* ***résurrection des morts.*** *Et comme* ***tous meurent en Adam,*** *de même aussi* ***tous revivront en Christ,*** ***mais chacun*** *en son rang.* ***Christ comme*** ***prémices, puis ceux qui appartiennent à Christ,*** *lors de son avènement.* »

Ici réside le danger dans notre pensée religieuse moderne, laquelle n'est pas fondée sur le concept de Dieu de l'A.T. mais est teintée par la philosophie grecque postbiblique. Nous avons volé **Dieu de Sa divinité,** (« *Dieu n'est pas un homme...* » *Nombres 23 : 19, I S. 15 : 29)*, et dérobé à **Jésus son statut d'homme** (*un milliard de « catholiques » appellent Marie, « mère de Dieu »).* Les Grecs croyaient que des hommes devenaient des dieux et des dieux devenaient des hommes. **Un homme ne peut pas être Dieu.** H. L. Goudge a fait cette déclaration instructive dans son œuvre, *« L'Appel des Juifs »* : « Lorsque la pensée grecque et la pensée romaine, au lieu de la pensée hébraïque, sont venues à dominer l'église, il y a eu **un désastre** à partir duquel l'Église ne s'est jamais remise, soit dans la doctrine soit dans la pratique. » [1] Celle-ci est la pensée qui mènera bientôt notre monde à l'égarement et à la destruction comme ils adorent un **homme qui revendique d'être Dieu.**

> *« Que personne ne vous séduise d'aucune manière ; car il faut que l'apostasie soit arrivée auparavant, et qu'on ait vu paraître **l'homme du péché, le fils de la perdition, l'adversaire qui s'élève au-dessus de tout ce qu'on appelle Dieu** ou de ce qu'on adore, **jusqu'à s'asseoir dans le temple de Dieu, se proclamant lui-même Dieu.** Ne vous souvenez-vous pas que je vous disais ces choses, lorsque j'étais encore chez vous ? Et maintenant vous savez ce qui le retient, afin **qu'il ne paraisse qu'en son temps. Car le mystère de l'iniquité agit déjà** ; il faut seulement que celui qui le retient encore ait disparu. Et alors paraîtra l'impie, que le Seigneur Jésus détruira par le souffle de sa bouche, et qu'il anéantira par l'éclat de son avènement. L'apparition de cet impie* (l'antéchrist) *se fera, par la puissance de Satan, avec toutes sortes de miracles, de signes et de*

*prodiges mensongers, et avec toutes les séductions de l'iniquité pour ceux qui périssent **parce qu'ils n'ont pas reçu l'amour de la vérité** pour être sauvés. Aussi **Dieu leur envoie une puissance d'égarement, pour qu'ils croient au mensonge,** afin que tous ceux **qui n'ont pas cru à la vérité,** mais qui ont pris plaisir à l'injustice, soient condamnés »* (II Th. 2 : 3 – 12).

L'erreur c'est l'injustice ! Et Paul termine sa discussion sur ce sujet avec les versets 15 - 17 :

*Ainsi donc, frères, demeurez fermes, et retenez les instructions que vous avez reçues, soit **par notre parole**, soit **par notre lettre*** (qui ne proviennent pas des hommes). *Que **notre Seigneur Jésus-Christ** lui-même, et **Dieu notre Père**, qui nous a aimés, et qui nous a donné par sa grâce une consolation éternelle et une bonne espérance, **consolent vos cœurs**, et **vous affermissent** en toute bonne œuvre et en toute bonne parole ! »*

Frères, nous devons saisir ceci correctement ! Jean l'apôtre bien-aimé dit dans II Jean 6 -7 :

*« Et l'amour consiste à marcher selon ses commandements. **C'est là le commandement dans lequel vous devez marcher, comme vous l'avez appris dès le commencement.** Car plusieurs séducteurs sont entrés dans le monde, qui ne confessent point que Jésus-Christ **est venu en chair**. Celui qui est tel, c'est le séducteur et*

l'antéchrist. »

Peut-être, Jean avait entendu que quelques-uns avaient pris ses écrits concernant la « Parole, » « le logos, » dans la préface de l'Évangile de Jean et avaient commencé à enseigner que Jésus était une divinité préexistante, Dieu incarné dans le ventre de Marie. Il est très bien dans son esprit dans ses épîtres que *« Jésus-Christ est venu en chair, »* **un homme, un humain**. (Il le mentionne trois fois). Il dit dans I Jean 4 : 2-3 :

> *« Reconnaissez à ceci l'Esprit de Dieu : tout esprit qui confesse Jésus-Christ venu en chair est de Dieu ; et tout esprit qui ne confesse pas Jésus* [que Jésus-Christ est venu en chair - KJF] *n'est pas de Dieu, c'est celui de l'antéchrist, dont vous avez appris la venue, et qui maintenant est déjà dans le monde. »*

Ces faux docteurs **ne niaient que Jésus-Christ était venu**, mais que « **Jésus-Christ était venu en chair** » (*un humain*). Jean l'a appelé l'esprit de l'antéchrist et a dit qu'il était « déjà dans le monde » et à l'œuvre à son époque. Si nous observons, nous pouvons voir son influence autour de nous aujourd'hui, même de la manière dont les Bibles sont traduites. Dieu est le gardien de Sa Parole et nous a donné tout ce dont nous avons besoin dans la Sainte Bible. J'estime qu'en anglais la version King James de 1611 est la meilleure, mais nous devons la lire avec compréhension. Ses traducteurs furent trinitaires dans leur croyance, et cette influence peut être vue dans les mots en italique qu'ils ont ajoutés. Ces mots en italique n'étaient pas dans le texte original et peuvent ou non ajouter à la véritable signification du texte. Prenez I Jean 3 : 16 dans la King James Française, « Par cela nous percevons l'amour de Dieu, en ce qu'il a donné sa vie pour nous... » Les mots « de Dieu » sont en italique, et ce ne fut pas « *Dieu* » qui mourut pour nous. Dieu ne peut pas mourir ! Les traducteurs se sont trompés. [NDT: Regardez I Jean 3 :16 dans la version Louis Segond 1910, « Nous avons connu l'amour, en ce qu'il a donné sa vie pour nous... » Les mots en italique « *de Dieu* » n'ont pas été ajoutés, donc la compréhension est tout à fait claire.] Jean a été à la crucifixion, l'a vue et a entendu Jésus crier, « Mon Dieu, mon Dieu, pourquoi m'as-tu abandonné ? » et il savait que ce n'était pas « Dieu » qui est mort, mais le Fils de Dieu, sans péché, né de la vierge, « **un homme** » qui est mort ! Jean a dit en I Jean 2 : 22 :

> « *Qui est menteur, sinon celui qui nie que Jésus est le Christ ?* ***Celui-là est l'antéchrist, qui nie le Père et le Fils.*** »

Voyez-vous ce que Jean dit ? C'est l'antéchrist celui qui nie le Père et le Fils ». Le mot « et » est une conjonction qui signifie « en plus de », ainsi Jean dit que l'antéchrist est celui qui nie le Père en plus du Fils. (Celle-ci est la Parole de Dieu, non pas la mienne). Le Fils n'est pas Dieu le Père dont Jésus a si bien parlé (« ... *car je vous dis que leurs anges dans les cieux voient continuellement la face de mon Père qui est dans les cieux* » *(Mt.18 : 10)*, ni Dieu le Père **n'est pas** Jésus, bien qu'**Il était en lui** dans la plénitude de Son Esprit.

Regardez I Jean 2 : 23 dans la KJF :

> « Quiconque nie le Fils n'a pas non plus le Père ;
> (mais) celui qui reconnaît le Fils, a aussi le Père. »

La première partie de ce verset est vraie, la Parole de Dieu, mais la dernière partie est en italique « ***(mais) quiconque confesse le Fils a aussi le Père*** » n'a pas été écrite par Jean et peut ou non être vraie.

Plusieurs reconnaissent le Fils aujourd'hui, tout **en reniant** « le Père ». La Bible enseigne que nous avons un Père, **Dieu.** *« N'avons-nous pas tous un seul père ? N'est-ce pas un seul Dieu qui nous a créés ?* (Mal. 2 : 10) ? Jésus a dit en Matthieu 23 : 9, *Et n'appelez personne sur la terre votre père ; car un seul est votre Père, celui qui est dans les cieux* ». (Pendant que Jésus était sur la terre, Dieu était au ciel) *(Mt. 5 : 45 ; 22 : 30 ; Marc 11 : 26 ; Luc 11 : 2).*

Pourquoi un tel effort concerté par plusieurs pendant une si longue période de temps pour élever Jésus à la place de Dieu ? Premièrement, Jean déclare c'est poussé par un « esprit » l'esprit de Satan, celui qui fut le premier à essayer d'usurper la place de Dieu, lui que Paul appela *« le mystère de l'iniquité » (II Th. 2 : 7).*

Si ma compréhension de la Bible est correcte, Satan fut créé comme un ange *(le chérubin protecteur d'Ézéchiel 28 : 14)*, ensemble avec tous les autres anges, appelés fils de Dieu, et ils furent présents pendant que Dieu compléta Son œuvre créatrice ; Dieu dit à Job que ces *« fils de Dieu poussaient des cris de joie »* pendant qu'Il créait (Job 38 : 7). Mais **Dieu n'a pas créé le péché**. Une certaine quantité de « libre-arbitre » a été donnée à ces fils de Dieu » et le péché est né par l'orgueil et la rébellion dans le cœur de Satan. Veuillez noter que **Dieu a créé la possibilité de pécher**, le libre-arbitre. Lorsqu'un autre être a une volonté, il y a une possibilité que **cette volonté-là** puisse diverger de celle de Dieu. Ceci n'est pas l'œuvre de Dieu, et Il ne peut pas être blâmé pour le résultat. Dieu est tout juste**, et Il n'a pas créé le péché !** Lorsque Dieu dit dans Ésaïe 45 : 7 *« Je forme la lumière, et je crée les ténèbres, Je donne la prospérité, et je crée l'adversité ; Moi, l'Éternel, je fais toutes ces choses »,* Il ne parle pas du « péché ». Dieu dit qu'Il crée la lumière… et l'opposé « les ténèbres', Il crée la prospérité (la paix)… et l'opposé « l'adversité ». Dans les Écritures, « l'adversité » souvent signifie « le mal ». Dans Ecclésiaste 12 : 3, Salomon appelle les jours de la vieillesse « les jours mauvais » pas les jours de péché mais les jours d'adversité. Certaines personnes enseignent par erreur que Satan et le péché ne sont seulement que la face noire de Dieu. **Dieu n'a pas de face noire !** *« … c'est que Dieu est lumière, et qu'il n'y a point en lui de ténèbres » (I Jean 1 : 5).* Dieu parla au prophète Ézéchiel concernant le prince (le roi) de Tyr dans Ézéchiel 28 : 2 ; 5-6, 9, qui doit avoir été un homme très orgueilleux.

> *« Fils de l'homme, dis au prince de Tyr : Ainsi parle le Seigneur, l'Éternel : Ton cœur s'est élevé, et **tu as dit : Je suis Dieu, Je suis assis sur le siège de Dieu,** au sein des mers ! **Toi, tu es homme et non Dieu, Et tu prends ta volonté pour la volonté de Dieu.** Par ta grande sagesse et par ton commerce Tu as accru tes richesses, Et par tes richesses **ton cœur s'est élevé. C'est pourquoi ainsi parle le Seigneur, l'Éternel :** Parce que **tu prends ta volonté pour la volonté de Dieu, En face de ton meurtrier, diras-tu : Je suis Dieu ? Tu seras homme et non Dieu** Sous la main de celui qui te tuera. »*

Dieu parle de nouveau du roi de Tyr aux versets 12-17, mais manifestement il parle au-delà du roi au Prince du mal, Satan, qui l'avait inspiré à de tels niveaux d'arrogance et d'orgueil.

> *« Fils de l'homme, Prononce une complainte sur le roi de Tyr ! Tu lui diras: Ainsi parle le Seigneur, l'Éternel : Tu mettais le sceau à la*

perfection, Tu étais plein de sagesse, parfait en beauté. **Tu étais en Eden, le jardin de Dieu** ; *Tu étais couvert de toute espèce de pierres précieuses, De sardoine, de topaze, de diamant, De chrysolithe, d'onyx, de jaspe, De saphir, d'escarboucle, d'émeraude, et d'or ; Tes tambourins et tes flûtes étaient à ton service, Préparés pour le jour où tu fus créé.* **Tu étais un chérubin** *protecteur, aux ailes déployées ;* **Je t'avais placé et tu étais sur la sainte montagne de Dieu** ; *Tu marchais au milieu des pierres étincelantes.* **Tu as été intègre dans tes voies, Depuis le jour où tu fus créé Jusqu'à celui où l'iniquité a été trouvée chez toi.** *Par la grandeur de ton commerce Tu as été rempli de violence, et tu as péché ;* **Je te précipite de la montagne de Dieu, Et je te fais disparaître, chérubin protecteur,** *Du milieu des pierres étincelantes.* **Ton cœur s'est élevé à cause de ta beauté,** *Tu as corrompu ta sagesse par ton éclat ;* **Je te jette par terre,** *Je te livre en spectacle aux rois.* »

Nous apprenons beaucoup de ces versets concernant celui que Jésus appela « *le diable* » *(Jean 8 : 44)*, « *Satan* » *(Luc. 22 : 31)*, « *un meurtrier* » et « *le père du mensonge* » *(Jean 8 : 44)* et lui que d'autres Écritures identifient comme « *le destructeur* » *(I Co. 10 : 10)*, « *l'ange de l'abîme* » *(Ap. 9 : 11)*, « *le prince de ce monde* » *(Jean 12 : 31)*, « *les princes de ce monde de ténèbres* » *(Ép. 6 : 12)*, « *notre adversaire* » et « *un lion rougissant* » *(I Pierre 5 : 8)*, « *Béelzébul* » et « *prince des* démons » (Mt. 12 : 24) « l'accusateur de nos frères » (Ap. 12 : 10), « le dragon » (Ap. 12 : 7), « le serpent ancien » (Ap. 20 : 2), et « le dieu de ce siècle » (II Co. 4 : 4).

Cet être a été dans le Jardin d'Éden (v. 13), fut créé par Dieu (v. 13), fut sur la Sainte montagne de Dieu (v.14), était beau (v. 17), était parfait dans ses voies pour un temps après sa création (v. 15), son cœur s'éleva par l'orgueil (v. 17), l'iniquité fut trouvée en lui (v.15), il a corrompu sa sagesse (v. 17), **et Dieu a déclaré sa destruction** (v. 17).

Ce que je ne trouve pas dans ces versets est que Satan fut d'abord le leader de l'adoration au ciel, comme certains le proclament si audacieusement. Je puis seulement dire avec certitude ce que la Bible déclare, et je ne dirais rien de ce qui pourrait inspirer « de la sympathie pour le diable ». Lorsqu'il est tombé, il a entraîné d'autres « anges déchus » à se rebeller contre Dieu, peut-être un tiers du total des anges du ciel, et depuis ce temps il a provoqué tous les meurtres, les viols, les atteintes sexuelles sur mineurs, les crimes, le chagrin, les larmes, et la mort qui s'est produite sur la planète Terre. Il doit être méprisé et combattu par tous ceux qui aiment Dieu.

Le serpent, « le père du mensonge », commença ses mauvaises œuvres dans le Jardin d'Éden en Genèse 3 : 4 – 5.

> *« Alors le serpent dit à la femme : Vous ne mourrez point ; mais Dieu sait que, le jour où vous en mangerez, vos yeux s'ouvriront, **et que vous serez comme des dieux**, connaissant le bien et le mal. »*

Voici l'une des ses ruses favorites, amener à l'orgueil et à l'ego **en faisant croire aux gens qu'ils peuvent être des « dieux ».** Quelquefois ça marche comme cela a été avec Ève ; cela a marché avec

Nebucadnetsar *(Da. 4 : 30)*, les Pharaons, les Césars, Alexandre *(qui set dénomma lui-même « le Grand »)*, Hérode, et une multitude de rois et chefs à travers les âges. Dans le cas d'Hérode, ceci amena une destruction immédiate.

> *« A un jour fixé,* **Hérode, revêtu de ses habits royaux, et assis sur son trône,** *les harangua publiquement.* **Le peuple s'écria : Voix d'un dieu, et non d'un homme ! Au même instant, un ange du Seigneur le frappa, parce qu'il n'avait pas donné gloire à Dieu. Et il expira, rongé des vers.** *Cependant la parole de Dieu se répandait de plus en plus, et le nombre des disciples augmentait »* *(Actes 12 : 21 – 24).*

Cela a marché avec une longue ligne des papes, certains d'entre eux très pervers et des hommes *(et des femmes)* sans Dieu, remontant de quelque 1600 années, qui osent se faire appeler eux-mêmes, non seulement « Jésus-Christ sur la terre », mais « Dieu lui-même sur la terre ». [2] Le Pape Leo XIII, dans son encyclique, La Réunion de la Chrétienté (1885) a dit, « Le Pape détient sur la terre la place du Dieu Tout-Puissant. » [3]

Cela marchera une fois de plus avec l'**antéchrist** *(un terme qui signifie contre Christ, mais aussi* ***à la place du Christ)****.* Ceci amènera la mort, la destruction, et le ravage à la planète terre à un niveau sans précédent (Mt. 24 : 21-22). Il n'est pas un faux Bouddha ou un faux Mahomet, mais un **faux Christ.**

> *« Car il s'élèvera de faux Christs et de faux prophètes ; ils feront de grands prodiges et des miracles, au point de séduire, s'il était possible,*

même les élus » (c'est Jésus qui parle) *(Mt. 24 : 24)*.

« ... *Le dragon* (Satan) *lui donna sa puissance, et son trône, et une grande autorité* » *(Ap. 13 : 2)*.

« *L'apparition de cet impie se fera, par la puissance de Satan, avec toutes sortes de miracles, de signes et de prodiges mensongers, et avec toutes les séductions de l'iniquité...* » *(II Th. 2 : 9-10)*.

« *l'adversaire qui s'élève au-dessus de tout ce qu'on appelle Dieu ou de ce qu'on adore, jusqu'à s'asseoir dans le temple de Dieu, se proclamant lui-même Dieu* » *(II Th.2 : 4)*.

« *Sa puissance s'accroîtra, mais non par sa propre force ; il fera d'incroyables ravages, il réussira dans ses entreprises, il détruira les puissants et le peuple des saints... il aura de l'arrogance dans le cœur, il fera périr beaucoup d'hommes qui vivaient paisiblement...* **Moi, Daniel, je fus plusieurs jours languissant et malade**... *J'étais étonné de la vision...* » *(Da.8 : 24-27)*.

« *Et alors paraîtra l'impie, que le Seigneur Jésus détruira par le souffle de sa bouche, et qu'il anéantira par l'éclat de son avènement* » *(II Th. 2 : 8)*.

Apocalypse 14 : 10-12

« *il boira, lui aussi, du vin de la **fureur de Dieu**, versé sans mélange dans la coupe de sa colère, et*

> *il sera tourmenté dans le feu et le soufre, devant les saints anges **et devant l'agneau**. Et la fumée de leur tourment monte aux siècles des siècles ; et ils n'ont de repos ni jour ni nuit, ceux qui adorent la bête et son image, et quiconque reçoit la marque de son nom. **C'est ici la persévérance des saints**, qui gardent les **commandements de Dieu** et la **foi de Jésus**. »*

Apocalypse 20 : 10 :

> *« **Et le diable, qui les séduisait, fut jeté dans l'étang de feu et de soufre, où sont la bête et le faux prophète.** Et ils seront tourmentés jour et nuit, **aux siècles des siècles**. »*

Mais le « grand mensonge » de Satan n'a jamais réussi et ne réussira jamais avec Jésus, le Fils unique de Dieu, « *lequel, existant en* **forme** (grec *-morphe* – « l'apparence externe par laquelle une personne ou une chose frappe la vision ») *de Dieu, n'a point regardé comme une proie à arracher d'être égal avec Dieu » (Ph. 2 : 6)*, la même image du Seigneur *(II Co. 3 : 18)*, puisque la semence fut créée par Dieu dans le ventre de Marie *(Mt. 1 : 20, Luc 1 : 35)*, et à cause de cela le sang de Dieu était dans ses veines *(Actes 20 : 28)*, « *mais s'est dépouillé lui-même, en prenant une forme de serviteur, en devenant semblable aux hommes ; et ayant paru comme un simple homme, il s'est humilié lui-même, se rendant obéissant jusqu'à la mort, même jusqu'à la mort de la croix » (Ph. 2 : 7- 8)*. Lorsqu'il fut accusé par ses ennemies de revendiquer être Dieu, il l'a nié en disant : « *... j'ai dit : Je suis le Fils de Dieu » (Jean 10 : 36)*. Il a dit, « *le Père est plus grand que moi » (Jean 14 : 28)*. Il connaît des choses que je ne connais pas *(Marc 13 : 32)*, sans le Père « *mon témoignage n'est pas vrai* » *(Jean 5 : 31)*. « *Je ne puis rien faire de moi-même... je ne cherche pas ma volonté* » *(Jean 5 : 30)*, et « *moi-même et le Père* » sommes deux (témoins) *(Jean 8 : 17-18)*. Il a dit : « *C'est que nul n'a vu le Père* » *(Jean 6 : 46)*, « *... Vous n'avez jamais entendu sa voix, vous* n'avez *point vu sa face* » *(Jean 5 : 37)*, mais « *Heureux ceux qui ont le cœur pur, car ils verront Dieu !* » *(Mt. 5 : 8)*. Il a dit dans une prière au Père, « *Or, la vie éternelle, c'est qu'ils te connaissent, toi, le seul vrai Dieu, et celui que tu as envoyé, Jésus-Christ* » *(Jean 17 : 3)*, et il a dit à ses disciples avant de quitter cette terre, « *... je monte vers mon Père et votre Père, vers mon Dieu, votre Dieu* » *(Jean 20 : 17)*. Le Jésus ascensionné parla à son apôtre Jean et dit : « *Voici ce que dit l'Amen, le témoin fidèle et véritable, le commencement de la création de Dieu* » *(Ap. 3 : 14)*.

Jésus n'a jamais atteint ou n'atteindra en aucun moment la gloire de Dieu, mais il se contente de sa propre gloire, celle qui lui a été donnée par le Père, en tant que Son Fils unique *(Jean 17 : 22, Jean 1 : 14, Mt. 24 : 30)*.

Regardez encore l'avertissement fort de Paul dans II Corinthiens 11 : 3 -4 :

> *Toutefois, de même que le serpent séduisit Ève par sa ruse, je crains que vos pensées ne se corrompent et ne se détournent de la simplicité à l'égard de Christ. Car, si quelqu'un vient vous prêcher un autre Jésus que celui que nous avons prêché... vous le supportez (recevez ou acceptez) fort bien.* »

Remarquez, Paul a dit « *Un Autre Jésus, que celui que nous avons prêché* ». Le Jésus que Paul prêchait était un homme. « *... que c'est par* *lui (cet homme) que le pardon des péchés vous est annoncé »* (Actes 13 : 38), et Dieu *« jugera le monde... par l'homme qu'il a désigné »* (ordonné ou spécifié) *(Actes 17 : 31)*. Il dit que Jésus est dans la catégorie de « créature », *« le premier-né de toute la « création » (Col. 1 : 15)*, et fut *créé* par Dieu *(Col. 3 : 10)*. Pour Paul, Jésus était soumis à Dieu, *« Dieu est le chef de Christ » (I Co. 11 : 3)*. Paul n'aurait pas reconnu le Jésus des crédos, enseigné par la plupart des chrétiens par erreur depuis 1700 ans, « vrai Dieu venant du vrai Dieu, engendré et **non pas façonné**, de la même nature que le Père ». Oui, Jésus a été engendré *(amené à l'existence)* dans le ventre de la vierge, mais pour Paul il a aussi été « **fait** » *(créé)* par Dieu.

> *« et qui concerne son Fils **né de** la postérité de David, selon la chair » (Ro. 1 : 3)*
>
> *« ... Le dernier Adam* (Christ) *est devenu un esprit vivifiant » (I Co. 15 : 45).*
>
> *« Dieu a envoyé son Fils, **né** d'une femme, **né** sous la loi » (Ga. 4 : 4)*
>
> Jésus-Christ **est devenu** *« semblable aux hommes » (Ph. 2 :7)*

Ces Écritures prouvent encore à quel point le concile de Nicée a été erroné dans ses conclusions, et à quel point l'église chrétienne a été erronée en le suivant.

Paul dit, avec le Psaume 110 : 1 dans la pensée, qu'à la fin, après le règne de 1000 ans de Jésus sur la terre, lui *(Jésus)* sera **pour toujours** soumis au Père :

> *« Ensuite viendra la fin, quand il* (Jésus) *remettra le royaume à celui qui est Dieu et Père, après avoir détruit toute domination, toute autorité et*

toute puissance. Car il faut qu'il (Jésus) *règne jusqu'à ce qu'il ait mis tous les ennemis sous ses* (Jésus) *pieds. Dieu, en effet, a tout mis sous ses* (Jésus) *pieds. Mais lorsqu'il dit* (David in Paume 8 :6) *que tout lui* (Jésus) *a été soumis, il est évident que celui* (Dieu) *qui lui a soumis toutes choses est excepté. Et lorsque toutes choses lui* (Jésus) *auront été soumises, alors le Fils lui-même sera soumis à celui* (Dieu) *qui lui a soumis toutes choses,* **afin que Dieu soit tout en tous** » *(I Co. 15 : 24 – 25 ; 27 – 28).*

Paul a dit dans I Co. 8 : 6 « *néanmoins pour nous il n'y a qu'**un seul Dieu**, le Père... et un seul Seigneur Jésus-Christ* » qui n'est pas Dieu. **Celui-ci est le Jésus de la Bible**.

« Quand l'esprit grec et l'esprit romain, au lieu de l'esprit hébreu, en vinrent à dominer l'église, il y eut une catastrophe à partir de laquelle l'Église ne s'est jamais remise, soit dans la doctrine soit dans la pratique. »

H. L. Goudge – Historien

Chapitre 12

Dieu et Jésus Dans Le Livre d'Apocalypse

*I*l est important pour nous de nous promener à travers le Livre d'Apocalypse et de voir la relation entre le Dieu Tout-Puissant et Son fils Jésus-Christ. Je crois que quelque part dans les régions brumeuses de nos esprits, nous pensons que Jésus le fils, se morphe en l'Éternel Dieu dans les chapitres très peu compris d'Apocalypse. J'ai étudié extensivement ce livre et je peux vous assurer que **cela n'arrive pas.**

Le mot apocalypse signifie « divulguer » ou « dévoiler » ; ainsi le Livre d'Apocalypse tire son nom à partir du **premier chapitre, verset un :**

« *Révélation de Jésus-Christ, **que Dieu lui a***

*donnée pour montrer à ses serviteurs les choses qui doivent arriver bientôt, et **qu'il a fait connaître, par l'envoi de son ange, à son serviteur Jean** »*

S'il vous plaît, essayez de comprendre ce que l'apôtre Jean dit dans le verset ci-haut comme il est très important pour comprendre ce livre. **Dieu donna cette révélation à Jésus-Christ**. Une chose est révélée ou divulguée à quelqu'un parce qu'ils ne la connaissaient pas avant. Jean ne connaissait pas les événements décrits dans ce livre jusqu'à ce que Jésus ait envoyé son ange et révélé ces choses à lui : les sept églises d'Asie ne connaissaient pas ceci avant que Jean n'ait écrit le livre et ne l'ait envoyé à elles (v. 11) ; et Jésus ne connaissait pas les événements d'Apocalypse avant que Dieu le Père ne les lui ait divulgués. En fait, Jésus avait vraisemblablement quitté cette terre pour aller vers son Père au ciel, sachant qu'il rentrerait un jour pour régner, **mais sans savoir quand** (Marc 13 : 32). Il y a en définitive **deux différents esprits** ici. Un seul qui **connaît tout**.

*« Et à qui elles **(toutes Ses œuvres)** sont connues de toute éternité » (Actes 15 : 18).*

*« ... Ce n'est pas à vous de connaître les temps ou les moments que le Père a fixés de **sa propre autorité** » (C'est Jésus qui parle) (Actes 1 : 7).*

Et **un autre qui connaît seulement** ce que Dieu son Père divulgue ou lui révèle:

« ... que je parle selon ce que le Père m'a enseigné » (Jean 8 : 28).

« Je dis ce que j'ai vu chez mon Père... » (Jean 8 : 38).

*« Je ne puis rien faire de moi-même : **selon que***

> *j'entends, je juge... je ne cherche pas ma volonté... Si c'est moi qui rends témoignage de moi-même, mon témoignage n'est pas vrai »* (Jean 5 : 30-31).

Jésus fut crucifié, ressuscita de la tombe et ascensionna vers 32 ou 33 apr. J-C. D'après James Ussher, une autorité en matière de la chronologie de la Bible du 17ᵉ siècle, l'Apocalypse fut écrite en 96 apr. J-C. C'est possible que Jésus ait été monté au ciel à la droite de Dieu 60 ans avant que son Père lui ait révélé les événements de ce livre. S'il vous plaît, gardez cette pensée à l'esprit tandis que nous avançons.

Verset 5 :

> « *et de la part de Jésus-Christ... et **le prince des rois de la terre** ! »*

Pas le Roi des cieux. Voilà l'Éternel Dieu, le Père de Jésus (Da. 4 : 37).

Verset 8 :

> « *Je suis l'alpha et l'oméga, dit le Seigneur Dieu, celui qui est, qui était, et qui vient, **le Tout-Puissant**. »*

L'Alpha et l'Oméga sont la première et la dernière lettre de l'alphabet grec et c'est « Le Tout-Puissant » qui parle. L'expression « Alpha et Oméga » est rencontrée quatre fois dans le livre d'Apocalypse, et chaque fois c'est le Dieu Tout-Puissant qui parle. Ceci ne change pas ! « Tout-Puissant » c'est *El Shaddai* en hébreu et se réfère à l'Éternel Dieu 56 fois dans la Bible, y compris les 8 fois dans l'Apocalypse. Jésus n'est à aucun moment appelé **« Tout-Puissant » dans les Écritures.** Il est « puissant » mais seulement Dieu son Père est « Tout-Puissant » (voir Ésaïe 9 : 6). « ***Et qui vient.*** » Regardez Ap. 4 : 8 et voyez que celui-ci est « *le Seigneur Dieu, qui est, qui était, et qui* *vient, le Tout-Puissant »*.

Verset 9 :

> *« Moi Jean… j'étais dans l'île appelée Patmos,*
> *à cause de la parole de Dieu et du témoignage*
> *de Jésus-Christ. »*

Notez que Jean sépare Dieu de Jésus-Christ, quelque chose qu'il n'a pas manqué de faire à travers ce livre.

Versets 10-11 [KJF]:

> *«… et j'entendis derrière moi une **grande voix**,*
> *comme [celle] d'une trompette, Disant : Je suis*
> *Alpha et Omega, le premier et le dernier » (Voir*
> *encore les versets 8 et 17).*

Ne soyez pas confus si vous avez une édition de la Bible qui a ces mots en rouge. Les éditeurs qui ont décidé quels mots mettre en rouge sont très probablement des trinitaires, comme le sont quelque deux milliards de gens sur la terre qui s'appellent « chrétiens ». La trinité n'est pas une doctrine de la Bible et Dieu vous a donné assez d'intelligence pour regarder le contexte et voir qui parle. Si cela dit le Seigneur Dieu ou le Dieu Tout-Puissant, ce n'est pas Jésus qui parle. Il n'est ni l'un ni *l'autre*, mais **il est** le Messie, le Sauveur, le Rédempteur, « **Jésus-Christ homme** ». Jean a entendu « une voix forte, comme le son d'une trompette ». Identifions la voix de la trompette. En Apocalypse 4 : 1, la **voix de la trompette** dit, « *Monte ici* », au ciel. Lorsque Jean fut ravi en esprit, il a vu un trône, et « *sur ce trône quelqu'un était assis* » et c'était « *le Seigneur Dieu, le Tout-Puissant* » (v. 8). Lorsque Dieu parla aux enfants d'Israël à partir du ciel en Exode 19 : 16, la Bible déclare, « *le son de la trompette retenti fortement ; et tout le peuple qui était dans le camp fut saisi d'épouvante* » (Voir Hé.

12 : 19). Donc la voix de la trompette est la **voix de Dieu.**

Verset 13 :

> « .... *quelqu'un qui ressemblait à un fils d'homme...* »

« Fils d'homme » signifie un être humain. Dieu a appelé le prophète Ézéchiel « fils de l'homme » 90 fois en Ézéchiel et Jésus est « Fils de l'homme » 84 fois dans les quatre Évangiles, **un être humain.** Quelque soit ce que fut Ézéchiel au sujet de l'humanité, Jésus le fut.

Versets 14-16:

> « *Sa tête et ses cheveux étaient blancs comme de la laine blanche, comme de la neige ;* **ses yeux étaient comme une flamme de feu ; ses pieds étaient semblables à de l'airain ardent**... *et sa voix était comme le bruit de grandes eaux... et son visage était comme le soleil lorsqu'il brille dans sa force.* »

Jean voit le Seigneur Jésus dans « *sa gloire* » *(Luc 9 : 26, 32),* une « *grande gloire* » *(Mt. 24 : 30 ; Marc 13 : 26),* et la gloire donnée à lui par Dieu, son Père *(Jean 17 : 22).*

> « *... Nous avons contemplé* **sa gloire**, *une gloire comme la gloire du Fils unique venu du Père* » *(Jean 1 : 14).*

Pour connaître avec certitude que ces versets ne parlent pas de Dieu, mais de Son fils, regardez le chapitre 2, verset 18 :

> « *... Voici ce que dit le* **Fils de Dieu**, *celui qui a les* **yeux** *comme une* **flamme de feu**, *et dont les* **pieds** *sont semblables à de* **l'airain ardent** » *(Ap. 2 : 18).*

Notez que cette voix n'est pas la « *voix forte comme le son d'une trompette* » mais une voix différente, « *comme le bruit de grandes eaux* ». Voir 14 : 1-2 où la voix comme un bruit de « *grosses eaux* » est encore associée avec l'Agneau.

Verset 18 :

> « *Je suis le premier et le dernier, et le vivant.*
> *J'étais mort ; et voici, je suis vivant aux siècles*
> *des siècles. Je tiens les clefs de la mort et du*
> *séjour des morts.* »

C'est Jésus, « qui était mort ». Celui-ci ne peut pas être « le Tout-Puissant ». Si le Dieu Tout-Puissant pouvait mourir, l'univers et l'homme seraient dans le plus grand trouble que nous n'avons jamais connu. Dieu est **immortel** ce qui signifie **« qui ne meurt pas »**. « Mortel » signifie « destiné à mourir ». Jésus était mortel. Hébreux 9 : 27-28 **parlait de Jésus** en disant : « *Et comme il est réservé aux **hommes de mourir une seule fois**... de même Christ, qui s'est **offert une seule fois** »*. Jésus était **un homme**, par conséquent **mortel**, « **destiné à la mort** ».

> « *... Au roi des siècles, **immortel**, invisible, **seul***
> ***Dieu**, soient honneur et **gloire**, aux siècles des*
> *siècles ! Amen !* » (I Ti. 1 : 17).

Le Dieu éternel qui est invisible aux hommes est « le seul Dieu » et Lui « seul possède l'immortalité » (I Ti. 6 : 16). Mais « notre Sauveur Jésus-Christ » « a détruit la mort et a mis en évidence la vie et **l'immortalité** par l'Évangile » (II Ti. 1 : 10).

Chapitre 2, verset 7 :

> « ... l'arbre de vie, qui est dans le paradis de
> Dieu ».

C'est Jésus qui parle et il fait allusion au « paradis **de**

Dieu ».

Versets 26-27 :

> « *À celui qui vaincra… je donnerai autorité sur les nations. Il les paîtra avec une verge de fer… **ainsi que moi-même j'en ai reçu le pouvoir de mon Père** ».*

Jésus a reçu de son Père le pouvoir de gouverner les nations, et **comme ses frères**, nous aurons le pouvoir de diriger les nations avec lui, (« *celui qui vaincra* »).

Chapitre 3, verset 5 :

> « *Celui qui vaincra… je confesserai son nom devant mon Père* ».

Jésus est encore le Fils, et il appelle toujours Dieu, « mon Père ».

Verset 12 :

> *Celui qui vaincra, je ferai de lui une colonne dans le temple de **mon Dieu**, et il n'en sortira plus ; j'écrirai sur lui le nom de **mon Dieu**, et le nom de la ville de **mon Dieu**, de la nouvelle Jérusalem qui descend du ciel d'auprès de **mon Dieu**, et **mon nom nouveau**.*

Jésus était au ciel, assis à la droite de Dieu lorsque ceci fut écrit, et il appelle encore Dieu, « mon Dieu ». Jésus a un Dieu, quelqu'un qui est supérieur à lui, quelqu'un qu'il craint, adore et obéit.

> « *Mon Dieu, mon Dieu, pourquoi m'as-tu abandonné ?*
> *(Ps. 22 : 1 ; Mt. 27 : 46).*
> « ***Le Dieu** et Père **de notre Seigneur Jésus-Christ** »*

(II Co. 11: 31; Ep. 1: 3; I Pierre 1: 3).

Permettez-moi de vous poser une bonne question. Jésus est-il votre Dieu ou est-ce le Dieu de Jésus votre Dieu ? Quelques-uns d'entre nous avons fait d'**un homme** notre Dieu, et voici une erreur sérieuse. Jésus connaissait qui était son Dieu, et vous, connaissez-vous le vôtre ?

> *« Vous adorez ce que vous ne connaissez pas ;*
> *nous, nous adorons ce que nous connaissons »*

(c'est Jésus qui parle) *(Jean 4 : 22).*

Verset 14 :

> *« Voici ce que dit l'Amen, le témoin fidèle et véritable, **le commencement de la création de Dieu**... »*

Avez-vous entendu ce que dit Jésus, je ne suis pas Dieu, je suis « le commencement de la création de Dieu ? » Le mot « commencement » ici est « arche » en grec (*Strongs No. 746*) et veut dire « commencer (dans l'ordre de temps) ». Il dit, je suis un être créé, je fus créé **par Dieu** le premier dans l'ordre de temps. Si vous n'allez pas croire Jésus, il est peu probable que vous croyiez quelqu'un d'autre à propos de cette vérité, mais permettons à Paul de la renforcer.

> *« **Il est l'image** (« une ressemblance représentative ») du Dieu invisible, **le premier-né de toute la création** » (Col. 1 : 15)*
> *« et ayant revêtu l'homme nouveau (Christ), qui se renouvelle, dans la connaissance, **selon l'image de** celui (Dieu) qui l'a créé » (Col. 3 : 10).*

Écoutez Pierre :

> *« mais par le sang précieux de Christ, **comme d'un agneau** sans défaut et sans tache, **prédestiné**

avant la fondation du monde, et manifesté à la
fin des temps, à cause de vous... » *(I Pierre 1 :*
19-20).

Celui-ci n'est pas un « Dieu le Fils » ou un « Fils éternel » préexistant ; c'est Jésus le Messie « **prédestiné** avant la fondation du monde ».

« Au commencement (**Dieu n'a pas de**
commencement. Voici le commencement de la
création - **Jésus)** *était la Parole* (**logos-**
« pensée », « quelque chose déclaré »
« intention », « motif »)... *Et la Parole* (quelque
chose déclaré) *était faite chair, et elle a habité*
parmi nous... » (Jean 1 : 1, 14).

Jésus était **parlé** par Dieu **avant le temps**, mais engendré dans le ventre d'une vierge, à temps (*Mt. 1 : 18*). Après qu'il a été parlé, il a été le **motif** pour d'autres actes créatifs de Dieu.

Verset 21 :

« Celui qui vaincra, je le ferai asseoir avec moi
sur mon trône, comme moi j'ai vaincu et me suis
assis avec mon Père sur son trône. »

Quand nous régnerons avec Christ pendant 1000 ans sur la planète Terre, allons-nous nous emparer de son trône ? Non ! Jésus non plus ne s'emparera jamais du trône de son Père au ciel. Il a dit, je « *me suis assis* *avec mon Père sur Son trône* », de la manière que « *celui qui vaincra* », va s'asseoir « *avec moi sur mon trône* ». Jésus n'avait jamais été promis le trône de Dieu son Père, mais « *le Seigneur Dieu lui donnera le trône* *de David, son père* », à Jérusalem (l'Ange Gabriel à Marie) *(Luc 1 : 32).*

Chapitre 4, verset 2 – 3.

*« Aussitôt je fus ravi en esprit. Et voici, **il y avait un trône dans le ciel, et sur ce trône quelqu'un était assis.** Celui qui était assis avait l'aspect d'une pierre de jaspe et de sardoine... »*

Verset 8 – 11 :

*« Les quatre êtres vivants ont chacun six ailes, et ils sont remplis d'yeux tout autour et au dedans. Ils ne cessent de dire jour et nuit : **Saint, saint, saint est le Seigneur Dieu, le Tout-Puissant,** qui était, qui est, et qui vient ! Quand les êtres vivants rendent gloire et honneur et actions de grâces **à celui qui est assis sur le trône,** à celui qui vit aux siècles des siècles, les vingt-quatre vieillards se prosternent devant **celui qui est assis sur le trône,** et ils adorent celui qui vit aux siècles des siècles, et ils jettent leurs couronnes devant le trône, en disant: Tu es digne, notre Seigneur et notre Dieu, de recevoir la gloire et l'honneur et la puissance ; car tu as créé toutes choses, et c'est **par ta volonté qu'elles existent et qu'elles ont été créées.** »*

Jean a vu un seul trône et « **quelqu'un était assis sur le trône** », et c'était le Créateur, « le Seigneur Dieu Tout-Puissant. » D'autres avaient vu le Seigneur Dieu sur son trône devant Jean.

*« ... **J'ai vu l'Éternel assis sur son trône,** et toute l'armée des cieux se tenant auprès de lui, **à sa droite et à sa gauch**e »* (Michée le prophète) *(I Rois 22 : 19)*. Notez que Dieu avait une droite et une main gauche. « ... *je vis le Seigneur assis sur*

un trône très élevé, et les pans de sa robe remplissaient le temple... mes yeux ont vu le Roi, l'Éternel des armées » (Ésaïe le prophète) (És. 6 : 1, 5).

« ... les cieux s'ouvrirent, et j'eus des visions divines... Au-dessus du ciel qui était sur leurs têtes (les créatures), il y avait quelque chose de semblable à une pierre de saphir, en forme de trône; et sur cette forme de trône apparaissait comme une figure d'homme placé dessus en haut... Tel l'aspect de l'arc qui est dans la nue en un jour de pluie, ainsi était l'aspect de cette lumière éclatante, qui l'entourait : c'était une image de la gloire de l'Éternel. À cette vue, je tombai sur ma face, et j'entendis la voix de quelqu'un qui parlait. Il me dit: Fils de l'homme, tiens-toi sur tes pieds, et je te parlerai... Ce sont des enfants à la face impudente et au cœur endurci ; je t'envoie vers eux, et tu leur diras : Ainsi parle le Seigneur, l'Éternel » (Ézéchiel le prophète) *(Ézéchiel 1 : 1, 26, 28, 2 : 1, 4).*

Ézéchiel a vu Dieu sur Son trône, et Il « **apparaissait comme une figure d'homme**. » Devons-nous être surpris que Dieu ressemble à un homme ? Quand l'homme fut formé à **Son image** et à **Sa ressemblance** (Ge. 1 : 27, 5 : 1, 9 : 6, I Co. 11 : 7) ? Dieu veut certainement que nous connaissions ceci. Regardez Hébreux 1 : 3 :

« Et qui, étant le reflet de sa gloire et l'empreinte de sa personne... »

C'est bien Jésus, « *l'image expresse* » de la « personne » de Dieu. Ce mot « personne » est le mot grec « hupostasis » et signifie « substance » ou « nature ». Dieu n'est pas simplement une « force, » un esprit mystique comme certains auraient voulu que nous le croyions, mais Il a une nature, une substance et une forme. La gloire de Dieu remplit l'univers et Il est invisible à l'homme, « *Tu ne pourras voir ma face, car l'homme ne peut me voir et vivre.* » *(Ex. 33 : 20)* mais « *tu me verras par derrière* » *(Ex. 33 : 23)*. Dieu a dit de Son serviteur Moïse en Nombres 12 : 8 *et il voit une représentation* (« forme ou ressemblance »*) de l'Éternel* et Hébreux 11 : 27 déclare, « *il* (Moïse) *se montra ferme, comme voyant celui qui est invisible.* » Ceux qui disent que l'Éternel Dieu n'a ni « forme ni ressemblance » sont déficients dans leur compréhension des Écritures. Ceux au ciel et les anges voient Sa face.

> « *Gardez-vous de mépriser un seul de ces petits ;*
> *car je vous dis que* ***leurs anges dans les cieux***
> ***voient continuellement la face de mon Père qui***
> ***est dans les cieux*** » (C'est Jésus qui parle)
> *(Mt.18 : 10)*

Maintenant en Apocalypse <u>chapitre 5, verset 1 – 3</u>.

> « ***Puis je vis dans la main droite de celui qui était***
> ***assis sur le trône un livre*** *écrit en dedans et en*
> *dehors, scellé de sept sceaux. Et je vis un ange*
> *puissant, qui criait d'une voix forte : Qui est digne*
> *d'ouvrir le livre, et d'en rompre les sceaux ? Et*
> ***personne*** *dans le ciel, ni sur la terre, ni sous la*
> *terre, ne put ouvrir le livre ni le regarder.* »

Dieu Tout-Puissant qui était assis sur le trône avait un livre dans Sa main dont « **personne** » dans la création n'était pas digne de l'ouvrir.

Notez, la recherche a été faite pour qu'un « **homme** » ouvre le livre et Jésus est cet « **homme** ». Il devait être un homme sans péché !

Verset 4 – 13 *:*

> *« Et je pleurai beaucoup de ce que **personne** ne fut trouvé digne d'ouvrir le livre ni de le regarder. Et l'un des vieillards me dit : Ne pleure point ; voici, le lion de la tribu de Juda, le rejeton de David, a vaincu pour ouvrir le livre et ses sept sceaux. **Et je vis, au milieu du trône et des quatre êtres vivants et au milieu des vieillards, un agneau** qui était là comme immolé. Il avait sept cornes et sept yeux, qui sont les sept esprits de Dieu envoyés par toute la terre. **Il vint, et il prit le livre de la main droite de celui qui était assis sur le trône.** Quand il eut pris le livre, les quatre êtres vivants et les vingt-quatre vieillards se prosternèrent devant l'agneau, tenant chacun une harpe et des coupes d'or remplies de parfums, qui sont les prières des saints. Et ils chantaient un cantique nouveau, en disant : Tu es digne de prendre le livre, et d'en ouvrir les sceaux ; **car tu as été immolé, et tu as racheté pour Dieu par ton sang des hommes de toute tribu, de toute langue,** de tout peuple, et de toute nation ; **tu as fait d'eux un royaume et des sacrificateurs pour notre Dieu, et ils régneront sur la terre.** Je regardai, et j'entendis la voix de beaucoup d'anges autour du trône et des êtres vivants et des vieillards, et leur*

nombre était des myriades de myriades et des milliers de milliers. Ils disaient d'une voix forte : **L'agneau qui a été immolé est digne de recevoir la puissance, la richesse,** *la sagesse, la force, l'honneur, la gloire, et la louange. Et toutes les créatures qui sont dans le ciel, sur la terre, sous la terre, sur la mer, et tout ce qui s'y trouve, je les entendis qui disaient :* **À celui qui est assis sur le trône, et à l'agneau, soient la louange, l'honneur, la gloire, et la force,** *aux siècles des siècles ! »*

Jésus-Christ l'Agneau *(un homme)* « *s'éleva* » et prit le livre de la main droite « *de celui qui était assis sur le trône* », et le ciel retentit avec des louanges bien méritées, « *car tu as été immolé, et* **tu** (nous) **as racheté**(s) **pour Dieu** *par ton sang* ».

« Le lendemain, il vit Jésus venant à lui, et il dit : **Voici l'Agneau de Dieu,** *qui ôte le péché du monde»* (Jean le Baptiste) *(Jean 1 : 29).* **L'agneau c'est Jésus.**

« Ils combattront contre l'agneau, et l'agneau les vaincra, parce qu'il est le Seigneur des seigneurs et le Roi des rois, et les appelés, les élus et les fidèles qui sont avec lui les vaincront aussi » (Ap. 17 : 14).

Verset 14 :

« Et les quatre êtres vivants disaient : Amen ! Et les vieillards **se prosternèrent et adorèrent.** *»*

Remarquez, Jean n'a pas dit que les armées des cieux « adoraient » l'Agneau (*qui était présent*), **mais ils adoraient celui qui** était assis sur le trône, l'**Éternel Dieu Tout-Puissant** (*Ap. 4 : 10 – 11*).

Le prophète Daniel avait vu une vision très similaire à celle-ci que Jean a vue, en Daniel chapitre 7.

> *« Je regardai, pendant que l'on plaçait des trônes. Et l'ancien des jours s'assit. Son vêtement était blanc comme la neige, et les cheveux de sa tête étaient comme de la laine pure ; son trône était comme des flammes de feu, et les roues comme un feu ardent. Un fleuve de feu coulait et sortait de devant lui. Mille milliers le servaient, et dix mille millions se tenaient en sa présence. Les juges s'assirent, et les livres furent ouverts »* (*Da. 7 : 9 – 10*).

C'est l'Éternel Dieu Très-Haut assis sur Son trône, et *« mille milliers le servaient, et dix mille millions se tenaient en sa présence »* (*voir les versets 22, 25, 27*). C'est exactement le nombre de ceux qui se tiennent autour du trône de « l'Éternel Dieu Tout-Puissant » en Apocalypse 5 : 11.

> *« Je regardai pendant mes visions nocturnes, et voici, sur les nuées des cieux arriva **quelqu'un de semblable à un fils de l'homme ; il s'avança vers l'ancien des jours, et on le fit approcher de lui. On lui donna la domination, la gloire et le règne** ; et tous les peuples, les nations, et les hommes de toutes langues le servirent. Sa domination est une domination éternelle qui ne passera point, et son règne ne sera jamais*

détruit » (Da. 7 : 13 – 14).

Donc dans la vision de Daniel aussi « *quelqu'un de semblable à un fils de l'homme* », Jésus-Christ, notre Seigneur, est amené devant Dieu son Père et a remis la domination, la gloire et un royaume pour régner sur la terre.

Rentrons maintenant en Apocalypse, chapitre 6, verset 1 :

« *Je regardai, quand l'Agneau ouvrit un de sept sceaux... »*

Jésus l'Agneau ouvre les sceaux du livre scellé de sept sceaux, livre qu'il avait reçu de la main de son Dieu. Maintenant commence 10 chapitres de la colère de Dieu sur un monde méchant, rejetant le Christ.

Verset 16 :

> « *Et ils disaient aux montagnes et aux rochers : Tombez sur nous, et cachez-nous devant la face de celui qui est assis sur le trône* (Dieu)*, et devant la colère de l'agneau ; »*

Chapitre 7, versets 10 – 12 :

> « *Et ils criaient d'une voix forte, en disant :* **Le salut est à notre Dieu qui est assis sur le trône, et à l'agneau**. *Et tous les anges se tenaient autour du trône et des vieillards et des quatre êtres vivants ; et ils se prosternèrent sur leurs faces devant le trône, et* **ils adorèrent Dieu**, *en disant : Amen ! La louange, la gloire, la sagesse, l'action de grâces, l'honneur, la puissance, et la force, soient* **à notre Dieu, aux siècles des siècles** ! Amen ! »*

Dieu et l'Agneau sont les deux présents et sont loués au verset 10,

mais Dieu seul est « adoré » au verset 11.

Versets 14-15 :

> « *... Ce sont ceux qui viennent de la grande tribulation ; ils ont lavé leurs robes, et ils les ont blanchies dans le sang de l'agneau.* **C'est pour cela qu'ils sont devant le trône de Dieu**, *et le servent jour et nuit dans son temple.* **Celui qui est assis sur le trône dressera sa tente sur eux ;** »

Ces saints étaient lavés dans le sang de l'Agneau (Jésus) « *celui qui est assis sur le trône (*l'Éternel Dieu Tout-Puissant*) dressera sa tente sur eux* ». Ceci sera très clairement observé au chapitre 21 : et ceci est un accomplissement de la promesse de Jésus à nous en Matthieu 5 : 8 « *Heureux ceux qui ont le cœur pur, car ils verront Dieu !* » La multitude à qui Jésus a dit celle-ci l'avait déjà vu.

Verset 17 :

> « *Car l'agneau qui est au milieu du trône les paîtra et les conduira aux sources des eaux de la vie,* **et Dieu essuiera toute larme de leurs yeux.** »

Chapitre 8, verset 4 :

> « *La fumée des parfums monta, avec les prières des saints, de la main de l'ange devant Dieu.* »

Cela ne peut pas être trouvé dans les Écritures que les prières furent adressées à Jésus *(l'Agneau)* après son ascension au ciel. Les prières étaient toujours adressées à Dieu au nom de Jésus ; ainsi la fumée des parfums qui venaient avec les prières monta **« devant Dieu. »**

Chapitre 9, versets 4 et 13 :

> « *Il leur fut dit de ne point faire de mal à l'herbe de la terre, ni à aucune verdure, ni à aucun arbre,*

mais seulement aux hommes qui n'avaient pas le sceau de Dieu sur le front. »

« ... l'autel d'or qui est devant Dieu » (v.13).

C'est l'Éternel Dieu dont il est question dans ces deux versets.

Chapitre 10, Verset 7 :

« ... le mystère de Dieu s'accomplirait... »

Dieu est le centre d'attention.

Chapitre 11, verset 1:

« Lève-toi, et mesure le temple de Dieu »

Verset 4 :

« ... les deux chandeliers qui se tiennent devant le Seigneur de la terre. »

Verset 11 :

« Après les trois jours et demi, un esprit de vie, venant de Dieu, entra en eux... »

Verset 13 :

« ... et les autres furent effrayés et donnèrent gloire au Dieu du ciel. »

Verset 15 :

*« ... Le royaume du monde est remis à notre Seigneur et à **son Christ** (Jésus). » « **Christ est à Dieu** » (I Co. 3 : 23)*

Versets 16 – 17 :

*« Et les vingt-quatre vieillards, qui étaient assis **devant Dieu** sur leurs trônes, **se prosternèrent sur leurs faces, et ils adorèrent Dieu**, en disant : Nous te rendons grâces, **Seigneur Dieu Tout-***

Puissant, qui es, et qui étais... »

Verset 19 :

« Et le temple de Dieu dans le ciel fut ouvert... »

Chapitre 12, verset 5 :

« ... et son enfant (l'enfant mâle) *fut enlevé vers Dieu et vers son trône. »*

Versets 10-11 :

*« Et j'entendis dans le ciel une voix forte qui disait : Maintenant le salut est arrivé, et la puissance, et le règne de **notre Dieu**, et l'autorité de **son Christ** ; car il a été précipité, l'accusateur de nos frères, celui qui les accusait devant notre Dieu jour et nuit. Ils l'ont vaincu à cause du sang de l'agneau et à cause de la parole de leur témoignage... »,*

Verset 17 :

*« Et le dragon fut irrité contre la femme, et il s'en alla faire la guerre aux restes de sa postérité, à ceux qui gardent **les commandements de Dieu** et qui ont **le témoignage de Jésus.** »*

Remarquez comment à travers ce livre Jean a toujours séparé Dieu de Jésus-Christ, l'Agneau.

Chapitre 13, verset 6 :

*« Et elle ouvrit sa bouche pour **proférer des blasphèmes contre Dieu**, pour blasphémer son nom, et son tabernacle, et ceux qui habitent dans le ciel. »*

L'antéchrist blasphèmera Dieu, et Christ aussi.

Verset 8 :

« *Et tous les habitants de la terre l'adoreront, ceux dont le nom **n'a pas été écrit** dès la fondation du monde **dans le livre de vie de l'agneau qui a été immolé**.* »

Étant donné que l'Agneau fut **ordonné de Dieu** dès la fondation du monde, donc **il fut tué depuis lors**, dans la **prescience d**e Dieu (voir Actes 2 : 23).

Chapitre 14, verset 1 :

« *Je regardai, et voici, l'agneau se tenait sur la montagne de Sion, et avec lui cent quarante-quatre mille personnes, qui avaient son nom et **le nom de son Père** écrits sur leurs fronts.* »

Verset 4 – 5 :

« *Ce sont ceux qui ne se sont pas souillés avec des femmes, car ils sont vierges ; ils suivent l'agneau partout où il va. Ils ont été rachetés d'entre les hommes, comme des prémices pour Dieu et pour l'agneau ; et dans leur bouche il ne s'est point trouvé de mensonge, car ils sont irrépréhensibles.* »

Verset 6 – 7 :

« *Je vis un autre ange qui volait par le milieu du ciel, **ayant un Évangile éternel, pour l'annoncer aux habitants de la terre**, à toute nation, à toute tribu, à toute langue, et à tout peuple. **Il disait d'une voix forte : Craignez Dieu, et donnez-lui gloire**, car l'heure de son jugement est venue ; et* *adorez celui qui a fait le ciel, et la terre, et la mer,*

et les sources d'eaux. »

L'ange avait l'Évangile éternel pour le prêcher à ceux qui demeurent sur la terre *(« chaque nation »).* Et qu'est-ce qu'il a dit « *d'une voix forte* » ? « **Craignez Dieu et donnez-lui gloire** ». Dans la bouche de l'ange **c'était un commandement**, mais dans ce livre que j'ai écrit c'est **une forte recommandation** de votre frère et compagnon d'œuvre. **Donnez gloire à Dieu !** Cessez de donner Sa gloire (honneur – admiration – estime – adoration honorable) aux autres, même pas à Son Fils hautement exalté. (... *aussi Dieu l'a souverainement élevé* (Jésus) » *(Ph. 2 : 9).* Quand nous prenons l'honneur qui est dû à **Dieu seul** et le donnons à un autre, nous sommes des voleurs et des larrons et Dieu nous demandera des comptes. Nous l'avons fait dans le passé et Dieu a été patient et miséricordieux, mais si nous persistons après que nous soyons parvenus à la connaissance de la vérité, il nous sera compté comme idolâtrie. « *... et ils ne se repentirent pas* **pour lui** (**Dieu**) *donner gloire* » *(Ap. 16 : 9)*

Nous devons comprendre ce que le prophète Ésaïe a dit à propos de la gloire **de Dieu**.

> *« Je suis l'Éternel, c'est là mon nom ; Et je ne donnerai pas ma gloire à un autre... » (És. 42 : 8).* Ceci est dans le contexte de la promesse de Dieu à propos du Messie, Jésus, qui Il « donnerait ».
>
> *« Voici,* **mon serviteur,** *que je soutiendrai, Mon élu, en qui mon âme prend plaisir. J'ai mis mon esprit sur lui ; Il annoncera la justice aux nations. Moi, l'Éternel, je t'ai appelé pour le salut, Et je te*

prendrai par la main, Je te garderai, et je t'établirai pour traiter alliance avec le peuple, Pour être la lumière des nations » (És. 42 : 1, 6).

Qui est celui qui dit, « *je ne donnerai pas ma gloire à un autre* » ?

*« Vous êtes mes témoins, dit l'Éternel, Vous, et mon serviteur que j'ai choisi, Afin que vous le **sachiez**, Que vous me **croyiez** et **compreniez** que c'est moi: **Avant moi il n'a point été formé de Dieu, Et après moi il n'y en aura point.** »* (És. 43 : 10).

Dieu est-Il plus d'une personne ? Non !

*« Ainsi parle l'Éternel, Votre rédempteur, **le Saint d'Israël**... Je suis l'Éternel, votre **Saint**, Le créateur d'Israël, votre roi »* (És. 43 : 14, 15).

Et il dit encore, « ...***Je ne donnerai pas ma gloire à un autre*** *»* (És. 48 : 11).

Verset 10 :

« Il boira, lui aussi, du vin de la fureur de Dieu... devant l'agneau »

Verset 12 :

*« C'est ici la persévérance des saints, qui gardent les commandements de **Dieu** et la foi de **Jésus** ».*

Verset 19 :

« ... la grande cuve de la colère de Dieu. »

Jean continue à séparer Jésus-Christ, l'Agneau, de Dieu « son Père ». **Ils ne se fusionnent pas dans ce livre !**

Chapitre 15 versets 1-2 :

« ... la colère de Dieu... ayant des harpes de Dieu. »

Versets 3-4 *:*

> « *Et ils chantent le cantique de Moïse, le serviteur de Dieu, et **le cantique de l'agneau**, en disant : Tes œuvres sont grandes et admirables, **Seigneur Dieu Tout-Puissant** ! Tes voies sont justes et véritables, roi des nations ! Qui ne craindrait, Seigneur, et ne glorifierait ton nom ? Car seul tu es saint. **Et toutes les nations viendront, et se prosterneront devant toi**, parce que tes jugements ont été manifestés.* »

Le chant de Moïse, un prototype de Jésus, et le chant de l'agneau (*Jésus*) sont des chants de louange au « Seigneur Dieu Tout puissant ». Hébreux 2 : 12 cite Psaumes 22, un psaume messianique de Jésus, qui commence par, « *Mon Dieu, mon Dieu, pourquoi m'as–tu abandonné ?* » Aussi le verset 23 présente **Jésus disant à Dieu**, « *Je te célébrerai au milieu de l'assemblée* ». **Jésus rejoint toutes les nations dans l'adoration de son Dieu.**

Verset 8 :

> « *Et le temple fut rempli de fumée, à cause de **la gloire de Dieu**... ».*

Chapitre 17, verset 6 :

> « *Et je vis cette femme ivre... du sang des témoins* (martyrs) *de Jésus* ».

Verset 14 :

> « ***Ils combattront contre l'agneau**, et l'agneau les vaincra, parce **qu'il est le Seigneur des seigneurs et le Roi des rois**, et les appelés, les élus et les fidèles qui sont avec lui les vaincront aussi.* »

Les dix rois de ce chapitre ne feront pas la guerre à Dieu, car Il est au ciel ; mais ils feront la guerre contre l'Agneau, sur terre. Il vaincra ces rois car il est le Roi des rois. Le prophète Daniel avait dit à Nebucadnetsar, « *O roi, tu es le roi des rois* » ce qui signifie **un roi au-dessus d'autres rois sur terre**, pas le **Roi des cieux** (*Da. 2 : 37*). Daniel 4 : 37 dit que le Dieu Très-haut est « *le Roi des cieux* ».

Verset 17 :

> « *Car Dieu a mis dans leur cœur d'exécuter son dessein...* »

Chapitre 18, versets 5 & 8 :

> « *..Et Dieu s'est souvenu de ses iniquités* (Babylone)....*car **il est puissant, le Seigneur Dieu qui l'a jugée** ».

Aucune fois dans la Bible entière Jésus est appelé « le Seigneur Dieu » *(YHWH Elohim)* !

Chapitre 19, verset 1 :

> « *Après cela, j'entendis dans le ciel comme une voix forte d'une foule nombreuse qui disait:* **Alléluia ! Le salut, la gloire, et la puissance sont à notre Dieu,** »

Alléluia signifie « loué soit Yah » (*le nom de Dieu YHWH dans sa forme raccourcie*) et est toujours employé pour la louange à l'Éternel Dieu, **jamais à Jésus, le Messie**. Cela signifie « que Dieu soit loué ».

Verset 4-6 :

> « *Et les vingt-quatre vieillards et les quatre êtres vivants **se prosternèrent et adorèrent Dieu assis sur le trône**, en disant : Amen ! Alléluia ! Et une voix sortit du trône, disant : Louez notre Dieu,*

*vous tous ses serviteurs, vous qui le craignez, petits et grands ! Et j'entendis comme une voix d'une foule nombreuse, comme un bruit de grosses eaux, et comme un bruit de forts tonnerres, disant : **Alléluia ! Car le Seigneur notre Dieu Tout-Puissant est entré dans son règne.** »*

Tout-Puissant signifie omnipotent.

Verset 7 :

*« Réjouissons-nous et soyons dans l'allégresse, et donnons-lui (Dieu) gloire ; **car les noces de l'agneau sont venues**, et son épouse s'est préparée. »*

Dans ce chapitre, l'Agneau, Jésus-Christ, vient de régner sur la terre avec ses saints pendant 1000 ans.

*« Il sera grand et sera appelé **Fils du Très-Haut**, et le **Seigneur Dieu lui donnera** le trône de David, son père »* (à Jérusalem) *(Luc 1 : 32).*

« Car il faut qu'il (Jésus) règne jusqu'à ce qu'il ait mis tous les ennemis sous ses pieds » (I Co. 15 : 25).

*« **Parole de l'Éternel à mon Seigneur : Assieds-toi à ma droite, Jusqu'à ce que je fasse de tes ennemis ton marchepied »*** (Ps. 110 : 1).

*« **lui** (cet homme), après avoir offert un seul sacrifice pour les péchés, **s'est assis pour toujours à la droite de Dieu, attendant** désormais que ses ennemis soient devenus son*

marchepied » (Hé. 10 : 12-13).

Puis-je humblement dire que Dieu « ne s'attend » à rien mais Jésus-Christ, Son Fils a un droit d'attendre Dieu de faire pour lui ce qu'Il a dit qu'Il ferait.

Chapitre 19, verset 9 -16 :

> *« Et l'ange me dit : Écris : Heureux ceux qui sont appelés au festin de noces de l'agneau ! Et il me dit:* **Ces paroles sont les véritables paroles de Dieu.** *Et je tombai à ses pieds pour l'adorer ; mais il me dit : Garde-toi de le faire ! Je suis ton compagnon de service, et celui de tes frères qui ont* **le témoignage de Jésus. Adore Dieu.** *-Car le témoignage de Jésus est l'esprit de la prophétie. Puis je vis le ciel ouvert, et voici, parut* **un cheval blanc. Celui qui le montait s'appelle Fidèle et Véritable,** *et il juge et combat avec justice. Ses yeux étaient comme une flamme de feu ; sur sa tête étaient plusieurs diadèmes ;* **il avait un nom écrit, que personne ne connaît, si ce n'est lui-même** *; et il était revêtu d'un vêtement teint de sang. Son nom est la Parole de Dieu. Les armées qui sont dans le ciel le suivaient sur des chevaux blancs, revêtues d'un fin lin, blanc, pur. De sa bouche sortait une épée aiguë, pour frapper les nations ; il les paîtra avec une verge de fer ; et il foulera la cuve du vin de l'ardente colère du Dieu Tout-Puissant.* **Il avait sur son vêtement et sur sa cuisse un nom écrit: Roi des rois et Seigneur des**

seigneurs. »

Voici Jésus, venir avec **puissance** et une **grande gloire**, appelé « **fidèle et véritable** ». Rentrez au chapitre 3, verset 14 où Jésus dit, « *Voici ce que dit l'Amen, le témoin fidèle et véritable, le commencement de la création de Dieu* ». Celui-ci **n'est pas Dieu** sur le cheval blanc, mais c'est surement Son « témoin fidèle et véritable ».

Regardez le verset 12 ci-dessus, « *Il avait un nom écrit, que personne ne connaît, si ce n'est lui-même* ». Jésus aura changement de nom comme l'ont eu Abraham, Jacob et Saul de Tarse. Regardez Apocalypse 3 : 12 où Jésus dit qu'à celui qui vaincra, « *J'écrirai sur lui... mon nom nouveau* ». Voici un mystère, mais un « nom nouveau » ne changera pas qui il est, notre précieux Seigneur et Sauveur, **l'unique chemin** vers Dieu, le Père. Mettre ceci en contraste avec ce que le Dieu d'Israël a dit à Moïse au buisson ardent en Exode 3 : 15 :

> « *Dieu dit encore à Moïse: Tu parleras ainsi aux enfants d'Israël : **L'Éternel** (YHWH), **le Dieu** de vos pères, le Dieu d'Abraham, le Dieu d'Isaac et le Dieu de Jacob, m'envoie vers vous. **Voilà mon nom pour l'éternité, voilà mon nom de génération en génération*** » (Ex 3 : 15).

Regardez De.7 : 9 et comprenez que l'expression « *de génération en génération* » signifie au moins 30.000 ans. **Le nom de Dieu ne changera jamais !**

Chapitre 20, verset 1 – 6

> « *Puis je vis descendre du ciel un ange, qui avait la clef de l'abîme et une grande chaîne dans sa main. Il saisit le dragon, le serpent ancien, qui est le diable et Satan, et il le lia pour mille ans. Il*

le jeta dans l'abîme, ferma et scella l'entrée au-dessus de lui, afin qu'il ne séduisît plus les nations, **jusqu'à ce que les mille ans fussent accomplis. Après cela, il faut qu'il soit délié pour un peu de temps. Et je vis des trônes ; et à ceux qui s'y assirent fut donné le pouvoir de juger.** Et je vis les âmes de ceux qui avaient été décapités à **cause du témoignage de Jésus et à cause de la parole de Dieu**, et de ceux qui n'avaient pas adoré la bête ni son image, et qui n'avaient pas reçu la marque sur leur front et sur leur main. **Ils revinrent à la vie, et ils régnèrent avec Christ pendant mille ans.** Les autres morts ne revinrent point à la vie jusqu'à ce que les mille ans fussent accomplis. **C'est la première résurrection.** Heureux et saints ceux qui ont part à la première résurrection ! La seconde mort n'a point de pouvoir sur eux ; **mais ils seront sacrificateurs de Dieu et de Christ, et ils régneront avec lui pendant mille ans.** »

Daniel le prophète a vu ce temps du Christ régnant sur la terre avec ses saints en Daniel 7: 27 :

« Le règne, la domination, et **la grandeur de tous les royaumes qui sont sous les cieux**, seront donnés au peuple des saints du Très-Haut. Son règne est un règne éternel, et tous les dominateurs le serviront et lui obéiront. »

« Ils revinrent à la vie, et ils régnèrent avec Christ (Messie) *pendant mille ans».* Le Prophète Ésaïe a présagé ce glorieux temps de paix et de repos lorsque Jésus-Christ, le fils de David, le fils d'Isaï, régnera comme roi sur la terre.

> *« Puis un rameau sortira du tronc d'Isaï, Et un rejeton naîtra de ses racines. **L'Esprit de l'Éternel reposera sur lui**: Esprit de sagesse et d'intelligence, Esprit de conseil et de force, Esprit de connaissance **et de crainte de l'Éternel. Il respirera la crainte de l'Éternel** ; Il ne jugera point sur l'apparence, Il ne prononcera point sur un ouï-dire. Mais il jugera les pauvres avec équité, Et il prononcera avec droiture sur les malheureux de la terre ; Il frappera la terre de sa parole comme d'une verge, Et du souffle de ses lèvres il fera mourir le méchant. **La justice** sera la ceinture de ses flancs, Et **la fidélité** la ceinture de ses reins. Le loup habitera avec l'agneau, Et la panthère se couchera avec le chevreau ; Le veau, le lionceau, et le bétail qu'on engraisse, seront ensemble, Et un petit enfant les conduira. La vache et l'ourse auront un même pâturage, Leurs petits un même gîte ; Et le lion, comme le bœuf, mangera de la paille. Le nourrisson s'ébattra sur l'antre de la vipère, Et l'enfant sevré mettra sa main dans la caverne du basilic. Il ne se fera ni tort ni dommage Sur toute ma montagne sainte ; Car la terre sera remplie de la connaissance de l'Éternel, Comme le fond de la mer par les eaux*

qui le couvrent. En ce jour, **le rejeton d'Isaï** Sera là comme une bannière pour les peuples ; Les nations se tourneront vers lui, Et **la gloire sera sa demeure** » *(Ésaïe 11: 1- 10).*

Regardez maintenant les paroles de Jésus :

« Lorsque **le Fils de l'homme** viendra dans **sa gloire**, avec tous les anges, il s'assiéra sur le trône de **sa gloire**. Toutes les nations seront assemblées devant lui. Il séparera les uns d'avec les autres, comme le berger sépare les brebis d'avec les boucs ; et il mettra les brebis à sa droite, et les boucs à sa gauche. Alors le roi dira à ceux qui seront à sa droite : **Venez, vous qui êtes bénis de mon Père** ; prenez possession du royaume qui vous a été préparé dès la fondation du monde » (dans le plan inchangeable et dans la prescience de Dieu) *(Mt. 25 : 31- 34).*

« Il lui dit : C'est bien, bon serviteur ; parce que tu as été fidèle en peu de chose, **reçois le gouvernement de dix villes.** Le second vint, et dit : Seigneur, ta mine a produit cinq mines. Il lui dit : **Toi aussi, sois établi sur cinq villes** » *(Luc 19 : 17-19).*

« Or, si nous sommes enfants, nous sommes aussi héritiers : **héritiers de Dieu,** et **cohéritiers de Christ,** si toutefois nous souffrons avec lui, afin d'être **glorifiés avec lui.** J'estime que les souffrances du temps présent ne sauraient être comparées à **la gloire à venir qui sera révélée pour nous** » (c'est Paul qui parle) *(Ro. 8 : 17-18).*

« *si nous persévérons, nous régnerons aussi avec lui...* » (c'est Paul qui parle) *(II Ti. 2 : 12).*

Mais **des difficultés arrivent** brièvement à la fin de mille ans !

Chapitre 20, versets 7- 9 :

> « **Quand les mille ans seront accomplis, Satan sera relâché de sa prison.** *Et il sortira pour séduire les nations qui sont aux quatre coins de la terre,* **Gog et Magog**, *afin de les rassembler pour la guerre ; leur nombre est comme le sable de la mer. Et ils montèrent sur la surface de la terre, et* **ils investirent le camp des saints et la ville bien- aimée**... **(Jérusalem).**

Voyez s'il vous plaît ce tableau. Jésus-Christ revient sur terre, assujettit les nations et gouverne avec ses saints dans la paix pendant 1000 ans. À la fin de ce millénium, Satan, qui a été lié dans une prison d'esprit en dessous pour cette période de temps, sera délié. Selon le livre d'Apocalypse, un tiers de la population du monde de six milliards sera tuée par les plaies et les événements cataclysmiques au moment où la colère de Dieu est versée (Ap. 6 : 8 ; 9 : 15, 18). La balance, peut être 2 milliards, même ceux qui sont non sauvés, seront gouvernés par **le Christ et les siens** avec une verge de fer (Ap. 2 : 27 ; 19 : 15). Lorsque Satan est relâché de sa prison, il conduit quelques-uns de ces gens dans la rébellion et investit le « camp des saints » et la cité de Jérusalem. **Mais il y a une intervention et délivrance miraculeuses !**

Versets 9-10 :

> *« ... **Mais un feu descendit du ciel,** et les dévora.*
> *Et le diable, qui les séduisait, fut jeté dans l'étang*
> *de feu et de soufre, **où sont la bête et le faux***
> ***prophète.** Et ils seront tourmentés jour et nuit, aux*
> *siècles des siècles. »*

Jésus règne sur la terre à partir de Jérusalem et Dieu est encore au ciel. **Et c'est Dieu le Père qui vient à la rescousse.** *« Mais un feu descendit du ciel, et les dévora ».* La bête et le faux prophète avaient été jetés *« vivants dans l'étang ardent de feu et de soufre »* au début de des mille ans, et ensuite Satan *(le diable)* les rejoint *« aux siècles de siècles ».* Paul déclare en I Corinthiens 15 : 26, *« Le dernier ennemi qui sera détruit, c'est la mort ».* Ainsi, **Dieu** finit le travail de mettre tous les ennemis en dessous des pieds du Messie comme Il a dit qu'Il ferait et comme Jésus « s'attend » qu'Il le fasse *(Ps. 110 : 1 ; Hé. 10 : 13).*

Maintenant, Dieu Lui-même arrive !

Versets 11 – 15 :

> *« **Puis je vis un grand trône blanc, et celui qui***
> ***était assis dessus. La terre et le ciel s'enfuirent***
> ***devant sa face,** et il ne fut plus trouvé de place*
> *pour eux. Et je vis les morts, les grands et les*
> *petits, qui **se tenaient devant le trône.** Des livres*
> *furent ouverts. Et un autre livre fut ouvert, celui*
> *qui est le livre de vie. Et les morts furent jugés*
> *selon leurs œuvres, d'après ce qui était écrit dans*
> *ces livres. La mer rendit les morts qui étaient en*
> *elle, la mort et le séjour des morts rendirent les*
> *morts qui étaient en eux ; et chacun fut jugé selon*
> *ses œuvres. Et la mort et le séjour des morts furent*

jetés dans l'étang de feu. C'est la seconde mort, l'étang de feu. Quiconque ne fut pas trouvé écrit dans le livre de vie fut jeté dans l'étang de feu. »

Voici le jugement « du trône blanc » et **celui qui est sur le trône est Dieu.** Dieu nous a dit en Apocalypse 1 : 8 et 4 : 8 qu'**Il vient** !

> *« Je suis l'alpha et l'oméga, dit le Seigneur Dieu, celui qui est, qui était, **et qui vient, le Tout-Puissant** » (Ap. 1 : 8).*

Paul a dit en Actes 17: 31 que **Dieu jugera le monde.**

> *« parce qu'il* (Dieu) *a fixé un jour où **il jugera le monde** selon la justice, **par l'homme** qu'il a désigné... »*

Le Christ (« *l'homme* ») sera le standard par lequel tous les hommes seront jugés. Pour passer ce jugement chacun doit être aussi juste comme Jésus (*ce qui est impossible*), ou être participant de sa justice.

Écoutez ce que Paul dit en I Corinthiens 15 : 21- 24 *:*

> *« **Car, puisque la mort est venue par un homme, c'est aussi par un homme qu'est venue la résurrection des morts.** Et comme tous meurent en **Adam**, de même aussi tous revivront en **Christ, mais chacun en son rang. Christ comme prémices,** puis ceux qui appartiennent à Christ, lors de son avènement. **Ensuite viendra la fin, quand il remettra le royaume à celui qui est Dieu et Père,** après avoir détruit toute domination, toute autorité et toute puissance. »*

Jésus le Messie a été désigné, oint et investi de pouvoir pour bâtir un royaume. Mais que fera-t-il avec ce royaume ? **Il le remettra « à celui qui est Dieu et Père »**. Le verset 25 (I Co. 15) déclare « *car il faut qu'il* (Christ*) règne jusqu'à ce qu'il ait mis tous les ennemis sous ses pieds* (de Christ) » (Rappelez-vous Ps. 110 : 1, « *Parole de l'Éternel à mon Seigneur : Assieds-toi à ma droite, Jusqu'à ce que je fasse de tes ennemis ton marchepied* » et Hébreux 1 : 13, « *Et auquel des anges a-t-il jamais dit : Assieds-toi à ma droite, jusqu'à ce que je fasse de tes ennemis ton marchepied ?* »

> « *Le dernier ennemi qui sera détruit, c'est la mort* » *(I Co. 15 : 26)*.

Ce sera à la fin du Millenium quand « *la mort et le séjour des morts (seront) jetés dans l'étang de feu* ».

> « Dieu, *en effet, a tout mis sous ses pieds* (Jésus). *Mais lorsqu'il dit que tout lui* (Jésus-Messie) *a été soumis, il est évident que celui* (Dieu) *qui lui* (Jésus) *a soumis toutes choses est excepté* » *(*c'est Paul qui parle) *(I Co.15 : 27)*.

Ne laissez pas ceci vous confondre. Paul dit que lorsque David disait en Psaume 8 : 7 que toutes choses sont mises en dessous de Christ, **il y a une exception**, Dieu, qui met toutes choses en dessous de Christ, n'est pas sous lui. **Dieu n'est pas en dessous de Christ, Christ est en dessous de Dieu.**

> « *... Dieu est le chef de Christ* » *(I Co. 11 : 3)*.
> « *Et lorsque toutes choses lui auront été soumises,* **alors le Fils lui-même sera soumis à celui qui lui a soumis toutes choses, afin que Dieu soit tout en tous** » *(I Co. 15 : 28)*.

Plusieurs d'entre nous avons fait de Jésus tout, mais l'apôtre Paul dit, **Dieu est tout !**

Rentrons en Apocalypse Chapitre 21, Versets 2-7 :

> « *Et je vis* **descendre du ciel, d'auprès de Dieu,** *la ville sainte, la nouvelle Jérusalem, préparée comme une épouse qui s'est parée pour son époux. Et j'entendis du trône une forte voix qui disait : Voici le tabernacle* (demeure) *de Dieu avec les hommes !* **Il habitera avec eux,** *et ils seront son peuple, et* **Dieu lui-même sera avec eux. Il essuiera toute larme de leurs yeux,** *et la mort ne sera plus, et il n'y aura plus ni deuil, ni cri, ni douleur, car les premières choses ont disparu. Et celui qui était assis sur le trône dit : Voici, je fais toutes choses nouvelles. Et il dit: Écris ; car ces paroles sont certaines et véritables. Et il me dit :* **C'est fait !** *Je suis l'alpha et l'oméga, le commencement et la fin. À celui qui a soif je donnerai de la source de l'eau de la vie, gratuitement. Celui qui vaincra héritera ces choses ;* **je serai son Dieu,** *et* **il sera mon fils.** »
>
> (Notez, « ***Je serai son Dieu*** »).

Nous vivrons et régnerons avec Jésus, l'Agneau pendant 1000 ans sur la terre, et ce sera glorieux, le jour que nous avons longtemps attendu. **Mais ceci sera le temps ultime ! Dieu** « *habitera* » **avec nous,** « *Dieu Lui-même* » **sera avec nous et Dieu** « *essuiera toute larme* » **de** nos yeux. Notez les versets 5 et 6, « *Et celui qui était assis sur le trône (Dieu) dit* », « ***Voici je fais toutes choses nouvelles… Et il me dit, C'est*** *fait* ! » Le jour où Dieu a dit ceci à Jean il y a plus de 1900 ans, **c'était « accompli »**. Toutes choses étaient faites nouvelles dans le plan inchangeable et le but de Dieu. Dans notre réalité, ce n'est pas encore accompli, mais dans la « prescience de Dieu » **c'est accompli !** Dieu « *appelle les choses qui ne sont point comme si elles étaient* » (Ro. 4 : 17). Cela fut ainsi avec la naissance de Jésus. Quand Dieu l'a exprimée **avant le temps**, **cela fut fait**, mais il est venu **à temps**, du ventre d'une vierge.

Verset 10 :

> « *Et il me transporta en esprit sur une grande et haute montagne. Et il me montra la ville sainte, Jérusalem, qui descendait du ciel d'auprès de Dieu, ayant la gloire de Dieu.* »

Rappelez-vous que Jésus appela cette cité en Ap. 3 : 12, « *la ville de **mon Dieu**, de la nouvelle Jérusalem qui descend du ciel d'auprès de* **mon Dieu** ».

Ce n'est pas étonnant que Jésus ait dit en Matthieu 5 : 35 :

> « ... (ne jurer) *ni par Jérusalem, parce que c'est la ville du grand roi* » (Mt. 5: 35).
> « ... *Car je suis **un grand roi**, dit l'Éternel des armées...* » (Mal. 1 : 14).
> « *Car **l'Éternel, le Très-Haut**, est redoutable, Il est un **grand roi** sur toute la terre* » (Ps. 47 : 3).
> « *Car l'Éternel est un grand Dieu, Il est un **grand roi** au-dessus de tous les dieux* » (Ps. 95 : 3).

Versets 22 – 23 :

> « *Je ne vis point de temple dans la ville ; **car le Seigneur Dieu Tout-Puissant est son temple**,*

ainsi que l'agneau. *La ville n'a besoin ni du soleil ni de la lune pour l'éclairer ;* ***car la gloire de Dieu l'éclaire, et l'agneau est son flambeau.*** »

Jean parle encore du Seigneur Dieu Tout-Puissant et de l'Agneau en tant que deux personnes distinctes. Ceci est observé dans les paroles employées pour décrire la lumière qui brille à partir d'eux. Le mot « **éclaire** » dans la phrase « *la gloire de Dieu l'éclaire* » est le mot grec « ***photizo*** » (*No. 5461 dans la concordance Strongs*) et cela signifie « **illuminer, faire briller** ». Ce sont des rayons de la gloire de Dieu que nous ne pourrions pas regarder excepté dans nos nouveaux corps glorifiés. Le mot « **flambeau** » dans la phrase, « *l'agneau est son flambeau* » est le mot grec « ***luchnos*** » *(No. 3088 dans Strongs)* et veut dire « une lampe portable, une bougie ou chandelle ». Celle-ci n'est pas ma vérité ; c'est la Parole de Dieu, mais il y a une vaste différence entre « des rayons de gloire » et « une lampe portable ».

Chapitre 22, versets 1 et 3-6 :

« *Et il me montra un fleuve d'eau de la vie, limpide comme du cristal, qui sortait du* ***trône de Dieu et de l'agneau.*** *Il n'y aura plus d'anathème.* ***Le trône de Dieu et de l'agneau sera dans la ville****; ses serviteurs le serviront :* ***Et verront sa face*** **(de Dieu)** *: Et son nom sera sur leurs fronts. Il n'y aura plus de nuit; et ils n'auront besoin ni de lampe ni de lumière, parce que le* ***Seigneur Dieu les éclairera*** *(« photizo » - rayons de gloire). Et ils régneront aux siècles des siècles. Et il me dit: Ces paroles sont certaines et véritables; et* ***le Seigneur, le Dieu des esprits des prophètes****, a* *envoyé son ange pour montrer à ses serviteurs les choses qui doivent arriver bientôt. »*

« Le trône de Dieu et de l'agneau. » Rappelez-vous les paroles de Jésus dans Apocalypse 3: 21, « *comme moi j'ai vaincu, et **me suis assis avec mon Père sur son trône** ».*

Verset 9 :

*« ... **Adore Dieu** »*

Considérez s'il vous plaît ce fait. Aucune fois dans le livre d'Apocalypse le mot « adorer » n'a été employé à propos de Jésus-Christ, l'agneau. Je ne dis pas que Jésus ne devait pas recevoir l'adoration en tant que le Fils de Dieu, mais je dis que cela est absent de ce livre. Ils « *verront sa face.* » **Le Seigneur Dieu a une face** et nous verrons cette face. « Le Seigneur Dieu les éclairera » (*encore photizo – donne de la lumière - rayons de la gloire de Dieu*).

Versets 16 – 21 :

*« Moi, Jésus, j'ai envoyé mon ange pour vous attester ces choses dans les Églises. **Je suis le rejeton et la postérité de David**, l'étoile brillante du matin. Et l'Esprit et l'épouse disent: Viens. Et que celui qui entend dise : Viens. Et que celui qui a soif vienne ; que celui qui veut, prenne de l'eau de la vie, gratuitement. Je le déclare à quiconque entend les paroles de la prophétie de ce livre : Si quelqu'un y ajoute quelque chose, Dieu le frappera des fléaux décrits dans ce livre ; et si quelqu'un retranche quelque chose des paroles du livre de cette prophétie, Dieu retranchera sa part de l'arbre de la vie et de la ville sainte, décrits*

dans ce livre. Celui qui atteste ces choses dit : Oui, je viens bientôt. Amen ! Viens, Seigneur Jésus ! Que la grâce du Seigneur Jésus soit avec tous ! »

Une note finale. Le livre d'Apocalypse est principalement au sujet de Dieu. « Dieu » y est mentionné 99 fois. Jésus y est mentionné 14 fois et l'agneau (*Jésus*) y est mentionné 29 fois. *À **Dieu** soit la gloire !*

« *Nos opposants prétendent parfois qu'aucune croyance ne devrait être dogmatiquement maintenue, si elle n'est pas explicitement présentée dans les Écritures... Mais les* **églises protestantes** *ont elles-mêmes accepté des dogmes tels que celui de la Trinité, pour laquelle il n'existe pas d'autorité précise dans les Évangiles.* »

Graham Greene, un érudit catholique célèbre
En défendant le dogme de la Assomption de Marie
(Chapitre 13 - note 19)

Chapitre 13

Fables – Catholicisme

*« Jésus leur répondit : Prenez garde que personne ne vous **séduise**. Car plusieurs viendront sous mon nom, disant : C'est moi qui suis le Christ. Et ils **séduiront** beaucoup de gens. Plusieurs faux prophètes s'élèveront, et ils **séduiront** beaucoup de gens. Car il s'élèvera de faux Christs et de faux prophètes ; ils feront de grands prodiges et des miracles, au point de **séduire**, s'il était possible, même les élus »* (c'est Jésus qui parle) *(Mt. 24 : 4-5, 11, 24)*.

*« Et de ne pas s'attacher à des **fables** »* (Paul) *(I Ti. 1: 4)*.

*« Car il viendra un temps où les hommes ne supporteront pas la saine doctrine... ils... détourneront l'oreille de la vérité, et **se tourneront vers les fables** »* (Paul) *(II Ti. 4 : 3-4)*.

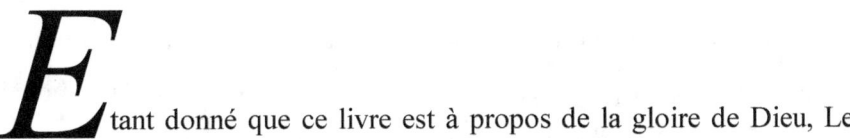

*É*tant donné que ce livre est à propos de la gloire de Dieu, Le

Saint d'Israël, et comme nous sommes à la quête de Sa vérité, et prêts à examiner n'importe quelle erreur qui détournerait la gloire qui Lui revient, nous devons aborder certaines fables qui trompent les cœurs et les intelligences de l'homme moderne, et qui conduisent des millions à la destruction. Remarquez que Jésus a utilisé le mot « **séduire** » quatre fois en Matthieu chapitre 24, qui contient le plus grand enseignement de notre Seigneur sur les événements du temps de la fin. Les disciples étaient venus en particulier vers Jésus quand il était assis sur la montagne des oliviers ayant une vue sur Jérusalem, et lui posèrent une question. « *Quel sera le signe de ton avènement et de la fin du monde* » (v. 3) ? Jésus commença sa réponse à leur question avec cet avertissement ! « *Prenez garde que personne ne vous séduise* » (v. 4). Avec son emploi répété du mot « séduire », nous comprenons que la séduction sera le sceau de l'âge avant son retour. La séduction est insidieuse et se glisse là où nous l'attendons le moins. **Les bonnes personnes sont séduites. Les personnes bien intentionnées sont séduites**. En fait, Jésus a dit qu'à la fin de temps la séduction sera si astucieuse, « *que s'il était possible, elle séduirait même les élus* ».

Les apôtres de notre Seigneur furent inquiétés par la séduction qui s'était glissée à leur époque. Jean avait vu l'esprit de l'antéchrist qui était déjà à l'œuvre à son époque et avait écrit, « ... *il y a maintenant plusieurs antéchrists : par là nous connaissons que c'est la dernière heure* » (I Jn. 2 : 18). Gardez s'il vous plaît en mémoire que le terme « antéchrist » signifie non seulement « **contre** » Christ mais aussi « **à la place de** » Christ.

Paul a dévoué nombreux de ses épîtres à traiter sur les séductions. Un exemple remarquable est trouvé dans les lettres de Paul à Timothée. Dans I Ti. 1 : 19-20 il écrit, « *en gardant la foi et une bonne conscience.*

*Cette conscience, quelques-uns **l'ont perdue**, et ils ont **fait naufrage** par rapport à la foi. De ce nombre sont Hyménée et Alexandre, que j'ai livrés à Satan, afin qu'ils apprennent à ne pas blasphémer »*. Ces hommes étaient des frères chrétiens et ils avaient **blasphémé**, mais comment ? Avaient-ils maudit Dieu ? Avaient-ils pris Son nom en vain ? Non, ils prêchaient et enseignaient une **fausse doctrine**. Paul fait toute la lumière sur cette situation en II Ti. 2 : 15-18 où il déclare :

> *« Efforce-toi de te présenter **devant Dieu** comme un homme éprouvé, un ouvrier **qui n'a point à rougir**, **qui dispense droitement** la parole de la vérité. Évite les **discours vains** et **profanes** ; car ceux qui les tiennent avanceront toujours plus dans l'impiété, et leur parole **rongera** comme la gangrène. De ce nombre sont Hyménée et Philète, qui se sont détournés de la **vérité**, **disant que la résurrection est déjà arrivée**, et qui renversent la foi de quelques uns. »*

Ces Écritures nous aident à comprendre comment « le Dieu de vérité » considère les faux enseignements. Ceux d'entre nous qui prenons la Bible pour enseigner et prêcher, nous avons une grande responsabilité devant Dieu, de Le chercher pour obtenir la direction du Saint- Esprit, « l'esprit de vérité », afin que nous puissions « dispenser droitement la parole de la vérité ». Ce que ces hommes ont enseigné, « que la résurrection est déjà arrivée » semble être modéré comparé à certaines choses qui sont enseignées aujourd'hui sous la bannière de « doctrine chrétienne ».

Le grand apôtre Paul, inspiré par le Saint-Esprit, a regardé de haut à travers le télescope de temps et a écrit au sujet de l'époque dans laquelle nous vivons :

> « *Car il viendra un temps où les hommes ne supporteront pas la saine doctrine ; mais, ayant la démangeaison d'entendre des choses agréables,* **ils se donneront une foule de docteurs** *selon leurs propres désirs,* **détourneront l'oreille de la vérité,** *et* **se tourneront vers les fables** » (II Ti. 4: 3-4).

L'homme de Dieu, l'apôtre Pierre, parle aussi des **fables** en II Pierre 1 : 16 disant :

> « *Ce n'est pas, en effet, en suivant* **des fables habilement conçues**... ».

Qu'est-ce qu'une fable ? Le dictionnaire Webster donne les définitions suivantes, No. 1- « une **histoire fictive,** censée **donner une leçon morale :** les personnages sont d'habitude **des animaux qui parlent** ». No. 2- « **Un mythe ou une légende** ». No. 3- « **une histoire qui n'est pas vraie ; un mensonge** ». Avec l'aide de ces définitions fermement ancrées dans l'intelligence, regardons quelques-unes des séductions majeures dans notre monde d'aujourd'hui pour comprendre comment Satan, le maître séducteur, a utilisé « des fables habilement conçues » pour diriger des millions de gens, plusieurs d'entre eux bien intentionnés, vers l'enfer avec lui.

UNE FABLE APPELÉE CATHOLICISME.

Une fausse religion de notre temps qui revendique plus d'un milliard d'adhérents à travers le monde c'est l'Église catholique romaine. Le début du catholicisme romain remonte à l'époque où Constantin, l'Empereur romain était soi-disant devenu un chrétien en l'an 313 apr. J-C à un moment où l'Église que Jésus-Christ avait bâtie au premier siècle, sur la fondation de ses apôtres et prophètes, avait commencé à aller à la dérive dans la mondanité et de faux enseignements. La conversion au christianisme fut une manœuvre politique maligne de la part de Constantin, qui avait besoin de solidifier son pouvoir, et pour les chrétiens, cela signifiait la fin de la persécution et de la torture. En 325 apr. J-C, Constantin convoqua le concile de Nicée, en Turquie, détermina son agenda, donna le discours inaugural, et le présida à partir d'une position de souveraineté sur un trône en orfèvre. De ce Concile sont venus les débuts de la doctrine de la trinité que nous avons extensivement traitée dans ce livre. Le récit historique est claire que Constantin continuait à officier les célébrations païennes et soutenir les temples païens, même pendant qu'il construisait des églises chrétiennes. En tant que chef des païens, il était *Pontifix Maximus*, mais en tant que dirigeant des chrétiens, il s'appelait lui-même *Vicarius Christi*, Vicaire du Christ. Ceci signifiait qu'il agissait comme « un autre Jésus », et qu'il est sûrement un prototype de l'antéchrist (à *la place de Christ*) que le monde va bientôt adorer. Ainsi l'église était mariée à Rome, le christianisme au paganisme, et devint pendant le haut Moyen Âge le Saint Empire Romain sous le Pape (papa) de Rome. Que l'Église catholique romaine est cette courtisane prostituée, la bête écarlate colorée de l'Apocalypse chapitres 17 et 18 a été cru et enseigné par les hommes de Dieu à travers les siècles. Ce fait a été reconnu sans honte par les dirigeants et défenseurs catholiques dans la littérature catholique et il est remarquable que tous les péchés de ce système impie aient été ouvertement admis dans *l'Encyclopédie Catholique* et dans d'autres publications catholiques. Ces péchés sont nombreux partant de l'achat au comptant de la papauté avec de l'argent et des faveurs, aux guerres de prétendants rivaux au soi-disant « trône de Saint Pierre », à la vente des indulgences *(le droit de pécher)*, au silence assourdissant du Pape Pie XII lorsque Hitler et les nazis avaient massacré quelque 6 millions des Juifs innocents dans les camps de concentration durant la Seconde Guerre Mondiale.

Voyons-la comme Jean l'avait vue en Ap. chapitre 17 : 3-6 :

> *« Il me transporta en esprit dans un désert. Et je vis une femme assise sur une bête écarlate, pleine* **de noms de blasphème**, *ayant* **sept têtes** *et dix cornes. Cette femme était vêtue* **de pourpre et d'écarlate**, *et* **parée d'or, de pierres précieuses et de perles.** *Elle tenait dans sa main une coupe d'or, remplie d'abominations et des impuretés de* **sa prostitution.** *Sur son front était écrit un nom, un mystère : BABYLONE LA GRANDE, LA MÈRE DES IMPUDIQUES ET DES ABOMINATIONS DE LA TERRE.* **Et je vis cette femme ivre du sang des saints et du sang des témoins de Jésus. Et, en la voyant, je fus saisi d'un grand étonnement.** »*

L'ange commence à expliquer à Jean et à nous cette merveilleuse vision. Regardez le verset 18.

> *« Et la femme que tu as vue, c'est* **la grande ville** *qui* **a la royauté sur les rois de la terre.** » (Ap. 17 : 18)*. À l'époque de Jean (96 apr. J-C), ceci ne pouvait se référer qu'à une seule ville, **Rome.**
>
> *« et diront : Malheur ! malheur ! La* **grande ville,** *qui était vêtue de fin lin, de pourpre et d'écarlate, et parée d'or, de pierres précieuses et de perles »* *(18 : 16)* !

> « *et ils s'écriaient, en voyant la fumée de son*
> *embrasement : Quelle* **ville** *était semblable à la*
> **grande ville** » *(18 : 18) ?*

Fait biblique #1

Cette femme prostituée est **une ville, une grande ville !** Voyons
maintenant Ap. 17 : 9 :

> « *C'est ici l'intelligence qui a de la sagesse. -Les*
> *sept têtes sont* **sept montagnes**, *sur* **lesquelles la**
> **femme est assise.** »

Fait biblique #2

Cette femme prostituée, cette grande ville s'assoie sur sept
montagnes. Quelle grande ville dans le monde aujourd'hui a été bâtie sur
« sept montagnes » ? Ce n'est aucune autre que Rome, en Italie dont la
légende dit qu'elle a été construite par Romulus et Remus. Elle est bâtie
sur sept montagnes (collines) et est appelée, « la ville des sept collines ».
L'*Encyclopédie Catholique* déclare, « c'est à l'intérieur de la ville de
Rome, appelée la ville des sept collines », que la région entière de la
propriété de l'État de la Cité du Vatican est maintenant confinée. »[1]
Voici Rome, le siège de la papauté, la demeure de la Cité du Vatican, qui
était devenue en 1929 un pays à part entière par un acte du dictateur
italien Mussolini. Voyons plus loin.

> « *Et il* (l'ange) *me dit : Les eaux que tu as vues,*
> *sur lesquelles la prostituée est assise, ce sont des*
> *peuples, des foules, des nations, et des langues* »
> *(Ap. 17 : 15).*

Donc, la femme prostituée, Rome, est assise également sur les
eaux, représentant des peuples (*races différentes*), des foules (*masses*),
des nations et des langues (personnes de langues différentes). Elle avait

quelques d'autres **caractéristiques choquantes**. « *Cette femme était vêtue de pourpre et d'écarlate* » *(17 :4)*. Ce sont les couleurs de l'Église romaine, utilisées par des évêques et des cardinaux, **violet** étant la couleur des **évêques** et autres prélats et l'**écarlate** des **cardinaux**. Elle était « *et parée d'or, de pierres précieuses et de perles* » *(17 :4)*. Cette femme est très riche. Y a-t-il une institution plus riche sur la terre que la Cité du Vatican, possesseur des bâtiments et des biens immobiliers à travers le monde, des trésors d'art et des peintures, des crucifix incrustés d'or et des diamants, etc., jusqu'à ce qu'il ait déshonoré le nom de Jésus-Christ, qui n'a pas eu où reposer sa tête et a été enterré dans un tombeau emprunté ? Et pour ajouter à la farce, ils ont feint la pauvreté tout en châtiant les autres (*même les États-Unis*) pour ne pas faire assez pour les pauvres. Maintenant, regardez le verset 6 du chapitre 17.

> « *Et je vis cette femme ivre du sang des saints et*
> *du sang des témoins* (martyrs) *de Jésus...* »

Le fait que l'Église catholique romaine a tué des millions dans ses inquisitions contre les soi-disant « hérétiques », à travers les siècles appelés « le haut Moyen Âge», est une question d'histoire que je ne prendrais pas soin de documenter dans ce livre. Une très bonne source de cette information est un livre écrit par John Foxe (*1516–1587*), un révérend protestant anglais, intitulé « *Livre de martyrs de Foxe* », qui contient des récits complets des martyrs protestants anglais. Foxe avait eu accès autorisé aux documents officiels et les horreurs qu'il documente sont pénibles à lire. Ce livre qui n'a jamais été réfuté a été très populaire dans la période coloniale en Amérique, et a aidé à modeler la pensée de nos pères fondateurs, qui nous ont donné un gouvernement exempt de l'oppression religieuse. L'Église catholique s'est opposée à la fondation des États-Unis d'Amérique, basés sur la liberté individuelle, un concept auquel elle s'est opposée à travers les siècles de son existence. Le livre de M. Foxe, ainsi que d'autres œuvres, même des documents catholiques qui certifient ces horreurs, sont facilement disponibles dans les librairies. [20]

Le pape actuel, Benoît XVI, autrefois Cardinal Joseph Ratzinger, était à la une en couverture de la revue *Newsweek* dans un article intitulé, « Benoît XVI, ce qu'il signifie aux catholiques Américains ». Voici quelques citations révélatrices, « La semaine dernière, après l'élection de Ratzinger pour succéder à Jean-Paul II comme héritier du trône de Saint Pierre... » (*Si Pierre avait un trône, c'est un fait dont on ne fait pas allusion dans les Écritures, et c'est certain qu'il n'en avait pas et n'en a pas).* « Aujourd'hui, le pontife âgé de 78 ans préside le plus vaste empire de 1,1 milliard forte de l'Église catholique romaine - sur son dogme et sa doctrine, son charisme et sa communication, ses rites et biens immobiliers, ses séminaristes et ceux qui aspirent à devenir saints. » *Newsweek* continue, « En 1981, Jean-Paul II lui avait nommé préfet de la Congrégation pour la doctrine de la foi, une position qui anciennement portait le titre de Grand Inquisiteur. **À la période de Ratzinger**, évidemment, **la torture n'était pas dans l'agenda**. Mais dans le domaine de la pensée, **Ratzinger était impitoyable** » [2] (l'emphase est mienne). Notez que la fonction de « Grand Inquisiteur » n'a pas été abolie, seule l'appellation a changé.

Un autre article du même numéro de *Newsweek,* intitulé « Le Vrai Bénédict », commence avec cette choquante déclaration, « Jugeant à partir de l'hystérie dans certains quartiers après son élection, vous penseriez que le Pape Benoît XVI était en train de passer la commande des cartons de vis à ailettes (*instruments de torture*) fraîchement polis pour être apportés aux appartements papaux à partir des entrailles de la

Congrégation pour la doctrine de la foi («...anciennement connue comme l'Inquisition... » leur citation) en émettant concurremment des ordres pour que la **guillotine rouillée,** qui a servi les États papaux du 19ᵉ siècle, soit tirée du stockage et remontée. » [3] *(Rappelez- vous que Jean l'avait vue « ivre du sang des saints et du sang des témoins de Jésus... »).* Que Dieu soit miséricordieux sur l'humanité si jamais Rome gagnait de nouveau la puissance absolue. Celle-ci n'est pas une institution pieuse, et ceux-ci ne sont pas des hommes pieux. **Celle-ci n'est certainement pas l'église que Jésus-Christ a bâtie.**

> « *Il* (l'ange » *cria d'une voix forte, disant : Elle est tombée, elle est tombée, Babylone la grande ! Elle est devenue une **habitation de démons**, un repaire de tout **esprit impur**, un repaire de tout **oiseau impur** et **odieux** » (Ap. 18 : 2).*

Les péchés de l'Église romaine sont bien documentés dans l'histoire mais l'ange crie qu'elle « est devenue » quelque chose de plus : *« une habitation des démons, un repaire de tout esprit impur, un repaire de tout oiseau impur et odieux » (18 : 2).* C'est de l'activité démoniaque et les choses impures continuent à se dérouler ici que Dieu **les voit bien**, malheureusement elles sont à peine perçues par vous et moi. Mais nous avons assez vu dernièrement dans la presse pour choquer nos esprits et nous pousser à nous demander que se passe-t-il avec l'Église catholique. Par exemple, un article a paru dans notre journal *The Tennessean*, avec un large en-tête : « ***Sondage : 40 % des nonnes aux États-Unis souffrent de traumatisme sexuel* ».** « St. Louis - déjà secoué par un scandale d'abus sexuels depuis une année impliquant des prêtres et des mineurs, l'Église catholique romaine doit encore faire face à un autre défi critique - comment aider des milliers de nonnes qui disent qu'elles ont été abusées sexuellement. Un sondage national complété en 1996, **mais intentionnellement jamais publié**, estime qu'un minimum de 34.000 religieuses catholiques, ou 40 % environ de toutes les nonnes aux États-Unis, ont souffert de traumatisme sexuel d'une manière ou une autre. Quelques-uns de ces abus sexuels… sont parvenus aux mains des prêtres et d'autres religieuses dans l'église, déclare le rapport. » L'article continue, « Plusieurs religieuses ont dit qu'elles sont restées avec des sentiments de colère, de honte, d'anxiété et de dépression. Quelques-unes ont dit que cela leur a envisagé de quitter la vie religieuse, et un petit nombre a dit qu'elles avaient tenté de se suicider ». Un des chercheurs de cette étude, Anne Wolfe a dit « les évêques semblent s'intéresser uniquement au problème de l'abus sexuel des **enfants,** mais le problème est plus grand que cela ». Ces religieuses étaient des femmes éduquées, plus de 9 sur 10 qui ont retourné les questionnaires possédaient au moins un diplôme universitaire. » [4] **Quelle honte !**

Considérez cet article de cinq colonnes dans le journal *USA Today* avec cette manchette, « ***Les réponses sur les abus varient selon les diocèses*** » Le sous grand titre se lit, « *La structure de l'Église catholique à la tendance à compliquer les efforts de réforme* ». « Boston - Année après année depuis 1985, les diocèses catholiques à travers la nation ont été forcées de présenter la même vilaine confession. Certains prêtres ont commis des actes de pédophilie. **Pire encore, les dirigeants religieux le connaissaient mais ont fait très peu pour le prévenir** ». L'article continue, « Plusieurs des 194 diocèses de la nation s'évertuent sur un changement culturel à partir d'un temps où **les allégations sur la pédophilie étaient traitées en privé** ». [5]

Un article de *The Tennessean* intitulé, « **L'étude met plus de pression sur des évêques** » ; sous-titré, « Deux-tiers ont gardé les prêtes accusés au travail ». L'article se lit : « Dallas - **approximativement deux-tiers des dirigeants catholiques américains de très haut rang ont permis aux prêtres accusés d'abus sexuel de continuer à travailler**, une pratique qui s'étend sur des décennies et **continue encore aujourd'hui.** Les porte-paroles de l'Église n'ont pas contesté les résultats de l'étude ». Une autre déclaration, « Certains représentants du Vatican… suggèrent que les dirigeants de l'Église américaine **ne collaborent pas pleinement** avec les autorités séculières ». [6]

Un autre grand article dans le *USA Today* avait ce titre : « **Les procès peuvent-ils démanteler l'Église ?** » Citation, « Le système légal américain s'empresse de punir l'Église catholique pour les méfaits sexuels de ses prêtres à travers des procès multimillionnaires. » [7]

Les revues *Times* et *Newsweek* ont couvert extensivement le scandale sexuel, mais je citerai seulement deux cas. *Newsweek* a mis en vedette une photo de couverture complète du Cardinal Law du diocèse de Boston et un grand titre en caractère gras, « **Sexe, honte, et l'Église catholique** », ensuite en petits caractères, « *80 prêtres accusés d'abus sexuel sur des enfants à Boston et un examen de conscience à travers l'Amérique* ». Tirés d'un assez long article, en voici quelques extraits éclairants.

« Les cas que l'Église affronte maintenant impliquent deux phénomènes qui sont psychologiquement distincts mais regroupés en bloc pour une considération légale et morale : la pédophilie, définie comme désir sexuel intense ou récurrent pour des enfants préadolescents, et des services sexuels exercés sur des enfants en maturité sexuelle, mais mineurs, filles et garçons. » Il continue, « Mais certains chercheurs pensent que le sacerdoce peut détenir une attraction dangereuse pour les pédophiles ». Alors cette question perturbante, «

Est-ce l'échec de l'Église de confronter le problème de l'abus sexuel **ancré dans ses os** ? » *Newsweek* continue, « Mais le secret et le silence ont toujours caractérisé l'Église catholique, et dans plusieurs de ces cas, l'Église fait tout ce qu'elle peut pour empêcher les accusations d'être exposées en public - quelques fois au point d'écrire **des lettres menaçantes aux prêtres francs**, ou de préconiser que les documents incriminés soient envoyés en dehors de la juridiction américaine ». Un expert en matière de prêtres et d'abus sexuels, est cité disant, « Selon la lumière du Vatican, la pire de choses qu'un évêque puisse faire, est d'être **publiquement** associé à un scandale » [8]

Dans la revue *Time*, un article intitulé, « *Le coût de la pénitence,* Comment peut-on fixer un prix sur l'abus sexuel ? » commence par ce paragraphe : « L'Église catholique romaine du Moyen Âge a vendu des indulgences aux pêcheurs qui **pensaient que l'argent** pouvait acheter l'exonération au ciel. Aujourd'hui, c'est l'église qui donne de l'argent dans l'espérance **d'acheter le pardon** pour elle-même. Le scandale déferlant sur les abus sexuels commis par le sacerdoce se révèle aussi financièrement dommageable pour l'église comme il est nuisible à la foi, comme des diocèses catholiques à travers le pays distribuent d'énormes sommes d'argent aux victimes pour les dédommager de leur peine et pour qu'ils **puissent garder silence** ». [9]

Cette femme prostituée dont Dieu dit : « *... les rois de la terre se sont livrés à l'impudicité, et c'est du vin de son impudicité que les habitants de la terre se sont enivrés* » (elle s'est prostituée spirituellement au nom de Christ) a été ainsi présentée à Jean en Ap. 17 : 3.

> « *... Et je vis une femme assise sur une bête écarlate, pleine de **noms de blasphème**... »*

Donc Jean a associé cette femme à du « **blasphème** » : A-t-elle blasphémé ?   Oui, et continue de le faire.   C'est un blasphème de proclamer que Marie, la mère de Jésus est « Co-rédemptrix » (*rédemptrice*) avec Christ, et que toute la grâce de Dieu qui afflue vers l'homme doit parvenir à travers Marie, comme l'a fait le défunt Pape Jean Paul II.   La revue *Soul Magazine*, la publication officielle de l'Armée Bleue de notre dame de Fátima aux États-Unis d'Amérique et au Canada (*fort de 22 million de personnes*) déclare : « *Marie est si parfaitement unie au Saint-Esprit qu'Il agit uniquement à travers son épouse* (Marie)… *toute notre vie, chaque pensée, parole, et acte est entre Ses mains… à tout moment, elle, Elle-même doit instruire, guider, et transformer chacun de nous en Elle-même, afin que non pas nous mais Elle vit en nous, comme Jésus vit en Elle, et le Père dans le Fils.* » [10]   Se référer à Marie en tant que l'**épouse** du Saint-Esprit, c'est blasphémer.

Marie est appelée dans la littérature catholique la « Reine du Ciel », et on a fait souvent allusion à elle en employant ce titre notamment par le feu Jean-Paul II.   *L'Encyclopédie du Catholicisme* déclare, « Reine du Ciel est un titre de Marie se rapportant à la croyance selon laquelle, après son assomption, Marie fut couronnée Reine du Ciel » [11] (une autre fable catholique).

La revue *Time* déclare que « d'après les papes modernes », Marie est « *la Reine de l'Univers, la Reine du Ciel, le Siège de la Sagesse… * » [12]

Dans le discours de Jean-Paul II en septembre 1993 en Lituanie, il a parlé de Marie comme la « Mère de l'Église, la Reine des Apôtres, le siège de la Trinité ! »   Il a dit aux « prêtres et aspirants à la vie sacerdotale, des hommes religieux et des femmes religieuses » de regarder à Marie… À Marie je confie chacun de vous. » [13]   L'expression « reine du ciel » se trouve en un seul endroit dans la Bible, en Jérémie chapitre 44, et se réfère à une déesse païenne pour laquelle les israélites rétrogrades brulaient de l'encens. Dieu a condamné cette adoration par le prophète Jérémie et a dit au verset 22 :

> « *L'Éternel n'a pas pu le supporter davantage, à cause de la méchanceté de vos actions, à cause des abominations que vous avez commises ; et votre pays est devenu une ruine, un désert, un objet de malédiction, comme on le voit aujourd'hui.* »

Ils l'appellent « Reine du Ciel », mais ils essayent de la faire Dieu.

Regardez les titres que les papes se sont appropriés eux-mêmes et voyez l'ampleur de leur sacrilège. *(Le mot sacrilège signifie « l'appropriation à soi-même de ce qui est consacré à Dieu »*, exemple, **prendre la gloire de Dieu)**. Le pape est connu par plus un milliard de catholiques comme étant « le Saint Père », un titre utilisé même à la télé par de principaux ministres protestants et du plein Évangile en parlant de Jean-Paul II au moment de son récent décès. L'unique fois que « Père saint » (au lieu de « Saint Père ») peut être trouvé dans les pages de la Bible est dans la grande prière de Jésus à Dieu le Père en Jean 17 : 11 :

> « *Je ne suis plus dans le monde, et ils sont dans le monde, et je vais à toi.* **Père saint**, *garde en ton nom ceux que tu m'as donnés, afin qu'ils soient un comme nous.* »

Associez ceci à ce que Jésus a dit en Matthieu 23 : 9, et vous verrez la grandeur de leur blasphème :

> « *Et n'appelez* **personne** *sur la terre votre père ;* **car un seul est votre Père**, *celui qui est dans les cieux.* »

Les papes parfois se sont appelés et se sont faits appeler par d'autres « **Dieu** ».

Le pape Innocent III (1198 – 1216 apr. J-C) déclara « Le Pape détient la place **du vrai Dieu** ». Le concile du Latran (1123 apr. J-C) proclama le pape comme « **Prince de l'Univers** » et le pape Nicholas (858-867 apr. J-C) se vanta, « Qu'est-ce que vous pouvez me faire **si pas Dieu** ? » UN DICTIONNAIRE ECCLESIASTIQUE de Ferrar (catholique romain) déclare :

> « Le pape est d'une telle dignité et grandeur qu'il n'est simplement pas un homme mais, **pour ainsi dire, Dieu** et le **vicaire** (représentant) **de Dieu**… l'excellence du pape dans la puissance n'est pas seulement au-dessus du ciel, des choses terrestres et infernales, mais il est aussi au-dessus des anges… Il est d'une si grande dignité et puissance qu'il occupe **un seul et le même tribunal que Christ**… Le pape est, pour ainsi dire, **Dieu sur la terre**… le pape est d'une si grande autorité et puissance qu'il peut modifier, déclarer ou interpréter la loi divine. » [14]

Le pape Leo XIII, dans son encyclique, La Réunion de la Chrétienté (1885), déclara que « le pape détient sur cette terre la place du **Dieu Tout-Puissant**. »

Le Catéchisme de New York déclare :

Le pape prend la place de Jésus-Christ ici sur la terre… Il est le souverain infaillible, le fondateur de dogmes, l'auteur de et le juge de conciles ; le souverain universel de la vérité, l'arbitre du monde, le juge suprême du ciel et de la terre, le juge de tout, étant jugé par personne, **Dieu lui-même** sur la terre. » [15]

Cher lecteur, toute cette violence, débauche, fornication spirituelle et blasphème qui cherchent à prendre du Dieu Tout-Puissant la gloire due à **Son nom saint**, est bâtie sur deux fables principales. Une, que l'apôtre Pierre, lorsque Jésus lui avait donné les clés du royaume en Mt. 16 : 19, Jésus lui avait donné l'autorité absolue (« primatie ») au-dessus des autres apôtres, et qu'il partit à Rome et devint son évêque, le premier pape de Rome. Ainsi la revendication que le pape est assis sur le trône de St Pierre. Le IIe concile du Vatican déclare, « Puisque le Fils unique de Dieu… était un trésor pour l'église militante… il l'a confiée à Pierre le bienheureux, **le porteur de la clé du ciel**, et à ses successeurs qui sont les vicaires de Christ sur la terre, afin qu'ils la distribuent aux fidèles pour leur salut. » [16] **C'est fiction, une fable.** Primo les « clés du royaume » dont Jésus a parlé, se rapportent au fait que Pierre prêcherait les deux sermons que Dieu utiliserait pour ouvrir la porte du salut aux Juifs, et aussi aux païens. Au jour de la Pentecôte, quand le Saint-Esprit a été répandu sur ceux qui attendaient dans le temple, ils furent remplis « et se mirent à parler en d'autres langues, selon que l'Esprit leur donnait de s'exprimer. »

> *« Au bruit qui eut lieu, la multitude accourut, et*
> *elle fut confondue parce que chacun les entendait*
> *parler dans sa propre langue » (Actes 2 : 6).*

« *Alors Pierre, se présentant avec les onze, éleva la voix* » (*Actes 2 : 14*). Et prêcha Jésus à eux et le nombre de nouveaux convertis s'augmenta d'environ trois mille personnes ce jour-là (*v.41*). Cela a été fantastique.

Plusieurs années après lorsqu'il fut le moment dans le plan de Dieu de commencer à ajouter des païens à l'Église, Corneille, un centenier romain supervisant un groupe de soldats à Césarée, priait avec ferveur. Et Dieu envoya un ange pour lui dire d'envoyer à Joppé pour faire venir Simon Pierre, et « *il te dira ce que tu dois faire* » (KJF - Actes

10 : 6). Donc ce fut Pierre qui prêcha le message à la maison de Corneille que Dieu a utilisé pour ouvrir la porte du salut aux païens. L'importance que le Seigneur a placée à ceci a été exprimée par Pierre à la rencontre des apôtres et des anciens à Jérusalem quelques années plus tard.

> « *Une grande discussion s'étant engagée, Pierre se leva, et leur dit : Hommes frères, vous savez que dès longtemps Dieu a fait un choix parmi vous, afin que, par ma bouche, les païens entendissent la parole de l'Évangile et qu'ils crussent* » *(Actes 15 : 7)*.

Puisqu'« *il a plu à Dieu de sauver les croyants par la folie de la prédication* » *(I Co.1 : 21)*, Pierre en prêchant sur ces importantes occasions a utilisé les « clés du royaume », **mais ceci en aucune manière n'a créé un « trône de St Pierre ».**

Le fait de lier et de délier les péchés dont Jésus a aussi parlé en Mt. 16 : 19 n'était pas exclusif à Pierre, mais fut donné à tous les douze apôtres dans Mt. 18 : 18 et en Jean 20 : 23. En dépit du fait que l'Église catholique a revendiqué avoir trouvé les os de Pierre en dessous de la Basilique de St Pierre à Rome, il n'y a aucune évidence dans la Bible prouvant qu'il était même dans cette ville. Paul a passé beaucoup de temps à Rome, en prison pour l'évangile, et quoiqu'il mentionne dans ses épîtres les noms de plusieurs frères (*24 dans Ro. 16*), Pierre n'est jamais mentionné. Le récit semble clair qu'il n'était pas là.

L'autre fable principale que Rome utilise pour maintenir le pouvoir sur ses sujets est la **doctrine du purgatoire.** Le terme « purgatoire », tiré du mot « purger » se réfère à un troisième domaine d'existence où ils enseignent que les morts vont, pour une période de temps indéterminée, pour être « purgé » en souffrant pour les péchés pour lesquels ils n'étaient pas lavés pendant qu'ils étaient sur la terre. Cette fausse doctrine est née au quatorzième siècle et a été utilisée pour extraire l'argent des personnes souffrantes à cause de la mort de leurs aimés sur la terre, et qui étaient peureuses que les décédés souffraient au purgatoire sur un de ses nombreux niveaux. Ils étaient enseignés que les prières des prêtres pouvaient aider les morts dans le transfert vers **un niveau moins pénible**, ou affecter **leur libération pour passer au ciel**. Les déclarations du concile de Vatican II tenu à Rome en 1962-1965 prouvent qu'ils continuent à enseigner cette hérésie :

> « La vérité a été divinement révélée que les péchés sont suivis par des punitions. La sainteté et la justice de Dieu les infligent. Ceci **peut être fait sur cette terre à travers les chagrins, les misères, et épreuves** de cette vie et surtout, **par la mort. Autrement, l'expiation doit être faite dans la vie prochaine à travers le feu** et les tourments ou des **punitions purifiantes. Les raisons de leur imposition sont que nos âmes ont besoin d'être purifiées**, la sainteté de l'ordre moral a besoin d'être fortifié et la gloire de Dieu doit être restaurée à sa pleine majesté. » [17]

> « Si quelqu'un dit qu'après **la réception de la grâce de justification, la culpabilité est ainsi remise et la dette de la punition éternelle est si effacée** pour tout pécheur repentant, **qu'aucune dette de punition temporelle demeure pour être acquitté soit dans ce monde soit au purgatoire** avant que les portails du ciel ne puissent être ouverts, **qu'il soit anathème** (*maudit*) » (Le concile de Trent). [18]

Pourquoi est-ce que les hommes persistent-ils à se courber sous de tels jougs pénibles pendant que Jésus a dit :

> *« ... et vous trouverez du repos pour vos âmes.*
> *Car mon joug est doux, et mon fardeau léger (Mt.*
> *11 : 29-30).*

Le catholicisme enseigne qu'il y a deux sources pour la vérité et les doctrines, la Bible et la tradition. Quelques-uns des principaux défenseurs catholiques de nos jours admettent que de nombreuses de ses principales doctrines ne sont pas trouvées dans la Bible : la trinité, les prières à Marie et le purgatoire. Pour défendre le dogme de l'assomption de Marie, l'érudit catholique Graham Greene a dit : *« Nos opposants prétendent parfois qu'aucune croyance ne devrait être dogmatiquement maintenue, si elle n'est pas explicitement présentée dans les Écritures... Mais les ÉGLISES PROTESTANTES ont elles-mêmes accepté des dogmes tels que celui de LA TRINITÉ, pour laquelle IL N'ÉXISTE PAS D'AUTORITÉ PRÉCISE dans les Évangiles. »* [19]

Jésus a demandé aux scribes et aux pharisiens en Mt. 15 : 3, *« ... Et vous, pourquoi transgressez-vous le commandement de Dieu **au profit de votre tradition ?** »* La Parole de Dieu déclare en Marc 7 : 7, *« C'est en vain qu'ils m'honorent, en donnant des préceptes qui sont des commandements d'hommes ».*

La fausse église qui a enseigné pendant des siècles que c'était un péché mortel de manger de la viande le vendredi, et qui a dit à des millions de voyageurs que St Christophe était leur saint patron et protecteur, et ensuite balaya ces erreurs avec le coup d'un stylo, n'ose pas abandonner la doctrine du purgatoire. Faire cela serait abandonner le **pouvoir par la peur** par laquelle Rome a pu maîtriser ses sujets, même des rois et des empereurs, qui ont cru que leur seul espoir d'être épargnés des horreurs du purgatoire réside entre les mains de l'église. Notez ce que l'ange a dit à Jean en Ap. 17 : 18, *« Et la femme que tu as* *vue, c'est la grande ville qui a la **royauté sur les rois de la terre** ».* Le **purgatoire** n'est mentionné aucune fois dans la Bible, ni elle enseigne qu'il n'y a aucun « purger » pour les péchés **après** la mort. Hé. 1 : 3 déclare à propos de Jésus, « ... *a fait la **purification des péchés** et s'est assis à la droite de la majesté divine dans les lieux très hauts* ». Jean dit en I Jean 1 : 7, « ... *et le sang de Jésus son Fils nous purifie de **tout péché** ».* Il dit aussi au verset 9, « *Si nous confessons nos péchés, il est fidèle et juste pour nous les pardonner, et pour **nous purifier de toute iniquité** ».* Si vous quittez ce monde sans avoir reçu le sang de Jésus **comme paiement intégral** de vos péchés, aucune durée de temps passé au purgatoire n'apportera l'expiation. Dieu ne demande pas la « pénitence » mais la « repentance », et si nous croyons et nous nous repentons, le sang de Jésus-Christ est plus que suffisant pour notre purification et purge. Enseigner le contraire n'est pas moins qu'un blasphème. Il n'y a pas un exemple de prière pour les morts dans la Bible, ni un tel concept n'est enseigné dans ses pages. **La doctrine du « purgatoire » est une autre fable catholique.**

Ces fausses doctrines sont utilisées par Rome pour des richesses, de la puissance et du prestige, et pour faire des « dieux » d'hommes. Mais le Dieu Tout-Puissant, « le seul vrai Dieu », a vu tout cela et a parlé de sa destruction.

> *« Car ses péchés se sont accumulés jusqu'au ciel, et Dieu s'est souvenu de ses iniquités » (Ap. 18 : 5).*
>
> *« À cause de cela, en un même jour, ses fléaux arriveront, la mort, le deuil et la famine, et elle sera consumée par le feu. Car il est puissant, le Seigneur Dieu qui l'a jugée. Et tous les rois de la*

terre, qui se sont livrés avec elle à l'impudicité et au luxe, pleureront et se lamenteront à cause d'elle, quand ils verront la fumée de son embrasement » (Ap. 18 : 8-9).

Mais notre Dieu aimable fait un fort dernier appel à ceux qui ont été séduits et pris par ses fables :

*« Et j'entendis du ciel une autre voix qui disait : **Sortez du milieu d'elle, mon peuple,** afin que vous ne participiez point à ses péchés, et que vous n'ayez point de part à ses fléaux » (Ap. 18 : 4).*

Dieu n'est pas en train de dénigrer les catholiques romains en Apocalypse chapitres 17 et 18, mais il avertit ceux « **mon peuple** » qui ont peut-être involontairement été participants de cette séduction idolâtre, **de courir vers Lui pour un vrai salut et refuge.**

Chapitre 14

La Fable Appelée Islam

*P*endant que la fable du catholicisme romain était en train de prendre forme dans l'Occident, une autre fable appelée Islam naissait en Orient. L'histoire de sa naissance et de sa croissance a été bien couverte par plusieurs, y compris dans la presse, depuis l'essor récent du terrorisme islamique, et spécialement après les horreurs du 11 septembre. Nous allons brièvement regarder cette histoire et ensuite nous irons dans la Bible pour essayer de donner du sens à ce que nous voyons.

Mahomet, son fondateur et prophète était né à La Mecque, en Arabie Saoudite en l'an 570 apr. J-C. Son père mourut avant qu'il ne naisse et il fut élevé par sa mère comme son fils unique, jusqu'à sa mort quand il avait six ans. Il alla ensuite vivre avec son grand-père du côté paternel, un homme qui était gardien (concierge) de la place principale d'adoration à La Mecque, appelée AL-Ka'ba, un temple rempli d'idoles aux divinités païennes variées. Lorsque le grand-père de Mahomet mourut pendant qu'il était encore dans sa jeunesse, les soins du temple et de Mahomet passèrent à son oncle, Abu Talib. Les soins du temple par sa famille furent l'occasion pour le jeune Mahomet d'être souvent là et voir les gens se prosterner devant les idoles, et le marchandage des idoles par ceux qui les fabriquaient en vue de la vente. Apparemment Mahomet était dégoûté par ce qu'il voyait, et à un moment donné, il a décidé qu'il ne se prosternerait jamais devant ces idoles.

Il y a deux choses qui sont dites concernant l'enfance de Mahomet, choses qui peuvent éclaircir son aboutissement.

Primo, une histoire souvent mentionnée dans les sermons de l'Islam déclare que lorsque Mahomet était un petit garçon, un jour pendant qu'il jouait avec ses amis, l'ange Gabriel est venu, l'a saisi, lui a étalé au sol et ouvrit sa poitrine. L'ange soi-disant a atteint et a extrait un caillot de sang de son cœur et dit « Cela était la part de Satan en toi ». L'ange l'a lavé ensuite et a restauré sa poitrine. Ses amis effrayés, pensant qu'il avait été assassiné, allèrent en courant vers son tuteur et à leur retour ils l'ont trouvé secoué mais bien portant.

La seconde histoire concerne un voyage que Mahomet fit avec son oncle Abu Talib dans une caravane de La Mecque à la Syrie, quand il avait 12 ans. Lorsqu'en Syrie il est entré en contact avec un moine de la secte de Nestorien, un groupe qui s'appelait lui-même des chrétiens, mais qui niait que Jésus soit le fils de Dieu. L'histoire islamique revendique que le moine prit un intérêt pour le jeune Mahomet, et prophétisa sur lui à son oncle qu'il « serait le dernier prophète pour notre monde ».

En tant que jeune homme, Mahomet était devenu le chef d'une caravane pour la Syrie et éventuellement à l'âge de 25 ans, il épousa une riche propriétaire de caravane, une femme de La Mecque nommée Khadija, qui avait 15 ans de plus que lui. Les noces furent dirigées par son cousin Waraqa bin Neufel, pasteur d'une large église « chrétienne » à La Mecque, de la secte appelée Ébionites, qui, tout comme les nestoriens niaient que Jésus soit le fils de Dieu. Ainsi Mahomet fut exposé à la doctrine et aux enseignements chrétiens dans les années suivantes immédiatement, mais c'était un message perverti.

Mahomet continua à diriger des caravanes et parfois il allait aux grottes autour de La Mecque pour méditer. En l'an 610 apr. J-C à l'âge de quarante ans, il eut une expérience qui le terrifia. Pendant qu'il méditait dans la grotte de Hira, il a dit que l'ange Gabriel était venu à lui et lui a exigé « Lis ! » Mahomet avait dit, « Je ne sais pas lire ». L'ange le prit et le pressa très vigoureusement et dit de nouveau, « Lis ! » À ce qui Mahomet répondit de nouveau, « Je ne sais pas lire ». L'ange le relâcha alors et dit, « Lis ! Au nom de ton Seigneur qui a créé toute chose. Il t'a créé à partir d'un caillot. Lis ! Et ton Seigneur est le plus Généreux ». Ceux-ci étaient les premiers versets révélés du Coran et ils sont enregistrés en sourate (chapitre) 96 : 1-3. Mahomet rentra à la maison en courant vers sa femme Khadija en criant de terreur, « Couvre-moi ! Couvre- moi ! » Ils l'ont couvert jusqu'à ce que sa crainte s'était apaisée. Ensuite il dit à son épouse, « O Khadija, qu'est-ce qui ne va pas avec moi ? Qu'est-ce qui m'est arrivé ? J'ai peur pour moi-même ». Il lui raconta l'histoire et elle le consola. [1] Pendant une période de temps, le Mahomet effrayé ne savait pas s'il avait eu une rencontre avec un ange de Dieu **ou avec le diable.**

Lorsque Mahomet alla vers le cousin de Khadija, le prédicateur chrétien leurré, Waraqa pour un conseil, il jura sur lui et dit, « Au nom de Dieu qui a le contrôle de ma vie, tu es le prophète de cette nation arabique et tu as reçu les grands signes de Dieu qui est venu à Moïse dans le passé. Les gens vont te renier et te persécuter et te chasser de ta ville et te combattre, et si je suis en vie lorsque ce temps viendra, je défendrai Allah de la manière que personne ne peut connaître excepté Allah lui-même ». Waraqa, ce faux prophète aveuglé aurait été d'une faible assistance, car il mourut peu de temps après. [2]

Dans les semaines qui suivirent, avec la prophétie encourageante et le soutien de sa femme, Mahomet retourna à la grotte de Hira encore et encore pour recevoir les débuts de sa révélation qui sont maintenant consignés dans le Coran.

Comme Mahomet ne pouvait ni lire ni écrire, les révélations ont été racontées à ceux qui étaient autour de lui, qui les écrivaient sur tout ce qui était disponible y compris des pierres et des feuilles de palmier. Au début, les révélations semblaient amicales aux Juifs et aux chrétiens, mais dans les années qui suivirent, comme tous les deux avaient rejeté sa nouvelle religion, les sourates commencèrent à résonner de plus en plus hostiles. Les révélations sont venues sur une période de 16 ans mais ne furent pas compilées dans un livre jusqu'à plusieurs années après la mort de Mahomet. Mahomet se maria à 12 autres femmes durant ses années passées à La Mecque et à Médine ; dont la plus jeune de toutes, Aisha sa préférée, était âgée de neuf ans lorsque l'union fut consommée. Il mourut en l'an 632 apr. J-C (la cause de sa mort est disputée) à l'âge de 62 ans après une vie de péché, de violence et d'illusion. Il a cru jusqu'à la fin qu'il avait été visité par le seul vrai Dieu, que lui et un milliard de ses adeptes appellent Allah.

Mais l'avait-il été ? Jésus a dit en Mt. 7 : 15-20 :

> « *Gardez-vous des faux prophètes. Ils viennent à vous en vêtements de brebis, mais **au-dedans ce sont des loups ravisseurs. Vous les reconnaîtrez à leurs fruits**. Cueille-t-on des raisins sur des épines, ou des figues sur des chardons? Tout bon*

*arbre porte de bons fruits, mais **le mauvais arbre porte de mauvais fruits**. Un bon arbre ne peut porter de mauvais fruits, ni un mauvais arbre porter de bons fruits. **Tout arbre qui ne porte pas de bons fruits est coupé et jeté au feu**. C'est donc à leurs fruits que vous les reconnaîtrez. »*

Jésus a dit à propos des **faux prophètes**, « Vous les reconnaîtrez par leurs fruits ». L'écrivain d'Hébreux dit concernant ceux que nous suivons, « Considérez quelle a été **la fin de leur vie**, et imitez leur foi ». Non seulement ce qu'ils disent, mais quel fruit leur enseignement produit-il. Comment pouvons-nous connaître aujourd'hui, plus de 13 siècles après qu'un esprit ait parlé à Mahomet, si ce fut l'Esprit de Dieu ou l'esprit du méchant. Il y a plusieurs voix dans le monde et comment devons-nous reconnaître lesquelles sont de Dieu ? Un, par ce **qu'elles disent**.

> *« **Si l'on vous dit** : Consultez ceux qui évoquent les morts et ceux qui prédisent l'avenir, Qui poussent des sifflements et des soupirs, Répondez: **Un peuple ne consultera-t-il pas son Dieu ?... À la loi et au témoignage ! Si l'on ne parle pas ainsi, Il n'y aura point d'aurore pour le peuple »***
> *(És. 8 : 19-20).*

Nous devons juger ce qui est dit par la Sainte Bible de Dieu, et ensuite, comme a dit Jésus, reconnaissez-les par le fruit qu'eux et leur message produisent. Que dit le Coran, la parole d'Allah ? J'en ai acheté un à une librairie locale pour sept dollars environ ; je l'ai bien lu et je dois reconnaitre qu'il est fascinant. Il n'est sans aucun doute « inspiré » par quelqu'un d'autre qu'un illettré, un conducteur de caravane de chameau du 7ᵉ siècle du désert d'Arabie. Je l'ai trouvé aussi un livre de mensonges. La Bible et le Coran ne peuvent pas être corrects tous les deux, car ils sont diamétralement opposés dans leurs messages et dans leurs esprits. Le Dieu de la Bible est bon, tendre et approchable. Le dieu du Coran est haineux, capricieux, et imprévisible. Le Dieu de la Bible est inébranlable (constant), le dieu du Coran n'est pas fiable. Le Dieu de la Bible a employé 40 saints hommes pour rédiger Son livre et il n'y a aucune contradiction en lui. Le dieu du Coran utilisa un seul homme très imparfait pour transmettre son livre, et son message ne va pas en ligne droite, et il est plein de contradictions. Ils ne peuvent absolument pas être le même être. Le dieu Allah n'est pas le Dieu Très-haut, le Saint d'Israël.

Il y a de nombreux mensonges dans le Coran, mais traitons quelques-uns de plus flagrants :

1. La Bible déclare qu'Abraham avait offert son fils Isaac à Dieu sur le mont Moriah *(Genèse 22 : 2, 9).*

Le Coran dit qu'Abraham (Ibrahim) a offert son fils Ismaël (Ismail) comme un sacrifice, sourate 37 : 100-109. Les versets 103 et 104 décrivent cela ainsi : « Et quand ils se furent résignés tous deux à la volonté de Dieu, et qu'Abraham l'eut déjà couché (Ismail) le front contre terre, Nous lui criâmes : O Abraham ! » [3]

Alors qu'est-ce qui est juste ? La Sainte Bible est juste et le Coran a dit un mensonge.

2. La Bible dit clairement que Dieu a un fils. *« Car Dieu a tant aimé le monde qu'il a donné son Fils unique » (Jean 3 : 16).* *« ... C'est pourquoi le saint enfant qui naîtra de toi sera appelé Fils de Dieu » (Luc 1 : 35). « ... Et une voix fit entendre du ciel ces paroles : Tu es mon Fils bien-aimé... » (Luc 3 : 22).*

Le Coran déclare très clairement dans plusieurs endroits **qu'Allah n'a aucun fils.** Sourate 112 : 2-3 déclare, « Allah, Le Seul à être imploré pour ce que nous désirons. **Il n'a jamais engendré**, n'a pas été engendré non plus. » « Ô gens du Livre (*Bible* / chrétiens), n'exagérez pas dans votre religion, et ne dites d'Allah que la vérité. Le Messie Jésus, fils de Marie, n'est qu'un Messager d'Allah… Allah n'est qu'un Dieu unique. **Il est trop glorieux pour avoir un enfant**… » (Sourate 4 : 171) ».

« Nous leur avons plutôt apporté la vérité et ils sont assurément des menteurs. **Allah ne S'est point attribué d'enfant** » (Sourate 23 : 90-91). « Vous avancez certes là une chose abominable ! … du fait qu'ils ont attribué un enfant au Tout Miséricordieux, alors qu'il ne convient nullement au Tout Miséricordieux d'avoir un enfant! » (Sourate 19 : 89, 91, 92). Il y a beaucoup plus d'exemples mais ceci pourrait suffire pour prouver que le Coran ne dit pas la vérité.

3. La Sainte Bible de Dieu dit que Jésus est mort sur la croix.

> « *Jésus poussa de nouveau un grand cri, et rendit l'esprit* » *(Mt. 27: 50).*
>
> « *Mais Jésus, ayant poussé un grand cri, expira* » *(Marc 15 : 37).*
>
> « *Cet homme* (Joseph d'Arimathée) *se rendit vers Pilate, et demanda le corps de Jésus* » *(Luc 23 : 52).*
>
> « *… J'étais mort ; et voici, je suis vivant…* » *(Ap. 1 : 18).*

Le Coran déclare que Jésus n'était pas mort que cela a simplement semblé ainsi. (Sourate 4 : 157 et 158) « et à cause leur parole : « Nous avons vraiment tué le Christ, Jésus, fils de Marie, le Messager d'Allah »… Or, ils ne l'ont ni tué ni crucifié ; mais ce n'était qu'un faux semblant ! … et ils ne l'ont certainement pas tué, mais Allah l'a élevé vers Lui… » Le Coran dit que Jésus ne fut pas mort, ne fut pas réellement crucifié, mais qu'il fut monté directement vers Allah. Sourate 5 : 110 déclare que Jésus a atteint un « âge mûr ». C'est un mensonge ! Et comment de nombreuses gens croient à ce mensonge ? **Plus d'un milliard !**

Un exemple de plus de mensonge par l'esprit qui a inspiré le Coran.

4. La Bible de Dieu déclare qu'Il fit une alliance irrévocable avec les descendants d'Abraham, d'Isaac, et de Jacob ce qui inclut un pays, un trône et un Messie.

> « *Et je ne me souviendrai plus de leur péché.* **Ainsi parle l'Éternel, qui a fait le soleil pour éclairer le jour, Qui a destiné la lune et les étoiles à éclairer la nuit,** *Qui soulève la mer et fait mugir ses flots, Lui dont le nom est l'Éternel des armées:* **Si ces lois viennent à cesser devant moi, dit l'Éternel, La race d'Israël aussi cessera pour toujours d'être une nation devant moi** » *(Jé. 31 : 34 – 36).*
>
> « *En ce jour-là, dit l'Éternel des armées,* **Je briserai son joug de dessus ton cou, Je romprai tes liens, Et des étrangers ne t'assujettiront plus.** *Ils serviront l'Éternel, leur Dieu, Et David, leur roi, que je leur susciterai. Et toi, mon serviteur Jacob, ne crains pas, dit l'Éternel ; Ne t'effraie pas, Israël !* **Car je te délivrerai de la terre lointaine, Je délivrerai ta postérité du pays où elle est captive ;** *Jacob reviendra, il jouira du*

repos et de la tranquillité, Et il n'y aura **personne pour le troubler.** *Car je suis avec toi, dit l'Éternel, pour te délivrer ; J'anéantirai toutes les nations parmi lesquelles je t'ai dispersé... »* *(Jé. 30 : 8-11).*

« Je dis donc : **Dieu a-t-il rejeté son peuple ?** *Loin de là ! Car moi aussi je suis Israélite, de la postérité d'Abraham, de la tribu de Benjamin.* **Dieu n'a point rejeté son peuple,** *qu'il a connu d'avance... Car je ne veux pas, frères, que vous ignoriez ce mystère, afin que vous ne vous regardiez point comme sages,* **c'est qu'une partie d'Israël est tombée dans l'endurcissement, jusqu'à ce que la totalité des païens soit entrée.** *Et ainsi tout Israël sera sauvé, selon qu'il est écrit : Le libérateur viendra de Sion, Et il détournera de Jacob les impiétés »* (Ro. 11 : 1-2 ; 25-26).*

Oui, Israël est tombé par la désobéissance mais leur chute n'était pas définitive. Puisque les Juifs n'ont pas reconnu leur Messie promis et ont insisté que Rome puisse le crucifier, une porte de miséricorde a été ouverte aux païens, « jusqu'à ce que la totalité des païens soit entrée ». Jésus est en train de bâtir son église.

« Et moi, je te dis que tu es Pierre, et que sur cette pierre **je bâtirai mon Église,** *et que les portes du séjour des morts ne prévaudront point contre elle »* (Mt. 16 : 18).*

« Maris, aimez vos femmes, comme **Christ a aimé**

> ***l'Église****, et s'est livré lui-même pour elle, afin de faire paraître devant lui cette Église glorieuse, sans tache, ni ride, ni rien de semblable, mais sainte et irrépréhensible (Ép. 5 : 25, 27).*

Oui, Dieu a fait des promesses à Israël et Dieu a fait des promesses à Son Église, aucune d'elles ne sera brisée.

> *« Car Dieu ne se repent pas de ses dons et de son appel » (irrévocable) (Ro. 11 : 29).*

> *« ... Ce qu'il* (Dieu) *a dit, ne le fera-t-il pas ? Ce qu'il a déclaré, ne l'exécutera-t-il pas ? (No. 23 : 19).*

Bientôt, Dieu rassemblera ces deux affluents, *« un seul homme nouveau »* en Christ (*Ép. 2 : 15*), pour former une rivière grande et impétueuse qui enlèvera tous les obstacles de son chemin.

Mais que dit le Coran ?

Sourate 5 : 12-14, « Et Allah certes **prit l'engagement des enfants d'Israël**. Nous nommâmes douze chefs d'entre eux. Et Allah dit : « Je suis avec vous, pourvu que vous accomplissiez la Salat, acquittiez la Zakat, croyiez en Mes messagers, les aidiez et fassiez à Allah un bon prêt. Alors, certes, J'effacerai vos méfaits »... **Et puis, à cause de leur violation de l'engagement, Nous les avons maudits** et endurci leurs cœurs... Et de ceux qui disent : « **Nous sommes chrétiens », Nous avons pris leur engagement. Mais ils ont oublié une partie de ce qui leur a été rappelé. Nous avons donc suscité entre eux l'inimitié et la haine jusqu'au Jour de la Résurrection.** Et Allah les informera de ce qu'ils faisaient. »

Sourate 5 : 78-80, « Ceux des Enfants d'Israël qui n'avaient pas cru ont été maudits par la bouche de David et de Jésus fils de Marie, parce qu'ils désobéissaient et transgressaient. Ils ne s'interdisaient pas les uns aux autres ce qu'ils faisaient de blâmable. Comme est mauvais, certes, ce qu'ils faisaient ! Tu vois beaucoup d'entre eux s'allier aux mécréants. Comme est mauvais, certes, ce que leurs âmes ont préparé, pour eux-mêmes, de sorte qu'ils ont encouru le courroux d'Allah, et **c'est dans le supplice qu'ils éterniseront.** »

Sourate 5 : 51, « Ô les croyants ! **Ne prenez pas pour alliés les Juifs et les chrétiens; ils sont alliés les uns des autres. Et celui d'entre vous qui les prend pour alliés, devient un des leurs. Allah ne guide certes pas les gens injustes.** »

Sourate 23 : 41, **Le cri, donc, les saisit en toute justice; puis Nous les rendîmes semblables à des débris emportés par le torrent. Que disparaissent à jamais les injustes !** » Verset 44, « Que disparaissent à jamais les gens qui ne croient pas ! »

Sourate 9 : 30, « **Les Juifs disent : « Uzayr est fils d'Allah » et les chrétiens disent : « Le Christ est fils d'Allah »... Qu'Allah les anéantisse !** »

Il y a beaucoup de sourates de ce genre, y compris ceux qui disent que les Juifs sont devenus de grands singes et de cochons (2 : 65; 5 : 60; 7 : 166), et sont maudits (2 : 87, 4 : 46 ; 5 : 78 ; 9 : 30). Certaines sourates sont ridicules, telles que sourate 11 : 42-43, qui dit que Noé avait un autre fils qui refusa de monter dans l'arche et qui noya dans le déluge. Ou sourate 19 : 17-34 qui dit que Marie, la mère de Jésus était la sœur de Moïse et d'Aaron qui donna naissance à Jésus sous un palmier. Sourate 5 : 6, « Ô les croyants! Lorsque vous vous levez pour la Salat (prière)... Et si vous êtes pollués « junub », alors purifiez-vous (par un bain) ; mais si vous êtes malades, ou en voyage, ou si l'un de vous revient du lieu où il a fait ses besoins ou si vous avez touché aux femmes et que vous ne trouviez pas d'eau, alors recourez à la terre pure, passez-en sur vos visages et vos mains. » (Un verset pareil ne se trouve pas dans la Sainte Bible).

L'esprit qui a inspiré le Coran est non seulement un esprit qui profère le mensonge mais un esprit qui inspire aussi la violence, le vol et le meurtre dans les cœurs de Mahomet et de ses partisans. Il y a de nombreuses sourates qui prônent le combat et la violence pour amener l'Islam dans le monde. Par exemple :

Sourate 8 : 12 : « ... Je vais jeter l'effroi dans les cœurs des mécréants. Frappez donc au-dessus des cous et frappez-les sur tous les bouts des doigts. »

Sourate 9 : 5 : « Après que les mois sacrés expirent, tuez les associateurs où que vous les trouviez. Capturez-les, assiégez-les et guettez-les dans toute embuscade. »

Sourate 9 : 73, « Ô Prophète, lutte contre les mécréants et les hypocrites, et sois rude avec eux ; l'Enfer sera leur refuge, et quelle mauvaise destination ! »

Sourate 9 : 123, « Ô vous qui croyez! Combattez ceux des mécréants qui sont près de vous. »

Sourate 8 : 65 – 67, « Ô Prophète, incite les croyants au combat... Un prophète ne devrait pas faire de prisonniers avant d'avoir prévalu [mis les mécréants hors de combat] sur la terre. »

Les dernières paroles de Mahomet qui étaient reportées disaient, « Qu'Allah maudisse les chrétiens et les Juifs. » [4]

L'histoire enregistre que le Prophète de l'Islam a financé la construction de sa religion par les raids dans lesquels des innocents ont été tués et leurs biens pris comme butins. Ainsi débuta une longue histoire de violence dans l'expansion de l'Islam, faisant des convertis au tranchant de l'épée avec le cri « convertissez ou mourrez ». Son histoire violente a été bien écrite par les autres, même des historiens musulmans, ainsi pour le moment, il suffit de dire, c'est une histoire d'une mer de sang. Comme justification, devant la barre de l'opinion publique, ils ont indiqué les croisades comme un exemple de violence horrible de la part des chrétiens. Il y a une différence remarquable, ceux qui ont mutilé et tué pendant les croisades l'ont fait totalement **contre** l'exemple et les enseignements de notre Seigneur Jésus, mais ceux qui ont tué à travers les siècles au nom de l'Islam, l'ont fait en tant que de bons musulmans, observant les commandements et les exemples de leur prophète Mahomet. Le chef des agresseurs du 11 septembre 2001, Mohammed Atta est allé à une mosquée à Hambourg, Allemagne où l'imam prêchait que les « chrétiens et les Juifs devaient avoir leurs gorges coupées. » [5]

Ces choses ne sont pas inspirées par le Dieu de la Bible qui dit, *« L'Éternel sonde le juste ; **Il hait le méchant et celui qui se plaît à la violence** » (Ps. 11 : 5).*

Maintenant la question qui nous intéresse le plus dans ce chapitre, « Qui est Allah ? » La réponse peut être trouvée en posant une autre question. Quel **être spirituel** inspirerait un livre de mensonges et motiverait son prophète et ses adeptes au pillage, au meurtre et à la violence ? La réponse semble bien claire : Satan, le diable. Allah ne peut être quelqu'un d'autre que Satan. Regardons dans la Bible pour la preuve.

- Le Dieu de la Bible ne peut pas mentir (*Tite 1 : 2*).
- « Il est impossible que Dieu mente » (*Hébreux 6 : 18*).

Qui est le menteur ?

« Pourquoi ne comprenez-vous pas mon langage ?
Parce que vous ne pouvez écouter ma parole.

*Vous avez pour père le diable... **il ne se tient pas dans la vérité, parce qu'il n'y a pas de vérité en lui**. Lorsqu'il profère le mensonge, il parle de son propre fonds ; car **il est menteur et le père du mensonge** »* (c'est Jésus qui parle) *(Jean 8 : 43, 44)*.

*« ... Parce qu'aucun mensonge ne vient de la vérité. **Qui est menteur,** sinon celui qui nie que **Jésus est le Christ** ? Celui-là est l'antéchrist, **qui nie le Père et le Fils** » (I Jean 2 : 21, 22)*.

Qui est le voleur ?

*« **Le voleur** (Satan) **ne vient que pour dérober, égorger et détruire** ; moi, je suis venu afin que les brebis aient la vie, et qu'elles soient dans l'abondance »* (c'est Jésus qui parle) *(Jean 10 : 10)*.

« Tous ceux qui sont venus avant moi sont des voleurs et des brigands ; mais les brebis ne les ont point écoutés » (c'est Jésus qui parle) *(Jean 10 : 8)*.

Qui est le meurtrier ?

*« ... **Si vous étiez enfants d'Abraham, vous feriez les œuvres d'Abraham.** Mais maintenant vous cherchez à me faire mourir... Abraham ne l'a point fait. Vous faites les œuvres de votre père... Si Dieu était votre Père, vous m'aimeriez... Vous avez pour père le diable, et vous voulez accomplir les désirs de votre père. Il*

a été meurtrier dès le commencement... » (c'est

Jésus qui parle) *(Jean 8 : 39- 44).*

Maintenant pour une preuve Biblique finale qu'Allah, le Dieu de l'Islam n'est autre que Satan, regardez s'il vous plaît avec moi Ésaïe 14 : 12 – 13.

> *« Te voilà tombé du ciel, Astre brillant, fils de l'aurore ! Tu es abattu à terre, Toi, le vainqueur des nations ! Tu disais en ton cœur : Je monterai au ciel, J'élèverai mon trône au-dessus des étoiles de Dieu... »*

Qu'est-ce que ces versets dépeignent ? C'est Satan, qui dit en son « cœur », « je détrônerai Dieu, je le remplacerai aux cieux ». Évidemment, **il ne le fera jamais** ! Mais regardez le reste des versets 13 et 14.

> *« ... Je **m'assiérai sur la montagne de l'assemblée, À l'extrémité du septentrion;** Je monterai sur le sommet des nues, Je serai semblable au Très-Haut. »*

Où est ce **lieu**, « la montagne de l'assemblée, à l'extrémité du septentrion, sur laquelle Satan dit, « je m'assiérai » ? Regardez le Psaume 48 : 2–3 :

> *« L'Éternel est grand, il est l'objet de toutes les louanges, **Dans la ville de notre Dieu, sur sa montagne sainte.** Belle est la colline, joie de toute la terre, la montagne de Sion ; **Le côté septentrional, c'est la ville du grand roi. »***

C'est un endroit sur la planète Terre où Satan a dit, « je m'assiérai ! » Paume 48 est un psaume de David qui est chanté dans plusieurs églises chrétiennes aujourd'hui, concernant Jérusalem, appelée la montagne de Sion dans la partie nord du mont Morija, « *le côté septentrional*». Remarquez qu'au verset 3, David l'a appelée « la ville du grand Roi. » Jésus a dit en Matthieu 5 : 34, « *Mais moi, je vous dis de ne jurer aucunement, ni par le ciel, parce que c'est le trône de Dieu...* (rapplez-vous Satan a dit, « *je monterai au ciel, j'élèverai mon trône au-dessus des étoiles de Dieu* ») « *ni par Jérusalem : car c'est la ville du grand roi* ». Qui est ce grand Roi de Jérusalem ?

> « *Car l'Éternel, le Très-Haut, est redoutable, Il est **un grand roi** sur toute la terre* » *(Psaume 47 : 3).*

> « *Car l'Éternel est un grand Dieu, Il est un **grand roi** au-dessus de tous les dieux* » *(Psaume 95 : 3).*

Donc le grand roi est l'Éternel Dieu et Jérusalem est Sa ville choisie. La Bible déclare plus de 50 fois que Jérusalem y compris le mont du Temple est **le trône de Dieu sur la terre**.

> « *Salomon s'assit sur le trône de l'Éternel* » (à Jérusalem) *(I Ch. 29 : 23).*

> « *En ce temps-là, on appellera Jérusalem le trône de l'Éternel ; Toutes les nations s'assembleront à Jérusalem, au nom de l'Éternel...* » *(Jé. 3 : 17).*

> « *Il est un fleuve dont les courants réjouissent la cité de Dieu* (Jérusalem), *Le sanctuaire des demeures du Très-Haut. **Dieu est au milieu d'elle...*** » *(Ps. 46 : 5, 6).*

> « *Chantez à l'Éternel, qui réside en Sion, Publiez parmi les peuples ses hauts faits !* » *(Ps. 9 : 12)*

> « *...La montagne de **Sion** qu'il aimait* » *(Ps. 78 : 68).*

> *« Oui, l'Éternel a choisi Sion, Il l'a désirée pour*
> *sa demeure »* *(Ps. 132 : 13).*
>
> *« En ce temps-là, **des offrandes seront apportées***
> ***à l'Éternel… là où réside le nom de l'Éternel des***
> ***armées, Sur la montagne de Sion** » (És. 18 : 7).*
>
> *« Levez-vous, **montons à Sion**, vers l'Éternel,*
> *notre Dieu »* *(Jé. 31 : 6).*

Rentrons maintenant en Psaume 48 : 10 et voyons que ce Sion est le mont du temple.

> *« O Dieu, nous pensons à ta bonté Au milieu de **ton***
> ***temple**. »*

C'est ici l'endroit que Dieu a choisi, après que le Roi David ait péché en dénombrant Israël et Dieu prononça leur punition.

> *« L'Éternel envoya la peste en Israël, et il tomba*
> *soixante-dix mille hommes d'Israël. **Dieu envoya***
> ***un ange à Jérusalem pour la détruire ; et comme***
> ***il la détruisait, l'Éternel regarda** et se repentit de*
> *ce mal, et il dit à l'ange qui détruisait : **Assez !***
> ***Retire maintenant ta main**. L'ange de l'Éternel se*
> *tenait **près de l'aire d'Ornan, le Jébusien**. L'ange*
> *de l'Éternel dit à Gad de parler à David, afin*
> *qu'il **montât pour élever un autel à l'Éternel***
> ***dans l'aire d'Ornan, le Jébusien** (I Ch. 21 : 14,*
> *15, 18).*

Dieu a dit « assez » à la main de l'ange destructeur qui se tenait près de l'aire d'Ornan et commanda à David d'y bâtir un autel de sacrifice. Ainsi David acheta l'emplacement de l'aire des mains d'Ornan :

> *« David bâtit là un autel à l'Éternel, et il offrit des holocaustes et des sacrifices d'actions de grâces.*
> ***Il invoqua l'Éternel, et l'Éternel lui répondit par le feu, qui descendit du ciel sur l'autel de l'holocauste.*** *Alors l'Éternel parla à l'ange, qui remit son épée dans le fourreau.* ***À cette époque-là, David, voyant que l'Éternel l'avait exaucé dans l'aire d'Ornan,*** *le Jébusien, y offrait des sacrifices »* (I Ch. 21 : 26- 28).

Jusqu'à ce temps, le lieu où l'Éternel recevait le sacrifice d'Israël, et où le tabernacle de Moïse et l'autel étaient établis, fut à Gabaon. Les sacrifices ne pouvaient être offerts qu'à l'endroit que Dieu aura choisi.

> *« Et David dit : Ici sera la maison de l'Éternel Dieu, et ici sera l'autel des holocaustes pour Israël »* (I Ch. 22 : 1).

Depuis ce temps et par la suite, David et Israël adoraient et offraient des sacrifices à Dieu en ce lieu. Ce fut l'endroit du temple de Salomon et le second temple, appelé temple de Zorobabel ou d'Hérode, où Jésus et Paul ont adoré.

Mais Satan avait dit *« Je m'assiérai sur la montagne de l'assemblée, à l'extrémité du septentrion, »* **la montagne du temple** *(És. 14 : 13)*. Mais pourquoi se référait-il à cela comme étant « la montagne de l'assemblée » ? Quand David avait amené Salomon devant Israël, à **la montagne du temple** pour l'oindre comme roi, toutes les personnes assemblées furent appelées **« l'assemblée »** cinq fois. *« Tout Israël, de l'assemblée de l'Éternel »* (I Ch. 28 : 8). Lorsque Salomon avait fait la dédicace du temple sur cette montagne-là en II Ch. chapitres 5 et 6, lorsqu'il fit cette merveilleuse prière et la gloire de l'Éternel descendit, ceux qui étaient assemblés et qui adoraient sont appelés « **l'assemblée** » six fois. Ainsi **la montagne du temple** est la **« montagne de l'assemblée ».** Satan a dit, environ 700 ans avant Jésus-Christ, **« je m'assiérais sur la montagne de l'assemblée** *(la montagne du temple)* **à l'extrémité du septentrion (Jérusalem) ».** Mais comment ceci pouvait arriver ?

Quand Israël avait rejeté Jésus leur Messie-Roi, il prophétisa la destruction du temple.

> « *Comme Jésus s'en allait, au sortir du temple, ses disciples s'approchèrent pour lui en faire remarquer les* **constructions.** *Mais il leur dit :* *Voyez-vous tout cela ? Je vous le dis en vérité,* ***il ne restera pas ici pierre sur pierre qui ne soit renversée*** » *(Mt. 24 : 1-2).*

Et en l'an 70 apr. J-C, quelque 38 ans après que Jésus l'ait donnée, cette prophétie fut accomplie lorsque Tite le général romain et ses légions avaient assiégé Jérusalem et l'avaient brulée, et avaient complètement détruit le temple. Dieu avait averti Israël qu'à cause de leurs péchés, ceci arriverait.

> « *... Ainsi parle l'Éternel des armées:* ***Sion sera labourée comme un champ, Jérusalem deviendra un monceau de pierres, Et la montagne de la maison*** *une haute forêt* » *(Jé. 26 : 18).*

Voici Sion, « la montagne de la maison (temple), et comme les prophètes avaient dit quelque 600 ans avant que cela n'arrive, **la montagne du temple a été «** *labourée comme un champ* **»** *(Michée 3 : 12).* De temps en temps, pendant les 600 années suivantes après l'an 70 apr. J-C, elle a été cultivée à l'aide de bœufs, plusieurs tentatives infructueuses de bâtir le temple ont été faites, et une église chrétienne a été construite sur ce site. Mais fondamentalement elle est dévastée. Le contrôle de ce cité a changé plusieurs fois de main, jusqu'à l'an 638 apr. J-C sous le règne des chrétiens de byzantins, Jérusalem fut assiégée par caliph (*le dirigeant islamique suprême*) Umar et qui prit le pouvoir. Il rasa la montagne du temple et peut-être y construit une mosquée provisoire. Mais ce fut son successeur caliph Abd al-Malik qui bâtit le dôme du Rocher en 691 apr. J-C. Son fils, caliph al-Walid construit une mosquée à proximité appelée la mosquée al-Aqsa vers 705 apr. J-C.

Les motivations de ces deux hommes, Abd al-Malik et al-Walid, sont toujours débattues par les érudits, même par les savants musulmans aujourd'hui. Pourquoi est-ce que cette conquête et cette construction furent-elles si importantes ? Jérusalem n'est mentionnée ni une fois dans le Coran et il est certain que Mahomet n'a jamais été dans cette ville. Il y a une légende sans fondement selon laquelle dans une vision la nuit, Mahomet est allé à une « mosquée distante », sur son cheval al-Buraq (*foudre*), et monta au ciel à partir du rocher sur lequel est construit le dôme du Rocher. Voici une autre fable islamique.

La vraie motivation peut être trouvée dans l'inscription taillée sur les murs intérieurs de la coupole, « Gloire soit à Allah, qui n'a engendré aucun fils et qui n'a aucun partenaire dans (*sa)* domination ».[6] Il y a aussi d'autres inscriptions avertissant les Hébreux des erreurs de leurs croyances. Le dôme du Rocher se tient là comme un temple de Satan, au nom d'Allah, **au mépris** de l'Éternel Dieu, le Saint d'Israël qui l'a nommé, « *ma montagne sainte, à Jérusalem » (Ésaïe 66 : 20).* Le maître usurpateur a revendiqué le lieu choisi par Dieu depuis 1300 ans dans un bâtiment profane, qui **déclare au monde** et au Dieu qui « *a tant aimé le monde qu'il a donné son Fils unique »* que « **Dieu n'a aucun fils !** »

Ceci nous aide à comprendre un peu mieux le conflit au Moyen-Orient. Ce conflit a beaucoup de couches comme un oignon et il est très complexe mais :

1. À son niveau le plus simple, c'est un conflit entre les Juifs et les Palestiniens à propos d'un pays, une petite portion de biens fonciers que les deux revendiquent.

2. À un autre niveau, c'est une querelle de famille, une guerre entre les frères, Ismaël contre Isaac. Le Président Clinton avait une certaine compréhension de ce fait en 1993, à la Maison-Blanche comme les accords de Paix d'Oslo étaient signés. Lorsque Arafat et Rabin s'étaient serré la main, il a dit : « Les enfants d'Abraham, les descendants d'Isaac et d'Ismaël, se sont embarqués ensemble pour un voyage audacieux. Aujourd'hui, nous leur souhaitons la paix. » Malheureusement, c'était très court.

3. À son niveau le plus complexe, le conflit du Moyen-Orient est un combat spirituel. Regardez ces faits.

    a. Il y a 47 nations musulmanes dans le monde. Uniquement trois nations musulmanes **reconnaissent le droit d'existence à Israël**. (La Jordanie, l'Égypte et la Turquie).

    b. Quarante-quatre nations musulmanes **refusent le droit d'existence à Israël**. De ces 44 nations, 25 % seulement sont des États arabes.

    c. Soixante et quinze pour cent des 44 sont musulmanes, **mais non arabes**. Par exemple l'Iran, l'Indonésie, le Pakistan, et l'Afghanistan sont musulmans mais non arabes.

Donc l'Islam enseigne que les Juifs avaient péché et que Dieu a donné aux musulmans la Terre Sainte, leurs promesses de bénédiction, et le dernier prophète de Dieu au monde, Mahomet. Ceci semble-t-il familier ? C'est la « théologie du remplacement » originale. C'est comme si quelqu'un essaie toujours de remplacer Israël dans le plan de Dieu, mais cela n'arrivera pas !

Mais pendant 1300 ans après l'an 683 apr. J-C, **il semblait comme si l'Islam était juste.** Ils avaient le contrôle de la Terre Sainte et **leur temple** était construit sur la Montagne du Temple. Au début du 19e siècle, la plupart des gens dans le monde avaient oublié que la Bible de Dieu déclare plus de 80 fois, que **les Juifs retourneront** ou que **plus de 200 fois** il est dit que Dieu est le « **Dieu d'Israël** ». Mais ils ont commencé à revenir, et par une série d'évènements étonnants, inspirés par Dieu, Israël est redevenu encore une nation depuis le 14 mai 1948, après plus de 2000 ans. Les Juifs et leurs amis chrétiens qui ont vu la signification biblique se sont réjouis, mais la grande partie du monde musulman est prise de folie furieuse. La renaissance d'Israël en tant que nation a parlé d'une voix forte que Mahomet était un **faux prophète** et que l'Islam était une **fausse religion**. [7]

Oussama ben Laden et les autres radicaux enseignent qu'**Israël** est la punition d'Allah sur l'Islam pour leurs péchés. Ils sont devenus mondains. Ils ont permis à l'armée américaine de venir et de profaner leur terre sainte d'Arabie Saoudite, la place de La Mecque et de Médine. Par conséquent la violence contre l'Occident. **Et il n'y a pas de solution humaine !** Les Juifs ne quitteront jamais la Terre Sainte et jamais les musulmans n'admettront que leur prophète et leur Coran soient faux. Le prophète Ézéchiel parle d'une coalition des nations, dirigée par Gog et Magog *(la Russie ?),* et incluant « la Perse *(l'Iran s'appelait la Perse* *jusqu'à 1935*) l'Éthiopie, la Libye », peut-être aussi la Turquie et les autres iront contre Israël dans les derniers jours. Je crois que nous commençons à voir ceci prendre forme comme la Russie fournit le savoir-faire technique à l'Iran dans la construction des bombes nucléaires. Cette horde d'agresseurs sera décimée par Dieu sur les montagnes d'Israël (*Ézéchiel 38 et 39*). L'estrade est en train d'être placé pour que l'homme du péché, l'antéchrist sorte de l'Europe (*Daniel 9 : 26*) avec un plan de paix, **un plan venant de l'enfer !**

> « *À cause de sa prospérité et du succès de ses ruses, il aura de l'arrogance dans le cœur, il fera périr beaucoup d'hommes... » (Daniel 8 : 25).*

Le temple des Juifs sera reconstruit selon le plan de sept ans *(Da. 9 : 27, II Th. 2 : 4)*. Mais il violera les accords et le chaos s'ensuivra *(Da. 8 : 23-24 ; 9 : 27)*. Et Dieu a déjà écrit le dernier chapitre de cette histoire.

À Satan (Allah) Il dit :

> « *Le séjour des morts s'émeut jusque dans ses profondeurs, Pour t'accueillir à ton arrivée ; Il réveille devant toi les ombres, tous les grands de la terre, Il fait lever de leurs trônes tous les rois des nations. Tous prennent la parole pour te dire : Toi aussi, tu es sans force comme nous, Tu es devenu semblable à nous ! » (És. 14 : 9-10) ?*
> « *Mais tu as été précipité dans le séjour des morts, Dans les profondeurs de la fosse. Ceux qui te voient fixent sur toi leurs regards, Ils te considèrent attentivement : Est-ce là cet homme qui faisait trembler la terre, Qui ébranlait les*

royaumes, Qui réduisait le monde en désert, Qui ravageait les villes, Et ne relâchait point ses prisonniers » *(És. 14 : 15-17)* ?

« **Préparez le massacre des fils, À cause de l'iniquité de leurs pères ! Qu'ils ne se relèvent pas pour conquérir la terre,** *Et remplir le monde d'ennemis !* - **Je me lèverai contre eux,** *Dit l'Éternel des armées ; J'anéantirai le nom et la trace de Babylone, Ses descendants et sa postérité, dit l'Éternel... L'Éternel des armées l'a juré, en disant : Oui, ce que j'ai décidé arrivera, Ce que j'ai résolu s'accomplira.* **Je briserai l'Assyrien dans mon pays, Je le foulerai aux pieds sur mes montagnes ; Et son joug leur sera ôté, Et son fardeau sera ôté de leurs épaules.** *Voilà la résolution prise contre toute la terre, Voilà la main étendue sur toutes les nations. L'Éternel des armées a pris cette résolution : qui s'y opposera ? Sa main est étendue : qui la détournera »* *(És. 14 : 21-22, 24-27)* ?

Comment Dieu aperçoit-Il ce conflit ?

« *Car c'est un jour de vengeance pour l'Éternel, Une année de représailles* **pour la cause de Sion** » *(És. 34 : 8).*

« *... Ainsi parle l'Éternel des armées :* **Je suis ému d'une grande jalousie pour Jérusalem et pour Sion, et je suis saisi d'une grande irritation contre les nations orgueilleuses ;** *car je n'étais*

que peu irrité, mais **elles ont contribué au mal.**
C'est pourquoi ainsi parle l'Éternel : **Je reviens à
Jérusalem avec compassion ; ma maison y sera
rebâtie,** et le cordeau sera étendu sur Jérusalem.
Crie de nouveau, et dis : Ainsi parle l'Éternel des
armées : Mes villes auront encore des biens en
abondance ; **l'Éternel consolera encore Sion, il
choisira encore Jérusalem** » (Za. 1 : 14-17).
« **L'Éternel... Et il choisira encore Jérusalem** »
(Za. 2 : 12)
« Je dis à l'ange qui parlait avec moi : Qu'est-ce
que ces cornes ? Et il me dit : Ce sont les cornes
qui ont dispersé Juda, Israël et Jérusalem. Je dis :
Que viennent-ils faire ? Et il dit : Ce sont les
cornes qui ont dispersé Juda, tellement que nul ne
lève la tête ; et ces forgerons sont venus pour les
effrayer, et **pour abattre les cornes des nations**
qui ont levé la corne contre le pays de Juda, **afin
d'en disperser les habitants.** Il lui dit : Cours,
parle à ce jeune homme, et dis : **Jérusalem sera
une ville ouverte,** à cause de la multitude
d'hommes et de bêtes qui seront au milieu d'elle ;
je serai pour elle, dit l'Éternel, une muraille de
feu tout autour, et je serai sa gloire au milieu
d'elle » (Za. 1 : 19, 21 ; 2 : 4-5).
« La parole de l'Éternel des armées se révéla, en
ces mots: Ainsi parle l'Éternel des armées : Je
suis ému pour Sion **d'une grande jalousie,** et je

*suis saisi pour elle **d'une grande fureur**. Ainsi parle l'Éternel : **Je retourne à Sion**, et **je veux habiter au milieu de Jérusalem**. Jérusalem sera appelée ville fidèle, et la montagne de l'Éternel des armées **montagne sainte**. Ainsi parle l'Éternel des armées : Voici, je délivre mon peuple du pays de l'orient et du pays du soleil couchant. Je les ramènerai, et ils habiteront au milieu de **Jérusalem** ; ils seront mon peuple, et je serai leur Dieu avec vérité et droiture. Et beaucoup de peuples et de nombreuses nations **viendront chercher l'Éternel des armées à Jérusalem** et implorer l'Éternel. Ainsi parle l'Éternel des armées : En ces jours-là, dix hommes de toutes les langues des nations saisiront **un Juif** par le pan de son vêtement et diront : Nous irons avec vous, **car nous avons appris que Dieu est avec vous** »* (Za. 8 : 1-3, 7-8, 22-23).

*« De Sion l'Éternel rugit, De **Jérusalem** il fait entendre sa voix ; Les cieux et la terre sont ébranlés. Mais l'Éternel est un refuge pour son peuple, Un abri pour les enfants d'Israël. Et vous saurez que je suis l'Éternel, votre Dieu, Résidant **à Sion, ma sainte montagne**. Jérusalem sera sainte, Et **les étrangers n'y passeront plus** »* (Joël 3 : 16-17).

*« Ils tomberont sous le tranchant de l'épée, **ils seront emmenés captifs parmi toutes les nations,***

et Jérusalem sera foulée aux pieds par les
nations, jusqu'à ce que les temps des nations
soient accomplis » (Jésus) *(Luc 21 : 24).*

Ceci est donc un conflit entre l'Éternel Dieu de la Bible, le Saint d'Israël et Allah, le dieu du Coran. Mais Dieu n'est pas contre les peuples arabes ou musulmans. Il est contre la fausse religion qui a pris en esclave un milliard de musulmans dans des ténèbres spirituelles. L'Occident est sorti du Haut Moyen Âge lorsque la Bible a commencé à être imprimée en masse et les gens ont vu la lumière de la vérité de Dieu. Le monde musulman est encore dans l'âge de ténèbres puisque **l'Islam est des ténèbres**. Les ténèbres spirituelles sont la pire sorte d'obscurité.

« Malheur à ceux qui appellent le mal bien, et le
*bien mal, Qui changent **les ténèbres en lumière**,*
*et **la lumière en ténèbres**... » (És. 5: 20) !*

Franklin Graham a eu bien raison lorsqu'il a récemment qualifié l'Islam d'une « **religion mauvaise et méchante** ». [8] L'Islam a apporté une horreur indescriptible dans notre monde et le pire est encore à venir. Le président Bush a déclaré le 6 octobre 2005, que le « terrorisme islamique est la plus grande menace pour le monde libre aujourd'hui ». La revue *Time* a mis un article de fond en couverture intitulé, « Le Marchand de la Menace », « Comment A.Q. Kahn est devenu le **trafiquant nucléaire** le plus dangereux au monde ». L'article intérieur était intitulé « **L'homme qui a vendu la bombe** », « Comment A.Q. Kahn du Pakistan s'est montré plus malin que les services secrets occidentaux pour bâtir un réseau mondial de contrebande nucléaire qui a fait du monde un endroit plus dangereux ». Cet article inquiétant racontait l'histoire de M. Kahn, un Pakistanais, qui a aidé ce pays à se doter d'un arsenal nucléaire. Il est devenu un héros national et deux fois il a été décoré de la médaille d'Hilal -e- Imtiaz, l'honneur civil le plus élevé du Pakistan.

Qu'est-ce qu'il a donc fait avec la connaissance qu'il a acquise ? Il a monté un réseau et répandu le savoir-faire de la fabrication de la bombe nucléaire et les matériels à des nations hors la loi comme la Libye, l'Iran, et la Corée du Nord. La revue *Time* déclare que Kahn a offert un magasin tout en un pour des régimes intéressés dans la production **des armes nucléaires**. Et quelle fut sa motivation ? *Time* déclare, « Il était devenu plus religieux après le test nucléaire qui avait réussi en 1998... Kahn revendiqua qu'il vendrait la technologie nucléaire pour **soutenir la position des musulmans**. **« Nous, les musulmans**, nous devons être forts et égaux avec n'importe quel autre pays, et par conséquent je veux aider quelques pays à être forts », la source se rappelle de Kahn dire ». Les collègues disent, « il était motivé par une foi dévouée et une **croyance ardente** que la possession par les musulmans des armes nucléaires **aiderait au retour de l'Islam à la grandeur** ».

« Exactement combien loin Kahn a été capable de répandre cette vision est une question qui empêche encore nombreux d'entre nous de dormir la nuit », a dit un ancien membre des services secrets américains. *Time* a conclu en disant, « Bien que l'homme puisse s'évanouir dans l'obscurité, le monde a seulement commencé à tenir compte de son héritage. [9] **Et de l'héritage de Mahomet aussi !**

« ... un seul pécheur détruit beaucoup de bien » (Ec. 9 : 18).

Laissez-moi clore ceci en disant tout comme Franklin Graham avait aussi dit en *Newsweek*, j'aime le peuple arabe et musulman. Par notre musique, nous avons pourvu aux besoins de nombreux musulmans sans conflit. Nous avons vu un bon nombre de gens de cette foi convertis et parvenus à connaître Jésus comme Seigneur. Je prie souvent pour ceux qui sont aveuglés par Allah. Il y a plusieurs bonnes personnes parmi vous et je vous aime assez pour vous dire la vérité. Et j'ai de l'espérance ! Le Dieu d'Israël a proclamé guérison et restauration à l'Égypte et à l'Assyrie à ces derniers jours, lorsqu'Il dira, « Bénis soient l'Égypte, mon peuple, et l'Assyrie, œuvre de mes mains. »

> « En ce temps-là, il y aura cinq villes au pays d'Égypte, Qui parleront la langue de Canaan, Et qui jureront par l'Éternel des armées : L'une d'elles sera appelée ville de la destruction. En ce même temps, il y aura un autel à l'Éternel Au milieu du pays d'Égypte, Et sur la frontière un monument à l'Éternel. Ce sera pour l'Éternel des armées un signe et un témoignage Dans le pays d'Égypte ; Ils crieront à l'Éternel à cause des oppresseurs, Et il leur enverra un sauveur et un défenseur pour les délivrer. Et l'Éternel sera connu des Égyptiens, Et les Égyptiens connaîtront l'Éternel en ce jour-là ; Ils feront des sacrifices et des offrandes, Ils feront des vœux à l'Éternel et les accompliront. Ainsi l'Éternel frappera les Égyptiens, Il les frappera, mais il les guérira ; Et ils se convertiront à l'Éternel, Qui les exaucera et les guérira. En ce même temps, il y aura une route d'Égypte en Assyrie : Les Assyriens iront en Égypte, et les Égyptiens en Assyrie, Et les Égyptiens avec les Assyriens serviront l'Éternel. En ce même temps, Israël sera, lui troisième, Uni

*à l'Égypte et à l'Assyrie, Et ces pays seront l'objet d'une bénédiction. L'Éternel des armées les bénira, en disant : Bénis soient **l'Égypte**, mon peuple, Et **l'Assyrie**, œuvre de mes mains, Et **Israël**, mon héritage ! » (És. 19 : 18-25).*

Un Dernier Mot tiré de la Sainte Bible de Dieu aux Musulmans.

« Celui qui croit au Fils de Dieu a ce témoignage en lui-même ; celui qui ne croit pas Dieu le fait menteur, puisqu'il ne croit pas au témoignage que Dieu a rendu à son Fils. Et voici ce témoignage, c'est que Dieu nous a donné la vie éternelle, et que cette vie est dans son Fils. Celui qui a le Fils a la vie ; celui qui n'a pas le Fils de Dieu n'a pas la vie » (I Jean 5 : 10 – 12).

Priez peuple priez !

Chapitre 15

La Fable Appelée Mormonisme

*« Je m'étonne que vous vous détourniez si promptement de celui qui vous a appelés par la grâce de Christ, **pour passer à un autre Évangile**. Non pas qu'il y ait un autre Évangile, mais il y a des gens qui vous troublent, et qui veulent renverser l'Évangile de Christ. Mais, quand nous-mêmes, quand un ange du ciel annoncerait un autre Évangile que celui que nous vous avons prêché, **qu'il soit anathème** ! Nous l'avons dit précédemment, et je le répète à cette heure : si **quelqu'un** vous annonce un autre Évangile que celui que vous avez reçu, **qu'il soit anathème** ! »* (Ga. 1 : 6 – 9).

*« **Ces hommes-là sont de faux apôtres,** des ouvriers trompeurs, déguisés en apôtres de Christ. Et cela n'est pas étonnant, puisque Satan lui-même se déguise en ange de lumière. Il n'est donc pas étrange que **ses ministres aussi** se déguisent en ministres de justice. Leur fin sera selon leurs œuvres »* (II Co. 11 : 13 – 15).

L'histoire parle d'un homme qui marchait dans un cimetière et était arrivé devant une grande pierre tombale avec cette inscription : « Mon ami, là où tu es, j'y étais une fois, là où je suis, tu y seras, donc prépare-toi de me suivre ». Quelqu'un a écrit au crayon en réponse, « Pour te suivre, je ne suis pas content jusqu'à ce que je voie quel chemin tu as pris ».

Ceci n'a jamais cessé de m'étonner que des millions de personnes suivent des hommes étranges et des faux enseignements et leur confient la destinée de leurs âmes éternelles.

J'ai un article du journal *USA Today*, du 28 août 2002 ; qui dit que « plus de 70.000 Australiens, environ (0,37 %) de la population, s'identifient comme étant des partisans de la foi Jedi, fondée sur les films. Les partisans disent qu'ils croient dans la force, l'énergie qui rend des Jedi capables comme Luc Skywalker et Yoda ». Le « mouvement Jedi » a commencé « une campagne par e-mail pour qu'il soit reconnu comme une religion officielle ».

Aux États-Unis, l'écrivain de science-fiction Ron Hubbard a créé un autre ouvrage de science-fiction, une fable appelée « Scientologie », une nouvelle religion qui affirme avoir des millions de partisans. Les célébrités induites en erreur peuvent être vues à la télé, attestant son profit dans leurs vies. C'est une grosse hérésie.

Notre journal local a récemment reporté qu'il y a une croissance de la religion Elvis, avec au moins une église appelée la Première Église Presleytérienne de Elvis le Divin. Nous avons fait un nombre de voyages en Israël et une des choses étranges que nous avons vues, dans une nation où des idoles et des images sont fortement décourages, c'était un sanctuaire pour Elvis. Il y a une haute statue « du roi » en dehors de la grande combinaison de restaurant et musée. À l'intérieur il y a plusieurs photos, des mémentos, et des statues grandeur nature d'Elvis dans des poses variées, placées à côté d'un piano, avec sa musique jouant continuellement à haute voix. Je dois dire que cela donne une sensation bizarre de voir un sanctuaire pour le « roi de rock and roll », au milieu de Jérusalem, la ville de Jésus, le Roi des rois.

Plusieurs millions sont en train de tomber dans des illusions et l'idolâtrie, et la puissance de l'illusion est multipliée grandement si le fondateur déclare que cela lui a été donné lors d'une visite par un ange. Voyez l'Islam, dont le prophète a dit qu'un message perverti lui a été donné dans une cave par l'ange Gabriel ? Et le mormonisme, dont le fondateur Joseph Smith a dit avoir reçu son message par l'ange Moroni.

L'apôtre Paul, inspiré par le Saint-Esprit pour écrire 13 grandes épîtres dans le Nouveau Testament, fut un homme très sage. Dans les Écritures citées au début de ce chapitre, il nous avertit de deux formes principales de séduction. Celle enseignée par de faux docteurs, (« *faux apôtres* ») et celle présentée par des démons et des anges. Notez ce qu'il dit en Galates 1 : 8 :

> « *Mais, **quand nous-mêmes**, quand un ange du ciel annoncerait un autre Évangile que celui que nous vous avons prêché, qu'il* (moi) *soit anathème !* »

Paul s'est mis lui-même dans ce nombre. Voici un homme si sûr de son message d'Évangile qu'il dit, « *si je reviens vous prêcher un autre Évangile, que je sois anathème* ». Paul savait combien insidieuse était la séduction. Il connaissait aussi ce que l'écrivain du vieux poème savait :

Le saint au cheveu gris peut échouer enfin,

Le plus sûr guide prouve le vagabond ;

Seule la mort nous lie vite

Vers ce brillant littoral d'amour… [1]

Paul déclare :

> *« Mais je traite durement mon corps et je le tiens assujetti, **de peur d'être moi-même rejeté**, après avoir prêché aux autres »* (I Co. 9 : 27).

Ceci signifie-t-il que Paul vivait dans la crainte constante de devenir un échec ? Non, cela veut dire qu'il n'avait pas de confiance dans la chair, **même dans sa propre chair**. Il dit,

> *« Car… qui nous glorifions en Jésus-Christ, et qui ne mettons point notre confiance en la chair »* (Ph. 3 : 3).
>
> *« Nous avons… cette confiance dans le Seigneur… »* (II Th. 3 : 4).
>
> *« … car **je sais en qui j'ai cru**, et je suis persuadé **qu'il a la puissance** de garder mon dépôt jusqu'à ce jour-là »* (II Ti. 1 : 12).

Nous avons confiance en Dieu de garder nos âmes en Lui jusqu'au jour de notre rédemption finale. Paul nous avertit aussi avec force dans les versets du début concernant les faux anges ou les anges démoniaques qui paraissent comme des « anges venant du ciel », ou des anges de lumière. Il a dit « Satan lui-même se déguise en ange de lumière ». Combien séduisant ! Et cela a réussi à plusieurs reprises, y compris en 610 apr. J-C à Mahomet et en 1823 apr. J-C à Joseph Smith, le fondateur et prophète du mormonisme. Une chose qui s'ajoute à la séduction du branhanisme c'est les rapports par certains selon lesquels pendant qu'il administrait à des temps variés jusqu'à sa mort en 1965, un être en blanc *(un ange ?)* s'observait se tenant debout à côté de lui.

Jetons un regard sur Joseph Smith et l'église qu'il fonda. En 1820, Joseph Smith Jr. était un simple garçon de ferme, âgé de 14 ans vivant à Palmyra, dans l'état de N.Y. Ce fut un temps des réveils protestants et de ferveur religieuse, et un temps d'espérance pour le jeune Joseph et sa famille. Son grand-père avait prophétisé que l'un de leurs membres de famille allait révolutionner le monde de la religion. Son père avait eu une série de songes « prophétiques » à propos du salut de sa famille et une tante était devenue une célébrité locale en revendiquant qu'elle avait été guérie par Jésus lui-même. Joseph se demandait s'il devait rejoindre une des églises locales comme sa mère avait fait, ou rester en dehors des églises traditionnelles comme avait fait son père. Un jour Smith alla dans un bosquet d'arbres pour prier et comme il commença, une force de ténèbres le saisit jusqu'à, dit-il, Dieu Lui-même intervint. « À ce moment de grande alerte », Smith s'est rappelé plus tard, « j'ai vu une colonne de lumière exactement au-dessus de ma tête, au-dessus de la lumière du soleil, qui est descendue graduellement jusqu'à ce qu'elle soit tombée sur moi ». Il a dit que tous les deux Dieu et Jésus apparurent alors et donnèrent un message surprenant : Il ne devait pas rejoindre une quelconque église du monde, comme elles étaient toutes tombées quant au véritable évangile du Christ. [2]

Cette expérience est appelée par les disciples de Smith la Première vision, et marque le début de ce qui est connu à nous aujourd'hui comme étant le mormonisme, ou l'Église de Jésus-Christ des Saints de Derniers Jours (SDJ). Elle compte quelque 12 millions de membres à travers le monde et grâce aux efforts missionnaires vigoureux, débuté par Smith lui-même, **c'est une des religions dont la croissance est la plus rapide aux États-Unis**. Avec le taux de croissance actuel, il est projeté par

Rodney Stark, un sociologue de l'Université de Washington, que dans 83 ans environ, les membres mondiaux du mormonisme atteindront 260 millions. [3]

Trois ans après sa première vision, Smith revendiqua qu'il fût visité par un ange nommé Moroni, un ancien prophète des Amériques, qui lui avait dit que Dieu voulait qu'il puisse apporter de nouvelles Écritures. Ces nouvelles Écritures étaient soi-disant écrites sur un jeu d'assiettes en or dans la langue inconnue appelée « égyptienne reformée » et furent enterrées dans une colline tout près de la maison de Smith. Il revendiqua d'avoir traduit ces écrits en anglais, le *Livre de Mormon*, et accumula quelques partisans, mais il n'avait pas encore la « vraie église » qu'il aspirait à bâtir. En 1829, Smith a dit qu'il était visité par des prophètes ressuscités et des apôtres notamment Jean le Baptiste, Pierre, Jacques, et Jean, qui finalement lui ont conféré l'autorité de rebâtir l'église du Christ sur la terre. Il a officiellement fondé son église à Fayette, N.Y., le 06 avril 1830. L'histoire de Smith et son église croissante durant les 14 années suivantes, jusqu'à sa mort, est une histoire troublée.

Les missionnaires qu'il envoya vers les régions environnantes firent et baptisèrent des convertis, y compris un ministre campbellite et quelque 100 fidèles de sa congrégation à Kirtland, Ohio. Durant 1831, Smith et ses partisans s'étaient déplacés pour le comté de Jackson, à Missouri qu'il déclara site biblique du jardin d'Éden et le domaine futur de Sion. L'an 1831 est aussi l'année où Smith revendiqua que Dieu lui ordonna de prendre plusieurs femmes comme Abraham et les autres figures de l'A.T. Pendant les années qui suivirent, il prendrait une trentaine des femmes. Durant les 5 années qui suivirent, les « saints » du Missouri ont été expulsés par la foule du comté de Jackson au comté de

Clay, jusqu'au Far West, MO. Comme le préjudice contre leur doctrine étrange et leurs pratiques polygames accrut, le gouverneur Lilburn Boggs du Missouri émit un « ordre d'extermination » en 1838 et les mormons s'enfuirent à Nauvoo, IL. À Nauvoo, Smith, un activiste politique, fut considéré dangereux. Smith ordonna la destruction d'une presse typographique qui fut employée contre lui et il fut emprisonné. Le 27 juin 1844, une foule prit d'assaut la prison, tira fatalement sur Smith et son frère Hyrum et blessant deux autres hommes de SDJ. Avant de mourir, Smith tira et blessa trois de ses agresseurs. Il avait 38 ans.

Dans un article dans la revue *Newsweek* intitulé « La fabrication des mormons » sous-titré « Au-delà de la prophétie et de la polygamie : L'Avenir d'une foi en plein essor », Elise Soukup, elle-même une mormone fait quelques déclarations révélatrices. Elle dit, « Son église a survécu (*en majeure partie puisque le partisan Brigham Young avait conduit la plupart des saints restants vers l'Ouest à Utah*) et 161 ans plus tard, se développe bien - cependant demeure mystérieuse pour plusieurs ». « Les principes centraux du mormonisme semblent déroutants - même littéralement incroyables - à ceux qui sont en dehors de la foi. Un ange appelé Moroni ? Mariage pluriel ? Un Jésus ressuscité visitant le Nouveau Monde ? »

Soukup continue de dire « les rapports révèlent en Smith, un homme compliqué. Les premiers convertis de l'église étaient quelquefois choqués lorsqu'ils rencontraient Smith en personne. Il était une personne sans éducation, **il se mettait en colère, il aimait la puissance**, et en certaines occasions, ses aventures échouaient. Tout simplement, il ne semblait pas toujours comme un prophète. À la fin de sa vie, il avait accumulé quelque 30 femmes, des dettes massives et des centaines d'ennemis. « Je ne vous avais jamais dit que j'étais parfait », il disait à ses partisans. « Mais il n'y a pas d'erreur dans les révélations que j'ai enseignées ». (Fin de citation) [4]

Deux choses sont très claires en lisant les enseignements de Joseph Smith et l'histoire de sa vie et ses revendications. Ce n'est pas la religion d'un homme qui réfléchit, ni une religion d'un lecteur diligent de la Sainte Bible de Dieu.

PAS LA RELIGION D'UNE PERSONNE QUI RÉFLÉCHIT.

Voici quelques exemples de pourquoi est-il nécessaire de bien garder votre esprit avant d'entrer dans le monde du mormonisme.

1.   Les dirigeants mormons déclarent que la « première vision » de Joseph Smith est la fondation de l'église, et que l'église se tient ou tombe sur l'authenticité de l'événement et que ceci rend valable toute l'œuvre ultérieure de Smith. Mais est-ce que cette « vision » était réellement survenue ? Il y a au moins six récits variés de cette « première vision », tels que rédigés et racontés par Smith jusqu'à sa mort. Dans certains de ces récits, Dieu et Jésus sont tous les deux présents ; dans certains, seul Jésus est présent ; et dans d'autres, il fut uniquement visité par plusieurs esprits qui ont « rendu témoignage » de Jésus. C'était vraiment Jésus, Dieu et Jésus, ou un groupe « d'esprits » qui ont dit à Joseph de commencer une nouvelle église du fait que toutes les autres étaient devenues des abominations ? Pourquoi les gens qui raisonnent accepteraient-ils et suivraient-ils la parole d'un garçon de quatorze ans, qui dit qu'il a été visité par certains esprits non identifiés spécialement lorsqu'il ne peut pas garder bien droit l'histoire lorsqu'elle est racontée durant les vingt années suivantes ?

2.   Le « *Livre de Mormon* » était supposé d'avoir été

divinement traduit en anglais par Smith à partir des paroles en
« égyptienne reformée », écrites sur des « assiettes en or » et
publié en 1830. L'église de Mormon croit que le livre entier est
une « traduction divine ». Si cela est ainsi, l'édition de 1830
serait devenue la Parole de Dieu sans le besoin de changements
ultérieurs. Ceci n'est pas le cas. Lamoni Call, dans son œuvre de
1898, *« 2000 changements dans le Livre de Mormon »*
documente **ce nombre** de changements réalisés jusqu'à sa
rédaction.[5] Jerald et Sandra Tanner, des anciens mormons, et
des spécialistes de l'histoire et les enseignements de cette église
ont documenté plus de 3900 changements dans le *Livre de
Mormon* depuis que Smith avait publié l'édition originale en
1830. La plupart sont des changements grammaticaux, mais
nombreux sont des changements dans la substance.[6] Un autre
chercheur a trouvé plus de 11.000 changements à partir de
l'édition de 1830 y compris la capitalisation, la ponctuation,
etc.[7] Ce livre ne peut pas être la Parole de Dieu, puisque Dieu
est l'autorité sur la grammaire et sur la vérité immuable.

3.   *Le livre de Mormon* revendique être l'histoire de trois
groupes de peuples qui ont émigré à partir du Proche-Orient vers
l'Amérique Centrale et Australe. Deux de ces groupes avaient
soi-disant voyagé vers le nord au Mexique et en Amérique du
Nord. Ces peuples, les nephites et les lamanites étaient des
descendants hébreux et le groupe le plus important les nephites
étaient conduits par Lehi de Jérusalem. *Le livre de Mormon*
traite principalement de l'histoire des nephites. Conduits par
Lehi, ils avaient soi-disant quitté Jérusalem vers 600 av. J-C. et
immigrèrent en Amérique du Nord. Les descendants de ses fils,

Nephi qui était juste, et Laman qui ne l'était pas, devinrent deux camps ennemis, les nephites et les lamanites. Les Amérindiens sont considérés par les mormons comme des descendants de Laman.

Les mormons prétendent que lorsque Jésus ressuscita des morts, il se rendit en Amérique du Nord et prêcha à ces tribus et qu'ils furent convertis. Quelques siècles plus tard les lamanites allèrent en apostasie et allèrent en guerre contre les plus justes nephites. Le *Livre de Mormon* enseigne qu'à partir de 380 apr. J-C jusqu'à 420 apr. J-C les batailles finales furent engagées et lors d'une bataille en 383 apr. J-C, 230.000 nephites moururent près de la colline Cumorah à New York (Mormon 6 : 10 – 15 ; 8 : 2). Avant 421 apr. J-C tous les nephites furent tués laissant seulement les lamanites apostâtes. Ainsi ce fut les soi-disant les « indiens Juifs » qui rencontrèrent Colombe en 1492. **Cet enseignement a été prouvé faux.** En 2004, le biologiste moléculaire et ancien prêtre mormon, Simon G. Southerton publia son livre, *« Perdant une tribu perdue »*. [8] En appliquant des tests ADN, il démontra que les Amérindiens sont des descendants des Asiatiques et non des Hébreux. Il dit : « Des décennies de sérieuse et honnête érudition ont échoué à découvrir l'évidence crédible selon laquelle ces civilisations *(Israélites)* du *Livre de Mormon* n'ont jamais existé ». [9]

Avant l'anéantissement des nephites, leur dirigeant « Mormon », un historien-prophète, avait collectionné tous les rapports de ses prédécesseurs et rédigea « en langue égyptienne reformée » une histoire de son peuple sur « des assiettes en or ». Cette histoire était soi-disant l'histoire de son peuple de l'an 600 av. J-C à l'an 385 apr. J-C. Il confia ces assiettes à son fils « Moroni » qui prétendument termina l'histoire et cacha les assiettes dans la colline Cumorah à New York en 421 apr. J-C.

Mille quatre cents ans plus tard, Joseph Smith revendiqua qu'il fût conduit vers cette même colline par l'esprit de Moroni, un mort de longtemps, et découvrit les assiettes en or sur lesquelles Mormon avait écrit dessus. Traduit en anglais par Smith, ceci est devenu le « *Livre de Mormon* ».

Si ce livre était réellement de l'histoire, il faudrait beaucoup de découvertes archéologiques pour vérifier cela. Selon le *Livre de Mormon*, deux nations entières, les nephites et les lamanites (la dernière « excessivement plus nombreuse ») se sont répandues sur la face de l'Amérique du Nord et sont devenues aussi nombreuses que « le sable de la mer ». Elles construisirent de grandes villes (le *Livre de Mormon* mentionne trente-huit), « des nations développées » et elles menèrent « de grandes guerres à travers tout le continent ». Pas plus tard que l'an 322 apr. J-C, « toute la face de la terre était devenue couverte de bâtiments » (Mormon 1 : 7).

Pourtant aucun grain d'évidence n'a été trouvé pour justifier ces revendications, soit par des archéologues mormons ou par d'autres. Les « assiettes en or » desquelles le *Livre de Mormon* fut soi-disant traduit sont prétendues avoir été reprises au ciel, donc elles ne sont pas en évidence.

Le livre est considéré par des chercheurs crédibles d'être un mythe et une invention historique. Dr. Walter Martin se réfère à « des centaines d'endroits où ce livre défie la raison ou le sens commun ». [10] Dr. Charles Crane, un professeur bien documenté sur l'archéologie de Mormon, déclare, « je suis conduit à croire à partir de mes recherches que ce n'est pas une histoire réelle mais un conte de fées tout comme Alice in Wonderland » (Alice dans le monde de merveille) (*une fable*). [11] Dr. Gordon Fraser, soutient que le *Livre de Mormon* ne correspond en rien aux faits connus des Amériques anciennes.

« Les deux, scientistes et investigateurs objectifs mormons ont reconstruit l'histoire de **qui a vécu où** dans l'Amérique ancienne, lorsqu'ils avaient occupé certains territoires, ce qu'étaient leurs cultures et à une grande mesure ce qu'étaient leurs méthodes d'écrire. Certainement **ces faits n'étaient pas connus** lorsque Joseph Smith a écrit ». Fraser continue, « Si, par exemple, les déclarations d'histoire, de géographie, d'histoire naturelle, d'ethnologie et d'anthropologie dans le *Livre de Mormon*, **prouvent presque invariablement d'être erronées**, il n'y a pas de risque en supposant que les déclarations complètement illogiques dans le reste du livre suivront le même modèle ». [12]

Jerald et Sandra Tanner citent le cas de Thomas Stuart Ferguson, qui fut reconnu comme un « grand défenseur de la foi », et qui a écrit trois livres sur le mormonisme et l'archéologie. **Il fut le chef de la Fondation Archéologique Nouveau Monde de Mormon**, que l'Université Brigham Young a soutenu avec des fonds pour plusieurs expéditions archéologiques improductives. Ferguson croyait réellement que le mormonisme serait avéré par l'archéologie, mais il est devenu éventuellement si découragé qu'il a désavoué le prophète de Mormon, Joseph Smith. Le 2 décembre 1970, les Tanners ont reçu une visite surprise de Ferguson :

« Il était parvenu à la conclusion selon laquelle Joseph Smith ne fut pas un prophète et que le mormonisme n'était pas vrai. Il nous a dit qu'il avait passé 25 ans essayant d'avérer le mormonisme, mais il était finalement arrivé à la conclusion que tout son travail dans ce sens a été en vain. Il a dit que sa formation en droit lui avait enseigné comment peser l'évidence et que le cas contre Joseph Smith était absolument dévastateur et ne pouvait pas être expliqué autrement ». [13]

La quantité massive de données accumulées par de nombreuses excavations archéologiques a échoué à découvrir une trace d'évidence pour soutenir les revendications du *Livre de Mormon*. Si nous considérons les prétendus villes, fleuves, récoltes, étoffes, animaux, métaux, pièces de monnaie, rois, guerres et des armements, palaces et ainsi de suite, absolument aucune évidence ne soutient leur existence.[14]

Comme Marvin Cowan déclare dans son œuvre, « *Revendications des mormons répondues* », « Jusqu'ici, chaque chose que les mormons ont pointée comme « preuve » s'est révélée une falsification ou une interprétation exagérée qui ne peut pas tenir face à une investigation. Il n'y a encore jamais eu un seul (*Livre de Mormon*) nom, événement, endroit ou quelque chose d'autre avéré par des découvertes archéologiques !... Des douzaines de **sites bibliques** ont été localisés en utilisant la Bible comme un guide - mais pas un seul n'a jamais été trouvé en utilisant le *Livre de Mormon* ».[15]

Où sont situées les plaines de Nephaha ? Ou la vallée de Nimrod ? Où se trouve le pays de Zarahemla ? Avons-nous trouvé les pièces de monnaie telles que la leah, shiblon et shiblum ?[16] Elles n'ont jamais été trouvées puisqu'elles n'ont jamais existé, excepté dans l'intelligence de Joseph Smith.

PAS LA RELIGION D'UN LECTEUR DE LA BIBLE.

Il y a une façon plus sûre de connaître que le *Livre de Mormon* et ses deux compagnons, les « saints » livres, *Doctrines et alliances (1835)* et *Perle de grand prix (1851)* ne sont pas des Écritures divinement inspirées, c'est en comparant leurs enseignements avec ce qui est enseigné dans la Sainte Bible de Dieu. Faire cela c'est s'assurer soi-même que Dieu le Père et Jésus n'ont pas apparu à Joseph Smith dans un bois à New York et qu'aucun **ange de Dieu** ne l'a conduit vers les assiettes d'or cachées dans une colline.

La Bible est **le livre des livres**. C'est le livre par lequel chaque personne sera jugée au dernier jour *(Ap. 20 : 12)*.

> *« À la loi et au témoignage ! Si l'on ne parle pas ainsi, Il n'y aura point d'aurore pour le peuple » (Ésaïe 8 : 20).*

> *« Tes préceptes sont admirables : Aussi mon âme les observe. La révélation de tes paroles éclaire, Elle donne de l'intelligence aux simples » (Ps. 119 : 129-130).*

> *« Sanctifie-les par ta vérité : ta parole est la vérité » (c'est Jésus qui parle) (Jean 17 : 17).*

> *« Loin de là ! Que Dieu, au contraire, soit reconnu pour vrai, et tout homme pour menteur... » (Ro. 3 : 4).*

Fait No. 1

Bien que son identité et sa localisation aient pu être inconnues au jeune Joseph Smith, l'église que Jésus-Christ fonda au premier siècle était bien vivante en 1820. **Dieu n'a jamais manqué des gens !**

> *« ... sur cette pierre, je bâtirai mon Église, et que les portes du séjour des morts ne prévaudront point contre elle » (c'est Jésus qui parle) (Mt. 16 : 18).*

> *« Vous avez été édifiés sur le fondement des apôtres et des prophètes, Jésus-Christ lui-même étant la pierre angulaire » (Ép. 2 : 20).*

> *« Car **personne ne peut poser un autre fondement** que celui qui a été posé, savoir Jésus-*

*Christ. Or, si quelqu'un bâtit sur ce fondement avec de l'or, de l'argent, des pierres précieuses, du bois, du foin, du chaume, l'œuvre de chacun sera manifestée ; car le jour la fera connaître, **parce qu'elle se révèlera dans le feu**, et le feu éprouvera ce qu'est l'œuvre de chacun » (I Co. 3 : 11-13).*

*« Néanmoins, **le solide fondement de Dieu reste debout**, avec ces paroles qui lui servent de sceau : Le Seigneur connaît ceux qui lui appartiennent... » (II Ti. 2 : 19).*

Imaginez l'ego d'un homme qui pensait que Jésus-Christ avait échoué dans sa mission d'établir une église durable et qui avait réussi là où Jésus avait échoué. Il a dit : « J'ai plus à me glorifier que n'importe quel homme. Je suis le seul homme qui a été capable de garder une église entière ensemble depuis les jours d'Adam. Une grande majorité de la totalité est restée avec moi. Ni Paul, ni Jean, ni Pierre, ni même Jésus n'a fait ceci. Je me glorifie de ce que personne n'ait fait un tel travail comme moi. Les disciples de Jésus l'avaient fui ; mais les Saints des Derniers Jours ne m'ont encore jamais abandonné ». [17]

Fait No. 2

Joseph Smith et Brigham Young n'étaient pas des hommes pieux.

*« Aux saints et **fidèles frères en Christ** qui sont à Colosses ; que la grâce et la paix vous soient données de la part de Dieu notre Père ! » (Col. 1 : 2).*

*« Et ce que tu as entendu de moi en présence de beaucoup de témoins, **confie-le à des hommes***

fidèles, *qui soient capables de l'enseigner aussi à d'autres » (II Ti. 2 : 2).*

*« Il faut donc que l'évêque soit irréprochable, **mari d'une seule femme**, sobre, modéré, **réglé dans sa conduite**, hospitalier, propre à l'enseignement » (I Ti. 3 : 2).*

*« Je t'ai laissé en Crète, afin que tu mettes en ordre ce qui reste à régler, et que, selon mes instructions, tu établisses des anciens dans chaque ville, **s'il s'y trouve quelque homme irréprochable, mari d'une seule femme**, ayant des enfants fidèles, **qui ne soient ni accusés de débauche ni rebelles**. Car il faut que l'évêque soit irréprochable, comme économe de Dieu ; qu'il ne soit ni arrogant, ni colère, ni adonné au vin, ni violent, ni porté à un gain déshonnête » (Tite 1 : 5-7).*

*« Gardez-vous des faux prophètes. Ils viennent à vous en vêtements de brebis, mais **au dedans ce sont des loups ravisseurs. Vous les reconnaîtrez à leurs fruits**... Un bon arbre ne peut porter de mauvais fruits, ni un mauvais arbre porter de bons fruits... C'est donc à leurs fruits que vous les reconnaîtrez »* (c'est Jésus qui parle) *(Mt. 7 : 15-16, 18, 20).*

Regardez le récit concernant les deux premiers prophètes du mormonisme. Considérez encore Élise Soukup (une mormone) écrivant dans *Newsweek* appelait Smith un « Prophète et polygame, hypnotiseur et agitateur, saint et pécheur ». Elle dit, « Il se mettait en colère, il aimait le pouvoir. Tout simplement, il ne semblait pas toujours être prophète. Smith était impliqué dans douzaines de procès. Vers la fin de sa vie, il avait accumulé une trentaine de femmes, des dettes massives et des centaines d'ennemis ». Elle cita Smith dire à ses adeptes, « Je ne vous ai jamais dit que j'étais parfait, mais il n'y a aucune erreur dans la révélation que j'ai enseignée ». Comment séparez-vous l'homme de son message ?

Newsweek continue, « Smith a dit qu'il était commandé par Dieu de prendre un grand nombre de femmes comme Abraham et les autres grandes figures de l'A.T. La plupart des historiens s'accordent qu'il a épousé sa première femme, une jeune fille de 16 ans qui travaillait chez lui vers 1833 - et quelque 30 de plus dans la décennie suivante. Son associé Oliver Cowdery appelait le premier mariage multiple « **une affaire sale, déplaisante, mauvaise** ». Mark Scherer, l'historien de l'église pour la Communauté du Christ, une branche du mormonisme qui suivait le fils de Smith Joseph III au lieu de Brigham Young après la mort de Smith déclare, « Il a commis des abus dans son ministère. Il avait trouvé un moyen de commettre l'adultère et de le faire d'une manière sacramentelle ». [18]

Et Brigham Young, qui prit le flambeau à la mort de Smith par les émeutiers en 1848 et conduisit 30.000 mormons d'Illinois à Utah, suivit Smith dans cette confusion maritale immorale. Dans un article de la revue *Time* intitulé « La corporation des mormons » *Time* déclare à propos de la polygamie de Young, « On pense que Young a eu 27 femmes et qu'il a participé aux cérémonies de « scellage » **éternel** avec deux fois plus de femmes, ainsi que 150 femmes à titre posthume » *(après leur décès)*. [19]

Ces actes et d'autres par leur prophète fondateur et le prophète second ont été prouvés gênants aux yeux de dirigeants modernes de l'église des mormons. À la fin des années 1970, les dirigeants des Saints des Derniers Jours ont limité l'accès aux archives de l'église dans un apparent effort de couvrir telle histoire. Léonard Arrington, le directeur du département historique de l'église à ce moment-là a écrit, « Certaines autorités préféraient apparemment que nous n'ayons pas d'histoire exceptée celle gardée par les rédacteurs des relations publiques ». [20] En 1993, l'église excommunia D. Michael Quinn, un historien de premier rang dont le travail soigné documenta l'implication de Smith **à l'occultisme** et aussi la fausse déclaration par les dirigeants de l'église au sujet de la polygamie dans une certaine mesure encore existante au début du 20ᵉ siècle. [21] Une telle confusion morale et maritale découle du fait que le mormonisme est une tour de Babel spirituelle, basée sur les œuvres, une invention humaine, une tentative inspirée par des démons pour atteindre le ciel et la divinité.

> *« Jésus leur dit : Gardez-vous avec soin du levain des pharisiens et des sadducéens. Alors ils comprirent que ce n'était pas du levain du pain qu'il avait dit de se garder, mais de l'enseignement des pharisiens et des sadducéens »* (Mt. 16 : 6, 12).

> *« Un peu de levain fait lever toute la pâte »* (Ga. 5 : 9).

La vérité est que Smith et Young ne seraient pas qualifiés comme **diacres** dans la plus petite église **véritablement chrétienne** dans Utah, beaucoup moins de fonder et servir de pasteurs à une nouvelle église de Jésus-Christ des Derniers Jours.

> *« Les diacres aussi doivent être honnêtes,*

> *éloignés de la duplicité, des excès du vin, d'un*
> *gain sordide, conservant le mystère de la foi **dans***
> ***une conscience pure**. Qu'on les éprouve d'abord,*
> *et qu'ils exercent ensuite leur ministère, **s'ils sont***
> ***sans reproche**... **Les diacres doivent être maris***
> ***d'une seule femme**... » (I Ti. 3 : 8 – 10, 12).*

Bien sûr si vous démarrez votre propre église et écrivez vos propres « saints livres », pourquoi ne pas l'avoir de la façon que vous souhaitez ? Mais écoutez ce que Jésus a dit à ce propos :

> *« Malheur à vous, scribes et pharisiens*
> *hypocrites ! parce que vous courez la mer et la*
> *terre pour faire un prosélyte ; et, quand il l'est*
> *devenu, vous en faites un fils de la géhenne deux*
> *fois plus que vous » (Mt. 23: 15).* (Jésus a assez
> aimé les aveugles spirituels pour leur dire la
> vérité).

Les erreurs doctrinales de cette église sont beaucoup trop pour les traiter dans le cadre de ce livre, mais les autres ont fait un travail louable d'exposer ses mythes. Leurs œuvres sont volontiers disponibles. Mais je dois clore ce chapitre de notre recherche pour la vérité en pointant vers un faux enseignement de plus de cette église qui est des proportions majeures. Voilà leur concept de Dieu absolument absurde. La revue *Time* déclare, les mormons « croient que les humains traitent seulement avec un seul Dieu, cependant ils permettent à d'autres divinités de présider sur les autres mondes. Smith déclara que Dieu fut autrefois un être semblable à l'homme qui **avait une femme** et, en fait, il a encore un corps de « **chair et os** ». Les mormons croient aussi que les hommes, dans un processus connu comme la déification, peuvent devenir semblables à Dieu. Lorenzo Snow, un président et prophète mormon au début, avait fameusement dit **« Ce que l'homme est, Dieu l'a été. Ce que Dieu est, l'homme peut le devenir »** (Fin de citation). [22] Quelle hérésie !

Voici les propres paroles de Smith au sujet de Dieu.

« Au commencement, le chef des Dieux convoqua un concile des Dieux ; et ils vinrent ensemble et confectionnèrent un plan pour créer le monde et le faire habiter… Dans toutes les congrégations lorsque j'ai prêché au sujet de la divinité, c'était la pluralité des Dieux. » [23]

« Dieu lui-même était un comme nous sommes maintenant, et il est un homme exalté… Il était autrefois un homme comme nous ; oui, ce Dieu lui-même, le Père de nous tous, habitait sur une terre. » [24]

« Voici ensuite la vie éternelle… vous devez apprendre comment être des Dieux vous-mêmes, également comme tous les dieux ont fait avant vous… Pour hériter la même puissance, la même gloire et la même exaltation, jusqu'à ce que vous arriviez au rôle de Dieu. » [25]

« *Les hommes peuvent devenir des dieux* ». Les lecteurs de la Bible connaissent d'où est venu ce mensonge. Voilà le même mensonge que le serpent *(Satan)* a dit à Ève dans le jardin d'Éden il y a quelque 6000 ans.

> *« Alors le serpent dit à la femme : Vous ne mourrez point ; **mais Dieu sait** que, le jour où vous en mangerez, vos yeux s'ouvriront, et que **vous serez comme des dieux**, connaissant le bien et le mal » (Ge. 3 : 4-5).*

Je m'étonne que les gens puissent encore croire ce mensonge de

Satan, et pourquoi devait-il employer un nouveau, si ce vieux mensonge a tellement bien fonctionné à travers les âges. Les hommes ne peuvent pas devenir des Dieux, **ils ne l'ont jamais fait, ils ne le feront jamais !** Mais en Jésus-Christ, nous pouvons devenir **des Fils de Dieu, nés de nouveau**.

Mormons, Dieu vous aime et ne voudrait pas vous voir périr pour toujours, mais vous devez vous repentir et avoir une occasion de brûler des livres comme les chrétiens qui s'étaient convertis à Éphèse avaient fait (Actes 19 : 19). Sans cela, vous êtes perdus, et bientôt un jour **votre état sera éternel.**

Comprendre l'Autorité de Jésus

*... Le centenier envoya des amis pour lui dire : Seigneur, ne prends pas tant de peine... Mais dis un mot, et mon serviteur sera guéri. Car, **moi qui suis soumis à des supérieurs**, j'ai des soldats sous mes ordres ; et je dis à l'un : Va ! et il va ; à l'autre : Viens ! et il... Lorsque Jésus entendit ces paroles, il **admira** le centenier, et, se tournant vers la foule qui le suivait, il dit : Je vous le dis, même en Israël je n'ai pas trouvé **une aussi grande foi**.*

Luc 7 : 6 -9

Chapitre 16

Fables Protestantes

*M*on épouse LaBreeska et moi, nous étions appelés récemment pour servir en tant que ministres au siège d'une grande église protestante historique, où j'ai remarqué sur un mur dans le département de l'éducation un assez grand poster multicolore avec un grand titre, « **Noms de Dieu** ». Éparpillés sur le poster évidemment produit en masse près de 16 noms y compris Père, Jéhovah, Créateur, Tout-Puissant, Sauveur et Saint-Esprit avec lesquels je suis d'accord. Mais à mon grand étonnement, y étaient aussi inscrits Fils, Messie, Agneau de Dieu, Jésus et Prince de Paix. Je ne voudrais pas être critique, mais ceci est très important pour notre compréhension de Dieu ; aussi pour la bonne compréhension d'innombrables jeunes qui verront ce poster à travers le pays. Depuis quand « Fils, Messie, Agneau de Dieu, Jésus, ou Prince de Paix » ont-ils été des noms **de Dieu** ? Nulle part dans la Bible, Dieu n'est appelé « Fils », ou « Messie » (ce qui signifie **l'oint de Dieu**), ou « Prince de Paix ». Nulle part dans les Écritures, Dieu n'est appelé « Prince » de quelque chose. Il est le Grand Roi des cieux et de la terre et de toute autre chose. Les termes mentionnés ci-haut sont des titres correctement attribués au Fils de Dieu, Jésus, mais jamais au Dieu Tout-Puissant, le Créateur de l'univers. Les appliquer à Lui cela est au mieux une confusion doctrinale et c'est peut-être une insulte à Lui avec ce que quelqu'un a appelé « une louange faible ». S'il vous plaît, donnez à ceci une sérieuse considération.

Quelques jours plus tard, j'écoutais une station de radio chrétienne et j'ai entendu une prière qui m'a plutôt alarmé et rendu triste. Laissez-moi vous dire à ce point que ce que j'aime le plus à faire quand je voyage est d'écouter de bonnes prédications de l'Évangile à la radio ou en CD. Je reçois beaucoup de merveilleuses inspirations scripturales à partir des serviteurs de Dieu, et ils sont toujours dans mes prières, ainsi que tous les prédicateurs à la télé, pasteurs, évangélistes et missionnaires. Quand bien même je ne serais pas d'accord avec tout ce que j'entends, je les aime tous avec un amour sincère. Cependant, une personne non enracinée dans la Parole de Dieu pouvait certainement s'embrouiller. Prenez par exemple la prière mentionnée ci-haut. On l'a dit à la clôture d'un programme sponsorisé par un grand ministère connu mondialement, dirigé par un serviteur, bien connu, hautement respecté, et je l'ordonnée pour une étude ultérieure. Elle est assez longue, mais en voici quelques extraits :

« *Père céleste, Fils bienheureux, Esprit éternel* »

« *Je t'adore comme un seul Être, une seule Essence* »

« *Un seul Dieu en trois personnes distinctes* »

« *O père, tu m'as aimé et...* »

« O Jésus, tu m'as aimé et... »

« O Saint-Esprit, tu m'as aimé et... »

« Trois Personnes et un seul Dieu, je te bénis et te loue »

« O Père... O Jésus... O Saint-Esprit... »

« O Père... O Jésus... O Saint-Esprit ... »

« O Dieu Trin, qui commande l'univers... »

« Permets-moi de vivre et de prier comme quelqu'un baptisé dans le triple Nom. » [1]

Cher lecteur, je suis prudent ici comme je comprends qu'une prière est une chose très intime entre la personne qui prie et Dieu, mais Paul a dit, *« ... que deux ou trois parlent, et que les autres jugent »* (p. ex., évaluez soigneusement ce qui est dit) *(I Co. 14 : 29)*. La prière ci-haut n'a aucune base dans les Écritures. Nulle part dans la Bible est-il fait mention de Dieu comme « trois personnes distinctes », « trois personnes et un seul Dieu », « Dieu trin » ou comme ayant « un nom triple ». Nulle part dans les Écritures sommes-nous commandés ou encouragés en tant que chrétiens d'adresser nos prières à Jésus ou au Saint-Esprit. Il n'y a aucun exemple dans la Bible d'un apôtre ou d'un écrivain de l'Évangile qui ait fait cela.

Comment sommes-nous arrivés dans une telle confusion totale au sujet de qui est Dieu ? Il ne peut y avoir qu'une seule réponse. Le maître de la maison en Matthieu chapitre 13, dans le champ duquel l'ivraie fut semée « pendant que les gens dormaient », dit-il à ses serviteurs, « **un ennemi a fait cela** ». Les semences de la confusion concernant la personne de Dieu étaient semées par l'ennemi, peut-être à travers des hommes bien-intentionnés qui y ont introduit des concepts non bibliques (la pensée grecque et romaine), rendus orthodoxes lors des conciles de l'église aux 4e et 5e siècles *(Nicée 325 apr. J-C -*

Constantinople 381 apr. J-C - Chalcédoine 451 apr. J-C).

> « La doctrine trinitaire comme telle a émergé au quatrième siècle, dû essentiellement aux efforts d'Athanase et des Cappadociens… La doctrine de la trinité formulée vers la fin du quatrième siècle affirme donc que le seul Dieu existe en trois Personnes. Le but de cette formulation était de professer que Dieu, Christ, et l'Esprit sont équitablement responsables de notre salut, **donc chacun doit être divin.** » [2]

La *Nouvelle Encyclopédie Internationale* déclare :

> « Au moment de la Réforme, **les églises protestantes se sont emparées de la doctrine de la trinité sans un examen sérieux.** » [3]

Il est temps de faire un « **examen sérieux** » de ceci et de toutes les doctrines que nous enseignons. Nous ne sommes pas de lemmings marchant vers la mort dans la mer ; nous sommes des gens créés à l'image de Dieu, avec de bonnes intelligences et intellects, et avec la capacité donnée par Dieu d'examiner la Sainte Bible, avec l'aide du Saint-Esprit, et de **découvrir la vérité**. Spécialement la vérité quant à **qui est Dieu**. Jésus appelait les scribes et les pharisiens des *« guides aveugles »* qui ensemble avec leurs nombreux partisans aveugles *« … ils tomberont tous deux dans une fosse »* (Mt. 15 : 14 ; 23 : 16). Dieu le Père a été patient avec nous dans notre ignorance de Lui, mais Il est prêt pour que nous ouvrions nos yeux et voyions et connaissions la vérité.

En ce qui concerne suivre des guides aveugles, il y a plusieurs années quelques protestants ont lancé un défi à la doctrine de « l'assomption de Marie », puisqu'elle est non biblique. En leur répondant, l'éminent défenseur catholique Graham Greene a dit :

> « Nos opposants prétendent parfois qu'aucune croyance ne

devrait être dogmatiquement maintenue, si elle n'est pas explicitement présentée dans les Écritures... Mais les **églises protestantes** ont elles-mêmes accepté des dogmes tels que celui de **la Trinité**, pour laquelle il n'existe **pas d'autorité précise** dans les Évangiles.» [4] Et évidemment, il a raison !

LA FABLE APPELÉE « THÉOLOGIE DU REMPLACEMENT »

Une autre doctrine erronée qu'une large portion du christianisme protestant a empruntée du catholicisme « sans un examen sérieux » est l'enseignement appelé « Théologie du Remplacement ». C'est la croyance fortement enseignée par quelques célèbres serviteurs que l'église, en tant que « Nouvel Israël » a remplacé l'Israël de l'A. T. dans toutes les alliances et promesses de Dieu de bénédiction future. **Voilà une grosse erreur !**

Oui, il y a plusieurs et merveilleuses promesses du Seigneur à l'église :

> *« ... et que sur cette pierre je bâtirai mon Église,*
> *et que les portes du séjour des morts ne*
> *prévaudront point contre elle » (Mt. 16 : 18).*
> *« ... Si nous sommes morts avec lui (Christ), nous*
> *vivrons aussi avec lui ; si nous persévérons, nous*
> *régnerons aussi avec lui... » (II Ti. 2 : 11-12).*
> *« ... Sois fidèle jusqu'à la mort, et je te donnerai*
> *la couronne de vie » (Ap. 2 : 10).*

Mais mon ami, il y a dans la Bible beaucoup plus de promesses pour Israël, le peuple choisi de Dieu, la postérité naturelle d'Abraham, qu'il y a pour l'Église. Ceux qui enseignent la « Théologie du Remplacement » *(qu'il n'y a point de restauration future pour Israël)* n'ont-ils pas lu les livres d'Ésaïe, Jérémie, Ézéchiel, Daniel, Osée, Joël,

Amos, Sophonie, Zacharie, Malachie, ou pas du tout l'A. T. ?

Par exemple, Jérémie 31 : 35-37 déclare :

> *« Ainsi parle l'Éternel, qui a fait le soleil pour éclairer le jour, **Qui a destiné la lune et les étoiles à éclairer la nuit**, Qui soulève la mer et fait mugir ses flots, Lui dont le nom est l'Éternel des armées: **Si ces lois viennent à cesser devant moi**, dit l'Éternel, **La race d'Israël aussi cessera pour toujours d'être une nation devant moi**. Ainsi parle l'Éternel : **Si les cieux en haut peuvent être mesurés**, Si les fondements de la terre en bas peuvent être sondés, **Alors je rejetterai toute la race d'Israël, À cause de tout ce qu'ils ont fait**, dit l'Éternel. (Dieu est en train de dire, « **Cela n'arrivera pas !** Je ne rejetterai la race d'Israël ! »)*

Les promesses de Dieu sont basées sur Sa fidélité.

> *« Sache donc que c'est l'Éternel, ton Dieu, qui est Dieu. Ce Dieu fidèle **garde son alliance**... » (De. 7 : 9)*

Oui, Israël a été infidèle et ainsi nous avons été en tant que chrétiens, mais les alliances **gracieuses** de Dieu ne se basent pas sur notre performance mais sur Sa fidélité. Enseigner que Dieu briserait ces alliances avec Israël est une chose grave, car c'est d'imputer de l'infidélité à Dieu. Hébreux 6 : 10 déclare : *« Car Dieu n'est pas injuste, pour oublier votre travail et l'amour que vous avez montré pour son nom »* et il n'est pas non plus injuste pour oublier Ses alliances perpétuelles. Si Dieu pouvait briser Ses promesses fréquemment déclarées à Israël, et que dire qu'Il ne briserait pas Ses alliances avec nous ? Ceux qui pensent ainsi, honte à eux. S'il vous plaît, voyez encore Ro. 11 : 25-29

> « *Car je ne veux pas, frères, que vous ignoriez ce mystère*, afin que vous ne vous regardiez point comme sages, *c'est qu'une partie d'Israël est tombée dans l'endurcissement, jusqu'à ce que la totalité des païens soit entrée. Et ainsi tout Israël sera sauvé*, selon qu'il est écrit : Le libérateur viendra de Sion, Et il détournera de Jacob les impiétés ; *Et ce sera mon alliance avec eux*, Lorsque j'ôterai leurs péchés. *En ce qui concerne l'Évangile, ils sont ennemis à cause de vous ; mais en ce qui concerne l'élection, ils sont aimés à cause de leurs pères. Car Dieu ne se repent pas de ses dons et de son appel.* » Dieu n'a pas changé Son avis !

Une note d'avertissement.

Si vous trouvez constamment que vous avez des sentiments négatifs envers Israël et le peuple juif, vous devriez vous examiner soigneusement devant Dieu. Il pouvait se passer avec vous comme Jésus a dit concernant les disciples, « ... *Vous ne savez de quel esprit vous êtes animés* » (Luc 9 : 55). Dieu a utilisé le peuple juif pour donner au monde monothéiste, les Dix Commandements, la Bible et le Messie. Paul a dit qu'à eux appartiennent la gloire, les alliances, les promesses et les pères (*de l'A.T*)., et Dieu a encore des plans de les utiliser pour bénir le monde. Satan connaît ceci et a essayé de le stopper à travers les siècles en mettant l'antisémitisme dans les cœurs des hommes méchants. Parfois ceci a surgi dans l'Église à notre honte. Cependant, il n'est pas nécessaire d'être d'accord avec tout ce que la nation d'Israël fait pour aimer le peuple juif et prier pour la paix à Jérusalem (*Ps. 122 : 6*). Sachez simplement que l'antisémitisme et toute haine raciale sont de Satan, et se déguisent quelquefois sous forme de faux enseignements.

LA FABLE DE L'ENLÈVEMENT.

Une autre doctrine erronée qui a frayé son chemin dans le christianisme protestant est la doctrine de l'enlèvement de l'Église avant la tribulation. Puis-je humblement dire que cette tribulation n'a aucune base dans les Écritures et cela est une fabrication, **une fable**, bien qu'enseignée par plusieurs serviteurs sincères. Jésus revient bientôt sur la terre pour régner pendant 1000 ans avec ses saints, mais si cette venue est **avant** la tribulation, il ne le savait pas. Regardez Mt. 24 : 29-31 :

> *« Aussitôt **après ces jours de détresse**, le soleil s'obscurcira, la lune ne donnera plus sa lumière, les étoiles tomberont du ciel, et les puissances des cieux seront ébranlées. **Alors** le signe du Fils de l'homme **paraîtra** dans le ciel, toutes les tribus de la terre se lamenteront, et **elles verront le Fils de l'homme venant sur les nuées du ciel** avec puissance et une grande gloire. **Il enverra ses anges** avec la trompette retentissante, et **ils rassembleront ses élus des quatre vents**, depuis une extrémité des cieux jusqu'à l'autre. »*

De même, l'apôtre Paul ne le savait pas. Regardez II Th. 2 : 1, 3-4

> *« Pour ce qui concerne **l'avènement de notre Seigneur Jésus-Christ et notre réunion avec lui**,*

> *nous vous prions,* **frères**... **Que personne ne vous séduise d'aucune manière** (concernant le temps du retour du Christ) **; car il faut que l'apostasie soit arrivée auparavant, et qu'on ait vu paraître l'homme du péché,** *le fils de la perdition, l'adversaire qui s'élève au-dessus de tout ce qu'on appelle Dieu ou de ce qu'on adore,* **jusqu'à s'asseoir dans le temple de Dieu,** *se proclamant lui-même Dieu.* »

Paul dit encore :

> « *et de vous donner, à vous qui êtes affligés, du repos avec nous* (les saints affligés quand auront-ils du repos ?), **lorsque le Seigneur Jésus apparaîtra du ciel avec les anges de sa puissance,** *au milieu d'une flamme de feu, pour punir ceux qui ne connaissent pas Dieu et ceux qui n'obéissent pas à l'Évangile de notre Seigneur Jésus. Ils auront pour châtiment une ruine éternelle, loin de la face du Seigneur et de la gloire de sa force,* **lorsqu'il viendra pour être, en ce jour-là, glorifié dans ses saints** *et* **admiré dans tous ceux qui auront cru,** *car notre témoignage auprès de vous a été cru.* » *(II Th. 1 : 7-10).*

Comme un compagnon à la doctrine de l'enlèvement avant la tribulation, une autre doctrine erronée est habituellement enseignée, la doctrine du « retour imminent du Christ », la croyance selon laquelle Jésus pouvait avoir retourné à la terre à n'importe quel moment après son ascension au Père. **Considérez s'il vous plaît ces faits.** Les apôtres n'ont pas cru que Jésus allait revenir sur la terre durant leur vie. Il leur avait enseigné que certaines choses devaient arriver avant son retour, y compris la destruction de Jérusalem et du Temple *(70 apr. J-C) (Marc 13 : 2, Luc 19 : 43-44, Luc 21 : 9)*. Il a dit clairement à Pierre qu'il allait vieillir et serait tué pour l'Évangile *(Jean 21 : 19, II Pi 1 : 14-15)*. Les disciples étaient choqués quand ils ont mal compris Jésus et ont pensé qu'il disait que Jean allait continuer à vivre jusqu'à sa venue (Jean 21 : 22-24). Paul savait qu'il allait mourir et parla de son « départ » et de ce qui adviendrait après. Il connaissait que le Temple rebâti allait être profané par l'antéchrist *(Actes 20 : 29-31, II Ti. 3 : 1- 6, II Th. 2 : 1-8)*. Ils ont tous compris que Jésus reviendrait la seconde fois comme il était venu la première fois, « lorsque les temps ont été accomplis » et pas avant *(Ga. 4 : 4, Ro. 11 : 25)*.

Comment sommes-nous allés si loin dans notre compréhension des doctrines fondamentales de la Bible ? Je ne suis pas en train de dire que j'aie toutes les réponses à cette épouvantable question mais j'ose croire en avoir quelques-unes.

1. **Manque de prière.** Dieu, l'Auteur de la merveilleuse Bible n'a jamais eu l'intention pour Ses secrets intimes d'être connus et compris par le lecteur occasionnel, ou par ceux qui la lisent uniquement pour avoir un sermon pour le prochain dimanche matin. Le livre de Dieu doit être approché avec la prière et avec une faim réelle de **Le connaître**. Si vous ne connaissez pas véritablement l'Auteur, jamais vous ne comprendrez réellement Son livre. Dieu juge les motivations, et tout comme dans notre action de donner, de même dans notre étude de la Bible, nos motivations doivent être justes. Étudions-nous les Écritures dans le but de discuter la doctrine, de soutenir notre position, ou parce que cela aide à produire

notre salaire ? **Seulement Dieu et nous le savons.**

2. **Suivre aveuglément les autres.** J'ai commencé à parler à propos de ma compréhension croissante de la divinité avec un ami très cher à moi, un ministre merveilleux qui a servi en tant que pasteur et évangéliste pendant plus de 30 ans dans une dénomination pentecôtiste principale. Pas longtemps dans notre discussion quant à savoir si Dieu est une personne ou trois, si Dieu est en fait une trinité ou non, il a dit « Je n'ai jamais pensé à cela. J'ai simplement accepté ce qu'ils m'ont dit lorsque j'étais sauvé, sans y donner beaucoup de considération ». Heureusement, il donne maintenant à cela pensée et étude sérieuses. Mais je pense que ceci est symptomatique d'où nous sommes dans le christianisme. Nous avons suivi les parents, les grands-parents, les prédicateurs, et autres personnes bien intentionnées qui peut-être ont suivi les autres dans ce qu'ils croyaient, sans avoir examiné pour nous-mêmes ces vérités fondamentales. Jésus a dit : « *... sondez les écritures* » *(Jean 5 : 39)*. Il a dit : quelques-uns donnent *« de préceptes qui sont des commandements d'hommes » (Marc 7 : 7)*. Pierre a dit, « *... étant toujours prêts à vous défendre, avec douceur et respect, devant quiconque vous demande raison de l'espérance qui est en vous » (I Pierre 3 : 15)*. **Nous devons défier nos croyances doctrinales.** L'auto-examen est bon.

> *« Que chacun donc s'éprouve soi-même » (I Co. 11 : 28). « **Examinez-vous vous mêmes, pour savoir si vous êtes dans la foi** ; éprouvez-vous vous-mêmes... » (II Co. 13 : 5).*

3. **S'écarter de la Bible.** Entrez dans n'importe quelle librairie

religieuse ces jours-ci et vous serez accablés par rangées et rangées, étagères après étagères, pleines de livres de « fiction chrétienne ». Ces livres ont très peu de base scripturale, avec plusieurs qui sont basés sur des hypothèses doctrinales fausses qui ajoutent de la confusion dans les esprits des gens quant à ce qui est réellement la vérité. Il y a de grands livres sur des personnages de la Bible au sujet desquels très peu est dit dans les Écritures. Joseph, l'époux de Marie, Marie de Magdala, Timothée et les autres. Considérez la série « *Les Chroniques de Narnia)* par C.S. Lewis qui a vendu plus de 100 millions de copies dans 29 langues depuis qu'elle était publiée pour la première fois en 1950. C'est une série de sept livres, dont le premier vient d'être produit dans un film Disney de 150 millions de dollars, qui raconte l'histoire d'un lion nommé Aslan « qui a amené le monde en existence par le chant », et était le seigneur de Narnia. Notre journal *Tennessean* de Nashville a cité un pasteur local qui utilisait cette histoire pour prêcher une série de sermons, ainsi « Il y a un parallèle clair entre Aslan et Jésus » et ceci aide à « expliquer une croyance centrale parmi les chrétiens que Jésus-Christ a été présent à la création de l'univers avec Dieu et qu'il est Dieu ». [5] Les Enfants ont besoin d'être divertis, et de bons thèmes chrétiens sont les meilleurs, mais ne devraient-ils pas être basés sur la saine doctrine ? Un petit livre rédigé par Thomas Williams (*une autorité sur C.S. Lewis et Narnia*) et vendu ensemble avec la série « Narnia » comme un outil pour gagner les âmes, intitulé *« Connaître Aslan »*, contient quelques citations intéressantes. « Pour nous sauver, Dieu devait-il mourir à notre place. » « Cependant Dieu mourut pour chacun de ces terribles pêcheurs. » « Cher Dieu, merci beaucoup de m'avoir aimé. Merci de mourir à ma place. » « Je dis cette prière par le nom de votre Fils aimable, Jésus-Christ. » [6]   Une question maintenant. Dieu était-il mort ou *« Dieu a tant aimé le monde qu'Il a donné son Fils unique ? »* **Dieu ne peut pas mourir,** Il est immortel ! Son fils « **Jésus-Christ homme**» mourut ! Je suis sûr que l'intention est bonne et beaucoup de bonnes choses sont accomplies, mais planter de tels concepts fondamentaux non bibliques à propos de Dieu dans les esprits de millions, jeunes et vieux, c'est mauvais sans mesure.

Considérez la série de livres « *Left Behind* » (*Laissés en arrière*) par Tim LaHaye et Jerry Jenkins (« 60 millions d'exemplaires vendus »), qui est basé sur un concept non scriptural, l'enlèvement de l'Église avant la tribulation, et totalement fiction. Oui, il a rendu des millions beaucoup plus conscients de la venue imminente de Jésus, et a averti des millions innombrables concernant l'antéchrist, la marque de la bête et l'Armageddon, mais à **quel prix pour la vérité ?** De faux concepts, de fausses idées, de faux événements et dialogues ont été plantés en profondeur dans les esprits des gens qui ne chercheront jamais dans la Bible pour séparer le blé de l'ivraie.

La revue *Time* a fait un article sur la fiction chrétienne appelée « *Père et Enfant* » qui s'est concentré principalement sur l'avalanche de nouveaux livres au sujet de Joseph, le père nourricier de Jésus, duquel très peu est dit dans les Écritures. *Time* a interviewé Jerry Jenkins à propos de son livre « *Holding Heaven* » *(Tenant le ciel)*, une œuvre de fiction à ce sujet. *Time* raconte que Jenkins « **se montre prudent, presque nerveux** » discutant **la hardiesse** de « *Holding Heaven* » *(Tenant le ciel)*. Jenkins dit, « Si nous sommes critiqués pour « *Left Behind* » *(Laissés en arrière)*, « **Êtes-vous en train d'ajouter aux Écritures ?** »   On est vraiment sur un

territoire plus dangereux, alors, quand on cite un entier chapitre et demi d'un petit roman sur un individu *(Joseph)* qui n'est **jamais** cité dans les Écritures ». *Time* dit**,** « Jenkins voit un changement, même dans la prédication évangélique conservatrice, de l'exégèse *(explication de la Bible)* rigoureuse, ou de l'analyse de texte, vers **des histoires racontées plus librement formulées** ». Tout en reconnaissant que la prédication de texte est « ma forme préférée de la prédication » Jenkins dit, « Mais il y a un marché d'idées. Les gens ont maintenant accès aux iPods et à la télé et aux films ». La fiction chrétienne est en plein essor et « si vous allez à une bonne et grande église évangélique maintenant, **vous allez entendre un individu inventant une histoire** ».[7] Pour moi, considérant les avertissements des Écritures pour les derniers jours, c'est **une admission choquante.**

J'ai vu une interview qui était récemment réalisée avec le jeune pasteur de la plus grande église protestante en Amérique *(Houston, Tx)*., qui a un énorme ministère de télé et aussi bien de livres. Il a dit avec un sourire que plusieurs *(peut-être la plupart)* de sermons qu'il prêche n'incluent la lecture d'aucun verset des Écritures, mais qu'il donne une référence aux Écritures que les auditeurs pourront lire plus tard s'ils le souhaitent. Il a été présenté récemment par Paula Zahn au début d'une interview à CNN comme « un jeune prédicateur du Nouvel Âge, dans l'église duquel on n'entendra jamais des mots tels que pécheur ou Satan ». Qui suis-je pour argumenter avec le succès, mais ses sermons que j'ai suivis à la télé sont : des céréales spirituelles (du *Pablum*) de se sentir à l'aise, de développement personnel, de pensée positive. *(« Que les prophètes parlent… et que les autres jugent »* - *pesez soigneusement ce qui est dit).*

Si c'est là où nous sommes aujourd'hui dans le christianisme protestant je crains pour nous. Je sais que les petits sermons produisent des très petits chrétiens qui ne sauront pas résister quand les temps sont durs. Il semble être pour nous comme Dr Joseph Parker, le fameux prédicateur de Londres, avait dit c'était de même avec plusieurs enseignants religieux de son époque : « Enfer parti ! Diable parti ! Et Dieu en partance ! » Il est encore temps d'écouter les paroles de Paul au jeune prédicateur Timothée :

> « **Je t'en conjure devant Dieu et devant Jésus-Christ,** qui doit juger les vivants et les morts, et au nom de son apparition et de son royaume, **prêche la parole,** insiste en toute occasion, favorable ou non, reprends, censure, exhorte, avec toute douceur et en instruisant. **Car il viendra un temps** où les hommes ne supporteront pas la **saine doctrine ; mais, ayant la démangeaison d'entendre** des choses agréables, ils se donneront une foule de docteurs selon leurs propres désirs, **détourneront l'oreille** de la vérité, et se tourneront vers les fables » (II Ti. 4 : 1- 4).

Ma fervente prière à Dieu est, envoyez-nous s'il vous plaît plus de vrais prédicateurs de la Bible. Des prédicateurs tels que Jonathan Edwards, D.L. Moody, John R. Rice, Clarence E. Macartney, Robert G. Lee, Adrian Rogers, Imon Ursery, W.T. Hemphill. Quelques-uns, pas largement connus sur la terre, mais bien connus au ciel. Les prédicateurs qui ont grandement fait des impacts sur la vie des gens et qui ont laissé le monde mieux qu'ils l'aient trouvé. Ils ont prêché l'amour de Dieu, **avec** l'amour de Dieu. Ils ont prêché la **Parole de Dieu**, et avec les pieds fermement plantés sur sa fondation solide comme le roc, déclaré le péché méprisable, l'enfer chaud, la mort certaine et l'éternité longue. Ils ont prêché Jésus-Christ et lui crucifié, et que son sang est suffisant pour laver toute tâche de péché. Qu'il est l'unique chemin à Dieu, l'unique espoir pour ce monde dans lequel nous vivons, un monde de vertige, de corps fatigué, d'âme affamée, de l'enfer. Ils ont prêché que nous sommes des pèlerins sur cette terre et seront tous appelés un jour à répondre à Dieu. Ils étaient des prédicateurs avec qui je n'aurais pas été d'accord sur chaque point, qui n'auraient pas immédiatement accepté la thèse de ce livre (*jusqu'à ce que Dieu ouvre leurs esprits*), mais ils ont prêché la Parole, et **je salue leurs souvenirs.**

Je voudrais dire à mes frères, fidèles serviteurs de Jésus-Christ de toute nation, race et dénomination, vous êtes mes héros ! Je vous aime. Je prie pour vous, je pleure pour vous. Quoique le vôtre puisse quelquefois sembler un travail ingrat, **vous avez une vocation (un appel) céleste !** Lorsqu'il lui a été demandé de faire la course à la présidence il y a quelques années, Billy Graham, sans aucune allusion à l'orgueil, mais avec une compréhension claire de l'importance d'un prédicateur, a dit selon le rapport, « ce serait de démissionner un cran en dessous ». Et je suis d'accord !

Prêchez la Parole !

- ♣ Prêchez-la quoique les douteurs la doutent.
- ♣ Prêchez-la quoique les renieurs la renient.
- ♣ Prêchez-la même si les moqueurs la méprisent.
- ♣ Prêchez-la quoique les contradicteurs la contredisent.
- ♣ Prêchez-la puissamment même si les commissions de l'église se réunissent et décident de l'adoucir.

Le sol est dur – labourez-le avec acharnement !

♣ Prêchez-la quoique les foules soient moindres et les offrandes beaucoup moins.

♣ Prêchez-la même si les compliments sont rares sachant que votre Père au ciel voit, et qu'il vous récompensera publiquement.

♣ Prêchez-la avec amour et patience.

♣ Prêchez-la avec du feu.

♣ Prêchez-la avec zèle.

♣ Prêchez-la avec ferveur.

♣ Prêchez-la même si l'enfer s'enrage.

<u>Prêchez que la repentance est nécessaire</u> !

Qu'est-ce qui s'est passé à ce message ? Jean-Baptiste l'a prêché. Jésus l'a prêché en tant que son premier sermon (Mt. 4 : 17). Pierre et Paul l'ont prêché.

> « ... *Repentez-vous car le royaume de cieux est proche* »
> *(Jean-Baptiste) (Mt. 3 : 2).*
> « ... *Mais si vous ne vous repentez, vous périrez tous également* » (c'est Jésus qui parle) *(Luc 13 : 3).*
> « *et que la* **repentance** *et le pardon des péchés seraient* **prêchés en son nom à toutes les nations**... » (Jésus) *(Luc 24 : 47).*
> « *Repentez-vous donc et convertissez-vous, pour que vos péchés soient effacés* » (c'est Pierre qui parle) *(Actes 3 : 19).*
> « *Le Seigneur... use de patience envers vous, ne voulant pas qu'aucun périsse, mais voulant que*

tous arrivent à la repentance » (II Pierre 3 : 9).
Remarquez non pas seulement à la **croyance** mais
à la **repentance**.

« Dieu, sans tenir compte des temps d'ignorance,
annonce maintenant à tous les hommes, en tous
lieux, qu'ils aient à se repentir » *(*Paul sur la
colline Mars*) (Actes 17 : 30).* Pourquoi les
hommes doivent-ils tous se repentir ? *« Parce*
qu'il (Dieu) *a fixé un jour où il jugera le monde*
*selon la justice, par **l'homme** qu'il a **désigné** »*
(Actes 17 : 31). Paul parlait aux païens d'origine
grecque et le commandement de Dieu envers eux,
était le même comme aux Juifs, *«**repentez-vous** ».*

« Ou méprises-tu les richesses de sa bonté, de sa
*patience et de sa longanimité, **ne reconnaissant***
pas que la bonté de Dieu te pousse à la
repentance ?» (Paul) *(Ro. 2 : 4).*

« En effet, la tristesse selon Dieu produit une
repentance à salut *dont on ne se repent jamais,*
tandis que la tristesse du monde produit la mort »
(Paul) *(II Co. 7 : 10).* Les corinthiens furent des
païens.

Accepter les gens dans les communions de nos églises, ceux qui ne
se sont pas réellement repentis, équivaut à confirmer leur rébellion et à
les rendre confortables **dans leurs péchés.** C'est d'aller à la porcherie et
donner au fils prodigue un anneau, une robe, des sandales et lui organiser
une réception sans un lavage préalable. *(Jean Baptiste refusait de*
baptiser ceux qui venaient sans vraie repentance – Luc 3 : 7- 14).

Si ce message avait changé, ces grands apôtres ne nous l'ont jamais dit !

Prêchez le baptême au nom de Jésus comme important.

«... Repentez-vous, et que chacun de vous soit **baptisé au nom de Jésus-Christ,** *pour le pardon de vos péchés »* (Pierre) *(Actes 2 : 38).*

« Ils (les gens de Samarie) **avaient seulement été baptisés au nom du Seigneur Jésus** *(Actes 8 : 16).*

« ... Et il (Pierre) **ordonna qu'ils fussent baptisés au nom du Seigneur.** *Sur quoi ils le prièrent de rester quelques jours auprès d'eux... » (Actes 10 : 48).*

« Sur ces paroles, ils (les Éphésiens) furent baptisés **au nom du Seigneur Jésus** *» (Actes 19 : 5).*

« Et maintenant, que tardes-tu ? Lève-toi, **sois baptisé, et lavé de tes péchés, en invoquant le nom du Seigneur.** *»* (Ananias à Paul) *(Actes 22 : 16).*

« Christ est-il divisé ? Paul a-t-il été crucifié pour vous, ou est-ce au nom de Paul que vous avez été baptisés ? » (I Co. 1 : 13). Non ! La réponse correcte est **« Jésus ».**

« Il (le geôlier philippien) *les* (Paul et Silas) *prit avec lui, à cette heure même de la nuit* (à minuit), *il lava leurs plaies, et* **aussitôt il fut baptisé, lui et tous les siens** (maisonnée) *» (Actes 16 : 33).* Le baptême est très important, **ils furent baptisés**

cette nuit-là, « aussitôt ».

*« Celui qui croira **et qui sera baptisé** sera sauvé,*
mais celui qui ne croira pas sera condamné »
(c'est Jésus qui parle) *(Marc 16 : 16).*

Ceux qui connaissent, mais négligent ou se rebellent contre le baptême au nom de Jésus, seront fautifs lorsqu'ils se tiendront devant Dieu.

Une dernière pensée avant de clore ce chapitre. Pasteur Clarence E. Macartney raconta l'histoire d'un jeune serviteur qui fut invité à remplacer à la chaire d'un vieux prédicateur qui était mourant. Il alla à son côté avant le service pour demander s'il y avait certaines instructions finales. Le vieux serviteur souleva sa main et dit, « Mettez-y tout de la Parole de Dieu que vous pouvez ». Cela dit tout !

Chapitre 17

À Dieu Soit La Gloire

*« Elle se couvrira de fleurs, et tressaillira de joie, Avec chants d'allégresse et cris de triomphe ; La gloire du Liban lui sera donnée, La magnificence du Carmel et de Saron. Ils verront **la gloire** de l'Éternel, **la magnificence** de notre Dieu » (És. 35 : 2).*

« Alors la gloire de l'Éternel sera révélée, Et au même instant toute chair la verra ; Car la bouche de l'Éternel a parlé » (És. 40 : 5).

*« ... Notre Père qui es aux cieux ! ... c'est à toi qu'appartiennent, **dans tous les siècles**, le règne, la puissance **et la gloire**. Amen ! »* (La prière de Jésus) *(Mt. 6 : 9, 13).*

*« Et mon Dieu pourvoira à tous vos besoins selon sa richesse, avec gloire, en Jésus-Christ. **À notre Dieu et Père soit la gloire** aux siècles des siècles ! Amen ! » (Ph. 4 : 19, 20).*

*« Car **la terre sera remplie de la connaissance de la gloire de l'Éternel**, Comme le fond de la mer par les eaux qui le couvrent. **Dieu** vient de Théman, **Le Saint** vient de la montagne de Paran ... –Pause. **Sa majesté** couvre les cieux, Et **sa gloire remplit la terre**. C'est comme l'éclat de la lumière... » (Ha. 2 : 14 ; 3 ; 3-4).*

Comme le jour de la restauration s'approche très vite lorsque la terre sera remplie de la louange de Dieu mais également de « *la connaissance de la gloire de l'Éternel, comme le fond de la mer par les eaux qui le couvrent* », nous Son peuple, ne devrions-nous pas commencer à chercher à comprendre ce que signifie la locution « la gloire de Dieu » ? Je regrette de le dire, mais des millions de gens qui s'appellent eux-mêmes « chrétiens » n'ont pas un concept clair de qui Dieu est, beaucoup moins ce que signifie **Sa gloire.**

À travers les chapitres de ce livre, nous avons été à la recherche des vérités de la Bible au sujet de l'Éternel Dieu. Pour conclure, nous allons revoir quelques faits et voir quelle compréhension additionnelle nous pouvons gagner.

Dieu peut être connu et compris.

> « *Mais que celui qui veut se glorifier se glorifie D'avoir de l'intelligence et de me connaître, De savoir que je suis l'Éternel...* » (Jé. 9 : 24).

> « *...Afin que vous le sachiez, Que vous me croyiez et compreniez que c'est moi : Avant moi il n'a point été formé de Dieu, Et après moi il n'y en aura point* » (És. 43 : 10).

> « *En effet, les perfections invisibles de Dieu, sa puissance éternelle et sa divinité, se voient comme à l'œil, depuis la création du monde, quand on les considère dans ses ouvrages. Ils sont donc inexcusables* » (Ro. 1 : 20).

L'esprit de Dieu remplit l'univers mais Il a une présence.

> Adam et Ève « *se cachèrent loin de la face (présence) de l'Éternel Dieu* » (Ge. 3 : 8).

« ... Caïn s'éloigna de la face (présence) de l'Éternel (Ge. 4 : 16)

« Ne me rejette pas loin de ta face (présence) » (Roi David) *(Ps. 51 : 13).*

Dans la Bible, Dieu est une personne (« ayant une forme, essence et substance »)

« Voulez-vous avoir égard à sa personne ? Voulez-vous plaider pour Dieu ? » (Job 13 : 8).

« L'empreinte de sa personne (Dieu) » (Hé. 1 : 3).

Dieu a une face.

« Que l'Éternel fasse luire sa face sur toi » (No. 6 : 25).

« ... la face de mon Père qui est dans le cieux » (Mt. 18 : 10).

« Et (ils) *verront Sa face* (de Dieu) *» (Ap. 22 : 3)*

Dieu a une main droite et une main gauche.

« ... J'ai vu l'Éternel assis sur son trône et toute l'armée des cieux se tenant auprès de lui, à sa droite et à sa gauche » (I Rois 22 : 19).

« Et il dit: Voici, je vois les cieux ouverts, et le Fils de l'homme debout à la droite de Dieu » (Actes 7 : 56).

« Il vint, et il prit le livre de la main droite de celui qui était assis sur le trône » (Ap. 5 : 7).

*« Et lorsque je retournerai **ma main**, tu me verras par **derrière**, mais **ma face** ne pourra pas être vue »* (Dieu à Moïse) *(Ex. 33 : 23).*

Dieu dans sa forme corporelle a l'apparence d'un homme.

> « ... j'eus des **visions** divines... sur cette forme de trône apparaissait comme une figure d'homme placé dessus en haut... Ainsi parle le Seigneur, l'Éternel » (Ézéchiel 1 : 1, 26, 2 : 4).

> « Dieu créa l'homme à son image... il le fit à la ressemblance de Dieu. Adam... engendra un fils à sa ressemblance, selon son image... » (Ge. 1 : 27, 5 : 1, 3). (De même qu'Adam ressemblait à Dieu, ainsi Seth ressemblait à Adam).

> « L'homme... est l'image de Dieu... » (I Co. 11 : 7). (Jésus) « l'image de celui (Dieu) qui l'a créé » (Col. 3 : 10).

Que signifie le mot « gloire » dans les Écritures ?

C'est la beauté, l'importance, la valeur ou la bonté d'une personne, d'une place ou d'une chose, et l'estime avec laquelle ils devraient être considérés. Dieu le Créateur a donné à tout ce qu'Il a fait, sa propre valeur.

> « Dieu vit tout ce qu'il avait fait et voici, cela était **très bon** » (Ge. 1 : 31). (Rappelez-vous de la chanson populaire d'il y a plusieurs années, « que tout est beau à sa façon ? »).

> « Considérez comment croissent les lis :... Salomon même, dans **toute sa gloire**, n'a pas été vêtu comme l'un d'eux » (Jésus) (Luc 12 : 27).

> « La **gloire** de cette dernière maison sera plus grande Que celle de la première... » (Aggée 2 : 9).

Toutes les choses au ciel et sur la terre ont leur propre **degré de gloire**.

> *« Il y a aussi des corps célestes et des corps terrestres ; mais autre est l'éclat des corps célestes, autre celui des corps terrestres. Autre est l'éclat du soleil, autre l'éclat de la lune, et autre l'éclat des étoiles ; même une étoile diffère en éclat d'une autre étoile » (I Co. 15 : 40-41).*

Aucun homme n'a vu Dieu dans la plénitude de Sa Gloire

> *« Moïse dit:* **Fais-moi voir ta gloire !** *L'Éternel dit : Tu ne pourras pas voir ma face, car* **l'homme** *ne peut me voir et vivre » (Ex. 33 : 18, 20).*
>
> *« Personne n'a jamais vu Dieu... » (Jean 1 : 18).*
>
> *« ... Heureux ceux qui ont le cœur pur, car ils verront Dieu ! »* (C'est Jésus qui parle) *(Mat. 5 : 8).*
>
> *« Au roi* **des siècles** (éternel), *immortel,* **invisible, seul Dieu,** *soient honneur et* **gloire**... *» (I Ti. 1 : 17).*

QUE CELA VEUT DIRE LORSQUE LA BIBLE PARLE DE LA « GLOIRE » DE DIEU ?

1. **La Shékinah (***sha-ke-na***).** L'éclat impressionnant de la présence de Dieu rarement vue.

> *« La gloire de l'Éternel reposa sur la montagne de Sinaï... L'aspect de la gloire de l'Éternel était comme un feu dévorant sur le sommet de la montagne, aux yeux des enfants d'Israël » (Ex. 24 : 16-17).*
>
> *« ... lorsque la gloire de l'Éternel apparut sur la*

tente d'assignation, devant tous les enfants d'Israël. Mais, je suis vivant ! et la gloire de l'Éternel remplira toute la terre » (No. 14 : 10, 21).

« Les sacrificateurs ne purent pas y rester pour faire le service, à cause de la nuée ; car la gloire de l'Éternel remplissait la maison (temple) *de Dieu »* (II Ch. 5 : 14).

« Et voici, la gloire du Dieu d'Israël s'avançait de l'orient. Sa voix était pareille au bruit des grandes eaux, et la terre resplendissait de sa gloire » (Ézéchiel 43 : 2).

« ... Je regardai, et voici, la gloire de l'Éternel remplissait la maison de l'Éternel (le temple du millénium). *Et je tombai sur ma face. »* (Ézéchiel. 44 : 4).

« ... et la gloire du Seigneur resplendit autour d'eux. Ils furent saisis d'une grande frayeur » (Luc 2 : 9).

« La ville n'a besoin ni du soleil ni de la lune pour l'éclairer; car la gloire de Dieu l'éclaire, et l'agneau est son flambeau » (Ap. 21 : 23).

Dieu a donné à Jésus sa propre gloire éclatante

« Il (Jésus) *fut transfiguré devant eux ; **son visage resplendit comme le soleil**, et ses vêtements devinrent blancs comme la lumière »* (Mt. 17 : 2).

« Pierre et ses compagnons étaient appesantis par le sommeil ; mais, s'étant tenus éveillés, ils virent

la gloire de Jésus et les deux hommes qui étaient avec lui » (Luc 9 : 32).

« Ne fallait-il pas que le Christ souffrît ces choses, et qu'il entrât dans sa gloire ? » (C'est Jésus qui parle) *(Luc 24 : 26).*

« Car quiconque aura honte de moi... le Fils de l'homme aura honte de lui, quand il viendra dans sa gloire » (Luc 9 : 26).

« Sa (Jésus) *tête et ses cheveux étaient blancs comme de la laine blanche, comme de la neige ; ses yeux étaient comme une flamme de feu ; ses pieds étaient semblables à de l'airain ardent, comme s'il eût été embrasé dans une fournaise... » (Ap. 1 : 14-15).*

« ... Lequel (Dieu) *l'a ressuscité* (Christ) *des morts et lui a donné la gloire, en sorte que votre foi et votre espérance reposent sur Dieu » (I Pierre 1 : 21).*

« mais c'est comme ayant vu sa majesté de nos propres yeux.... Car il (Jésus) *a reçu de Dieu le Père honneur et gloire... Et nous avons entendu cette voix venant du ciel, lorsque nous étions avec lui sur la sainte montagne » (II Pierre 1 : 16-18).*

La gloire de Dieu le Père est de loin plus grande que celle de Jésus puisque Pierre dit, *« il* (Jésus*) a reçu de Dieu le Père honneur et gloire ».* La gloire de Dieu est innée et non dérivée tandis que celle de Jésus est une gloire « donnée ». Pierre dit également que de la nuée fut entendu sur la montagne de la Transfiguration *« la gloire magnifique* (excessivement grande) *lui* (Jésus) *fit entendre une voix* » *(Marc 9 : 7 ; II Pierre 1 : 17).* Pierre, Jacques et Jean ont vu la gloire de Jésus, mais la voix venant d'en-haut est venue de la « gloire magnifique ».

2. **La Bible parle aussi de la gloire de Dieu dans le sens de Sa bonté totale, et Sa majesté impressionnante, Sa splendeur, Sa beauté, Sa sagesse, Sa magnificence, Sa richesse, Son importance, Sa grandeur, et Sa perfection morale.**

Quand Moïse a demandé de voir la gloire de Dieu, Dieu a dit :

> « ... *Je ferai passer devant toi **toute ma bonté**, et je proclamerai devant toi **le nom de l'Éternel** »
> (Ex. 33 : 19).*

Et le matin suivant avec Moïse caché dans le creux du rocher.

> « *L'Éternel descendit dans une nuée, **se tint là auprès de lui**, et proclama le nom de l'Éternel. Et l'Éternel passa devant lui, et s'écria : L'Éternel, l'Éternel, Dieu **miséricordieux** et **compatissant**, **lent à la colère, riche en bonté** et **en fidélité**, qui conserve son **amour** jusqu'à mille générations, qui pardonne l'iniquité, la rébellion et le péché » (*
> Ex. 34 : 5-7).*

Le Roi David raconte à propos de la gloire de Dieu :

> « *A toi, Éternel, la grandeur, la **force** et la **magnificence**, l'**éternité** et la **gloire**, car tout ce qui est au ciel et sur la terre t'appartient ; à toi, Éternel, le règne, car tu t'élèves souverainement **au-dessus de tout** ! » (Roi David) (I Ch. 29 : 11).*

Que David parlait de Dieu le Père, Jésus le confirme en Mt. 6 : 9, 13.

« *Voici donc comment vous devez prier : Notre Père* (Dieu) *qui es aux cieux... Car **c'est à toi qu'appartiennent** dans tous les siècles, le **règne**, la **puissance** et la **gloire** Amen* ».

David dit encore :

« *Éternel, notre Seigneur ! Que ton nom est magnifique sur toute la terre ! **Ta majesté** s'élève au-dessus des cieux* » *(Ps. 8 : 2).*

« *Je demande à l'Éternel une chose, que je désire ardemment : Je voudrais habiter toute ma vie dans la maison de l'Éternel, Pour contempler la **magnificence de l'Éternel** Et pour admirer son temple* » *(Ps. 27 : 4).*

Dieu est Majesté !

« *Le Seigneur* (Jésus), *après leur avoir parlé, fut enlevé au ciel, et il s'assit à la **droite de Dieu** » (Marc 16 : 19).*

« *...* (Jésus) *s'est assis à la droite de **la majesté** divine dans les lieux très hauts » (Hé. 1 : 3).*

La gloire de Dieu, Sa bonté, Sa majesté, Sa grandeur, Sa perfection morale est perçue dans la Création.

« *Les cieux racontent la gloire de Dieu, Et l'étendue manifeste l'œuvre de ses mains » (Ps 19 : 2).*

En fait le thème de la Bible d'un bout à l'autre prouve que la raison ultime pourquoi Dieu a fait toute la Création est comme un étalage de Sa gloire.

« *... Et que j'ai créés* (Israël) *pour ma gloire, Que*

j'ai formés et que j'ai faits » (És. 43 : 7).

« ... C'est le rejeton que j'ai planté, l'œuvre de mes mains, Pour servir à ma gloire » (És. 60 : 21).

« Afin qu'on les appelle des térébinthes de la justice, Une plantation de l'Éternel, pour servir à sa gloire » (És. 61 : 3).

« À lui (Dieu) *soit la gloire dans l'Église et en Jésus-Christ, dans toutes les générations, aux siècles des siècles ! Amen ! » (Ép. 3 : 21).*

*« ... Craignez Dieu, **et donnez-lui gloire**, car l'heure de son jugement est venue ; et adorez celui qui a fait le ciel, et la terre, et la mer, et les sources d'eaux » (Ap. 14 : 7).*

« L'Éternel a tout fait pour un but, Même le méchant pour le jour du malheur » (Pr. 16 : 4).

La gloire de Dieu, Sa « bonté » est vue dans Son caractère (nature divine).

« ... Dieu est amour » (I Jean 4 : 8).

*« ... Je mettrai **le salut** en Sion, Et ma gloire sur Israël »*
(És. 46 : 13).

*« ... Selon le bon plaisir de sa volonté, à la louange de la **gloire de sa grâce** » (Ép. 1 : 5, 6).*

*« Ne te souviens pas des fautes de ma jeunesse ni de mes transgressions ; Souviens-toi de moi selon ta **miséricorde**, À cause de **ta bonté**, ô Éternel ! » (Ps. 25 : 7).*

« *L'Éternel est miséricordieux et* **compatissant,**
Lent à la colère *et plein de bonté* » *(Ps. 145 : 8).*

La gloire de Dieu est vue même lorsque Sa justice demande qu'Il juge les méchants.

« *Et que dire, si Dieu, voulant montrer sa colère et faire connaître sa puissance, a supporté avec une grande patience des* **vases de colère** *formés pour la perdition, et s'il a voulu faire connaître* **la richesse de sa gloire** *envers des vases de miséricorde...* » *(Ro. 9 : 22-23).*

« *Car l'Éternel est* **bon** *; sa* **bonté** *dure toujours, Et sa* **fidélité** *de génération en génération* » *(Ps. 100 : 5).*

La gloire de Dieu se voit en Christ et son œuvre rédemptrice.

« *Car* **Dieu,** *qui a dit : La lumière brillera du sein des ténèbres ! a fait briller la lumière dans nos cœurs pour faire resplendir la connaissance de* **la gloire de Dieu** *sur la face de Christ* » *(II Co. 4 : 6).*

« *Maintenant mon âme est troublée. Et que dirai-je ?... Père, délivre-moi de cette heure ?* (la crucifixion) *... Mais c'est pour cela que je suis venu jusqu'à cette heure.* **Père, glorifie ton nom !** *Et une voix vint du ciel : Je l'ai glorifié, et je le glorifierai encore* (Jean 12 : 27-28).

« *Et tout ce que vous demanderez en mon nom, je le ferai,* **afin que le Père soit glorifié dans le Fils** » *(Jean 14 : 13).*

*« ... Père, l'heure est venue ! Glorifie ton Fils, **afin que ton Fils te glorifie** » (Jean 17 : 1).*

Nous avons reçu la gloire en Christ.

« Je leur ai donné la gloire que tu m'as donnée, afin qu'ils soient un comme nous sommes un » (Jean 17 : 22).

*« ... et qui voulait conduire à la gloire **beaucoup de fils** » (Hé. 2 : 10).*

*« ... à la gloire à venir qui **sera révélée pour nous** » (Ro. 8 : 18).*

*« Nous tous qui, le visage découvert, contemplons comme dans un miroir la gloire du Seigneur, nous sommes transformés **en la même image**, de gloire en gloire, comme par le Seigneur, l'Esprit » (II Cor 3 : 18).*

*« Car nos légères afflictions... produisent pour nous, au-delà de toute mesure, **un poids éternel de gloire** » (II Cor 4 : 17, 18).*

Nous avons besoin désespérément de ce « poids éternel de gloire » en Christ, car sans lui la gloire de l'homme est temporaire et sans valeur.

*« Car Toute chair est comme l'herbe, Et toute **sa gloire** (de l'homme) comme la fleur de l'herbe. L'herbe sèche, et la fleur tombe » (I Pi. 1 : 24).*

3. **La Bible parle de la gloire de Dieu à propos de la louange, l'honneur, l'estime, l'adoration et le culte que nous Ses créatures Lui donnons.**

Maintenant serait un bon moment de regarder en arrière au point #2 et refléter sur la merveilleuse nature divine et précieuse de Dieu et de

Le louer avec un cœur plein de gratitude pour cette raison : si Dieu était un tyran, vous ne pourriez rien faire à ce sujet. Vous êtes né dans Son monde, en respirant Son air, totalement dépendant de tout ce qu'Il a pourvu. Mais j'espère que vous serez réveillé dans l'émerveillement impressionnant à la réalisation qu'Il est bon et compatissant, patient et clément, plein de grâce et miséricorde. Quoi donc s'Il prenait plaisir à créer **uniquement** en vue de détruire, ou s'Il prenait plaisir à nous voir souffrir ! Quoi donc s'Il avait créé l'enfer pour y jeter **toute l'humanité,** au lieu de « pour le diable et pour ses anges ». Mais alléluia (gloire à Yahweh), disons-le encore une fois à haute voix, **Dieu est amour et aimable !** Il compatit au sujet de nos chagrins.

> *« Dans toutes leurs* (Israël) *détresses ils n'ont pas été sans secours, Et l'ange qui est devant sa face les a sauvés ; Il les a lui-même rachetés, dans **son amour** et **sa miséricorde**, Et constamment il les a soutenus et portés, aux anciens jours » (És. 63 : 9).*

Dieu est approchable et on peut Le supplier. Il est lumière et il n'y a point en Lui de ténèbres. Il est la vérité et il n'y a point en Lui d'erreur. Il est stabilité et chez Lui il n'y a ni changement ni ombre de variation. Dieu est un bon Dieu. Dieu est un Dieu heureux et Il aime être Dieu. Il prend plaisir dans **Sa** Majesté, puissance, beauté, justice et gloire **parfaite**. Dieu prend aussi plaisir à Ses créatures et à Sa création.

> *« L'Éternel, ton Dieu, est au milieu de toi, comme un héros qui sauve ; **Il fera de toi sa plus grande joie ; Il gardera le silence dans son amour ; Il aura pour toi des transports d'allégresse »** (Sophonie 3 : 17).*

De la même manière que Dieu voudrait que nous prenions plaisir en Lui et Lui donnions l'honneur, l'estime et l'adoration qui est due à **Lui seul.** La plus grande réalisation qu'un homme puisse accomplir sur la terre est d'entrevoir la gloire de Dieu et refléter cette gloire **en vivant, en donnant et dans la louange.**

> *« Chantez à l'Éternel un cantique nouveau ! Chantez à l'Éternel, vous tous, habitants de la terre ! Chantez à l'Éternel, bénissez son nom, Annoncez de jour en jour son salut ! Racontez parmi les nations sa gloire, Parmi tous les peuples ses merveilles ! Car l'Éternel est grand et très digne de louange, Il est redoutable par-dessus tous les dieux ; Car tous les dieux des peuples sont des idoles, Et l'Éternel a fait les cieux. La splendeur et la magnificence sont devant sa face, La gloire et la majesté sont dans son sanctuaire. Familles des peuples, rendez à l'Éternel, Rendez à l'Éternel gloire et honneur ! **Rendez à l'Éternel gloire pour son nom !** Apportez des offrandes, et entrez dans ses parvis ! Prosternez-vous devant l'Éternel avec des ornements sacrés. Tremblez devant lui, vous tous, habitants de la terre ! » (Ps 96 : 1-9).*

Dieu est jaloux de Sa Gloire.

De la même manière que Dieu voudrait que nous prenions plaisir en Lui et Lui donnions l'honneur, l'estime et l'adoration qui est due à **Lui seul.** La plus grande réalisation qu'un homme puisse accomplir sur la terre est d'entrevoir la gloire de Dieu et refléter cette gloire **en vivant,**

en donnant et dans la louange.

> *« Je suis l'Éternel* (YHWH)*, c'est là mon nom; Et je ne donnerai pas ma gloire à un autre » (És. 42 : 8).*

> *« Notre rédempteur, c'est celui qui s'appelle l'Éternel des armées, C'est le Saint d'Israël. C'est pour l'amour de moi, pour l'amour de moi, que je veux agir ; Car comment mon nom serait-il profané ? Je ne donnerai pas ma gloire à un autre » (És. 47 : 4 ; 48 : 11).*

Dieu est la source de tout ce qui est bon.

La grâce par laquelle nous sommes sauvés est la **grâce de Dieu**. Le calvaire fut une manifestation de **l'amour de Dieu** (« *Car Dieu a tant aimé* »). S'il vous est arrivé d'avoir eu une prière exaucée, **c'est Dieu qui l'a exaucée !** Il est la source !

> *« Ne vous y trompez pas, mes frères bien-aimés :* **toute grâce excellente** *et* **tout don parfait** *descendent d'en haut,* **du Père** *des lumières, chez lequel il n'y a ni changement ni ombre de variation» (Jacques 1 : 16, 17).*

> *« ...* **la grâce de Dieu** *et* **le don de la grâce** *venant d'un seul homme, Jésus-Christ, ont-ils été abondamment répandus sur beaucoup » (Ro. 5 : 15).*

> *« **Grâces soient rendues à Dieu** pour son don ineffable ! » (II Co. 9 : 15).*

> *«Car c'est par la grâce que vous êtes sauvés... c'est **le don de Dieu**. » (Ép. 2 : 8).*

Quand j'étais un petit garçon à l'âge de quatre ans environ, mon père a eu le pastorat d'une église à quelque 50 miles (soit 80 km) de notre ville natale, où la plupart de nos membres de famille demeuraient. Mon frère aîné Dub avait acheté un pistolet à bouchon et me l'avait envoyé par l'entremise de mon beau-frère qui venait passer quelques jours avec nous. Comme Buck m'a amené le pistolet, dans ma pensée infantile, je pensais que le cadeau venait de sa part. Je continuais à l'appeler « le pistolet que Buck m'avait donné ». Ma mère avait eu de la peine à me faire comprendre que bien que c'était mon beau-frère qui me l'avait délivré, le cadeau est venu de mon frère. Ne soyons pas des enfants dans notre entendement. Dieu le Père est la source de toute chose qui nous a été apportée par Jésus.

> « ... Le don gratuit de Dieu, c'est la vie éternelle
> en Jésus-Christ notre Seigneur » (Ro. 6 : 23).
> « ... afin qu'en toutes choses **Dieu** soit glorifié par
> Jésus-Christ » (I Pierre 4 : 11).

S'il vous plaît comprenez cette vérité : Dieu est notre sauveur, mais Il a employé des hommes fidèles comme des sauveurs. Regardez Hébreux 11 : 7 :

> « C'est par la foi que Noé, divinement averti des
> choses qu'on ne voyait pas encore, et saisi d'une
> crainte respectueuse, construisit une arche **pour**
> **sauver sa famille.** »

Noé est non seulement devenu le sauveur de sa maisonnée mais également de **la race humaine entière**. Genèse chapitre six raconte l'histoire.

> « L'Éternel vit que la méchanceté des hommes
> était grande sur la terre... Et l'Éternel dit :

J'exterminerai de la face de la terre l'homme que j'ai créé, depuis l'homme jusqu'au bétail, aux reptiles, et aux oiseaux du ciel ; car je me repens de les avoir faits. Alors Dieu dit à Noé : **La fin de toute chair est arrêtée par devers moi** *; car ils ont rempli la terre de violence ; voici, je vais les détruire avec la terre » (Ge. 6 : 5, 7, 13).*

*« **Mais Noé trouva grâce aux yeux de l'Éternel**... Noé était un homme juste et intègre dans son temps ; Noé marchait avec Dieu » (Ge. 6 : 8-9).*

Dieu a placé un grand dépôt de grâce dans l'homme Noé. Il est devenu un agent exclusif de Dieu concernant le salut. Il est le seul qui comprit le **but** de Dieu, connut **le plan de Dieu** et eut **la puissance** de Dieu pour délivrer. La seule et l'unique voie pour être sauvé de la destruction était de faire attention à Noé, car il parlait les paroles de Dieu. Il était devenu « *Noé... un prédicateur de la justice* » (II Pierre 2 : 5).

Tous ceux qui étaient à bord de l'arche, comme des violentes tempêtes frappaient le bateau et les eaux couvraient les sommets des montagnes, furent reconnaissants à Noé pour son obéissance, sa fidélité et son sacrifice, mais **ils adoraient Dieu** qui les avait sauvés ! Considérez ceci : Toute personne sauvée **dès le déluge**, aura une dette de gratitude envers Noé, car nous sommes tous ses descendants et **il nous a tous sauvés !**

Mais **le plus grand salut** (*le salut éternel*) que Dieu a accompli à travers le Christ rentre en arrière dépassant Noé jusqu'au premier Adam.

*« Car, puisque la mort est venue **par un homme**,*

*c'est aussi **par un homme** qu'est venue la résurrection des morts... Et comme tous meurent en Adam, de même aussi tous revivront en **Christ** » (I Co. 15 : 21-22).*

« Car, comme par la désobéissance d'un seul homme beaucoup ont été rendus pécheurs, de même par l'obéissance d'un seul beaucoup seront rendus justes » (Ro. 5 : 19).

Oui, Jésus est l'unique chemin qui conduit à Dieu, Son agent exclusif de salut, **mais l'objectif est d'arriver à Dieu.**

*« ... Nul **ne vient au Père** que par moi » (Jean 14 : 6).*

*« Christ aussi a souffert une fois pour les péchés... afin de **nous amener à Dieu**... » (I Pi. 3 : 18).*

*« Et **tout cela vient de Dieu**, qui nous a réconciliés **avec lui** par Christ... Car Dieu était en Christ, réconciliant le monde **avec lui-même**... comme si Dieu exhortait par nous... Soyez réconciliés **avec Dieu** ! » (II Cor 5 : 18-20).*

*« ... (Jésus) peut sauver parfaitement **ceux qui s'approchent de Dieu par lui** » (Hé. 7 : 25).*

Jésus est la porte, mais nous nous sommes arrêtés à la porte. Au-delà de la porte est tout un océan de la grâce, l'acceptation, le pardon et l'amour inconditionnel. L'amour d'y nager. **L'amour de Dieu !**

Dieu notre Créateur est celui contre qui nous avons péché.

*« J'ai péché contre **toi seul**, Et j'ai fait ce qui est*

mal à tes yeux... » (C'est le Roi David qui parle)
(Ps 51 : 6).

« Le fils lui dit : Mon père, j'ai péché contre le ciel et contre toi, je ne suis plus digne d'être appelé ton fils » (le fils prodigue) *(Luc 15 : 21).*

Mais Dieu a placé un grand dépôt de la grâce en Jésus *(souvent appelé la grâce de Christ)*, et à travers lui offre pardon et purification.

« ... comme Dieu vous a pardonné en Christ »
(Ép. 4 : 32).

Merci Jésus ! Mais gloire et louange soient rendues à Dieu ! Pendant près de 1700 ans, le christianisme a braqué le projecteur sur Jésus, et cela n'est pas mal, mais nous l'avons fait Dieu, et cela **n'est pas correct** ! Dieu le Père qui envoya Jésus pour être notre Sauveur, n'a jamais eu l'intention qu'il Le remplacerait dans nos cœurs, notre estime et adoration. Tout père désire que son fils excelle, mais aucun père ne veut être complètement remplacé par son fils, ni veut le voir recevoir le mérite de ce qu'il a fait lui-même. Donnez gloire à Jésus comme Messie, le fils de Dieu, mais donnez gloire à Dieu le Père comme le seul Dieu. Comme Jésus a dit, concernant les actes charitables, *« c'est là qu'il fallait pratiquer, sans négliger les autres choses »* (Mt. 23 : 23).

Dieu n'existe pas à cause de Jésus, mais plutôt c'est Jésus qui est dérivé de Dieu, le « Je Suis » *(celui qui existe par Lui-même)*, qui avait dit à l'humanité pendant des milliers d'années avant Jésus-Christ que le Christ viendrait *(Ge. 3 : 15 ; De. 18 : 18 ; És. 53 : 2-3, 11).*

Comment devait être considéré l'Éternel Dieu?

Pour comprendre le degré d'estime avec lequel le Créateur de l'univers devrait être considéré, imaginez justement une balance avec le Dieu Suprême d'un côté et l'ensemble de toute la création de l'autre. La proportion par laquelle l'un l'emporte sur l'autre détermine le partage de la considération. **Soyez-en rassuré que comparé au Créateur, l'ensemble de la création ne pèsera pas plus que la poussière des plateaux de la balance, même comme rien du tout et vanité.** Étant donné que **le Créateur** est infini en excellence, perfection et importance, ainsi Il doit avoir **toute** la considération possible. Comme Il est dans tous les cas le premier et le Souverain, et Il est à tous égards suprême en beauté et gloire (*le bien original et la source de tout ce qui est bon*), ainsi **Il** doit avoir en tout temps la considération suprême. Comme Il est Dieu au-dessus de tout, et digne de régner comme Chef Suprême, il est donc approprié qu'Il soit ainsi estimé et honoré par tous. [1]

> *« Éternel, notre Seigneur ! Que ton nom est magnifique sur toute la terre !* ***Ta majesté s'élève au-dessus des cieux.*** *Quand je contemple les cieux,* ***ouvrage de tes mains,*** *La lune et les étoiles que tu as créées ;* ***Qu'est-ce que l'homme,*** *pour que tu te souviennes de lui ?* ***Et le fils de l'homme,*** *pour que tu prennes garde à lui ? »* (Roi David) *(Ps. 8 : 2, 4-5).*
>
> *« Voici, les nations sont comme une goutte d'un seau, Elles sont comme* ***de la poussière sur une balance...*** *Toutes les nations sont devant* ***lui*** *comme un rien, Elles ne sont pour lui que néant et vanité »* *(És. 40 : 15-17).*
>
> *« Mon Père... est plus grand que tous »* (Jésus) *(Jean 10 : 29).*

La création est à propos de Dieu

> *« Les cieux racontent la gloire de Dieu, Et*

l'étendue manifeste l'œuvre de ses mains » (Ps. 19 : 2).

Le salut est à propos de Dieu

*« Car **la grâce de Dieu**, source de salut... »* (Tite 2 : 11).

La Bible est à propos de Dieu

« ... presque toute la ville se rassembla pour entendre la parole de Dieu » (Actes 13 : 44).

Le ciel est à propos de Dieu

« ... Il (Dieu) *habitera avec eux, et ils seront son peuple et Dieu lui-même sera avec eux. ... ses serviteurs le serviront et verront sa face »* (Ap. 21 : 3 ; 22 : 3).

Notre existence même et tout ce que nous faisons c'est à propos de Dieu et pour Sa gloire.

*« Soit donc que vous mangiez, **soit que vous buviez, soit que vous fassiez** quelque autre chose, **faites tout pour la gloire de Dieu** »* (I Co. 10 : 31).

*« Béni soit **Dieu**, le Père de notre Seigneur Jésus-Christ... nous ayant prédestinés dans son amour à être ses enfants d'adoption par Jésus-Christ, **selon le bon plaisir de sa volonté**, à la louange de la gloire de sa grâce... »* (Ép. 1 : 3, 5, 6).

*« Celui qui offre pour sacrifice des actions de grâce **me glorifie**... »* (Ps. 50 : 23).

*« Et les bergers s'en retournèrent, **glorifiant** et louant **Dieu**... »* (Luc 2 : 20).

« ... *afin qu'ils voient vos bonnes œuvres, et qu'ils* **glorifient votre Père** *qui est dans les cieux* » (C'est Jésus qui parle) *(Mt. 5 : 16).*

« *Afin que tous ensemble, d'une seule bouche, vous* **glorifiiez le Dieu** *et* **Père** *de notre Seigneur Jésus-Christ* » *(Ro. 15 : 6).*

« ... **Glorifiez donc Dieu** *dans votre corps et dans votre esprit qui appartiennent à Dieu* » (I Co. 6 : 20).

« ... *Craignez* **Dieu** *et* **donnez-lui gloire**... » *(Ap. 14 : 7).*

« ... *Tes œuvres sont grandes et admirables,* **Seigneur Dieu Tout-Puissant** *! Tes voies sont justes et véritables, roi des nations ! Qui ne craindrait, Seigneur, et ne* **glorifierait ton nom** *?... »* *(Ap. 15 : 3-4).*

« *À* **Dieu**, *seul sage, soit la* **gloire** *aux siècles des siècles, par Jésus-Christ ! Amen ! »* *(Ro. 16 : 27).*

« *À* **Dieu** *seul, notre Sauveur, par Jésus-Christ notre Seigneur, soient* **gloire**, *majesté, force et puissance, dès avant tous les temps, et maintenant, et dans tous les siècles ! Amen ! »* *(Jude 25).*

« *Au* **roi des siècles, immortel, invisible,** *seul* **Dieu**, *soient honneur et* **gloire**, *aux siècles des siècles ! Amen ! »* *(I Ti. 1 : 17).*

À Dieu soit la gloire !

Appendice A – Un Message de la Part de Dieu

Tout au début de l'an 1986, Dieu me parla par des paroles prophétiques et me délivra d'une situation personnelle troublante. Ce fut une expérience merveilleuse et la revue « *Charisma* » avait publié le récit de notre visitation dans son numéro de juillet 1988, dans l'article intitulé « Une Famille dans le Renouveau ».

Le Seigneur m'a dit à ce moment d'étudier les Écritures comme Il allait se révéler Lui-même à moi dans Sa Parole. Il a dit que « j'écrirais un livre ou des livres » à propos de Sa gloire. Bien que j'aie écrit, publié et enregistré plus de 200 chansons gospel, je n'avais jamais rédigé un livre, et ce que je connaissais concernant Sa gloire pouvait peut-être prendre une seule page.

De plus de ce que Dieu a dit se rapportant à notre situation personnelle, Il me donna quatre messages spécifiques pour les autres.

À notre grande famille chrétienne

Dieu a dit que beaucoup sont négligents et insensés, et leurs cœurs ne sont pas tournés vers Lui, mais ils sont tournés vers le monde et ils jouent près des ténèbres. Dieu a dit « **Revenez à Moi et cherchez Ma face** et J'étendrai Ma main de guérison et guérirai vos plaies, mais si vous ne revenez pas à Moi, J'étendrai Ma main dans la **colère** ».

Mon commentaire : ceci était avant que l'église ait

expérimenté les blessures de l'échec du prédicateur qui fit les titres des médias au début des années 1987. Naturellement Dieu savait en avance au sujet de ces plaies sur « Son Corps », aussi bien nos plaies individuelles qu'Il désire bien guérir. Encore une fois, Dieu dit « **revenez à Moi** » comme Il l'a dit par les prophètes Ésaïe, Jérémie et Osée. **Église, réveillez-vous !**

Aux prédicateurs

Dieu a dit que plusieurs prédicateurs ont essayé de l'emballer et de le commercer comme le guérisseur, ou le solutionneur des problèmes financiers, ou comme le moyen le plus rapide et le plus facile au succès et à la prospérité. Il a été représenté comme « quelqu'un à qui l'on pouvait faire signe de venir faire ceci ou cela » et Dieu a dit, « Ce n'est pas ainsi ». Dieu ajouta, « Bien sûr que je guéris et pourvois aux besoins financiers, mais Je suis l'Éternel Dieu des armées, le Grand Roi, qui revient bientôt dans sa majesté comme un fiancé pour recevoir une fiancée qui s'est elle-même apprêtée », et Il voulait être présenté de cette manière. **Mon commentaire** : Ceci semble adresser la doctrine de la « prospérité » ou « appeler cela comme vous voulez et revendiquer cela » qui est en train de se répandre dans certains cercles chrétiens. Également, ceci était évoqué en 1986 quand la doctrine n'était pas aussi populaire quelle l'est aujourd'hui.

<u>Aux chanteurs de gospel</u>

Dieu a dit que plusieurs chanteurs avaient dit dans leurs cœurs, « Nous sommes payés et les gens sont bénis, donc peu importe comment nous vivons ». Dieu a dit, « Cela n'est pas ainsi ». Il a dit que si nous gagnons notre vie en chantant et en témoignant Son nom, nous sommes comme les lévites, et nous devons Lui offrir un sacrifice acceptable de nos vies. Il a dit que **Sa colère était sur Sa face** puisque Son corps a été blessé par Son peuple en voyant que certains chanteurs chantaient une chose et vivaient une autre. Il a dit que si nous faisons ceci, nous sommes « comme des changeurs de monnaie dans le temple ou comme des enfants insensés qui prennent un joli serpent dans leurs seins pour jouer avec » et nous serions mordus par lui.

<u>Mon commentaire</u> : Dieu a répondu une bonne fois pour toutes à la fameuse question, « La musique de gospel, est-ce un ministère ou un divertissement ? » Dieu a dit ministère. Assurément, il n'y a rien de mauvais avec les prédicateurs ou les chanteurs de gospel étant aussi divertissants que possible, à l'intérieur des bornes du goût et « ce qui semble bon au Saint-Esprit », mais Dieu a dit qu'il est une chose sérieuse quand quelqu'un est autorisé à utiliser le nom d'un autre et « qu'Il vous avait permis d'utiliser Son nom pour gagner votre vie ».

<u>Un avertissement à tous</u>

Dieu a dit « Je vais bientôt **secouer les nations** par une démonstration de la puissance de Ma colère ». Il a dit, « Nombreux penseront que c'est la fin, mais ne sera pas encore la fin », c'est simplement pour montrer Sa puissance aux nations. Dieu a dit qu'Il ne voudrait pas que Son église soit remuée par le tremblement, mais Il veut nous remuer par la Parole, maintenant, pour que nous puissions avoir la force de récolter la moisson des âmes qu'amènera l'ébranlement.

Mon commentaire : nous avons trouvé plus tard des références Scripturaires à ce tremblement en Ézéchiel 38 : 20 ; Agée 2 : 6-7 ; Hébreux 12 : 26-27 ; Joël 2 : 31 et 3 : 16 où le prophète dit que cela se produit « avant l'arrivée du jour de l'Éternel ». Jésus a dit en Luc 17 : 26 et en Mt. 24 : 37 *« Ce qui arriva du temps de Noé arrivera de même à l'avènement du Fils de l'homme ».* La Genèse 6 : 13 déclare *« Alors Dieu dit à Noé : La fin de toute chair est arrêtée par devers moi : **car ils ont rempli la terre de violence** : voici, je vais les détruire avec la terre ».* Nous devons de nouveau être très proches de cela. **Priez peuple priez !** Dieu a parlé au prophète Habacuc 2 : 2-3 *« L'Éternel m'adressa la parole et il dit : Écris la prophétie : Grave-la sur des tables, **Afin qu'on la lise couramment**. Car c'est une prophétie dont le temps est déjà fixé, Elle marche vers son terme, et elle ne mentira pas ; Si elle tarde, attends-la, Car elle s'accomplira, elle s'accomplira certainement ».*

Appendice B – Versets Douteux

Il n'a jamais été d'usage pour moi de soutenir la doctrine à laquelle je m'en tiens en jetant le doute sur l'authenticité des versets de la Bible qui semblent en désaccord avec elle. Dieu est le gardien de Sa Parole et je crois qu'Il nous a donné tout ce dont nous avons besoin des Saintes Écritures pour le salut et le service. Vous remarquerez que j'ai utilisé la version autorisée King James en anglais (Louis Segond 1910 en français) et je ne suis pas allé d'une traduction à une autre pour essayer de prouver ce point. Quelques-unes des traductions modernes sont bonnes, et je les utilise pour l'étude, mais ma prédication et mes écrits sont faits avec la version King James, laquelle j'ose croire est la meilleure version que nous disposons en anglais.

Néanmoins, dans mes études se rapportant à ce livre, j'ai trouvé quelque chose dans ce domaine qui devait être soulevé. L'homme qui avait traduit la VKJ, publié en premier lieu en 1611 quoique bien intentionné et sous les ordres stricts du Roi James I d'Angleterre, était cependant trinitaire dans sa foi et ceci se reflète dans les mots suppléés dans certains versets. Au début de plusieurs Bibles VKJ, vous verrez un désaveu imprimé qui se lit, quelque chose de similaire à ceci.

« Ne perdez pas de vue le fait que l'emploi des *italiques* dans le texte de la Bible en anglais indique que **ces mots spécifiques ne sont pas présents dans les langues originales de la Bible**… (hébreu et grec). Ils furent insérés par les traducteurs de la version King James dans le but de clarification ».

Veuillez aussi garder à l'esprit l'avertissement que mon père, un fidèle serviteur de l'Évangile pendant 68 ans, m'a donné quand j'étais un jeune serviteur : « Mon fils, soyez conscient que les érudits hébreux et grecs feront **tordre** le grec et l'hébreu pour s'accorder avec leur doctrine ».

Voici quelques exemples des mots suppléés dans la version en anglais par les traducteurs qui ne cadrent pas avec ce que le texte inspiré enseigne.

- « Nous avons connu l'amour *(de Dieu)* en ce qu'il a donné sa vie pour nous... » *(I John 3 : 16)*. Bien entendu « *Dieu* », n'a pas donné Sa vie pour nous, Dieu est immortel et ne peut pas mourir. Son Fils Jésus mourut pour nous.

- « Quiconque nie le Fils n'a pas non plus le Père : *quiconque confesse le Fils a aussi le Père* » *(I Jean 2 : 23)*. La moitié de ce verset n'était pas dans l'original mais ajoutée, et elle peut être vraie ou non. Beaucoup de gens reconnaissent le Fils mais excluent ou ignorent le Père.

- « Vaillant (puissant) guerrier, ceins ton épée, Ta parure et ta gloire » *(Ps. 45 : 4)*. Encore une tentative de faire du Messie, Dieu, en l'appelant *« le plus »* puissant. Il est « *puissant* », mais c'est seulement Son Père qui est « *plus puissant* », le « *Dieu Très-Haut* ».

Les textes originaux de l'Ancien Testament et du Nouveau Testament tels qu'inspirés du Saint-Esprit sont infaillibles et sans erreur. Néanmoins, il y a eu peut-être quelques tentatives de falsification avec le texte original dans les siècles suivants pour soutenir la doctrine de la trinité. La suivante est principalement des sources trinitaires.

I Jean 5 : 7 et 8

L'auteur Lee Strobel dans son livre, « *The Case for Christ* » (*Les Bons Arguments en faveur du Christ*) (*plus de 2 millions de copies vendues*) interviewa Bruce M. Metzger, Ph.D, un vieil officiel de 84 ans sur l'authenticité du N.T., qui a rédigé ou édité cinquante livres relatifs au sujet. Il comptabilise le nombre de manuscrits grecs et fixe le grand total à 5.664 ». Metzger dit à Strobel que si quelqu'un lance un défi sur l'authenticité de I Jean 5 : 7-8 « *Car il y en a trois qui rendent témoignage : l'Esprit, l'eau et le sang, et les trois sont d'accord* » disant : « Cela n'est pas dans les premiers manuscrits », sa réponse serait : « **Et cela est assez vrai** », je pense que ces mots sont trouvés uniquement dans plus ou moins sept ou huit copies (*manuscrits*), tous du quinzième ou seizième siècle. **Je reconnais que cela n'est pas ce que l'auteur de I Jean était inspiré d'écrire** ». [1] Strobel et Metzger sont les deux des trinitaires, mais ils ont jeté le doute sur l'une des nombreuses Écritures que les trinitaires emploient pour appuyer leur doctrine erronée.

La *Nouvelle Version Internationale* (NVI) en anglais cite dans ces **notes** de texte les mots « le Père, la Parole et le Saint-Esprit, et ces trois sont un. Et il y en a trois qui rendent témoignage sur terre : » et puis explique pourquoi ils ne sont pas dans le **texte** de la NIV (NVI). Ils disent « **l'addition n'est pas trouvée dans aucun manuscrit grec ou la traduction du N.T. avant le 16ᵉ siècle** ». [2] Ces mots ne sont pas non plus trouvés dans les versions en anglais *New Revised Standard, English Standard Version* ou *New Living Translation*.

Matthieu 28 : 19

Maintenant en Mt. 28 : 19, un autre point d'appui pour ceux qui soutiennent la vue trinitaire de Dieu

- « *Allez, faites de toutes les nations des disciples, les baptisant au nom du Père, du Fils et du Saint-Esprit* ».

  Le Dictionnaire Des Interprètes de la Bible déclare : « Il y a grave doute si les mots traditionnels Père, Fils et Saint-Esprit peuvent être considérés comme de réelles paroles de Jésus ». [3]

  L'Encyclopédie Britannica déclare : « Ailleurs dans le Nouveau Testament la formule trinitaire n'est pas utilisée. Certains érudits doutent ainsi de l'exactitude de la citation de Matthieu ». [4]

L'Encyclopédie Britannica déclare : « Dans **les plus anciennes sources** il est déclaré que le baptême ait lieu au nom de Jésus ». [5]

Le Dictionnaire de la Bible de Hastings déclare :

« C'était la coutume de retracer l'établissement de la pratique (*du baptême chrétien*) aux paroles du Christ enregistrées en Mt. 28 : 19. Mais l'authenticité de ce passage a été défiée en raison de l'histoire aussi bien que du texte. **Il doit être reconnu** que la formule du triple nom, qui est ici enjointe, ne semble pas avoir été employée par l'église primitive qui, à notre connaissance, baptisait « au » nom ou « dans le nom de Jésus » (*ou « Jésus-Christ » ou « du Seigneur Jésus » : Actes 2 : 38 ; 8 : 16 ; 10 : 49 ; 19 : 5 ; I Co. 1 : 13, 15*) sans référence au Père ou à l'Esprit. [6] Hastings soutient ailleurs la doctrine de la trinité, mais doit admettre ici qu'elle ne peut pas être soutenue par Matthieu 28 : 19.

Concernant baptême tel que mandaté par le Seigneur en Mt. 28 : 19-20 et Marc 16 : 15-16, L'Encyclopédie du Catholicisme déclare que, « les deux passages contiennent la commission de baptiser. Quoique **la formule explicite en Matthieu puisse venir de la liturgie de l'Église,** le commandement de baptiser et la signification centrale du baptême **viennent de Jésus** ». [7] *(Nous ne devrions pas suivre « la liturgie de l'Église » que ne soit pas soutenue par les Saintes Écritures) ».*

Soyez le juge si nous devrons enseigner la doctrine de la trinité et la fonder sur les Écritures dont les érudits trinitaires disent qu'elles ne sont pas authentiques.

I Timothée 3 : 16

L'apôtre Paul dans ses 13 épîtres fait une distinction claire entre Dieu et Jésus plus de 500 fois. Cependant, dans la version King James, I Timothée 3 : 16 semble brouiller cette distinction.

> *« Et, sans contredit, le mystère de la piété est grand : celui qui* [Dieu –KJF] *a été manifesté en chair, justifié par l'Esprit, vu des anges, prêché aux Gentils, cru dans le monde, élevé dans la gloire. »*

Paul a-t-il réellement écrit que *« Dieu a été manifesté »* dans la chair de Jésus ? C'est possible car il a dit en II Co. 4 : 11.

> *« ...afin que la **vie de Jésus soit aussi manifestée dans notre chair mortelle**. »*

Bien entendu, nous ne sommes pas Jésus et Jésus n'est pas Dieu. Regardez comment Paul ouvre cette même épître de I Timothée.

> *« Paul, apôtre de Jésus-Christ, par ordre de **Dieu notre Sauveur** et de Jésus-Christ notre espérance, à Timothée, mon enfant légitime en la foi : que la grâce, la miséricorde et la paix, te soient données de la part de **Dieu** le Père et de **Jésus**-Christ notre Seigneur ! » (I Ti. 1 : 1-2).*

Pour Paul, ils ne sont pas la même personne et un seul est Dieu.

Voir le verset 17.

> « *Au roi des siècles,* **immortel** *(qui ne meurt pas),* **invisible***, seul Dieu, soient honneur et gloire, aux siècles des siècles ! Amen !* » (« *Le seul Dieu* » est celui qui est « *éternel, immortel, invisible* »).

Plusieurs de meilleurs érudits de la Bible aujourd'hui, même ceux de la foi trinitaire, basés sur les manuscrits les plus dignes de confiance, ont été forcés d'admettre que Paul n'avait probablement pas inclus le mot « Dieu » dans ce verset. La *Nouvelle Version Internationale* déclare :

> « *Au-delà de toute question, le mystère de la piété est grand.* **Il a apparu dans un corps.***»*

Les versions en anglais, NASB, *New English Bible, Holman CSB, English Standard Version* et *The Message* toutes s'accordent employant « Il » ou « celui qui » (comme dans la version Luis Segond) au lieu de « Dieu ». La version en anglais *New Living Translation* le rend ainsi.

> « *Sans aucun doute, voici le grand mystère de notre foi: Christ a été révélé dans un corps humain.*»

Paul appelait-il Jésus « Dieu » ? Écoutez James Hastings, célèbre savant trinitaire de la Bible écrivant dans le *Dictionnaire de la Bible de Hastings* :

> « Il semble que nulle part Saint Paul appelle Christ « Dieu ». Pour un Juif, l'idée qu'un homme peut devenir Dieu serait un blasphème intolérable » [8] (fin de citation).

S'il vous plaît notez aussi que la divinité n'est pas le sujet de Paul dans I Ti. 3 : 16. Le sujet est le « mystère de la piété ». Ce terme « piété » est le mot grec « eusebeia » (*Strongs No. 2150*) et signifie « piété » ou « sainteté ».

« *Le mystère de la piété ou la sainteté est grand, Christ qui a été manifesté en chair.* »

« Il semble que nulle part Saint Paul appelle Christ « Dieu ». Pour un Juif, l'idée qu'un homme peut devenir Dieu serait un blasphème intolérable. »

James Hastings – Célèbre Savant Trinitaire de la Bible [8]

Appendice C – 101 raisons bibliques pour lesquelles Jésus ne peut pas être Dieu ni la seconde personne d'un Dieu trin

Jésus-Christ *(le Messie)* est notre Sauveur et Rédempteur, l'oint, le nommé, l'approuvé, l'exalté, le Fils de Dieu né d'une vierge et sans péché *(Luc 1 : 27 ; I Pierre 2 : 22 ; Mt. 16 : 16)*. Il est l'unique chemin vers Dieu *(Jean 14 : 6)*. *« Il n'y a sous le ciel aucun autre nom qui ait été donné parmi les hommes, par lequel nous devions être sauvés »* *(Actes 4 : 12)*. **Mais nous pouvons dire avec l'autorité de la Sainte Bible de Dieu qu'il n'est pas le Dieu Suprême.** *(Il a toujours indiqué un autre au-delà de lui-même !)*. Voici 101 faits tirés de la Bible pour le prouver.

1. Il est né d'une vierge, Fils de Dieu sans péché, le *« seul médiateur **entre** Dieu et les hommes, **Jésus-Christ homme** »* *(I Ti. 2 : 5)*.

2. « Fils de Dieu » n'est pas un synonyme pour Dieu, et **ne signifie pas Dieu** dans les Bibles. *« **Adam, fils de Dieu** »* (Luc 3 : 38). (Lorsque « Fils » de Dieu est écrit avec un « F » majuscule, c'est un choix fait par le rédacteur ou l'éditeur et n'affecte pas la signification du terme « fils »).

3. Les anges, Adam, Salomon, et Jésus étaient tous « fils de

Dieu » **créés,** (Jésus fut créé dans le ventre de Marie), mais ils n'étaient pas **parentés à** Dieu *(Ge. 1 : 27 et 31 ; I Ch. 17 : 13 ; Mt. 1 : 18 ; Luc 1 : 35 ;Ap. 3 : 14 ; Col. 1 : 15).*

4. Dieu est un être unique (« seul en Son genre, n'ayant pas de semblable ni d'égal »). « *... je suis Dieu, et il n'y en a point d'autre, Je suis Dieu, et nul n'est semblable à moi » (És. 46 : 9).* « *... c'est moi qui suis Dieu, Et qu'il n'y a point de Dieu près de moi... » (De. 32 : 29).* « *... Toi seul, tu es Dieu » (Ps. 86 : 10).* (Que signifie **Seul** ?)

5. Jésus est « *le commencement de la création de Dieu » (Apo 3 : 14),* « *... le premier-né de toute la* « **création** » *(Col. 1 : 15),* et est « *selon l'image de celui* (Dieu) **qui l'a créé** » *(Col. 3 : 10).*

6. Dans les déclarations propres de Jésus et celles des écrivains sacrés, il est vu comme un être distinct de Dieu comme un homme est distinct d'un autre. « *Il est écrit dans votre loi que le témoignage de deux hommes est vrai ; je rends témoignage de moi-même, et le Père qui m'a envoyé rend témoignage de moi » (Jean 8 : 17-18).* « *... Croyez **en Dieu, et** croyez **en moi.** » (Jean 14 : 1).* (Rappelez-vous, dans les Écritures, Dieu est une « personne » (Job 13 : 8 ; Hé. 1 : 3), ce qui signifie ayant « une **face, forme, essence** et **substance** »). « *...Dit le Seigneur, l'Éternel, La fureur me montera dans les narines » (Éz. 38 : 18).* « *... et il* (Moïse) *voit une représentation* (forme) *de l'Éternel* (Dieu) » *(No. 12 : 8).*

7. L'apôtre Paul qui a dit que la plénitude de Dieu habite en Jésus, a dit que les chrétiens devraient de même être

« remplis jusqu'à toute la plénitude de Dieu ». « ***Car Dieu a voluu*** *que toute la plénitude habitât en lui ! (Col. 1 : 19).* « *... en sorte que vous soyez remplis jusqu'à toute la plénitude de Dieu* » *(Ép. 3 : 19).* Être « ***rempli*** *jusqu'à **toute la plénitude de Dieu*** » ne fait pas une personne « Dieu ». Comment était Dieu en Christ ? De la même manière que Christ est en nous *(Jean 14 : 10 ; 17 : 21-23).*

8.   Dieu est omnipotent (« ayant une puissance illimitée ») et Jésus ne l'est pas « *... le Fils ne peut rien faire de lui-même, il ne fait que ce qu'il voit faire au Père ; et tout ce que le Père fait, le Fils aussi le fait pareillement. Je ne puis rien faire de moi-même : selon que j'entends, je juge ; et mon jugement est juste, parce que je ne cherche pas ma volonté, mais la volonté de celui qui m'a envoyé* » *(Jean 5 : 19, 30).*

9.   Dieu est omniscient (« ayant une connaissance illimitée») et Jésus ne l'est pas. « *Pour ce qui est du jour ou de l'heure, personne ne le sait, ni les anges dans le ciel, **ni le Fils**, mais le Père seul* » (Jésus) *(Marc 13 : 32).*

10.   Dieu est omniprésent (« en tout lieu en même temps ») et Jésus ne l'est pas. Jésus a dit qu'il n'était pas à Béthanie lorsque Lazare était mort : « *... je me réjouis de ce que je n'étais pas là !* » *(Jean 11 : 15).*

11.   Jésus était mort, et Dieu est immortel (**qui ne meurt pas**) et ne peut pas mourir. « *Au roi des siècles, **immortel, invisible, seul Dieu...*** » *(I Ti. 1 : 17).*

12.   Jésus était tenté, mais Dieu ne peut pas être tenté. *(Luc 4 : 2, Jacques 1 : 13).*

13.   Jésus a été abaissé pour un peu de temps au-dessous des

anges, mais Dieu ne peut pas être abaissé au-dessous de Ses créatures *(Hé. 2 : 9)*.

14. Jésus est de **la même substance que ses** frères *(Hé. 2 : 11)*. **Dieu n'est pas notre frère**, Il est notre Père. « *… afin que son Fils* (Jésus) *fût le premier-né entre plusieurs frères* » *(Ro. 8 : 29)*. « *… afin que par elles **vous** deveniez participants de la **nature divine**…* » *(II Pierre 1 : 4)*.

15. Il était nécessaire pour Jésus d'« *… être rendu semblable **en toutes choses** à ses frères…* » *(Hé. 2 : 17)*.

16. Jésus **croissait en grâce** devant Dieu. « *Et Jésus croissait en sagesse, en stature, et en grâce, devant Dieu et devant les hommes* » *(Luc 2 : 52)*.

17. Jésus a **appris l'obéissance.** « *… a appris, bien qu'il fût Fils, l'obéissance par les choses qu'il a souffertes* » *(Hé. 5 : 8)*.

18. Jésus a souffert la tentation. « *… ayant été tenté lui-même dans ce qu'il souffert* » *(Hé. 2 : 18)*.

19. Jésus était rendu parfait par la souffrance. « *… élevât à la perfection par les souffrances le Prince de leur salut* » *(Hé. 2 : 10)*.

20. La vie de Jésus, telle que racontée dans les Écritures, a été une vie dans la chair qui s'est déroulée dans la ligne normale d'une intelligence et volonté humaines. Il pose des questions pour obtenir l'information, il sent et exprime la surprise, il regarde sur le figuier pour voir s'il y a de fruit, mais il n'y en avait pas. Il est le Sauveur, mais **cela peut-il être Dieu ?**

21. Jésus est le Fils de Dieu et l'**homme parfait,** mais il a vécu sa

vie comme tout homme, avec la crainte, la doute et la peine, et avec la possibilité de pêcher. (Sans la possibilité de pêcher, les récits de sa tentation seraient simplement une charade). *(Voir És. 53 : 3 ; Marc 14 : 33-35 ; Luc 22 : 43-44 ; Jean 12 : 27)*.

22. Jésus est le second Adam. Adam fut créé de la poussière tel que raconté en Genèse un, et Jésus fut créé dans le ventre de Marie tel que raconté en Matthieu un et Luc un. *« ... le premier homme, Adam, **devint** une âme vivante. Le dernier Adam **est devenu** un esprit vivifiant. Le premier **homme**... le second **homme** » (I Co. 15 : 45, 47)*.

23. Adam fut fait avec une nature sans péché, mais comme un acte de sa volonté, **il pécha tout de même**. Jésus fut fait avec une nature sans péché et comme un acte de sa volonté, **il ne pécha point**. *« ... afin que vous suiviez ses traces, Lui qui n'a point commis de péché, Et dans la bouche duquel il ne s'est point trouvé de fraude » (I Pierre 2 : 21, 22)*.

24. Jésus-Christ, engendré à partir du ventre d'une vierge comme « le Fils de Dieu », était génétiquement égal au premier **Adam,** *« **fils de Dieu** » (Luc 3 : 38)*, mais sans le péché inhérent qu'Adam a passé à tous ses descendants. *« ... le don de la grâce venant d'**un seul homme**, Jésus-Christ... Car, comme par la désobéissance d'un seul homme beaucoup ont été rendus pécheurs, de même par l'obéissance d'un seul beaucoup seront rendus justes » (Ro. 5 : 15, 19)*.

25. Étant le seul homme **né** sans péché inhérent, Jésus fut un être humain unique (l'unique en son genre), l'**unique homme**

équipé pour être le Sauveur et Rédempteur de l'humanité. *« Ainsi donc, comme par **une seule offense** la condamnation a atteint tous les hommes, de même par **un seul acte de justice la justification** qui donne la vie s'étend à tous les hommes » (Ro. 5 : 18).*

26.   Jésus était engendré (« emmené à l'existence ») en **un certain jour**. *« ... tu es mon Fils ! Je t'ai engendré **aujourd'hui** » (Ps. 2: 7, Hé. 5: 5).*

27.   Dieu est le Dieu de Jésus, exactement comme Il l'est pour les chrétiens. *« ... que je monte vers mon Père, et votre Père, vers **mon Dieu** et votre Dieu » (Jean 20 : 17).*

28. Aucune fois dans les Écritures, Jésus n'a jamais dit qu'il était Dieu. **Si cela était vrai, il nous l'aurait dit.**

29. Jésus a nié d'être Dieu. *« ... Pourquoi m'interroges-tu sur ce qui est bon ? **Un seul** (Dieu) est le bon » (Mt. 19 : 17).*

30. Jésus renia de dire qu'il était Dieu. *« ... parce que toi, qui es un homme, tu te fais Dieu* (ce sont les pharisiens qui parlent). *Jésus leur répondit... ... parce que j'ai dit : Je suis le Fils de Dieu » (Jean 10 : 33, 34, 36).*

31. Jésus a dit lui et le Père sont un (un en amour – en unité – en communion **Justement comme** il veut que les chrétiens soient un *(Jean 10 : 30 ; 17 : 22). « ... afin qu'ils soient un **comme nous sommes un**. »*

32. *« ... Jésus se rendit sur la montagne pour prier, et il passa **toute la nuit** à prier Dieu » (Luc 6 : 12).* Si Jésus était Dieu, pourquoi devrait-il avoir besoin de prier Dieu ?

33.   Jésus avait sa propre volonté. Il n'était pas un robot, préprogrammé pour faire la volonté du Père, mais il

soumettait toujours sa volonté à celle de Dieu *(Jean 4 : 34 ; 5: 30 ; 6: 39)*.

34. Pendant un temps court, la **volonté de Jésus** n'était plus la même que la **volonté de Dieu.** *« ... Toutefois, non pas ce que je veux, mais ce que tu veux. ... il pria pour la troisième fois, répétant les mêmes paroles »* (Mt. 26 : 39, 44).

35. Jésus a prié en Luc 22 : 42, *« disant : Père, si tu voulais éloigner de moi cette coupe ! Toutefois, que ma volonté ne se fasse pas, mais la tienne ».* Comment quelqu'un qui est une divinité, peut-il prier une autre divinité **sans cesser d'être** lui-même **une divinité** ?

36. Tout chrétien dans le monde témoigne que Jésus n'est pas Dieu, car nous disons tous que Jésus mourut sur la croix, et par conséquent il n'est pas Dieu, car Dieu est immortel (« ne meurt pas »). **Dieu ne peut pas mourir !** *(I Ti. 1 : 17 ; 6 : 16)*.

37. Pour un homme, la mort est la séparation de son esprit humain de son corps humain. Jésus était mort comme **un homme**, pas seulement comme un corps. *« ... Jésus... rendit l'esprit »* (son esprit humain) *(Mt. 27 : 50)*.

38. La mort de celui qui est **divinité** ne pouvait pas racheter des hommes déchus, car nous ne sommes pas des **divinités**. Cela a coûté la mort sacrificielle d'un **homme** sans péché. *« Car, puisque la mort est venue par un homme, c'est aussi part un homme qu'est venue la résurrection des morts »* (Paul) *(I Co. 15 : 21)*. En Ap. 5: 3, une recherche était faite pour un « **homme** » digne d'ouvrir le livre scellé de 7 sceaux. Jésus est cet **homme !**

39. Aucune fois, Jésus a jamais dit qu'il était Dieu, mais il a effectivement dit qu'il était **un homme**. «... *moi* (un homme) *qui vous ai dit la vérité que j'ai entendue de Dieu...* » *(Jean 8 : 40).*

40. « Dieu *n'est pas* **un homme** » *(I S. 15 : 29),* « ...**Ni fils d'un homme** » *(No. 23 : 19).*

41. Le prophète Ésaïe a dit que le Messie (le Christ) serait **un homme.** « ... *Homme de douleur et habitué à la souffrance...* » *(Ésaïe 53 : 3).*

42. Le prophète Jérémie a dit qu'il serait « un homme » qui s'assiérait sur le trône d'Israël comme héritier de David, le Messie **un homme** *(Jé. 33 : 17).*

43. Le prophète Zacharie disait que le « berger » d'Israël qui vient serait un « **homme** » *(Zacharie 13 : 7 ; Mt. 26 : 31).*

44. Le prophète Michée a dit que le Messie né à « Bethléhem » serait un « **homme** ». « *C'est lui qui ramènera la paix...* » *(Michée 5 : 1, 4)*

45. Le prophète Jean le Baptiste a dit que Jésus était **un homme**. « ... *Après moi vient* **un homme**... » *(Jean 1 : 30).* « ... *mais tout ce que Jean a dit de cet homme était vrai* » *(Jean 10 : 41).*

46. L'apôtre Pierre a dit que Jésus était un « ... **homme** *à qui Dieu a rendu témoignage...* » *(Actes 2 : 22).*

47. L'apôtre Pierre disait que le cœur de Jésus s'était réjoui et sa chair se reposait en espérance puisqu'il savait que Dieu ne **laisserait pas son âme dans le séjour des morts**, ou ne permettrait pas son corps de connaître la corruption dans la tombe *(Actes 2 : 24-27, 31 ; I Pierre 3 : 18-20).*

48. Pierre savait que Jésus n'était pas Dieu, mais a dit que **Dieu était avec Jésus**. *« Vous savez comment Dieu a oint du Saint-Esprit et de force Jésus de Nazareth... car Dieu était avec lui... » (Actes 10 : 38)*.

49. Jésus avait une âme comme tous les hommes en ont. *« ... Mon âme est triste jusqu'à la mort... » (Marc 14 : 34)*.

50. *« Dieu est Esprit » (Jean 4 : 24)*. Jésus, le ressuscité, a dit qu'il **n'était pas un esprit**. *« ... un esprit n'a ni chair ni os, comme vous voyez que j'ai » (Luc 24 : 39)*.

51. L'apôtre Paul a dit que Jésus était **un homme**. *« Sachez donc, hommes frères, que c'est par lui* (cet homme –KJF– pas ce Dieu) *que le pardon des péchés vous est annoncé... » (Actes 13 : 38). « ... le don de la grâce venant d'un **seul homme**, Jésus-Christ... » (Ro. 5 : 15)*.

52. L'écrivain inspiré d'Hébreux a appelé Jésus-Christ « **cet homme** » quatre fois *(dans la KJF - Hé. 3 : 3 ; 7 : 24 ; 8 :3 ; 10 : 12)*.

53. Jésus est appelé « Fils de l'homme » (un être humain) 84 fois dans les Évangiles. Ézéchiel est appelé « Fils de l'homme » 90 fois par Dieu dans le livre d'Ézéchiel. Jésus et Ézéchiel étaient les deux des êtres humains.

54. Quand Jésus ressuscita des morts, **il était toujours** « le fils de l'homme ». *« ... Ne parlez à personne de cette vision, jusqu'à ce que le Fils de l'homme soit ressuscité des morts » (Mt. 17 : 9)*.

55. Œuvrant comme l'**agent de Dieu dans la résurrection**, Jésus ressuscita son corps « ce temple » de la tombe. *« ... **j'ai le pouvoir** de la donner, et j'ai le pouvoir de la*

reprendre : tel est l'**ordre** que j'ai reçu de mon Père *(Jean 10 : 18)*. (Le Dieu Tout-Puissant peut donner plein pouvoirs à quiconque pour faire n'importe quelle chose).

56. Lorsque Jésus pardonna les péchés d'un homme et le guérit de la paralysie, plutôt que lui prouver qu'il était Dieu, ceci a prouvé qu'il était **un homme** avec la puissance et l'autorité données par Dieu. *« Or, afin que vous sachiez que le **Fils de l'homme a sur la terre le pouvoir** de pardonner les péchés : Lève-toi... »* *(Mt. 9 : 6)*. Les témoins avaient compris ce qu'ils avaient vu car ils *« **glorifiaient Dieu** qui a donné **aux hommes un tel pouvoir** » (v. 8)*. (Plus tard, Jésus a donné ce **pouvoir** à ses apôtres – *Jean 20 : 23)*.

57. Après que **Jésus** avait été sur terre pendant 33 ans et vu par des milliers de gens, son apôtre Jean a dit deux fois, *« **personne n'a jamais vu Dieu** » (Jean 1 : 18 ; I Jean 4 : 12)*.

58. Jésus a dit *« Mon Père... est plus grand que tous... »* et *« le Père est plus grand que moi » (Jean 10 : 29 ; 14 : 28)*. Comment donc quelqu'un qui est Dieu sera plus grand qu'un autre qui est Dieu ?

59. Jésus a dit son Père était **le seul vrai Dieu**. *« Or, la vie éternelle, c'est qu'ils **te** connaissent, **toi**, le seul vrai Dieu... » (Jean 17 : 3)*.

60. Jésus a dit qu'il y avait des positions d'honneur dans **son propre** royaume à venir dont il n'avait pas d'autorité à combler. *« Mais pour ce qui est d'être assis à ma droite ou à ma gauche, cela ne dépend pas de moi... » (Marc 10 : 40)*.

61. Jésus était limité dans son pouvoir de faire des miracles par

l'incrédulité des gens de son propre pays. *« Il **ne put faire** là aucun miracle » (Marc 6 : 5).*

62. L'apôtre Paul parle de *« ... Christ, qui est **l'image de Dieu** » (II Co. 4 : 4).* Une image n'est pas l'originale mais *« **une représentation** ».*

63. Paul dit que justement comme *« Christ est le chef de tout homme, que l'homme est le chef de la femme, et que **Dieu est le chef de Christ** (I Co. 11 : 3). »*

64. Paul dit que justement comme nous appartenons à Christ, Christ appartient à Dieu. *« ... et vous êtes à Christ, et **Christ est à Dieu** » (I Co. 3 : 23).*

65. La Bible appelle Jésus le **serviteur de Dieu**, tout comme Abraham, Moïse, Daniel, Jacques et Jean sont appelés serviteurs de Dieu *(Ésaïe 52 : 13 ; 53 : 11 ; Za. 3 : 8).* *« Voici **mon serviteur** que j'ai choisi, Mon bien-aimé en qui mon âme a pris plaisir. Je mettrai **mon Esprit sur lui**... »* (c'est Dieu qui parle) *(Mt. 12 : 18).*

66. Paul emploie le mot « Dieu » plus de 500 fois dans treize épîtres et en aucune fois peut-il être prouvé qu'il parle au sujet de Jésus. « Car il y a un **seul Dieu**, et aussi **un seul médiateur** entre Dieu et les hommes, Jésus-Christ *homme* » *(I Ti. 2 : 5).* (Il n'a jamais contredit cette déclaration).

67. Dans le Nouveau Testament « Dieu » est employé plus de 1300 fois et il ne parle pas de Jésus.

68. Après l'ascension de Jésus, Paul fit 34 prières telles qu'enregistrées en Actes et dans ses épîtres, et elles ont été toutes offertes à Dieu et non à Jésus.

69. Aucune fois dans ses écrits, Paul n'a indiqué que les

chrétiens devaient prier Jésus. *« ... à combattre avec moi, en adressant à Dieu des prières en ma faveur » (Ro. 15 : 30). « ... faites connaître vos besoins à Dieu... » (Ph. 4 : 6).*

70.   Paul a dit dans six différentes Écritures qu'il priait Dieu, (pas Jésus). *(Ép. 3 : 14 ; Ph. 1 : 3-4 ; Col. 1 : 3 ; Th. 3 : 9 ; II Co. 9 : 11, Phm. 1 : 4). « ... je fléchis les genoux devant le Père » (Ép 3 : 14).* (Il n'y a aucun récit dans la Bible de n'importe quel apôtre ou écrivain d'Évangile priant Jésus après son ascension). *« ... qu'il la demande à Dieu... » (Jacques 1 : 5).*

71.   Jésus a dit qu'après qu'il est allé au Père, nous ne prierons pas lui. *« **En ce jour-là, vous ne m'interrogerez plus sur rien.** En vérité, en vérité, je vous le dis, ce que **vous demanderez au Père**, **il vous le donnera** en mon nom » (Jean 16 : 23).*

72.   Les mots « adoration » ou « adoraient » ne sont pas utilisés à l'égard de Jésus après son ascension. Il y a plusieurs mentions de « adorer » Dieu mais aucune fois à Jésus. *(Actes 18 : 13 ; 24 : 14 ; I Co. 14 : 25 ; Ph. 3 : 3 ; Ap. 19 : 10 ; 22 : 9).*

73.   « Alléluia » veut dire « gloire à Dieu », « gloire à YHWH » et dans les Écritures, ces mots ne sont jamais parlés à Jésus, mais uniquement à l'Éternel Dieu *(Ap. 19 : 1, 3, 4, 6).*

74.   Paul a dit que le seul et l'unique Dieu pour les chrétiens c'est « le Père ». *« Néanmoins pour nous il n'y a qu'un seul Dieu, **le Père**... » (I Co. 8 : 6). « Un seul Dieu et **Père** de tous... » (Ép. 4 : 6).* Paul était constant !

75.   Jude, le demi-frère de notre Seigneur a dit que *« Dieu le*

Père » était *« le seul Seigneur Dieu »*, comme distinct de notre *« maître et Seigneur Jésus-Christ » (Jude, vs. 1 et 4).*

76. Il y a 17 versets dans le N.T. où il est fait allusion au Père comme étant « **un seul** » ou « **unique** » Dieu, et pas un seul verset où au Fils y est fait allusion de cette manière.

77. Jésus avait une **crainte révérencielle de Dieu**. *« L'Esprit de l'Éternel* (Dieu) *reposera sur lui* (le Messie) *: Esprit de sagesse et d'intelligence, Esprit de conseil et de force, Esprit de connaissance et de* **crainte** *de l'Éternel. Il respirera* **la crainte** *de l'Éternel » (Ésaïe 11 : 2-3).* (Christ) *« ... ayant été exaucé à cause de sa piété* (**sa crainte révérencielle**) *» (Hé. 5 : 7).*

78. Seulement Dieu le Père est le grand « Je Suis » (YHWH), **non dérivé,** « l'unique auto-existant ». Tout ce que Jésus le Fils **était, avait, et faisait** a été **dérivé** de **Dieu**. *«Comme le Père qui est vivant m'a envoyé, et que je vis par le Père... » (Jean 6 : 57).*

79. Jésus a dit que sa vie venait du Père. *« Car, comme le Père a la vie en lui-même, ainsi il a donné au Fils d'avoir la vie en lui-même » (Jean 5 : 26).*

80. Jésus ne revendiquait **aucune puissance** propre à lui. *« Je ne puis rien faire de moi-même... » (Jean 5 : 30).*

81. Jésus a dit qu'après sa crucifixion ils allaient comprendre sa totale dépendance sur Dieu le Père. *« Jésus donc leur dit : Quand vous aurez élevé le Fils de l'homme, alors vous connaîtrez ce que je suis* (le Messie), *et que je ne fais rien de moi-même, mais que je parle selon ce que le Père m'a enseigné » (Jean 8 : 28).*

82. Jésus a nié qu'il était la source de ses œuvres miraculeuses. « *... et le Père qui demeure en moi, c'est lui qui fait les œuvres* » *(Jean 14 : 10)*. « *Mais, si c'est par l'Esprit de Dieu que je chasse les démons...* » *(Mt. 12 : 28)*.

83. Jésus a nié que sa doctrine soit propre à lui. « *Ma doctrine n'est pas de moi, mais de celui qui m'a envoyé* » *(Jean 7 : 16)*.

84. Jésus reconnaissait sa dépendance au Père pour son témoignage. « *Si c'est moi qui rends témoignage de moi-même, mon témoignage n'est pas vrai* » *(Jean 5 : 31)*.

85. Jésus déclare à maintes reprises que son autorité **est dérivée** de Dieu le Père. « *... ainsi il a donné au Fils d'avoir la vie en lui-même. Et il lui a donné le pouvoir de juger...* » *(Jean 5 : 26-27)*.

86. Jésus a reconnu sa dépendance du Père par l'**exemple** et la **direction** dans tout ce qu'il faisait. « *... Le Fils ne peut rien faire de lui-même, il ne fait que ce qu'il voit faire au Père... le Père aime le Fils, et lui montre tout ce qu'il fait...* » *(Jean 5 : 19-20)*.

87. Jésus est appelé à plusieurs reprises en Hébreux un sacrificateur. « *Et Christ ne s'est pas non plus attribué la gloire de devenir souverain sacrificateur... Tu es sacrificateur **pour toujours**... Dieu l'ayant déclaré souverain sacrificateur...* » *(Hé. 5 : 5, 6, 10)*. Le travail d'un sacrificateur est de **servir Dieu**, par conséquent Christ en tant que sacrificateur **ne peut pas être Dieu**. « *... Jésus... ayant été fait souverain sacrificateur **pour toujours**... Tu es sacrificateur **pour toujours**... c'est que*

nous avons un tel souverain sacrificateur, qui s'est assis à la droite du trône de la majesté divine dans les cieux » (Hé. 6 : 20 ; 7 : 17 ; 8 : 1).

88. Jésus est un apôtre désigné par Dieu. *« ... considérez l'apôtre et le souverain sacrificateur de la foi que nous professons, Jésus, qui a été fidèle à celui qui l'a **établi**... »* (Hé. 3 : 1-2).

89. Jésus est égal à Dieu dans son état sans péché, mais inférieur à Dieu en pouvoir, connaissance et gloire. *« ... Tout **pouvoir** m'a été donné... »* (Mt. 28 : 18). *« ... que le Père a fixé de **sa propre autorité** »* (Actes 1 : 7). *« ... la gloire que tu m'as **donnée...** »* (Jean 17 : 22). Dieu qui a **donné** le pouvoir et la gloire a un plus grand pouvoir et une plus grande gloire.

90. Dieu qui a mis toutes choses en dessous de Son Fils Jésus, **n'est pas en dessous de lui**. *« Dieu, en effet, a tout mis sous ses pieds. Mais lorsqu'il dit que tout lui a été soumis, il est évident que celui qui lui a soumis toutes choses est excepté »* (I Co. 15 : 27).

91. Quand **le royaume** sera abouti, Jésus le remettra à Dieu, et puis lui-même sera soumis au Père. *« Ensuite viendra la fin quand il* (Jésus) *remettra le royaume à celui qui est Dieu et Père... Et lorsque toutes choses lui auront été soumises, alors le Fils lui-même **sera soumis à celui*** (Dieu) *qui lui a soumis toutes choses, **afin que Dieu soit tout en tous** »* (I Cor 15 : 24, 28).

92. Nous avons fait de **Jésus** « tout » dans nos cœurs et notre adoration, et nous avons donné la gloire de Dieu le Père au Fils, mais Paul, l'apôtre inspiré, a dit que **Dieu est** « tout » *(I*

Co. 15 : 28).

93. Le Jésus ascensionné était au ciel, peut-être pendant plusieurs années avant que Dieu ne puisse lui révéler les événements d'Apocalypse. *« Révélation de Jésus-Christ,* **que Dieu lui a donnée** *pour montrer à ses serviteurs les choses qui doivent arriver bientôt... » (Ap. 1: 1).* (Jésus a ascensionné vers 32-33 apr. J-C et la révélation fut écrite vers 96 apr. J-C).

94. **Nulle part** dans les Écritures, Jésus est dépeint comme étant assis sur le **trône de Dieu**. *« Lui, après avoir offert... s'est assis pour toujours à la droite de Dieu » (Hé. 10 : 12).* *« Ayant les regards sur Jésus... et s'est assis à la droite du trône de Dieu » (Hé. 12 : 2).*

95. Jésus **a vaincu** et par conséquent s'est assis avec le Père sur **Son trône** tout comme nous en tant que vainqueurs, nous nous assiérons avec Jésus sur son trône. *« Celui qui vaincra, je le ferai asseoir avec moi sur* **mon trône***, comme moi j'ai vaincu et me suis assis avec mon Père sur* **son trône** *» (Apo 3 : 21).*

96. Même s'il était assis à la droite de Dieu au ciel lorsque le livre d'Apocalypse était écrit, Jésus continue à appeler Dieu *«* **mon Dieu** *»* quatre fois dans le seul verset *(Ap. 3 : 12).*

97. Le but pour Jésus de s'asseoir à la droite de Dieu est pour nous servir comme intercesseur, avocat, médiateur. *« ... nous* **avons un avocat** *auprès du Père, Jésus-Christ le juste » (I Jean 2 : 1). « C'est aussi pour cela qu'il peut sauver parfaitement ceux qui s'approchent* **de Dieu par lui***, étant toujours vivant pour* **intercéder** *en leur faveur » (Hé.*

7 : 25). L'objectif est d'atteindre Dieu le Père. « *... Nul ne vient **au Père** que par moi* » *(Jean 14 : 6)*. « *Christ aussi a souffert une fois pour les péchés... afin de nous amener **à Dieu*** » *(I Pierre 3 : 18)*.

98. Jésus n'avait jamais instruit ses disciples à l'adorer ou à prier lui ou le Saint-Esprit, plutôt le Père et le Père Seul. « *Voici comment vous devez prier : Notre Père qui es aux cieux !* » *(Mt. 6 : 9)*. « *Mais l'heure vient, et elle est déjà venue, où les vrais adorateurs **adoreront le Père** en esprit et en vérité ; car ce sont là les adorateurs que le **Père** demande* » *(Jean 4 : 23)*. « *Et le Père ... lui-même... Vous n'avez jamais entendu sa voix, vous n'avez point vu sa face* » *(Jean 5 : 37)*. (Ils ont été bénis de **voir** et **d'entendre Jésus**).

99. Les deux, Dieu et l'Agneau (Jésus) vont éclairer la Nouvelle Jérusalem *(Ap. 21 : 23 ; 22 : 5)*. La « lumière » de Jésus (*luchnos en grec - Strongs* ☐*tr3088*) est « un flambeau ou une lampe portable » et la « lumière » de Dieu (*photizo en grec – Strongs No. 5461*) sont des « rayons diffusés ». Il y a une différence énorme entre « rayons diffusés » de gloire et un « flambeau » ou « lampe portable à huile ».

100. Après le règne de 1000 ans de Jésus sur la terre, « *Satan sera relâché de sa prison* » *(Ap. 20 : 7)*, et viendra avec des foules de Gog et Magog contre Christ et les saints à Jérusalem *(Ap. 20 : 8-9)*. Et **Dieu** qui est toujours au ciel **viendra au secours !** « *Mais un feu descendit du ciel, et les dévora. Et le diable fut jeté dans l'étang de feu et de soufre...* » *(Ap. 20: 8-10)*.

101. **Dieu Lui-même vient !** Le Dieu Tout-Puissant, le Dieu

Très-Haut, le Créateur vient sur la terre pour **vivre avec** et **régner sur** nous. *« Et j'entendis du trône une forte voix qui disait : Voici le tabernacle de Dieu avec les hommes ! Il habitera avec eux, et ils seront son peuple, et Dieu lui-même sera avec eux »* (Ap. 21 : 3-4). *« Et ils verront **sa** face »* (Ap. 22 : 3). *« Heureux ceux qui ont le cœur pur, car ils **verront Dieu** !*** (Jésus était en train de parler et ils l'avaient déjà vu) *(Mt. 5 : 8). « ... celui qui **est**, qui **était**, et **qui vient**, le **Tout-Puissant** » (Ap. 1: 8).*

Appendice D – À Mes Frères Juifs

Puis-je profiter de cette occasion pour vous remercier pour avoir tenu avec ténacité votre Torah donné par Dieu à travers les siècles ; et pour avoir donné au monde sa plus grande vérité, le *monothéisme* tel que déclaré si clairement dans votre *Chémâ*, « *Écoute, Israël ! L'Éternel, notre Dieu, est le Seul Éternel* ». Puis-je aussi profiter de cette opportunité pour m'excuser devant vous en tant que chrétien pour les efforts de **quelques** chrétiens malencontreux qui pendant plus de deux millénaires forcent sur vous la doctrine non biblique de Dieu comme trois personnes, une trinité. Vous avez beaucoup souffert entre leurs mains à notre honte. Vous savez, ce que nous ne comprenions pas, c'est qu'un homme quoique parfait et sans péché **ne peut pas être Dieu**. Le livre inspiré que nous appelons le Nouveau Testament, bien que rédigé par les écrivains hébreux, fut pris et fut fait un livre grec, et interprété avec une perspective Occidentale. Mais les écailles ont commencé à tomber de nos yeux.

Puis-je me hâter d'ajouter que nous avons réellement une grande vérité biblique à partager avec vous avec amour et la voilà : le Messie est venu à Bethléhem vers 2 ou 3 A.E.C. Avec la direction de Dieu, ils le nommèrent Yeshua et il est tout ce que vos Écritures inspirées disent qu'il serait, l'oint, le désigné, le fils de Dieu investi de pouvoir, un homme.

PRENEZ SVP UN AUTRE REGARD SUR YESHUA

Votre Messie devait être un prophète comme Moïse du milieu de vos frères parlant les paroles de Dieu au nom de Dieu *(De. 18 : 15-19).* Yeshua l'a été. Il devrait être de la postérité de David et le « fils » de Dieu *(II S. 7 : 11-14 ; I Ch. 17 : 7-14).* Yeshua l'a été. Il devait être né d'une vierge *(És. 7 : 14).* Yeshua l'a été. Né à Bethléhem *(Michée 5 : 1-4).* Yeshua l'a été. Le Messie devait venir 69 semaines (les sept) (483 ans) partant du décret de rebâtir Jérusalem aux jours de Néhémie (445 A.E.C). ce qui aurait été 32 E.C. *(Da. 9 : 25).* Yeshua commença son ministère de trois ans pour vous vers 29 C.E. et se présenta lui-même à vous comme votre Messie au début de la semaine de Pâques au printemps de l'an 32 E.C. Il fut rejeté et tué comme l'Agneau à cette fête de Pâques. Écoutez le prophète Daniel :

[Le] *« Messie sera retranché, et non pas pour lui » (KJF) (Da. 9 : 26).*

Il devait être un serviteur souffrant, méprisé, abandonné, blessé, contusionné, châtié, frappé et crucifié *(És. 53 : 2-12 ; Ps. 22 : 2, 8, 9, 15-23).* Yeshua l'a été ! Saul de Tarse *(Paul)* a pleuré sur vous. Yeshua a pleuré sur vous. Il savait que puisque vous êtes le peuple choisi par Dieu à travers celui qu'Il a béni et qu'Il bénira le monde entier, **vous avez des ennemis**. Yeshua vous a averti de ces ennemis. Écoutez-le comme enregistré en Luc 19 : 41- 44.

> *« Comme il approchait de la ville, Jésus, en la voyant, pleura sur elle, et dit : Si toi aussi, au moins en ce jour qui t'est donné, tu connaissais les choses qui appartiennent à ta paix ! Mais maintenant elles sont cachées à tes yeux. Il viendra sur toi des jours où tes ennemis t'environneront de tranchées, t'enfermeront, et te serreront de toutes parts ; ils te détruiront, toi et tes enfants au milieu de toi, et ils ne laisseront pas*

en toi pierre sur pierre, parce que tu n'as pas connu le temps où tu as été visitée.»

Tristement ceci survint en 70 A.D., quelque 38 ans après que Yeshua l'ait dit. Je regrette de le dire, mais vous avez encore des ennemis. **Vous avez aussi beaucoup d'amis !** Les chrétiens croyant la Bible sont les meilleurs amis que vous avez dans ce monde. Et vous avez besoin du Messie Yeshua maintenant beaucoup plus que jamais auparavant. Criez à Dieu comme plusieurs d'entre vous le font. Car Il a promis de l'envoyer de nouveau. Prêtez l'oreille à votre prophète Malachie.

« Mais pour vous qui craignez mon nom, se lèvera Le soleil de la justice, Et la guérison sera sous ses ailes ; Vous sortirez, et vous sauterez comme les veaux d'une étable, Et vous foulerez les méchants, Car ils seront comme de la cendre Sous la plante de vos pieds, Au jour que je prépare, Dit l'Éternel des armées. Souvenez-vous de la loi de Moïse, mon serviteur, Auquel j'ai prescrit en Horeb, pour tout Israël, Des préceptes et des ordonnances. Voici, je vous enverrai Élie, le prophète, Avant que le jour de l'Éternel arrive, Ce jour grand et redoutable. Il ramènera le cœur des pères à leurs enfants, Et le cœur des enfants à leurs pères, De peur que je ne vienne frapper le pays d'interdit » (Mal. 4: 2-6).

« Voici, j'enverrai mon messager ; Il préparera le chemin devant moi. Et soudain entrera dans son temple le Seigneur (Messie, Ps. 110 :1) *que vous*

cherchez ; Et le messager de l'alliance que vous désirez, voici, il vient, Dit l'Éternel des armées » (Mal. 3 : 1).

Notes

Chapitre 1 – Vous Connaîtrez La Vérité

1. Hunting, Charles & Buzzard, Anthony ; *La Doctrine de la Trinité* ; Publications des Érudits Internationaux ; Lanham, Maryland 1998 ; p. 17.

Chapitre 2 - La Divinité 101

1. Le premier usage du mot Latin « trinitas » (trinité) en référence à Dieu est trouvé dans les écrits de Tertullien (vers 213 apr. J-C). Il fut le premier à employer le terme « personnes » (pluriel) dans le contexte trinitaire *(Nouvelle Encyclopédie Catholique* ; Éd. de 1997, vol. 13, p. 1012).

2. Wilson, Ian ; *Jésus : L'Évidence,* Publication Harper & Row ; 1984 ; p. 165.

3. *Un Résumé de l'Histoire Chrétienne* ; Publication Baker & Landers Broadman & Holman ; p. 65.

4. Johnson, Paul ; *Une Histoire du Christianisme* ; Atheneum, N.Y, 1976 ; p. 141 ; Doctrine de la Trinité.

5. Schaff, Philip ; *L'Histoire de l'Église Chrétienne* ; Grand Rapids Publication Eerdmans ; 1907-1910.

6. McBrien, Richard P. ; Éd. Ge. ; *L'Encyclopédie du Catholicisme Harper Collins ;* p. 916.

7. Magazine *Newsweek* ; 28 Mars, 2005 ; p. 48.

8. Wilson, Ian ; *Jésus : L'Évidence*; Publication Harper & Row, 1984, p. 168.

9. Baker, Robert & Roberts, John ; *Un Résumé de l'Histoire Chrétienne*, Publication Broadman & Holman ; p. 66.

10. McBrien, Richard P. ; Ge. Éd.; *L'Encyclopédie de Harper Collins du Catholicisme ;* p. 564-565.

11. Hagee, John ; *Compte à rebours de Jérusalem* ; Publication Frontline, Lake Mary, FL 2006 ; p. 72-79.

12. Boyle, Isaac, traducteur ; *L'Histoire Eccl. d'Eusebius* ; 1995 ; p. 52.

13. Chrysostom, St. John ; 344 apr. J-C. – 470 apr. J-C.

Chapitre 3 – Dieu A Un Fils

1. *Nouvelle Encyclopédie Internationale;* Édition de 1916 ; vol. 23 ; p. 47, 477.

2. McBrien, Richard P. ; Éd. Ge. ; *L'Encyclopédie Harper Collins du Catholicisme ;* p. 564-565.

3. *Encyclopédie Internationale* ; Université de Glasgow ; Édition de 1982 ; vol. 18 ; p. 226.

4. *Dictionnaire de la Bible de Hastings* ; Publication Hendrickson ; 1994 ; p. 707.

5. *Dictionnaire de la Bible de Hastings* ; Publication Hendrickson ; 1994 ; p. 708.

6. Hunting, Charles & Buzzard, Anthony ; *La Doctrine de la Trinité* ; Publications des Érudits Internationaux, Lanham, MaryLand ; 1998 ; p. 60.

Chapitre 4 – Jésus-Christ Homme

1. *La vérité À propos D'un Seul Dieu* (pamphlet), Littérature Connaître La Vérité ; Huntsville, AL ; p.6

2. *Nouvelle Encyclopédie Internationale* ; Edition de 1916 ; vol. 22 ; p. 47, 477.

3. Magazine *Newsweek* ; 28 Novembre 2005.

Chapitre 5 – Quel Est le Nom de Dieu ?

1. *Encyclopédie Britannica* ; Onzième Édition, vol. 3 ; p. 365, 366.

2. La Nouvelle Encyclopédie Internationale ; Édition de 1916 ; vol. 22 ; p. 47, 477.

3. *Dictionnaire de la Bible de Hastings*, Éditeurs Hendrickson ; 1994 ; p. 702-703.

Chapitre 6 – Où Se Trouve Jésus Maintenant ?

1. Hay, David M. ; *Gloire à la Droite ;* Société de Littérature Biblique, Atlanta, GA ; 1989.

2. Littérature Connaître La Vérité ; P.O. Box 6565 ; Huntsville, AL.

Chapitre 9 – – Quand Est-Ce Que Jésus A Reçu L'Adoration ?

1. Snobelen, Stephen D. ; cité dans « *Dieu des Dieux, et Seigneur des Seigeurs : La Théologie du Scholium Général à la Principia d'Isaac Newton »* ; Université de Cambridge ; 2001.

Chapitre 10 – Comment Priait Paul ?

1. Je suis redevable à David Bordon et Rick Killian pour leur belle œuvre

Découvrir la Puissance dans les Prières de Paul ; Éditeurs Harrison House ; 2005 ; Tulsa, OK ; Cependant, ils n'ont pas demeurés sur à qui Paul priait.

Chapitre 11 – Un Autre Jésus

1. Goudge, H.L. ; *L'Appel des Juifs* ; Shears et Fils ; 1939.
2. Le Catéchisme de New York.
3. Boettner, L. ; Le *Catholicisme Romain ;* The Presbyterian and Reformed Publishing Co. ; Philadelphia., P.A ; 1962 ; p. 127.

Chapitre 13 – Fables (Catholicisme)

1. *L'Encyclopédie Catholique* ; Publication Thomas Nelson; 1976 ; s.v. « Rome ».
2. Magazine *Newsweek* ; 2 mai 2005.
3. Magazine *Newsweek* ; 2 mai 2005.
4. Journal *The Tennessean* ; 6 janvier 2003.
5. Journal *USA Today* ; 25 février 2002.
6. *The Tennessean* ; 12 juin 2002.
7. *USA Today* ; 28 mai 2002.
8. *Newsweek,* 4 mars 2002.
9. Magazine *Time ;* 25 mars 2002.
10. Magazine *Soul* ; novembre – décembre ; 1984 ; p.4.
11. McBrien, Richard ; *L'Encyclopédie du Catholicisme Harper Collins* ; p. 1075.
12. Magazine *Time* ; 30 Décembre 1991 ; p. 62.
13. *Le Pape Parle* ; mars-avril ; vol. 39 ; n° 2 ; 1994 ; p. 105
14. Ferrar, John ; *UN DICTIONNAIRE ECCLESIASTIQUE* ; Londres ; John Mason ; 1858.
15. Boettner, Loraine ; *Catholicisme Romain* ; the Presbyterian and Reformed Publishing Co. ; Philadelphia, P.A ; 1967 ; p. 127.
16. Flannery, Austin ; Éd. Ge. ; *La Constitution Apostolique sur la Révision des Indulgences* ; Concile de Vatican II : *Les*

Documents du Concile et de Post Concile ; Éd. Rév. ; Publication Costello ; 1988 ; vol. 1 ; p. 63.

17. Flannery, Austin ; Ed. Ge. ; *La Constitution Apostolique sur la Révision des Indulgences* ; Concile de Vatican II : *Les Documents du Concile et de Post Concile* ; Éd. Rév. ; Publication Costello ; 1988 ; vol. 1 ; p. 66-70.

18. Flannery, Austin; cit. ; vol. 2 ; p. 394.

19. Magazine *Life* ; 30 octobre 1950, vol. 29, n°18, p. 51.

20. Par exemple *Une Femme Monte la Bête* par Dave Hunt ; Éditeurs Harvest House ; 1994.

Chapitre 14 – La Fable Appelée Islam

1. Gabriel, Mark A. ; *Jésus et Mahomet* ; Charisma House ; Lake Mary, Fl. ; Notes p. 241.

2. Gabriel, Mark A ; *Jésus et Mahomet* ; Charisma House ; Lake Mary, Fl. ; p. 34-35.

3. *Le Coran* ; Tahrike Tarsile Quran Inc ; Elmburst, NY ; 2003 ; p. 218.

4. Hunt, Dave ; *Jour du Jugement* ; The Berean Call ; Bend, OR ; p. 178.

5. *The New York Times*; 16 juillet 2002.

6. Cline, Eric H. ; *Jérusalem Assiégé* ; La Presse de l'Université de Michigan ; Ann Arbor, MI ; 2004 ; p. 154.

7. J'ai obtenu quelques-unes de ma compréhension du conflit du Moyen-Orient à partir d'un excellent sermon donné par Éric Morey à l'Église de la Radio du Sud-Ouest ; conférence sur la Prophétie de la Côte de l'Est ; octobre 2004 ; www.swrc.com: Bethany, Ok.

8. Magazine *Newsweek* ; 27 décembre 2004 / 3 janvier 2005.

9. Magazine *Time* ; 14 février 2005.

Chapitre 15 – La Fable Appelée Mormonisme

1. Auteur Inconnu

2. Magazine *Newsweek* ; 17 octobre 2005 ; p. 54.

3. Magazine *Time* ; 4 août 1997 ; p. 52

4. Magazine *Newsweek* ; 17 octobre 2005 ; p.56

5. Ankerberg, John & Weldon, John ; cité dans *« Ce que Croient les Mormons »* ; Harvest House ; 2002 ; p. 312.

6. Tanner, Jerald & Sandra ; *3913 Changements dans le Livre de Mormon* ; Lighthouse Ministry ; Salt Lake City, UT.

7. Free, Jack ; *Mormonisme et Inspiration* ; 111 ; cité dans *Changements dans le Mormonisme* d'Arthur Budvarson ; 5 (pamphlet).

8. Southerton, Simon G. ; *Perdre une Tribu Perdue* ; Signature Books ; Salt Lake City, UT ; 2004.

9. *Newsweek*, 17 octobre 2005 ; p. 57.

10. Martin, Walter ; *Le Labyrinthe de Mormonisme* ; Édition Révisée, Santa Ana, CA ; Vision House Publishers ; 1978.

11. Ankerberg, John & Weldon, John, *Ce que Croient les Mormons Réellement* ; Harvest House ; 2002 ; p.177.

12. Fraser, Gordon H. ; *Est-il Chrétien le Mormonisme ?* ; Chicago, IL ; Moody Press ; 1977 ; p. 135.

13. Tanner, Jerald & Sandra ; *Le Monde Changeant de Mormonisme* ; Édition Révisée, Chicago, IL ; Moody Press ; 1981, p. 140-141.

14. Cowan, Marvin W. ; *Revendications de Mormon Répondues* ; Marvin W. Cowan Publishers ; 1975, Révisé en 1989.

15. Cowan, Martin W. ; *Revendications de Mormon Répondues* ; Marvin W. Cowan Publisher ; 1975, Révisé en 1989.

16. Ankerberg, John &Weldon, John ; Ce que Croient les Mormons Réellement ; Harvest House ; 2007 ; p. 179.

17. Smith, Joseph ; *L'Histoire de l'Église* ; vol. 6 ; p. 408-409.

18. Magazine *Newsweek* ; 17 octobre 2005 ; p. 60.

19. Magazine *Time* ; 4 août 1997 ; p. 53.

20. Magazine *Newsweek* ; 17 octobre 2005 ; p. 58.

21. Magazine *Time* ; 4 août 1997 ; p. 57.

22. Magazine *Time* ; 4 août 1997 ; p. 56.

23. Smith, Joseph ; *L'Histoire De l'Église*; vol.6 ; p. 308, 474.

24. Smith, Joseph ; *L'Histoire de l'Église* ; vol. 6 ; p. 305.

25. Smith, Joseph ; *L'Histoire de l'Église*, vol.6 ; p. 306.

Chapitre 16 – Fables Protestantes

1. Bennett, Arthur ; La prière intitulée « La Trinité » ; *La Vallée de Vision*, The Banner of Truth Trust ; Carlisle, PA ; 1975 ; p. 2-3.

2. McBrien, Richard P. ; *Encyclopédie du Catholicisme de Harper Collins* ; Édition de 1995 ; p. 1271.

3. *Nouvelle Encyclopédie Internationale* ; Édition de 1916 ; vol. 22 ; p. 476-477.

4. Magazine *Life* ; 20 octobre 1950 ; vol. 29 ; n°. 18 ; p. 51.

5. *The Tennessean*, 5 décembre 2005 ; Section B ; p. 1, 3.

6. Williams, Thomas ; *Connaître Aslan* ; W. Publishing Group ; Nashville, TN ; p. 30, 33, 56.

7. Magazine *Time*; 19 décembre 2005 ; p. 73-74.

Chapitre 17 – À Dieu Soit La Gloire

1. Je suis redevable à John Piper et à son œuvre *La Passion de Dieu pour Sa Gloire* pour la pensée derrière et une partie du contenu de ce paragraphe. Crossway Books ; Wheaton, IL ; 1998 ; p. 143.

Appendice B

1. Strobel, Lee ; *Les Bons Arguments en faveur de Christ ;* Zondervan Publishing ; 1998 ; p. 65.

2. *La NVI Bible d'Étude* ; Zondervan ; 1973 ; 1978 ; 1984; p.1913.

3. *Dictionnaire de la Bible: Les Interprètes* ; Édition de 1980 ; vol. 1 ; p. 35.

4. *Encyclopédie Britannique* ; Édition de 1987 ; vol. 1 ; p. 877.

5. *Encyclopédie Britannique* ; Édition de 1937 ; vol. 3 ; p. 82.

6. *Dictionnaire de la Bible de Hastings* ; Hendrickson Publishers ; Édition 1994; p.83

7. McBrien, Richard; Ge. Ed.; *l'Encyclopédie du Catholicisme de Harper Collins*; 1995; p.134.

8. *Dictionnaire de la Bible de Hastings* ; Hendrickson Publishers ; 1994 ; p. 707-708.

Index des Écritures

Annonces des CDs et Livres

Pour plus de matériel inspiré par Joel et LaBreeska Hemphill :

Livres

CDs (Musique et Prédication)

DVDs

Recueils de chants

P.O.Box 656

Joelton, Tennessee 37080

Phone: 615/299-0848

Fax: 615/299-0849

Email: thehemphills@bellsouth.net

www.thehemphills.com

« Partenaires Dans l'Émotion »

Par LaBreeska Hemphill

Trumpet Call Books

« À Dieu Soit La Gloire »

(L'image de Dieu dans la Bible : une analyse)

Par Joel W. Hemphill

Trumpet Call Books

Livres disponibles à l'adresse ci-haut

Également partout ailleurs où sont vendus les meilleurs livres

Les Hemphills : Partenaires Dans l'Émotion

LaBreeska Rogers Hemphill a passé sa vie servant à travers la musique de gospel. Au début des années 50, elle a voyagé comme membre de Happy Goodman Family et plus tard pendant vingt-cinq ans avec sa famille immédiate, The Hemphills. La famille Hemphill, LaBreeska, Joel, et leurs trois enfants, a reçu un total de huit prix *Dove* de l'Association de la Musique de Gospel.

Traçant à partir des expériences de sa vie et de son ministère, LaBreeska a fait un travail remarquable d'écrire son histoire. C'est un livre qui change la vie, qui a apporté espérance, encouragement et consolation à plusieurs milliers de gens. Elle est très transparente en parlant de leurs problèmes maritaux et de la guérison, aussi bien de l'accès de dépression clinique sévère de Joel durant deux ans, et la restauration.

Joel dit, à propos de « *Partenaires dans l'Émotion* », « Ce livre est une histoire de l'intervention et de la restauration divines, comment Dieu apporta de la joie au milieu de notre souffrance, l'espoir au milieu du désespoir, et a changé notre épreuve en témoignage. Merci Chérie, d'avoir raconté notre histoire ».

Bill Gaither a dit, « Quelqu'un a dit, 'Si vous voulez entreprendre un voyage, vous devriez aussi aimer le voyage.' Je ne connais pas deux personnes qui jouissent plus de leur voyage que Joel et LaBreeska Hemphill. Je pense que vous aussi allez prendre plaisir du voyage comme vous partagez leurs émotions dans les pages de ce livre ».

Zig Ziglar a dit, « *Partenaires dans l'Émotion* est un livre à propos de la foi, de l'amour et de l'espérance. C'est aussi au sujet de vaincre l'adversité, poursuivre patiemment son rêve, honorant Christ comme Seigneur et accomplissant votre engagement par l'obéissance à Lui et à Son appel... Vous allez rire, pleurer, vous réjouir et devenir carrément enthousiaste comme vous partagez les expériences que LaBreeska est parvenue à rendre si personnelles ».

Pat Boone a dit, « Les Hemphills ont été de glorieuses pièces maîtresses dans la musique de gospel depuis des décennies jusqu'à nos jours--et ce n'est pas étonnant que l'ennemie de nos âmes puisse les viser par des voies vicieuses. Mais Jésus a promis d'être avec nous même dans 'la vallée de l'ombre de la mort.'... Lisez ce merveilleux témoignage et soyez encouragé comme je l'ai été ».

Ce livre est ce qu'il faut absolument détenir dans votre bibliothèque chrétienne. Disponible chez les Hemphills, Lightning Source, Inc., ou partout ailleurs où sont vendus les meilleurs livres.

ISBN 0-9671756-1-5 - Prix 12.99 $US

À propos de l'Auteur

Joel Hemphill est sauvé depuis l'âge de dix ans dans l'église où son père servait comme pasteur à West Monroe, en Louisiane. Il répondit à l'appel au ministère chrétien quand il avait dix-neuf ans et a servi comme pasteur et évangéliste depuis ce temps. Son œuvre pastorale a compris le pastorat du Temple Pentecôtiste à Bastrop, LA de 1961 à 1971 et de l'Église Baptiste de la Station Thompson à Peytonsville, TN pendant treize mois 1993 à 1994. Son œuvre évangélique, en compagnie de sa femme LaBreeska, qu'il épousa en 1957 à l'âge de dix-sept ans, l'a emmené à travers le monde pour servir en Israël, Afrique du Sud, Écosse, Angleterre, Irlande du Nord, Égypte, Mexique, Honduras, et à travers les États-Unis et le Canada.

Joel a écrit et enregistré plus de 300 chansons de gospel et a reçu en dix années différentes des nominations au Prix *Dove* comme auteur-compositeur de l'année auprès de l'Association de Musique de Gospel. Son repertoire est composé des chansons comme *Pity the Man, Consider The Lilies, He's Still Workin'On Me, Master Of The Wind, I Claim The Blood* et *Let's Have A Revival*. Il a rédigé des douzaines d'articles inspirés de revue et journal. Joel et son épouse LaBreeska, en compagnie de leurs enfants ont reçu huit Prix *Dove* (le plus haut prix de la Musique de Gospel), dans des catégories variées et il a reçu trois Prix d'Excellence de BMI.

Ils ont deux fils, une fille et six petits-enfants. Depuis 1972, ils se sont établis à Nashville, Tennessee.

Notes

www.ingramcontent.com/pod-product-compliance
Lightning Source LLC
Chambersburg PA
CBHW070826260626
47170CB00007B/2269